Die Ankunft der Schlange

Chlorophyll II

Von M. J. Herberth

Impressum

M. J. Herberth

Kirchstraße 1
35440 Linden

m.j.herberth@outlook.de

Umschlaggestaltung **NEOLOGO**
Titelbild „blaue Schlange“ © flucas – stock.adobe.com

Titelbild „Green leaf with drops of water“ © Nik_Merkulov – stock.adobe.com (freundlicherweise von neobooks/München zur Verfügung gestellt)

Redaktionelle Bearbeitung: Tat-Worte.de | Lektorat

Für Julian, Joël und Zoe

Intro

Sonnensystem, circa 50.000 Jahre vor unserer Zeit

Nachdem die Sensoren des Raumschiffes das auffällige Sternenspektrum geortet hatten, steuerte das Schiff das Sternensystem in einem Außenbezirk der Galaxie vollautomatisch an.

Die Explorationseinheit hatte ihr Ziel erreicht und befand sich zurzeit in einem Orbit um den vierten Planeten des Systems. Insgesamt waren acht Planeten im Schwerefeld der Sonne. Zwei davon in der habitablen Zone mit Atmosphäre und Magnetfeld. Auf diesen beiden Gesteinsplaneten hatten die Systemscans hoch entwickeltes organisches Leben detektiert. Beide Planeten unterlagen damit zunächst dem besonderen Schutz der Gemeinschaft.

Auf Planet *Vier* war der Verursacher des auffälligen Sternenspektrums gestrandet. Der Organismus hatte das Leben auf dem Planeten fast vollständig ausgelöscht. Das Zentralgestirn lag in einem äußeren Bezirk der Galaxie. So weit hier draußen war noch keine Infektion gemeldet worden. Die Zerstörung des Sonnensystems war damit obligat.

Die mehrzelligen Daseinsformen auf Planet *Drei* zeigten laut der ersten Scans eine hohe Vielfalt und eine Spezialisierung auf verschiedene Lebensräume. Zur Absicherung der Datenlage war eine automatische Sonde auf Planet *Drei* gelandet, um eine Gewebeprobe der humanoiden Kohlenstofflebensformen für eine exakte Genomanalyse zu erhalten.

Seit mehreren Tagen war der kleine Trupp in dem unübersichtlichen Gelände unterwegs. Die Primitiven waren ausgewachsene Exemplare ihrer Art. Am Tage streiften sie umher und nutzten dabei perfekt die Deckung der sessilen Lichtwandler. In der Dunkelphase wurden sie inaktiv und ruhten. Ein Kontakt konnte aber nicht hergestellt werden, da immer zwei Individuen das Lager bewachten.

Die Zentralintelligenz hatte für den Planeten eine sehr hohe Wahrscheinlichkeit berechnet, dass diese Humanoiden zur beherrschenden Spezies ihres Planeten werden würden. Da sie mit ihrer Intelligenz aus der Normverteilung dieser Galaxie weit hervorstachen, wurden sie von der Gemeinschaft als in höchstem Maße schutzwürdig eingestuft. Das reichte aber nicht, um die Zerstörung des Sternensystems bei der gegebenen Gefahrenlage auf Planet *Vier* zu stoppen. Die Entwicklung war schon weit fortgeschritten, und ein weiterer Sporenauswurf stand kurz bevor.

Die Sonde verfolgte den Trupp organischer Lebensformen seit drei Tagen im Tarnmodus. Die Primitiven waren auf der Suche nach Nahrung. Am Ende des dritten Tages konnten sie ein Opfer einkreisen und es töten. Nach Aufnahme von Teilen der Beute fielen sie in eine tiefe Ruhephase, ohne eine Wache aufzustellen. Um eine Erbgutprobe am lebenden Objekt entnehmen zu können, musste die Sonde den Tarnmodus verlassen. Ohne ein Geräusch näherte sich der Automat den im Halbkreis liegenden Primitiven. Der Trabant des Planeten lag momentan hinter einer dichten Wolkendecke und war nicht zu sehen. Nach einer schnellen Datenanalyse der Zentralintelligenz der beste Zeitpunkt für den Kontakt. Als die Sonde sich mehrere Zentimeter über dem Boden schwebend dem Individuum ihrer Wahl näherte, fuhr sie einen Arm aus, an dessen Ende sich die Kanüle für die Biopsie befand. Ein anderer Ausleger enthielt das Narkoseserum und ein dritter die Lebenserhaltungssysteme für den Primitiven. Plötzlich riss die geschlossene Wolkendecke auf und der Trabant des Planeten erleuchtete hell die Nacht.

Das war der Moment, als Nadi ein Auge öffnete. Noch müde von der langen Jagd und der fetten Mahlzeit am gestrigen Abend drehte er sich um und hoffte, so wieder einschlafen zu können. Direkt neben ihm lag schnarchend sein Jagdgefährte Daku. Im Licht des Mondes konnte er seinen sehnigen, ausgemergelten Körper gut sehen. Er war mit weißen Ornamenten überzogen. Besonders stachen die Abdrücke zweier Hände auf seiner nackten Brust hervor. Sein weißes Gesicht stand in scharfem Kontrast zu seinen in alle Richtungen abstehenden, verfilzten Haaren. Wie alle in der Gemeinschaft, hatte er sich einen dünnen Knochen durch die breite Nase getrieben. Sein Oberkörper hob und senkte sich im Rhythmus der Atmung. Nadi öffnete auch das andere Auge. Das Blut gefror ihm in den Adern. Hinter seinem Gefährten sah er ein im Licht des Mondes glänzendes, zylindrisches Ding näherkommen. Er traute seinen Augen nicht. Es hatte keine Beine und schwebte über dem Boden. Das Ding war so groß wie ein Kind und bestand aus einem sehr glatten, stark reflektierendem Material. Mehrere Arme konnte er erkennen. Zu viele für ein Tier. Auf seiner Oberfläche erkannte er mehrere farbige Wellenlinien.

Nadi lag bewegungslos an seinem Platz und konnte seinen Blick nicht von den Schlangenlinien abwenden. Das musste ein Geist sein. Es hatte keinen Mund und trug Zeichen von Schlangen in den Farben des Regenbogens. Das Ding kam immer näher und verharrte schließlich bewegungslos neben Daku. In einer sehr schnellen, kaum sichtbaren Bewegung schoss ein Arm des silbernen Geistes vor und blieb auf Dakus Ellenbeuge liegen. Sofort hörte sein Brustkorb auf sich zu heben und senkte sich mit einem letzten Schnarchen ab. Dann fuhr ein zweiter Arm aus dem Geist und legte sich über Dakus Mund.

Nadi sah mit angstgeweiteten Augen, wie das Ding etwas in den Mund seines Gefährten schob. Dessen Brustkorb hob und senkte sich daraufhin wieder. Nadi wurde übel, und er wäre beinahe ohnmächtig geworden. Den dritten Arm sah er sich schnell über Dakus Brust absenken. Dann konnte er deutlich sehen, wie der mundlose Geist eine Spitze aus einem unbekannten glänzenden Material tief in dessen Brust bohrte. Nadi hätte am liebsten losgeschrien – das musste Dakus Tod bedeuten –, aber er schwieg, wollte nicht so enden wie sein Freund.

Plötzlich und völlig unerwartet warfen sich zwei seiner Gefährten auf den glänzenden Geist. Nadi konnte sie in der folgenden Aufruhr nicht erkennen. Aber er nahm all seinen Mut zusammen und stürzte sich mit einem Kampfschrei ebenfalls auf den Geist.

Die drei Wilden hatten gegen den Automaten keinerlei Chance. Die Sonde bewegte sich blitzschnell, und die Angreifer verfehlten ihr Ziel nur knapp. Die Biopsiekanüle steckte immer noch in der Brust des sedierten Primitiven, der gerade wieder erwachte. Die drei bereiteten sich auf einen zweiten Angriff vor, und auch der Primitive an der Biopsienadel fing an, sich zu wehren. Das war das Signal für den Abbruch der Mission. Der Automat entfernte das Lebenserhaltungssystem aus der Körperöffnung des Primitiven, wobei er ihm die Luftröhre zerfetzte. Während er versuchte, die Kanüle herauszuziehen, warfen sich die Angreifer auf ihren Gefährten, um ihm zu Hilfe zu eilen. Das Blut sprudelte röchelnd aus ihm heraus. Als dabei die Kanüle abbrach, ging die Sonde sofort in den Tarnmodus über und beschleunigte in der Vertikalen. Eine schnelle Analyse berechnete eine ausreichende Gewebemenge für eine Genomuntersuchung in der abgebrochenen Nadel.

Weit unter der sich rasant entfernenden Sonde zog Nadi den Rest der Kanüle aus der Brust seines sterbenden Gefährten und hielt sie in das Licht des Mondes. Das silbrig glänzende Material war ihm völlig unbekannt. Erst jetzt bemerkten er und die beiden anderen einen zweiten kleineren Mond am Nachthimmel. Nachdem Daku sein

Leben ausgehaucht hatte, blickten sie in den Himmel. Weit oben sahen sie, wie der neue Mond kurz aufblitzte und dann verschwand.

Nach der Erbgutanalyse des Lebens auf dem Planeten *Drei* wurde die Zerstörung des Sternensystems unverzüglich gestoppt. Die Genomvariante dieser Lebensformen war neu. Im Gemeinschaftsnetzwerk war nichts dergleichen beschrieben. Das Leben auf diesem Planeten musste endemisch nur dort entstanden sein. Der Erhalt der Lebensformen auf Planet *Drei* hatte damit Priorität. Die hier vorliegende Genomanomalie war von allergrößtem Interesse. Um eine weitere Ausbreitung in diesem Sternensystem zu verhindern, wurde Planet *Vier* nach dem Stopp der Zerstörungsroutinen einer umfassenden Desinfektion unterzogen. Dabei wurde jegliches Leben auf dem Planeten vor der nächsten Sporenabgabe unmittelbar ausgelöscht.

Die humanoide Lebensform auf Planet *Drei* entwickelte sich in den nächsten Jahrtausenden zu der den Planeten beherrschenden Spezies, so wie es die Zentralintelligenz berechnet hatte.

Nachdem die Jäger das Lager erreicht hatten, gab es ein rituelles Festmahl. Wie immer wurden die erfolgreichen Jagdszenen danach in Bildern festgehalten. Aber heute zeigten die Felszeichnungen zum ersten Mal eine Kulisse, die von zwei Monden illuminiert wurde. Und zum ersten Mal in ihrer Geschichte wurde eine neue Technik angewandt. Zu Ehren des verstorbenen Daku ritzte Nadi dessen Körper mit der Geisternadel in den Fels, direkt neben den mundlosen Geist, den sie fortan Wandjina nannten und den Schlangen zierten, so wie sie es auch gesehen hatten. Zum Schluss verzierte er auch Dakus Arme mit der Schlange und ritzte Schlangenköpfe auf seine

Handrücken im Felsen. Ungud wurde sie fortan genannt, die Regenbogenschlange.

Prolog

Mein Name ist Alex Krämer. Ich bin ein Überlebender der Apokalypse. Früher hatten immer alle Angst vor einer Katastrophe, die uns vernichten würde. Thermonukleare Kriege, explodierende Atomkraftwerke, ein Meteorit oder ein entartetes Virus – man konnte sich sein Armageddon aussuchen und die dazugehörige Paranoia gleich mit. Das war immer wieder der Plot von Endzeitromanen und von Blockbustern, die die Kinokassen füllten.

Heute geht niemand in Kinos – es gibt keine mehr.

Das Grauen kann man sich direkt vor der Tür abholen. Ich lebe in einer Welt ohne Pflanzen. Acht Milliarden Menschen sind gestorben. Mein Leben und das meiner Freunde hängt am seidenen Faden und es hängt von einem Filtersystem ab. Die Filter müssen das Schalterprotein in der Außenluft zurückhalten, sonst werden alle unsere Nutzpflanzen in den Gewächshäusern infiziert. Und dann werden wir verhungern.

Dieses Protein kam mit einem Meteoriten zu uns. Irgendwo aus den Weiten des Alls. Woher genau, das wissen wir nicht. Dieses kleine Ding ist schuld an der weltweiten Vernichtung des Chlorophylls. Es ist für die Eliminierung der globalen Fauna und damit der gesamten Biosphäre verantwortlich. Ich und ein paar Tausend andere haben überlebt, aber der Preis hierfür ist hoch: Jeden Morgen müssen wir aus dem Fenster schauen und uns diese gottverlassene Welt reinziehen.

Eyna wird demnächst 8 Jahre alt. Wir haben beschlossen, dass sie dann in die Schule gehen sollte – aber Schulen gibt es auch keine mehr. Wir wollen sie gemeinsam unterrichten. In den Biosphären der SU10[5] wurden in den letzten Jahren mehrere Kinder geboren, sie verfahren dort auch so. Simone wird sie in Mathematik unterrichten, immerhin ist ihr Papa studierter Mathematiker. Eynas Mutter Mia will ihr Lesen und

Schreiben beibringen. Anna übernimmt Sachkunde. Sie ist die einzige ausgebildete Lehrerin. Ich soll ihr Geschichte beibringen. Mit Geschichte meine ich die Geschehnisse der letzten Jahre. Wir haben beschlossen, dass ich sie kindgerecht über unsere Situation aufklären soll. Elias ist heute 14, Toni 21 und Aada wird 24. Die drei haben wir auch unterrichtet, aber sie haben den Weltuntergang live miterlebt. Ich soll Eyna also vermitteln, was passiert ist und warum wir so leben, wie wir es eben tun. Das dürfte schwierig werden, sie ist noch ein Kind, aber sie stellt in letzter Zeit viele Fragen. Die typisch kindlichen Warum-Fragen: *Warum gibt es keine Pflanzen mehr? Erzähl mir, wie die Welt vor der Seuche ausgesehen hat. Warum redet ihr immer von den Tagen bis zur Ankunft auf Wolf-359 und was ist das – Wolf-359? Muss ich da auch hin? Was für Organismen leben in den Meeren? Ich denke, es gibt keine Tiere mehr, Drago war doch der letzte Hund auf Erden, habt ihr immer gesagt.* So oder so ähnlich kann sie uns mit Fragen regelrecht löchern.

Zuerst war die Pflanzenseuche. Sie hatte ihren Ursprung in Finnland. Toni hat damals den ersten kranken Baum entdeckt – eine völlig orange Fichte. Die Seuche breitete sich dann explosionsartig in Europa aus. Den Bäumen wurde das Chlorophyll genommen. Sie konnten keine Fotosynthese mehr betreiben und starben. Innerhalb eines Jahres hatte der orange Tod die Fauna unseres Planeten zerstört. Parallel dazu habe ich damals mit diesem Russen Lew den ersten Organismus in dem See entdeckt. Lew, dieser bärbeißige russische Kampftaucher. Ich muss noch oft an seinen Tod in den Tentakeln des fremdartigen Wesens denken. Was haben wir uns über diesen diskusförmigen Organismus den Kopf zerbrochen. Wir konnten uns nicht erklären, woher der kam und zu welchem Zweck. Nach und nach begriffen wir das ganze

Ausmaß der Geschichte. Ich habe damals den Krankheitserreger entdeckt. Ein Eiweiß, ähnlich wie die Prionen, die unter anderem die Creutzfeldt-Jakob-Krankheit auslösen. Einfache infektiöse Partikel, keine wirklichen Lebewesen, nur falsch gefaltete Eiweiße. Aber unser Erreger kam nicht von der Erde. Wie soll ich das einem sechsjährigen Mädchen erklären? Ich sollte es vielleicht einfach weglassen. Wichtig ist doch, dass das Pflanzensterben an Land nur unser zweitgrößtes Problem war, kaum mehr zu glauben, aber so war es. Zu unserem Hauptproblem wurden die Organismen in den Seen, nachdem sie in den offenen Meeren genug Nahrung gefunden hatten. Diese Wesen waren es, die uns das Grauen lehrten. Unter dem Einfluss des Alienprions entwickelten sich aus allen möglichen Zellen Organismen, die fähig waren, elektrische Energie zu erzeugen. Sie waren Sender, die Strahlung gezielt abgeben konnten. Das haben sie dann auch gemacht, und wir haben es eigentlich nur per Zufall frühzeitig herausfinden können. Eigentlich gebührt Mia die Ehre. Sie hat als Erste erkannt, welche Aufgabe diese Wesen hatten. Sie sollten ihr Signal in den Kosmos strahlen. Es waren biologische Radioteleskope, die einer fremden Intelligenz die Position unseres Planeten im Universum verraten sollten. Wahrscheinlich sucht eine unbekannte Lebensform so neuen Lebensraum. Das Tragische an der Geschichte ist, dass die verbleibende Menschheit es fast geschafft hätte, diesen Plan zu vereiteln. Wir haben diese Dinger frühzeitig vernichten können, weil wir ihre Ziele im Himmel und damit auch ihre Sendepositionen auf der Erde kannten. Aber dann brachte sich Naomi ins Spiel. Sie hat eine Aufzeichnung des Signals mit ihrem Radioteleskop an einen Zielstern der Aliens verschickt. An den 7,79 Lichtjahre entfernten Stern Wolf-359. Die Nachricht hat sie an Unbekannt versandt, wir konnten es nicht verhindern. 7,79 Jahre braucht die Nachricht für eine Strecke. Wir haben keine Vorstellung davon, wer sie empfangen wird. Aber grauenvoll dürften auch die 7,79 Jahre nach Ankunft der Nachricht auf Wolf-359 werden. Wenn wir nach unserem heutigen Wissensstand davon ausgehen, dass sich nichts schneller als das Licht bewegen kann, dann dürfen wir sehr gespannt sein, was nach Ablauf dieser Zeitspanne hier bei uns ankommt. Und es wird etwas ankommen, wenn diese Galgenfrist verstrichen ist. Da sind wir uns alle einig. So ein Aufwand, um die Erde im All mit einem Funkfeuer zu markieren, lässt einen planenden Geist erahnen, und der hat das alles bestimmt nicht nur so zum Spaß veranstaltet.

Eckstein, Eckstein, alles muss versteckt sein. 1 – 2 – 3 – ich komme!

Nur wo wir uns dann verstecken sollen, weiß ich nicht. Ich glaube, davon erzähle ich Eyna besser nichts.

Mein erster Tagebucheintrag war vom Tag 86 nach Naomis Botschaft. Das hatte ich damals geschrieben: *Eyna stand gestern zum ersten Mal auf zwei Beinen. Sie ist heute acht Monate und 4 Tage alt. Und sie schreibt Sätze wie „sie kommen“ auf meinem Laptop.* Das hat sie damals wirklich geschrieben. Mit acht Monaten schrieb sie diesen Satz – kaum zu glauben. Das ist kein Satz eines acht Monate alten Kindes, der in unserer Lage Grund zu übermäßiger Freude geben würde. Vor allem, wenn das Kind noch nicht sprechen, geschweige denn schreiben konnte. Simone hat damals die Wahrscheinlichkeit überschlagen, dass man so was zufällig auf einer Laptop-Tastatur tippt. Er sagte, es sei wahrscheinlicher, dass wir gleich vom Blitz erschlagen würden. Ich sollte noch erwähnen, dass wir beide unter einem blauen wolkenlosem Himmel in der Sonne standen, als er das sagte. Dieser eine Satz, den sie mit nur acht Monaten damals in die Tastatur hackte, hat uns in jenen

Tagen sehr beunruhigt und tut es bis heute. Viel beunruhigender ist aber, dass sie nicht ganz recht hatte. Aber das konnten wir damals noch nicht ahnen.

Es sollte niemand kommen. *Sie* waren schon da!

Solowezki-Inseln; ehemalige Russische Föderation

23 Tage vor der Ankunft des Signals auf Wolf-359.

Der Fuß war ab, daran gab es nichts zu deuteln.

Als Yuri in das Fangeisen getreten war, kam der Schmerz sofort. Das Blut quoll in Strömen aus seinem Unterschenkel. Mit Tränen in den Augen unterdrückte er einen Schmerzensschrei und biss mit aller Kraft auf den Lederhandschuh, bis die Kiefermuskeln sich verkrampften.

Er war hier draußen seit Jahren völlig auf sich selbst gestellt und wusste, dass er in höchster Lebensgefahr schwebte. Hilfe hatte er keine zu erwarten. Dass er heute einen seiner Füße verlieren sollte, hatte er heute Morgen noch nicht geahnt. Es war ihm absolut unverständlich, warum ihm das Schlageisen in den letzten Jahren nie aufgefallen war. Das Ding war riesengroß, aus Edelstahl und glitzerte aufdringlich in der Sonne. Dafür hatte jemand vor Jahren richtig viel Geld hingeblättert. Das war 1a-Qualitätsware, die auch nach mehr als zehn Jahren in der freien Wildbahn noch funktionierte.

Was für ein Glück für meinen Fuß, dachte Yuri und blickte aus einem dichten Nebel des Schmerzes an seinem rechten Bein hinunter. Der rechte Fuß war oberhalb des Knöchels von der Wolfsfalle nahezu abgetrennt. Yuri war umgefallen, als die Falle zuschnappte, und sein Bein stand im rechten Winkel zu dem Fuß, der in der Falle festsaß. Das Eisen hatte ihm Schien- und Wadenbein glatt durchtrennt. Der Fuß hing nur noch an Haut- und Muskelfetzen. Der Schmerz war nicht auszuhalten, und Yuri wusste, dass der Fuß nicht mehr zu retten war. Er musste ihn abtrennen und die Blutung stoppen. Ihm blieben nur noch wenige Minuten, bis er das Bewusstsein verlieren würde.

Yuri schob den Lederhandschuh tief zwischen seine Kiefer und versuchte den Schmerz wegzubeißen. Er griff nach dem Finnenmesser in der Scheide an seinem Gürtel und betrachtete die leicht geschwungene Schneide. Mit vom Schmerz verzerrtem Gesicht fiel ihm ein, dass er die stumpfe Klinge schon lange schärfen wollte. *Das wird sich jetzt rächen*, dachte er, als er mit all der Kraft seiner Kiefermuskeln auf den Handschuh biss und das Messer zum Schnitt ansetzte. Es drang tief in das Fleisch. Yuri zog die eiskalte Luft stöhnend ein, wobei ihm der Handschuh fast aus dem Mund gefallen wäre. Er spürte durch den unerträglichen Schmerz, dass er beim Schneiden auf einen Widerstand getroffen war. Offenbar hatte ihm die Falle das Wadenbein sauber durchtrennt, aber das Schienbein war noch über eine Knochenbrücke verbunden. Auch einige Sehnen waren noch intakt. Yuri legte alle Kraft in den nächsten Schnitt, konnte das Knochenfragment aber nicht durchtrennen. Ihm wurde schwarz vor Augen, und er wusste, dass er sich zu beeilen hatte. Das Blut quoll jetzt nicht mehr, es schoss stoßweise im Takt seines Pulses aus dem Stumpf. Er musste eine oder zwei Arterien geöffnet haben. Yuri drehte sich etwas aus der liegenden Position zur Seite, sodass er das Bein an der Falle als Hebel ansetzen konnte. Mit einer raschen Bewegung drückte er das Bein hinunter. Das krachende Geräusch hörte er zeitgleich mit einer neuen Schmerzqualität, die ihm sämtliche Synapsen überflutete. Yuri spuckte den Handschuh aus. Er wollte schreien, aber kein Laut kam über die Lippen. Ihm wurde schwindelig. Sein Gesichtsfeld schien sich zu verengen, und er schloss die Augen. Mit letzter Kraft trennte er mit einem gezielten Schnitt den Fuß vom Bein und rollte zur Seite. Als er die Augen öffnete, sah er seinen Fuß in der Falle wie aus einer anderen surrealen Welt in blutrot getaucht. Yuri kämpfte mittlerweile ums nackte Überleben. Er zog mit letzter Kraft den Beinstumpf heran, indem er das Bein anwinkelte. Das Blut spritzte pulsierend aus der Wunde. An ein Abbinden oder Abdrücken der durchtrennten Arterien war nicht zu denken. Das hätte er auch nicht geschafft, wenn er im Vollbesitz seiner Kräfte jemand anderem Erste Hilfe geleistet hätte. Ein Abdrücken der Arterie in der Leiste kam auch nicht in Frage. Wie hätte er hier wegkommen sollen mit den auf die Leiste gepressten Fingern? Yuri blieb nur eine Möglichkeit. Er musste die Wunde ausbrennen, um die Gefäße zu veröden und die Blutung zu stoppen. Und das sollte er in der nächsten Minute rasch erledigen, wie ihm bewusst war. Er griff in die Tasche seines Mantels und holte eine Handvoll Schrotpatronen hervor. Yuri nahm die erste Patrone und drehte die Hülse von der Zündkapsel. Das Pulver streute er in die offene Wunde, was ihm erneut den Atem raubte. Dann griff er nach der nächsten Patrone und verfuhr mit ihr nach dem gleichen Schema. Immer in der Hoffnung, dass ihm die Patrone dabei nicht um die Ohren flog. Nachdem er in Windeseile die restlichen Patronen geöffnet und das Pulver in die stark blutende Wunde gestreut hatte, riss er ein Streichholz an und hoffte, dass nicht zu viel von der Ladung mit dem Blut wieder ausgespült worden war. Er verstärkte den Druck seiner Kiefermuskeln auf die zusammengebissenen Zähne und zündete die Ladung. Das Letzte, was er hörte, bevor die Ohnmacht ihn überkam, war ein heftiges Fauchen. Er sah noch kurz den hellen Schein der abbrennenden Nitrozellulose. Dann schwanden seine Sinne.

Yakushima; ehemaliges Japan

14 Tage vor der Ankunft des Signals auf Wolf-359

Bei Vollmond waren sie früher zwischen April und August an den Strand gekommen und hatten nach den Tieren Ausschau gehalten. Manchmal war ihnen das Glück hold und sie konnten die Weibchen über den vom Mond erhellten Strand kriechen sehen. Die Meeresschildkröten kamen meistens in Scharen. Sie zogen sich mit ihren Flossen über den Sand, um dann, an ihrem Ziel angekommen, ein Loch auszuheben und ihre Eier abzulegen. Dann mussten Takeshi und Ishi nur ein paar Wochen warten. Das eindrucksvolle Schauspiel, wenn die unzähligen frisch geschlüpften Schildkrötenbabys über den Strand auf den Ozean zu hasteten, würden beide nie vergessen.

Aber das gehörte der Vergangenheit an und das würden sie nicht mehr erleben. Es gab heute keine Wasserschildkröten mehr. Die einzigen Lebewesen, die sie hin und wieder sahen, waren diese merkwürdigen runden Geschöpfe, die Takeshi und Ishi manchmal hier in der Lagune nach der Flut fanden. Es waren scheibenförmige, perlmutterfarbene Wesen. Sie waren nicht besonders groß. Im Durchmesser maßen sie meistens weniger als einen Meter. Manchmal fanden sie aber auch Größere. Das Größte, das sie bisher gefunden hatten, hatte einen Durchmesser von mehr als drei Metern und war eingedellt wie eine alte Suppenschüssel aus Blech. Auf seiner hellen Oberseite entsprang im Scheitelpunkt dieser Schüssel eine seltsame verzweigte Struktur. Auf der Unterseite fanden sie bei diesen Wesen eine Reihe von Tentakeln, die dem Beutefang oder der Fortbewegung dienen mussten. Auf den Tentakelenden saßen hochgiftige Nesselzellen, wie Ishi schmerzhaft erfahren hatte. Das sprach nach Takeshis Meinung dafür, dass die Fangarme dem Ergreifen der

Beute dienten. Ishi konnte sich mit Pustel übersäten Armen und Händen nicht für seine Meinung erwärmen.

Als sie das erste Ding an diesem Strandabschnitt gefunden hatten, erkannte Takeshi sofort die Bedeutung dieser Tiere für ihr Überleben. Er konnte Ishi aber bis heute nicht davon überzeugen, dass das Fleisch dieser Kreaturen schmackhaft war.

Sie aß es trotzdem seit fast acht Jahren.

In Wirklichkeit war es für ihn auch alles andere als eine Delikatesse. Er musste es essen, weil es nach der Pflanzenseuche nichts mehr gab, was sie sonst essen konnten. Der Geschmack des Fleisches war gewöhnungsbedürftig. Es erinnerte ein wenig an den Geschmack von tranigem Räucherfisch, hatte aber die Konsistenz von Oktopusfleisch.

Takeshi dachte oft, dass sie eigentlich unheimliches Glück hatten. Die orange Pflanzenpest hatte sich damals mit einer irrwitzigen Geschwindigkeit über den Globus ausgebreitet. Irgendwo in diesem fernen Land in Skandinavien - er meinte, sich an ein Land namens Finnland erinnern zu können - war es losgegangen. Er konnte sich noch gut die ersten Meldungen in den Nachrichten ins Gedächtnis rufen. Von einer örtlich begrenzten Pflanzenkrankheit im borealen Nadelwald war in jenen Tagen die Rede.

Das Leben in Japan nahm davon keine Notiz - viel zu weit weg und nicht unser Problem, dachten die meisten. Aber dann überschlugen sich die Meldungen. Die Seuche wurde global, und schnell war klar, dass sie auch die Nahrungsmittelpflanzen der Menschen gefährden würde. *Ach was, gefährden*, dachte Takeshi. *Der Menschheit entzog es die komplette Lebensgrundlage*. Das ging damals alles so schnell, keiner wusste, was zu tun war. Und plötzlich gab es nichts mehr zu tun und nichts mehr zu essen - die Menschen starben. Überall auf der Welt verhungerten sie. Aber nicht nur Menschen waren betroffen. Es schien, als würde alles Leben von der Erde getilgt werden. Nichts und niemand überlebte das. Keine Pflanze wurde verschont und auch kein Tier. Dann waren sie beide plötzlich alleine auf der Insel. Sie hatten mit ihrem Weltempfänger noch widersprüchliche Nachrichten empfangen können. Von einem außerirdischen Erreger war die Rede und von einem Meteoriten, der in Finnland gefunden wurde. Das gehörte irgendwie alles zusammen. Aber einen richtigen Reim konnten sie sich nicht darauf machen, und dann empfingen sie keine Nachrichten mehr. Aber Funksignale konnte Takeshi hin und wieder mit dem alten Funkgerät auf seinem Fischkutter *Glücklicher Drache* empfangen. In den Botschaften meldete sich meistens eine ihm unbekannte Organisation namens SU10[5]. Immer wieder sprachen sie von diesen runden Organismen und davon, dass man sie zerstören musste. Alles konnte er nicht verstehen, sein Englisch reichte nicht aus. Aber er wusste, dass es um die runden Wesen ging, die sie auch in der Bucht gefunden hatten. Takeshi konnte sich gar nicht vorstellen, dass sie so gefährlich waren. Gut, es gab das Problem mit den Nesselzellen. Das hatten sie gelöst! Aber er und Ishi fanden die runden Dinger auch immer nur, wenn sie schon tot waren. Das heißt, einmal hatten sie einen Kleinen entdeckt, der noch am Leben war. Man konnte es an den Bewegungen seines Flossensaumes sehen. Das Tier versuchte offensichtlich, vom seichten Wasser über den Sandbänken wieder ins tiefere Wasser zu kommen. Es gelang ihm aber nicht, es war schon zu ausgezehrt, die Kraft fehlte. Takeshi sprang ins Wasser, um ihm zu helfen – Ishi hatte ihn darum gebeten. Das hätte ihm beinahe den Tod gebracht, obwohl er das Tier wegen der Giftzellen gar nicht berührte, sondern versuchte, es mit einem langen Stock ins Wasser zu schieben. Als er sich dem Wesen näherte, bekam er unvermittelt einen fürchterlichen elektrischen Schlag. Das Tier hatte im Wasser liegend eine starke Spannung erzeugt.

Wahrscheinlich fühlte es sich bedroht. Völlig benommen konnte er sich damals gerade noch aus dem Gefahrenbereich an Land retten. Seitdem waren sie vorsichtiger, wenn sie sich wieder einem dieser Organismen näherten. Sie warteten meistens einfach, bis sie sicher sein konnten, dass die Dinger nicht mehr am Leben waren.

Das Funkgerät gab dann irgendwann auch seinen Geist auf, die Batterien waren leer, neue hatten sie nicht mehr. Auch bei mehreren Expeditionen zu den Siedlungen auf der Insel fanden sie keine brauchbaren Batterien. Sie fanden überhaupt nicht mehr viel Brauchbares. Sie fanden eigentlich nur noch die Leichen der verhungerten Menschen. Meistens im Grade starker Verwesung oder schon skelettiert. Und sie fanden die Gewissheit, dass sie nur überlebten, weil die runden Wesen in ihre Bucht trieben und sie sich davon ernähren konnten. Meistens entdeckten sie die Kreaturen während der Ebbe. Ihre Bucht wurde für die Organismen zur Falle, wenn sie bei Flut hineinschwammen, aber ihnen der Rückweg bei ablaufendem Wasser versperrt wurde. Dann lagen sie in unterschiedlicher Zahl und Größe auf den Sandbänken und verendeten. Die Kleinen zerlegten sie an Ort und Stelle, aber nicht ohne auf die gefährlichen Nesselzellen auf der Unterseite und an den Tentakeln zu achten. Die mussten sie vor der Weiterverarbeitung erst sorgfältig entfernen. Es war so ähnlich wie die Zubereitung von Fugu aus Kugelfischen. Takeshi hatte das oft bei den Fischern beobachtet, die sich illegal den Fisch zubereiteten. Dabei mussten alle hochgiftigen Innereien sorgfältig entfernt werden, sonst gab es nach dem Verzehr Tote. Eigentlich waren nur einige Filetstücke aus der Körperscheibe des Organismus genießbar. Sie aßen die Kleinen gleich in den nächsten Tagen. Aber manchmal wurden auch Größere angetrieben, und die lieferten Nahrung für einen längeren Zeitraum. Sie lernten, das Fleisch zu konservieren, indem sie es in Salz legten oder räucherten, so wie sie es früher mit dem Fisch gemacht hatten. Das mussten sie auch tun, um die Wochen im Jahr zu überbrücken, in denen sie keines dieser Tiere in der Lagune finden konnten.

Fast acht Jahre ging das jetzt schon so. Ishi und Takeshi verdankten ihr Leben nur diesen verdammten Kreaturen, die der Rest der Menschheit am liebsten vernichtet hätte. Takeshi hatte zu Anfang immer Angst vor einer Mangelernährung. Aber nach den vielen Jahren war er sich heute sicher, dass das Fleisch dieser Tiere alles enthielt, was ihre Körper zum Überleben brauchten. Sonst wären sie schon längst an einer Mangelerkrankung wie Skorbut oder Rachitis gestorben.

Heute Mittag waren sie nach einem späten Frühstück zu einer weiteren Erkundungsreise auf ihrer Insel aufgebrochen. Das Frühstück bestand wie jeden Morgen aus in Öl eingelegtem Diskusfisch, wie sie das Wesen seiner Form entsprechend genannt hatten. Das Öl gewannen sie mittlerweile auch aus dem merkwürdigen Organismus, den sie vor der Pflanzenseuche nie zuvor gesehen hatten. Bei größeren Exemplaren lag im Scheitelpunkt der Körperschüssel eine extrem fetthaltige Speckschicht. Die war dem Blubber der Wale und Robben nicht unähnlich, und Takeshi hatte oft zugeschaut, wie seine Eltern daraus Öl gewonnen hatten, wenn sie einen gestrandeten Wal zerlegten.

Wovon sich diese Wesen ernährten, war ihnen ein Rätsel. Pflanzen gab es keine mehr. Wenn es ein Räuber war, wofür die vielen Tentakel auf der Unterseite sprachen, dann war ihnen vollkommen schleierhaft, was er damit in den toten Ozeanen fangen wollte. Möglicherweise gab es irgendwo in der Tiefsee noch Lebewesen. Vielleicht gab es dort auch noch Lebensformen, die nicht Fotosynthese betrieben, sondern aus anorganischen Substraten Energie gewinnen konnten. Wer wusste das schon?

Ishi und Takeshi machten sich an diesem Tag auf, um die Südspitze der Insel zu erkunden. Der Sturm der letzten Tage war abgeklungen. Aber es hatte den gesamten Morgen wie aus Eimern geschüttet. Der Boden war vollkommen aufgeweicht, und so wurde jeder Schritt in dieser pflanzenlosen Matschwüste zur Tortur. Sie sanken knöcheltief in den Morast und mussten ihre Füße jedes Mal kraftzehrend aus dem aufgeweichten Untergrund ziehen, dem keine Pflanzenwurzel mehr halt gab.

Von dem fetten Frühstück gestärkt, stiegen sie einen steilen Berghang hinauf. Hinter der Bergkette konnten sie bereits dumpf die Wellen des ostchinesischen Meeres an die Ufer ihrer Insel branden hören. Der Regen peitschte ihnen um die Ohren, aber sie waren in ihrer Kleidung gut vor der Witterung geschützt. Das ganze Trekkingzeug hatten sie aus dem Laden in der Hauptstadt der Insel. Dort bedienten sie sich immer wieder aus dem reichlich vorhandenen Angebot für die vielen Backpacker, die die Insel früher immer überflutet hatten. Damals hatten sie über die vielen Touristen geflucht, die in Scharen über die sehenswerte Natur Yakushimas getrampelt waren. Selbst den teilweise zwischen 2000 und 7000 Jahre alten Sicheltannen zollten sie keinen Respekt. Das Holz dieser Bäume verbrannten sie immer wieder für ihre lächerlichen Survival-Lagerfeuer. Es war schon zum Kotzen. Heute waren beide froh über den Globetrotterwahn. Die sündhaft teure Designer-Outdoorkleidung leistete ihnen auf der Insel, auf der es nach einem alten Sprichwort der Einheimischen 35 Tage im Monat regnete, gute Dienste.

Ishi schritt voran. Sie gingen jetzt entlang eines Bergrückens. Zu beiden Seiten fielen die Bergflanken mehrere hundert Meter steil ab. Ein falscher Schritt, und sie würden, einmal auf dem morastigen Untergrund ins Rutschen gekommen, ihre Abwärtsfahrt nicht mehr bremsen können. Wahrscheinlich würde ihnen auf dem Weg nach unten die Haut und das Fleisch von den spitzen, aus dem Schlamm ragenden Felsen von den Knochen gerissen. Irgendwo da unten würden ihre Körper zerschmettert liegen bleiben. Ishi, feingliedrig und mit einer Größe von eins achtundachtzig nur einen Kopf kleiner als ihr Freund, reichte Takeshi hinter sich die Hand und setzte vorsichtig einen Fuß vor den Anderen. Takeshi hatte ihre Hand ergriffen und hielt sie in fester Umklammerung. Wenn einer von ihnen beiden fiel, dann wollten sie zusammen in den Abgrund rutschen. Keiner sollte alleine in dieser trostlosen Welt ohne den anderen sein. Als einzige Überlebende verbrachten sie jetzt schon mehr als 7 Jahre zusammen hier auf der Insel. Ishi und Takeshi waren beide hier geboren. Sie wuchsen in Fischerfamilien auf, bis die Seuche und die darauffolgende Hungersnot alle Familienmitglieder getötet hatte. Sie waren damals noch Kinder gewesen, aber irgendwie hatten sie es geschafft und konnten sich heute ein Leben ohne den anderen nicht mehr vorstellen. So gingen sie Hand in Hand auf dem Pfad über den Bergrücken.

Weit unten konnten sie bereits die Brandung sehen, und das Geräusch der brechenden Wellen drang jetzt deutlich an ihre Ohren. Der Pfad verlief vor ihren Augen in Serpentinen langsam den Berg hinab und endete irgendwo mehrere Hundert Meter unter ihnen auf dem Sandstrand in der Bucht. Da musste hinter einem aus dem Sand ragenden Felsen der buddhistische Schrein liegen. Der heilige Gegenstand, der dort aufbewahrt wurde, war das eigentliche Ziel ihrer kleinen Expedition. Das Schwert war nach dem alten Text in dem Kloster ein Meisterstück der japanischen Schwertschmiedekunst. Das Kloster hatten sie vor einiger Zeit besucht. Bei der Durchsuchung der Räumlichkeiten nach brauchbaren Gegenständen war ihnen der Text mit dem Hinweis in die Hände gefallen. Also hatten sie entschieden, den beschwerlichen Weg über die Bergkette auf sich zu nehmen, um das Schwert zu holen.

Eine scharfe Klinge konnten sie immer gut gebrauchen, wenn sie die Organismen fachgerecht zerlegten.

Nach dem gefährlichen Abstieg über den vom Regen völlig aufgelösten Pfad erreichten sie endlich den Strand. Der Fels, hinter dem sie den Schrein erwarteten, ragte circa hundertfünfzig Meter vor ihnen aus dem Untergrund. Ein feiner Sprühregen nahm ihnen die Sicht, sodass sie die nähere Umgebung der Felsenklippe nicht genau erkennen konnten.

Ishi blickte sich um und schaute in die Augen von Takeshi: »Wir sind fast da! Was glaubst du? Werden wir das Katana dort finden?«

»Ich weiß es nicht! Hoffentlich, sonst haben wir den ganzen Weg umsonst gemacht.«

Beide blickten durch den abnehmenden Regen zurück zu dem Pfad, den sie gerade den Berg hinunter gefolgt waren. Alles war vom Regen aufgeweicht. Das Wasser strömte an den matschigen, graubraunen Bergflanken hinab und suchte sich einen Weg in die Bucht, die sich bereits von dem mitgeführten Schlamm verfärbte. Alles lag in eintönigen Farben vor ihnen. Es schien seit der weltweiten Seuche keine intensiven Farben mehr auf dem Globus zu geben.

Der Regen machte eine Pause, als sie den Felsen erreichten. Gemeinsam umrundeten sie den grauen Brocken und erblickten den Schrein. Ishi packte Takeshi am Arm und grub ihre Fingernägel durch die Regenjacke tief in sein Fleisch. Dabei machte sie ein seltsames Geräusch und zeigte mit ihrer freien Hand auf eine Stelle vor dem Schrein. Das Geräusch erinnerte Takeshi an das Röcheln eines Sterbenden. Er hatte es so ähnlich oft bei den Opfern der letzten Jahre gehört. Er blickte sie von der Seite an und nahm ihr verstörtes Gesicht mit den weit aufgerissenen Augen wahr. Sein Arm schmerzte unter ihrem Klammergriff. Plötzlich wurde ihm bewusst, dass sie fassungslos auf etwas mehrere Meter vor ihren Füßen starrte und nur versuchte, ihn darauf aufmerksam zu machen. Takeshi drehte den Kopf zu dem Ding auf dem Boden, das sie so in seinen Bann gezogen hatte, und erstarrte. Heftig sog er die Luft ein und fiel auf die Knie. Ishi kniete nun ebenfalls neben ihm nieder, und er konnte sie weinen hören. Den Blick konnte er aber nicht mehr von dem Wunder abwenden, das sich nur wenige Meter vor ihnen über den Boden erhob. Dort wuchs etwas auf dem völlig durchnässten Untergrund. Das Gewächs bedeckte mehrere Quadratmeter Boden vor dem heiligen Schrein. Sie konnten keine richtigen Blätter oder Stängel erkennen. Überhaupt sah es nicht wie eine höhere Pflanze aus, sondern eher wie eine zu groß geratene Flechte oder ein merkwürdiges Moos. Es bestand hauptsächlich aus lappenartigen Oberflächenvergrößerungen, die entfernt an Blätter erinnerten und handtellergroß waren. Das einheitlich purpurn gefärbte Gewebe war an den Rändern hochgebogenen und eingebuchtet. Aber es wuchs aus dem Untergrund hervor wie eine Pflanze und schien sich auch aus dem Boden mit Nährstoffen zu versorgen. Fremdartige Organe, die an Luftwurzeln von Pflanzen erinnerten, stellten Kontakt zum Boden her. Die gesamte Wuchsform erreichte eine Höhe von einem halben bis zu einem Meter.

Es war die erste organische Lebensform, die Ishi und Takeshi seit Jahren auf der Erdoberfläche sahen. Ein Teil des Gewächses rankte an dem Holzschrein empor und schien ihn einfach überwachsen zu wollen. Dabei löste es das alte Holz des Schreins auf. Wahrscheinlich, um es seinem Stoffwechsel einzuverleiben. Das Holz zeigte deutliche Spuren brüchiger Zersetzung, wo es von dem Gewächs berührt wurde. Gemeinsam rutschten sie auf Knien durch den Morast zu dem sonderbaren Gewächs.

Takeshi legte seine Hand auf Ishis Arm: »Das ist die erste Pflanze, die ich seit Jahren zu Gesicht bekomme. Vielleicht wird jetzt alles besser und das Leben kehrt zurück auf die gute alte Erde.« Dann nahm er sich ein Herz und streckte seine Finger nach dem purpurnen Geflecht. Langsam, nur sehr zögerlich legte er seine freie Hand auf das fleischige Gewebe.

Chajnantor-Plateau; nordchilenische Anden

14 Tage vor der Ankunft des Signals auf Wolf-359

Seit Jahren hatte er nichts mehr angerührt. Die bernsteinfarbene Flüssigkeit in dem Glas vor ihm auf dem Tisch war der erste Alkohol, und er genoss ihn. Das Bier schmeckte vorzüglich.

O'Brian hatte tatsächlich nach all den Jahren ihr Bierdepot entdeckt. Naomi Mae Wood hatte sich eine ordentliche Reserve angelegt. Woher sie all das Zeug hatte, konnten sich beide nicht erklären. Kaspuhl vermutete, dass sie die Sixpack-Reserve irgendwo in der kleinen Geisterstadt am Fuße des Berges bei einer ihrer gemeinsamen Touren entdeckt und erfolgreich vor ihm versteckt hatte. Sie musste das Bier dann vor Jahren heimlich hier zu der Anlage hochgebracht haben, ohne dass es jemand bemerkte. Das Versteck war wirklich genial und O'Brian entdeckte es nur zufällig. Die Klappe zu dem Lüftungsschacht öffnete er nur, weil er dahinter ein Geräusch gehört zu haben glaubte.

Kaspuhl und O'Brian prosteten sich zu. »Weißt du, was komisch ist?« Kaspuhl spürte bereits die einlullende Wirkung des Alkohols und wurde zusehends gesprächiger.

»Ja, weiß ich.« O'Brian wischte sich über den Mund. »Das Bier hat einen komischen Namen, hab ich vorher noch nie gehört. Als ob es für die Verrückte höchstpersönlich gemacht wurde. Wer nennt denn eine Biersorte *Wolfs-Pilsner*?«

Kaspuhl hätte sich beinahe verschluckt und musste tief Luft holen. »Wer ein Organismensignal zu einer Sonne namens Wolf-359 sendet, trinkt Wolfs-Bier, Wolfs-Export, und sie wissen, wie sie Kontakt aufnehmen. Ich hätte in meinem früheren Leben Werbetexter und nicht Astronom werden sollen.«

O'Brian schlug sich vor Lachen auf die Oberschenkel, und kleine Tränen rannen aus seinen Augenwinkeln.

Plötzlich wurde Viktor Kaspuhl sehr ernst: »Nein, das meine ich nicht!«

O'Brian hörte unvermittelt auf zu lachen und schaute ihn an. In letzter Zeit machte Kaspuhl so komische Sachen mit den Augen. Er zwinkerte am laufenden Band und riss sie dann weit auf.

»Letzte Woche haben wir vor dem Zentrum der Milchstraße eine Supernova entdeckt.« Kaspuhl schaute wie eine Eule mit den weit aufgerissenen Augen.

»Ja und, das weiß ich. Ich war dabei. Was soll daran komisch sein?« O'Brian sah seinen Freund verwirrt an – wieder das Zwinkern.

»Eine Supernova ist okay.« Kaspuhl nippte an dem Bier. »Ich hab heute Morgen vor dem galaktischen Zentrum eine zweite entdeckt.«

Jetzt war ihm O'Brians Aufmerksamkeit sicher.

»Was für ein Zufall, wir gehen in unserer Milchstraße von zwei pro Jahrhundert aus!« Kaspuhl schaute ihn mit hochgezogener Stirn und weit geöffneten Augen mehr als skeptisch an: »Und wie es der Zufall will, habe ich eben, kurz bevor wir uns getroffen haben, eine dritte in der gleichen Region entdeckt. Es scheint, dass die Sterne dort einer nach dem anderen explodieren. Die kommen mir vor wie Dominosteine, die in einer Kettenreaktion fallen und den Nachbarn mit umreißen.«

Der Tisch, an dem sie saßen, hatte eine sterile, cremeweiße Resopaloberfläche und erweckte den Eindruck, er sei aus einer längst vergangenen Zeit. Über den beiden Männer, die sich schweigend ansahen, flackerte eine defekte Leuchtstoffröhre und warf ihre stroboskopartigen Lichtreflexe durch den Raum. Kaspuhl ging dieses entnervende Flackern schon eine ganze Weile gegen den Strich. In einer geschmeidigen, schnell ausgeführten Bewegung warf er das geleerte Glas nach der Lampe und traf, sodass sie in einem Glasregen über ihren beiden Köpfen niederging.

»Bist du von allen guten Geistern verlassen?« O'Brian war aufgesprungen und schüttelte energisch seinen irischen Rotschopf. Viele kleine Scherben der zerplatzten Röhre und auch einige größere Splitter des geborstenen Glases rieselten dabei zu Boden.

»Da hast du noch 'ne Supernova.« Kaspuhl musste schrill lachen. »Mann, stell dich doch nicht so an!« Während er das sagte, schüttelte er nun ebenfalls die Scherben aus seinen Haaren. »Und das ist nicht alles, was der Zufall uns zu bieten hat.« Sein Ton wurde immer zynischer. »Die entdeckten Supernovae haben noch was gemeinsam. Wir hatten die Sonnen aus einem bestimmten Grund schon länger im Visier.«

O'Brian schaute ihn argwöhnisch an. Er sagte aber nichts, sondern schüttelte nur den Kopf, als wollte er verhindern, dass ihm Kaspuhl gleich die Wahrheit servierte, die er sowieso schon kannte.

»Genau, du weißt es schon. Die explodierten Sonnen haben allesamt das Zielspektrum.«

O'Brian wurde sehr bleich und nahm einen Schluck Bier. »In welcher Entfernung befanden sich diese Unhexaquadium-Sonnen?«

»Alle um die zwanzig- bis fünfundzwanzigtausend Lichtjahre entfernt, vor dem Zentrum der Galaxie.«

O'Brians analytischer Verstand lief warm.

Eine andere Leuchtstoffröhre gab ihren Geist auf und warf ihr Licht flackernd über Viktor Kaspuhls Gesicht. Seine Augen zwinkerten wieder stärker. »Wir haben noch Tausende mit diesem Spektrum in allen Bereichen der Milchstraße, und ich denke, wir haben noch lange nicht alle entdeckt. Alleine in der Region vor dem Milchstraßenzentrum, wo wir die drei Supernovae entdeckt haben, sind uns momentan noch 147 Sonnen bekannt.«

O'Brian musste schmunzeln, wenn er in das von den Lichtblitzen erleuchtete Gesicht von Kaspuhl schaute, der nach jedem Zwinkern die Augen aufriss.

»Wir sollten sie alle beobachten. Diese Häufung von Sternenleichen ist nicht normal. Mein Instinkt sagt mir, dass das nicht mit rechten Dingen zugeht und wir da auf etwas Größeres gestoßen sind. Also, lass uns austrinken. Wir rufen sofort alle zu einem Briefing zusammen und organisieren die Schichten für die nächsten Tage und Nächte. Die werden sich freuen. Gestern hielt uns das Organismensignal von dieser japanischen Insel auf Trab und heute schon wieder Action. Egal – diese Sonnen müssen wir im Auge behalten. Vielleicht finden wir heraus, was dort vor 25.000 Jahren geschehen ist.« Kaspuhl grinste ihn nun seinerseits an: »Hab schon ausgetrunken. Wir sollten die Sterne auch auf Exoplaneten untersuchen, wenn das nicht schon geschehen ist. Vielleicht finden wir dort auch irgendwelche Anomalien. Gibst du mir dein Glas? Ich bringe es für dich weg.«

O'Brian schaute immer noch in Kaspuhls Gesicht und sah das Leuchtstoffröhrenblitzen: »Du kannst mich mal! Bring ich selber weg. Sieh zu, dass du die Röhre bis morgen auswechselst.«

Zerstörer Hope – SU10^5; ostchinesisches Meer vor Japan

14 Tage vor der Ankunft des Signals auf Wolf 359

Logbuch der Hope:
Tag 2697 nach Signal

Gestern haben wir Meldung von der Einsatzzentrale der SU10^5 erhalten. Das Team um O'Brian meldet aus der chilenischen Atacamawüste einen Treffer über dem Ostchinesischen Meer. Einer ihrer Satelliten hat auf dem Gebiet der südjapanischen Inseln ein Signal mit ansteigender Intensität detektiert. Die Signalquelle bewegt sich momentan in Richtung Yakushima. Da sich die Hope bei ihrer Patrouillenfahrt in taiwanesischen Gewässern befindet, haben wir direkt Kurs auf die Zielkoordinaten genommen und unsere Waffensysteme aktiviert. Ich habe den Befehl gegeben, die Koordinaten mit voller Fahrt anzusteuern. Wir machen momentan mit 28 Knoten bei ruhiger See gute Fahrt und sollten unser Ziel in knapp 10 Stunden erreichen. Bei der Entwicklung der Signalstärke gehen wir davon aus, dass wir den Organismus rechtzeitig finden, bevor er das Signal mit voller Intensität an seinen Zielstern senden kann. Das Vorhaben ist momentan alternativlos, da die SU10^5 keine anderen bewaffneten Einheiten in der Nähe hat, die das Ziel in der vorgegebenen Zeit ansteuern und untersuchen können. Eine Bombardierung durch Langstreckenbomber kommt nicht in Frage, denn hier bietet sich eine einmalige Chance für uns. Wir können solch einen Organismus aus nächster Nähe lebend in Augenschein nehmen. Die Großrechner der SU10^5 haben den Stern Pollux im Sternbild Zwilling als Zielstern ausgespuckt. Der Stern ist ein roter Riese und 34 Lichtjahre entfernt. Die ersten Spektralanalysen der Astrophysiker ergaben, dass er auf jeden Fall in die Reihe der Zielsterne gehört. Pollux hat das UHQ-Spektrum. Das Signalmaximum wird der Organismus *erreichen, wenn Pollux genau im Zenit des Wesens steht. Die Einsatzzentrale der SU10^5 geht bei der momentanen Signalentwicklung und der Entfernung von Pollux von einem mittelgroßen Organismus aus. Wir erwarten eine Kreatur mit einem Durchmesser von 50 bis 60 Metern. Wir haben den klaren Befehl erhalten, den Organismus nur mit unseren automatischen Lenkwaffensystemen zu vernichten, wenn es nicht anders möglich ist. Oberste Priorität ist es, den Organismus in Augenschein zu nehmen, ihn zu vermessen, zu untersuchen, eventuell Proben zu entnehmen und alles zu dokumentieren, bevor wir ihn eliminieren. Ein erfolgreiches Absetzen des Signals an Pollux ist aber unbedingt zu verhindern. Laut Befehl geht der Eigenschutz der Mannschaft vor. Aber die Chance, einem Organismus so nahe zu kommen, werden wir nicht mehr allzu oft erhalten.*

gez. Kapitän Jake Osterhaus

Osterhaus beendete die Datei auf seinem Rechner. Er saß an seinem Arbeitsplatz und dachte nach.

Bei nur 34 Lichtjahren Entfernung zu Pollux stellte eine erfolgreiche Übermittlung des Signals eine sehr große Bedrohung dar. Bisher konnten alle Signale der unbekannten Lebensformen an Zielsterne mit UHQ-Spektrum verhindert werden. Nur der Sankt-Lorenz-Vorfall vor zwei Jahren war eine Ausnahme. Der Sendeorganismus konnte damals leider ein Signal absetzen, bevor eine SU10^5-Fregatte ihn zerstören konnte. Peinlich, dass so was gerade vor der Sankt-Lorenz-Insel geschehen musste. In direkter Nachbarschaft zur Biosphäre VI auf der Insel. Die SU10^5 musste hilflos zusehen, wie der Organismus seelenruhig sein Signal absetzen konnte. Alle dort stationierten Schiffe waren weit südlich im Pazifik auf Patrouille und konnten nicht mehr eingreifen. Seit damals waren immer einige Langstreckenbomber in der Luft. Da hätte man früher draufkommen können. Allerdings war die Übermittlung des Signals nicht allzu beunruhigend. Der Zielstern war damals My Cephei, ein roter Überriese in circa 1800 Lichtjahren Entfernung. Von dort war erst in 3600 Jahren eine Antwort zu erwarten, wenn es nach den Gesetzen der Physik ging.

In den letzten Jahren hatte Osterhaus mit der Hope 27 Einsätze gehabt, und dabei waren sie 27 Mal erfolgreich gewesen und konnten die Organismen vor dem Senden des Signals zerstören. Eigentlich stünde die $SU10^5$ in der Statistik gut da – ein erfolgreich abgesetztes Signal einer Lebensform an ihre Schöpfer gegenüber 198 durch Einheiten der $SU10^5$ rechtzeitig vernichtete Biosender. Aber leider hatte Naomi vor knapp siebeneinhalb Jahren auf Wolf-359 angerufen und die Statistik zunichtegemacht. Noch 14 Tage, dann begann der zweite, weitaus spannendere Teil der Wartezeit.

Kapitän Jake Osterhaus stand von seinem Tisch auf und machte sich auf den Weg zur Kommandobrücke.

Neil fluchte vor sich hin und wendete mit einer geschickten Bewegung seines Handgelenkes die Tofuscheiben in der Pfanne über dem Gasherd.

»Warum muss dieser Idiot ausgerechnet jetzt nach einer warmen Mahlzeit verlangen? In zehn Minuten hätte ich Feierabend gehabt.« Der Idiot war allerdings der 1. Offizier des Schiffes und hatte eine ganze Nachtschicht im Steuerstand des Schiffes hinter sich. Mit dem wollte sich Neil nicht anlegen.

Es war jetzt 07:20 Uhr, und der Typ würde heute Mittag auch noch die Ankunft der Hope auf Yakushima miterleben, sodass ihn eine ereignisreiche Schicht auf der Kommandobrücke erwartete. Ein Mittagessen bekäme der Mann mit Sicherheit nicht. Während der Landung auf der Insel hatte er mit Kapitän Osterhaus die gesamte Operation vom Schiff aus zu überwachen. Die Last der Verantwortung auf seinen Schultern konnte Neil förmlich spüren. Sie durften auf keinen Fall scheitern. Der Biosender musste unbedingt vernichtet werden. Der Zielstern war diesmal nur 34 Lichtjahre entfernt. Das war mittlerweile bis zu den unteren Dienstgraden durchgesickert. Neil wusste sehr wohl, was das für die Überlebenden der Seuche bedeuten konnte. Fast spürte er jetzt so etwas wie Mitleid mit dem Kerl in der Offiziersmesse.

Neil hörte auf zu fluchen, überbuk den fertigen Tofu mit einer Lage rein pflanzlichem Käse und legte sie wie gewünscht auf die Scheiben Vollkornbrot.

Neil war vor dem Massensterben Sternekoch in der französischen Hauptstadt gewesen und leitete dort ein sehr exklusives Restaurant in der Nähe des Sacré-Cœur im Quartier de la Goutte-d'Or. Das war der Grund für seine Rettung. Seine exquisiten Kochkünste und das exorbitante Wissen um Nahrungsmittel und deren Zubereitung zeichnete ihn aus, und er wurde einer von Hunderttausend, die von der SU10[5] ein Überlebensticket bekamen. Wenn er damals gewusst hätte, dass er mit all seinen Fertigkeiten in der Kombüse eines Zerstörers landen würde und vegane Gerichte zubereiten musste, hätte er vielleicht eine andere Wahl getroffen.

Nachdem Neil das Mahl serviert hatte, machte er klar Schiff in der Kombüse und übergab an die nächste Schicht. Er ging, als sein letzter Gast für heute den Speisesaal verlassen hatte, auf das Mannschaftsdeck zu der Kajüte, die er sich mit Jackson teilte. Jackson war Ingenieur und immer zu einem Scherz aufgelegt. Durch seine Adern floss das Blut der australischen Ureinwohner. Sein Vater war ein reinrassiger Aborigine und hatte seine Mutter, eine Engländerin, auf einer Tomatenplantage bei der Arbeit kennengelernt. Es war Liebe auf den ersten Blick gewesen. Beide waren nach der großen Pflanzenseuche umgekommen. Jackson war als High Potential Absolvent des MIT in Cambridge, Massachusetts, zu der Membership

Card der SU10[5] gekommen. Außerdem besaß er eine Pilotenlizenz.

Als Neil die Kajüte betrat, lag er auf seiner Pritsche und versuchte, einen Rubik's Cube zu lösen. Den Würfel hatte er von Neil, der das Ding schon hunderte Mal gelöst hatte. Jackson versuchte es jetzt seit zwei Tagen und er konnte mittlerweile zwei Seiten des Würfels in eine Farbe drehen. Er gab nicht auf, wollte sich von Neil aber auch nicht helfen lassen.

»Na, bist du schon weitergekommen?« Neil musste lachen, weil seine Frage rein rhetorischer Natur war. Natürlich sah er, dass Jackson sich vollkommen verrannt hatte.

Die Antwort kam von einem gänzlich in sein Handeln versunkenen Menschen, der seine Umwelt kaum mehr wahrnahm: »Ja, ja, klar! Bin kurz davor.«

Neil konnte es immer noch nicht glauben, dass ein Mensch mit solchen Fähigkeiten wie Jackson es nicht schaffte, diesen Würfel zu knacken. Er zögerte einen Augenblick mit seiner Antwort und sah ihm amüsiert weiter beim Scheitern zu. »Weißt du, Jackson, du bist doch Ingenieur und kennst dich mit Schrauben aus. Ich gebe dir mal einen Tipp. Unter den Abdeckungen der Würfelteile in der Mitte auf jeder Seite befinden sich Schrauben. Wenn du diese Abdeckungen mit einem kleinen Messer löst und entfernst, kannst du die Schrauben lösen. Die halten das ganze Ding zusammen. Wenn du sie alle gelöst hast, zerfällt der Würfel in seine Einzelteile und du kannst ihn wieder richtig zusammensetzen. Das merkt keiner, und du hast einen fertigen Würfel. Die Anerkennung der Menschheit wird dir dann gewiss sein.« Lachend ließ er sich auf seine Pritsche fallen.

»Du Arsch, ich schaff das auch so.« Jackson schaute Neil aus müden Augen an und legte den Würfel mit einem leisen Seufzer beiseite. »Okay, gib mir noch ein paar Tage, dann gebe ich auf und du kannst es mir zeigen.«

Einen Augenblick herrschte Schweigen in der kleinen Kajüte. Die beiden Männer lagen auf ihren Pritschen und dachten über ihren vergangenen Tag nach. Neil war es, der zuerst das Wort an seinen Mitbewohner richtete. »Was denkst du, was erwartet uns diesmal?«

»Ich hab es vorhin bei einem Gespräch auf der Brücke aufgeschnappt. Der Organismus soll diesmal nicht einfach vernichtet werden. Wir sollen ihn lebendig untersuchen und ihn erst in die Hölle schicken, wenn er kurz davorsteht, das Signal zu senden. Das muss unbedingt verhindert werden.«

»Ist schon klar,« Neil wusste das und erwiderte mit einer Brise Sarkasmus in der Stimme: »Weißt du, was ich schon lange denke? Eigentlich spielt es doch jetzt keine Rolle mehr, eigentlich machen wir in den letzten Jahren seit Naomis Heldentat in der Atacamawüste einen überflüssigen Job, oder?«

»Nein, das glaube ich nicht. Es ist wichtig, die Organismen weiterhin von der Sendung des Signals abzuhalten, solange wir nicht genau wissen, was dieses Signal auslösen wird.« Jackson drehte sich auf die Seite, sodass er Neil unverblümt anschauen konnte.

Neil wandte seinen Kopf und sah seinen Bettnachbarn ebenfalls an. »Aber sie hat doch damals schon das Signal an einen Stern abgesetzt, und es wird in 14 Tagen sein Ziel erreichen. Das ist doch nicht mehr aufzuhalten. Wenn irgendjemand im Sonnensystem Wolf das Signal empfängt, wird es doch wahrscheinlich sowieso an all die anderen Aliensterne weitergegeben. Was glaubst du eigentlich, wie sehen *DIE* aus?«

»Nein, es ist nicht unbedingt gesagt, dass das Signal von einer fremden Lebensform aufgefangen wird. Vielleicht haben wir ja Glück und die Nachricht rauscht dort einfach ungehört vorbei. Dann würden wir uns in den Arsch beißen, wenn wir doch noch ein Signal durchgelassen hätten.«

»Aber das haben wir doch schon ...« Neil setzte sich in seinem Bett auf und lehnte sich mit dem Rücken an die Wand. »Vor zwei Jahren!«

Jackson setzte sich ebenfalls auf und griff das Didgeridoo, das die ganze Zeit neben ihm im Bett gelegen haben musste. Er legte es zwischen die Beine und ließ seine Finger über das Eukalyptusholz gleiten: »Sankt-Lorenz-Vorfall. Aber das Signal wurde von dem Organismus damals an einen Stern gesendet, der Tausende von Lichtjahren entfernt ist. Das dauert ewig, bis es dort ankommt. Das sollte uns erst in der fernen Zukunft Sorgen machen.«

Neil schaute ihm zu, wie er seine Lippen anfeuchtete und auf den Wachsring des Mundstückes legte. Dann fiel ihm seine Frage wieder ein: »Du hast mir noch nicht geantwortet. Wie stellst du *SIE* dir vor? Ich meine, ich frage mich immer, wer da kommen wird? Dieses kleine Mädchen aus Deutschland soll vor Jahren schon gesagt haben, dass sie kommen werden.« Jackson blies sanft in das Rohr. Ein einzelner, lang gezogener Laut klang sphärisch auf- und abschwellend durch den kleinen Raum. Dann sagte er unvermittelt. »Sie hat es damals auf einem Rechner geschrieben, ohne dass sie schreiben konnte – gruselige Geschichte. Ich glaube, sie sind uns technologisch weit voraus und eine viel ältere Rasse als wir. Das muss man nach allem, was passiert ist, einfach vermuten. Die haben uns mit einem Meteoriten aus diesem neuen Element einen Krankheitserreger geschickt, der alle unsere Pflanzen tötete und dann auch noch diese Organismen entstehen ließ. Das muss man biotechnologisch erst mal schaffen. Und dann die Geschichte mit den Sonnen, die diese Wesen mit ihren Signalen anpeilen. Die enthalten dieses unbekannte Element, und einige Wissenschaftler glauben, unsere Aliens erzeugen es sogar in ihren Sonnen – unglaublich! Da sind wir doch Millionen Meilen in der Entwicklung hinterher. Wir konnten gerade mal zum Mond reisen, vielleicht schaffen wir es in ein paar Jahren auch mal zum Mars. Aber diese Jungs werden kommen, glaub es mir. Die lassen sich auch nicht von ein paar Lichtjahren aufhalten.«

Neil kaute auf seinen Fingernägeln. Diese Gedanken machten ihn nervös. »Und wie sollen die das machen?«

Jackson schwang seine Beine von der Pritsche und saß nun Neil gegenüber. In der Rechten hielt er noch das Didgeridoo: »Die werden mit Raumschiffen kommen. Entweder haben sie eine Möglichkeit gefunden, annähernd Lichtgeschwindigkeit zu erreichen, schneller als das Licht zu reisen, oder sie kommen durch Einstein-Rosen-Brücken.«

»Was für Dinger?« Neil traute seinen Ohren nicht.

»Einstein-Rosen-Brücken, besser bekannt als Wurmlöcher. Mann, hast du noch nie was von Reisen durch den Hyperraum gehört? Ist doch ein beliebtes Thema in der Science-Fiction-Literatur.«

»Ich lese keine Science-Fiction-Romane. Ist doch eh alles nur Quatsch. Was ist das, der Hyperraum?«

»Na, das ist die Erfindung von Science-Fiction-Autoren und theoretischen Physikern, wenn es darum geht, uns plausibel zu erklären, wie irgendwelche Aliens zu uns kommen und dabei die unvorstellbaren Entfernungen im All überwinden, ohne schneller als Licht zu reisen. Sie fliegen dann mit ihren Raumschiffen nicht durch den Raum auf einer Geraden von einem Punkt A zu einem Punkt B.«

Neil schaute ihn skeptisch an und sah mit seinem offen stehenden Mund ein weinig dämlich aus.

Jackson störte das nicht weiter, er fühlte sich jetzt erst recht berufen, es seinem Freund und Kajütennachbarn zu erklären: »Du musst dir vorstellen, dass der Raum gekrümmt ist – wie zum Beispiel die Oberfläche eines Luftballons. Wenn sich jetzt auf dieser Oberfläche zwei Punkte auf unterschiedlichen Seiten des Ballons gegenüberliegen, dann ist der kürzeste Weg zwischen ihnen nicht der scheinbar gerade Weg auf der Luftballonoberfläche, sondern der kürzeste Weg führt durch den Ballon hindurch, durch das Balloninnere. Das ist der Hyperraum, und den erreicht man durch die Wurmlöcher.«

Neils Mund war jetzt geschlossen: »Verstehe, das ist eine Abkürzung im Raum, um schneller ans Ziel zu kommen.«

»Genau, da sich nichts schneller als das Licht bewegen kann, greifen Science-Fiction-Autoren immer gerne auf diesen Trick zurück, sonst wären die Abstände zwischen den Sternen oder den Galaxien einfach zu groß und unüberwindbar. Aber für diesen Hyperraum gibt es keinerlei Beweise. Vielleicht brauchen die tatsächlich auch einfach viel länger. Das wäre natürlich unser Glück. Allerdings wissen wir, dass die Sonnen mit ihrem Unhexaquadiumspektrum zum Teil Tausende von Lichtjahren auseinanderliegen. Das spricht doch eher dafür, dass sie sich schneller als das Licht bewegen können oder den Hyperraum entdeckt haben.«

Neil setzte sich jetzt auch auf seiner Pritsche auf. »Und jetzt raus damit, wie werden *SIE* aussehen? Hast du eine Vorstellung?«

Jackson wurde sehr ernst: »Ich denke, das sollten wir die Astrobiologen fragen. Aber bei solchen Prognosen muss man vorsichtig sein, denn wir wissen viel zu wenig von ihnen. Zum Beispiel müsste man wissen, von was für einem Heimatplaneten sie stammen. Ist es ein Gasriese oder ein Gesteinsplanet mit vollkommen anderen Voraussetzungen für Leben? Welche Druckverhältnisse herrschen dort und welcher Gravitation sind sie ausgesetzt? Hat der Planet eine dichte Atmosphäre und ein Magnetfeld? Wie sieht es mit der kosmischen Strahlung, aus und welche Sinnesorgane haben sie in ihrer natürlichen Umgebung entwickeln können? Du siehst, alles sehr spekulativ. Wir wissen einfach nichts von ihnen, außer dass sie eine intelligente Lebensform sein müssen – nach dem wenigen, was sich uns offenbart hat.«

Weiter kam er nicht. Der Schiffsalarm übertönte alles und rief die Männer auf ihre Posten. Das Schiff musste binnen der nächsten 10 Minuten gefechtsbereit sein.

Die beiden schauten sich erschrocken an und sprangen von ihren Pritschen. Jegliche Müdigkeit war von ihnen abgefallen, und sie wechselten ein paar hektische Worte. Jackson verließ als Erster die gemeinsame Kajüte und lief durch die Gänge zu seinem Posten auf der Kommandobrücke. Neil hatte auf dem Schiff nicht nur die Leitung der Schiffsküche inne. Er hatte sich auch zum Maschinengewehrschützen ausbilden lassen müssen. Viele Dienstgrade hatten mindestens zwei Aufgaben an Bord des Zerstörers. Meist eine, die ihrer zivilen Ausbildung entsprach, und zusätzlich eine militärische für den Fall eines kriegerischen Einsatzes. Deswegen steuerte Neil seinen Posten an der 20-mm-Maschinenkanone im Bug des Schiffes an.

Als Jackson den Gang zur Kommandobrücke entlang rannte, konnte er schon die Stimme von Kapitän Osterhaus hören, der energisch Befehle erteilte. Auf der Brücke erfasste ihn sofort die hektische Betriebsamkeit, die dort immer bei einem Alarm herrschte. Er war als nautischer Wachoffizier für die Navigationseinrichtungen zuständig und die rechte Hand des Kapitäns.

Nachdem er Osterhaus in der Mitte der Brücke mit einem Feldstecher vor den Augen entdeckte, lief er zu ihm und meldete sich zum Einsatz. Seine Worte wurden lediglich mit einem Kopfnicken bestätigt. Dann zeigte Osterhaus, ohne den Feldstecher von den Augen zu nehmen, mit seiner Rechten in die chinesische See, die sich scheinbar endlos und ruhig vor der Hope bis zum Horizont erstreckte. Es dauerte eine Weile, bis Jackson mit bloßen Augen erkennen konnte, was er mit seinem Fernglas im Fokus hatte und ihm zeigen wollte. Dann lief ihm ein

Schauer des Entsetzens den Rücken hinunter. Etwa drei Seemeilen voraus sah er deutlich die typischen Sendeorgane der Organismen in der ruhigen See liegen. Die perlmuttfarbenen Schüsseln der beiden Organismen waren riesig. Sie reflektierten grell das Sonnenlicht, das durch eine Lücke in den Wolken funkelte. Die Kreaturen wurden von dem Strahlenbündel beleuchtet und wirkten im Kontrast zur dunklen See in den Augen der Betrachter noch bedrohlicher. Die Organismen selbst bewegten sich nicht. Sie lagen einfach nur in den seichten Wellen und verharrten an Ort und Stelle. Die Relativbewegung zu ihrem Schiff kam nur zustande, da die Hope in voller Fahrt auf die beiden Wesen zuhielt.

Das Ganze erzeugte eine beklemmende Atmosphäre. Auf der Brücke herrschte Totenstille, keiner rührte sich, und alle Crewmitglieder starrten auf die beiden treibenden Wesen. Kapitän Osterhaus setzte langsam und sehr bedächtig das Fernglas ab. Er drehte sich zu seinem Steuermann und Deckoffizier: »Alle Maschinen stopp!« Den nächsten Befehl flüsterte er fast. Die Spannung auf der Kommandobrücke wuchs ins Unerträgliche: »Langsame Fahrt voraus.«

Ein starkes Vibrieren ging durch das Schiff, und die Hope näherte sich jetzt sehr langsam den Organismen. Der Kapitän und einige Besatzungsmitglieder hatten die Ferngläser wieder vor die Augen gehoben. Sie sahen noch einen Organismus auftauchen. Er durchbrach die Wasseroberfläche, wobei sein Auftrieb ihn mehrere Meter hoch aus dem Wasser katapultierte. Schließlich lag er schwerfällig schwankend neben den beiden anderen. Die Wesen lagen jetzt aufgereiht wie am Schnürchen vor ihnen in der immer noch ruhigen See, und nur durch Ausgleichsbewegungen ihrer Flossensäume wurde das Wasser etwas aufgewühlt. Dann wurde die Entfernung zwischen dem Schiff und dem größten Organismus plötzlich schneller kleiner. Der riesenhafte Organismus schien näherzukommen.

»Langsame Fahrt zurück.« Es war Jackson, der dem Kapitän etwas zugeflüstert hatte, und seine Worte waren es, die Osterhaus den Befehl geben ließen. Da beide direkt nebeneinanderstanden, war es nicht für jedermann ersichtlich. Aber Jackson deutete als Erster die koordinierte Aktion in der See vor ihrem Schiff richtig. Dort bildete sich eine Phalanx der fremdartigen Wesen, die einem Angriff auf ihr Schiff diente. Auf jeden Fall sahen alle Zuschauer dieses Spektakels eine koordinierte Aktion, die eine kalte Intelligenz voraussetzte. So etwas hatte sich bei allen früheren Kontakten mit dieser Lebensform noch nie gezeigt.

Plötzlich ging ein Raunen durch die Besatzungsmitglieder auf der Brücke. Es waren zwischenzeitlich noch zwei dieser Wesen aufgetaucht, und ihre diskusartigen Schüsseln glitzernden im Sonnenlicht. Die Größe der Schüsseln lag zwischen 30 und 50 Metern und ließ riesenhafte, kegelförmige Körper unter Wasser erahnen.

Jackson, der auf dem Sonar einige der gewaltigen Körper unter Wasser schemenhaft gesehen hatte, hörte das Raunen und hob gerade noch rechtzeitig den Kopf, um die dramatischen Ereignisse auf See mitverfolgen zu können. Der eine, der sich dem Schiff mit beschleunigter Bewegung genähert hatte, war verschwunden, und dort, wo er eben noch gesichtet wurde, war die See deutlich aufgewühlt. Das gigantische Tier war abgetaucht.

Während die auf der Brücke versammelte Mannschaft den Atem anhielt, beobachteten die Männer, dass ein weiterer Organismus abtauchte.

Jackson drehte sich wieder dem Sonar zu. Deutlich sah er den ersten unter Wasser näherkommen. Das Tier hatte die typische kegelförmige Gestalt. An der Basis, die sie eben über Wasser als helles, schüsselförmiges Sendeorgan gesehen hatten, erreichte die Kreatur einen Durchmesser von fast 50 Metern. Mit der Kegelspitze voran kam es schnell näher. Jackson sah auf dem Schwarz-Weiß-Bild des Sonars die vielen Tentakel, die an der Spitze entsprangen und nach hinten angelegt waren. In der Strömung wogen sie hin und her. Das Tier stieß in aufeinanderfolgenden Impulsen Wasser aus Öffnungen in der Schüssel nach hinten aus und beschleunigte immer mehr mit diesem Rückstoßprinzip. Der Organismus hatte dabei eine Länge von annähernd 70 Metern und musste mehrere hundert Tonnen wiegen.

Jackson wurde jäh von einem entsetzlichen Gedanken durchzuckt: *Der will uns rammen!* In Vorahnung des schrecklichen Aufpralls wollte er eine Warnung aussprechen und drehte sich in den Raum. Er blickte direkt in das Gesicht von Osterhaus, der mit fast der gesamten Brückencrew hinter ihm stand und ihm über die Schulter schaute.

»Jackson?«

»Sir?«

»Ihre schnelle Einschätzung der Dinge ist gefragt!«

»Sir, das Tier wird immer schneller und hält direkt auf uns zu. Kollision in T minus 40 Sekunden.«

Osterhaus' Augen verengten sich zu Sehschlitzen. Er war der Mann, der alleine, nur mit einer Feueraxt und drei Handgranaten bewaffnet, auf einem dieser Organismen gestanden hatte. Osterhaus hatte damals unter Einsatz seines Lebens diesen Organismus vom Senden des Signals abgehalten, indem er die Axt immer wieder in das Sendeorgan des Wesens geschlagen und das Ding so zum Abtauchen gebracht hatte. Dabei wurde er mit in die Tiefe gerissen und hätte beinahe sein Leben verloren. Nur der Umstand, dass er eine Tauchausrüstung dabeihatte, rettete ihn an dem Tag. Er war damals die einzige Option für den Einsatz, da keine anderen operativen Einheiten in der Nähe waren. Dass er dann auf offener See von einem Schiff gefunden und aufgenommen wurde, verdankte er den drei Handgranaten, deren Explosionen vom Sonar der Greenland Warrior detektiert wurden. Osterhaus hatte sein Leben riskiert, um das Signal zu verhindern. Das wusste jedes Mitglied der SU10[5], und seine Geschichte wurde oft erzählt. Jake Osterhaus war ein Held.

Alle auf der Kommandobrücke blickten gebannt zwischen Sonar und Osterhaus hin und her. Sie fragten sich, was er jetzt tun würde. Der Aufprall mit der gigantischen Kreatur musste gewaltige Kräfte freisetzen und stand kurz bevor.

»Kollision in T minus 20 Sekunden.« Jackson standen Schweißperlen auf der Stirn. Er dachte an die Zigarette in seiner Kajüte. Die hatte er aufgehoben, als er vor Jahren das Rauchen aufgegeben hatte – zwangsläufig, weil es keinen Tabak mehr gab. Er bewahrte das letzte Exemplar in einer Glasschatulle für besondere Anlässe auf. Dies könnte einer dieser Anlässe werden, und er hoffte inständig, sie nachher noch genüsslich im Trockenen rauchen zu können.

»Hart Steuerbord und voll Fahrt voraus!« Osterhaus schrie den Befehl jetzt. Das Schiff machte unwillkürlich eine heftige Wende, und die Schiffsdiesel schickten ihre Vibrationen durch die Stahlkonstruktion der Hope. Einige Besatzungsmitglieder wurden überrascht von ihren Beinen geholt. Auch auf der Brücke riss es den ein oder anderen um, und es hagelte Hämatome. Jackson und Osterhaus standen fest auf beiden Beinen und klammerten sich an die Gerätesockel. Das Sonarbild ließen sie dabei nicht aus den Augen. Das riesenhafte Wesen rauschte um Haaresbreite an der Backbordseite der Hope vorbei, und für einen Augenblick sah es so aus, als ob man aufatmen könnte.

Die Augen von Jackson weiteten sich, als er den zweiten Organismus im Wasser mittschiffs auf sie zurasen sah. Auch Osterhaus an seiner Seite sah sofort, dass ein

Ausweichmanöver nicht mehr möglich war, und bereitete sich auf die heftige Kollision vor. Er dachte an seine Mannschaft und hoffte, dass sich die meisten irgendwo festhielten, dann blickte er auf das heranrasende Verhängnis. Während der Zusammenprall mit dem Organismus kurz bevorstand, sah er auf dem Monitor ein langes Tentakel, das von dem vorbeirauschenden Körper des ersten Organismus gegen das Schiff geworfen wurde. Die tintenfischähnliche Kreatur versuchte, nach dem Schiff zu greifen und seine Vorwärtsbewegung zu stoppen. Osterhaus drehte den Kopf vom Sonar in Richtung der Schiffsmitte. Dort sah er, wie sich ein riesenhaftes Tentakel um die Schiffsaufbauten wickelte. Dann wurden er und Jackson von den Beinen gerissen, und das Schiff legte sich in gefährliche Schräglage.

Niemals in seinem Leben sollte Jackson das Ächzen und Bersten des Metalls vergessen, als sich der massige Körper des Biosenders in das Schiff bohrte. Er hatte den Eindruck, der Schiffskörper würde in der Mitte entzweigerissen. Aber das war nur der eine Teil des über sie hereinbrechenden Unheils. Das Tentakel des anderen Wesens hatte das Schiff inzwischen in fester Umklammerung, und sein vorbeirasender Körper wurde jäh gestoppt, als sich der Fangarm spannte. Die Trägheit des in seiner Vorwärtsbewegung verharrenden Wesens übertrug sich auf das Schiff, und es neigte sich unterdessen noch gefährlicher zur Seite.

Das Knattern der Maschinenkanone war ohrenbetäubend, und das Mündungsfeuer zuckte mit grellen Lichtblitzen. Neil hielt mit der geballten Feuerkraft auf das gigantische Wesen, dessen Fangarm sich mittschiffs festklammerte und das Schiff in schwere Schräglage brachte. Er sah durch den Pulverdampf einige seiner Kameraden über die Schiffsplanken rutschen. Die Männer versuchten, sich panisch irgendwo festzuhalten und nicht über Bord zu gehen. Einigen gelang das in höchster Not, andere verloren diesen Kampf und schlitterten über die Reling in die See.

Neil feuerte Salve um Salve in den Körper der Kreatur, die weitere Fangarme auf das Schiff niedergehen ließ. Die blaue Körperflüssigkeit sprudelte aus den schweren Wunden. Der Organismus wechselte seine Farbe von einem Hellrot in ein dunkleres Rot, das seiner Rage entsprach. Neil sah einen Mann auf dem Schiffsdeck, der direkt in Richtung des Wesens rutschte. Der Organismus hatte jetzt einen zweiten Fangarm um den Kranausleger eines Rettungsbootes geschlungen und zog sich weiter aus dem Wasser, wobei das Schiff noch mehr in Schräglage geriet. Der Mann rutschte nun mit den Füßen voran auf das Ungeheuer zu, das an seiner Spitze einen hornbewährten Schlund öffnete, der die Ausmaße eines Garagentores hatte. Der Soldat schrie um sein Leben.

Neil beobachtete das Geschehen und war von dem Anblick derart gebannt, dass er dabei das Schießen vergaß. Das Wesen schnappte nun gezielt nach dem Mann, der mit zappelnden Beinen zu verhindern versuchte, in das geöffnete Maul zu rutschen, und sich dabei an einer Strebe der Schiffsreling festklammerte. Neil wurde sich wieder seiner Umgebung bewusst und feuerte, als ein Tentakel auf den Mann niedersauste, seinen Kopf packte und zudrückte. Die Schreie des Mannes erstarben sogleich, und seine Beine zuckten nur noch im Todeskampf. Dann wurde sein Körper von dem schnabelähnlichen Maul in der Mitte umschlossen, und das Wesen biss zu. Neil sah, wie der Mann in der Mitte auseinandergerissen wurde. Der untere Teil des Körpers verschwand in dem Schlund. Der obere Torso hing mit dem Kopf noch in der Umklammerung des Tentakels. Blut und Gedärme sprudelten aus ihm heraus, während der Fangarm seinen Schädel knackte und die sterblichen Überreste in hohem Bogen wegschleuderte. Der nun freie Fangarm züngelte bereits wieder auf einen weiteren Soldaten zu. Das Wesen musste über

Sinnesorgane verfügen, die ihn seine Beute so schnell finden ließ.

Neil feuerte nun auf die Basis des Fangarmes, in der Hoffnung, diesen zu durchtrennen. Der Soldat wurde von dem Tentakel diesmal an den Beinen gepackt und zu dem sich öffnenden Maul befördert. Neil erkannte in den Gesichtszügen des Mannes keine Furcht, seine Mimik zeigte einen entschlossenen Zorn. Während er zu dem Schlund befördert wurde – sein Tod war ihm gewiss –, schaffte er es mit rudernden Armen, eine Handgranate aus seinem Gefechtsanzug zu ziehen. Dann sah Neil, wie sich das riesenhafte Maul um ihn schloss. Einen Augenblick später zerriss eine heftige Explosion den vorderen Bereich des Monstrums, und seine Fangarme erschlafften sogleich. Der Organismus verharrte noch einen Augenblick an Ort und Stelle, seine intensive Rotfärbung verblasste. Dann rutschte er langsam ab, und es schien, er würde in der See versinken.

Neil hatte aufgehört zu feuern und beobachtete die Ereignisse von seinem Standpunkt hinter der Kanone, deren Lauf von der Hitze des Gefechtes heftig knackte. Er sah zu, wie das Monstrum langsam vom Deck rutschte, während sich das Schiff langsam wieder aufrichtete. Plötzlich verharrte die tote Kreatur in der Abwärtsbewegung. Aus den Wunden lief blaue Körperflüssigkeit und strömte in das Meer. Ein Tentakel hatte sich in den Aufbauten verfangen, sodass der Organismus festhing und nicht weiter abrutschen konnte. Dann geschah das Unglaubliche. Das Wasser um den toten, stark blutenden Organismus fing an, heftig zu sprudeln und zu schäumen. Erst erkannte Neil nicht, was dort vor sich ging. Dann sah er durch die Gischt des spritzenden Wassers einen weiteren Organismus, der das tote Wesen mit Fangarmen gepackt hatte und mit wild zuckenden, konvulsivischen Bewegungen an ihm herumzerrte. Plötzlich war da auch der Dritte. Neil sah den beiden dabei zu, wie sie das tote Wesen zerfetzten und dabei ihre Hornschnäbel in sein Fleisch schlugen und große Stücke herausrissen. Das Wasser um die Kreaturen war aufgewühlt und vom Blut des Toten blau verfärbt. Unvermittelt gab es einen lauten, peitschenden Knall. Das Tentakel, an dem der tote Körper noch hing, war zerrissen, und die beiden nun losen Enden schlugen wild auseinander. Neil sah die ineinander verkeilten Kreaturen im brodelnden Wasser absinken und er beobachtete, wie die See über ihnen zusammenschlug und die Bestien verschlang.

Plötzlich wurde es ruhig. Dann hörte er wieder die Geräusche seiner Umgebung. Er hörte die Rufe der herbeieilenden Helfer und die verzweifelten Schreie der Verletzten und Sterbenden. Dort, wo die Wesen versunken waren, sah er einen Schwall Körperflüssigkeiten und Gewebeteile an die Oberfläche steigen. Die Reste der wilden, ekstatischen Mahlzeit unter Wasser.

Jagdschloss; ehemaliges Deutschland

14 Tage vor der Ankunft des Signals auf Wolf-359

Der Blick aus dem Fenster bot ein trübseliges Bild. Zwar sorgte das Hochdruckgebiet über Mitteleuropa seit zwei Wochen für einen glasklaren blauen Himmel mit viel Sonnenschein, aber das Tal bot einen grauenvollen Anblick. Von dem dichten Wald, der ihr Zuhause einst zu einem Idyll gemacht hatte, war nichts mehr übrig außer den letzten Resten der verfaulenden Bäume. Die noch der Zersetzung trotzenden Hölzer lagen nach acht Jahren morsch und modrig auf dem blanken Erdreich der Hänge. Die Humusschicht der Talflanken war längst von den immer selteneren, aber zunehmend heftiger ausfallenden Niederschlägen abgetragen worden. Die Unwetter der vergangenen Jahre hatten die rote Erdkrume über dem Sandstein fortgespült und den tonig steinigen Untergrund hinterlassen, den Alex durch das Fenster betrachtete. Der zurückgebliebene Boden hinterließ beim Betrachter den Eindruck eines grauen, leblosen Substrates.

Hier wächst nichts mehr, dachte Alex und nippte an dem warmen Kaffee-Ersatz, der seine Stimmung auch nicht hob. Es war Mittag, und sie hatten heute Morgen hart gearbeitet. In einem Gewächshaus hatten sie den Boden nach der letzten Ernte im Vormonat gepflügt. Die Arbeit mit dem Einachspflug war eine Plackerei in dem ungeheizten Gewächshaus. Das Gerät wog fast 500 Kilogramm und war kaum zu bändigen. Sie beherrschten das Ding zwar mittlerweile, aber die Arbeit mit der Maschine war die reinste Knochenarbeit. Zu einer Könnerin hatte sich ausgerechnet Anna gemausert. Sie hatte anscheinend das richtige Händchen für das alte Dieselmonster und schaffte es, das Gerät in der Spur zu halten. Ihre Pflugfurchen waren wie mit dem Lineal gezogen. Das machte ihr keiner nach. Der Rest von ihnen war ihr mit Rechen gefolgt und hatte den Boden für die

Aussaat eingeebnet. Momentan waren Simone und Anna dabei, den Einachspflug für die nächste Schicht zu betanken. Den Diesel besorgten sie alle paar Wochen in einem in der Stadt gelegenen ehemaligen Mineralölhandel, dessen oberirdische Tanks noch tausende Liter enthielten. Diese Touren nach draußen stellten in den letzten Jahren keine wirkliche Gefahr mehr dar. Mit Überlebenden war nach acht Jahren nicht mehr zu rechnen. Trotzdem waren sie heute noch äußerst vorsichtig, wenn sie Ausflüge planten. Das Tragen von Waffen war obligatorisch.

Alex hatte immer wieder ihren Energiebedarf zur Sprache gebracht. Seiner Meinung nach musste man unbedingt von den fossilen Brennstoffen, die sie zwar noch zur Genüge im Umland des Schlosses fanden, wegkommen. Er hatte angefangen, mit einer Biogasanlage zu experimentieren. Genügend Bioabfälle erzeugten sie, solange sie noch auf Kunstdünger zurückgreifen konnten. Mit dem kleinen experimentellen Blockheizkraftwerk sollte es irgendwann möglich sein, ihren Strom zu erzeugen und mit der Abwärme die Gewächshäuser zu heizen. Momentan heizten sie mit Strom aus der Solaranlage und einer Ölheizung. Aber das Problem der zukünftigen Energieversorgung trat in absehbarer Zeit hinter einer völlig anders gearteten Problematik zurück. Sie befanden sich in einer Umwälzung des kontinentalen Klimas. Das würde früher oder später zu einer Versteppung der Landschaft führen. Im Zuge dieser Veränderungen würde es zu einem eklatanten Wassermangel kommen. Das war's, was ihnen früher oder später das Genick brechen würde. Simone meinte deswegen, dass Alex aufhören sollte, weiterhin einen Teil seiner Energien in die Biogasanlage zu stecken. Das hatte schon zu mancher Streiterei geführt. Der Rest der Truppe gab ihm recht, aber Alex wollte nicht wahrhaben, dass sie der Wassermangel letztendlich zur Aufgabe zwingen würde.

Die Biosphären waren energetisch autark. Die SU10[5] hatte von Anfang an vorgesorgt. Im Zuge der Vorbereitung für das Überleben der Menschheit wurden ausgewählte Kraftwerkstandorte während der sich ausbreitenden Seuche ausgebaut und ihr Weiterbetrieb für die Zeit danach gesichert. Kurz vor dem Zusammenbruch der Zivilisation wurden alle anderen Kraftwerke, auch die Atomkraftwerke, runtergefahren und unbrauchbar gemacht. Die Wasserversorgung der Biosphären war ebenfalls gesichert. Alle Biosphären waren in Meeresnähe mit Wasserentsalzungsanlagen realisiert worden. Blieb das Problem der Düngung. Würde man mit Biomassekraftwerken Energie erzeugen, müsste man auf Kunstdünger zurückgreifen, da nicht genug Mineralien über die Biomasse dem Boden zurückgeführt werden konnten.

Die Menschheit war momentan im Umbruch begriffen, und es wurde an verschiedenen Lösungswegen gearbeitet.

»Hey, pass doch auf! Du verschüttest ja die Hälfte.« Simone war heute gereizt. Er konnte es nicht sehen, wie Anna den Dieselkraftstoff in den Tank kleckerte. »Warum hast du nicht den Trichter genommen?«

Anna sah seine Hände immer näherkommen. »Nimm bloß deine Pfoten weg. Untersteh dich, mir den Kanister wegzunehmen. Du spinnst doch.« Während sie sprach, brachte sie ihren Körper zwischen den Pflug und Simone, sodass er nicht mehr nach dem Kanister greifen konnte.

Der Diesel schwappte erneut über den Tank und lief an der Maschine herunter.

»Anna, jetzt pass doch auf!«

»Du bist heute mit dem falschen Bein aufgestanden. Das bisschen Diesel. Wen kümmert's?« Anna wusste nicht, ob sie sauer werden oder lachen sollte. Irgendwie fand sie den alten Griesgram auch süß. Sie setzte den Kanister ab. »Der Tank ist voll, dreh den Verschluss drauf, ich bring den Kanister weg.«

Als sie wieder zurückkam, war Simone immer noch damit beschäftigt, den verkleckerten Sprit von der Maschine zu wischen. »Mann, Mann, das Zeug läuft uns noch in den Boden.«

Anna beobachtete ihn eine Zeit lang und musste schließlich herzhaft über seine Meckerei lachen. Als er das hörte, warf er ihr den dieselgetränkten Lappen an den Kopf. Mit verschmiertem Gesicht rannte sie einige Schritte und schnappte sich einen Eimer, in dem sich Küchenabfälle befanden, die zur Kompostierung vorgesehen waren. Simone kniete noch vor dem Pflug. Er erfasste sofort ihren Plan, kam aber nicht schnell genug hoch, um die Flucht zu ergreifen.

»Nein, lass das. Ich ...«, stammelte er noch, während Anna den Eimer über seinem Kopf in Position brachte und ihm das Ding überstülpte. Die Küchenabfälle fielen zum Teil heraus und verteilten sich über seine Schultern. Anna hörte ihn nur noch stöhnen, während die in dem Eimer durch Fäulnisprozesse entstandene, übel riechende Flüssigkeit an ihm herunterlief.

Simone stand langsam auf und nahm den Eimer vom Kopf, wobei der Rest der vergammelten Küchenabfälle herausfiel und sich über seinem Oberkörper verteilte. Das brachte Anna zum Kichern, was ihn noch ärgerlicher machte. Als sie dann sein angewidertes Gesicht unter den restlichen Pflanzenabfällen auftauchen sah und er sich durch die verklebten Haare fuhr – der Rest eines Gemüseblattes klebte mittig auf seinem rechten Auge – konnte sie nicht mehr. Anna krümmte sich vor Lachen. Sie wieherte dabei wie ein Pferd und musste zwischendurch immer wieder nach Luft schnappen.

Simone nahm das Blatt von seinem Auge und sah, wie Anna schallend lachend mit geschlossenen Augen vor ihm stand. *Was für eine attraktive Frau*, dacht er. Er nahm Anlauf, um sie zu umklammern und umzureißen. Zusammen fielen sie auf einen Stapel landwirtschaftlicher

Folien. Nachdem Anna sich beruhigt hatte, lagen sie sich Auge in Auge gegenüber. Anna grinste bei seinem Anblick und verfiel immer wieder in ein Glucksen, wenn sie an das Blatt vor seinem Auge denken musste.

»Du verrückte Nudel! Ich mag es, wenn du lachst.«

»Auch wenn ich über dich lache?«, fragte sie und schaute ihm dabei in die Augen.

»Auch dann. Du siehst gerade umwerfend aus.«

Wieder fing sie an zu kichern. »Eher umgeworfen, oder?«

Simone konnte seinen Blick nicht von ihrem lösen und spürte ihren warmen Atem auf seinen Lippen. Als sich ihre Münder berührten, schlossen sie ihre Augen und gaben sich kurz dem Augenblick hin.

»Nein, hör auf!« Anna wurde sich der Situation bewusst und löste sich behutsam aus seiner Umarmung. »Simone, wir müssen aufhören. Du weißt, dass das keinen Sinn macht. Ich mag dich, aber ...«

Er legte seinen Finger auf ihre Lippen. »Pst! Sag nichts. Ich weiß. Aber ich weiß nicht, ob ich dich jemals wieder aus meinem Kopf kriege.«

Anna nahm seine Hand und küsste seinen Handrücken. Sie blickte ihm dabei in die Augen. »Du musst. Wir können uns nicht gehen lassen. Das würde alles zerstören.«

Eine Tür öffnete sich quietschend. Tonis Stimme war zu hören. »Hey, wo seid ihr? Wir müssen weitermachen. Die Arbeit erledigt sich nicht alleine.«

Beide schauten sich erschrocken an. Dann standen sie schnell auf und gingen ihm entgegen.

Solowezki-Inseln; ehemalige Russische Föderation
14 Tage vor der Ankunft des Signals auf Wolf-359

Die letzten Tage waren ein einziger Albtraum. Er war immer wieder aus dem öligen Dunst erwacht, der seinen Geist umgab. Wenn er die Augen kurz öffnete, konnte er nicht erkennen, wo er war. Wie er an diesen Ort gekommen war, wusste er auch nicht. Der Nebel umfing ihn dann stets wieder. Er musste die Augen schließen. Immer wieder fiel sein Bewusstsein in dicke, tranige Watte. Der Albdruck wollte nicht enden. Bis der Schmerz wiederkam und den nebligen Dunst vertrieb. In seiner Pein kamen auch die Erinnerungen und die Orientierung im Hier und Jetzt zurück.

Er lag in seinem Bett im Kloster und hoffte, dass das hier nicht seine letzte Ruhestätte werden sollte. Die wiederkehrende Erinnerung nahm ihm diese Hoffnung. Er sah sich mit dem Fuß in dem Fangeisen. Yuri erinnerte sich an den qualvollen Schmerz, den er verspürt hatte, als er die restliche Knochenverbindung zwischen rechtem Fuß und Bein mit der Gewalt der Hebelkraft trennte. Er besann sich an den immensen Blutverlust und an das Ausbrennen der Wunde. Wie er hierhergekommen war und warum er die letzten Tage überlebt hatte, wusste er nicht.

Er verspürte unbändigen Durst. Er hatte seit dem Unfall nichts mehr getrunken. *Oder bin ich in meinem Dämmerzustand aufgestanden und herumgelaufen? Das kann nicht sein. Der Fuß ist ab.* Er sah ihn noch in der Falle hängen, während er sich die stark blutende Wunde mit dem Pulver aus den Patronen ausbrannte. *Man kann nicht mit einem Fuß und einem Stumpf laufen. Bin ich vielleicht auf dem heilen Fuß gehüpft oder habe ich den Stumpf noch verbinden können? Irgendwie muss ich hierhergekommen sein.* Dann fiel ihm ein, dass er Fieber gehabt hatte. *Bin ich im Fieberwahn zurück ins Kloster gekommen?* Er wusste es nicht.

Yuri fragte sich, was er zu sehen bekäme, wenn er unter die Decke schaute. War der Stumpf entzündet oder verheilt? Hatte sich über den Knochen Haut gebildet oder schauten sie noch aus seinem Fleisch hervor? Und warum empfand er diesen infernalischen, nicht auszuhaltenden Juckreiz, wo früher sein Fuß gewesen sein musste?

Es dauerte vier lange Stunden, nachdem er sein Bewusstsein wiedererlangt hatte und aus dem Nebel aufgetaucht war, bis er einen Versuch wagte. Letztendlich waren es der Hunger und vor allem der Durst, die ihn dazu brachten, einen Blick unter die Decke zu werfen.

Yuri hob sie sehr langsam an und sah zunächst nur seine beiden Beine, die er blutverkrustet auf dem Laken ausstreckte. Die Hose musste er sich ausgezogen haben. Die Beine schienen bis zu den Kniescheiben unverletzt zu sein, was er als gutes Zeichen deutete. Zumindest hatte er keine Entzündung oder gar eine Blutvergiftung. Das machte ihm Mut, und er hob die Decke ganz langsam noch einige Zentimeter höher, sodass langsam seine Schienbeine und seine Waden auftauchten. Auch hier das gleiche Muster wie zuvor: verdreckt und blutverschmiert, aber keine Anzeichen einer Entzündung oder einer Sepsis. Er nahm all seinen Mut zusammen. Er musste jetzt wissen, wie der Stumpf aussah, dort, wo noch vor einigen Tagen sein rechter Fuß gewesen war, bevor ihn das Fangeisen abtrennte.

Yuri Jerschow nahm einen tiefen Atemzug und riss die Decke mit einer Bewegung herunter. Was er sah, brachte ihn an den Rand des Wahnsinns.

Dort, wo er den nicht ausgeheilten Rest seines Beinstumpfes erwartete, sah er frisches, rosiges Fleisch, dessen Form ihm bekannt vorkam. Das, was dort aus ihm herauswuchs, war von einer flaumigen Haut umgeben und erinnerte ihn an den kleinen, niedlichen Fuß eines Säuglings. Es dauerte eine Weile, bis er begriff, dass das Ding dort unten sein neuer Fuß war. Wie, um sich das

Unbegreifliche zu bestätigen, versuchte er, das juckende, neue Körperteil willentlich zu bewegen. Er schaffte es tatsächlich, die kleinen Zehen zu rühren. Und nicht nur die Zehen konnte er bewegen, sondern er konnte auch den ganzen Bonsaifuß hin und her drehen, ihn kippen und anheben. Da wuchs nicht einfach ein Fuß aus ihm, sondern dort wurde der völlig zerstörte Bewegungsapparat seines Fußes, inklusive der Gelenke, Sehnen und Bänder wiederhergestellt. Das war die höchste Form der Regeneration.

Yuri setzte sich auf. Er griff vorsichtig nach dem neuen Körperteil. Weich fühlte es sich an. *Wie sich so ein neuer Fuß nun mal anfühlen muss,* dachte er. Er betastete das Ding eingehend und fing dann an, den kaum zu ertragenden Juckreiz zu bekämpfen. Nachdem er kratzend mehrere Minuten für Erleichterung gesorgt hatte, verspürte er wieder den unbändigen Durst. Er musste jetzt etwas trinken. Yuri warf die Beine über den Bettrand, um aufstehen zu können.

Milliarden glühender Nadeln bohrten sich in sein Fleisch und er nahm sie sofort wieder hoch. Nach der langen Zeit des Liegens war an ein sofortiges Aufstehen nicht zu denken. Er musste seine Extremitäten erst wieder mit dem hineinschießenden Blut vertraut machen. Während er die Beine langsam Schritt für Schritt an ihre natürliche Position am unteren Körperende gewöhnte, wurde sein Durst unerträglich. Wie lange war er jetzt schon ohne Wasser, fragte er sich immer wieder. Er senkte nach einer gefühlten Ewigkeit beide Füße auf den Boden. *Ich muss es bis zur Küche schaffen,* dachte er. Langsam versuchte er aufzustehen, wobei er das Gewicht auf sein linkes Bein verlagerte. Auch die neue Fuß-Miniversion setzte er mit schmerzverzerrtem Gesicht vorsichtig auf. *Der wird mich nie tragen,* war ihm sofort klar. Nachdem Yuri sich eine Hose übergestreift hatte, schaffte er es mehr schlecht als recht, zur Küche zu hüpfen, ohne dass sein

Kreislauf ihn verließ. Schließlich saß er dort auf einem Stuhl und konnte sich ein wenig entspannen. Der gefüllte Wasserkrug vor ihm auf dem Tresen ließ ihn wieder neue Hoffnung schöpfen.

Er hatte mal gelesen, dass man sehr langsam trinken und essen solle, wenn man längere Zeit nichts mehr zu sich genommen hatte. Sonst überfordere man den Körper, hatte in dem Artikel gestanden. Yuri war das scheißegal. Er nahm den Deckel vom Krug, setzte das Gefäß an und trank gierig ohne abzusetzen. Das überschüssige Wasser lief ihm in Strömen aus den Mundwinkeln. Dabei war er sich bewusst, dass er das auch getan hätte, wäre Schnaps in dem Glaskrug gewesen. Er trank solange, bis das Ding leer war. Dann setzte er den Krug ab und holte tief Luft. Der Durst war fürs Erste gestillt. Das Trinken hatte ihm gutgetan. Jetzt musste er was Essbares finden. Yuri rutschte mit dem Stuhl zum Küchenschrank. Er riss gierig die Tür auf. Auf einem Regalboden, genau in Augenhöhe, stand das, was er suchte.

Er nahm eine der Dosen und öffnete die Besteckschublade. Nachdem er den Dosenöffner endlich in der Hand hielt, war das Öffnen trotz Yuris zittriger Hände ein Kinderspiel. Den losen Deckel warf er hinter sich, um sich mit bloßen Händen die Kidneybohnen in den Mund zu stopfen. Als er den Inhalt der Dose mit den Fingern nicht mehr erreichte, hielt er sie über seinen geöffneten Mund und schüttete den Rest gierig hinein.

Der Juckreiz und die Saukälte in der Küche weckten ihn nach dreieinhalb Stunden. Er war sofort nach der Mahlzeit in einen komatösen Schlaf gefallen. Zweimal wäre er fast von dem Stuhl gerutscht. Es dämmerte bereits, und Yuri musste dringend auf die Toilette.

Als er in der Küche auf dem linken Bein stand, spürte er in dem blutgefüllten Minifuß erneut ein infernalisches Jucken. Yuri rieb ihn, so fest es ging, über den eiskalten Fliesenboden. Bei seinem einbeinigen Gehüpfe durch die langen Gänge des Klosters wäre er beinah ausgerutscht. *Ich muss mir unbedingt Krücken besorgen, bis ich das Ding benutzen kann,* dachte er und beschloss, gleich nach dem Toilettengang danach zu schauen. Er hatte eine Idee, wo er im Gebäude so was schon gesehen hatte.

Die Gemeinschaftstoilette war riesengroß. Hier stank es trotz geöffneter Fenster selbst nach all den Jahren erbärmlich nach Urin. Es war eiskalt, und an einem noch geschlossenen Fensterflügel wuchsen Eisblumen. Yuri steuerte das Pissoir in der Ecke an. Hier konnte er sich auf dem linken Fuß stehend mit der rechten Schulter abstützen. So hatte er einen festen Stand und musste keine Angst haben, sich auf die Füße zu pinkeln oder umzufallen. Während er sich mit gleichmäßigem Strahl erleichterte, hielt er zunächst die Augen geschlossen. Das Urinal lag direkt unter einem nach Westen geöffneten Fenster. Yuri blies von draußen eine eisige Brise ins Gesicht, und er öffnete die Augen. Über dem Festland sah er, wie die letzten Reste des Tageslichtes den Himmel rot aufglühen ließen. Aber was er dort auf dem Festlandsockel sah, ließ ihn stutzen. In der Dunkelheit, die sich über das ehemalige russische Territorium gelegt hatte, sah er pulsierende Lichter tanzen. Grünlich schimmernde Lichtreflexe flackerten dort in langen Bahnen auf und erloschen wieder. Es sah aus, als würden lange beleuchtete Züge entlang der Küstenlinie rasen und verglimmen. Mit dem Verschwinden des letzten Tageslichtes erstrahlten sie immer heller.

Yuri hatte schon oft hier gestanden und beim Pinkeln den Sonnenuntergang über dem Festland beobachtet. Aber so etwas hatte er nie gesehen. Er hatte keine Ahnung, was das sein konnte, und beschloss, die Erscheinung mit dem Feldstecher genauer unter die Lupe zu nehmen. Das Fernglas lag dort, wo er auch das Paar Krücken gesehen hatte. Das passte. Er machte sich fertig für die lange Reise zu der Bibliothek des Klosters – seinem ehemaligen

Arbeitsplatz. Yuri nahm sich auch vor, nach wärmerer Kleidung zu suchen.

Etwa eine Stunde später stand er wieder hier an dem Fenster. Für den Rückweg hatte er weniger Zeit gebraucht als für den Hinweg. Mit den Krücken ging es schneller. Yuri war trotz der Schwere seiner Verletzung wieder in guter körperlicher Verfassung. Die Wunde war vollständig verheilt, und der Juckreiz an dem nachwachsenden Körperteil hatte auch nachgelassen. Er verspürte schon wieder großen Hunger, obwohl er auf dem Weg zur Bibliothek noch mal in der Küche haltgemacht hatte. Die Bohnen hielten nicht lange an, und er hatte einiges nachzuholen. Die letzten Tage ohne Nahrung machten sich bemerkbar. Aber auch der wachsende Fuß erforderte eine gesteigerte Nahrungsaufnahme, wie er vermutete. Wasser nahm er eigentlich unablässig zu sich. Deshalb musste er auch schon wieder pinkeln.

Als er an das Fenster trat, sah er auf dem Festland wieder das merkwürdige Leuchten. Yuri hob das Fernglas an die Augen und stellte das Bild scharf. Viel mehr als mit bloßem Auge konnte er aber auch nicht erkennen. Unter dem grünen Leuchten erkannte er schemenhaft etwas Sonderbares. Irgendetwas schien die Küstenlinie zu verändern. Er hatte einen anderen Verlauf der Topografie in Erinnerung. Unter der spärlichen, unbekannten Beleuchtung konnte er es aber sehen. Das ihm vertraute Bild des Ufers hatte sich verändert. Gut einprägsame Unebenheiten des Geländes waren nicht mehr vorhanden. Es gab keine schroffen Felsen und Vorsprünge mehr, keine Erhöhungen im Gelände und auch keine Einschnitte in der Landschaft. Alles schien auf eine Höhe nivelliert worden zu sein, so als ob sich etwas über die Landschaft gelegt hätte. Wie eine Lavamasse, die breiig über die Unebenheiten der Landschaft geflossen war und beim Erstarren alles wie eine Modelliermasse eingeebnet hatte. Und dann dieses seltsame Leuchten.

Yuris Augen brannten schon, so angestrengt sah er durch das Fernglas. Aber mehr konnte er bei den momentanen Lichtverhältnissen nicht erkennen. Mit einem leisen Seufzer setzte er den Feldstecher ab. Das würde er sich morgen in der Frühe nach Sonnenaufgang noch mal ansehen. Vielleicht war dann mehr zu erkennen. Jetzt brauchte er noch eine Mahlzeit – der Fuß musste wachsen – und dann eine Mütze Schlaf. Wenn er morgen bei Kräften wäre, könnte er auch mit dem Boot übersetzen und sich das Schauspiel aus der Nähe betrachten, dachte er und humpelte dann mithilfe der Krücken in Richtung Küche.

Zerstörer Hope – SU10^5; vor Yakushima – Japan

14 Tage vor der Ankunft des Signals auf Wolf-359

Die Schäden durch den Crash mit der Kreatur waren gravierend. Die Hope war leck geschlagen. Einige Schotten hatten sich aufgrund von eindringendem Wasser geschlossen. An eine Reparatur auf See war nicht zu denken, aber das Schiff war noch eingeschränkt seetüchtig.

Kapitän Osterhaus dachte nicht daran, die Mission abzubrechen. Da kein neuer Sturm gemeldet war und der alte über Yakushima gerade abflaute, ließ er weiterhin Kurs auf die Insel nehmen. Die Einsatzzentrale der SU10^5 meldete eine ansteigende Intensität des Signals. Der dort vermutete Organismus stand an seinem Sende-Hot-Spot kurz davor, mit der Erddrehung genau unter seinen Zielstern zu wandern. Es war nur noch eine Frage von Stunden, bis er das Signal absetzen würde. Das durfte nicht geschehen. Bei nur 34 Lichtjahren bis zu dem Stern im Zwilling musste eine Übertragung unbedingt verhindert werden.

Es war jetzt später Nachmittag. Alle an Deck bereiteten sich auf die bevorstehende Mission vor. Die Hope war noch eine halbe Stunde von ihrem Ziel entfernt, und auf den Gängen im Schiffsrumpf herrschte reges Treiben. Alle Einheiten waren unterwegs zu ihren Einsatzorten an Bord. Das Schiff würde bald vor der Südküste Yakushimas vor Anker gehen. An Deck wurden zwei Boote für die Landung auf der Insel fertiggemacht.

Die Männer des Landungstrupps saßen im großen Mannschaftsraum der Hope. Sie lauschten den Worten von Kapitän Osterhaus, der sie für das Bevorstehende briefte und ihnen klare Anweisungen mit auf den Weg gab. »Vergessen Sie bitte nicht die Einsatzprioritäten der SU10^5 in folgender Reihenfolge. Erstens: Das Absetzen des Signals ist unbedingt zu verhindern. Hierzu stehen Sie ständig mit der Einsatzleitung auf der Brücke in

Verbindung. Wir werden Sie über den Verlauf der Signalintensität auf dem Laufenden halten und unsere Daten mit der SU10^5-Einsatzzentrale abgleichen. Sollten wir feststellen, dass die Energie des Signals kurz vor der Schwelle zur interstellaren Übertragung steht, erteilen wir Ihnen den Befehl zur Vernichtung des Biosenders. Ihnen sollte dann noch ausreichend Zeit zur Verfügung stehen, sich in Sicherheit zu bringen. Zweitens: Ein Verlust an Menschenleben ist zu vermeiden oder auf ein Mindestmaß zu begrenzen. Der Eigenschutz hat Priorität. Wir haben durch den Angriff der Kreaturen genug Soldaten verloren. Drittens: Sammeln Sie so viele Informationen wie möglich über den Organismus. Ein Wissenschaftsteam unter der Leitung von Mårten Halla wird Sie begleiten. Die Männer werden verschiedene Tests an dem Ding vornehmen, und ihren Anweisungen ist Folge zu leisten. Das ist eine einmalige Chance. Wir werden zum ersten Mal in all den Jahren Untersuchungen an einem lebenden Organismus vornehmen können. Alle bisherigen wurden zerstört, und wir bekamen nur totes Gewebe für unsere Labore. Aber wie es scheint, ist dieser Organismus auf Yakushima Gefangener einer geologischen und astronomischen Besonderheit, die wir so bisher nur auf der Insel vorfinden konnten. Der hier befindliche Hotspot für das Signal an den Stern Pollux im Zwilling liegt zurzeit in einer Lagune, die nur bei Flut zu erreichen ist. Der Organismus muss seinem Instinkt folgend bei Flut in die Bucht geschwommen sein. Jetzt bei Ebbe kann er sie durch eine natürliche Barriere, die ihm den Weg versperrt, wahrscheinlich nicht verlassen. Er liegt zurzeit bei ablaufendem Wasser bewegungslos auf Grund. Genaueres kann ich Ihnen zurzeit nicht sagen. Mehr geben die Satellitenbilder aus Chile momentan nicht her. Wir müssen uns das aus der Nähe ansehen. Das ist vielleicht eine unwiederbringliche Chance, so nah an einen Organismus heranzukommen. Er ist sehr wahrscheinlich mehr oder weniger wehrlos. Außer mir ist noch niemand in den letzten Jahren so dicht an eine dieser teuflischen Kreaturen herangekommen. Wir müssen die Gunst der Stunde nutzen und so viel Information wie möglich über dieses Wesen sammeln.«

Nachdem einige Fragen zur genauen Lage der Lagune und der Navigation beantwortet wurden, entließ Kapitän Osterhaus die Landungsmannschaft. Er sortierte seine Papiere auf dem kleinen Rednerpult, das hier für solche Anlässe fest installiert war, und wollte auch gerade gehen, als Jackson an ihn herantrat und militärisch grüßte.

»Jackson, warum so förmlich? Wie lange kennen wir uns schon? Das muss schon eine kleine Ewigkeit her sein. Machen Sie sich mal locker. Ihr erster Außeneinsatz steht kurz bevor, und Sie führen das Kommando auf dieser japanischen Insel. Wir müssen unbedingt Erfolg haben. Das Probenmaterial ist extrem wichtig für uns. Vielleicht erfahren wir so mehr über die Lebensweise der Organismen und deren Verhalten. Das kann bei weiteren Einsätzen hilfreich sein, aber auch bei der Lokalisierung der Kreaturen, bevor sie ihr Signal aufbauen. Da sind wir immer noch auf Zufallsfunde durch unsere Satelliten angewiesen. Der Sankt-Lorenz-Vorfall kann sich jederzeit wiederholen. Wir kennen zwar die meisten Zielsterne aufgrund ihrer spektralen Auffälligkeiten, aber welchen die Organismen als Nächstes anpeilen, können wir nicht vorhersagen. Bisher hatten wir nur Glück.«

Jackson sah ihn forschend an und versuchte herauszufinden, ob Osterhaus das mit dem Glück ernst meinte. »Und zweimal Pech, wenn ich mich nicht irre?«

Osterhaus schüttelte energisch den Kopf. »Nein! Naomi war kein Pech. Dass das passieren würde, haben wir gewusst und hätten es verhindern müssen. Der Sankt-Lorenz-Vorfall kann uns nicht wirklich erschüttern. My Cephei ist viel zu weit weg. Das interessiert uns vielleicht in 3600 Jahren oder auch nicht. Ich kann mir nicht vorstellen, dass die Energie des Signals überhaupt ausreicht, um so eine Entfernung zu überbrücken. Außerdem glaube ich, dass es bis dahin keine Menschen mehr geben wird. Wir sind jetzt schon nur noch 100.000.«

»100.204«, berichtigte ihn Jackson.

»Ja, ich weiß, die neuesten Bevölkerungszahlen sind seit gestern raus. Kaum zu glauben, dass wir die Sterblichkeitsrate durch die Geburtenrate mehr als ausgleichen konnten. Also ich würde heute kein Kind mehr in diese Welt setzen wollen. Wobei mich nicht der Zustand der Welt davon abhalten würde.«

»Wenn nicht das, was dann?«, fragte Jackson entgeistert.

»Mir sind Gerüchte zu Ohren gekommen, über die ich nicht reden sollte.« Osterhaus schaute seinen nautischen Offizier und rechte Hand an Bord mit einem Gesichtsausdruck an, der nichts Gutes verhieß.

»Jetzt bin ich aber neugierig«, platzte es aus Jackson heraus.

Osterhaus senkte seinen Blick und winkte ab. Anscheinend wollte er nicht mehr sagen und bereute es bereits, dieses Thema angeschnitten zu haben.

»Und Sie werfen mit vor, dass ich zu förmlich bin. Sie haben doch eben selbst gesagt, dass wir uns seit einer Ewigkeit kennen. Also raus damit.«

Osterhaus hob den Kopf und sah Jackson wieder in die Augen. »Es gibt Gerüchte über genetische Aberrationen bei Kindern, die nach der Infektion durch das Schalterprotein geboren wurden.«

Jackson war sichtlich erschüttert. »Ich dachte immer, es hätte keine Auswirkung auf unsere Genetik gehabt. Es waren doch nur die Pflanzen betroffen.«

Osterhaus musste lachen: »*Nur* die Pflanzen ist gut. Nein, für uns Menschen hatte es auch keine direkten Folgen, aber bei Menschenkindern, die nach der Infektion gezeugt und geboren wurden.«

»Was haben Sie gehört? Raus damit, ich muss es wissen!« Jackson konnte es kaum fassen, dass ihm selbst noch nichts zu Ohren gekommen war.

»Eigentlich nichts Genaues, nur diffuses Geschwätz. Kinder mit seltsamen Verhaltensweisen. Psychologische und mentale Auffälligkeiten, die außerhalb der Standardabweichung liegen.«

»Was genau?«

»Keine Ahnung, darüber wird nicht gesprochen. Wahrscheinlich nur Gerüchte. Keiner weiß etwas. Sie sprechen hinter vorgehaltener Hand aber immer wieder über dieses acht Monate alte Mädchen in Marburg und ihr Geschreibsel auf dem Rechner vor einigen Jahren – nur wenige Wochen nach Naomis Signal. Und es heißt, dass es auch bei anderen Kindern Abweichungen von der normalen Streuung des Verhaltens gibt. Klingt unheimlich, aber mehr weiß ich nicht.«

Jackson saß mittlerweile auf einem Stuhl und versuchte, das eben Gehörte zu verstehen. »*Sie kommen* hat sie damals geschrieben. Ein acht Monate altes Kind. Ich habe schon oft darüber nachgedacht. Das macht mir wirklich Angst. Aber was Sie da andeuten, ist auch nicht geeignet, mir Mut zu machen. Was machen wir denn, wenn unsere Kinder sich tatsächlich unter dem Schalterprotein verändern?«

»Keine Ahnung«, antwortete Osterhaus. »Kann nicht so schlimm werden. Habe gehört, die Konzentration des Proteins in der Atmosphäre ist rückläufig. Aber jetzt warten wir erst mal ab und erledigen unsere Aufträge. Was diese Gerüchte angeht, werde ich weiter die Ohren aufsperren.«

Jackson stimmte ihm zu. Das Gesagte würde er nicht mehr vergessen können. Momentan hatte er genug von dem Thema, von dem er aber ahnte, dass es noch eine Hauptrolle in dem Drama spielen würde, an dem sie als unfreiwillige Akteure teilnahmen. Schließlich kamen sie wieder auf die bevorstehende Mission zu sprechen.

»Kennen Sie diesen Mårten Halla?«, fragte Osterhaus und klopfte den Papierstapel in seinen Händen auf dem Rednerpult auf, um ihn ordentlich in die Mappe legen zu können.

»Ja, ich habe schon viel von ihm gehört. Er war dabei, als sie die ersten kranken Bäume untersuchten. Er ist Genetiker und Mikrobiologe und kennt die Seuche seit ihren Anfängen.«

Osterhaus nickte. »Genau, ich denke, er ist ein guter Mann. Hört auf das, was er euch sagt. Ich habe vorhin noch mal unter vier Augen mit ihm gesprochen. Er will unbedingt Probenmaterial aus dem Magen des Tieres.« Osterhaus glaubte, die Frage nach dem Warum schon aus Jacksons Mund quellen zu hören, aber der war ihm in Gedanken schon vorausgeeilt.

»Ich habe mich auch immer gefragt, wovon die sich noch ernähren. Vielleicht gibt uns ihr Mageninhalt darüber Auskunft. Irgendetwas muss es noch geben, sonst hätten sie nicht überlebt. Vielleicht finden sie in der Tiefsee noch Nahrung.«

Die Insel nahm jetzt den gesamten Horizont ein. Sie waren mit den Booten schon sehr nah herangekommen. Das ehemalige japanische Naturschutzgebiet lag kahl und einsam vor ihnen. Dunkle, graue Wolken wurden vom abflauenden Sturm über die ausgewaschene Insel getrieben. Der Sturm hatte sich in den letzten drei Tagen über den südjapanischen Inseln ausgetobt. Die Hope samt ihrer Mannschaft war weiter südlich davon in der Straße von Taiwan verschont geblieben. In den Landungsbooten war man sicher froh über den abflauenden Sturm. Die Ausläufer des schlechten Wetters und der Regen machten den Männern genug zu schaffen.

Die Insel hatte nichts mehr mit dem einst grünen Vorzeigeidyll des japanischen Tourismus gemeinsam. Nur die schroffen, aus dem Meer ragenden Felsen erinnerten in der Brandung noch an den malerischen Anblick, den man von See aus auf die vorgelagerte Landzunge hatte. Hinter dieser natürlichen Barriere versteckte sich die Lagune, aus der sie das Signal des Organismus empfangen hatten. Die Felsnadeln ragten spitz aus dem Wasser, und jetzt bei Ebbe war an eine Überquerung mit den Booten nicht zu denken.

Jackson hatte das Kommando. Er stand auf dem Landungsboot, das der Insel momentan am nächsten lag. Jackson konnte sich nicht erklären, wie dieser Organismen in die Bucht gelangt sein sollte. Jetzt bei Ebbe war das nahezu ausgeschlossen, aber selbst bei Flut und dem hiesigen Tidenhub konnten höchstens kleinere Organismen mit wenig Tiefgang die Landbrücke überqueren. Wie ein ausgewachsener Organismus das schaffen sollte, war ihm völlig schleierhaft. Aber in der Lagune musste etwas Größeres lauern. Die empfangene Signalintensität sprach auf jeden Fall für einen mittelgroßen bis großen Organismus, mit einem Mindestdurchmesser von 50 bis 80 Metern. Wahrscheinlich eher noch größer, wie das Team um O'Brian aus Chile vermutete. Auf jeden Fall ein ausgewachsenes Exemplar, das die Energie für ein interstellares Signal aufbringen konnte.

Na ja, wir werden sehen, dachte Jackson und gab Befehl, sich mit den Booten entlang der Küste und mit genügend Sicherheitsabstand zu den Felsnadeln nach Westen zu bewegen. Er wollte eine Kollision in der aufgewühlten See unbedingt verhindern.

Etwa eine halbe Seemeile westlich der Lagune sichteten sie eine Bucht mit einem Sandstrand. Durch den Vorhang des abnehmenden Regens erkannten sie auf dem Strand schemenhafte Felsen und eine Art Bretterverschlag. Wahrscheinlich eine ehemalige Fischerhütte oder ein

Bootsschuppen. Als Jackson den Befehl gab, dort anzulanden, machte der Regen eine Pause.

Ishi hatte jetzt auch ihre Hand auf das purpurfarbene Gewebe gelegt und befühlte die lappenartigen, blattähnlichen Organe, die sehr elastisch waren. Sie war in Gedanken versunken. *Wie hat diese Pflanze das alles nur überleben können?* Sie spürte nur allmählich, dass Takeshi unentwegt an dem Ärmel ihrer Jacke zerrte. Dabei kamen unverständliche Laute aus seinem Mund, der sich in Slow Motion öffnete und wieder schloss. Er wollte ihr etwas mitteilen, aber sie war in einer Zeitblase eines Paralleluniversums gefangen. Die Freude über ihren Fund hatte sie paralysiert. Sie nahm die Umgebung aus ihrer entrückten Realität, aus der ihr Freund und die normale Welt ausgeschlossen waren, nur durch einen dicken Schleier wahr. Die Laute aus Takeshis Mund kamen ihr wie lang gezogene, gutturale Walgesänge vor.

Da drang auch noch anderes aus Takeshis Welt an ihre Ohren in der fremden Dimension. Ein immer lauter werdendes Geräusch. Kein Ton, eher eine Ansammlung von Schallwellen unterschiedlicher Frequenzen, die sich in ihrem akustischen Gedächtnis langsam zu einem Gesamtbild vereinigten. Sie hatte das schon mal gehört. Vielleicht war es diese Kakofonie, die sie aus ihrer Starre befreite. Auf jeden Fall war sie plötzlich im Hier und Jetzt und verstand die seltsamen Walgesänge ihres Freundes Takeshi.

»Ishi, Ishi komm zu dir und lass das Ding los. Wir müssen hier weg. Da kommen Boote. Da sind Leute drauf und ich glaube, die haben uns schon entdeckt. Lass uns abhauen.«

Das, was sie eben gehört hatte, waren die von Motorengeräuschen überlagerten menschlichen Stimmen. Das Knattern der Bootsmotoren kam auf- und abschwellend im Takt der Wellen, und zwischendurch klangen die Rufe der Männer von den Booten. Rückwärts taumelnd, von Takeshi gezerrt und von den näherkommenden Booten und deren Besatzung in den Bann gezogen – das waren tatsächlich Menschen, die ersten seit Jahren – verlor sie die Kontrolle und strauchelte. Sie hörte im Fallen noch dieses ploppende Geräusch und sah, wie Takeshi ohnmächtig zusammenbrach. Das zweite Ploppen hörte sie auch noch, verspürte sofort einen stechenden Schmerz in der Schulter und dann nichts mehr. Es wurde dunkel.

Knatternd hob der Hubschrauber ab und wirbelte eine Menge Sand auf. *Hier landet keiner mehr. Der nächste Hubschrauber geht in der Bucht runter, sonst fliegt hier alles weg.*

Jackson drehte sich in gekrümmter Haltung aus dem Wind und schützte seine Augen vor dem aufgewirbelten Sand. Der Gestank war kaum auszuhalten. Als der Hubschrauber mit seiner Fracht nicht mehr zu sehen war, spürte er wieder die wärmenden Strahlen der Sonne auf seiner Haut. Er richtete sich auf und drehte sich zu dem riesigen Organismus, der leblos in der Lagune lag. Jackson konnte die Größe des Wesens nicht begreifen. Wenn er es in der natürlichen Umgebung der Lagune betrachtete, waren seine Ausmaße mit keinem anderen Lebewesen vergleichbar. Das, was dort im Wasser lag, dürfte jeden Blauwal um ein Vielfaches an Körpergröße übertreffen. Er wusste, dass Blauwale zu ihrer Zeit die größten und mit zweihundert Tonnen auch die schwersten Lebewesen waren. Er schätzte, dass das Sendeorgan des Organismus einen Durchmesser von 60 Metern hatte und dass der kegelförmige, mit Flossen gesäumte Körper eine Länge von 80 Metern aufwies. Wenn das Tier die an der Spitze des Kegels entspringenden Tentakel ausstreckte, erreichte es wahrscheinlich die doppelte Länge. Aber das konnte Jackson bei dem auf der Seite liegenden Wesen nur schätzen. Insgesamt waren die Proportionen der toten Kreatur stark verschoben und der Ursprungszustand nur noch zu erahnen. Der Organismus lag auf Grund und wurde von seinem Eigengewicht stark verformt. Das hatte ihn letztendlich auch getötet, wie Jackson annahm. Das Ding musste eine unglaubliche Masse haben.

Jackson nahm jetzt wieder diesen aufdringlichen Geruch wahr, der immer dann zunahm, wenn der Wind über den Organismus blies. Da half selbst die Mentholsalbe nicht, die Mårten ihm gegeben hatte. Mårten war mit seinem Team auf der Kreatur. Was mussten sie da wohl an Gerüchen aushalten? Der Organismus war gestorben, kurz bevor sie die Lagune erreicht hatten. Die beiden Jugendlichen hatten sie nicht weiter aufgehalten. Mit dem Betäubungsgewehr hatte ihr Scharfschütze sie schnell in den Dornröschenschlaf geschickt. Der würde erst enden, wenn der Hubschrauber sie auf das Schiff verfrachtet hatte und ihnen ein Prinz das Gegenmittel spritzen würde. Aufgehalten wurden sie von dem, was sie dort in der Bucht an dem Strand noch gefunden hatten.

Mårten war völlig aus dem Häuschen. Er war kaum noch von dort wegzubekommen. Erst mussten sie stundenlang Fotos machen und den Fundort mit Ortskoordinaten dokumentieren und vermessen. Dann hatten sie einen Haufen Probenmaterial genommen und für weitere Untersuchungen eingetütet. Mårten war erst davon zu überzeugen, auch dem Organismus in der Lagune einen Besuch abzustatten, als sie Meldung bekamen, dass sich die Signalintensität dort dem Maximum näherte. Nachdem sie schließlich mit ihrem Team die Lagune erreichten, war der gigantische Biosender gerade gestorben. Am Ende wurde er wie ein gestrandeter Wal von seinem eigenen Gewicht erdrückt. Die Austrocknung hatte ihn zusätzlich geschwächt. Die Chance, ihn lebendig zu untersuchen hatten sie verpasst. Aber dafür hatten sie eine neue, merkwürdige Lebensform entdeckt. Das

Probenmaterial war mit dem Hubschrauber zum Schiff unterwegs. Vielleicht hatten sie eine neue Pflanzengattung gefunden. Schließlich nahm die Konzentration des Schalterproteins in der Atmosphäre auch ab. Das würde alles verändern und wäre eine Sensation.

Mårten sprach von nichts anderem mehr, und Jackson war froh darüber, dass er momentan seine Proben aus dem toten, stinkenden Tier schnitt. Dabei war Eile angeraten, denn bei den für die Jahreszeit außergewöhnlich hohen Temperaturen würde er nicht mehr lange Proben in der nötigen Konsistenz entnehmen können. Das Tier war in den Auflösungs- und Verwesungszustand übergegangen. Jackson wusste, was er hier zu riechen bekam. Er kannte den Geruch aus der Zeit nach der Seuche. Er hatte das Ende der Menschheit in Boston miterlebt. Jeder Überlebende des *Orangen Todes* kannte diesen Geruch, der sich für immer in das olfaktorische Gedächtnis eingrub.

Jagdschloss; ehemaliges Deutschland

Der Tag der Ankunft des Signals auf Wolf-359

Natürlich war es nur eine grobe Berechnung. Alex hatte vor fast acht Jahren noch mit einer Entfernung von 7,79 Lichtjahren gerechnet. Neuste Berechnungen ergaben eine kleine, aber wichtige Änderung. Es waren etwa 0,005 Lichtjahre mehr. Um genau zu sein gab es noch weitere Nachkommastellen, die aber zunächst niemanden interessierten, bis es O'Brian und Kaspuhl in einer Mußestunde genau ausgerechnet hatten. Das Ergebnis allerdings ließ alle aufhorchen. Die minimale Abweichung führte zu einem anderen Datum.

Plötzlich hieß es, das von Naomi am 12. März vor 7 Jahren gesendete Signal würde am 24. Dezember ankommen. Auf den Tag genau der Tag, an dem die Meteoritenspore über Salla in die Atmosphäre eintrat. Das war gut dokumentiert, und es war ein äußerst merkwürdiger Zufall, dass ihr Signal genau acht Jahre nach dem Bodenkontakt der außerirdischen Spore im Sonnensystem Wolf gehört werden sollte. Der Tag sollte stimmen, aber eine Uhrzeit konnte man selbstverständlich nicht angeben. 7,795 Lichtjahre waren mit Lichtgeschwindigkeit in 7,795 Jahren zurückzulegen. Das weiß jedes Schulkind. 2845 Komma noch was Tagen – und heute waren genauso viele Tage nach Naomis Signal vergangen. Die Stunde und die Minute, in der das Signal auf einem namenlosen Himmelskörper in einer Umlaufbahn um Wolf-359 ankommen würde, waren genauso unbekannt wie der Empfänger der Nachricht. Nur dass es einen Empfänger geben musste, galt nach allem, was bisher passiert war, als gesichert.

Einen Planeten hatten die Astronomen der SU10[5] bislang nicht finden können, aber das neue Teleskop mit dem Spiegel aus goldbeschichtetem Beryllium sollte in den nächsten Monaten in eine Sonnenumlaufbahn geschossen werden. Das Team in der Atacamawüste erhoffte, mit dem neuen Teleskop einen Durchbruch zu erreichen und einen entsprechenden Exoplaneten finden zu können. Die periodischen Blau- und Rotverschiebungen des Sternenspektrums ließen auf eine Bewegung des Sterns in Sichtrichtung schließen, und hierfür könnte sehr wohl ein Planet in einer sehr dichten Umlaufbahn verantwortlich sein.

Der Tag also, dem alle mit gemischten Gefühlen entgegensahen und der einen tiefen Einschnitt in dem sonst langweiligen Leben darstellte, fing an wie alle Tage in den letzten Jahren. Sie standen sehr früh auf und frühstückten gemeinsam in der Küche. Heute war natürlich Feiertag – ein paar Christen gab es noch in der Führungsebene der SU10[5], und die hielten noch an den alten Werten einer längst vergangenen Zivilisation fest. Vielleicht auch gut so! Wer weiß, was sonst noch alles passieren würde. In den ersten Jahren nach der Katastrophe hatten sie das Weihnachtsfest hier in dem Schloss noch gefeiert, aber in den letzten Jahren war der Brauch immer mehr in Vergessenheit geraten. Eigentlich wurde es nicht einfach vergessen, sondern es fiel in Wirklichkeit dem anstrengenden Leben zum Opfer. Alle waren einfach nur froh, wenn sie sich mal ein paar Tage von der körperlich auslaugenden Arbeit ausruhen konnten, ohne irgendwelchen sinnentleerten Tätigkeiten während dem Fest der *Liebe* nachkommen zu müssen. *Liebe* spürten sie hier ohnehin jeden Tag. Immerhin opferten sich alle ständig für alle anderen auf, um deren Überleben zu sichern. Das Weihnachtfest war vor der Seuche schon lange kein Fest der Liebe mehr gewesen. An den drei Tagen feierte der Kommerz den Konsum des Überflusses, und diese drei Begleiter des Kapitalismus gehörten einer längst vergangenen Zeit an. Das hätte sich für die Prediger einer gerechteren und nachhaltigen Gesellschaft in der letzten Menschheitsepoche als die

Erfüllung all ihrer Wünsche angehört. Aber alle, die hier seit Jahren um ihr Überleben kämpften, vermissten genau das: den Luxus der vergangenen Welt.

Das Frühstück lief ereignislos ab. Alle saßen an der Tafel, und es wurde kaum gesprochen – dass heute der Tag der Ankunft sein musste, wurde totgeschwiegen und mit keinem Wort erwähnt. Wahrscheinlich traute sich niemand, das Thema anzuschneiden, während sie sich den gewöhnlichen Getreidebrei reinlöffelten. Es gab wenigstens zur Feier des Tages einen Löffel Honig, den Simone, der Imker der Gruppe, den Bienenvölkern, die er wie sein Augenlicht hütete, im letzten Jahr abgerungen hatte. Ein Löffel Honig für jeden, das unterschied den Tag von den anderen und machte ihn zu einem Feiertag – so einfach ist Luxus in Zeiten des Mangels zu definieren. Vielleicht war auch das der Grund für die karge Unterhaltung, jeder war so mit dem Genuss der königlichen Mahlzeit beschäftigt.

Die Bienen lieferten auch die Assoziation zum einzigen Gesprächsthema an diesem Morgen. Alex hatte Ian auf einen Ventilator angesprochen, der zur Windbestäubung des Getreides in den Gewächshäusern eingesetzt wurde.

Ian schluckte den Rest seines Mundinhaltes hinunter. »Das Ding scheint demnächst den Geist aufzugeben, der Elektromotor läuft unrund. Ich glaub, das liegt an den abgenutzten Kohlen. Wir müssen sie unbedingt auswechseln.«

»So ein Mist, dann müssen wir raus und uns Ersatzteile suchen. Die letzten Kohlebürsten haben wir schon vor einem Jahr verbraucht.«

Dann saßen beide wieder wie zuvor in ihre Mahlzeit vertieft und sprachen kein Wort, bis Alex kauend den Kopf hob. »Lass uns nach den Weihnachtstagen noch mal darüber reden. Wir müssen draußen auch noch ein paar andere Sachen besorgen. Wir sollten zu dritt losgehen.« Er schaute Simone an und erntete ein Nicken. Das war also abgemacht und das Gespräch war damit beendet.

Dann wurde nicht mehr geredet, bis Eyna die Stille durchbrach: »Meint ihr, die haben das Signal schon gehört?«

Mia schaute zuerst Anna an und drehte ihren Kopf dann zu Alex. Sie brachte aber keinen Ton heraus und musste schlucken. Die beiden waren genauso verdutzt und machten hilflose Gesten. Keiner wusste auf diesen Überfall des Mädchens eine passende Antwort.

Simone war es, der das peinliche Schweigen beendete, während alle den Kopf zu ihm drehten. »Aber Kind, du stellst vielleicht Fragen. Das können wir doch gar nicht wissen. Nur dass das Signal heute in diesem Sonnensystem ankommen wird, ist klar. Wer es empfängt, ist uns unbekannt. Vielleicht machen wir uns auch umsonst Sorgen und da ist niemand, der es hört. Vielleicht rauscht es gerade in diesen Minuten einfach vorbei und verschwindet für immer in den Tiefen des Alls.«

In den Gesichtern der anderen konnte er lesen, dass alle ihm für diese Antwort dankbar waren.

Nur Eynas Gesicht verriet keine Entspannung – im Gegenteil, sie sah ihn merkwürdig streng an. »Du willst mich nur beruhigen, damit ich mir keine Sorgen mache. Dabei habt ihr alle Angst. Schon den ganzen Morgen hab ich's gespürt. Ihr habt totale Angst, und keiner von euch glaubt das, was du mir sagst. Die werden das Signal *heute* hören und dann werden sie zu uns schauen. Und ihr wisst das auch, genau wie ich. Und in 7 Jahren werden sie kommen. Vielleicht schicken sie gleich heute jemanden los, um nach uns zu sehen.« Mit dem letzten Wort senkte sie ihren Kopf und widmete sich wieder ihrer Mahlzeit, während alle anderen sprachlos dasaßen und es nicht fassen konnten. Dann – völlig überraschend – hob das achtjährige Mädchen noch mal den Kopf: »Ich hab's doch vor langer Zeit schon auf deinem Rechner geschrieben!

Kannst du dich nicht mehr erinnern, Alex? Aber Simone hat es ja auch gelesen.«

»Ich weiß nicht, was mit dem Kind los ist! Sie benimmt sich ganz schön merkwürdig.« Mia fuhr sich mit der Hand durch ihre kurzen strohblonden Haare und schaute Anna hilflos an.

Die beiden Frauen standen in der Hauptschleuse zu den Gewächshäusern und unterhielten sich. Auch Anna hatte mittlerweile kurze Haare – für Eitelkeiten gab es in ihrer Welt keinen Platz mehr. Hier in der Schleuse trafen sie sich immer, wenn es für die beiden etwas zu besprechen gab und sie ungestört sein wollten.

»Ja, du hast recht! Manchmal sagt sie so komische Sachen – mich gruselt es richtig. Toni und Aada haben mir erzählt, dass sie sie neulich heimlich beobachtet haben. Ich wollte es dir eigentlich schon lange erzählen, bin aber noch nicht dazu gekommen.« Anna nahm Mias Hände, um sie auf das, was sie ihr jetzt erzählen würde, vorzubereiten. Mia wollte die Hände erst reflexartig zurückziehen, aber Anna hielt sie fest. »Ich weiß, sie ist deine Tochter, und es fällt mir auch nicht leicht, aber ich muss es dir doch erzählen.«

Mia nickte nur, und in ihren Augen standen Tränen. »Na los, dann mach doch endlich. Ich muss es wissen!«

»Sie sind vor einigen Tagen zusammen über die Zugbrücke nach draußen gegangen, sie wollten einen Spaziergang machen. Da haben sie Eyna entdeckt, sie saß im ausgetrockneten Bachbett und spielte. Aada und Toni wollten sie erschrecken. Sie war so in ihr Spiel vertieft, dass sie nichts um sich herum wahrnahm. Als die beiden dann nähergekommen waren und Eyna sie immer noch nicht bemerkt hatte, konnten sie sie hören. Sie sprach im Spiel mit sich selbst – so wie Kinder das nun mal machen. Aber Aada und Toni verstanden kein Wort und sie schworen beide Stein und Bein, dass sie in einer fremden Sprache redete, die sie noch nie gehört hatten.«

Mia sah Anna jetzt fassungslos an, und ihre Augen schienen immer größer zu werden, wobei sie die Brauen hochzog und die Stirn in Falten legte. »Bist du denn von allen guten Geistern verlassen, mir so eine Angst einzujagen. Kinder reden eben manchmal in Fantasiesprachen. Das weiß man doch, und was ist denn schon dabei?«

Anna sah sie eindringlich an und fuhr fort. »Das ist mir auch klar, aber ich war noch nicht fertig mit meiner Geschichte. Gestern Abend kam Toni kurz vor dem Schlafengehen noch mal zu mir. Ich dachte erst, er wollte mit mir über die bevorstehende Ankunft des Signals reden, weil es ihn beunruhigte. Aber in Wirklichkeit beunruhigte ihn etwas anderes. Und was er mit dann erzählte, war wirklich geeignet, mir den Schlaf zu rauben.«

Mia hatte einen Kloß im Hals. »Was hat er dir denn erzählt?«

Anna machte eine kurze Pause und sprach dann sehr leise zu ihrer Freundin: »Toni konnte sich an die Sprache wieder erinnern. Er hatte sie vor langer Zeit schon einmal gehört.«

»Wo denn?«, unterbrach sie Mia.

»Damals vor langer Zeit, als er den Traum mit dem Aborigine hatte. Kannst du dich noch erinnern?«

»Ja klar! Ich weiß es noch genau. Er kam damals mit Ornamenten aus Zahnpasta über und über bemalt zu uns in die Küche. Hatte er sich nicht einen Schaschlikspieß durch die Nase gerammt?«

»Nein, es war der blaue Mikado von Elias. Aber egal. Toni sagte mir gestern, dass Eyna die Sprache des Aborigines aus seinem Traum gesprochen hatte. Im Traum konnte er ihn seltsamerweise verstehen, aber als Eyna sprach, verstand er kein Wort. Nur an die seltsame, gutturale Sprache konnte er sich noch erinnern.«

Mia schaute Anna ungläubig an. Es war jetzt sehr still, und sie hörten kein anderes Geräusch als das Belüftungs- und Filtersystem der Gewächshäuser. Von der Welt hinter dem Glas drang kein Laut an ihre Ohren. »Ich weiß nicht so recht, ob ich das glauben kann. Meine Güte! So eine Fantasiesprache kann auch einfach nur ähnlich geklungen haben. Vielleicht täuscht er sich, immerhin liegt das mit seinem Traum auch schon weit zurück, und woher soll sie denn diese Sprache kennen? Das kling alles so konstruiert.«

»Das hab ich auch gedacht und ich habe es Toni auch gesagt. Aber er hat dann noch etwas äußerst Merkwürdiges erwähnt. Er sprach von einem Wort, das sie mehrmals wiederholte und das ihm aus seinem Traum noch bekannt war. Es war auch das einzige Wort, an dessen Bedeutung Toni sich noch erinnern konnte. Sie sagte mehrmals *Ungud,* und das bedeutete in dieser Sprache Regenbogenschlange.«

»Okay, okay! Aber selbst das kann auch ein Zufall sein. Ein Wort wie *Ungud* ist doch typisch für eine Kindersprache. Drei Konsonanten verbunden durch einen einzigen Vokal und dann auch noch die Ähnlichkeit mit einem echten Wort aus unserem Wortschatz: *ungut*!«

Anna sah sie jetzt sehr eindringlich an und holte einen Gegenstand aus ihrer Jacke.

Mia erkannte sofort das Handy, das sie immer noch benutzen, um Bilder zu machen.

»Toni hatte es damals dabei. Er wollte einige Bilder von sich und Aada machen und tatsächlich hat er dann das fotografiert.« Sie hielt Mia den kleinen Bildschirm vor die Augen. »Das ist, was deine Tochter in dem trockenen Bachbett in den Boden geritzt hat.« Mia sah erst nicht, was Anna meinte, aber dann erkannte sie die Struktur, die sich dem Bachbett folgend im Untergrund entlang schlängelte.

»Soll das eine Schlange sein? Guck doch mal, wie detailliert sie die Ornamente auf dem Schlangenkörper herausgearbeitet hat. Das muss doch Stunden gedauert haben!«

Anna nickte und zeigte ihr das nächste Foto. »Nicht nur für die Ornamente hat sie Stunden gebraucht ...« Während sie das sagte, ließ sie ein Bild nach dem anderen auf dem Display erscheinen. »Sie hat auch eine sehr lange Schlange gezeichnet. Toni hat den Schlangenkörper entlang des Baches fotografiert. Er hat 78 Fotos gemacht, die ich dir nicht alle zeigen werde. Die Schlange schlängelte sich auf einer Länge von hundert Metern durch das Bachbett im Tal. Nur eines zeig ich dir noch, ist recht interessant.« Anna wischte mehrere Bilder auf dem Gerät zur Seite und ein »Ah« ließ Mia erkennen, dass sie das gesuchte Bild gefunden hatte. Anna hielt ihr den kleinen Apparat vor die Augen und sagte: »Das muss der Kopf der Schlange sein.«

Mia konnte es nicht richtig erkennen. Das Licht spiegelte sich in dem kleinen Bildschirm. Um besser sehen zu können, nahm sie den Apparat von Anna und hielt ihn so, dass sie den von Eyna gemalten Kopf besser sehen konnte. Mia zog es den Boden unter den Füßen weg, und sie fühlte sich wie auf einem schlechten Drogentrip. Das Bild war so realistisch in den Bachgrund gekratzt, dass es fast wie das Kunstwerk eines Fotorealisten aussah. Der Frauenkopf glich einer grobkörnigen Schwarz-Weiß-Fotografie. Sie erkannte sofort, wer dort abgebildet war. Ihr wurde speiübel, und sie musste den sauren Geschmack ignorieren, sonst hätte sie sich übergeben. Die Frau mit dem Schlangenkörper schaute sie mit ernstem Blick aus dem Bachbett an. Der Kopf gehörte einer Frau, die sie lange nicht mehr gesehen hatte. Und Naomi Mae Wood schien ihr etwas sagen zu wollen.

»Das kann gar nicht sein. Eyna kennt *sie* überhaupt nicht. Sie hat diese Frau nie zuvor gesehen. Wie kann sie das so realistisch zeichnen?« Vor Mias Augen tanzten Sterne, und sie musste sich auf die Bank in der Schleuse setzen. »Bist du sicher, dass nicht irgendwo ein Bild von dieser Frau rumliegt? So was hat man schnell vergessen. Vielleicht hat Eyna sie doch gesehen.«

Anna nahm neben ihr Platz und legte einen Arm um sie, während Mia aufgeregt weitersprach.

»Hundert Prozent. Wir haben kein Bild von ihr. Das wüsste ich ansonsten.« Nach einer kurzen Denkpause fügte sie hinzu: »Eyna hat sie als Schlange gezeichnet – das passt. Sie ist wirklich eine Schlange, aber woher kann sie so gut ein Bild in den Untergrund ritzen. Und wie lange sie daran gearbeitet haben muss. Das Bild ist so unglaublich realistisch.«

»Mia, mit deiner Tochter stimmt etwas nicht. Wenn sie Naomi wirklich noch nie zu Gesicht bekommen hat, dann hat sie irgendeine Gabe, die wir nicht verstehen. Sie hat damals schon mit acht Monaten diese Worte auf dem Laptop geschrieben. Das alleine ist schon äußerst merkwürdig und sehr beunruhigend gewesen, aber ihr Verhalten ...« Anna deutete mit ihrem letzten Wort auf das Telefon in Mias Hand. »Das ist furchterregend. Ich bin sogar der Meinung, dass sie sich übernatürlich verhält. Wir müssen das untersuchen lassen.«

Mia nickte zustimmend und sagte: »Ich habe schon lange den Eindruck, dass Eyna *anders* ist. Schon seit sie damals auf dem Laptop geschrieben hat. Ich habe schon lange eine schreckliche Vermutung, die ich gar nicht auszusprechen wage.«

»Was meinst du? Sprich es aus, ich will es wissen.« Anna fröstelte, und Mia ergriff wieder da Wort: »Eyna ist das erste Kind, welches sich unter dem Schalterprotein entwickelte. Ich war damals in Finnland schon schwanger mit ihr.«

Anna fuhr sich durch ihre kurzen schwarzen Haare und warf lachend den Kopf in den Nacken. »Du hast sie ja nicht alle. Sie war in deinem Bauch und nicht mehr als ein Zellklumpen kurz nach der Befruchtung. Ich kann mich noch sehr genau an unser Gespräch in der Küche über deine morgendliche Übelkeit erinnern. Dir war noch nicht mal bewusst, dass du schwanger warst.« Wieder lachte Anna mit ihrer auffällig tiefen Stimme.

»Das stimmt, aber ich habe es nachgerechnet. Der Befruchtungstermin muss kurz vorher gewesen sein. Wir haben uns damals am 04. Januar unterhalten. Wenn der Termin der Befruchtung kurz davor war, dann war sie wirklich nur ein Zellklumpen, aber um uns herum muss das Schalterprotein in sehr hoher Konzentration gewesen sein. Immerhin waren wir im Epizentrum der Erstinfektion. Dort war der Meteorit mit dem Protein runtergekommen, und alles hat dort angefangen. Wir müssen mit jedem Atemzug das Protein tausendfach eingesogen haben. Und was ist, wenn es nicht nur auf Pflanzen wirkt, sondern auch auf Menschen? Vielleicht auch nur auf sich neu entwickelndes Leben?«

»Aber Mia, das hätten wir doch längst feststellen müssen.« Als Anna diese Worte aussprach, wollte sie selbst nicht mehr so recht daran glauben und ließ ihren Satz ausklingen, während Mia ihr widersprach:

»Wie denn? So viele Kinder sind in den Anfangsjahren der Seuche, als die Proteinkonzentration noch hoch war, nicht gezeugt worden. Damals hat doch keiner mehr daran gedacht, noch Kinder in diese Welt zu setzen. Erst die Geburtenplanungsprogramme der SU10[5] ließen bei vielen wieder den Wunsch auf ein Kind aufkommen. In jenen Tagen war die Konzentration in der Außenluft aber schon wieder rückläufig. Zur Hochzeit der Infektion sind höchstens eine Handvoll Kinder gezeugt worden und wir wissen gar nichts. Ich stelle ja nur Vermutungen an. Wenn ich mir ihr Verhalten anschaue, dann weiß ich, dass sie alles andere als normal ist. Wir müssen es untersuchen lassen. Und wer weiß, vielleicht gibt es noch andere Kinder.«

Die beiden Frauen rückten enger zusammen. Es war kalt in der Schleuse, und ihre Gedanken ließen sie auch innerlich erkalten.

Anna fand die ersten tröstenden Worte: »Ich werde mit Alex reden, er soll mal vorsichtig die Fühler Richtung $SU10^5$ ausstrecken und sich umhören. Vielleicht gibt es ja auch bei anderen Kindern Auffälligkeiten. Spätestens im Herbst sind wir auf Formentera. In der Biosphäre haben sie die größte medizinische Abteilung der $SU10^5$. Wenn wir das Wissenschaftsmeeting dort besuchen, sollten wir sie untersuchen lassen. Die sind da sehr gut ausgerüstet, und wenn mit ihr etwas nicht stimmt, dann finden sie es dort heraus. Ganz bestimmt!«

Ihre Worte machten Mia neuen Mut, und die beiden Frauen standen gleichzeitig auf. »Es ist noch eine lange Zeit bis zum Herbst.« Mia hatte Anna untergehakt und die beiden gingen Richtung Ausgang. »Bis dahin kann noch so viel passieren. Aber du hast natürlich recht. Ich werde auch mit Simone darüber reden müssen.«

Die beiden Frauen hatten die Hauptschleuse verlassen und schlenderten Arm in Arm den befestigten Weg zwischen den Gewächshäusern in Richtung des Westturmes.

»Wo sind eigentlich unsere Jungs?«, fragte Anna.

»Keine Ahnung, vielleicht haben sie sich irgendwo vor den Aliens versteckt. Eyna hat ihnen heute beim Frühstück bestimmt Angst gemacht. *Die werden das Signal heute hören, und dann werden sie zu uns schauen.*« Den letzten Satz hatte sie mit tiefer verzerrter Stimme gesprochen und dabei die Wörter extrem gedehnt.

»Mia, hör schon auf, das ist nicht komisch. Ich fühle mich jetzt wirklich so, als würde mich jemand beobachten.«

Mia schaute mit gespielter Ernsthaftigkeit nach vorne und sagte: »Sie sehen uns, und sie werden kommen und uns holen.« Lachend setzten beide ihren Weg fort.

Biosphäre VI; St. Lorenz Insel

Der Tag der Ankunft

Für die fast 3000 Seemeilen hatten sie mit dem schwer havarierten Schiff vierzehn Tage gebraucht. Normalerweise hätten sie die Strecke von der südjapanischen Insel bis zur Überlebenssphäre VI auf St. Lorenz in nur fünf Tagen zurückgelegt. Für die Mannschaft war die Fahrt ein Martyrium. Jederzeit rechneten sie mit erneuten Angriffen der Kreaturen. Einem erneuten koordinierten Angriff hätte die Hope nicht standgehalten. Der nächste Aufprall eines tonnenschweren Organismus hätte die Schotten zum Bersten gebracht, und das Schiff wäre in Minutenschnelle gesunken. Außerdem fürchteten sie das Wetter. Als sie vor Yakushima die Anker lichteten, war die See ruhig und das schwerbeschädigte Schiff lag gut im Wasser. Ein Sturmtief hätte die leckgeschlagene Hope aber mit Sicherheit nicht durchgehalten. Vierzehn Tage mussten sie auf See überstehen, und sie hatten Glück. Das Wetter hielt, und der Nordpazifik zeigte sich von seiner besseren Seite. Einen Senderorganismus bekamen sie zwar noch zu sehen, aber das Tier war meilenweit entfernt und interessierte sich nicht für das Schiff. Auch ein Signal schien er nicht absetzen zu wollen.

Aus der Atacamawüste gab es Entwarnung - die Satelliten konnten keine ungewöhnlichen Frequenzen mit ansteigenden Intensitäten detektieren. Nachdem sie das Tier eine Weile beobachtet hatten, tauchte es ab und verschwand in der Tiefe. Auf dem Sonar konnten sie es noch eine Weile verfolgen, dann verlor sich seine Spur. Das seltsame Verhalten des Tieres war noch oft Gesprächsstoff an Bord. Einige Männer waren nicht davon abzubringen, dass es eine Art Späher war, der das Schiff beobachten sollte. Nur Mårten bekam von all dem nicht viel mit. Er war im Schiffslabor unentwegt mit der Untersuchung der neu entdeckten Lebensform beschäftigt. Außerdem arbeitete er mit Hochdruck an den bei der Obduktion des gestrandeten und verendeten Organismus entnommenen Gewebeproben. Auch dass Kapitän Osterhaus sich ihm von hinten näherte, merkte er nicht, während er eine Gewebeprobe der Lebensform unter dem Mikroskop untersuchte.

»Hey, Mårten! Was gibt es Neues aus deiner Hexenküche? Man bekommt dich gar nicht mehr zu Gesicht. Es scheint, du verlässt dein Labor nur noch zum Essen.« Während Osterhaus das sagte, schlug er ihm fest auf die Schulter.

Mårten erschrak derart, dass er anstatt den Feintrieb des Mikroskops den Grobtrieb erwischte und das Abbild des Präparates irgendwo in der Unschärfe der tausendfachen Vergrößerung verschwand. »Hi, Kapitän! Herzlichen Dank auch für Ihre Guerillataktik bei der Annäherung an den Feind. Ich darf dann jetzt noch mal von vorne anfangen, und heute Nachmittag soll ich die Ergebnisse auf unserem Meeting und der Videokonferenz vorstellen. Mir läuft die Zeit davon.«

»Halla, Sie werden das schon schaffen. Immerhin hatten Sie bereits zwei Wochen Zeit für Ihre Untersuchungen. By the way, wissen Sie eigentlich, was heute für ein Tag ist?«

»Heute ist der 24. Dezember, und wir laufen gleich mit diesem Seelenverkäufer im Hafen der Biosphäre VI auf St. Lorenz ein. Sehen Sie, ich bin trotz meines Eremitendaseins in diesem Labor noch gut zeitlich und örtlich orientiert. Und was sagen Sie jetzt, Kapitän?«

»Nah dran, Mårten Halla. Da liegen Sie richtig, aber noch etwas unterscheidet den Tag heute von allen anderen.«

Mårten blickte Osterhaus mit großen Augen an und schürzte die Lippen. Ein bisschen sah er jetzt aus wie ein kleines Kind, dem man sein Lieblingsspielzeug weggenommen hatte. »Ich komme gerade nicht drauf, aber Sie werden es mir bestimmt gleich sagen, oder?«

Osterhaus rieb sich mit Zeigefinger und Daumen theatralisch die Nasenwurzel und schüttelte sachte den Kopf. »Mann, Mann, Mann, Halla! Was ist mit Ihnen bloß los? Ich mache mir ernsthafte Gedanken um Ihren Zustand. Das sollten Sie eigentlich wissen. Sie sollten es sozusagen im Blut und im Urin haben. Heute ist nicht nur der Tag unserer Ankunft auf St. Lorenz. Heute ist auch der Tag der Ankunft des Signals auf Wolf-359. Ein denkwürdiger Tag, denn heute hat die Menschheit zum ersten Mal in ihrer Geschichte einen Kontakt zu einer intelligenten außerirdischen Lebensform hergestellt, und ich denke, die wird ihr Augenmerk jetzt sehr interessiert auf unseren kleinen, kaputten Planeten richten.«

Mårten Halla schaute Osterhaus wachsam an und schüttelte seine blonden Dreadlocks aus dem Gesicht: »Ja, schon klar, die Menschheit hat einen Kontakt hergestellt. Wie denn? In Form einer irren Astrophysikerin, die sich berufen fühlte, für uns alle zu sprechen. Dann soll sie sich doch bitte in knapp acht Jahren auch um den entsprechenden Empfang ihrer Gäste kümmern. Nein im Ernst – ich glaube das erst, wenn in acht Jahren wirklich ein Raumschiff hier landet, wahrscheinlich aber eher ein paar Jahre später. Wenn sie kommen sollten, werden sie wahrscheinlich nur mit einem Bruchteil der Lichtgeschwindigkeit reisen oder sie leben in Generationenraumschiffen im All und können schneller hier sein. Aber wissen Sie was, Osterhaus?«

Der Kapitän verneinte kopfschüttelnd.

»Ich hatte schon immer das Gefühl, dass einfach gar nichts passieren wird.«

»Wie meinen Sie das?« Osterhaus hatte schon einige verschrobene Theorien gehört und war gespannt, was da jetzt kommen würde.

Er verschränkte seine Arme vor seinem Brustkorb – eine Körperhaltung, die seiner inneren Skepsis entsprach. »Na, ich kann mir nicht vorstellen, dass ein Signal auf so eine Entfernung – wir reden hier von Lichtjahren – überhaupt noch empfangen werden kann. Wahrscheinlich ist es so gestreut und abgeschwächt, dass es schon riesige Antennen bräuchte, um da was aufzufangen. Außerdem weiß der potenzielle Empfänger auch nicht, aus welcher Richtung er ein Signal zu erwarten hat. Da müsste er schon die gesamte Himmelskugel nach Signalen abtasten – dürfte sich schwierig gestalten. Irgendjemand hat das in der Vergangenheit mal berechnet. Bei der Sendeleistung von Naomis Teleskop müsste man bei der Entfernung Antennen mit Erddurchmesser haben, die jeden Punkt am Himmel überwachen. Und dabei setze ich mal voraus, dass dem Empfänger zumindest die Frequenz der Botschaft bekannt ist. Wer sollte denn solch einen Aufwand betreiben, um ein Signal eines Organismus von einer anderen Welt zu empfangen, nur um bewohnbare Welten in der Leere des Kosmos zu entdecken? Wenn es eine intelligente Lebensform da draußen gibt, die uns technisch um Längen voraus ist, dann könnten sie das bestimmt auf eine viel elegantere Art und Weise tun. Vielleicht mit Superteleskopen oder einer Technik, die wir noch gar nicht kennen.«

Osterhaus musste ihn unterbrechen. »Aber Halla, da haben sich schon die größten Köpfe der $SU10^5$ Gedanken drüber gemacht. Was soll das denn dann alles mit diesen fremden Organismen und den Spektrallinien eines unbekannten Elementes in Lichtjahre entfernten Sternen? Es ist doch unbestritten, dass diese Senderorganismen versuchen, ein Signal an die Zielsterne mit dem Unhexaquadiumspektrum abzusetzen, um dort jemanden auf unseren Planeten aufmerksam zu machen.«

»Ich weiß, aber die gesamte Denkweise ist mir zu anthropozentrisch, zur sehr von der menschlichen Anschauung geprägt. Wir reden immer von *Jemandem* oder von einer *intelligenten Lebensform* ...«

Wieder unterbrach ihn Osterhaus: »Ja und? Davon müssen wir nach allem, was wir wissen, doch auch ausgehen!«

»Nein! Müssen wir nicht. Was wäre denn, wenn es sich gar nicht um *Intelligenz* handelte. Vielleicht ist es etwas ohne Bewusstsein und ohne die Fähigkeit zu planen, einfach nur Biologie und eine unendliche lange Zeit von Mutation, Anpassung und Selektion. Einfach nur das Ergebnis eines Milliarden Jahre dauernden evolutionären Prozesses.«

»Mensch Halla, hören Sie auf damit. Das ist doch Unsinn! Wir wissen doch, dass die Spore aus dem unbekannten Element bestand und dass die von den Organismen angepeilten Sonnen auch dieses Element enthalten müssen, sonst könnten sie das UHQ-Spektrum nicht emittieren. Und wir wissen, dass dieses Element höchstwahrscheinlich nicht durch einen natürlichen Prozess entstanden ist. Da muss Ihr eben angezweifelter *Jemand* die Finger mit im Spiel gehabt haben. Irgendwer hatte doch den Begriff von den Astro-Ingenieuren geprägt, die ihre Heimatsterne als Fusionsreaktoren zur Herstellung dieses Elementes 164 nutzen. Und was ist mit dem Schalterprotein? Wie sollte so etwas Komplexes alleine durch natürliche Prozesse entstehen? Ein Eiweiß, das einfach die Genetik der gesamten irdischen Flora ausschaltet. Das kann nicht sein, das ist das Produkt eines intelligenten Gendesigns. Und dann zeigt sich, dass das alles nur in einem Ziel mündet. Und hier beißt sich die Schlange in den Schwanz. Damit ist unser bewohnbarer Planet, dieses Kleinod im Universum, markiert. Die haben ihren Claim abgesteckt. Das kann nicht nur unintelligente Biologie gemacht haben. Da ist jemand aktiv auf der Suche nach neuem Lebensraum.«

»Ja, ja, da gebe ich Ihnen ja recht. So ist es mir auch schon tausendfach eingetrichtert worden. Aber man kann es auch von einer gänzlich anderen Seite beleuchten, die auch noch alternative Denkweisen zulässt. Nehmen wir zum Beispiel mal die Ergebnisse meiner Untersuchung.«

Das ließ Osterhaus aufhorchen. Eigentlich war das auch der Grund für seinen Besuch in Mårtens Labor. Osterhaus wollte unbedingt wissen, was Halla in den letzten zwei Wochen herausgefunden hatte, bevor er es in einigen Stunden einer breiten Öffentlichkeit vorstellen würde. Mårten Halla war auf sein Schiff abgestellt worden, und er, Jake Osterhaus, würde als Kapitän für alles die Verantwortung übernehmen müssen. Er kannte Halla nur oberflächlich, und der Mann hatte sich in den letzten beiden Wochen rar gemacht, sodass es für ihn nahe lag, ihm mal auf den Zahn zu fühlen. Also dachte er, dass er die Gelegenheit jetzt beim Schopf packen musste und hakte nach: »Das ist auch der Grund für meinen Besuch in Ihrem heiligen Tempel. Ich wollte Sie abschließend fragen, was Sie bisher herausfinden konnten. Die wenigen Male, die wir uns in den letzten Tagen über den Weg gelaufen sind, haben Sie nur Andeutungen gemacht.«

»Einiges! Einiges, was uns weiterbringt, aber auch Details, die ich noch nicht verstehe und die ich auch nicht richtig einzuordnen vermag. Fangen wir mit dem Organismus in der Lagune an. Bisher bot sich uns keine Chance, solch eine Kreatur einer intensiven Obduktion zu unterziehen. Lediglich einige Organismen, die wir nach dem tragischen Lago-Lugano-Vorfall tot bergen konnten, wurden bisher untersucht. Aber das waren Vorläufermodelle von denen, die wir in der offenen See zu Gesicht bekommen haben. Das waren eher Larvenstadien aus dem Süßwasser. Die adulte Form in den Ozeanen wurde bisher nicht sichergestellt und einer genauen Untersuchung unterzogen. Die wurden immer von Männern wie Ihnen in ihre Einzelteile zerlegt und atomisiert.« Mårten konnte sich ein zynisches Lachen nicht verkneifen und fügte hinzu: »Oder sie wurden mit einer Axt so lange malträtiert, bis sie die Flucht ergriffen.«

Osterhaus setzte gerade mit einer weitausladenden Geste zu einer Erwiderung an, wurde aber durch Mårten sofort daran gehindert, sich Luft zu machen. »Kommen Sie schon, Kapitän, Sie müssen sich nicht rechtfertigen. Ich weiß, dass das Vieh kurz vor einer erfolgreichen Übertragung stand und auf die Wega zielte. Fünfundzwanzig Lichtjahre. Das wäre kein Ferngespräch gewesen. Also haben Sie richtig gehandelt, und dabei hätten Sie fast Ihr Leben verloren. Das werden sich die Leute noch in hundert Jahren am Lagerfeuer erzählen. Sie sind ein Held, und jeder hätte in dieser aussichtslosen Situation mit der Axt auf diesen Organismus eingedroschen. Auf jeden Fall hatten wir hier das erste Mal die Gelegenheit, eine dieser Kreaturen zu obduzieren und auch Gewebeproben zu entnehmen. Das Ding ist, wie wir bereits nach der Untersuchung der Luganoform vermuteten, nichts anderes als eine Fressmaschine zur Bereitstellung von Energie. Aber auch hier haben wir wieder eine Weiterentwicklung weg von den limnischen Vertretern, die lediglich zur Jagd mittels Tentakel und Nesselzellen fähig waren. Der Organismus aus der Lagune hatte aber neben dieser Beutefangmethode noch eine andere aus dem Tierreich kopiert. Eigentlich ist das Tier nichts anderes als ein Hautmuskelschlauch mit einer tentakelbewährten Mundöffnung und einem Verdauungsapparat. Aber das Besondere ist, dass es nicht nur einen kräftigen Hornschnabel zur Zerlegung der Beute besitzt, sondern auch optional mit Barten, ähnlich denen der Wale, Kleinstlebewesen aus dem Wasser filtern kann. Das Wasser wird dann zusätzlich noch nach hinten über ein ausgetüfteltes Kanalsystem aus dem Sendeorgan ausgestoßen und dient einer effektiven Fortbewegung mittels Rückstoßprinzip. Das ist biologische Perfektion bis ins Detail. Wie gesagt, eine Fressmaschine zur Energieerzeugung. Und dreimal dürfen Sie raten, wozu die Energie hauptsächlich gebraucht wird.«

Kapitän Osterhaus wollte antworten, aber auch diesmal schnitt Halla ihm das Wort ab.

»Richtig, Kapitän, für das Signal! Und nebenbei bemerkt, einen effektiven Energiespeicher hat das Tier auch noch unterhalb der Schüssel entwickelt, um bei Bedarf schnell eine so große Menge an Energie bereitzustellen. Diese extrem fetthaltige Speckschicht hat im Übrigen auch unseren beiden Teenagern von der Insel das Leben gerettet. Organismensushi! So, und jetzt noch abschließend ein paar Worte zum Entwicklungsstand unseres Freundes. Ich habe den Kadaver eingehend untersucht. Gehirn? Fehlanzeige, nur ein einfaches Nervensystem und ein paar Ganglien. Das Ding kann auf keinen Fall einen Plan verfolgen, geschweige denn denken. Ganz primitiv. Da ist nur Instinkt, ich würde noch nicht mal von Verhalten sprechen wollen. Einfach nur Schaltkreise, die einem Ziel dienen. Ein paar Organe habe ich noch gefunden, die mir Rätsel aufgeben. Sie haben keine zelluläre Struktur, es ist eher eine Matrix ohne Zellorganellen, durchzogen von einem Netz an kleinsten Röhrchen. Ein Biologe würde sie als Tubuli bezeichnen. Ich nehme an, dass diese Organe der Orientierung am Himmel und der Identifikation der Zielsterne dienen, weil sie in direkter Nähe zum Sendeorgan liegen.« Mårten hatte bis jetzt auf einem drehbaren Hocker an seinem Arbeitsplatz gesessen. Er stand auf und ging zum Wasserhahn der Laborspüle im rückwärtigen Bereich des Labors, um sich ein Glas zu füllen.

Osterhaus nutzte die Gelegenheit. »Na gut, die Organisationsform ist primitiv, aber sie erfüllt ihren Zweck. Das Ding zielt mit einer elektromagnetischen Kanone auf Sterne mit spektralen Auffälligkeiten in unfassbaren Entfernungen und setzt seinen Funkspruch ab, was wir Gottlob bisher fast immer verhindern konnten. Und das soll das zufällige Ergebnis einer langen Reihe von Mutations- und Selektionsprozessen sein? So einen

Quatsch habe ich noch nie gehört. Erklären Sie mir mal, wem das Signal dann gilt und was das alles soll!«

Halla nahm einen langen, tiefen Zug aus dem Wasserglas. »Kennen Sie den kleinen Leberegel, Kapitän Osterhaus?«

»Was?« Osterhaus dachte, er habe sich verhört.

»Dicrocoelium dendriticum ist ein kleiner Saugwurm, der in den Gallengängen seines Endwirtes, meist Schafen und Rindern, aber auch anderen Wirbeltieren lebt.«

»Mann Halla, für so was haben wir jetzt keine Zeit mehr, reden Sie mal Tacheles.« Osterhaus war aufgebracht und holte sich jetzt auch ein Glas, hätte es aber lieber mit Whiskey als mit Wasser gefüllt.

»Aber Jake, das versuche ich doch. Also, dieser kleine Wurm hat in seinem Entwicklungszyklus noch zwei Zwischenwirte, in denen er heranwächst, bis er seinen Endwirt trifft. Einmal ist das eine Schnecke, in der er sich weiterentwickeln kann, bis ein Wurmstadium in Schleimballen gehüllt die Schnecke über die Atemöffnung verlässt. Das ist bisher zwar ein komplexer Vorgang, aber richtig interessant wird es erst im zweiten Zwischenwirt, einer Ameise. Die frisst nämlich diese infektiösen Schleimballen, und was dann passiert, mutet ziemlich mysteriös an.«

Osterhaus konnte es nicht zurückhalten, so lächerlich kam ihm Hallas Vortrag vor. »Ja, sendet die Ameise dann geheime elektromagnetische Botschaften an Pottwale in der Tiefsee?«

»Nein, aber so ähnlich«, sagte Halla trocken und fuhr fort: »Die Vorstufe unseres Wurmes entwickelt sich jetzt einige Zeit in der Ameise weiter und wandert dann in deren Nervensystem. Dort angekommen, verändert sie das Verhalten der Ameise und diese klettert wie ferngesteuert an einem Grashalm hinauf und verbeißt sich in dessen Spitze. Jetzt raten Sie mal, von wem sie dann dort gefressen wird?«

Osterhaus war perplex und ahnte, auf was sein Gegenüber hinauswollte.

»Bingo Jake, ich kann Ihnen ansehen, dass Sie das Ende der Geschichte bereits kennen. Der Wurm wandert in das Ameisengehirn und bringt die Ameise dazu, sich an der Hauptnahrungsquelle des Endwirtes festzubeißen und sich von diesem auffressen zu lassen. Das ist in etwa so, als würde der Teil eines Bandwurmes in Ihr Gehirn wandern und Sie dazu bringen, sich in Ihr Auto zu setzen und mit Höchstgeschwindigkeit gegen den nächsten Brückenpfeiler zu rasen, damit er Ihren Schädel wieder verlassen kann. Und jetzt, mein lieber Jake, eine abschließende Frage an Sie. Sie ahnen, was jetzt kommen wird, oder?«

Osterhaus fand die Sprache wieder: »Wie lange hat die Evolution gebraucht, um das über Mutation und Selektion hinzukriegen?«

»Genau, und dann hänge ich noch eine Frage an. Was kann die Evolution biologischer Systeme in Jahrmilliarden erreichen? Sehen Sie Osterhaus, das ist es, was ich vorhin meinte.«

Kapitän Osterhaus saß im Konferenzraum der Biosphäre VI und hatte soeben den ersten Teil von Mårten Hallas Vortrag gehört. Die meisten Zuhörer hatte er im virtuellen Raum des $SU10^5$-Intranetzes.

Auf dem gesamten Globus versammelte sich die Wissenschaftsgemeinde vor den Bildschirmen in den Konferenzsälen der Biosphären. Mårten hatte die Ergebnisse der Leichenschau kurz wiedergegeben. Im Grunde war es genau das, was er Osterhaus heute auf dem Schiff schon erzählt hatte. Seine Theorie zur Entstehung des Organismus über einen biologischen Entwicklungsprozess erwähnte er mit keinem Wort. Osterhaus hatte ihm regelrecht ins Gewissen geredet, auf keinen Fall dem Publikum seine Ansicht einer interstellaren Evolution des Senderorganismus näherzubringen. Er hatte ihm auch verboten, von dem kleinen Leberegel zu erzählen. Osterhaus hatte diese Geschichte zwar imponiert und er würde darüber in einer ruhigen Minute noch mal nachdenken müssen, aber Halla hätte das mit Sicherheit die wissenschaftliche Reputation gekostet. Das einzige neue und interessante Detail seines Vortrages war das Ergebnis des Mageninhaltes. Neben Resten eines Riesenkalmars hatte er auch Krill, garnelenartige Krebstiere, gefunden, die die vergangenen Jahre mit den letzten Resten des globalen Phytoplanktons überlebt haben mussten. Dass die von ihm aufgezählten Mengen im Magen des Organismus niemals zur Lebenserhaltung des Tieres, geschweige denn zur Erzeugung eines Signals ausgereicht hätten, war allen Zuhörern klar, und dann ließ Mårten die Bombe platzen. Im Magen des Organismus hatte er in nicht unerheblichem Umfang die neue Lebensform gefunden, die sie soeben auf der japanischen Insel entdeckt und mitgebracht hatten. Mit dieser Offenbarung leitete er auch den zweiten Teil seines Vortrages über eben diese neue Lebensform ein.

Jagdschloss; ehemaliges Deutschland

50 Tage nach der Ankunft des Signals auf Wolf-359.

Gestern hatten sie es gemeldet. Damit war es jetzt offiziell. In keiner von der $SU10^5$ betriebenen Messstationen war es noch nachweisbar. Die Konzentration des Schalterproteins war auf Null. Das Protein hatte aufgrund der sehr hohen Anfangskonzentrationen in der Luft noch einige Jahre überlebt. Aber seine mangelnde Persistenz gegenüber den Umweltbedingungen hatten es letztendlich doch denaturieren lassen. Es wurde mit der Zeit unschädlich.

Acht Jahre und 50 Tage waren seit dem Atmosphäreneintritt der UHQ-Spore vergangen. Damit war das Zeitalter des extraterrestrischen Pathogen endgültig vorbei. Aber für die wenigen Überlebenden der Menschheit war das kein Anlass zur Freude. Denn das Fehlen des Proteins war auch der untrügliche Beweis dafür, dass das Eiweiß in keinem irdischen Stoffwechsel mehr hergestellt wurde. Kurz: Es gab auf dem gesamten Erdenball keine lebende Pflanze mehr. Die Ära der Pflanzen ging zu Ende. Lediglich auf einige Samen, die über die Jahre ihre Keimungsfähigkeit bewahrt hatten, konnte man jetzt noch seine Hoffnungen setzen. Blieb noch das, was die Besatzung der Hope vor knapp zwei Monaten auf der japanischen Insel Yakushima gefunden hatte. Diese Lebensform war geneigt, in die Fußstapfen der ausgestorbenen Flora zu treten und ein würdiger Nachfolger zu werden. Mårten Halla hatte der $SU10^5$-Gemeinde am Nachmittag des 24. Dezembers letzten Jahres davon berichtet. Das hatte Hoffnung keimen lassen, und danach dürstete den Menschen.

Anna streckte sich, es war noch sehr früh. An ihrer Seite konnte sie Alex gleichmäßig atmen hören. Er schien noch tief und fest zu schlafen. Leise stieg sie aus dem Bett, packte ihre Kleidung zusammen und schlüpfte zur Tür hinaus, die sie hinter sich wieder schloss. Dass sie dabei nicht knarrte, ließ sie erleichtert aufatmen. Das Licht in der Küche konnte sie schon sehen, als sie die Treppen des Westturmes hinabstieg.

Schlaftrunken stand Simone in der Küche und brühte einen selbst hergestellten Muckefuck aus gerösteten Gerstenkörnern auf. Anna freute sich, ihn alleine hier anzutreffen.

»Hey, Simone! Was treibt dich so früh aus den Federn?«, sagte sie zur Begrüßung.

Während er das kochende Wasser über die Gerstenmelange schüttete, entfaltete sich der typisch aromatische Geruch des Ersatzkaffees, der so viel versprach. Ein Versprechen, das aber vom Geschmack zu keiner Zeit eingehalten werden konnte. Nachdem das Gebräu eine Zeit lang gezogen hatte, goss er immer noch wortlos zwei Becher ein und stellte sie auf den Tisch. Als er sich hingesetzt hatte, forderte er Anna auf, es ihm gleich zu tun.

Simone nahm einen ersten Schluck und verzog das Gesicht. »Daran werde ich mich niemals gewöhnen können. Ich konnte nicht mehr schlafen. Gedankenkreisen. In den nächsten Monaten soll es losgehen. Spitzbergen, Svalbard Global Seed Vault.«

Anna stütze ihr Kinn auf die linke Faust und hielt in der rechten Hand den dampfenden Kaffeebecher. Aus ihren grünen Augen musterte sie ihr Gegenüber und sah dabei umwerfend gut aus, wie Simone heute Morgen bemerkte. Die Kurzhaarfrisur stand ihr gut. Dann führte sie den Becher zum Mund und blies mit spitzen Lippen über die heiße Flüssigkeit. Simone erinnerte sich noch gut an den Kuss vor zwei Monaten. Seitdem war es zwischen ihnen nicht einfacher geworden.

Ihre dunkle Stimme forderte unterdessen Aufmerksamkeit von ihm: »Saatgut holen? Wer außer Alex geht mit?«

»Mia will mit. Ich denke, ich werde auch gehen. Sie stellen gerade das Team zusammen. Kapitän Smithson wird mit der Greenland Warrior auch dabei sein.« Simone nahm plötzlich ihre Hand. »Und du?«

Anna nippte an dem heißen Getränk. Sie empfand seine Berührung nicht als unangenehm. Eher das Gegenteil war der Fall. Seitdem sie sich in dem Gewächshaus nähergekommen waren, hatte sie sich immer wieder nach seiner Umarmung gesehnt. Anna versuchte, ihre Gefühle für ihn zu unterdrücken, schaffte es aber nur, solange sie sich nicht sahen. Bei den gemeinsamen Treffen hatte sie immer Angst, dass es jemand merken würde. »Nein, ich werde hier gebraucht. Meinst du, wir werden sie wieder zum Wachsen bringen, jetzt, da das Protein weg ist?«

»Ich denke schon. Wenn es klappt, können wir den Planeten neu begrünen.«

Anna sagte zuversichtlich: »Ich glaub, dass es sowieso schon passiert. Jetzt gerade, an verschiedenen Orten der Welt. Nur sollten wir es nicht *begrünen* nennen.«

Simone zog seine Augenbrauen erstaunt hoch und musste lachen: »Du glaubst wirklich, die neue Lebensform ist eine Pflanze?«

»Ich glaube das nicht nur, ich weiß das! Mårten Halla hat es vor ein paar Wochen bei dem Meeting in der Biosphäre VI noch vorsichtig angezweifelt. Einige Ergebnisse von ihm wurden mittlerweile bestätigt, aber es sind auch neue dazugekommen.«

»Wenn es eine Pflanze sein sollte, wie hat sie das alles überleben können? Das Protein hätte doch auch ihre Genetik nachhaltig stören müssen?«, fragte Simone kritisch.

»Richtig, aber Halla ging von falschen Voraussetzungen aus. Er konnte die Lebensform von Yakushima in dem Schiffslabor nicht ausreichend untersuchen. Halla konnte nur mikroskopische Untersuchungen vornehmen. Und dabei hat er keine typisch pflanzlichen Strukturen, wie

Leitungsbahnen und dergleichen, gefunden. Außerdem hat er sich von der Farbe täuschen lassen. Die Lebensform zeigt nicht das typisch pflanzliche Grün des Chlorophylls.«

»Ja, meine Güte! Wir haben doch alle ihre purpurne Farbe gesehen. Halla hielt es für einen einfachen unorganisierten Thallus einer Bakterienkultur – Purpurbakterien mit Bakterienchlorophyll, welches ihnen die charakteristische Färbung verliehen hat. Das erklärte auch das Fehlen von Pflanzenorganen wie Blättern, Wurzeln und Spross.«

»Genau, und er erkannte damals unter dem Mikroskop keine höhere Organisationsform. Deshalb seine Vermutung, aber wir wissen heute aus eingehenderen Untersuchungen, dass es sehr wohl Strukturen in der Lebensform gibt, die er aber nicht erkennen konnte. Alex hat es mir gestern Abend noch erklärt. Er hatte in den letzten Wochen immer wieder Kontakt zu Markus Behringer, der ihn auf dem Laufenden hält. Die Pflanzenspezies – ich nenne es jetzt einfach mal so – betreibt auf jeden Fall Fotosynthese, nur macht sie das mit dem Bakterienchlorophyll. Es scheint sich hierbei um eine völlig neue Spezies zu handeln. Wahrscheinlich ist sie unter dem enormen ökologischen Druck der Pflanzenseuche entstanden.«

Simone unterbrach sie. »Das kann ich mir nicht vorstellen. Die Seuche war so effektiv, wenn es ums Pflanzentöten ging.«

»Ich kann nur wiedergeben, was Alex mir gesagt hat. Die Pflanze scheint völlig neue Stoffwechselwege zu beschreiten. Alex sprach von alternativen Wegen, die der Infektion keinen Angriffspunkt bieten.« Anna sah Simone unschlüssig an und fuhr dann fort: »Anscheinend hat es irgendeine Pflanzengattung geschafft, die Infektion zu umgehen. Ich kann mir das schon vorstellen. Pflanzen waren immer unheimlich widerstandsfähig. Ich erinnere mich noch an die Zaunpfähle, die Mikka damals in Finnland aus einem Buchenstamm sägte und mit Holzimprägnierung behandelte. Die sind ein halbes Jahr, nachdem er sie in den Boden gerammt hatte, wieder grün ausgeschlagen.«

»Unglaublich!« Simone war ehrlich überrascht. Immer noch hielt er ihre Hand. Mittlerweile hatte er begonnen, ihren Handrücken mit dem Zeigefinger zu streicheln.

Anna gefiel das, sie sprach weiter: »Aus einzelnen Pflanzenteilen ließ sich schon immer die gesamte Pflanze regenerieren. Pflanzenzellen sind totipotent. Aus jeder Pflanzenzelle kann man die gesamte Pflanze regenerieren.«

Simone konterte: »Stell dir das mal bei einem Tier oder sogar bei einem Menschen vor. Das ist so, als würde einem Menschen eine abgetrennte Hand nachwachsen.«

Anna schüttelt ihren Kopf und nahm noch einen Schluck von dem heißen Kaffee-Ersatz. »Eine seltsame Vorstellung. Wäre aber praktisch. Es scheint sich tatsächlich um eine neue Pflanzenart zu handeln.«

»Ja«, meinte Simone. »Was auch dafürspricht, ist, dass sie Reste im Magen der Kreatur gefunden haben. Diese Viecher scheinen sich von dem Zeug zu ernähren. Vielleicht sollten wir auch mal probieren.«

Anna sah ihn an, drückte seine Hand fester und flüsterte jetzt: »Vielleicht wirst du dazu schneller Gelegenheit bekommen, als du denkst.«

»Wieso?« Simone war erstaunt.

»In Chile haben Kaspuhl und O'Brian seltsame Verfärbungen auf Satellitenaufnahmen entdeckt. Und rate mal, welche Farbe da in einigen Gebieten zu sehen war!«

Jetzt war Simone fassungslos. »Purpur?«

»So ist es. Sie haben Gebiete beobachten können, in denen die neue purpurne Farbe alles dominiert. Die Pflanze breitet sich aus, und es scheint, eine große Population breitet sich gerade von Finnland über gesamt Skandinavien aus. Und das tut sie sehr schnell. Ich darf es eigentlich nicht verraten, aber was soll's. Ihr sollt im Rahmen eurer Expedition nach Spitzbergen zur Samenbank einen Abstecher dort hinmachen und das mal genauer untersuchen.«

Simone atmete tief ein und dann wieder deutlich vernehmbar aus. »Lass mich raten. Bei der Gelegenheit sollen wir auch eine purpurne Gemüsebrühe probieren?«

Anna nickte. »Könnte passieren. Hoffentlich kommt ihr wieder heil nach Hause.«

Beide saßen sie noch eine Weile in der Küche und unterhielten sich über die Zukunft. Dabei hielten sie sich bei den Händen und spürten ihre aufrichtig empfundene, tiefe Zuneigung. Irgendwann fragte Anna: »Wo warst du eigentlich damals nach dem Unglück am Lago Maggiore? Du warst nach dem Tsunami für zwei Wochen verschollen. Nach deiner Rückkehr warst du vollkommen traumatisiert.«

»Ich hab noch nie über diese Zeit gesprochen. Damals habe ich mich mit dem Motorrad aufgemacht, meinen Bruder zu suchen. Es hat gedauert, bis ich ihn gefunden habe. Du musst wissen, dass ich lange nicht an den Lago di Lugano konnte. Das Kohlendioxid lag mehrere Tage wie ein tödlicher Schleier über dem See. Ich hab ihn und seine Verlobte dann irgendwann in einem Lieferwagen aufgefunden. Sie haben ein ordentliches Begräbnis bekommen. Danach habe ich mich mit Proviant eingedeckt und den Heimweg angetreten. Aber das liegt alles unter einem grauen Schleier. Es ist, als würde ich diese Erinnerungen durch ein trübes Glas ansehen.«

Anna fuhr ihm zärtlich über die Wange. Simone drehte ihr den Kopf zu. In seinen Augen standen Tränen. Zum ersten Mal konnte er weinen, wenn er an diese einsamen Tage zurückdachte.

Biosphäre I; Baleareninsel Formentera
68 Tage nach der Ankunft des Signals auf Wolf-359

Alexis Bell war gerne Lehrer. Vor der großen Seuche hatte er bei einem Versicherungskonzern in der französischen Hauptstadt gearbeitet. Belle war studierter Versicherungsmathematiker. Er hatte ein Ticket der $SU10^5$ erhalten, weil man Mathematiker brauchte, um die Großrechner der Vereinigung zu betreuen. Zu seinen Aufgaben gehörte es, die Rechner mit den richtigen Algorithmen zur Berechnung von Klimamodellen und der Entwicklung der Schalterproteinkonzentration in der Atmosphäre zu füttern. Auch für das mit Hochdruck betriebene Raumfahrtprogramm der $SU10^5$ wurden immer wieder Rechnerkapazitäten zur Berechnung von Bahndaten zum Mars benötigt.

Er hatte wirklich das große Los gezogen. Ein Teil der Plätze in einer der fünfundzwanzig Biosphären war zur Zeit des großen Sterbens bei gleicher Qualifikation unter Menschen ohne Familie verlost worden, und er durfte dabei sein. Alexis hatte wie alle Überlebenden neben seiner Haupttätigkeit, die ihn auslastete, noch eine zweite Aufgabe zu erfüllen. Das war ein ungeschriebenes Gesetz der $SU10^5$ und entsprach der allgemeinen Philosophie der Vereinigung aller überlebenden Menschen. Denn gerade der Mangel an Menschen und der unüberwindbare Berg an Aufgaben, die es zu bewältigen gab, machten es unerlässlich, dass jeder zweimal mit anpacken musste. So erhielt das geflügelte Wort *Carpe Diem* eine neue Dimension in der ersten postapokalyptischen Zeit der Menschheitsgeschichte. Da Alexis' Ehe in der Zeit lange vor der großen Seuche durch den frühen Krebstod seiner Frau beendet wurde, blieb sein Kinderwunsch unerfüllt. Wahrscheinlich war das der Grund für seine Entscheidung, sich um einen Posten als Lehrer an der Schule der Biosphäre zu bewerben. Die kleine Schule bot ihm die

Möglichkeit, sich mit den wenigen Kindern und Jugendlichen zu beschäftigen, die einen Platz in dem Überlebenshabitat erhalten hatten. Neben diesen Kindern gab es noch eine erste und eine zweite Grundschulklasse mit Kindern, die noch während der Seuche oder danach in einer der Biosphären geboren wurden. Aus unerfindlichen Gründen wurden diese Kinder von den anderen räumlich getrennt unterrichtet. Alexis hatte bisher keinen Zugang zu ihnen erhalten. Wahrscheinlich, so dachte er, weil er keine Eignung hatte in einer Grundschulklasse zu lehren. So kam es, dass er in seiner Nebentätigkeit Kinder und Jugendliche in Mathematik, Physik und Astronomie unterrichtete.

Auf der Baleareninsel war es jetzt stockdunkel. Alexis hatte seinen Astronomiekurs für heute Abend auf die Beobachtungsplattform knapp unterhalb des oberen Scheitelpunktes der gigantischen Biosphärenkugel bestellt. Die Plattform umrundete in schwindelerregender Höhe die Spitze der Kuppel aus Glas und Stahlbeton. In der die Aussichtsgalerie überragenden Kugelspitze waren die Fahrstühle untergebracht. Es war jetzt 22:20 Uhr. Nach und nach trudelten die Schüler lustlos auf der gläsernen Plattform in fast 1150 Metern Höhe ein. Die meisten waren zum ersten Mal hier oben, und Alexis beobachtete einige bei den ersten ängstlichen und vorsichtig tastenden Schritten auf der transparenten, freischwebenden Plattform. Das Besucherplateau war zum Teil so gebaut, dass es den Blick auf einen bodenlosen Abgrund freigab.

Die Schüler hatten Alexis jetzt auch entdeckt und kamen auf ihn zu, wobei sie sich gegenseitig Halt gebend in einer Gruppe mit kleinen, wohlbedachten Schritten bewegten. Diejenigen unter ihnen mit der größten Höhenangst konnte er gut daran erkennen, wie sie sich an ihren Mitschülern panisch festklammerten und dabei ihren Blick nicht vom klaffenden Abgrund abwenden konnten.

»Hey, Sahara!«, rief er einer offensichtlich äußerst ängstlichen Schülerin zu. »Pass auf, dass du Tom nicht noch vor lauter Angst umwirfst. Ich würde dir empfehlen, deinen Blick mal vom Abgrund abzuwenden und nach oben zu richten. Dann würdest du auch den extrem schönen Sternenhimmel sehen, wegen dem wir uns heute Abend hier treffen. Die Empfehlung gilt übrigens für alle, die ein wenig Angst vor der großen Höhe haben.« Alexis musste lachen, als er sah, dass die meisten seiner Schüler ihre Köpfe plötzlich hoben und in das Himmelsgewölbe starrten.

Der Wind hier oben hatte in den letzten Minuten etwas abgeflaut, und Alexis sah zufrieden, dass seine Schüler sich, seinem Rat folgend, tatsächlich warm angezogen hatten. Nachdem sich der kleine Haufen um ihn versammelt hatte, zog er die Schutzhüllen von den beiden Teleskopen, die er bereits aufgebaut und auf ihre Beobachtungsobjekte ausgerichtet hatte. »Wie heute Morgen besprochen, werden wir uns heute Abend mit einigen Sternbildern beschäftigen und dabei auch einige Sterne kennenlernen. Um es für euch einfacher zu machen, werden wir heute nur zwei zirkumpolare Sternbilder in der nördlichen Himmelskugel in der Nähe des Polarsterns betrachten. Einmal den Großen Wagen im Sternbild Ursus Major.« Dabei legte Alexis seine Hände auf das Fernrohr, das auf den Stern Mizar im Knick der Wagendeichsel in diesem Sternbild ausgerichtet war. »Wenn Gruppe 1 dieses Sternbild beobachtet, würde ich euch bitten, zuerst die Sterne mit dem bloßen Auge zu betrachten und auf Auffälligkeiten zu achten. Klar im Vorteil sind hier Personen, die ein scharfes Auge haben. Tauscht euch auch untereinander aus und betrachtet es zum Schluss durch das Fernrohr. Über das Ergebnis eurer Untersuchung reden wir am Ende alle gemeinsam. Die andere Gruppe betrachtet das Sternbild Kassiopeia, oder auch Himmels-W genannt. Ihr findet es, wenn ihr die gedachte Verbindungslinie zwischen der Außenseite des Großen Wagens und dem Polarstern unter der Hausspitze des

Kepheus entlang um die gleiche Strecke verlängert. Wir hatten schon darüber gesprochen. Ihr erinnert euch. Die Spitze des Himmels-W zeigt ungefähr auf den Polarstern.« Bei seinen Ausführungen zeichnete er mit einem starken Laserpointer die Sternbilder und die imaginären Verbindungslinien nach. »Eure Aufgabe ist es, das Sternenbild erst mit bloßem Auge zu betrachten und es dann in der Konstellation Großer Wagen, Polarstern und Kassiopeia maßstabsgetreu zu zeichnen. Wenn ihr das erledigt habt, können beide Gruppen tauschen.«

Nachdem er noch einige Fragen zum Arbeitsauftrag beantwortet hatte, zog sich Alexis zurück und überließ die Schüler ihrer Arbeit. Sie würden in der Deichsel des Großen Wagens mit bloßem Auge einen Stern entdecken, der erst bei genauerem Hinsehen mit scharfem Auge als Doppelstern zu erkennen war. Die beiden Sterne Mizar und Alkor wurden auch als Augenprüfer bezeichnet. Diesen Doppelstern hatte er mit dem Teleskop fokussiert, und er war gespannt, wie viele seiner Schüler das ohne Teleskop erkennen würden. Das andere Fernrohr war auf einen gelben Hyperriesen namens Rho Cassiopeiae eingestellt.

Da er wusste, dass die Gruppen sich für eine halbe Stunde allein beschäftigen würden, ging er zum Rand der Plattform und lehnte sich an das Geländer, um mit einem Feldstecher die Umgebung der Biosphäre zu erkunden. Weit draußen auf dem Mittelmeer konnte er die Lichter eines SU10^5-Schiffes ausmachen, aber nicht erkennen, um welches es sich handelte. Ansonsten waren keine Lichtpunkte zu sehen. Weder mit dem Feldstecher noch mit dem Auge. Die Lichter an den Küstenlinien der Inseln Ibiza und Mallorca gab es nicht mehr, und auch an der spanischen Festlandküste im Osten konnte er keine Zeichen einer Zivilisation ausmachen. Der Orange Tod hatte seine Sichel erbarmungslos geführt und alles Leben ausradiert. Früher hätte er die gut beleuchteten

Küstenlinien aus der Höhe, in der er sich befand, gut erkennen können.

Alexis war noch in dieser Überlegung gefangen, als sich alles um ihn herum veränderte.

Die stockdunkle Nacht wurde plötzlich von einem grellen Licht in seinem Rücken beleuchtet. Die Umgebung war wie unter dem Lichtschein eines Vollmondes erhellt, und Alexis erkannte jetzt den Namen des Schiffes in seinem Fernglas – *Morgan.* Gleichzeitig mit dieser Erkenntnis und dem Aufflackern in der Nacht ertönte ein grässliches Schreien in seinem Rücken, das ihn erschrocken herumwirbeln ließ. Das Fernglas entglitt ihm dabei, ergab sich in fast 1,2 Kilometern Höhe dem Willen der Schwerkraft und fiel ins Bodenlose.

Alexis wusste gar nicht, wohin er zuerst blicken sollte. Oben an der Himmelskugel, dort, wo eben noch das Sternzeichen Kassiopeia stand, leuchtete ein neuer Stern so hell wie der Vollmond und überstrahlte alles andere. Einer seiner Schüler stand an dem Teleskop zur Beobachtung von Rho Cassiopeiae und hielt sich schreiend das rechte Auge zu, wobei er von einem Fuß auf den anderen tänzelte.

Alexis Bell wusste sofort, was passiert war. Ein Blick zur nördlichen Himmelskugel ließ ihn die Supernovaexplosion erkennen, deren Strahlung eben gerade die Erde erreicht hatte. Ihm war auch sofort klar, dass es den Hyperriesen Rho Cassiopeiae in 10.000 Lichtjahren zerrissen haben musste. Den Schüler erkannte er jetzt auch. Es war der zwanzigjährige Tom. Der Unglückliche hatte just in dem Moment Rho Cassiopeiae durch das Teleskop beobachtet, als das Licht seiner Explosion nach 10.000 Jahren die Erde erreichte und ihm das Auge blendete. Während das neue Licht am Himmel etwas an Intensität verlor und mittlerweile nur noch so hell wie die Venus strahlte, eilte er zu seinem Schüler. Der Junge musste dringend auf die Krankenstation. Hoffentlich würde er keinen bleibenden Netzhautschaden davontragen, dachte Alexis.

Chajnantor-Plateau; nordchilenische Anden

70 Tage nach der Ankunft des Signals auf Wolf-359.

»Der Adler ist im Nest!«

Viktor Kaspuhl kam völlig außer Atem in den geräumigen Speisesaal im Verwaltungs- und Wohntrakt der Teleskopanlage gerannt. Das Team saß vor der großen Glasfront zur Besucherterrasse und schaute ihn gebannt an. Einige glaubten, so etwas wie Wahnsinn in seinen Augen erkennen zu können. Bei dem Ruf, der Kaspuhl vorauseilte, erwarteten die meisten sowieso eine gestörte Persönlichkeit.

Kaspuhl war das bewusst. Er nährte die Vorurteile durch gezielt geplante Verhaltensanomalien, die diesen Personen und ihren Ressentiments recht zu geben schienen. Für ihn war das meist nur Schauspielerei und diente dem Selbstzweck. Er war nicht gerade als ausgesprochener Menschenfreund bekannt – eher als Misanthrop, seit er Naomi auf dem Sessel gefesselt und geknebelt zuschauen musste, während sie ihr Teufelswerk mit dem Radioteleskop verrichtete. Seine zum Teil gespielte Verrücktheit hielt ihm die Normalos mit ihren bescheuerten Fragen vom Leib. Nichts schaffte mehr Individualdistanz als ein verschrobener Geist. Das war auch der Grund, warum keiner ihn ansprach, während er sich an dem Kaffeeautomaten zu schaffen machte und sein letzter und einziger Satz im Speisesaal nachhallte.

Alle Blicke richteten sich auf O'Brian, der seinen Kopf bis jetzt gesenkt hielt und auf den Tisch starrte. »Hast du mit Baikonur gesprochen?«, sagte er, während er seinen Kopf hob und Kaspuhl ansah.

»Yes!« Kaspuhl nahm das heiße Getränk, das nur entfernt an den Kaffee vor der Seuche erinnerte, und blies über die heiße Brühe.

»Viktor! Muss ich dir jedes Wort einzeln herauspressen, oder kannst du endlich mal einen zusammenhängenden

Satz mit Subjekt, Prädikat, Objekt heraushauen, der auch noch ein bisschen mehr enthält, als die Info über einen gelandeten Adler?«

McPherson fing an zu kichern, und auch einige andere aus dem Astronomenteam um O'Brian mussten sich auf die Lippen beißen. Blicke wurden keine mehr ausgetauscht, sonst wären einige mit Sicherheit in hysterisches Lachen verfallen.

»Immer ruhig Blut, Sam! Ich brauch erst mal was Warmes. Ist verdammt kalt drüben in der Steuerzentrale.«

»Echt, Kaspuhl, ich kann aber auch nicht verstehen, warum du im März in solchen Klamotten rumrennen musst. Mir ist schon kalt, wenn ich dich nur angucke.« McPherson spielte darauf an, dass Kaspuhl das ganze Jahr über nur in Shorts und T-Shirt zu sehen war. Dass er nur zwischen zwei Shirts wechselte, machte er nicht zum Thema. Jeder in der Mannschaft hatte ihn bisher nur in den beiden gesehen, die er abwechselnd trug. Die Motive auf den Shirts waren immer wieder Thema ihrer Gespräche. Die Kleidung der SU10[5] war zweckmäßig Uni und ohne irgendwelche Motive. Lediglich die Kampfeinheiten trugen tarnendes Camouflage, und die Mitglieder der Raumfahrtabteilung und der Schiffsmannschaften hatten Uniformen. Auf einem Shirt war der Spruch zu lesen *»Ich bin euch einen Tic voraus«,* wahrscheinlich eine Anspielung auf seine in den letzten Jahren erworbene Tic-Störung. Kaspuhl blinzelte in bestimmten Abständen mit den Augen und riss sie nach jedem Blinzeln weit auf. Auch ein Grund, warum ihn alle für eigentümlich hielten. Das andere Hemd war mit dem Aufdruck *»Attack of the Killertomatoes«* und dem Bild einer riesenhaften Tomate mit Haifischzähnen versehen. Offensichtlich handelte es sich dabei um einen Kinofilm. Allerdings konnte keiner damit etwas anfangen.

»Na, was soll ich schon damit meinen? Baikonur hat gerade gemeldet, dass BRUNO seine Umlaufbahn erfolgreich erreicht hat und momentan einen Systemstart durchführt. In 24 Stunden werden die Antennen des Teleskops zur Erde ausgerichtet, und wir werden die ersten Daten erhalten. War das jetzt genug Subjekt, Prädikat, Objekt?«

O'Brian nickte und sprach zu den Anwesenden, während sich Kaspuhl zu ihnen an den Tisch gesellte. Heute hatte er das Shirt mit der Killertomate an. Er setzte sich neben Bishop, die mit ihren 27 Jahren die Jüngste im Team war. Kaspuhl hatte seit jeher keinen Hehl daraus gemacht, dass er die junge Kollegin sehr scharf fand. Sandra Bishop war das unangenehm, und die anderen merkten es ihr auch an, als er neben ihr Platz nahm. Sie rückte gleich ein wenig von ihm ab. Alle wussten, dass Kaspuhl zur Zeit der großen Seuche hier in der Atacamawüste mit Naomi Mae Wood zusammengearbeitet hatte. Dass die beiden eine Liaison miteinander gehabt hatten, war auch kein Geheimnis. Ein Grund mehr für Bishop, noch ein Stückchen von ihm abzurücken.

»... morgen werden wir mehr wissen. Wenn wir die Steuerung von BRUNO übernommen haben, gehen wir gleich in medias res.« O'Brian hatte es nicht für nötig gehalten, das heutige Briefing in den Konferenzraum zu verlegen, er hielt es direkt hier an dem Tisch im Speisesaal ab. »Wie ihr alle wisst«, fing der geniale Astrophysiker an, »haben wir in den letzten Monaten eine erschreckende Anzahl an Supernovae in der Milchstraße beobachten können. Wir sind bis vor Kurzem von maximal zwei solcher Ereignisse pro Jahrhundert ausgegangen. Bis zum heutigen Tag haben wir 85 explodierende Sterne im Milchstraßenzentrum detektieren können. Alles Sterne mit dem UHQ-Spektrum. Doch damit nicht genug. Mittlerweile scheint sich dieses Phänomen auszudehnen und auch näherzukommen. Seit vier Wochen beobachten wir auch sterbende Sterne vor dem Zentrum der Galaxie. Ich spreche hier von Entfernungen unter 25.000 Lichtjahren. Bis vor drei Tagen haben wir nochmals 32 Supernovae gezählt, und seit vorgestern wissen wir, dass es noch nähergekommen ist. Cassiopeia hat ihr Gesicht verändert. Vorgestern hat es Rho Cassiopeiae erwischt – circa 10.000 Lichtjahre entfernt. Auch ein möglicher Zielstern für die Organismen in den Meeren. Diese rätselhaften Vorfälle nähern sich uns räumlich und zeitlich. Die Supernovae im Himmels-W ist nur ein paar tausend Jahre her. Ich kann mir auf all das keinen Reim machen. Was denkt ihr?«

Cooper meldete sich zu Wort. Er war der australische Astronom, den Kaspuhl am Teleskop in Parkes angerufen hatte, als er das vermeintliche 1420-Megahertz-Wow-Signal aus dem Sternbild Schützen empfing. Mit seiner Hilfe hatten sie derzeit die wahre Quelle im Pazifik ausfindig machen können. Es handelte sich damals um einen der ersten gesichteten biologischen Sender.

»Die Häufung der Supernova-Ereignisse macht mir große Sorgen«, fing er an. »Wir alle wissen, zwei pro Jahrhundert sind der Schnitt. Dieses häufige Auftreten kann ich mir mit den geltenden Gesetzen der Physik nicht erklären.«

McPherson knallte sein Glas auf den Tisch. Das Wasser spritzte fast über O'Brians Unterlagen. »Du sagst es! Hier handelt es sich auch auf keinen Fall um herkömmliche physikalische Vorgänge. Was wir dort zu sehen bekommen, ist alles andere als normal. So eine Vielzahl an Sternenleichen hat es noch zu keiner Zeit gegeben. Ich fürchte, dass die bekannten Naturgesetze nach und nach ausgehebelt werden. Die Sterne scheinen instabil zu werden. Ganze Regionen im All sind davon betroffen. Wir können bisher nur von Glück sagen, dass es uns noch nicht erwischt hat. Ich meine, unsere Sonne hat zwar nicht genug Masse für eine Supernova, aber eine Sternenexplosion irgendwo vor unserer Haustür würde reichen, um uns endgültig den Garaus zu machen. Wenn ein Gammastrahlenblitz einer Sternenexplosion die Erde trifft, werden wir endgültig gegrillt.«

»So ein Quatsch!«, fuhr ihm Cooper ins Wort. »Da hast du deine Hausaufgaben nicht gemacht. Die Gammastrahlung würde den Erdboden nicht erreichen. Sie würde in den äußeren Atmosphärenschichten die Ozonschicht zerstören. Letztendlich würde die UV-Strahlung der Sonne das letzte Leben auf der Erde vernichten. Dann müssten wir uns mit unseren Biosphären auch noch einbuddeln.«

»Ja, danke für den Hinweis. Ich war aber noch nicht fertig, du hast mich unterbrochen.«

O'Brian mischte sich beschwichtigend ein, bevor die beiden noch mehr aneinandergerieten. »Ihr redet euch ganz umsonst in Rage. Das ist nicht unser Problem. Die massenreichen Sterne, die uns gefährlich werden könnten, sind zu weit weg. Aber mir ist eben ein ganz anderer Gedanke gekommen. Alle Sterne hatten das Unhexaquadiumspektrum. Wir gehen davon aus, dass es die Heimatsterne einer intelligenten, raumfahrenden Spezies sind. Wenn diese Jungs neuen Lebensraum suchen, machen sie das vielleicht nicht freiwillig, sondern aus der Not heraus. Vielleicht führen ihre Eingriffe in die Fusionsmechanismen ihrer Sonnen, um das UHQ zu synthetisieren, zu einer Destabilisierung der Sterne.«

»Oder sie sind in einen Krieg verwickelt und sprengen die Sonnen ihrer Feinde«, fuhr Cooper dazwischen. »Vielleicht gab's Streit. Kommt in den besten Familien vor. Und jetzt sprengen die sich auf Teufel komm raus die Sonnen unter dem Arsch weg.«

»Das kann ich mir nicht vorstellen.« O'Brian sprach wieder. »Eine Zivilisation, die so einen hohen technischen Standard wie unsere potenziellen Aliens erreicht hat, muss den Pfad der aggressiven Auseinandersetzungen längst verlassen haben, sonst hätten sie sich schon viel früher selbst vernichtet. Vielleicht ist das auch der Grund dafür, dass wir mit SETI bisher keine intelligenten Signale entdecken konnten. Die meisten Spezies erreichen diesen

Entwicklungsgrad nicht, weil sie sich schon vorher vernichten. Aber die Spezies, die unbekannte Welten um UHQ-Sonnen besiedelt hat und aufgrund der Entfernungen der Sonnen zwangsläufig die Raumfahrt beherrscht, muss dieses Stadium hinter sich gelassen haben. Aber das alles gehört ins Reich der Mythen und Sagen. Wir müssen uns auf die bevorstehenden Arbeiten vorbereiten. Ab morgen haben wir Zugriff auf das leistungsfähigste Teleskop aller Zeiten. Unsere Aufgabe wird es sein, ihre Sonnen einer genauen Untersuchung auf Exoplaneten zu unterziehen. Vielleicht haben wir Glück und finden eine ihrer Welten. Und vielleicht können wir dann Kontakt zu ihnen aufnehmen oder erfahren etwas über ihre Lebensweise. Ich meine, wir können eventuell über die Zusammensetzung der planetaren Atmosphären Rückschlüsse auf ihre Lebensweise ziehen und uns auf ihre Ankunft vorbereiten. Falls sie tatsächlich jemals hierherkommen werden.«

»Wir sollten aber schnell Ergebnisse liefern, denn es wird Fragen geben, die wir noch nicht beantworten können«, sagte Kaspuhl und fuhr fort: »Einige der Supernovae kann man nämlich mit dem bloßen Auge sehen. Nachts leuchten sie zum Teil heller als die Venus, ein paar sind auch am Tageshimmel zu beobachten. Das meine ich, wenn ich sage, es wird Fragen geben.«

»Er hat recht!« O'Brian schaute in die Runde. »Also Leute, ab morgen werden wir mit BRUNO auf Planetensuche gehen. Für einige der Unhexaquadiumsonnen sind Planeten bestätigt. Bei anderen werden welche vermutet. Mit dem neuen Teleskop werden wir weitere nachweisen können, und dann machen wir uns an eine Untersuchung ihrer Atmosphären. Vielleicht können wir in der ein oder anderen Lebensmarker wie Sauerstoff spektroskopisch identifizieren.« Nach seinem letzten Satz löste O'Brian die Runde auf und wünschte allen einen schönen Feierabend.

Im Vorbeigehen sagte er unhörbar für die anderen noch etwas zu Kaspuhl, der an der Spüle stand und die gebrauchte Tasse in die Spülmaschine stellte.

Später am Abend klopfte es an Kaspuhls Tür im Mannschaftsquartier. Viktor Kaspuhl löste sich nur unwillig von dem Computerspiel auf seinem Monitor. Er beschleunigte seinen Schreibtischstuhl auf den Rollen in Richtung Tür, indem er sich kräftig mit den Füßen vom Boden abstieß, öffnete die Tür und katapultierte sich zurück an den Schreibtisch, während sein Besuch eintrat.

»Was spielst du da? Ist das wieder einer deiner üblichen Ego-Shooter?«

»Ja! Mann, O'Brian, was geht dich das an, was ich in meiner Freizeit mache?« Während er sprach, drückte er den Netzschalter, und der Computer wechselte in den Ruhezustand.

O'Brian sah sich in dem kleinen Zimmer um. Ein Bett, ein Schreibtisch, an dem Kaspuhl saß, und ein Schrank. Er blickte durch die Glasscheibe der Terrassentür auf den kleinen Freisitz, auf dem er vor fast genau 8 Jahren bewusstlos gelegen hatte. Diese kleine Ratte namens Naomi hatte ihn damals niedergeschlagen und nach draußen befördert, um ihn in der eiskalten Märznacht erfrieren zu lassen. Wenn Kaspuhl ihn nicht zufällig gefunden hätte, würde es ihn heute sehr wahrscheinlich nicht mehr geben.

O'Brian zog den einzigen freien Stuhl vor den offenstehenden Kleiderschrank und setzte sich rittlings darauf. Sein Blick fiel in den Schrank, und er griff nach einem Stapel T-Shirts. Das Oberste zeigte die *Killertomate*. Er zog es etwas zur Seite und entdeckte darunter das erwartete *Ich bin euch einen Tic voraus*. Aus reinem Interesse schaute er sich den Stapel genauer an und sah seine Vermutung bestätigt. Die Reihenfolge setzte sich fort. *Killertomate, Ich bin euch einen Tic voraus, Killertomate* und so weiter. Insgesamt lagen dort schätzungsweise 20 Shirts. »Ich hab's doch schon immer geahnt, Viktor. Du bist vielleicht ein Blödmann.«

»Nee, aber die gab's in Finnland zum Sonderpreis. Da hab ich zugeschlagen. Wer wollte denn bei den Zuständen während der großen Seuche auch noch T-Shirts kaufen? Vor allem die mit den Killertomaten waren ein Ladenhüter. Hast du den Film jemals gesehen?«

»Nein. Um was ging es?«

»B-Movie, der reinste Trash. Killertomaten greifen die Menschheit an. Aber wer weiß schon, was uns in 7 Jahren besucht?«

O'Brian stöhnte laut auf. »Aber ganz gewiss keine Killertomaten, du Narr. Lass uns vernünftig bleiben. Ich muss etwas mit dir besprechen.«

»Leg los! Ich bin ganz Ohr.«

»Vor knapp vier Monaten haben wir bei einem von Naomis Bieren ein ähnliches Gespräch geführt.«

»Schade, dass es schon alle ist. Ich schätze mal, dass wir so schnell keinen Nachschub bekommen werden, oder?«

O'Brian war genervt und wollte wieder zu seinem eigentlichen Thema zurück. »Ich habe eben gesagt, dass wir ein ähnliches Gespräch bereits geführt haben. Du hast mich im Dezember gefragt, ob ich wüsste, was komisch sei.«

»Ich erinnere mich. Du bist dann auf dem Namen von dem Bier rumgeritten, dabei meinte ich die drei Supernovae.«

»Genau, und heute stelle ich dir die gleiche Frage. Weißt du, was komisch ist?«

Kaspuhl schaute O'Brian irritiert an und sagte: »Nee, aber du wirst es mir jetzt erzählen.«

O'Brian stand auf und ging zur Terrassentür. Er schaute gedankenverloren hinaus. »Ich habe mich mit PSR B1919+21 beschäftigt. Nur so aus Langeweile. Du weißt, was das ist?«

»Machst du Witze, ich bin Astrophysiker.« Kaspuhl war aufgebracht. »Der Pulsar war der Erste, den Jocelyn Bell 1967 entdeckte – sie taufte ihn damals Little Green Man 1, weil sie dachte, sie hätten das Signal einer außerirdischen Intelligenz empfangen. Was ist mit dem Pulsar?«

»Ich habe seine Rotationsgeschwindigkeit überprüft. PSR B1919+21 hat eine Rotationsgeschwindigkeit von 1,337 Sekunden.«

Kaspuhls Nerven waren jetzt gespannt wie die Stahltrossen der Golden Gate Bridge. »Ja und, das ist nichts Neues. Das ist eine feste Größe. Damit kann man eine Atomuhr eichen. Du bist doch nicht gekommen, um mir das zu erzählen.«

O'Brian schaute weiterhin aus dem Fenster. »Nein, natürlich nicht.«

Kaspuhl war genervt. »Und warum bist du dann hier? Muss ich dir jedes Wort aus der Nase ziehen?«

»Tut mir leid, dir das sagen zu müssen, aber aus einigen unserer Supernovae sind auch Pulsare geworden.«

Kaspuhl ließ hörbar die Luft aus seinen Lungen entweichen. »Mann, du hast mich vielleicht erschrocken. Das war doch abzusehen.«

O'Brian legte nach: »Richtig, aber mir sind Merkwürdigkeiten bei den Rotationsgeschwindigkeiten aufgefallen.«

Viktor Kaspuhl glaubte, sich verhört zu haben. »Worauf willst du hinaus? Ich hab keine Lust mehr auf galaktische Entdeckungen, die mich das Gruseln lehren. Organismen, die kosmische Signale an unbekannte Sterne senden ... das Massensterben dieser Sterne reicht mir. Ich denke, wir haben hier genug Probleme auf der Erde. Das Leben ist doch nur noch ein einziger Überlebenskampf, und dann breitet sich jetzt auch noch diese purpurne Lebensform auf dem Planeten aus. Du weißt genau, dass wir nicht beurteilen können, was das alles für uns noch bedeutet.«

»Da hast du wohl recht. Probleme haben wir hier schon mehr als genug, aber trotzdem müssen wir den Tatsachen ins Auge schauen.« O'Brian drehte sich von der Scheibe weg in den Raum und fixierte Kaspuhl scharf, der seinen Blick trotzig erwiderte.

»Also los, O'Brian, mach's kurz und schmerzlos. Ich hab ein richtiges Scheißgefühl.«

»Ich auch. Das kannst du mir glauben.« O'Brian holte einmal tief Luft, dann sagte er: »Einige dieser Pulsare haben die gleiche Rotationsdauer. Es gibt mehrere Pulsarpaare, die exakt den gleichen Bruchteil einer Sekunde für eine Umdrehung brauchen.«

Kaspuhl hielt es kaum noch in seinem Sessel. »Unmöglich! Pulsare sind die genausten Taktgeber im Universum. Dass zwei Pulsarmetronome im gleichen Takt schlagen, liegt bei einer Wahrscheinlichkeit, die gegen Null geht. Aber dass gleich mehrere Pulsare identische Rotationen haben, ist unmöglich.«

»Ich weiß das, Viktor. Aber ich bin nicht nur zu dir gekommen, um dir das zu erzählen. Ich brauche heute Nacht deine Hilfe. Wir müssen gemeinsam etwas überprüfen. Ich habe eine fürchterliche Vermutung.«

Kaspuhl schaute ihn tatkräftig an. »Okay, ich verstehe, lass uns eine Nachtschicht einlegen und deine Pulsare checken. Ich denke, deine Vermutung wird sich bestätigen und du hast dich verrechnet.«

O'Brian schaute Kaspuhl völlig verwirrt an. »Nein! Du verstehst mich falsch. Ich habe mich nicht verrechnet. Die Berechnung für die Pulsare ist hundertprozentig korrekt.«

Jetzt schaute Kaspuhl fassungslos. »Was meinst du dann?«

O'Brian sprach jetzt mit gedämpfter Stimme. »Ich habe den Verdacht, dass wir noch weitere Übereinstimmungen finden werden, und ich denke, dass das kein Zufall sein kann, wie du eben selbst festgestellt hast. Ich glaube, dass sich in den Pulsarrotationen eine interstellare Botschaft versteckt. Vielleicht finden wir noch mehr davon.«

Viktor Kaspuhl gab nur einen Jammerlaut von sich. Die letzten Worte von O'Brian hätte er am liebsten nie gehört.

Svalbard Global Seed Vault; Spitzbergen
108 Tage nach der Ankunft des Signals auf Wolf-359.

Minus siebzehn Grad Celsius.

Alex hatte das Eis von der Gebäudetafel gekratzt und dabei auch das darin integrierte Thermometer freigelegt. Es funktionierte noch einwandfrei. Er versuchte mit den dicken Handschuhen, die Kapuze seines Thermoanzuges enger zu ziehen, und fluchte, als ihm dabei die Schutzbrille verrutschte und sein linkes Auge frei gab. Sofort schmirgelten die Eiskristalle die Hornhaut seines Auges wie ein Sandstrahlgebläse. Der Schneesturm gab jetzt richtig Gas, und das Heulen des Windes kündigte vom nahenden Kältetod des Universums. Die Tränen schossen ihm aus dem malträtierten Auge und gefroren sofort zu Eis.

Alex hörte ihre Rufe und drehte sich fluchend so, dass ihm das Sandstrahlgebläse gegen den Hinterkopf toste. Während er den Rückweg antrat, schaffte er es noch, die Brille wieder in die richtige Position zu schieben.

Das Verwaltungsgebäude des Welttreuhandfonds für Kulturpflanzenvielfalt hatte er gefunden. Das Schild mit dem eingelassenen Thermometer identifizierte das einstöckige Gebäude eindeutig. Sein Suchteam suchte seit zwei Stunden nach dem Gebäude in Longyearbyen. Die Greenland Warrior hatte das Team auf Spitzbergen abgesetzt, während der Schneesturm noch Anlauf nahm. Kapitän Smithson hatte das Suchteam selbst zusammengestellt. Neben Alex waren auch Mia und Simone mit dabei. Der Rest bestand aus erfahrenen Männern seiner Besatzung. Darunter auch der nautische Wachoffizier Sean Stark, den Smithson nach anfänglichen Querelen für einen patenten Kerl hielt. Smithson hatte ihnen den Weg zu dem Gebäude auf einer digitalen Karte gezeigt. Jeder im Team hatte sich die Beschreibung eingeprägt. Das war Theorie, aber in dem Schneegestöber sah alles anders aus.

Sie irrten schon eine Weile durch die Straßen, bis Mia Fußspuren im Neuschnee entdeckte, die sehr frisch aussahen – sie waren im Kreis gelaufen. Nach einer kurzen Rast in einer ehemaligen Kneipe und einem Blick auf den GPS-Sender in dem windgeschützten Raum hatten sie sich neu orientiert und schlugen einen anderen Weg ein. Alex hatte das Gebäude schließlich zuerst gesehen und sich unerlaubt von der Gruppe entfernt, ohne den anderen Bescheid zu geben. Das hätte hier in dem Schneesturm schnell zu einem tödlichen Fehler werden können.

Das Rufen kam immer näher. Alex konnte sie jetzt bereits hinter dem dichten Schneevorhang erkennen. Mia winkte mit beiden Armen über dem Kopf und kam ihm schon aufgebracht entgegengerannt. »Man du Spinner, wo warst du denn? Wir dachten schon, ein Eisbär hätte dich erwischt.«

Der Rest des Teams war jetzt auch zu ihnen gestoßen.

»Es gibt keine Eisbären mehr. Aber ich habe das Gebäude gefunden.« Alex deutete nach hinten in den Wind, ohne sich umzudrehen.

»Bist du sicher?«, fragte Mia.

»Ich hab es auf dem Schild am Eingang gelesen. Es ist der Verwaltungstrakt. Wir werden den Schlüssel und den Code dort finden.«

Um einen Atomkrieg oder einen Flugzeugabsturz zu überstehen, war der Eingang zu dem Saatgut–Tresor mit einer massiven Stahltür und armiertem Beton gesichert. Hier waren Samen der meisten irdischen Kulturpflanzen bei -18^{0}C lange vor der großen Seuche eingelagert worden. Bei den Temperaturen sollten die Samen dort mehrere Jahrzehnte überstehen. Im Falle eines Stromausfalls sollten sie im Permafrost der Insel eine Zeit lang gesichert sein. Ob der anhaltende Frost auf der Insel seinen Job gemacht hatte, würde sich zeigen. Strom für die Kühlaggregate gab es seit Jahren nicht mehr. In den Wirren des Überlebenskampfes während und nach der Seuche war der Saatgut–Tresor sträflicherweise vergessen worden. Nachdem die Konzentration des Schalterproteins in den letzten Jahren rückläufig war, erinnerte man sich wieder an die im ewigen Eis versteckte Pflanzensamenbank. In den letzten Monaten wurde sie für die SU10[5] immer interessanter. Letztendlich waren es Mia und Alex, die das Thema immer wieder zur Sprache brachten. Die Schalterproteinkonzentration lag seit zwei Monaten in der Atmosphäre unter der Nachweisgrenze.

Deshalb hatte die Greenland Warrior Spitzbergen angelaufen. Es galt, Samen von einigen der widerstandsfähigsten Nutzpflanzen zu besorgen und Aufzuchtversuche durchzuführen. Das hatten Mia und Alex erreicht. Sie hatten als Erste den Vorschlag gemacht, eine Aussaat zu wagen. Das Risiko war begrenzt. Sollten die Keimlinge doch erkranken, würden sie einfach nur länger warten müssen. Das Eiweiß würde, so wie es gekommen war, auch wieder verschwinden. Da waren sich alle Wissenschaftler einig. Für solch einen Versuch sprach auch, dass weltweit immer wieder Keimlinge von Pflanzen entdeckt wurden, deren Samen die Jahre gut überstanden hatten.

Alex stand mit diesem seltsam geformten Schlüssel vor der Stahltür. Er schaute auf die unregelmäßigen Zacken in dem Zylinder aus massivem Gold.

»Jetzt mach schon, wie lange sollen wir denn noch warten?« Mia stand hinter ihm, und ihre kurzen blonden Haare waren vereist. Warum sie ihre Kapuze bei diesen Temperaturen abgenommen hatte, wusste niemand zu sagen.

Simone trat neben sie. »Was ist denn los?«

Mia deutete auf Alex. »Er hat Angst, dass wir das Tor einfach nicht öffnen können nach all den Jahren. Oder dass er einen falschen Code eingibt und dann der Reststrom in den Akkus der Anlage bei einem zweiten Anlauf nicht reicht, um die Türbolzen zu bewegen.«

Simone hielt ihr die offene Hand hin. »Gib mir den Zettel!«

Mia reichte ihm das kleine Blatt Papier.

»Los jetzt, Alex! Ich lese dir die Ziffern vor.«

Mit einem leisen Geräusch fuhr der goldene Zylinder in die Öffnung im Stahlrahmen der Tür. Alex dreht sich zu Simone und nickte, während er den Handschuh der rechten Hand abstreifte. »3, 7, 2, 5«, fing Simone an, und Alex' Zeigefinger fuhr über das Zahlenfeld des Öffnungsmechanismus. Nachdem er die letzte Zahl eingegeben hatte, passierte nichts, und keiner in ihrem Team sagte etwas. Nur das Heulen des eiskalten Windes war zu hören.

Alex trat einen Schritt zurück und drehte sich zu Mia und Simone. »Ich hab es doch geahnt.« Ein leises Klicken ließ ihn wieder herumfahren. Was er hörte, waren die Schließbolzen, die sich bewegten. Alex lachte laut auf. »Die Anlage hat noch genug Saft. Gute norwegische Technik.«

Zu sechst schafften sie es dann, die massive Tür in ihren Angeln zu bewegen und nach außen zu öffnen.

Die Männer aus Smithsons Besatzung wurden von dem Wachoffizier angeführt. Vorsichtig folgten sie mit ihren entsicherten Waffen im Anschlag dem langen Stollen, der sie tief in das arktische Bergmassiv führte. An der Decke verliefen mehrere Versorgungsleitungen, die wahrscheinlich seit Jahren keine Funktion mehr erfüllten.

Alex folgte hinter Mia und Simone als Letzter dem Trupp, und er wunderte sich nicht, dass er außer den hallenden Schritten der Männer keine Geräusche vernahm. Der dunkle Gang wurde nur von den hin und her schwenkenden Lichtkegeln der Taschenlampen beleuchtet. Nach hundert Metern weitete sich der stahlummantelte Stollen und führte leicht bergab. Zu ihrer Rechten waren mehrere Räume zu erkennen. An den Türen stand jeweils

Office, und die Namen ehemaliger Mitarbeiter waren auf kleinen Plastikschildern zu lesen. Auch hier war es stockfinster, und es gab keine Anzeichen von Leben.

Smithsons Männer öffneten jede Tür und gaben Entwarnung, um dann weiter dem Gang in das Bergmassiv zu folgen. Plötzlich standen sie vor einer Wand. Der Gang verlief davor rechtwinklig nach links und nach rechts.

»Das ist der direkte Zugang zu den drei Gewölben mit den Samenbanken. Das, was wir suchen, dürfte rechts liegen.« Der Wachoffizier Stark hielt eine Karte in der Hand, und der Lichtkegel seines LED-Strahlers leuchtete den Gang aus. Sie konnten dessen Ende in ungefähr 40 Metern sehen. Auf halber Strecke erkannten sie die Luftschleuse zur ersten Halle. Die Schleuse war nicht durch ein Schloss oder eine ähnliche Einrichtung gesichert. Nur ein großes Stahlrad zur Bedienung der Verriegelung war an der Tür angebracht. Zwei Männer machten sich daran, das Rad zu drehen und die Tür zu entriegeln. Langsam öffnete sich ein Spalt zwischen Stahltür und Rahmen.

Ein abscheulicher Geruch drang aus dem Raum hinter der Tür. Einige der Männer hielten sich die Hand vor die Nase und wandten sich von der Öffnung ab. *Das darf doch nicht wahr sein*, schoss es Alex durch den Kopf und er sah in Mias und Simones Gesicht die gleiche Enttäuschung, die ihn auch überkam. Das Saatgut musste aufgrund der fehlenden Kühlung verdorben sein. Die Konservierung über den Permafrost hatte nicht ausgereicht.

Nachdem sie die schwere Tür weiter geöffnet hatten, schob sich der Wachoffizier als Erster durch den Spalt. Die Waffe hielt er in der Rechten, seinen LED-Strahler in der Linken mit angewinkeltem Arm über der Schulter. Seine Männer folgten ihm. Der Gestank war kaum noch auszuhalten. Als der Letzte in der offenen Tür verschwand, nahm sich Mia ein Herz und schritt in Richtung des Spaltes. Bevor sie hindurchschlüpfte, blickte sie sich noch mal um und sah Alex und Simone an. Ihr Blick schien zu sagen: *Wir müssen da jetzt rein, kommt schon.*

Im Innern war kein Licht zu erkennen. Nur die Lampenkegel der bewaffneten Männer leuchteten die Halle aus, und sie konnten ihre Größe abschätzen. Der Lagerraum zur Aufbewahrung des Saatgutes war circa 30 Meter lang, 10 Meter breit und 6 Meter hoch. Insgesamt standen die Regale zur Aufbewahrung des Saatgutes in 5 Reihen, jedes war ungefähr 4 Meter hoch und 20 Meter lang.

Die sieben Leichen lagen vor den Regalen dicht beieinander. Sie waren tiefgefroren, zeigten aber deutliche Anzeichen der Verwesung. Die vier Frauen und drei Männer mussten sich hierhin zurückgezogen haben, in der Hoffnung, die Pflanzenseuche und die nachfolgenden Hungersnöte überleben zu können. Ausgestattet mit Nahrungsmitteln hatten sie die Halle mit einer Gastherme beheizt. Ein Flüssiggastank stand neben der Therme. Die Abluft hatten sie durch vorhandene Rohrleitungen nach draußen geleitet. Zu Anfang schien das auch geklappt zu haben. Aber irgendwann musste ihnen die Nahrung ausgegangen sein. Die letzten verzweifelten Versuche ihres Überlebenskampfes entdeckte der Wachoffizier in einer Regalreihe an der linken Außenwand. Zuerst sah er nur die Lampen mit dem für die Fotosynthese nutzbaren Spektrum. Dort hatten sie Samen verschiedener Nutzpflanzen zum Keimen gebracht. Wahrscheinlich in der Hoffnung, sich davon ernähren zu können. Die kümmerlichen Reste der Keimlinge zeigten immer noch die typische orange Färbung. Sie hatten übersehen, dass sie das außerirdische Schalterprotein mit in den Saatguttresor verschleppt hatten.

»Wie verzweifelt müssen sie gewesen sein, als ihnen bewusst wurde, dass auch hier nichts mehr wachsen würde. Und das, nachdem ihre Freude über die auskeimenden Samen riesengroß gewesen sein muss.« Sean Stark stand neben Mia und Simone.

Alex stand etwas abseits bei dem Rest der Männer. Einige untersuchten die Leichen. »Was glauben Sie, woran sind sie gestorben?«

Mia schaute sich ratlos in der Halle um.

Stark ging zu den Leichen. Er bückte sich zu zwei Frauen, die nebeneinanderlagen und Arm in Arm gestorben waren. »Es sieht nicht so aus, als ob sie verhungert wären. Die Leichen sind zwar ausgezehrt, aber ich habe viele Tote gesehen, die den Hungertod gestorben sind. Das sieht anders aus. Ich glaube, dass sie an einer Kohlenmonoxidvergiftung starben. Sie sehen aus, als wären sie einfach eingeschlafen – ein gnadenvollerer Tod als zu verhungern.«

Simone ging zu der Gastherme an der Wand und überprüfte die Abgasabführung. »Ich denke, er hat recht. Hier hat jemand an der Gasableitung manipuliert. Die Abgase der Therme sind nicht mehr nach außen abgeführt worden.«

Alex wurde plötzlich hellhörig und schrie einige der Männer an, sofort die Stahltür weit aufzureißen. »Das Gas muss noch hier drin sein, achtet aufeinander und bleibt auf jeden Fall stehen.« Er zog ein Feuerzeug aus der Tasche und zündete es an. Das Sturmfeuerzeug brannte und er senkte es langsam ab. In einer Höhe von circa 70 Zentimetern erlosch die Flamme. »Was haben wir für ein Glück, das Gas steht nur bis zu dieser Höhe. Sie sind gestorben, weil sie sich auf den Boden gelegt haben – wahrscheinlich war das Absicht. Wenn wir einen Hund oder ein Kind mitgebracht hätten, wären sie jetzt tot.«

Simone war kreidebleich. So ähnlich war sein Bruder damals am Lago Lugano gestorben, während er mit ihm telefonierte.

»Nachdem sie gestorben sind, löschte das Gas die Therme, und der Verwesungsprozess setzte in der noch warmen Halle ein. Das ist es, was wir eben gerochen haben. Da müssen anaerobe Bakterien am Werk gewesen sein. Alles andere wäre in dem Kohlenmonoxid auch erstickt.« Alex entzündete das Feuerzeug zum zweiten Mal, um sich zu vergewissern, das noch genug Sauerstoff vorhanden war. »Dann kühlte der Permafrost die Halle in den letzten Jahren wieder unter den Gefrierpunkt, und die Leichen wurden konserviert.« Während er das sagte, senkte er wieder seine Hand mit dem Feuerzeug. Diesmal erlosch es erst bei circa 50 Zentimetern über dem Boden. »Der Gaspegel sinkt. Die Tür muss offenbleiben. Wahrscheinlich hatten sie die Tür auch geöffnet, als sie die Therme betrieben. Das sorgte für ausreichend Frischluftzufuhr und Sauerstoff für die Verbrennung. Derjenige, der sich an der Gastherme zu schaffen machte, hat sehr wahrscheinlich zum Schluss auch die Tür von innen geschlossen.«

»Was ist mit den Samen? Haben die das überlebt.« Stark erinnerte sie an ihren eigentlichen Auftrag.

»Wir werden sehen. Aber wenn sie nicht gekeimt sind, stehen die Chancen gut.« Alex wand sich an den Offizier und seine Mannschaft: »Lasst uns die Leichen hier rausschaffen und verbrennen. Danach holen wir uns, was wir brauchen, versiegeln die Anlage und machen uns davon.«

Solowezki-Inseln; ehemalige Russische Föderation
113 Tage nach der Ankunft des Signals auf Wolf-359.

Der neue Fuß war vollständig regeneriert. Fast vier Monate hatte es gebraucht, bis er seine vollständige Größe wiedererlangt hatte. Er war von seinem Vorgängermodell nicht mehr zu unterscheiden, weder in Struktur noch in Funktion. Nur die leichte Rosafärbung ließ erkennen, dass es sich um ein neues, nachgewachsenes Körperteil handelte. Hin und wieder juckte es noch ein wenig. Aber am schlimmsten war das Jucken, das sein Zweifel an diesem Mirakel in seinem Geiste erzeugte.

Wie kann ein abgetrenntes Körperglied wieder nachwachsen? Er erinnerte sich daran, dass er vor dem Unfall mit dem Schlageisen oftmals sehr starke Schmerzen in seinem noch intakten Bein gehabt hatte. *Waren das vielleicht Phantomschmerzen vor dem Verlust des Fußes? Quasi eine völlig verquere Verwechslung von Ursache und Wirkung?* Bei diesen Gedanken wurde ihm schwindelig, und es juckte noch mehr in seinem Verstand. An diesem Punkt nahm er sich dann immer vor, sich mit dem neuen Fuß einfach zu arrangieren und sich darüber zu freuen.

Yuri Jerschow saß bei Kerzenlicht und las. In seinem früheren Leben war er als Bibliothekar für die riesige Klosterbibliothek zuständig gewesen. Er kümmerte sich um die mittelalterlichen Handschriften genauso wie um die Masse der Bücher. Das Kloster war zu Sowjetzeiten ein Arbeits- und Internierungslager und wurde zum Inbegriff des Gulags. Nach der großen Seuche war Yuri der einzige Überlebende. Die Halle mit den Nahrungsvorräten hatte er auf einer Nachbarinsel entdeckt, nachdem schon alle gestorben waren. Das ehemalige Armeelager lag gut getarnt in einem Wäldchen. Die Besatzung war zur Rodung der infizierten Wälder schon vor langer Zeit abkommandiert worden. Er selbst konnte durch die Vorräte, größtenteils Konserven aller Art, dem Tod gerade noch von der Schippe springen. Die Vorräte würden ihm für mehrere Jahre reichen. Er hatte es irgendwann ausgerechnet. Und er genoss seine Zeit hier als Eremit. Das war schon immer seine Bestimmung gewesen. Seinen Bruder Lew hatte es zur Armee gezogen. Genauer zur Marine. Yuri glaubte, sich daran erinnern zu können, dass Lew ein Kampftaucher geworden war.

Lass die Vergangenheit ruhen und konzentrier dich auf deine Arbeit, dachte er. *Lew ist schon lange tot, wie der Rest auch.* Vor gut vier Monaten war er mit seinem Boot das erste Mal zum russischen Festland übergesetzt. Was er dort zu sehen bekommen hatte, beschäftigte ihn seitdem sehr. Das Standardwerk der Botanik vor ihm auf dem Katheder lieferte auf jeden Fall keine Lösung. Die Lebensform vom Festland hatte er eingehend untersucht. Auch unter dem Mikroskop. Dieser merkwürdige Thallus hatte keine erkennbare zelluläre Struktur. Er schien aus einer einheitlichen Matrix ohne erkennbare Zellkompartimente zu bestehen. Sexuelle Fortpflanzungsorgane wie Blüten oder Früchte konnte er nirgends entdecken. Die Lebensform schien sich rein vegetativ zu vermehren. Und das tat sie richtig gut. Sie hatte in den letzten vier Monaten wirklich Boden gutgemacht. Konkurrenz gab es keine mehr, die sie am Wachstum hätte hindern können. Das Ding auf der anderen Seite war riesengroß und bedeckte mittlerweile kilometerlange Abschnitte des Ufers. Er war die Küstenlinie mit seinem kleinen Motorboot abgefahren und hatte kein Ende entdecken können. Wie weit sich diese neue Pflanzengattung in das Festland hinein erstreckte, konnte er nicht absehen. Was der Pflanze als Nahrung diente, konnte er nur anhand der Farbe vermuten. Das Purpur schien auf eine besondere Form des Chlorophylls zu deuten. Er war Autodidakt geworden und hatte es nachgelesen. Dieses Bakterienchlorophyll schien gegen das Schalterprotein immun zu sein. Die Lebensform musste über andere Stoffwechselwege und eine andere Genetik verfügen. Aber das konnte Yuri nur ahnen. Auf jeden Fall handelte es sich um ein Lebewesen. Es betrieb Stoffwechsel und wuchs. Das eine war ohne das andere nicht denkbar. Woher es Mineralien bekam, konnte er auch nur vermuten. Boten die Reste der abgestorbenen Pflanzen nach ihrer mikrobiologischen Zersetzung in den letzten Jahren genug Dünger? Er wusste es nicht. Zum Teil hatte er es auch auf den schroffen Felsen der Küste wachsen sehen. Wie es im Boden verankert war, hatte er noch nicht feststellen können. *Der Neophyt,* so nannte er die Lebensform im Geiste, weil er in seinen Botanikbüchern von Pflanzen gelesen hatte, die sich in Gebieten ansiedelten, in denen sie zuvor nicht heimisch waren. Die meisten dieser Neophyten waren zu echten Plagen in ihren neuen Habitaten geworden, weil ihnen die konkurrierenden alteingesessenen Pflanzen nichts entgegenzusetzen hatten. Man sprach auch von biologischen Invasoren. Oft ging das so weit, dass die heimischen Arten sogar verdrängt wurden. Das geschah natürlich im vorliegenden Fall nicht. Die Seuche hatte vorher schon ganze Arbeit geleistet. Am meisten beeindruckt hatte ihn der englische Begriff *alien species* für solch einen aggressiven Einwanderer. Ein Rätsel blieb auch die Biolumineszenz. Zuerst war sie ihm damals auf der Latrine aufgefallen, und er hatte die grünlichen Lichter in langen Bahnen unter der Oberfläche der Lebensform verlaufen sehen. Einmal war er mit seinem kleinen Boot nachts zur Festlandküste gefahren und hatte sich das Schauspiel aus der Nähe betrachtet. Wie diese Lichterscheinungen durch den Neophyten flackerten und unter seiner Oberfläche tanzten und wieder erloschen, um an anderer Stelle scheinbar neu zu entflammen, war wunderschön anzusehen, aber ein Sinn des Ganzen erschloss sich ihm nicht. Nichts, was er zur Biolumineszenz in der Fachliteratur gelesen hatte, wollte passen.

Feindabwehr, Anlockung von Partner oder Beute machte keinen Sinn. Kommunikation? Mit wem? Yuri war das einzige andere Lebewesen weit und breit. Wieso sollte der Neophyt mit ihm Kontakt aufnehmen wollen? Nein, das war alles Quatsch.

Yuri hatte dem Neophyten beim Wachsen zugesehen. Er hatte gesehen, wie sich seine purpurnen, lappigen Ausläufer immer weiter über den Untergrund bewegt hatten. Dabei hatten sie sich stellenweise bis Hüfthöhe aufeinander geschoben und einen weichen Belag entlang der ganzen Küste gebildet. Aber wie weit sich das Ganze in das Landesinnere erstreckte, war ihm immer noch nicht bekannt.

Morgen wollte er einen Versuch unternehmen, es herauszufinden. Die Drohne mit der Kamera vor ihm auf dem Tisch hatte er in dem Armeelager gefunden. Die Akkus zur Stromversorgung waren natürlich längst nicht mehr zu gebrauchen. Yuri hatte lange überlegt, wie er das Ding wieder zum Laufen bringen konnte. Nach langem Suchen hatte er eine kleine 12-Volt-Batterie in einem russischen Moped gefunden. Die funktionierte natürlich auch nicht mehr, aber nachdem er die Bleiplatten und die Batteriesäure ausgetauscht hatte, ließ sich der kleine Bleiakkumulator aufladen. Er hatte ihn in die Drohne eingebaut und hoffte nun, dass sie damit zumindest eine Zeit lang fliegen würde. Der neue Akku war zwar ein kleines bisschen schwerer als die Originalteile, aber die kleine Maschine sollte damit abheben können.

Yuri löste die Leinen und stand dabei auf wackligen Füßen in dem kleinen Motorboot. Das dümpelte mit laufendem Motor in den Wellen dahin, und Yuri war froh über den neuen Fuß. Ohne das nachgewachsene Körperteil wäre es ihm nicht möglich gewesen, hier einen sicheren Stand zu finden, und das ganze Unternehmen wäre von Beginn an zum Scheitern verurteilt. Er nahm im Heck Platz und ließ den 70 PS Außenbordmotor aufheulen. Sofort nahm das Boot Fahrt auf und glitt über die Wellen. Yuri lenkte es in gerader Linie auf das Festland im Westen zu. Die purpurne Lebensform hatte er im Blick. Hin und wieder ließ er sein Ziel aus den Augen und schaute auf die Drohne auf dem Notsitz im Bug des Bootes. Die Technik funktionierte. Er hatte die kleine Flugmaschine mit der Fernbedienung über dem Kloster getestet. Alles hatte einwandfrei funktioniert. Auch die Bordkamera lieferte gestochen scharfe Bilder auf dem kleinen Rechner. Mit dem Zoom war Yuri auch zufrieden. Die Details, die er damit herausholen konnte, sollten für seine Untersuchung des Neophyten genügen.

Das Boot klatschte auf den Wellen seinem Ziel entgegen, und der Fahrtwind blies Yuri das dunkelbraune Haar aus dem Gesicht. Mit dem Vollbart und seinem athletischen, aber völlig ausgemergelten Körper hätte ihm jeder den Seemann abgenommen. Aber eigentlich hasste er das Wasser und wäre niemals freiwillig mit dieser Nussschale die 47 Kilometer über das Meer gebraust. Die Vorstellung, dass der Motor plötzlich den Dienst quittierte, ließ ihn erschauern. Kein schöner Gedanke, die gesamte Strecke zurückrudern zu müssen. So hing er seinen Gedanken nach und fragte sich das ein oder andere Mal, warum er überhaupt wissen wollte, wie groß dieser Neophyt wirklich war und wie weit er sich noch ins Landesinnere erstreckte. Darauf hatte er keine zufriedenstellendere Antwort, als dass seine Aktivitäten wahrscheinlich einfach nur Neugierde, etwas Abenteuerlust und einer ordentlichen Portion Langeweile entsprangen. Immer nur Bücher lesen und mit dem Boot zur Nachbarinsel fahren, um sich wieder eine Wochenration an Konserven zu holen, war auf die Dauer zu wenig für seinen quicklebendigen Geist. Außerdem wusste er von anderen Überlebenden. Yuri hatte in dem Armeelager nicht nur Nahrungsmittel gefunden. Dort lagerten auch Waffen, Treibstoff, Notstromaggregate und andere Ausrüstungsgegenstände der russischen Armee. Unter dem vielen für ihn zum Teil völlig unnützen Material hatte er auch mehrere funktionstüchtige Armeefunkgeräte gefunden. Er wusste durch abgehörte Funksprüche sehr wohl von der SU10[5] und war über deren Absichten im Bilde. Und er wusste, dass sie ihn früher oder später auch hier auf der Insel finden würden. Er wollte dann einfach nicht mit leeren Händen dastehen und ihnen erklären müssen, dass er es sich in seinem Schlaraffenland mit Konserven und Büchern gemütlich gemacht hatte, während keine 50 Kilometer von ihm entfernt eine neue Spezies wuchs und gedieh. Was hätten die für ein Bild von ihm bekommen?

Ein Blick auf die Küste riss ihn aus seinen Gedanken. Er war angekommen. Vor ihm ragten die nackten, schroffen Felsen aus dem Wasser. Dort, wo sie noch nicht vom Neophyten überwuchert waren, glänzten sie grau unter der Brandung. Die felsigen Küstenabschnitte bildeten aber eher die Ausnahme. Die purpurne Lebensform hatte an den meisten Uferzonen die Wasserlinie erreicht. Yuri steuert vorsichtig eine der noch nicht bewachsenen Felsregionen an. Auf keinen Fall wollte er das Boot gefährden. Nicht auszumalen, was passieren würde, wenn er es verlöre. Nachdem er das Boot mit der Ankerleine sicher an einem großen Stein befestigt hatte, ging er an Land und hob seine Ausrüstung heraus. Yuri war sehr darauf bedacht, sich nicht zu weit von dem im Wasser liegenden Boot zu entfernen. Kritisch betrachtete er die Drohne und überprüfte noch mal alle Funktionen. Nachdem er sich sicher war, dass alles funktionieren würde, startete er den Elektromotor, und das kleine unbemannte Flugobjekt hob surrend ab. Zufrieden ließ Yuri die Drohne einige Flugmanöver durchführen, um die Fernbedienung zu überprüfen. Alles lief gut, auch die Bordkamera übertrug scharfe Bilder auf seinen Monitor, der vor ihm auf einer kleinen Holzkiste stand. *Alles okay,* dachte er und schwenkte die kleine Drohne mit der Nase Richtung Landesinnere. Dann drückte er den Steuerknüppel auf der Fernbedienung nach vorne, und die Drohne beschleunigte. Yuri konnte auf dem Monitor die vorbeirasende purpurne Biomasse sehen. Das Flugobjekt flog in einer Höhe von circa 10 Metern über dem Grund. Die Kamera zeigte während der ersten Minuten immer das gleiche unveränderliche Bild. Yuri schätzte, dass die Drohne jetzt zwei bis drei Kilometer ins Landesinnere vorgedrungen sein musste. Das Bild veränderte sich nicht. Purpurfarbenes, lappenförmiges Gewächs überwucherte alles. Kein freier Fleck war zu erkennen, und er fragte sich bereits, ob er überhaupt noch etwas anderes zu sehen bekommen würde. Die Drohne war für eine maximale Flugzeit von 30 Minuten ausgelegt. Fünf waren bereits um, und nach 15 Minuten würde er sie spätestens zurücksteuern müssen.

Weitere zwei Minuten vergingen, ohne dass sich das monotone Bild auf dem Monitor veränderte. Noch acht Minuten bis zum Point of return. Yuri verfolgte weiterhin das Bild und zweifelte mittlerweile an der Sinnhaftigkeit seines Unterfangens. Plötzlich veränderte sich etwas. Erst hatte er es gar nicht wahrgenommen. Es schien, dass sich der purpurne Pflanzengrund gleichmäßig entfernte. Da die Drohne aber die gesamte Zeit in der gleichen Höhe flog, musste das Gelände abfallen, kombinierte Yuri. Er verlangsamte den Flug und zog die Maschine hoch, um sich einen Überblick zu verschaffen. Das ganze Ausmaß der Veränderung konnte er aus einer größeren Höhe schließlich überblicken. Das Gelände fiel nicht, wie die Bilder es suggerierten, gleichmäßig in eine Richtung ab. In Wirklichkeit senkte sich der purpurne Grund kreisförmig um eine bodenlos erscheinende Vertiefung ab. Der Pflanzenkörper bildete eine Art Krater und das purpurne Gewächs wuchs in diesem Schlund hinab. Noch sieben

Minuten bis zur Rückkehr. Yuri musste wissen, was dort unten war. Er steuerte die Drohne direkt in diesen Abgrund. In unermessliche Tiefe schien sich der Krater zu erstrecken, und mit zunehmender Tiefe schwand das Tageslicht. Die Flugmaschine war etwa 100 Meter in die Öffnung mit einem geschätzten Durchmesser von 60 bis 70 Meter vorgedrungen. Der Krater verjüngte sich nach unten, und es wurde immer dunkler.

Yuri wusste, dass er die Maschine jetzt wenden musste, sonst würde er den Kontakt verlieren. Plötzlich sah er eine Veränderung auf der Oberfläche des in die Tiefe abgleitenden Neophyten. Die lappenartigen Strukturen veränderten ihre Farbe in den nunmehr fast senkrecht abfallenden Wänden des Kraters, sie wurden immer heller. Dann sah er es. Aus der Oberfläche dieser helleren Zonen wuchsen lange nadelförmige Gebilde.

Yuri fragte sich gerade, was das sein sollte. Dann erkannte er, dass diese weißen Pflanzenstachel auf ein gemeinsames Ziel hinzuwachsen schienen. Ihre Spitzen zeigten allesamt auf seine Drohne. Aber das war es nicht, was seine gesamte Aufmerksamkeit erforderte. Wirklich zum Staunen brachte ihn die Tatsache, dass die Spitzen der Pflanzenstrahlen sich koordiniert bewegten. Als er das Grundmuster dieser Bewegung erfasste, war es leider zu spät. Als er erkannte, dass es die sich im Krater bewegende Drohne war, der die Spitzen wie von einem Bewusstsein gesteuert folgten, und ehe er begriff, dass sie nichts anderes taten, als auf sein Fluggerät zu zielen, war es für eine Reaktion zu spät. Hunderte, vielleicht tausende dieser Pflanzenpfeile wurden gleichzeitig aus dem Gewebe des Neophyten geschleudert und schossen wie Raketen auf die Drohne zu. Das Letzte, was die Kamera zeigte, bevor sie für immer erlosch, waren die rasch näherkommenden Abwehrstilette des Neophyten.

Greenland Warrior; Weißes Meer

113 Tage nach der Ankunft des Signals auf Wolf-359.

Weit draußen am Horizont über dem russischen Festland stieg eine gigantische Wolke empor. Kapitän Smithson stand steuerbords an der Reling und schaute mit dem Feldstecher auf die in den Himmel schießende Dampfwolke.

»Weiß nicht recht, erinnert mich an was!«

Sein Wachoffizier Sean Stark stand neben ihm und schaute mit Alex in dieselbe Richtung. »An was erinnert Sie das? Ich würde ja sagen, es handelt sich um eine große Wolke, vielleicht eine Gewitterwolke.«

»Nein!« Alex wusste zwar nicht, was Smithson meinte, aber eine Gewitterwolke sah anders aus. »Viel zu hell für ein Gewitter. Außerdem scheint die Wolke Bodenkontakt zu haben.«

»Und außerdem«, gab Smithson zu bedenken, »befinden wir uns in einem erstklassigen Hochdruckgebiet, und ich kann weit und breit keine anderen Wolken entdecken. Das sieht aus, als würde da eine Menge Wasser verdampfen. So wie bei den Kühltürmen von Kraftwerken. Seht doch, die Wolke erstreckt sich kilometerhoch in den Himmel.«

»Mir ist hier an der Küste in dieser Einöde aber kein Kraftwerk bekannt.« Der Wachoffizier schaute Smithson zweifelnd an.

»Prüfen Sie das bitte sofort, und achten Sie auch auf alte Kraftwerksstandorte.« Smithson wand sich an Alex. »Er hat recht, die wenigen Kraftwerksstandorte der SU10[5] sind uns natürlich bekannt. Aber er soll es noch mal checken. Eventuell gibt es noch andere Überlebende, vielleicht Piraten, die hier ein altes Kraftwerk wieder in Betrieb genommen haben. Ich habe jetzt auch keine andere spontane Erklärung für dieses Schauspiel parat.«

Der Offizier verschwand und ließ die beiden zurück.

Vor fünf Tagen hatten sie das für ihre Freilandversuche benötigte Saatgut aus dem Svalbard Global Seed Vault auf Spitzbergen geborgen. Nachdem der Saatguttresor wieder versiegelt und die Leichen verbrannt waren, hatten sie ihren jetzigen Kurs eingeschlagen. Die Greenland Warrior hatte die Halbinsel Kola umrundet und war nun im Weißen Meer. Ihr Auftrag war es, die sich auf dem Festlandsockel schnell ausbreitende und per Satellit detektierte purpurne Lebensform zu finden und zu untersuchen.

Smithson gab Alex ein Zeichen, ihm zu folgen. Gemeinsam gingen sie über das Deck zum Bug des Schiffes, das soeben seine Richtung geändert hatte. Die Warrior hielt momentan Kurs auf das noch etwa 100 Kilometer entfernte Festland.

Alex blickte in die Gischt der Bugwelle, und Smithson hob das Fernglas zum Horizont über dem Festland. Die gigantische Dampfwolke stieg immer noch in den arktischen Himmel eines ausdauernden Hochdruckgebietes. Oben über ihnen, fast im Zenit, stand das Licht einer Supernova, die sogar das Tageslicht überstrahlte.

»Mann, jetzt könnte ich mir eine Pfeife stopfen.« Der Kapitän schwenkte das Fernglas nach backbord und schaute nach Süden. Irgendwo dort mussten die Solowezki-Inseln liegen, auf der sich zu Zeiten der ehemaligen Sowjetunion schlimme Dinge zugetragen hatten. Später war in dem Gulag wieder der Klosterbetrieb aufgenommen worden. Smithson hatte davon gehört. »Beim nächsten Besuch auf Spitzbergen gehen Sie mit mir aber noch in die anderen Hallen. Ich bin sicher, wir finden noch ein paar Samen der besten Tabaksorten. Ich kann es kaum erwarten.«

Alex wollte ihm gerade antworten, als Smithson jäh in seiner Bewegung innehielt und auf etwas in der See deutete, was seine Aufmerksamkeit erregt hatte. »Das kann doch nicht wahr sein. Da fährt ein Motorboot über das offene Meer.«

Alex folgte mit seinem Blick Smithsons ausgestrecktem Arm und konnte deutlich sehen, wie das Boot über die Wellen glitt und nach jedem Wellenberg jetzt auch hörbar auf die Wasseroberfläche schlug. »Hier oben gibt es keine $SU10^5$-Kolonie. Das muss ein Überlebender sein. Vielleicht gibt es noch mehr, da, wo er herkommt.«

Smithson senkte das Fernglas und schaute Alex tatendurstig an. »Den schnappen wir uns. Vielleicht kann der uns etwas über die Lebensform und diese seltsamen Wolken erzählen.«

Nur eine halbe Stunde später brachte ein Beiboot der Warrior den Mann an Bord. Das kleine Motorboot hatte die Besatzung ins Schlepptau genommen. Der Wolkenturm hatte mittlerweile seinen scheinbaren Bodenkontakt verloren, und der Rest der Wolkenformation zog mit den Höhenwinden nach Westen ab. Von unten wurde auf jeden Fall kein neues Wolkenmaterial nachgeliefert.

Yuri Jerschow saß mit gefalteten Händen in einer abgedunkelten Kajüte. Der kleine Raum war von außen verschlossen, und er konnte den bewaffneten Wachmann durch ein Oberlicht in der Tür sehen. Yuri sah zerlumpt und verdreckt aus. Die zerrissenen Klamotten hingen an seinem ausgezehrten Körper. Insgesamt machte er einen sehr verwahrlosten Eindruck und er stank. Die braunen Haare waren strähnig, sein Vollbart ungepflegt. Die tief liegenden, dunkel geränderten Augen schauten sich ängstlich um. Wie ein in die Enge getriebenes Tier wirkte er, und als die Tür sich öffnete, verkrampfte er sich auf dem Stuhl.

Kapitän Smithson betrat mit zweien seiner Männer den Verhörraum. Dicht gefolgt von seinem Wachoffizier und Alex, als einziger in zivil ohne Uniform der $SU10^5$. Die langen, immer zu einem Zopf gebundenen Haare gehörten der Vergangenheit an. Wie die Frauen in seiner kleinen Kommune, so hatte auch er seine Haarpracht geopfert.

Smithson trat an den Tisch und nahm Yuri gegenüber Platz. Er sprach den Fremden auf Englisch an. »Wie ist Ihr Name?«

Es dauerte einen kleinen Augenblick, bis Yuri in gutem Englisch mit stark russischem Akzent antwortete. »Mein Name ist Yuri Jerschow. Ich bin der letzte Überlebende der Solowezki-Inseln.«

Als Alex ihn jetzt reden hörte, traf es ihn wie ein Hammerschlag. Dieser Mann, der dort an dem Tisch saß, war kein geringerer als der Bruder von Lew, dem Kampftaucher, der einst in dem finnischen See sein Leben an den ersten Organismus verloren hatte, den sie entdeckt hatten. Damals wussten sie noch nicht, dass es sich nur um einen kleinen Vertreter seiner Art handelte. Eigentlich nur eine Larvenform, die erst später in den offenen Meeren ihre wahre Größe erreichen sollte. Jetzt, nachdem er seinen Namen gehört hatte, nahm er in seinem Antlitz auch die Ähnlichkeit zu seinem toten Bruder wahr. Im ersten Moment war es ihm nicht aufgefallen, aber es ließ sich nicht leugnen, dass sie Brüder waren. Alex musste zurück an diesen schicksalsträchtigen Tag denken und nahm sich vor, diesen Mann irgendwann vorsichtig auf seinen Bruder anzusprechen. Wenn die Zeit reif wäre, würde er ihm von dessen Tod erzählen.

Alex wohnte einem Verhör bei, das sich schnell zu einem Gespräch auf Augenhöhe entwickelte. Yuri berichtete von seinem Leben und Überleben auf den Inseln. Auch den schweren Unfall mit der Tierfalle ließe er nicht aus. Natürlich berichtete er den Männern um Smithson auch von dem abgetrennten Fuß. Seine Erzählungen von dem regenerierten Körperteil ließ alle hellhörig werden. Ungläubiges Staunen machte sich breit. Und als er den vollständig nachgewachsenen Fuß zeigte, waren die Männer sprachlos. So was hatte noch keiner der

Anwesenden gesehen und sie beschlossen, dem Phänomen auf den Grund zu gehen. Smithson rief über den Schiffsfunk die medizinische Abteilung an und bat noch im Laufe des Tages um einen Untersuchungstermin. Sie sprachen mit dem Russen natürlich über die Lebensform, die mit purpurner Biomasse den Kontinent überzog. Das meiste, was er ihnen über den Neophyten erzählte, deckte sich auch mit den Erkenntnissen von Mårten Halla und anderen Wissenschaftlern der SU10^5. Auch er war der Meinung, dass der purpurne Farbton auf Bakterienchlorophyll hindeutete. In den Laboren der SU10^5 waren solche Chlorophylle bereits nachgewiesen worden. Seine Berichte über das rein vegetative Wachstum und fehlende Sexualorgane bestätigten die Befunde der Wissenschaftsgemeinde. Yuri hatte ebenfalls keine Zellen unter dem Mikroskop erkennen können. Er war umso erstaunter, als er von Untersuchungen mit dem Elektronenmikroskop erfuhr. Die Aufnahmen offenbarten im Mikrokosmos doch einen Feinbau der Lebensform. Es zeigte sich hier ein komplexes Kanalsystem, das der Gewebematrix eine gewisse Körnigkeit verlieh. Die Funktion dieser Struktur war noch nicht geklärt.

Yuri erzählte noch von den seltsam anmutenden Lichterscheinungen im Gewebe des Neophyten, die den anderen nicht bekannt waren. Als er aber von seinem heutigen Landgang sprach und den Männern berichtete, wie der Neophyt seine Drohne über dem kraterähnlichen Abgrund zerstörte, wurde es aufseiten seiner Zuhörer sehr still. Die Männer hingen förmlich an seinen Lippen, als er von der bodenlosen Geländespalte erzählte, in den die Pflanzenmasse hineinzuwachsen schien oder die sie gar gebildet hatte. Fragen nach der seltsamen Wolkenformation konnte er nicht beantworten. Er sprach aber davon, dieses Gebilde am Himmel gesehen zu haben. Yuri glaubte, dass die Wolken etwa da ihren Ursprung zu haben schienen, wo seine Drohne in dem Pflanzenschlund verschwunden war. Nachdem er geendet und keiner mehr irgendwelche Fragen hatte, saßen sie noch eine Weile zusammen und diskutierten die merkwürdige Faktenlage.

In den letzten Jahren hatten sie sich alle zwangsläufig daran gewöhnt, dass sie in einer Welt lebten, die keine festen Dreh- und Angelpunkte mehr für früher als sicher geltende Ordnungsprinzipien zu bieten schien. Die bisher unumstößliche und als bekannt vorausgesetzte Realität konnte innerhalb weniger Augenblicke in sich zusammenstürzen und die Menschen in eine neue Wirklichkeit katapultieren, die dazu geeignet war, ihnen den Boden unter den Füßen zu entziehen. Ihre Gespräche drehten sich um die neuen Erkenntnisse und Phänomene, die sich bei Betrachtung der neuen Pflanzengattung ergaben. Sie beschlossen, den Dingen schnellstmöglich auf den Grund zu gehen.

Gemeinsam mit seinen Männern entschied Smithson, gleich am nächsten Tag ein Expeditionsteam zur Untersuchung der gigantischen Planzenkolonie auf das Festland zu entsenden. Er beauftragte seinen Wachoffizier mit der Zusammenstellung einer geeigneten Mannschaft und stellte ihm Alex als Hilfe zur Seite. Neben der Untersuchung des Neophyten – die Bezeichnung hatten sie von Yuri übernommen – sollten sie auch zu dem Abgrund vordringen und versuchen, etwas über die riesigen Wolkentürme in Erfahrung zu bringen.

Als die kleine Truppe sich auflöste, nahm Smithson Yuri zur Seite und redete kurz mit ihm. Als dieser mit den zwei Männern verschwunden war, wandte er sich an seinen Offizier und Alex. »Ich habe diesen Russen eben in die medizinische Abteilung geschickt. Sie sollen ihn dort auf Herz und Nieren prüfen. Besonders diese Geschichte über seinen nachgewachsenen Fuß sollen sie überprüfen. Ich glaube ihm kein Wort! Sehen Sie zu, dass Sie eine tüchtige Mannschaft für morgen zusammenbekommen, und nehmen Sie auch Mia Schindler mit. Ich denke, sie sollte sich das alles aus der Nähe ansehen.«

Die Männer verabschiedeten sich voneinander und wollten gerade ihren neuen Aufgaben entgegeneilen, als Smithson sich noch mal umdrehte und den beiden hinterherrief: »Egal, was passiert. Dieser seltsame Russe wird nicht zur Mannschaft gehören. Er hat eben angedeutet, sie begleiten zu wollen. Ich kann das nicht begrüßen. Der Mann muss erst von einigen unserer Ärzte auf den Kopf gestellt werden.«

Skandinavien; ehemalig russisches Hoheitsgebiet
114 Tage nach der Ankunft des Signals auf Wolf-359.

Seit einer halben Stunde stapfte sie über dieses violette Zeugs und sah nichts weiter als den Rücken ihres Vordermannes. Mia Schindler sank bei jedem Schritt etwas in die federnde Masse ein. Das organische Material mit der einprägsamen Farbe unter ihren Füßen erstreckte sich bis zum Horizont. Zu Anfang ihrer Expedition über den purpurnen Teppich hatten sie noch die Dicke der Wachstumsschicht mit einem einfachen Bohrstock überprüft. Das Zeug hatte sich in einer Schicht von fast einem Meter über den Boden gelegt. Je weiter sie in das Landesinnere vordrangen, desto härter wurde das Gewebe, sodass sie schließlich auf Bohrungen bis auf Weiteres verzichten mussten. Jeder in dem Team hatte mit dem Tragen seiner Ausrüstungsgegenstände auf dem weichen, nachgebenden Untergrund genug zu tun. Und bei jedem Schritt bestand Gefahr, über das Gewebe, das sich wellte und an den Rändern krümmte, zu stolpern.

Sie waren jetzt von ihrem Anlegeplatz an der Küste etwa zwei Kilometer ins Landesinnere vorgedrungen. Die zweiundzwanzig Männer und Mia gingen hintereinander in einer Reihe. Mia war die Vorletzte in der Kette. Der Mann hinter ihr mit dem schweren Funkgerät auf dem Rücken schnaufte vor Anstrengung so laut, dass sie es trotz ihres Helms mit den integrierten Lautsprechern hören konnte. Das Ganze wurde langsam zu einer eintönigen Tortur. Außer dem Rücken des Vordermannes und dem unveränderlichen Untergrund konnte Mia nichts wahrnehmen. So hatte sie die letzte halbe Stunde genutzt, um das Gewebe unter ihren Füßen zu studieren. Das Gewächs stellte jedoch kein dankbares Untersuchungsmaterial dar, da es eigentlich nichts zu beobachten gab. Es war sehr einheitlich aufgebaut und bestand aus großen lappenförmigen, an den Seiten eingebuchteten und hoch gebogenen ... Mia suchte nach einem Wort für das, was sie dort sah. *Blätter,* dachte sie, *kommt dem organischen Material wohl doch am nächsten.* Diese fremden Blattorgane wuchsen aus dem Untergrund, ohne dass sie an deren Basis eine Wachstumszone entdecken konnte, aus der sie entsprangen. Sie schienen einfach übereinander zu liegen und waren sehr groß und fleischig. Manche dieser purpurnen Matten nahmen eine Fläche von einem bis zwei Quadratmetern ein und bestanden aus einem unbekannten dickwandigen, voluminösen Material, auf dem ihre Schritte federten. Das Gehen wurde durch die Elastizität der Neophytenorgane zusehends schwieriger. Als ihr Trupp eine kurze Rast einlegte, um sich zu orientieren, hatte Mia versucht, eines der gut 25 Zentimeter dicken Blattorgane anzuheben. Dabei musste sie feststellen, dass die Dinger nicht nur sehr schwer waren, sondern sich auch nur ein wenig anheben ließen. Jede Schicht war mit der darunterliegenden fest verwachsen, sodass die Lebensform einen regelrechten Panzer über dem Boden bildete.

Plötzlich wurde sie in ihrem Trott gestört. Mia fuhr sich mit dem Handrücken über die Stirn, um den Schweiß abzuwischen. Ihr kurzes blondes Haar war unter dem Helm von dem strapaziösen Marsch in voller Ausrüstung klatschnass. Irgendetwas hatte sich während ihrer letzten Atemzüge verändert. Es dauerte eine Weile, bis sie es einzuordnen wusste. Ein Blick auf den Rücken ihres Vordermannes offenbarte ihr die kaum wahrnehmbare Änderung ihrer Umgebung. Wenn sie hochblickte, starrte sie nicht mehr auf seine Schulterblätter. Mia konnte bereits ab und zu einen Blick über die Schultern des Vordermannes erhaschen. Der Mann vor ihr ging ein kleines bisschen tiefer als sie selbst. Sie liefen jetzt eindeutig bergab. Auch die anderen mussten es bemerkt haben, denn sie blieben stehen, und beinahe wäre sie auf ihren Vordermann aufgelaufen. In ihrem Helmlautsprecher hörte sie eine Stimme. Es war ihr Anführer, Smithsons Wachoffizier Stark.

»Wir müssen eine Seilschaft bilden. Es geht immer steiler bergab. Also sichert euch gegenseitig!«

Mia nahm das durchgereichte Seil vom Vordermann. Sie klinkte sich mit dem Karabiner ein und reichte es an ihren Hintermann, den letzten in der Reihe. Dann ging es langsam weiter. Der Untergrund fiel jetzt gleichmäßig ab, aber die Oberfläche der Lebensform veränderte sich nicht, sondern blieb so eintönig wie zuvor. Mia hatte lediglich den Eindruck, dass die purpurne Masse bei jedem Schritt weniger nachgab, als zuvor. Sie blickte nach oben und sah das Licht der Supernova, die man auf diesem Breitengrad am Tageshimmel beobachten konnte. Über die Sternenexplosionen wurde viel gesprochen, aber keiner konnte sich wirklich einen Reim darauf machen. Es gab zwar viele Theorien, von denen aber keine sehr vielversprechend das Phänomen erklären konnte. *Ich weiß noch nicht mal den Namen dieser Sternenleiche über meinem Kopf,* dachte sie, als die Gruppe plötzlich zum zweiten Mal stehen blieb. Diesmal hörte sie Alex im Funk, der weiter vorne mit Simone und Stark ging. »Wir sollten hier kurz rasten und uns überlegen, ob wir weitergehen. Das Gelände fällt langsam immer steiler ab. Das wird gefährlich. Für diesen Abstieg brauchen wir eine alpine Ausrüstung, die wir nicht haben.«

Mia klinkte sich aus dem Seil und arbeitete sich weiter nach vorne.

»Ich weiß auch nicht, ob das überhaupt Sinn macht. Schaut euch das doch an. So was hab ich nicht erwartet, und wir wissen, was dieser Russe uns erzählt hat.« Diesmal sprach Stark.

Mia stand neben den beiden und erkannte jetzt, was sie meinten. Der Anblick raubte ihr den Atem. Die verwunderten Ausrufe der anderen Gruppenmitglieder bahnten sich ihren Weg durch die Kommunikationseinheit.

Vor ihnen erstreckte sich eine Senke, deren Ränder immer steiler abfielen und einen bodenlosen Krater bildeten. Yuri hatte es beschrieben, aber der Anblick des mit purpurner Pflanzenmasse ausgekleideten Schlundes übertraf alle Vorstellungen. Das Loch öffnete sich mit einem Durchmesser von circa 70, vielleicht 80 Metern. Ihre Gruppe stand am oberen Rand, und alle blickten nach unten in den gähnenden Abgrund, dessen Wände ungefähr 100 Meter unter ihnen senkrecht abfielen. Dort hatte die Öffnung immer noch einen Durchmesser von geschätzten 20, 30 Metern.

»Das ist die Pforte zur Hölle! Genauso hab ich mir das immer vorgestellt.« Der Mann mit dem Funkgerät auf dem Rücken stand direkt neben Mia, und man konnte die Angst in seiner Stimme mitschwingen hören. »Wenn man da reinfällt, ist es aus.«

Mia schaute abwechselnd von Alex zu Simone und Sean Stark, in der Erwartung eine Entscheidung von ihnen zu hören. »Was machen wir jetzt?« Aber keiner konnten den Blick von dem Krater abwenden.

Langsam, erst kaum wahrnehmbar, dann aber an Intensität zunehmend, sodass sie sich plötzlich alle verwundert ansahen, ging ein Grollen durch den elastischen Pflanzengrund zu ihren Füßen. Die weiche Biomasse federte die Schwingungen aus dem Boden zunächst ab, aber jetzt konnte es keiner mehr leugnen. Der Untergrund zitterte, und die Bewegungen nahm extrem schnell zu. Ein Beben stieg aus den Tiefen des Festlandgesteins mit immenser Wucht nach oben und bahnte sich seinen Weg mit hoher Geschwindigkeit.

Die kleine Gruppe stand am Rand des Loches und lief Gefahr, von den zunehmenden Schwingungen des Untergrundes umgerissen und in den Abgrund befördert zu werden.

Sean erkannte das Risiko und ahnte, dass sich eine unbändige Energie aus den Tiefen gleich durch den

Schlund des Kraters entladen würde. Er rief: »Runter mit euch und sichert euch gefälligst wieder! Gleich wird die Hölle aus diesem Loch zu uns emporsteigen.« Er hatte den letzten Satz gesagt und noch ein »Haltet euch fest, egal wo!« hinterherschreien können, als ein infernalisches Kreischen das Ende einzuleiten schien, so als ob tausende Engel auf den Trompeten von Jericho zum Sturm bliesen.

Sie lagen jetzt alle ausgestreckt auf dem Boden. Gegenseitig gesichert durch ihr Seil und sich an allem festhaltend, was sich bot. Am Nachbarn, an dem Seil oder an den eingebuchteten, gekrümmten Enden der Blattorgane. Hände verkrampften sich um alles, was den trügerischen Anschein von Halt zu bieten schien. Dann kam das Inferno über sie.

Der tausende Grad heiße Wasserdampf schoss mit ungeheurem Druck aus dem Krater. Das Wassergas war vollkommen durchsichtig, da es aufgrund der extremen Hitze keine kondensierten Tröpfchen enthielt, so wie normaler Wasserdampf. Mia, die ihren Kopf gehoben hatte, konnte es nur sehen, da es sich durch eine andere Lichtbrechung wabernd von der umgebenden Luft abhob. In der näheren Umgebung der Fontaine stieg die Lufttemperatur so extrem an, dass Mia den Kopf schnell wieder senken musste. Sie hatte das Gefühl, das Innere ihrer Augen würde zu sieden beginnen. Sie nahm jetzt den Geruch von verbranntem Horn wahr. *So riecht es, wenn Haare verbrennen*, dachte sie. Das Wassergas schoss mehrere Kilometer in die Höhe, bevor es abkühlte und zu dem kondensierte, was sie vom Schiff aus als emporsteigende Wolke gesehen hatten. Der Gasstrom schien noch stärker zu werden. Die Wände und die Ränder des Kraters schwankten jetzt gefährlich, und sie wurden alle in ihren liegenden Positionen kräftig hin und her geschüttelt.

Plötzlich ertönte ein grässlicher Schrei. Mia hob kurz den Kopf. Die Hitze schien noch zugenommen zu haben.

Einer der Männer war in einer furchtbaren Lage. Das purpurne Gewebe, auf dem er lag und an dem er sich in Todesangst festklammerte, hatte sich gelöst und rutschte unter den Erdstößen langsam auf den Abgrund zu. Der Mann hatte außer dem Sicherungsseil ihrer Seilschaft, an dem er eingeklinkt war, keine Verbindung zu ihrer Gruppe, und seine Schreie wurden eindringlicher, als das losgerissene Organ immer mehr Fahrt aufnahm. Plötzlich endete seine Talfahrt abrupt, als sich das Sicherungsseil spannte. Durch den plötzlichen Stopp wäre er beinahe abgerutscht, konnte sich aber gerade noch festklammern. Sein Schreien erstarb zu einem Wimmern, als seine Kleidung anfing zu dampfen. Jetzt kam Unruhe auf. Die Seilschaft war darauf ausgelegt, *einen* Mann im gespannten Seil vor dem Absturz zu sichern. Aber ein Mann, der sich an einem schweren Teil wie dem Blattorgan der Lebensform festklammerte und in seiner Panik nicht mehr realisierte, dass er nur loslassen musste, um von den anderen gerettet zu werden, konnte für alle zu einem Risiko werden. So war er einfach zu schwer, und sie liefen Gefahr, von ihm mit ins Verderben gerissen zu werden. Alle fingen an zu schreien, er solle doch einfach loslassen. Aber kein Wort erreichte ihn in seiner Panik. Keine hundert Meter unter ihnen toste tausende Grad heißes Gas aus dem Erdinneren an die Oberfläche, bereit, alles und jeden sofort zu verbrühen.

Mia hatte wie alle anderen genug damit zu tun, sich festzuklammern und nicht ebenfalls abzurutschen. Trotzdem musste sie kurz ihren Kopf heben. Das metallische Glimmen in der Luft erkannte sie durch die Schlieren der überhitzten Luft als ein Messer. Der Mann, der dem schreienden und wimmernden Kerl auf seiner losen Blattscholle am nächsten war, tat in diesem Moment das einzig Richtige. Er kappte das Seil. Plötzlich befreit, schoss der Unglückliche auf seinem Pflanzenteil in die Tiefe. Als er sich seiner Situation bewusst wurde, wurde sein Schreien immer lauter. Mia ermaß an seinem körperlichen Verfall die unheimliche Hitze, in die er hineinschoss. Dem Blatt, auf dem er mit den Füßen voran in den Abgrund raste, schien die extreme Temperatur nichts auszumachen. Sie sah, wie er versuchte, seine Füße von der näherkommenden Hitze wegzuziehen, und blickte ihm dabei direkt in die von Todesangst geweiteten Augen. Dann blähte sich sein Körper kurz rot auf. Mia sah, wie sich seine Oberfläche einfach aufzulösen und von ihm abzufallen schien. Als er den Gasjet erreichte, prallten seine brennenden sterblichen Überreste zunächst von dem scharf abgegrenzten Gasstrahl ab, flogen dann aber in einem Bogen wieder zurück. Kurz sahen sie noch mal den von der Hitze bis zur Unkenntlichkeit verbrannten Leichnam. Das Fleisch seiner Muskeln hatte sich teilweise von den Knochen gelöst, die aus der breiigen Masse weiß hervorstachen. Beim zweiten Aufprall wurde er von dem Gasstrom mit in die Höhe gerissen und verschwand rasend schnell aus ihrem Blickfeld.

So lagen sie noch mehrere Minuten – oder waren es Stunden? In ihrer jetzigen Lage hofften sie darauf, nicht das Schicksal ihres Kameraden teilen zu müssen. Nach einer endlos erscheinenden Zeitspanne nahmen die Erschütterungen langsam ab, und der Gasjet dröhnte immer weniger in ihren Ohren. Sie wussten jetzt, was es mit der seltsamen Wolkenformation auf sich hatte. Aber jeder hätte auf dieses Wissen liebend gerne verzichtet.

Doch das war nur ein Teil des Horrors, den der Schlund für sie bereithielt. Langsam erhoben sich die Ersten, und gegenseitig half man sich wieder auf die Beine. Mia sprang förmlich hoch und half dann noch Sean, der einige Mühe hatte aufzustehen. Als sie sich zu der Truppe drehte und in die Gesichter der Männer blickte, sah sie einen Haufen verdreckter und vollkommen verschwitzter Kerle mit versengten Haaren. Der Geruch stieg ihr jetzt wieder in die Nase.

Alex stand neben ihr. »Was war das?« Sean Stark ging durch die Reihen der Männer und überprüfte ihren Zustand.

»Keine Ahnung. Das kam ohne Vorwarnung über uns«, sagte Mia und fragte dann Sean: »Alles klar bei dir und den anderen?«

Die Antwort kam sofort. »Eigentlich nur Verbrennungen ersten Grades und einige Hautabschürfungen. Nicht der Rede wert, und die Haare wachsen wieder nach.«

Alex tastete seinen Kopf ab und fühlte das gekräuselte, von der Hitze versengte Haar. Er schaute Mia an und sagte: »Er hat recht, das wächst wieder nach, aber ich bin nicht scharf darauf, das noch mal zu erleben. Wer weiß, vielleicht verbrennen dann auch ein paar Sachen, die nicht mehr nachwachsen.«

Sean stand neben ihnen und sagte: »Wir sollten sehen, dass wir hier wegkommen. Ein Mann ist schon tot, und mir ist gerade eingefallen, an was mich das erinnert hat.«

»An was denn?«, fragte Mia, die sich nicht vorstellen konnte, dass er so etwas schon mal gesehen hatte.

»Steamboat-Geysir! Schon mal gehört?«

»Ja, ich schon«, mischte sich Alex ein. »Geysir im Yellowstone. Einer der höchsten, glaube ich.«

Mia war erstaunt: »Und du glaubst, dass hier eben war so ein Ding?«

»Das kann ich nicht mit Gewissheit sagen, aber ich hab diesen Geysir einmal vor etlichen Jahren gesehen. Der kam sehr unregelmäßig, aber wenn er einen Ausbruch hatte, dann war das heftig. Als ich damals mit meinem Onkel dort war, haben wir zufällig einen miterleben können. Hundert Meter ist das Wasser hochgeschossen.«

»Und du glaubst, das hier war auch ein Geysir?«, wollte Alex wissen.

»Keine Ahnung. Das eben war kein Wasser. Das war ein anderer Aggregatzustand. Der Dampf muss hunderte, wenn nicht tausende Grad gehabt haben. Und eins weiß ich, wenn das Ding wieder ausbrechen sollte, möchte ich einige Kilometer Sicherheitsabstand haben.«

Alex war überzeugt. »Gut, dann lasst uns schleunigst hier abhauen. Wir packen zusammen.« Er bückte sich nach seinem Rucksack, der noch an dem Sicherungsseil hing, und war dabei ihn auszuklinken.

Einer der Männer schrie plötzlich aufgeregt: »Schaut euch das an! Was ist das schon wieder für eine Teufelei?«

Alle Köpfe drehten sich zu dem Abgrund, in den er erregt zeigte. Zunächst fiel das, was ihn so aufgebracht hatte, nicht auf. Die Veränderungen waren im Gegensatz zu dem todbringenden Schauspiel von eben nur bei genauem Hinsehen zu erkennen. Aber auch Sean sah es und machte die anderen darauf aufmerksam. In dem Krater, etwas oberhalb von dem Bereich, wo die stark abfallenden Wände ins senkrechte übergingen und im bodenlosen Dunkel verschwanden, erkannten sie einen deutlichen Farbwechsel in den purpurnen Organen der Lebensform. Die wulstig fleischigen Blätter wurden zunächst heller und färbten sich dann weiß.

Die Männer rückten instinktiv näher zusammen. Mia stand in zweiter Reihe und konnte das Geschehen gut durch eine Lücke zwischen ihren Körpern sehen. Die dort wachsenden Organe des Neophyten waren aber nicht nur weiß geworden. Langsam beobachteten sie, wie sich auf der Oberfläche die ersten Blasen bildete.

Sean griff nach Alex' rechtem Arm und sagte: »Ich weiß genau, an was ihr jetzt alle denkt. Der alte Russe hat von einer Weißfärbung der Lebensform gesprochen. Die Blätter haben sich verfärbt, bevor diese Nadeln seine Drohne zerstörten. Diese Dinger waren nach Yuris Aussage aus den verfärbten Organen herausgewachsen, bevor sie wie Raketen auf seine kleine Flugmaschine zuschossen, oder hat er gesagt, sie seien geschleudert worden?«

Alex wand sich aus seinem Griff: »Weiß ich nicht. Spielt jetzt auch keine Rolle mehr. Das sind auf jeden Fall keine Nadeln. Das sind Blasen, und die werden immer größer. Nichts wie weg hier!« Mit seinen letzten Worten griffen die Männer ihre Ausrüstungsgegenstände und setzen seinen Befehl liebend gerne in die Tat um. Mia faselte noch etwas von Brandblasen auf dem lebenden Gewebe, wurde dann aber von hinten mit einem leichten Schubser aufgefordert, die Klappe zu halten und vorwärtszugehen.

Der Trupp kam nur langsam voran. Der Aufstieg auf dem elastischen Pflanzengewebe war noch um einiges schwieriger als der Abstieg. Immer wieder strauchelte einer der Männer, andere mussten ihn halten oder wieder aufrichten. Das kostet Zeit und Energie.

Alex und Sean, die die Nachhut bildeten, drehten sich immer wieder zu dem Abgrund und sahen die Blasen auf dem Gewebe größer werden. In diesen Blasen waren unter deren transparenter Oberfläche schemenhafte Bewegungen zu erkennen. Die beiden sahen sich an und waren sich auch ohne Worte einig, dass sie von den Vorgängen hinter ihnen im Krater nichts Gutes zu erwarten hatten. Wiederholt trieben sie den kleinen Trupp zur Eile an.

Sie hatten eben den Rand des Pflanzenkessels erreicht und glaubten sich auf der horizontalen Ebene außer Gefahr, als ein merkwürdiges Ploppen aus der Tiefe zu ihnen drang. Aus dem einen wurden mehrere, und nach einer Weile knatterte das bizarre Geräusch wie eine automatische Waffe im Dauerfeuer. Auch ohne Aufforderung verfiel die Gruppe in den Laufschritt, denn ihre Angst trieb sie zur Flucht an. Die Männer und Mia rannten jetzt über den weichen Untergrund. Alex drehte sich um und sah eine dunkle Wolke in der Luft stehen, da, wo der Krater sich in der von der Lebensform bedeckten Ebene wie ein riesiger Schlund öffnete. Unvermittelt hielt er inne. Sean rannte in ihn hinein, und die beiden Männer fielen zu Boden, rappelten sich aber gleich wieder auf und starrten in das finstere Gebilde über dem Abgrund, etwa zwei-, dreihundert Meter entfernt. Ohne ein Geräusch von sich zu geben, drehte sich das aus hunderten Einzelsegmenten bestehende Gebilde hin und her und veränderte dabei ständig seine Form. Fast sah es dabei wie ein Vogel- oder Fischschwarm aus, der unablässig in Bewegung war.

Sean gab einen lauten Befehl an seine Männer, sofort stehen zu bleiben. Er musste die Situation erst neu einschätzen, bevor er die Leute einfach blindlings weiterlaufen ließ. Die Schar hielt sofort an und sammelte sich.

Mia stand nun ebenfalls, und gemeinsam beobachteten sie jetzt das sonderbare Ding in der Luft.

Stark erfasste Details mit seinem Feldstecher und flüsterte: »Das scheinen einzelne Lebewesen zu sein. Sie bilden eine Art Schwarm und bewegen sich koordiniert. Ich erkenne viele kleine kugelartige Gestalten. In etwa so groß wie ein Golfball. Ich kann aber nicht erkennen, wie die sich in der Luft halten. Die Biester haben keine Flügel.«

Alex stand halb hinter ihm und sagte, während er sich zu Mia umdrehte und ihr in die Augen sah: »Was denkst du, geht von den Dingern eine Gefahr für uns aus?«

Sie erwiderte seinen Blick, und Alex erkannte deutlich die Angst in ihren Augen. »Das kann ich nicht sagen, aber ich kann es auch nicht ausschließen. Es ist doch offensichtlich, dass sie von der Lebensform in den Blasen gebildet wurden.« Mia zwängte sich durch die Gruppe der Männer zu den beiden nach vorne. Durch die Verlagerung ihres Gewichtes auf dem elastischen Blatt geriet dieses in Bewegung, und die Männer, die auf dem gleichen Blatt standen, fingen an, auf und ab zu schwingen. Ihre Köpfe hoben und senkten sich dabei in einem ungleichmäßigen Rhythmus. Diejenigen unter ihnen, die weiterhin der Bewegung der aus Einzelindividuen bestehenden Wolke folgten, erfassten plötzlich eine Veränderung. Ausläufer der Wolke schossen auf ihre Gruppe zu. Einzelne Individualkugeln erreichten dabei fast die Köpfe der auf- und niederschwingenden Männer.

Alex schaute Simone an und blickte dann zu Mia. »Bleib sofort stehen. Genau da, wo du bist.«

Mia tat, was er sagte, und stand regungslos unter den Männern. Die Schwingungen des Blatts wurden durch das Eigengewicht der Männer sofort gedämpft, und die Bewegungen endeten abrupt. Sogleich beruhigte sich der Schwarm, und die Kugel schwebte wieder wabernd über dem Krater.

»Das Ding reagiert auf unsere Bewegungen.« Auch Alex flüsterte jetzt. »Es hat sich eben auf uns zubewegt, als du auf dem Blatt gelaufen bist. Wahrscheinlich bildet dieser Schwarm eine Einheit mit der Lebensform, auf der wir stehen. Unter uns in dem elastischen Gewebe sind wahrscheinlich Bewegungsmelder, die unsere Position an das Ding da oben melden, wenn sich einer von uns rührt.«

Bei dem Gedanken an Sensoren unter ihren Füßen, die jede Bewegung meldeten, verkrampften sich alle in der Gruppe.

Der Mann, der direkt vor Mia stand, machte auf sie einen kopflosen Eindruck. Schweißtropfen rannen an seiner Schläfe herab. Unentwegt schaute er sich um, so als würde er nach einem Notausgang suchen. Mia hörte ihn jetzt leise sprechen. Offensichtlich redete er mit sich selbst. »Was mach ich, was mach ich … Ich will weg, nur weg hier, wenn die Dinger uns holen, sind wir alle tot.« Immer wieder wiederholte er die gleichen Wörter wie ein gebetsmühlenartiges Mantra. Er redete dabei immer schneller und lauter. Auch einige andere der umstehenden Männer wurden jetzt auf ihn aufmerksam. Mia war klar, dass der Kerl dabei war, seine Nerven zu verlieren. Er stand kurz vor dem Zusammenbruch. Aber es war schon zu spät. Bevor irgendwer eingreifen konnte, drehte er sich um, wobei er Mia fast umgeschmissen hätte, und lief los. Zwei Männer rannte er dabei noch um und floh dann in Richtung ihrer Bootsanlegestelle.

Alex hatte das alles wie in Trance wahrgenommen und blickte nun automatisch zu der Wolke. Die drehte sich um ihre eigene Achse. Aus der Formation löste sich urplötzlich ein Ausläufer und schoss dem Fliehenden hinterher. Dabei verlor dieser Ausläufer aber nicht den Kontakt zu seiner Mutterwolke, sondern streckte sich immer mehr, bis Alex nur noch eine Handvoll kugeliger Einzelindividuen mit sehr hoher Geschwindigkeit dem Mann hinterherfliegen sah. Der rannte jetzt um sein Leben und drehte sich nur kurz um. Das war der Moment, als die schnellste Kugel ihn erreichte. Mit weit aufgerissenem Mund stolperte er jetzt mehr, als dass er noch lief. Gerade als ein Schrei des Entsetzens seinen Mund verlassen wollte, schoss die Kugel durch seine geöffneten Lippen in seinen Kopf. Der Mann schloss reflexartig seinen Mund, und in seinem von Panik verzerrtem Gesicht rollten beide Augäpfel nach oben, bis man nur noch das Weiße seiner Augen sah. Was dann geschah, war das reinste Grauen. Die an Ort und Stelle verharrenden Männer und auch Mia hörten ein Geräusch, ähnlich dem Knacken einer großen Nuss. Das Weiß seiner Augen färbte sich rot. Der Mann drehte sich um seine Achse und aus seinem Hinterkopf schoss etwas heraus, wobei es nahezu spielerisch seinen Helm durchschlug. Blut und Hirnmasse und darin schnell rotierend das kugelige Ding. Der Soldat fiel im gleichen Moment zu Boden und blieb dort zusammengekrümmt liegen. Reflexartiges Muskelzucken durchlief seine Extremitäten. Das Kugelwesen drehte sich einen kurzen Augenblick über der Leiche um seine Achse und verspritzte dabei das Blut des Mannes. Einige Spritzer benetzten Mias Gesicht, und sie wischte es angewidert weg. Dann schoss die Kugel wie von einer unsichtbaren Kraft getrieben zurück in ihren Verband.

»Das ist ein automatisches Verteidigungssystem. Und es ist sehr effektiv!« Sean Stark überwand als erster den Schock, den die brutale Hinrichtung ausgelöst hatte. »Jede Bewegung in der Nähe des Kraters wird registriert, und diese Schwarmkugeln exekutieren den Verursacher der Bewegung.«

»Und was wird hier verteidigt?«, fragte Mia.

»Keine Ahnung«, sagte Sean und fügte ironisch hinzu: »Wahrscheinlich ist aber, dass das, was verteidigt werden soll, sich irgendwo in diesem riesigen Loch befindet. Aber viel interessanter ist die Frage: Wie kommen wir hier weg, ohne dass diese fliegenden Golfbälle uns alle liquidieren?«

Die dunkle Wolke aus Kugelwesen drehte sich wieder langsam und bedrohlich über dem Krater. Ihre Oberfläche kräuselte sich unregelmäßig, wo die Kugeln sie durchstießen.

Alex schaute niedergeschlagen vor sich hin. Er schien angestrengt nachzudenken. Doch dann klärte seine Mine sich auf einmal auf: »Das ist *eine* interessante Frage, mit der wir uns noch ausgiebig auseinandersetzen werden. Was mich aber wundert, ist, dass wir auf dem Weg zu dem Krater nicht angegriffen wurden. Sondern erst auf dem Rückweg.«

Mias analytischer Verstand lief jetzt auf Hochtouren. »Vielleicht war das Überwachungssystem ausgeschaltet, als wir kamen. Erinnert euch! Kurz nachdem wir die Pforte in den Abgrund erreichten, fing der Grund zu unseren Füßen an zu vibrieren, und dann schoss auch schon der Gasjet heraus.«

Alex verstand: »Ich weiß, was du meinst. Kurz bevor der ultraheiße Gasstrom aus dem Loch schießt, ist der Mechanismus abgeschaltet. Die Logik dahinter: Den würde eh kein Angreifer überleben, auch nicht dieser Kugelschwarm dort oben.« Dabei zeigte er mit ausgestrecktem Arm zu der sich drehenden Kugel.

Bei Sean hatte es auch Klick gemacht. »Klar, und die Vibrationen des Untergrundes hätten sowieso alle Bewegungsmuster auf den Sensoren der Blätter überdeckt.«

Alex nickte: »Das heißt, wir müssen nur auf den nächsten Ausbruch warten, dann können wir gefahrlos die Flucht wagen.«

»Ja, das ist vielleicht richtig«, gab Sean zu bedenken. »Aber wir wissen nicht, wie lange wir hier ausharren müssen. Wir hatten vorhin in Betracht gezogen, es sei ein Geysir. Aber die brechen manchmal auch sehr unregelmäßig aus. Der Steamboat-Geysir zum Beispiel machte manchmal nur ein paar Tage Pause, manchmal brauchte er aber auch 50 Jahre, um nachzuladen. Wir würden es hier aber nicht mal ein paar Tage aushalten. Über Jahre brauchen wir gar nicht reden.«

Mia und Alex sahen sich an. Schließlich sagte Mia: »Aber wir haben doch gestern vom Schiff aus die Wolkentürme über dem Festland gesehen. Also muss es gestern auch passiert sein. Seht doch nur nach oben.«

Mia und die anderen schauten in die Wolken, die sich über dem Schlund auftürmten.

»Okay, du hast recht. Das leuchtet ein.« Sean verfiel in den Befehlston. Als Kommandant ihres Expeditionskorps hatte er eine Entscheidung gefällt. »Wir werden hier warten, bis der nächste Ausbruch erfolgt. Aber höchsten 24 Stunden. Die Essens- und Wasserrationen sollten bis morgen reichen. Aber wir müssen auch über alternative Fluchtmöglichkeiten nachdenken.«

Über seine Entscheidung war man geteilter Meinung. Einige schauten ängstlich zu der rotierenden Kugel. »Und wie machen wir das? Sollen wir hier 24 Stunden herumstehen – ohne uns zu bewegen? Das schafft doch keiner.«

Mia war nicht überzeugt von dem Plan.

Stunde um Stunde verging, die Sonne senkte sich dem Horizont entgegen. Sie standen immer noch unbeweglich auf dem organischen Untergrund. Hin und wieder sahen sie bedrohliche Bewegungen des Schwarms, der nach ihrer Gruppe zu greifen schien. Dann wussten sie, dass wieder jemand sein Gewicht von einem Fuß auf den anderen verlagert hatte, um eine bequemere Position zu erreichen oder um zu verhindern, dass ein Bein einschlief. Wenn sie miteinander sprachen, war Mia froh, dass die Empfindlichkeit der Sensoren nicht ausreichte, um Schallwellen zu detektieren. Sie hatten sich per Funk auch bei ihrem Landungsboot gemeldet und über ihre Lage berichtet. Der Vorschlag der SU10[5], sie mit Hubschraubern und Waffengewalt hier rauszuholen, wurde zunächst hintenangestellt.

Als es dämmerte, waren acht Stunden vergangen. Viele hatten die Augen geschlossen, und einige brachten tatsächlich das Kunstwerk fertig, im Stehen zu schlafen. Plötzlich wurde die monotone Stille von einem Geräusch gestört. Auch Mia war in einen Dämmerzustand zwischen Wachen und Schlafen übergegangen. Immer wieder kreiste ein Gedanke in ihrem Bewusstsein: *Wer einschläft und fällt, stirbt.* Sie war sofort hellwach. Unruhe ergriff die Gruppe, und die aufblitzenden Strahlen von Taschenlampen zerschnitten die nähere Umgebung. Das Geräusch war nicht lauter geworden. Irgendetwas polterte vor sich hin. Dann sah sie den Auslöser für das Geräusch. Mehrere Lichtkegel erhellten das Umfeld, aus der es kam.

Der Mann musste eingeschlafen sein. Auf jeden Fall war er hingefallen und hatte dabei das Geräusch gemacht. Jetzt versuchte er, sich ungeschickt aufzurichten. Die Sensoren unter ihm mussten jetzt wie wild Signale feuern. Mia sah in seinen Augen, dass er es auch wusste. Völlige Verzweiflung schrie aus ihnen nach einer Rettung, die es nicht mehr gab. Mias nächster Blick galt der Wolke, die sich vor dem letzten Tageslicht im Westen deutlich abzeichnete. Sofort sah sie das Unheil näherkommen.

Zwei Kugeln erreichten ihn gleichzeitig und fuhren in seinen Oberkörper, als wäre er aus Butter. Als sie wieder austraten, hinterließen sie eine blutige Spur der Verwüstung in dem Torso. Was die golfballgroßen Geschöpfe während den zwanzig, dreißig Sekunden in dem Körper allerdings angerichtet hatten, konnten die anderen nur erahnen. Der Mann war sofort tot. Auch diese Kugeln drehten sich einen Augenblick rasend über ihrem Opfer und verteilten dabei Blut und auch noch einige andere unappetitliche Dinge über die Köpfe der unbeweglich ausharrenden Truppe. Es schien, als würde es sich hierbei um einen Säuberungsmechanismus handeln.

Einer von Sean Starks Männern, ein Hüne von einem Kerl mit frühzeitig ergrauten Haaren und einem militärischen Kurzhaarschnitt, stand breitbeinig auf dem purpurnen Untergrund und schwang sein Gewehr am Lauf, so als ob er einen Baseballschläger halten würde. Den Helm hatte er ausgezogen. Sein Gesicht war gesprenkelt von dem Blut seines Kameraden, und sein Blick war grimmig auf die beiden Kugelwesen gerichtet. In dem Moment, als die beiden Organismen zurück zu ihrem Schwarm beschleunigten, nahm er mit der Waffe in der Hand Maß und schlug zu. Eine der beiden Killerkugeln wurde so hart vom Gewehrkolben getroffen, dass sie mit voller Wucht auf der Oberfläche des Neophyten knallte und liegen blieb. Direkt vor Mias Füßen.

Reicht das für die Sensoren?, dachte sie verängstigt, bevor sie sich bückte, um das Ding vorsichtig zu untersuchen. Aber einer der Männer kam ihr zuvor. Er griff danach und hob die kleine Kreatur vorsichtig hoch. Mia sah den runden Organismus in seiner offenen Hand. Das Ding hatte einen Durchmesser von circa 4 Zentimetern. Es schien tot zu sein. Jedenfalls konnte Mia keine Bewegung ausmachen. Deshalb nahm sie sich ein Herz und berührte es sachte mit dem Zeigefinger. Das Geschöpf war von einer stark verfilzten Schicht aus Haaren umgeben, die einen grauen Pelz bildeten. Irgendwie erinnerte sie das runde Ding mit seinen Haaren an den Hinterleib einer Vogelspinne, die sie als Kind mal bei einer Insektenshow auf der Hand hatte. Sinnesorgane und Extremitäten konnte sie keine erkennen. Das ganze Ding fühlte sich unter ihrer Berührung trocken an. Der Selbstreinigungsmechanismus schien zu funktionieren, dachte sie erleichtert und übte etwas Druck auf die Kugeloberfläche aus. »Autsch, so ein Mist.«, entfuhr es ihr und sie musste dem Drang widerstehen, den blutenden Finger in den Mund zu stecken. Aus der Kugel fuhr durch den Druck ein rasiermesserscharfer Fortsatz. Dieses an eine metallische Zacke erinnernde Ding hatte mühelos tief in ihr Fleisch geschnitten.

Einer der Soldaten reichte ihr einen Verbandsmull aus seiner Erste-Hilfe-Tasche. »Lass es richtig ausbluten! Wer weiß, welche Krankheitserreger darauf leben.«

Mia wurde bei seinen Worten schlecht. Natürlich, sie hatten es hier mit einer gänzlich fremden Lebensform zu tun. Keiner wusste, welche Gefahren von diesen Dingern noch ausgingen.

Alex ließ dem Mann mit der Kreatur auf der Hand eine kleine Probenahme-Box aus Kunststoff reichen. »Sieh zu, dass du das Ding von deiner Hand runterbekommst. Leg es da rein und reich es mir wieder rüber. Und Mia, besser du desinfizierst die Wunde noch mit Alkohol! Er hat recht. Das kann hochinfektiöses Material sein.« Alex war sehr besorgt und schaute in die kleine Plastikschachtel, als man sie ihm gab. Da lag der völlig harmlos wirkende Killer. Er nahm einen Kugelschreiber aus seiner Brusttasche und berührte den Organismus erst vorsichtig. Dann übte er Druck auf die Oberfläche aus. Ähnlich wie Mia eben mit ihrem Finger. Nur drückte er fester. Aus der Kugel schnellten sofort unzählige dieser scharfen Zacken hervor. Plötzlich war die gesamte Oberfläche von diesen Schneidwerkzeugen durchdrungen. »Schaut euch das an!« Alex war von dem fremdartigen Wesen fasziniert. Für den Biologen in ihm war das ein Wunderwerk der Natur. Aber keiner irdischen, wie er jetzt begriff. »Ganz einfach gebaut, aber unheimlich effizient. Wenn sich das Ding schnell dreht, wie wir es ja beobachtet haben, dann werden diese ultrascharfen Schneiden quasi automatisch von der Fliehkraft aus der Kugel gedrückt. Und was die Dinger dann anrichten können, haben wir ja gesehen.«

»Kannst du erkennen, wie es sich so schnell bewegt hat? Hat es irgendeinen sichtbaren Antrieb?«, wollte Simone wissen.

Alex dreht die Box und betrachtete das Ding von allen Seiten. »Nein, da ist nichts zu sehen. Nur diese extrem scharfen Zacken, die aus den Hauttaschen in der Kugel herausfahren. So einen Organismus habe ich noch nie gesehen. Von so was habe ich auch noch nie gehört oder gelesen. Ich denke, euch geht es ähnlich?«

Alle gaben ihm recht. Auch Sean nickte, sah dabei aber sehr geistesabwesend aus.

»Wir müssen hier weg! Mir ist gerade klar geworden, dass unser Auftrag hier beendet ist. Bei der Lebensform handelt es sich auf keinen Fall um eine neue irdische Pflanzengattung. Das, was wir hier sehen ...«

Alex fiel ihm ins Wort: »Ich weiß, was du sagen willst. Ich hatte eben einen ähnlichen Gedanken. Das hier« – dabei hielt er die Plastikschachtel hoch – »und dieser purpurne Neophyt unter unseren Füßen sind nicht irdischen Ursprungs. Der Meteorit muss noch etwas anderes außer dem Schalterprotein zu uns gebracht haben.«

Auch Mia wurden die Zusammenhänge immer klarer. »Wir haben vor acht Jahren auch nur einen Teil des Meteoriten finden können. Es gab schon immer Vermutungen, dass irgendwo in der Nähe von Salla noch ein ordentlicher Unhexaquadiumtrümmer liegen muss. Auch Kaspuhls Bahnberechnungen gingen von einem massiveren Brocken als diesem vergleichsweise kleinen Splitter aus. Die größte Neophytenpopulation hier in diesen Breiten spricht auch für ein Population Zero im ehemaligen Ground Zero des Einschlages. Der Neophyt hat sich logischerweise von seinem ersten Bodenkontakt am weitesten ausbreiten können. Und das muss hier ganz in der Nähe sein. Salla ist nur 400 Kilometer Luftlinie entfernt.«

Plötzlich hatte Alex einen bestechenden Gedanken: »Und mir fällt noch was ein, was sich hier nahtlos einfügen lässt. Dieser Neophyt breitet sich erst aus, nachdem die Konzentration des Schalterproteins gegen Null geht. Das macht Sinn. Wahrscheinlich ist das ein biologischer Rückkopplungsmechanismus einer invasiven, extraterrestrischen Spezies.«

Sean bat ihn, das zu erklären.

»Na, wenn das Protein nicht mehr vorhanden ist, dann kann es keine konkurrierenden Pflanzen mehr auf der Erde geben. Nur die Pflanzen wurden tatsächlich vom Protein infiziert. Dann haben sie es in ihrem kranken Stoffwechsel synthetisiert und weitergegeben, bis die Seuche global war. Und wenn der Konkurrent eliminiert ist, kann der Neophyt ohne Hindernis auf unserem Planeten wachsen.«

»Du meinst, der Startschuss für das Wachstum dieser Lebensform war der Rückgang der Proteinkonzentration?«

»Ja, genau! Wenn das Protein nicht mehr nachweisbar ist, kann es keine Pflanzen mehr geben, und der Invasor übernimmt die Herrschaft. Das ist eine besondere Form der negativen Rückkopplung. Solange das Protein in hoher Konzentration vorliegt …« Alex hörte auf zu dozieren. Er blickte in die Gesichter der Umstehenden und konnte in ihnen sofort lesen, dass sie es auch bemerkt hatten. Der Untergrund hatte wieder zu vibrieren begonnen. Und das

Vibrieren wurde schnell zu einem Beben, einem Grollen aus der Tiefe, wie sie es heute Morgen schon mal gespürt hatten. Fast zeitgleich drehten sich die Köpfe aller zu der Stelle, wo die Schwarmwolke über dem Schlund gestanden hatte. Die Kugeln waren verschwunden, so wie sie es vermutet hatten. Der Ausbruch musste kurz bevorstehen.

Wieder einmal war es der militärisch gedrillte Wachoffizier Sean Stark, der die Situation mit eiskalter Logik am schnellsten erfasste und seiner Schlussfolgerung als laut gebelltem Befehl Gehör verschaffte. »Alle sofort fertigmachen zum geordneten Rückzug! Mia, Simone und Alex direkt hinter mir. Der Rest in Gefechtsformation. Erwartet mögliche Feindoffensive von hinten.« Stark schaute grimmig in die von Osten hereinziehende Nacht. Das grüne Leuchten in der purpurnen Lebensform unter ihm hatte soeben begonnen, und er schob die Taschenlampe zurück in die Gürtelhalterung. Er würde sie nicht brauchen. Sean sah, wohin er trat. Als er den ersten Schritt auf das elastische, organische Gewebe des Neophyten vor ihm setzte, hoffte er, dass die Sensoren unter seinem Stiefel keine Signale mehr senden würden.

Jagdschloss; ehemaliges Deutschland

220 Tage nach der Ankunft des Signals auf Wolf-359.

In zwei Monaten würde sie neun Jahre alt werden. Ihr größter Wunsch war es, im Sommer über eine Blumenwiese zu laufen und den Duft der Blüten einzuatmen. Das, was eine Blüte oder eine Blumenwiese ausmachte, kannte sie nur aus Erzählungen ihrer Mutter und von Bildern.

Eyna lief auf dem holprigen Pfad. Sie war heute Morgen schon früh erwacht und hatte sich aus dem Zimmer geschlichen, um nach draußen zu gehen. Der Pfad wandte sich in Serpentinen aus dem Tal heraus, und der Aufstieg war mühselig. Sie musste aufpassen, nicht auszurutschen und sich den Knöchel zu verstauchen.

Eyna war schon fast oben angekommen. Sie machte eine Pause, um nach unten zu sehen. Das Jagdschloss mit den vielen Gewächshäusern lag friedlich in der Talsenke und sah idyllisch aus. In einem Fenster des Westturmes brannte Licht, das sie in der hereinbrechenden Morgendämmerung gut erkennen konnte. Irgendjemand war wie sie in aller Frühe aus dem Bett gefallen und saß jetzt in der Küche. Vielleicht, um sich Frühstück zu machen. Auch ein Gewächshaus war schon beleuchtet. Die Frühschicht musste ebenfalls schon auf den Beinen sein. Über den Bach, der in der Talsohle in Mäandern um das Schloss verlief, zogen vereinzelte Nebelschwaden und ließen das Panorama märchenhaft erscheinen. Ihre Schlange mit dem Kopf der Frau, die sie immer in ihren Träumen sah, hatte ein sintflutartiger Regen längst weggewaschen. *Nicht schlimm*, dachte sie. *Ich mag diese Schlange nicht. Sie ist es, die uns verraten hat.*

Eynas Leben verlief in permanenter Angst vor dem Tod. Er war ihr ständiger Begleiter geworden und war ihnen immer auf den Fersen. Nur eine kleine Unachtsamkeit beim Betreten der Gewächshausschleusen oder bei der Dekontamination könnte das Ende bedeuten – das wussten alle.

Mit diesem Gedanken beschäftigt, setzte sie den beschwerlichen Aufstieg fort. Im Süden sah sie den Saturn in der Ekliptik hell am Firmament stehen. Der Weg wurde immer holpriger. Sie musste sich konzentrieren, um nicht hinzufallen. So weit ihre Augen reichten, sah sie das Meer toter Holzreste und die vertrockneten Fasern der niederen Pflanzen, die von dem Heer der Mikroben in den Jahren nach der Katastrophe bisher verschont worden waren. Die Welt war grau und rissig vertrocknet. Das Leben war aus der Landschaft gewichen, wie die rosige Farbe aus dem Gesicht eines Toten. Von einer Blumenwiese war weit und breit nichts zu sehen. Eyna beschloss, ihren Weg fortzusetzen und das Grab von Drago zu besuchen. Der Hund war vor zwei Jahren gestorben. Sein Herz war im Schlaf einfach stehen geblieben. Ein gnadenvoller Tod. Die Trauer in ihrer kleinen Gemeinschaft war damals sehr groß. Mit Drago war nicht nur ein Familienmitglied gegangen, sondern sie hatten das letzte Tier verloren. Draußen, jenseits der Schlossmauern, lebte nichts mehr.

Eyna erreichte das Grab auf dem Hügelkamm. Das Einzige, was an Drago erinnerte, war eine in den Boden eingelassene Sandsteinplatte, in die Toni damals unter Tränen seinen Namen sowie Geburts- und Todestag gemeißelt hatte. Darunter hatte er geschrieben: *Hier ruht Drago. Bester Hund der Welt und auch der letzte auf Erden.* Eyna stand vor dem Grab, und ihr fiel ein, dass der zweite Teil der Inschrift nicht stimmte. Der schwarze Labrador des ehemaligen US-Präsidenten war zu der Zeit noch am Leben und starb als letzter Hund auf Erden ein halbes Jahr später.

Während sie dort stand, ergriff sie tiefe Trauer, als die Erinnerungen an die Zeit damals zurückkehrte.

Ihr wurde plötzlich schwindelig. Sie musste vor dem Grab niederknien. Tiefe, abgründige Panik ergriff sie, ohne dass es einen ersichtlichen Grund dafür gab. Sie rang um Atem. Dann wurde ihr Bewusstsein von einer heftigen Halluzination erfasst. Eyna wurde von den Bildern einer verstörenden Vision durchflutet, so als ob ein Film vor ihrem inneren Auge ablief. Sie stand an einer Steilküste. Hunderte Meter unter ihr brandete ein unbekannter Ozean gegen die Felsen. Ein starker Wind blies ihr die langen, blonden Haare aus dem Gesicht. Eyna war alleine auf der Klippe und starrte gebannt auf einen imaginären Punkt in den grauen Wolken. Dort schien der Ursprung des immer stürmischeren Windes zu sein. Unvermittelt rissen die Wolken auf und gaben den Blick auf eine kugelförmige, optisch verzerrte Struktur frei. Eine Art Loch im Gefüge des Raumes schien sich vor ihren Augen zu öffnen. Kurz wurde ihr ein Blick auf einen dunklen Raum im Inneren der Kugel gewährt. Dann sah sie plötzlich das verdrehte Spiegelbild der Wolken auf der Oberfläche des kugelförmigen Gebildes, und das Innere der Kugel war ihrem Blick wieder entzogen. Das Ding dort oben musste einen Durchmesser von mehreren Metern haben. Das auf der Kugeloberfläche abgebildete planare Bild des Himmels war eine Provokation für ihre an drei Dimensionen gewöhnten Augen. Völlig überdehnt und verzogen bildete es sich im Spiegel der Kugel ab. Am Rand der Kugel schien der Himmel spiralig verdreht. Auf der Oberfläche des Gebildes kämpfte jetzt das gespiegelte Bild der Umgebung gegen das Öffnen der Kugel in den schwarzen Raum dahinter. Einen Raum, der sich scheinbar unendlich in das Kugelinnere erstreckte. Immer wenn sich die Illusion des jenseitigen Raumes wieder zeigte und die Kugel sich in Eynas Welt zu öffnen schien, nahm der Wind an Stärke zu und wurde heißer. So flimmerte die Kugel einige Zeit am Himmel zwischen dem zweidimensionalen Abbild der Umgebung und dem sich öffnenden Raum dahinter hin und her, bis sich plötzlich das Dunkel durchsetzte und Eyna in eine andere Dimension zu blicken schien. Schwarz und heiß war es dort. Der Wind um sie herum war mittlerweile zu einem glühenden, feuchten Sturm geworden, der fremdartige, noch nie gerochene Ausdünstungen mit sich führte. Aber Eyna nahm jetzt auch deutlich eine grauenvolle, kriechende und tastende Bewegung in dem Riss der Dimensionen wahr. Etwas versuchte, aus dem Loch heraus in ihre Welt zu kommen. Langsam und erst noch zögerlich streckte sich etwas Langes, schwarz Glänzendes, Gelenkiges aus der Kugel heraus, tastend in das umgebende Grau der Wolken. Etwas Größeres wurde hinterhergezogen, und noch mehr lange, scharnierartig verbundene Extremitäten schoben sich in Eynas Welt. Sie stand mittlerweile in einem glutheißen Orkan, und der Schrei aus ihrem weit geöffneten Mund verhallte ungehört in dem Getöse der aufgewühlten See. Das schwarze, wendige Ding war zum größten Teil aus der sich verkleinernden Öffnung in der bizarren Kugel herausgekrochen. Es sah aus, als würde die Kugel ihr Junges gebären, als würde die Larve das schützende Ei verlassen.

Eyna hatte so ein Wesen noch nie zuvor gesehen. Trotz verrenkt und deformiert wirkender Körperteile setzte das Geschöpf aus der kriechend schleppenden Bewegung zu etwas an, das Eyna an einen Sprung erinnerte. Alles ging nun sehr schnell. Das Wesen sprang aus der Öffnung, fiel in die vom Wind aufgewühlte See und war verschwunden. Sofort schloss sich das Loch in der Kugel, die kurz das Abbild der Umgebung spiegelte, um schnell kleiner zu werden und dann völlig zu verschwinden. Eyna spürte das Abflauen des Windes. Die Temperatur sank sehr schnell wieder auf normale Werte. Ihr Herz schlug heftig, und der Puls ließ ihre Halsschlagadern beben. Dann war es plötzlich vorbei.

Eyna war wieder im Hier und Jetzt. Sie lag zitternd auf dem Grab des Hundes und fühlte sich völlig kraftlos. Es dauerte eine Weile, bis sie ihren Sinnen wieder vertraute und sich schwankend erhob. Mit blinzelnden Augen stand sie dort, und kein Lüftchen regte sich. Plötzlich wurde ihr bewusst, dass ihr feuchtes Haar ins Gesicht fiel. Die Strähnen waren noch klamm von dem dampfenden Sturm aus der dunklen Welt des höllischen Wesens in ihrer Vision eben. Das konnte nicht sein! Ihre Haare konnten hier, in ihrer Realität, nicht nass werden. Es hatte nicht geregnet. Jetzt bemerkte sie auch ihre feuchte Kleidung und den an ihr haftenden Geruch. Die albtraumhafte Vision streckte die Finger in ihre Realität und schien sie mit in den dunklen Abgrund reißen zu wollen. Aber wenn der feuchte Sturm aus ihrer Halluzination seine Spuren auf ihren Haaren und ihrer Kleidung hinterlassen hatte, dann stellte sich eine beunruhigende Frage: *Hatte sich auch das monströse schwarze Wesen in ihrer Welt materialisiert? Kroch es nun tastend und suchend hier herum?*

Schreiend lief sie los. Nur weg hier von dem Grab und dieser Vision.

»So ein Mist! Das darf doch nicht wahr sein!« Mia hielt die Getreideähre in der Hand und musterte sie genau. Es stimmte, was Alex ihr gesagt hatte. Das schwarze, bananenförmige Anhängsel, das da aus der Dinkelähre herausschaute, war ein Mutterkornpilz. Sie drehte den Pilz in der Hand von einer Seite auf die andere, in der Hoffnung, doch einem Irrglauben aufzusitzen. Aber es war ihnen beiden sofort klar, was das bedeutete. In der Pflanzenkultur, aus der der Getreidehalm stammte, hatten sie einen Pilzbefall. Und nicht irgendeinen Pilzbefall, sondern es musste natürlich ausgerechnet dieser Mutterkornpilz sein.

Die Kultur war die erste Freilandkultur, die sie nach dem Besuch des Svalbard Global Seed Vault auf Spitzbergen ausgesät hatten. Es waren die ersten Freilandpflanzen, die seit mehr als acht Jahren auf dem Planeten auskeimten, wuchsen und bis zur Reife überlebten. Damit war auch der endgültige Beweis erbracht, dass die Schalterproteinkonzentration tatsächlich auf Null war. Der Orange Tod war besiegt. Dem Begrünen des Planeten hätte nichts entgegengestanden, wenn da nicht noch etwas anderes gewachsen wäre. Etwas Purpurfarbenes, das sich immer schneller ausbreitete. Seit dem Vorfall auf dem russischen Festland vor den Solowezki-Inseln, bei dem auch Menschen gestorben waren, wurde die globale Ausbreitung des Neophyten nur noch über Satelliten überwacht. Die SU10^5 wollte vorerst keine Menschenleben mehr riskieren. Bei den Untersuchungen hatten sie neben der Hauptpopulation in Skandinavien noch zwei größere entdeckt. Eine bedeckte in Purpur die ehemalige Britische Insel und hatte kleine Populationen nach Irland gestreut. Ein Bestand verbreitete sich von Chile aus über den südamerikanischen Kontinent. Kaspuhl und O'Brian hatten sie schon länger im Visier ihrer Satelliten. Dabei hatten sie auch mehrere dieser eigentümlichen, offensichtlich vom Neophyten gebildeten Krater entdeckt, die das Team um Sean Stark vor nicht ganz vier Monaten fast das Leben gekostet hätten. Auch hier konnten sie in unregelmäßigen Abständen Gasjets entweichen sehen, die sich dann mit Wolkenbildung bis in die Stratosphäre manifestierten. Eine Ursache oder eine Erklärung für dieses Phänomen gab es bisher noch nicht.

Mia, Alex und Simone hatten das Dinkelversuchsfeld direkt nach ihrer Rückkehr angelegt. Jeden Tag nach der Auskeimung hatten sie sich über sämtliche Wachstumsschübe des Getreides gefreut. Und als die Pflänzchen schließlich Ähren bildeten und anfingen zu reifen, hatten sie die Ergebnisse ihres Freilandexperimentes im Rahmen einer kleinen Feier an die Führung der SU10^5 weitergegeben. Behringer hatte mit ihnen über Videokonferenzschaltung gesprochen und ihnen gratuliert. Das war jetzt gerade drei Tage her.

Mia gab Alex die verpilzte Pflanze mit einem angewiderten Gesichtsausdruck zurück und sagte völlig desillusioniert: »Endlich wächst da draußen wieder etwas. Fast hätten wir die erste Ernte unter freiem Himmel einfahren können. Und dann macht uns dieser ätzende Pilz einen Strich durch die Rechnung. Was machen wir denn jetzt?«

»Keine Ahnung, lass mich überlegen!« Alex wollte Zeit zum Nachdenken gewinnen. Er nahm den Halm, legte ihn mit der Spitze voran auf die feuerfeste Unterlage des Labortisches und griff nach dem Gaskartuschenbrenner. In der über 1000 Grad heißen Flamme verdrehte sich der längliche Pilz und schrumpelte vor ihren Augen zusammen. Ähre und Halm des Getreidepflänzchens gingen in Flammen auf. »Die Ernte ist noch nicht verloren! Wir haben noch eine Chance.« Alex schaute von dem brennenden Halm auf und sah Mia an. »Es wird sehr viel Arbeit auf uns zukommen! Das Getreide ist reif, und wir werden es ernten. Bevor wir es weiterverarbeiten, lesen wir die Pilzkörper per Hand aus. Wir wecken jetzt alle auf und fangen gleich nach dem Frühstück mit der Arbeit an. Wir sollten in Zukunft bei den Ernten ein Auge auf diesen Pilzbefall haben. Einige der Pilzfruchtkörper werde ich aufheben. Der Pilz hat nicht nur toxische Wirkungen, er kann auch pharmazeutisch für uns interessant werden.«

»Du hast eben gesagt, das Getreide sei reif, woher weißt du das?« Mia hatte einen beunruhigenden Gedanken und wollte sich schnell Gewissheit verschaffen. »Hast du den Reifegrad schon bestimmt oder verlässt du dich auf dein Bauchgefühl? Ich meine, wir können uns echt keine Missernte ...« Weiter kam sie nicht. Alex unterbrach sie.

»Anna hat es mir erzählt. Sie hat das Getreide gestern überprüft. Trockensubstanzgehalt und so, du weißt schon.«

Mias Magen krampfte sich zusammen, und sie wurde kreideweiß. Alex sah ihr entsetztes Gesicht. Er wusste sofort, was los war. Zeitgleich rannten sie los und wären dabei fast über ein lose verlegtes Stromkabel gestolpert.

Anna saß in der Küche am Tisch und goss sich einen Becher Kaffee-Ersatz ein. Sie hörte, wie zwei Personen die Treppe zur Küche hinaufpolterten und sah dann Alex und Mia abgehetzt zur Tür hereinfallen.

»Was ist denn mit euch los? Was hat euch so aufgescheucht, habt ihr draußen einen Außerirdischen gesehen?« Anna musste über den eigenen Scherz lachen, verstummte aber sofort, nachdem sie in die geschockten Gesichter blickte.

»Wo hast du den Rest des Getreides von gestern Abend?«, platzte es atemlos aus beiden gleichzeitig heraus.

»Den Rest von der Reifegradprüfung?« Anna schaute mit müden Augen über den Rand ihres Kaffeebechers. »Wieso? Habt ihr Angst, ich würde mir ein bisschen was für schlechte Zeiten zurücklegen?« Bei dem Gedanken musste sie schon wieder schmunzeln.

»Nein, verdammt! Wir haben einen Mutterkornbefall in dem Feld, und du nimmst doch immer das übrige Probenmaterial ...«

Anna unterbrach Alex: »Ach, daher weht der Wind! Ich hab die Körner wie immer geschrotet und wollte mir nachher ein Müsli machen.«

»Wo?« Mehr brachte er nicht hervor, aber Anna war bereits aufgestanden und holte eine Schale aus dem Kühlschrank. Sie hielt sie Alex und Mia unter die Nase und warf jetzt auch einen Blick darauf. Das Roggenschrot war im Wasser aufgequollen. Deutlich sahen sie die Spuren, die der Löffel in der breiigen Masse hinterlassen hatte.

Mia schaute streng in ihre Gesichter: »Wer hat das gegessen?«

Mit von Panik geweiteten Augen lief sie schreiend den Berghang hinunter, überquerte völlig außer Atem die offene Zugbrücke des Jagdschlosses und rannte auf dem Weg zwischen den Gewächshäusern in Richtung des Westturmes. *In der Küche hat eben noch Licht gebrannt. Irgendjemand muss dort sein*, war der eine immer wiederkehrende Gedanke, der sich mit dem einzigen anderen ihre gesamte Aufmerksamkeit teilte: *Was ist, wenn das Ding wirklich hier ist und mich findet?* Panische Angst trieb sie die Treppen zur Küche hinauf.

Mia sah ihre Tochter zuerst durch die Tür hereinstürzen. Sie machte einen Schritt auf sie zu, wobei sie fast von ihr umgerannt worden wäre, wenn Alex sie nicht von hinten gehalten hätte.

»Macht die Tür zu, macht die Tür zu!«, schrie sie in Mias Armen immerfort und drückte dabei ihr angstverzerrtes Gesicht gegen die Brust ihrer Mutter. Die achtjährige Eyna war nicht mehr zu beruhigen. Unablässig redete sie wirr von einem Ding in den Wolken und von irgendetwas Schwarzem, das gekommen sei, um sie alle zu töten.

Mia drückte sie fest an sich und streichelte dem zitternden Kind dabei über den Rücken, wobei sie Alex und Anna abwechselnd anschaute. Anna hielt noch die Schale mit dem Roggenschrot in der Hand, und Alex formte immer wieder ein Wort mit seinen Lippen. Es dauerte eine gefühlte Ewigkeit, bis Mia es ihm von den Lippen ablesen konnte, während er auf die Schale in Annas Hand zeigte: *Halluzination.* Dann war ihr alles klar. *Eyna hat das Mutterkornalkaloid im Blut. Das ist so, als ob sie LSD genommen hätte*, dachte sie. Wahrscheinlich hatte sie vollgepumpt mit psychogenen Drogen die Supernova am Morgenhimmel gesehen, und der Rest war Geschichte.

Mia nickte Alex unmerklich zu, um ihm zu verstehen zu geben, dass sie es kapiert hatte. Anna, der die Zusammenhänge auch bewusst waren, sprach leise mit Alex. Mia verstand nicht, was die beiden zu bereden hatten. Ohne Vorwarnung fing ihre Tochter an sich zu übergeben, und sie hatte alle Mühe, ihren Kopf so zu halten, dass sie nicht von dem Erbrochenem getroffen wurde. Erschöpft sackte Eyna schließlich in ihren Armen zusammen.

»Ich bring sie ins Bett. Das Kind muss schlafen.«

Anna und Alex folgten ihr auf dem Weg ins Kinderzimmer. Als Mia sie sicher in ihr Bett gebracht hatte und aus dem Zimmer geschlichen kam, wobei sie die Tür leise schloss, nahmen sie ihr Gespräch wieder auf.

»Okay, jetzt schläft sie erst mal. Ich werde aber hier in der Nähe bleiben. Sie hat eben noch sehr stark fantasiert und auch von Taubheitsgefühlen in ihren Beinen und Händen gesprochen.« Mia war sehr besorgt.

»Das ist ein Symptom bei einer Mutterkornvergiftung.« Alex sah sie sehr ernst an. »Du solltest sie nicht alleine lassen, am besten bleibst du in ihrem Raum. Wenn sie sich im Schlaf übergibt, sollte jemand bei ihr sein. Wir schauen regelmäßig nach euch.«

Anna war auffällig ruhig. Auch Mia war ihre Sprachlosigkeit aufgefallen. »Was ist mit dir, Anna? Du sagst gar nichts mehr.«

»Ich weiß nicht so recht. Mir gefällt das alles nicht. Sie hat doch von dem Brei höchstens zwei, vielleicht drei Löffel gegessen. Die Symptome, die sie zeigt, sind zwar typisch für eine Mutterkornvergiftung. Aber ich habe das Getreide gestern untersucht. Und wenn da Mutterkornpilze auf den Ähren gewesen wären, hätte ich das mit Sicherheit gesehen. Vielleicht hätte ich einen übersehen können. Aber für eine so heftige Symptomatik wären schon einige Fruchtkörper des Pilzes nötig gewesen, das wäre mir aufgefallen. Nein, Mia! Mit deiner Tochter stimmt etwas nicht. Sie ist psychisch sehr auffällig. Und ihre Anomalien beginnen mir Angst zu machen. Vor einem halben Jahr ritzt sie das Gesicht von Naomi in den Bach, ohne sie jemals gesehen zu haben. Und heute diese Vision.

Das kann man nicht mit dem bisschen Mutterkorn erklären.«

Mia erwiderte fast schon schnippisch: »Und das kannst du einfach so beurteilen! Wie kommst du denn darauf? Natürlich haben wir einen Mutterkornbefall, und es liegt im Bereich des Möglichen, dass ...«

Anna unterbrach sie barsch: »Nein, es ist noch viel schlimmer.« Sie hatte, während sie sprach, Tränen in den Augen, und ihre Stimme brach mehrmals. »Das, was deine Tochter eben von ihrer Vision erzählt hat ...« Wieder brach ihre Stimme, und nur mit Mühe konnte sie weitersprechen. »... hab ich letzte Nacht geträumt. Das war der schlimmste Albtraum meines Lebens.« Dann begann sie den beiden schluchzend davon zu erzählen.

Biosphäre I; Baleareninsel Formentera
266 Tage nach der Ankunft des Signals auf Wolf-359.

Toni saß auf der Terrasse und nippte an einem Wasser mit Geschmack. Es war ein künstlich erzeugtes Aroma und sollte nach Erdbeere schmecken. Toni hatte selbst noch Erdbeeren gegessen und konnte es vergleichen. *Für die Menschen, die nach der Seuche geboren wurden, mag das ein kulinarisches Erlebnis sein,* dachte er. Für ihn war das nichts als Chemie und so schmeckte es auch. *Irgendwann werden wir Erdbeergeschmackkenner ausgestorben sein, wenn es nicht gelingen sollte, wieder welche anzubauen.* In den Biosphären wurden nur Pflanzen angebaut, die mit einem hohen Energiegehalt für satte Menschen sorgten. Erdbeeren gehörten nicht dazu. Deshalb das künstliche Aroma. Aber wenn es gelang, den Planeten neu zu begrünen, dann würde man in Spitzbergen sicher auch ein paar Erdbeersamen finden.

Der Gedanke gefiel Toni, und er schüttete das Glas in einen Abfalleimer. Ein Mann am Nachbartisch hatte ihn dabei beobachtet und schaute ihn eigenartig an. Die Freilandfelder in Marburg waren nicht mehr zu retten. Nach dem Pilzbefall im letzten Monat hatten sie noch gemeinsam den Dinkel geerntet und das Mutterkorn aussortiert. Die anderen Felder mussten sie aber aufgeben. Es gab im letzten halben Jahr keinen Niederschlag mehr. In den Monaten zuvor hatte es auch nur selten geregnet, und wenn, dann nur unwetterartig mit sintflutartigen Regengüssen. Der Brunnen im Hof des Jagdschlosses war circa hundert Meter tief und hatte in den letzten Jahren gut geliefert. Aber das kontinentale Klima war zuletzt immer mehr aride geworden. Es herrschte eine regelrechte Dürre. Das war nach der Pflanzenseuche auch zu erwarten. Viele hatten bereits davor gewarnt. Die fehlende Flora verdunstete kein Wasser mehr. Und auf die ausgedörrten Böden brannte aufgrund mangelnder Wolkenbildung eine unbarmherzige Sonne. In den letzten Wochen war der Brunnenpegel gefährlich gesunken, und sie brauchten das Wasser dringend für die Pflanzenaufzucht in den Gewächshäusern. Um die Freilandfelder zu bewässern, reichte es nicht.

Toni saß in der Besucherlounge der Biosphäre. Er war gestern mit auf die Baleareninsel geflogen. Mia und Anna hatten Elias, Aada und ihn gebeten, sie zu begleiten. Eyna sollte untersucht werden, sie konnten nicht mehr länger warten. Das Wissenschaftsmeeting war aufgrund der sich überschlagenden Ereignisse bis auf Weiteres verschoben. Kein Wissenschaftler der $SU10^5$ wollte momentan seinen Arbeitsplatz verlassen, um Reden zu halten. Die Vorgänge auf dem Planeten und die Vorgänge im Universum muteten derart bizarr an, dass die Vereinigung der letzten Menschen die Wissenschaftsgemeinde nicht von der Analyse der Dinge abhalten wollte. Er war froh, dem eintönigen Leben in Marburg für eine kleine Weile entfliehen zu können. Seine Tage verliefen immer nach dem gleichen Rhythmus. Aufstehen, essen, Feldarbeiten in den Gewächshäusern bis in die späten Abendstunden, essen und dann schlafen. Kaum noch Zeit für Freizeit und Hobby. Und an dem einzigen freien Tag in der Woche geschah entweder etwas Unvorhergesehenes, was meistens auch zu Mehrarbeit führte, oder der Tag verrann ohne Höhepunkte in gähnender Langeweile, weil es nichts Aufregendes zu tun gab. Die Bücher waren alle gelesen, die Filme alle zum wiederholten Male gesehen. Manchmal sprach Aada schon die Dialoge mit. Toni hoffte auch darauf, hier in der Biosphäre an neues Material zu kommen. Er hatte einiges mitgenommen, um tauschen zu können. Momentan saß er nur hier rum, um die Zeit totzuschlagen, bis die anderen zurück waren.

Mia, Anna und Elias waren auf der Krankenstation und führten ein Arztgespräch. Eynas Untersuchung sollte heute beginnen. Aada war im Fitnesscenter verschwunden.

Bauch, Beine, Po. Aada war 24 Jahre alt, und in 11 Tagen würde sie das Vierteljahrhundert vollmachen. Sie hatte noch keinen Freund und betrachtete die seltenen Besuche in einer der Biosphären als Jagdausflug. Beim letzten Besuch vor fast einem Jahr hatte sie sich einen netten Jungen aufgerissen. Sein Name war Tom oder so ähnlich, und er besuchte die Schule hier in der Biosphäre. Er war ein paar Jahre jünger als Tonis Schwester, und sie hatten noch ein paarmal miteinander telefoniert. Aada war heute Nachmittag mit ihm verabredet.

Toni wurde jäh aus seinen Gedanken gerissen. Der Typ mit den seltsamen Klamotten steuerte direkt auf seinen Tisch zu und grinste ihn dabei auch noch so an, als ob sie schon immer die besten Freunde wären. Er hatte ein T-Shirt mit dem Bild einer Tomate an. Die knallrote, mit Haifischzähnen bewehrte Tomate spannte über seinem Bauch. Irgendwie schien das T-Shirt zu klein zu sein. *Attack of the Killertomatoes,* konnte er darüber lesen, als der Kerl fast schon seinen Tisch erreicht hatte.

»Hi Toni, ich weiß, du überlegst jetzt angestrengt, wer ich bin.« Viktor Kaspuhl zog sich einen Stuhl heran und setzte sich rittlings darauf. »Vergebliche Liebesmühe, du kennst mich nicht. Zumindest nicht persönlich. Wenn ich dir meinen Namen sage, dann weißt du Bescheid. Aber ich kenne dich und wollte dich schon immer mal persönlich kennenlernen.« Beim letzten Satz wechselte Kaspuhl geschmeidig ins Finnische.

Toni war plötzlich klar, wen er da vor sich hatte. Es gab außer seiner Mutter und dem verschrobenen Kerl an seinem Tisch keine Menschen mehr, die Finnisch sprachen. Anna hatte vor Jahren oft mit ihm telefoniert. Das musste zu der Zeit gewesen sein, als er in Chile in der Atacamawüste mit dieser Verrückten Wood zusammenlebte. Er hatte ihre Pläne frühzeitig erkannt, sie aber nicht verhindern können.

Toni sprach jetzt auch in seiner Muttersprache. »Ich weiß, wer du bist!« Er hielt ihm die Rechte entgegen, und Kaspuhl ergriff sie dankbar. »Du bist Viktor Kaspuhl, der Astronom aus Oulu. Dank deiner Berechnungen haben wir den Splitter finden können. Es freut mich, dich kennenzulernen.«

»Ganz meinerseits! Und du bist Toni Susi, der Sohn von Anna. Ich habe damals oft mit deiner Mutter telefoniert. Du hast die Seuche zuerst entdeckt.«

»Das stimmt wohl, aber du hast auch noch als erster das Signal aufgefangen!«

»Auch richtig. Hab zuerst gedacht, es kommt aus dem All, aber wir haben dann den ersten Organismus lokalisieren können. Das ist schon lange her.« Kaspuhl griff in eine Tasche, die er um die Schulter hängen hatte, und holte zwei Dosen Bier raus. »Die habe ich abzweigen können und extra für dieses Treffen aufgehoben.« Er reichte Toni eine eiskalte Dose mit dem merkwürdigen Namen Wolfs-Pilsner. »Ich denke, heute bist du alt genug zum Anstoßen. Hast du überhaupt schon mal Bier getrunken?«

Toni riss die Dose mit einer schnellen Handbewegung auf und hielt sie Kaspuhl hin. »Ja, ist aber schon Jahre her. Das war noch in Finnland. Mein Vater hat mich hin und wieder mal probieren lassen.«

»Dann trinken wir auf deinen Vater!« Sie stießen an und tranken einen großen Schluck von der herben Flüssigkeit. Toni verzog etwas das Gesicht, als er absetzte, und Kaspuhl rülpste herzhaft, sodass sich einige Gesichter zu ihnen drehten. Ihm schien es nicht das Geringste auszumachen, und Toni musste lachen.

»So, dann sind wir also beide Entdecker?«

»Ja«, sagte Toni. »Aber deine Entdeckungen waren wichtiger. Meine wäre sowieso rausgekommen.« Sie nahmen beide noch einen Schluck von der kalten

Flüssigkeit. »Was machst du heute, Viktor? Immer noch in Chile?«

»Ja, immer noch mit O'Brian und im Auftrag der SU10[5] auf der Suche nach Außerirdischen.«

Toni wollte mehr hören. Hier mit Kaspuhl hatte er zum ersten Mal das Gefühl, an den aufregenden Vorgängen auf ihrem geschundenen Planeten teilzuhaben. Zu Hause in Marburg bekam er nicht allzu viel mit. Ab und zu schnappte er mal ein Wort auf, wenn Mia und Alex sich unterhielten. Manchmal erzählten sie auch von ihren Erlebnissen, wie vor fünf Monaten, als sie aus Spitzbergen zurückkamen und von dem Gasjet und diesen runden Killerwesen berichteten. Aber Viktor Kaspuhl war innerhalb der SU10[5] eine Legende, und Toni klebte an seinen Lippen. So saßen sie eine Weile zusammen. Kaspuhl erzählte von der Entdeckung der Supernovae und den Untersuchungen mit dem neuen Teleskop. Mit BRUNO hatten sie mehrere Planetensysteme um UHQ-Sonnen beobachten können. Sie hatten auch die Atmosphären einiger dieser Welten spektroskopisch mit den Sonnen im Hintergrund analysieren können. Viele Planeten mit einer Atmosphäre zeigten Spuren von Leben. Vor allem Sauerstoff hatten sie in deren Gashüllen nachweisen können. Aber sie hatten bei Langzeituntersuchungen auch seltsam anmutende Ergebnisse erhalten. Die Planeten zeigten einen extremen Anstieg von Treibhausgasen während der Analysen. Besonders auffällig waren der Anstieg des atmosphärischen Wasserdampfes und die später damit einhergehende Wolkenbildung, die eine weitere Untersuchung der Atmosphären letztendlich verhinderte. Das Erschreckende aber war, dass dies vorher immer zu einem extremen Treibhauseffekt auf diesen Welten führte. Die Planetenoberfläche erwärmte sich sehr stark.

Und dann ließ Kaspuhl die Katze aus dem Sack. »Die schnelle Erwärmung der Planeten in dem festgestellten

Ausmaß ist schon für sich gesehen erschreckend. Aber schockierend ist die Tatsache, dass alle diese Welten sich um UHQ-Sonnen drehten, die nach Erreichen eines Temperaturmaximums in den Atmosphären der Planeten in einer gewaltigen Supernova explodierten. Und richtig angsteinflößend ist, dass auch Sonnen explodierten, die für solch eine Explosion eine viel zu geringe Masse hatten.«

»Wie meinst du das, angsteinflößend?« Toni verstand ihn nicht recht.

»Sterne explodieren nur in einer Supernova, wenn sie ein vielfaches der Sonnenmasse haben«, sagte Kaspuhl.

Toni erwiderte: »Ja, schon klar. Aber wie können dann die Sonnen mit weniger Masse explodieren?«

»Das ist ja, was ich mit angsteinflößend meine. Es scheint, dass hier jemand nachhilft.«

Jetzt wurde Toni blass. »Du meinst, die Sonnen werden sozusagen gesprengt?«

»Nicht nur das. Die Sonnen werden *dann* gesprengt, wenn ein Planet in der Umlaufbahn aufgrund von einem extremen Anstieg der Treibhausgase ein Temperaturmaximum erreicht.«

»War das bei allen beobachteten UHQ-Sonnen der Fall?«

»Ja, alle, die wir beobachtet haben und die einen Planeten mit den beschriebenen Auffälligkeiten hatten. Es scheint, jemand sprengt die Sonnen, sobald auf einem Planeten irgendetwas für den Anstieg des Wasserdampfes in der Atmosphäre sorgt.«

»Was meinst du mit *irgendetwas auf dem Planeten*?«

»Ich denke da an eine Lebensform, und zwar eine, vor der unser Sprengmeister so viel zu befürchten hat, dass er ganze Sonnensysteme auslöscht.«

Toni war perplex. »Und wer ist der Sprengmeister?«

»Das weiß ich nicht, aber ich habe einen Verdacht, wer der wasserdampferzeugende Organismus ist.«

»Ich kann's nicht glauben! Woher willst du das wissen?«

»Denk selber nach! Dann kommst du auch drauf.«

Toni sah Kaspuhl ungläubig an und grübelte angestrengt. Dann sagte er: »Du meinst, es passiert auch gerade hier?«

»So ist es! Das, was Sie oben in Skandinavien entdeckt und erlebt haben, ist nicht irdisch. Einige glauben zwar immer noch, der Neophyt sei eine Pflanze. Vor allem wegen des Schalterproteins, das nicht mehr nachweisbar ist. Aber die Schwarmintelligenz, die den Expeditionstrupp an dem Krater bedroht hat, und die Gasjets aus Wasserdampf sprechen dagegen. Auch unsere Atmosphäre erwärmt sich gerade aufgrund erhöhter Sonneneinstrahlung. Noch gibt es kaum Wolkenbildung und Niederschläge, da die Flora vernichtet ist und kein Wasser mehr evaporiert. Aber der Kohlendioxidgehalt ist aufgrund der Zersetzung der toten Biomasse in den letzten Jahren stark angestiegen. Das Treibhausgas sorgt momentan für einen erhöhten Treibhauseffekt. Aber das wird sich noch verstärken.«

»Du meinst die Gasjets? Aber das reicht doch nicht für eine Anreicherung der Atmosphäre mit Wasserdampf.«

»Der eine nicht, aber wir haben über unsere Satelliten noch Hunderte andere entdeckt. Und es werden mehr.«

»Warum unternimmt die $SU10^5$ nichts dagegen. Sie können diese Lebensform doch angreifen?«

»Soweit ich es mitbekommen habe, plant man in den Führungsebenen etwas in der Art. Warten wir es ab.«

»Und glaubst du, am Ende wird jemand kommen und unsere Sonne sprengen?«

»Ausschließen lässt sich das nicht. Wir brauchen noch viel mehr Daten.« Kaspuhl sah im fahlen Licht der Leuchtstoffröhren sehr niedergeschlagen aus.

Toni starrte vor sich hin und dachte über das, was er eben gehört hatte, nach. *Hört das mit den*

Schreckensnachrichten denn nie wieder auf?, dachte er und verspürte eine unbändige Lust, irgendetwas kaputtzumachen. Überhaupt hatte er mit seinen 21 Jahren fast schon jegliche Lebenslust verloren. Was konnte ihm das Leben schon noch bieten? Zu Hause in ihrem Refugium unterschieden sich die Tage nicht mehr voneinander. Im Endeffekt ging es von morgens bis abends nur darum, das Überleben der Gruppe zu sichern. Einen anderen Lebensinhalt hatten sie nicht mehr. Und was passierte, wenn er einmal seinem Alltag entfliehen konnte? Er hatte das Gefühl, immer wieder aufs Neue in die Scheiße geritten zu werden.

»Warum erzählst du mir das eigentlich alles?«, wollte er von Kaspuhl wissen.

Der schaute ihn verwundert an. »Ich dachte, ich könnte deine Neugierde wecken. Wir sprechen hier über die neusten Ergebnisse unserer Forschung. Du bist jung, und ich denke, ein intelligenter Mensch wie du braucht eine andere Aufgabe.«

»So, und an was dachtest du da?«

»Toni, ich will ehrlich zu dir sein. Ich habe mit deiner Mutter gesprochen. Ihr werdet euer Zuhause in Deutschland aufgeben müssen. Der Klimawandel dreht euch den Wasserhahn ab. Euer Brunnen ist fast versiegt. Es gibt auf dem Kontinent kaum noch Niederschläge, und ohne Wasser habt ihr dort keine Perspektive mehr.«

»Ja und, was hat das mit dir zu tun? Was wollte Anna von dir?« In Tonis Stimme schwang ein wenig Verzweiflung mit.

»Ihr werdet auf verschiedene Biosphären verteilt werden. Mia und Simone gehen nach Kourou/französisch Guayana in die Biosphäre III. Mia wird dort beim Raumfahrtprogramm der SU10[5] gebraucht.«

»Du meinst das Marsprojekt?«

»Genau! Sie brauchen dort auch tüchtige Mathematiker.«

»Simone?«

»Ja.«

»Und was wird aus dem Rest, aus meiner Familie?«

»Ihr bleibt wahrscheinlich hier. Anna hat es mir erzählt. Alex wird hier an Konzepten zur Pflanzenzucht in Marshabitaten arbeiten. Es geht da in Richtung Terraforming. Deine Mutter wird ihm zur Seite stehen. Ihr habt keine Tickets für die SU10[5] erhalten. Ihr seid eigentlich nur geduldet. Du, aufgrund deiner Verdienste ...«

Toni wurde sauer. »Was soll das? Nur weil ich einen orangen Baum entdeckt habe, eigentlich hat Drago ihn gefunden. Was ist mit Aada, Elias und Eyna? Und Ian?«

»Hey, hey, ruhig. Kein Problem. Jeder bekommt seine Greencard, aber ihr, und damit meine ich dich, Aada und Elias, müsst eine Ausbildung machen.«

»Und ich muss mit dir nach Chile gehen.« Toni hatte seine Strategie durchschaut.

»Du musst überhaupt nichts, aber ich werbe um dich. Wir brauchen Astronomennachwuchs. Und wir glauben, dass du der Richtige bist. Wir haben natürlich auch mit deinen Leuten gesprochen.«

Toni dachte nach. Irgendetwas stimmte hier nicht. Er hatte eine seltsame Ahnung. »Was ist mit Eyna? Geht sie mit ihren Eltern nach Kourou?«

»Eyna wird gerade untersucht. Nein, sie wird hier in der Biosphäre I eine spezielle Schule besuchen müssen.«

»Warum?«

»Ach Toni, du kennst sie doch. Sie zeigt manchmal ein sonderbares Verhalten, um es vorsichtig auszudrücken.«

»Was meinst du mit – vorsichtig?«

Kaspuhl räusperte sich und begann, eigenartig mit den Augen zu zwinkern. Während er anfing zu sprechen, riss er beide Augen merkwürdig auf. »Sie ist eines der wenigen Kinder, die unter dem Einfluss des Schalterproteins gezeugt und geboren wurden. Wir haben bei einigen dieser Kinder psychologische Auffälligkeiten festgestellt.«

»Ja und, Eyna verhält sich hin und wieder etwas sonderbar. Sie spricht manchmal in fremden Sprachen und hat diese Schlange mit Naomis Gesicht ins Bachbett geritzt, aber das lässt sich doch bestimmt alles erklären.« Toni war aufgebracht, während Kaspuhls Augengymnastik immer mehr zunahm.

»Ja, und sie hat diesen einen legendären Satz mit acht Monaten in den Laptop von Alex getippt. Darüber spricht seit Jahren die gesamte SU10[5].«

»Was willst du mir erzählen? Etwa dass sie telepathische Fähigkeiten besitzt?«

Kaspuhls Augen klimperten mittlerweile mit zunehmender Frequenz. Bei seinem nächsten Satz hörte Toni seine Nervosität aus jedem Wort quellen. »Ja, so ähnlich. Wir haben bei einigen Kindern mit derartigen psychologischen Abweichungen Gehirnanomalien festgestellt.«

»Was für Gehirnanomalien, und woher wollt ihr wissen, dass das Alienprotein dafür verantwortlich ist?«, wollte Toni wissen.

»Die Kinder haben einen vergrößerten Mandelkernkomplex im limbischen System. Sagt dir das was?«

»Nie gehört!«

»Wird im Fachchinesisch auch als Amygdala bezeichnet.«

Toni schüttelte den Kopf. »Muss ich nachschlagen. Und was ist mit dem Schalterprotein?«

»Die Mütter dieser Kinder sind während der Schwangerschaft mit dem Protein in Berührung gekommen. Und zwar immer in einer sehr frühen Phase der Schwangerschaft. So wie Mia. Sie war praktisch direkt nach der Befruchtung im Entstehungsgebiet der Seuche. In Finnland muss sie damals Spitzenkonzentrationen ausgesetzt gewesen sein. Wir haben auch viele Kinder ohne diese Anomalien. Deren Mütter waren entweder während der Schwangerschaft ständig in einer der Biosphären oder sie kamen erst in einem späteren Stadium mit dem Protein in Berührung.«

»In welcher Phase der Schwangerschaft ist das Protein infektiös?«

Kaspuhl wunderte sich über Tonis Frage. »Warum fragst du das?«

»Weil ich eine komische Ahnung habe. Erzähl schon!«

Wieder räusperte Kaspuhl sich, bevor er sprach. »Höchstens bis zum vierten Tag der Schwangerschaft.«

Toni setzte sich in seinem Stuhl auf. »Bis dahin sind die Zellen noch totipotent und der Keim nicht über das Achtzellstadium hinaus.«

Kaspuhl ahnte bereits das messerscharfe, analytische Fazit, das Toni gleich ziehen würde.

»Dann wirkt das Protein nur auf undifferenzierte Zellen. Totipotente Zellen, aus denen man theoretisch den gesamten Organismus züchten kann.«

Kaspuhl war sich jetzt sicher, dass er diesen jungen Mann für eine wissenschaftliche Karriere gewinnen musste. »So ist es. Welchen Schluss ziehst du daraus?«

»Das Protein wirkte zuerst nur auf Pflanzenzellen, und die sind alle totipotent. Aus jeder Zelle lässt sich die gesamte Pflanze regenerieren. Die Ansteckung von Menschen konnte nur in diesem frühen Stadium erfolgen, wenn die Zellen noch undifferenziert sind.« Toni verstand langsam die gesamte Tragweite der Umstände. »Und alle diese Kinder zeigen ähnliche Auffälligkeiten?«

»Mehr oder weniger, manche zeigen eindeutige Anzeichen des Zweiten Gesichtes. Sie haben Zugang zu anderen Dimensionen, Raumzeiten oder wie immer du es nennen willst. Sie haben es heute Morgen im Briefing erzählt. Ich war dort, um unsere neusten Ergebnisse vorzustellen. Ein Wissenschaftler sprach davon, dass die Gehirne dieser Kinder mit ihren zukünftigen Gehirnen kommunizieren. Irgend so ein Quantenmechanik-Quatsch.

Eyna hat Naomi Mae Wood gezeichnet, ohne sie jemals gesehen zu haben. Unter diesem Gesichtspunkt bekommt auch der Satz vor acht Jahren eine neue Brisanz.«

»Und du glaubst wirklich, dass dieser Satz ein Orakel ist?«

»Davon müssen wir leider ausgehen. Mia und Anna haben von noch mehr Visionen Eynas erzählt.«

Jetzt war Toni von dem Verlauf des Gesprächs so sehr in den Bann gezogen, dass die Welt um ihn herum versank. »Wer wird dann kommen?«

Kaspuhl sagte nur kopfschüttelnd: »Das weiß niemand.«

Toni bohrte weiter. »Euer Team in Chile hört doch den Himmel nach außerirdischen Signalen ab?«

»Ja natürlich. Wenn unsere Hauptbeschäftigungen, die Satellitensteuerung und -aufklärung, uns Zeit lassen, widmen wir uns dem SETI-Projekt und hören den Himmel auf allen möglichen Frequenzen ab.«

»Wie lange macht ihr das schon?«

»Du meinst die Suche nach außerirdischen Signalen?«

»Ja genau. Wie lange horcht ihr schon ins All?«

»Schon mehrere Jahrzehnte. Auf was willst du hinaus?«

Toni lächelte Kaspuhl an. Sein arrogantes Grinsen spiegelte sein Wissen um die bisherigen Ergebnisse bei der Suche. »Und was habt ihr bisher gefunden, außer einem Wow-Signal im Jahre 1977?«

Kaspuhl wollte antworten, aber Toni hatte eine rein rhetorische Frage gestellt, auf die er keine befriedigende Antwort geben konnte. »Du weißt es doch selbst am besten. Nichts habt ihr bisher gefunden. Nicht den Hauch einer interstellaren Kommunikation.«

»Du hast recht. Das Einzige, was wir haben, ist eine interstellare Botschaft, die von einer irren Asiatin von der Erde gesendet wurde und eine Botschaft von einem Superorganismus – der Sankt-Lorenz-Vorfall vor zwei Jahren. Aber von draußen ist noch kein wie auch immer geartetes Signal in unsere Teleskope gelangt. Wir suchen den Himmel sogar nach Signalen im sichtbaren Bereich ab. Aber auch einen Laserblitz konnten wir noch nicht detektieren.«

Toni hatte sich mit diesem Thema beschäftigt und bohrte weiter. »Selbst von den UHQ-Sonnen erreicht uns keine Botschaft, obwohl wir davon ausgehen müssen, dass dort eine intelligente Lebensform auf Organismensignale wartet. Hunderte dieser Sonnen haben wir anhand ihrer UHQ-Spektren identifizieren können. Sonnen, die Lichtjahre voneinander entfernt sind, was auf eine raumfahrende Spezies schließen lässt. Und was hören wir von deren Welten? Nichts! Nur dass sie sich erwärmen und daran der Wasserdampfgehalt der Atmosphären schuld sein soll, wissen wir.«

Kaspuhl freute sich über Tonis Eifer. »Ja genau. Und dass diese Sonnen dann plötzlich krepieren. Und was sagt uns das alles?«

Toni dachte nach. »Da gibt es mehrere mögliche Ansätze zur Erklärung dieser Funkstille, oder?«

»Ganz recht, junger Padawan. Was ist deiner Meinung nach der einfachste?«

»Wir sind tatsächlich alleine in unserer Galaxie. Die Entwicklung intelligenten Lebens ist auf der Erde erst durch so viele Zufälle ermöglicht worden und konnte niemals auf anderen Welten realisiert werden. Dafür spricht, dass von den mehreren Milliarden Arten, die auf der Erde jemals entstanden sind, nur eine Intelligenz entwickelte. Der Mensch!« Das letzte Wort betonte Toni spöttisch. »Dagegen spricht, was wir über das Schalterprotein, die Senderorganismen und die UHQ-Sonnen wissen.«

Kaspuhl bewunderte sein Fachwissen.

Dann fuhr Toni fort: »Oder intelligente Zivilisationen zerstören sich selbst bevor oder kurz nachdem sie technologisch in der Lage waren, über das Aussenden von

Radiostrahlung zu kommunizieren. So wie es der Menschheit ohne den Orangen Tod wahrscheinlich früher oder später auch gegangen wäre. Vielleicht ist das Sternensterben auch die Folge eines fernen Krieges. Aber dann sollten wir irgendwelche Signale empfangen. Wir wissen es nicht.«

»Genau!«, nahm Kaspuhl seinen Gedanken auf. »Oder das Leben wurde in weniger komfortablen Regionen unserer Galaxie durch Gammastrahlenausbrüche schon frühzeitig immer wieder vernichtet. Vielleicht wurde die Milchstraße durch solche Vorgänge regelrecht sterilisiert.«

»Oder eine außerirdische Zivilisation hat kein Interesse an einer Kontaktaufnahme, weil sie es für zu gefährlich halten. Sie haben Angst vor einer Auslöschung beim Kontakt mit anderen Spezies. Oder der Energiebedarf einer interstellaren Kommunikation übersteigt ihre Möglichkeiten.« Toni entspannte sich in seinem Stuhl. »Oder, oder, oder. Vielleicht wurden sämtliche Lebensformen im All aber auch von einer Art Virus vernichtet?«

»Unwahrscheinlich«, sagte Kaspuhl. »Wie sollte sich so etwas im Kosmos ausbreiten?«

Toni ließ sich nicht beirren. »Schalterprotein, Wasserdampfplaneten und explodierende Sonnen. Das sind ganz schön viele Nachrichten aus dem Kosmos, wie ich finde.«

»Richtig!«, pflichtete Kaspuhl ihm bei. »Aber wir haben noch nicht das Werkzeug, um sie zu lesen. Wir haben noch etwas anderes herausgefunden. Etwas, was mit unseren Vorstellungen des Universums nicht in Einklang zu bringen ist. Etwas, was wir auch noch nicht im größeren Kreis diskutiert haben. Nur O'Brian und ich sind eingeweiht.«

Toni rutschte auf seinem Stuhl nach vorne, und Kaspuhl wusste, dass er ihn an der Leine hatte, als er seine Körperspannung sah. »Von was sprichst du da?«

»Das, mein Lieber, erfährst du, wenn du zu uns nach Chile kommst.«

Jagdschloss; ehemaliges Deutschland

278 Tage nach der Ankunft des Signals auf Wolf-359.

Die Zugbrücke war hinabgelassen, und das Tor stand weit offen. Das Jagdschloss lag still in dem kleinen Tal, umgeben von den roten, ausgewaschenen Sandsteinfelsen, die vereinzelt in den versteppten Untergrund der Bergflanken gesprenkelt waren. Das Bachbett war völlig ausgetrocknet. Selbst das Rinnsal, das in den letzten Monaten noch durch das Tal gerieselt war, musste der sengenden Hitze inzwischen weichen. Der Schlossgraben führte schon lange kein Wasser mehr. Das Fehlen der Vegetation hatte in den letzten Jahren Spuren hinterlassen. Der blanke Boden war den Launen des kontinentalen Klimas ausgesetzt. Sengende Hitze und heftige Winde im Sommer, gespeist durch den zunehmenden Treibhauseffekt, hatten den fruchtbaren Boden ausgedörrt wie Backobst. Die klirrende Kälte der letzten Winter hatten die oberste fruchtbare Krume pulverisiert. Die unwetterartigen Regenfälle hatten ihren Anteil dazu beigetragen und die rote Erde über dem Sandstein ausgewaschen und abgetragen. Und was nicht vom Wasser weggespült wurde, blies der ständig über den Kontinent fegende Wind hinweg.

Der Wolkenbruch war eben zu Ende gegangen. Noch peitschte der Sturm vereinzelte Regentropfen gegen ihre sonnengebräunten Gesichter, die im krassen Gegensatz zu dem Licht des abziehenden Unwetters standen. Der Himmel zeigte einen gelblichen, fast fahlen Ton. Vollkommen unnatürlich, wie auf einem fremden Planeten. So etwas hatte er noch nie gesehen.

Ob dieses Himmelsphänomen mit dem rasenden Klimawandel zusammen hängt? Toni stand auf dem Wehrgang und blickte von dem widernatürlichen Farbspiel in das tosende Wasser. Der Regenguss hatte das ausgetrocknete Bachbett in ein reißendes Gewässer verwandelt.

Ian, der neben ihm stand, fing leise und in demütiger Haltung an, Wörter mit seinen Lippen zu formen, die Toni zuerst nicht verstand. Dann erfasste er ihren Sinn.

»*Und da es das vierte Siegel auftat, hörte ich die Stimme des vierten Tiers sagen: Komm! Und ich sah, und siehe, ein fahles Pferd. Und der darauf saß, des Name hieß Tod, und die Hölle folgte ihm nach. Und ihnen ward Macht gegeben, zu töten das vierte Teil auf der Erde mit dem Schwert und Hunger und mit dem Tod und durch die Tiere auf Erden.*«

»Komm schon, Ian, hör auf mit diesem Bibelquatsch. Das war ein heftiges Gewitter und nicht einer der apokalyptischen Reiter aus der Offenbarung. Lass uns zu den anderen gehen. Wir müssen heute noch fertig werden.« Toni drehte sich um und lief die Treppe hinunter. Ian folgte ihm wortlos. Er war seit seiner Rückkehr aus dem Bayrischen Wald noch ruhiger geworden, als er es vorher schon war. Bisweilen wirkte er emotional abgestumpft und teilnahmslos. Was ihm in den fast drei Monaten seiner Abwesenheit damals widerfahren war, hatte er niemanden erzählt. Er las seitdem regelmäßig in der Bibel. Alex meinte, dass ihn seine Erlebnisse gläubig gemacht hatten. Vielleicht war er es vorher auch schon, aber das hatte er zumindest niemandem gezeigt. Da er damals alleine zurückkam, gingen alle davon aus, dass er Lisa Hacker und ihre vier Kinder nur noch tot aufgefunden hatte. Alex meinte auch, dass er draußen wahrscheinlich das Grauen gesehen haben musste. Die vielen Leichen müssen sich tief in sein Gedächtnis gegraben haben. Er war drei Monate in der Hölle, und er war alleine gewesen. Mit niemanden hatte er in dieser Zeit über das Erlebte reden können. Wahrscheinlich litt er unter einer posttraumatischen Belastungsstörung.

Mit den anderen trafen sie sich in der Mitte des Schlosshofes. Sie standen um den Brunnen herum. Alex und Simone waren dabei, die Armaturen der Pumpen zu lösen, um den schweren Betondeckel des Schachtes öffnen zu können. Anna und Mia hielten sich mit Eyna und Elias im Hintergrund, während Aada bei den Männern stand und etwas in der Hand hielt, das wie eine Kabeltrommel aussah. Toni erkannte sofort, dass es ein Lichtlot war, mit dem man den Wasserstand im Brunnen messen konnte.

Simone und Alex hatten die Rohrverbindungen gerade gelöst und versuchten den Deckel anzuheben. Toni und Ian eilten hinzu, um ihnen dabei zu helfen. Gemeinsam schafften sie es, den schweren Deckel hochzuwuchten und ihn in den beiden Scharnieren nach hinten kippen zu lassen.

Simone wischte sich den Schweiß von der Stirn. »Lass das Ding runter, Aada. Mal gucken, wie viel Wasser noch drin ist.«

Aada kniete sich neben die Brunnenöffnung, drehte die Kurbel an der Trommel und ließ das Kabel mit dem metallischen Ende in den Brunnen gleiten. Wenn das metallene Stück mit Wasser in Berührung kommen sollte, würde ein Stromkreis geschlossen und die Signallampe an dem Gehäuse der Trommel zum Leuchten bringen. Meter um Meter senkte sie das Lichtlot in den Schacht ab. Es waren bereits 20 Meter abgespult, aber das kleine Lämpchen leuchtete noch nicht. In guten Zeiten lag der Wasserspiegel immer unterhalb der Zwanzigmetermarke. In den letzten beiden Jahren war der Wasserspiegel immer weiter abgesunken und zuletzt hatten sie nur noch einen Pegelstand von 50 Metern gemessen. Das Kabel zeigte gerade 55 Meter an und sie blickten alle gebannt auf die Kontrollleuchte. 60 Meter, 65 – nichts.

»Der Brunnen ist genau 108 Meter tief, ich war dabei, als er gebohrt wurde«, rief Mia.

Aada ließ das Kabel weiter hinab. Die Gesichter der Umstehenden zeigten ihre Enttäuschung, als sie die 80 Metermarke hinter sich ließ. Bei Überschreitung der 90 Meter sagte Simone: »Das war's dann wohl.«

Aada ließ sich nicht beirren und kurbelte weiter. Das Lichtlot hatte eine Länge von 120 Metern und würde bis ganz unten reichen. »100 Meter«, zählte sie mit. »101, 102 ...« Das Lämpchen fing an, zart zu flackern, und alle hielten den Atem an.

»Das ist nur das feuchte Sediment am Grund. Da ist kein Wasser. Zieh es raus, dann werden wir sehen, dass der Kopf im Schlamm gesteckt hat«, sagte Alex und drehte sich zu den anderen. »Das ist das endgültige Aus. Der Brunnen ist trocken und wird sich auch nicht mehr mit Wasser füllen. Zumindest nicht mehr genug, um hier weiter überleben zu können.«

Anna ging zum Rand des Brunnens und warf einen kleinen Stein hinein. Nach einigen Sekunden hörten sie, den Stein unten in den Schlamm klatschen. »Warum mussten wir uns das hier ansehen, Alex?«, fragte sie und sah flüchtig Simone an, während Aada das metallene Ende des Lichtlotes soeben über den Rand des Brunnens zog. Alle konnten jetzt deutlich den Schlamm an dem Metallkopf erkennen, so wie Alex es vorausgesagt hatte.

»Weil ihr es mit eigenen Augen sehen solltet. Für uns gibt es keine Zukunft mehr hier in dem Tal. Es gibt kein Wasser und es wird auch keines mehr kommen. Die Kontinente sind bereits versteppt und verdorren jetzt endgültig unter der Sonne. Der Klimawandel ist nicht mehr aufzuhalten. Erst war es nur die steigende Kohlendioxidkonzentration durch den Abbau der globalen Biomasse, aber es wird noch heißer werden und der Wasserdampfgehalt in der Atmosphäre wird noch weiter zunehmen. Ein Teufelskreis, und ich fürchte, dass der Neophyt, der jetzt überall wächst, seinen Beitrag dazu leisten wird.«

Aada wischte den Schlamm von der Spitze des Lotes und stand auf, wobei sie einen Schritt von dem 100 Meter tiefen Brunnen zurücktrat. Die Männer verschlossen den Brunnenschacht wieder mit dem massiven Betondeckel, und Simone wollte gerade wieder die Rohrverbindungen mit einem schweren Schraubenschlüssel verschrauben, als Alex ihm ein Zeichen gab, es zu lassen. »Erspar dir die Arbeit, durch diese Leitungen wird kein Wasser mehr fließen.«

Dafür flossen einige Tränen. Jetzt war es also besiegelt. Hier und heute würde ihre kleine Überlebensgemeinschaft nun enden. Nach den langen Jahren des Überlebenskampfes und der harten Arbeit gab es für sie kein Zurück mehr. Gemeinsam hatten sie in den letzten acht Jahren alles überstanden, was den anderen acht Milliarden Erdenbewohnern den Tod gebracht hatte. Sie hatten sich hier ihre eigene kleine Biosphäre geschaffen und der Seuche getrotzt. Sie hatten ihre Nahrungsmittel als Selbstversorger unter den Glasdächern hergestellt und überlebt, was vorher keiner zu überleben gehofft hatte. Außerdem kamen entscheidende Impulse bei der Erforschung des Orangen Todes aus ihrer Gemeinschaft. Angefangen bei Tonis Entdeckung der ersten kranken Bäume, über die Entschlüsselung des Erregers durch Alex und seine Erkenntnis, dass es sich bei dem Protein um ein außerirdisches Agens handelte, bis hin zu Mias kongenialem Schluss, dass die Biosender nur einem Ziel dienten: den Planeten elektromagnetisch zu markieren, um einer außerirdischen Intelligenz hier neuen Lebensraum anzuzeigen. Die Gemeinschaft der $SU10^5$ hatte ihnen sehr viel zu verdanken. Das war schlussendlich der Grund, dass sie alle ihren Platz in dieser Gemeinschaft erhalten würden. Auch Mia, und das obwohl sie schon einen sicheren Platz gehabt hatte, das Überlebensticket aber damals zurückgab und sich für ein Leben bei ihren Freunden in Marburg entschieden hatte.

»Lasst uns unsere letzten Habseligkeiten zusammenraffen und dann nichts wie weg hier.« Alex legte seinen Arm um Anna, die ihren Sohn Elias an der Hand hielt. Gemeinsam gingen sie in Richtung des Westturmes.

Die anderen folgten ihnen, und teilweise waren Schluchzer zu hören – hier ging heute eine Ära zu Ende, die so nie wiederkehren würde. Für alle war dieser Abschied ein Lebewohl von einem ihrer intensivsten Lebensabschnitte und ein Schritt in eine noch ungewissere Zukunft.

Baikalsee; Sibirien
345 Tage nach der Ankunft des Signals auf Wolf-359.

Die Zerstörung des Organismus sollte eigentlich nur Routine sein. Nachdem die Satelliten das Signal aus Sibirien detektiert hatten, war der Rockwell B-1 Lancer Langstreckenbomber über der ostsibirischen See von dem Oberkommando der SU10[5] alarmiert worden. Die Maschine hatte direkten Kurs auf den Baikalsee genommen. Seit dem Sankt-Lorenz-Vorfall war immer eine Flotte dieser Bomber in der Luft – jederzeit bereit, einen Biosender auszuschalten. Die Organismenbotschaft aus dem 1642 Meter tiefen See zeigte den üblichen Anstieg der Signalintensität. Die vom Flugzeug ausgesetzte Cruise Missile sollte den Biosender vor dem Absetzen einer interstellaren Botschaft erreichen. Es war eine absolute Neuheit, dass das Signal auf einem Binnensee und nicht auf dem offenen Meer geortet wurde. Zwar handelte es sich beim Baikalsee um einen der größten Süßwasserseen und den tiefsten weltweit. Aber aus keinem der großen Binnengewässer, wie dem Kaspischen Meer oder den großen Seen Nordamerikas, hatte sich bisher ein Organismus gemeldet. Offensichtlich musste die Kreatur in dem tiefen See ein opulentes Nahrungsangebot angetroffen haben, um das energiefressende Signal überhaupt aufbauen zu können.

Bei dem abgesetzten Marschflugkörper handelte es sich um eine autonome Waffe, die von einer künstlichen Intelligenz gesteuert wurde und eigenständig ihr Ziel erfassen und zerstören konnte. Die A.I. war so konstruiert, dass sie die Organismen anhand ihres elektromagnetischen Signals orten konnte. Kurz bevor die Cruise Missile ihr erfasstes Ziel erreichen und die A.I. ihren Auftrag mittels Selbstzerstörung erledigen konnte, sahen der Pilot und sein Co-Pilot eine Fehlermeldung auf einem der Kontrollmonitore. Die Meldung des Fehlercodes *isa.4.0.*

in den über den Bildschirm laufenden Rechenoperationen der A.I. war den beiden bis dato noch nicht angezeigt worden und auch nicht bekannt. Ein direkter menschlicher Eingriff in die autonomen Steuerungs- und Regelmechanismen war nicht vorgesehen. Aber um eine entsprechende Fehlfunktion der autonomen Waffe bei zukünftigen Einsätzen verhindern zu können, griff der Pilot nach dem Handbuch für die autonome Steuerung der Waffe. Während er hastig in dem spiralgebundenen Manual herumblätterte, blinkte der Fehlercode unverändert über den Bildschirm. Der Co-Pilot hatte die Radarüberwachung des Flugkörpers im Blick und stellte gerade eine merkwürdige Abweichung im Flugkurs der Rakete fest. Das Ding nahm nicht mehr ausschließlich Kurs auf ihr primäres Ziel, den Organismus, sondern steuerte immer wieder kurz in eine andere Richtung. Das Flugverhalten schien sich zu wiederholen, und der Marschflugkörper nahm fast einen Schlingerkurs ein. Er wollte seinen Vorgesetzten gerade darauf aufmerksam machen, aber dieser hatte den entsprechenden Eintrag gefunden.

»Fehlercode *isa.4.0.*! Ich hab's. Zwei mögliche Ziele. Die A.I. hat zwei Signale von der Oberfläche des Sees empfangen und kann sich nicht entscheiden.«

»Zwei?«, schrie der Co-Pilot und deutete auf den Radar. »Deswegen dieser Schlingerkurs.«

Ein solcher Fall war bisher noch nicht vorgekommen. Aber die A.I. machte das, was ihre Entwickler sich von ihr erhofft hatten. Sie traf eine Entscheidung.

Dann zerstörte sie *das* potenzielle Ziel, welches das stärkere von den Satelliten registrierte Signal abstrahlte. Der zweite Sender funkte die Alienbotschaft ungehindert weiter in den Äther.

Nachdem die Besatzung der Maschine mit ihren Sensoren die Detonation ihrer Waffe im Zielgebiet verifiziert hatten, nahmen sie einen Aufklärungskurs über den See. Der schwere Bomber flog den gewaltigen See von Westen an und hatte dabei die untergehende Sonne im Rücken. Die B-1 flog dabei sehr tief, und Pilot und Co-Pilot sahen den großen Organismus im von der Explosion aufgewühlten Wasser liegen. Das riesenhafte Tier hatte schwere Schlagseite, schien aber noch am Leben zu sein, wie sie vermuteten, da sie noch einen regen Farbwechsel auf der Oberfläche der Kreatur beobachten konnten.

»Auf jeden Fall hat sich unser Superhirn für einen großen Biosender entschieden. Eine andere Signalquelle kann ich nicht ausmachen, obwohl wir immer noch ein schwaches Funksignal empfangen. Ich nehme direkten Kurs auf das Objekt«, sagte der Pilot und zwang die B-1 in eine steile Rechtskurve. Der nächste Befehl galt seinem Waffenoffizier. »Ich bring uns direkt über das elende Ding. Atomisier das Scheißvieh.«

Ein kurzes Knistern im Intercom, dann kam die Antwort. »Ich hab ihn im Fadenkreuz. Der bekommt jetzt eine geballte Ladung SU10^{5} über die Rübe.« Die Rockwell B-1 Lancer schoss mit halber Schallgeschwindigkeit im Tiefflug über den See. Ein Beobachter am Ufer hätte einen grauen dahinschießenden Pfeil mit gewaltigem Getöse in 30 Meter Höhe über den See rasen sehen. Auf den Tragflächen prangte das Hoheitszeichen der SU10^{5} in den letzten Sonnenstrahlen des Tages. Dann öffnete sich unter der Maschine ein Bombenschacht, und eine geballte Ladung Streubomben mit enormer Sprengkraft zerfetzten die noch lebenden Überreste der Kreatur. Pilot und Co-Pilot gaben sich ein High five, während das Flugzeug über den sinkenden Organismus hinweg schoss. Aber ihre Freude währte nur kurz. Über ihre Kopfhörer hörten sie jetzt deutlich das zweite Signal, welches von dem ersten die ganze Zeit überdeckt worden war.

»Woher kommt das? Haben wir ein Ziel?« Aus den Worten des Piloten klang der feste Wille, einen zweiten Organismus vom Senden der Botschaft abzuhalten.

»Ja, wir können die Quelle eindeutig auf sechs Uhr lokalisieren. Die Koordinaten liegen allerdings auf festem Boden. Direkt auf der Insel, die wir eben überflogen haben.«

Der Pilot riss die Maschine in eine steile Kurve und flog eine enge Wende über den See, wobei eine Flügelspitze der Maschine die Wasseroberfläche fast zu berühren schien. Nachdem sie direkten Kurs auf die Quelle des zweiten Signals genommen hatten, schauten sie angestrengt aus dem Cockpit, auf der Suche nach einem zweiten Organismus, den es aber auf dem Boden einer Insel gar nicht geben durfte.

Plötzlich zeigte der Co-Pilot aufgeregt auf eine weißlich schimmernde, schüsselförmige Struktur, die über der Insel zu schweben schien und ihnen beiden bekannt vorkam. »Das sieht fast aus wie eines dieser Viecher, aber es ist etwas anderes. Es steht fast senkrecht in der Luft. Ich kann deutlich ein Gebäude darunter erkennen. Mann, das ist eine kleine Teleskopschüssel. Sieht wie ein Eigenbau aus.« Der Co-Pilot drückte einige Knöpfe und sagte dann: »Das ist eindeutig die Quelle unseres zweiten Signals. Was machen wir jetzt?«

»Das werde ich dir sagen. Nimm Kontakt zu unserem Oberkommando auf. Die Zerstörung dieser Sendeeinheit in dem Gebäude möchte ich von den Jungs autorisiert haben.«

Baikalsee – Olchon-Insel; Sibirien
355 Tage nach der Ankunft des Signals auf Wolf-359.

Die Boeing CH-47 Chinook senkte sich knatternd über der Olchon-Insel ab. Der Hubschrauber mit den gegenläufigen Tandemrotoren war von vorne bis hinten vollgepackt mit Mensch und Material. Vor zehn Tagen hatte die Besatzung eines SU10^5–Bombers einen tonnenschweren Organismus im Baikalsee vor der Sendung des Signals erfolgreich eliminiert. Das zweite Signal wurde seitdem von der Sendeeinheit auf dem Gebäude ohne Unterbrechung abgestrahlt und gab allen Rätsel auf. Ziel des Signals war ein Stern in der Nachbarschaft der Sonne – zumindest in kosmischen Maßstäben gerechnet. Algol im Sternbild Perseus war circa 93 Lichtjahre entfernt, und sein Name war eine Verkürzung des ursprünglich arabischen Namens Ra’s al Gūl, was so viel bedeutete wie Kopf des Dämons. Der Name nahm Bezug auf Perseus, der laut der griechischen Mythologie das abgeschlagene Haupt der Medusa in den Händen gehalten haben soll. Der Stern galt seit jeher als Unglücksstern.

»Wieso hat die Besatzung des Bombers nicht gleich Anweisung erhalten, diesen Sender zu zerstören?« Toni saß neben Viktor Kaspuhl in dem landenden Hubschrauber und verstand die Welt nicht mehr. Nachdem er das Angebot von Kaspuhl angenommen und mit der Erlaubnis seiner Mutter die Laufbahn eines Astronomen eingeschlagen hatte, war er nicht mehr zur Ruhe gekommen. Vor zwei Monaten war er mit ihm nach Chile gereist und hatte das Team in der Atacamawüste kennengelernt. Besonders der Leiter der Station, Sam O’Brian, war ihm gut in Erinnerung geblieben. O’Brian war eine imposante Erscheinung mit einer sehr energischen Stimme. Mit dieser verstand er es, sich immer wieder Gehör zu verschaffen. Auch sein Äußeres fand Toni faszinierend, entsprach er doch dem Prototyp eines Iren.

Mit seiner gedrungenen, stämmigen Statur und den roten gewellten Haaren hätte er direkt bei den Highland-Games antreten können. Toni hatte ihn in seiner Vorstellung schon gesehen, wie er Baumstämme warf und literweise Whiskey seine Kehle hinab spülte. Die anderen Mitglieder des Teams waren ihm zwar vorgestellt worden, aber sie hielten sich auf Distanz zu ihm und Kaspuhl. Es schien irgendwelche Spannungen zwischen ihnen und dem Finnen zu geben. Ob es etwas mit ihrer finnischen Herkunft zu tun hatte, konnte Toni sich nicht vorstellen, aber irgendwas trübte die Stimmung in dem Team. Vielleicht war Kaspuhls Verhalten auch einfach nur zu skurril, und sie hielten sich deshalb von ihm fern. Toni erhielt in den Anfangswochen erste Einblicke in den Auftrag des Teams. Von der ominösen Entdeckung, über die Kaspuhl bisher nur Andeutungen gemacht hatte und die Tonis Neugier vor drei Monaten auf Formentera geweckt hatte, war bisher nichts aus ihm herauszubekommen. Schließlich erforderten die Vorgänge am Baikalsee die Anwesenheit eines ausgewiesenen Fachmannes für das Organismensignal. Da hierfür nur Viktor Kaspuhl in Betracht kam, mussten sie ihre Koffer nach wenigen Wochen bereits wieder packen. Das war der Grund, warum sie jetzt hier in dem Hubschrauber saßen.

»Seit Jahren verhindern wir solche Signale, damit unser Standort nicht an irgendwelche Aliens verraten wird. Und diesen Sender lassen wir einfach ungehindert weitersenden, obwohl hier eine bis an die Zähne bewaffnete Kampfmaschine entlanggedonnert ist. Es wäre doch ein Leichtes gewesen den Sender zu zerstören. Außerdem hätten wir dann nicht extra um die halbe Welt reisen und in diese Einöde fliegen müssen.«

Kaspuhl blinzelte mehr mit den Augen als in den letzten Stunden. Der Landevorgang erinnerte ihn wieder daran, dass er in einem Fluggerät saß und eine ordentliche Flugangst hatte, die ihm jetzt den Hals zuschnürte.

Trotzdem hörte er Toni zu und arbeitete an einer Antwort, die er auch mit Atemnot und durch diese elende Übelkeit hindurch geben konnte. »Wir kommen doch nicht hierher, um den Sender zu vernichten!«, keuchte er, und seine Stirn glänzte vor Schweiß. Außerdem ärgerte er sich, dass er Toni bisher über den wahren Grund ihrer Reise im Unklaren gelassen hatte. Aber nachdem man ihm das von dem Teleskop abgestrahlte Signal in bester Qualität zugestellt hatte, war er in eine intellektuelle Schockstarre verfallen. Schon beim ersten Durchsehen der gesendeten Frequenzen und der Modulation des Signals war ihm ein ungeheurer Verdacht gekommen. Die Überprüfung seiner These durch einen leistungsstarken Rechner hatte seinen Verdacht erhärtet. Wenn das, was er vermutete, tatsächlich zutreffen sollte, würden sie die Geschichte des Schalterproteins und des Organismensignals umschreiben müssen. Kaspuhl konnte die Puzzleteile noch nicht zu einem großen Ganzen zusammenfügen. Irgendein Detail fehlte noch, oder er hatte es bisher übersehen. Auf jeden Fall tat sich ein noch größerer Abgrund auf als der, in den die Menschheit bereits gefallen war. Immer wenn er über die Signalstruktur des von dem kleinen Teleskop abgestrahlten Signals nachdachte, drehte sich alles um ihn, und er blickte in einen bodenlosen Horror. Schnell war ihm klar, dass er die Dinge nur vor Ort untersuchen konnte. Das war der Grund für seinen Aufbruch ins ehemalige Russland und auch, warum er noch niemandem von seinem Verdacht erzählt hatte. Auch nicht Toni.

»Wir sind hergekommen, um den Sender zu untersuchen und etwas über seinen Erbauer herauszubekommen. Vielleicht erfahren wir dann auch etwas über das Signal selbst.«

Toni intervenierte: »Aber das Signal wird ständig an einen UHQ–Stern gesendet …«

»Mach dir keine Sorgen. Das Teleskop da unten hat viel zu wenig Leistung, um einen Stern in 93 Lichtjahren zu erreichen. Mit der abgestrahlten Energie wird das Signal noch nicht mal unser Sonnensystem verlassen, ohne so stark gestreut zu werden, dass es nicht mehr zu empfangen ist. Selbst unsere Satelliten konnten es nicht entdecken. Die A.I. im Marschflugkörper hat es zuerst detektiert und empfangen. So sind wir überhaupt erst auf das Signal aufmerksam geworden und haben einen Mitschnitt der Botschaft erhalten.« Nach seinen letzten Worten öffnete Kaspuhl den Kotzbeutel, den er während des ganzen Fluges in den Händen gehalten hatte, und übergab sich mit einem dünnflüssigen, gelblichen Strahl in die Tüte. Toni drehte sich weg und schaute aus einem Fenster. Er sah gerade noch, wie der große Hubschrauber in einer dichten, grauen Staubwolke aufsetzte.

Das Gebäude erinnerte an einen alten Bahnhof. Das zweistöckige Haupthaus hatte in der Mitte ein Eingangsportal, welches über eine steinerne Treppe zu erreichen war. Im Dach über dem zweiten Stock entsprangen zwei Gauben mit jeweils einem kleinen Fenster. An das Haupthaus grenzte ein länglicher Anbau, der wahrscheinlich mal Stallungen oder ein Lager beherbergt hatte. Vor dem kleinen Anwesen lag ein kleiner runder, gekiester Platz, in dessen Mitte ein weiß getünchter Fahnenmast stand. An diesem hing eine ausgebleichte und vom Wind völlig zerfetzte Fahne, die schon bessere Zeiten erlebt haben musste. Welcher Nationalität die Fahne einmal zuzuordnen war, konnten sie nicht mehr erkennen. An den Platz grenzte eine Grünfläche, in der wohl mal ein Garten mit einem weißen Holzzaun abgegrenzt war. Alles machte einen sehr verwilderten Eindruck. Die Besitzer des Anwesens mussten schon lange tot sein.

Viktor Kaspuhl und Toni umrundeten in Begleitung einiger bewaffneter Männer das Haus, um das Teleskop begutachten zu können, welches auf einer Dachterrasse eines einstöckigen Anbaus montiert war. Das

Radioteleskop selbst war auf einer dreh- und schwenkbaren Lafette auf dem Flachdach beweglich gelagert. Es konnte in alle Himmelsrichtungen gedreht werden und so jeden sichtbaren Punkt an der Himmelskugel abdecken. Als sie sich der Schüssel mit einem Durchmesser von schätzungsweise 4 Metern näherten, nahmen sie plötzlich ein Geräusch wahr. Der kleine Trupp blieb abrupt stehen, und die Männer hielten ihre Waffen schussbereit.

Kaspuhl drängte sich mit seinem *Ich bin euch einen Tic voraus*-Shirt nach vorne und hielt sich den Zeigefinger an die Lippen. »Psst, hört ihr das? Das sind Elektromotoren. Das Ding hat eine automatische Nachführung. Ich wette, das ist alles computergesteuert, und die Stromversorgung erfolgt über Solarpaneele und einen leistungsstarken Akku – völlig wartungsfrei. Deshalb funktioniert das auch noch. Der Erbauer dürfte längst tot sein.«

Toni verstand nicht recht. »Du meinst, das Teleskop folgt automatisch dem Zielstern?«

»Du hast es erfasst. Der Stern befindet sich immer im Brennpunkt der Anlage, und das Signal wird ständig gesendet«, antwortete Kaspuhl und fügte hinzu: »Und hier auf dem Breitengrad ist der Zielstern immer über dem Horizont zu sehen.«

»Algol ist zirkumpolar und geht nicht unter?«, hakte Toni nach.

»Genau, du lernst schnell«, sagte Kaspuhl und schritt auf eine Metalltür zu, die wahrscheinlich zu der Steuerung der gesamten Anlage führte. »Lass uns reingehen und schauen, was wir dort noch finden können.« Er griff nach dem Türknauf und wollte die Tür öffnen, wurde aber vom Kommandanten ihres Begleittrupps barsch zurückgehalten.

»Das würde ich lieber lassen«, sagte der Mann und legte dabei seine Rechte auf Kaspuhls Schulter, der sich erschrocken zu ihm umdrehte. »Wir wissen nicht, mit wem wir es hier zu tun haben. Könnte durch eine Sprengfalle gesichert sein.«

Kaspuhl trat einen Schritt zurück, und der Kommandant ging zur Tür und untersuchte den Schließmechanismus. Nach einer Weile ließ er sich von einem seiner Soldaten eine Vorrichtung geben, die aus einem Griff mit einem kleinen Bildschirm bestand. Aus dem Griff entsprang unter dem Monitor ein mehrere Meter langer Schlauch, den er vorsichtig unter der Tür durch einen kleinen Spalt schob. Kaspuhl schaute ihm über die Schulter und sah das Bild auf dem Anzeigegerät. Das Gerät war eine Endoskopkamera, und der Mann ließ den Schlauch mit dem Objektiv geschickt im Inneren kreisen, um die Tür zu untersuchen. Plötzlich drehte er sich zu Kaspuhl und sagte: »Alles klar, die Tür ist sauber. Wir gehen rein. Aber ich zuerst.« Er rollte den Schlauch auf und reichte die Kamera einem seiner Männer. In seiner rechten Hand lag jetzt seine schwere Waffe. Mit der andern griff er nach dem Knauf. Der Handgriff ließ sich einfach drehen, und die Tür öffnete sich mit einem leichten Quietschen einen Spalt breit nach innen. »Geht ziemlich einfach nach all den Jahren.« Er hob seine Waffe und stieß die Tür auf.

Durch das dunkle Rechteck der Tür flutete das Sonnenlicht in den Raum. Die Männer des Trupps, Toni und Kaspuhl drückten sich an die Wand des Gebäudes. Als auch nach einer halben Minute nichts geschah und sie nichts weiter hören konnten außer die surrenden Elektromotoren der automatischen Teleskopnachführung, ging einer der Männer auf ein Zeichen des Kommandanten mit durchgeladener Pistole durch die Tür und leuchtete mit einer großen Stabtaschenlampe den Raum aus, wobei er von seinem Befehlshaber zusätzlich gedeckt wurde. Der Mann gab ein Handzeichen. Der Raum war sauber.

Als Toni und Kaspuhl den Raum betraten, sahen sie im Halbdunkel einen bis an die Decke mit Elektronik vollgestopften Innenraum. Im Hintergrund war eine offenstehende Tür, aus der das Geräusch der Motoren zu kommen schien. Aber was ihre besondere Aufmerksamkeit erregte, war der Schreibtisch mit mehreren Bildschirmen, die allesamt mit verschiedenen Bildern und Grafiken vor sich hin flackerten. Das, was sie am meisten irritierte, waren aber nicht die angeschalteten und intakten Monitore, sondern die vollständig skelettierten Überreste eines Menschen auf einem Klappstuhl, dessen Oberkörper auf dem Schreibtisch lag. Neben dem Schädel stand eine Tasse, in der sich wahrscheinlich einmal Kaffee befunden hatte. Daneben lagen eine Packung Zigaretten, ein Gasfeuerzeug und ein Aschenbecher, in dem sich mehrere Zigarettenstummel befanden. Das Ganze wirkte wie ein Stillleben eines alten Meisters, der eine Auftragsarbeit für das Cover eines Serienkillerromans angefertigt hatte. Unter dem Skelett, auf dem gefliesten Boden, war ein schwarzer Fleck zu erkennen, der sich farblich klar absetzte.

»Was ist das?«, fragte Toni.

»Das ist das, was aus dem Toten so alles rausgeflossen ist.« Kaspuhl lächelte ihn vielsagend an und griff nach der Packung mit den Zigaretten. »So was gibt es schon lange nicht mehr. Wo er die wohl her hatte?« Er steckte sich eine Zigarette zwischen die Lippen und zündete sie an. Genussvoll zog er den Rauch ein. »Willst du auch eine?«

Toni konnte es nicht fassen und schüttelte den Kopf. »Du meinst, es ist das Leichenwasser, was den Boden schwarz gefärbt hat?«

»Ja, die Leichensuppe. Der ist schon ein paar Jahre tot. Wahrscheinlich verhungert.« Kaspuhl nahm noch einen Zug und drückte die Kippe dann aus. »Das Zeug schmeckt nicht mehr. Übrigens weiß ich nicht, ob wir es hier mit einer Frau oder einem Mann zu tun haben.« Der Kommandant ihrer Schutztruppe schaute sich das Skelett jetzt aus der Nähe an. »Ich denke, es war ein Mann. Das Becken müsste bei einer Frau für den Geburtskanal breiter sein. Das müssen wir aber noch mal von einem Mediziner checken lassen, wenn es wichtig sein sollte.«

Kaspuhl räusperte sich. Die wenigen Züge an der Zigarette hatten bereits ihre Spuren hinterlassen. »Das ist nicht wichtig, aber das da!« Er zeigte auf einen Bildschirm.

Die Blicke der Männer fielen auf den Monitor, der ein Bild mit mehreren farbigen Linien und Kurven zeigte. »Das, was wir dort sehen, ist das vom Teleskop abgestrahlte Signal, seine Energie, seine Frequenz, und das Ganze über die Zeit dargestellt. Man kann hier deutlich das Muster des Signals und auch die Sequenz seiner Wiederholungen sehen. Es pulsiert rhythmisch wie damals in Chile.« Kaspuhl fuhr mit dem Zeigefinger über den Bildschirm dem Signalverlauf hinterher. »Hier, seht ihr! Alle 4,68 Minuten wiederholt sich die Botschaft. Das sind identische Frequenzen und Amplituden.«

»Aber um zu erkennen, dass das identisch ist, braucht man schon viel Vorstellungskraft«, warf Toni skeptisch ein.

»Also ich erkenne da auch kein Wiederholungsmuster«, sagte der Kommandant.

»Okay, ist auch nicht leicht zu erkennen. Gebe ich zu, aber ich habe das Signal schon länger studiert und auch durch die Rechner in Chile gejagt. Am besten kann man es durch diese 78 Sekunden dauernde Sequenz am Anfang erkennen. Ich habe es Primersequenz genannt.«

Toni erkannte diese Sequenz jetzt auch in diesen fortlaufenden Linien und Peaks. »Ich sehe es jetzt. Das Signal wird immer von diesem kurzen Zyklus eingeleitet. Hier, es wiederholt sich alle 4,68 Minuten! Man kann es gut erkennen.« Er zeigte auf ein Muster auf dem Bildschirm.

Kaspuhl starrte wie gebannt in den Schirm und verfolgte das vom Teleskop gesendete Signal. Dann sagte er für alle im Raum gut vernehmbar: »Ihr werdet es nicht glauben. Es stimmt, was ich mir schon die ganze Zeit gedacht habe. Bei dem längeren Teil des Signals handelt es sich um unser Organismensignal. Um das, was auch Naomi

Mae Wood vor Jahren zu Wolf-359 gesendet hat. Auch die von uns abgefangenen Signale der Kreaturen entsprechen jenem Abschnitt, wenn sie an Intensität zunehmen.«

Toni mischte sich ungeduldig ein: »Ja und, das hab ich mir auch schon gedacht. Was ist mit dem anderen Abschnitt, dem Primer?«

Kaspuhl schaute ihn direkt an. »Alles, was wir bis heute hatten, ist das Organismensignal, das ich damals aufgenommen habe und welches Naomi weitergeleitet hat. Da fehlte die Primersequenz. Ich habe es damals nicht von Anfang an erwischt. Die Organismen würden wahrscheinlich auch diesen Primer vor der eigentlichen Botschaft senden. Den konnten wir aber noch nie mitschneiden. Logisch, die Organismen wurden bisher immer vernichtet, bevor sie die eigentliche Botschaft senden konnten. Die des Organismus vor Sankt Lorenz wurde leider nicht mitgeschnitten, was ein herber Fehler war. Kurz, wir haben hier zum ersten Mal den Anfang des Organismensignals.«

»Was ist daran logisch?« Toni zweifelte an seiner Theorie. »Ich meine, warum wiederholt sich diese Primersequenz dann hier in dem gesendeten Signal?«

»Der Tote hat es zufällig vollständig von Anfang an mit Primer aufgezeichnet und so zusammengeschnitten, dass es sich alle 4,68 Minuten samt Primer wiederholt. Wir sehen hier zum ersten Mal das Signal mit dem Primer, der es einmal einleitet. Was ich damals aufgezeichnet habe und was von Naomi gesendet wurde, ist einfach nur die Botschaft ohne den Primer. Warum er es zusammengeschnitten hat, darüber kann ich nur spekulieren. Aber am wahrscheinlichsten ist doch, dass er nur diese 4,68 Minuten hatte und sie einfach in einer Endlosschleife an einen Stern seiner Wahl, nämlich Algol, gesendet hat. Wahrscheinlich in der Hoffnung, dort würde es trotz seiner geringen Energie doch von jemanden gehört werden. Das ist sehr unwahrscheinlich, und wenn wir das überhaupt erfahren, dann erst in mehreren Jahrzehnten. Vielleicht finden wir hier in den Unterlagen irgendeinen Hinweis, wie lange es schon gesendet wird und warum ausgerechnet Algol als Ziel ausgesucht wurde. Aber die Frage ist doch, woher hat er das Signal?«

Es war totenstill in dem Halbdunkel des Raumes, nur das Surren der Elektromotoren und das Klackern der Relais war zu hören.

»Die Eingangssequenz hat es mir verraten. Das ist, was ihr mir nicht glauben werdet. Die Primersequenz entspricht genau dem 72 Sekunden langen WOW-Signal von 1977 plus 6 unbekannten Sekunden.«

»Und was bedeutet das?«, fragte Toni.«

»Das bedeutet, dass 1977 ein Organismensignal aus dem Weltall aufgefangen wurde. Aber leider nur die 72 Sekunden der Primersequenz. Dann brach das Signal ab und wurde nie mehr empfangen, obwohl man den Ursprungsort im Zentrum der Milchstraße immer wieder auf dieser Frequenz abhörte.«

Toni hatte es durchschaut. »Das war eine Botschaft eines dieser Wesen, aber gesendet von einer anderen Welt.«

Kaspuhl schlug ihm anerkennend auf die Schulter. »Genau! Aber diese Botschaft galt nicht der Erde, sondern wahrscheinlich einem anderen Planeten in unserem Sonnensystem.«

»Aber diese Wesen zielen auf Sonnen mit UHQ-Spektrum. Dann muss unsere Sonne auch diese Spektrallinien gehabt haben.«

Kaspuhl nickte und legte noch nach: »Genau, und hier hat jemand ein zweites Organismensignal mit dem Primer aus dem outer space aufgezeichnet und es dann nach Algol gesendet. Dieses kleine Mädchen in Marburg hatte damals nicht ganz recht. *Sie kommen* trifft es nicht ganz. Sie müssen bereits hier gewesen sein.«

Raumgleiter Dynamic; Umlaufbahn in 388 Kilometern Höhe

356 Tage nach der Ankunft des Signals auf Wolf-359.

Seit fast einem Jahr wurde Mia nun zu einer Astronautin der SU10[5] ausgebildet. Nach mehreren Starts und Landungen stand heute ihr vierter Flug mit dem Raumgleiter kurz bevor. Die *Dynamic* war als Raumfähre mit 34 Tonnen Nutzlast und Platz für 6 Astronauten konzipiert. Der weltraumtaugliche Gleiter war mit der 142 Meter langen zweistufigen Trägerrakete mit zwei zusätzlichen Boostern in einen erdnahen Orbit gebracht worden und hatte an der Raumstation *Earth Two* angedockt.

Auch bei diesem Flug wurde Material für das Raumschiff Mars I in den Orbit zur Raumstation gebracht. Mia hatte im Rahmen dieses Ausbildungsmoduls einen ersten richtigen Arbeitsauftrag erhalten. Sie sollte während ihrer ersten Außenbordaktivität Wartungsarbeiten an einem Weltraumteleskop durchführen. Natürlich war sie bei ihrem ersten Weltraumspaziergang nicht alleine. Zwei erfahrene Astronauten und Techniker leiteten den Einsatz.

Als sie in ihrem Druckanzug das Schleusenmodul der Raumstation verließ, erinnerte sie sich an die Worte ihrer Ausbilderin. *Schau nicht in den Raum und auch nicht zur Erde. Schau einfach auf die Station*. Mannshohe Buchstaben prangten vor ihr schwarz auf der weißen Außenhaut des Moduls. Mia hatte sich an den Haltegriff geklammert und sich mit ihrer Sicherungsleine 388 Kilometer über der Erde in die Laufleiste eingehakt. Ihr Puls raste, und ihr war kotzübel. Langsam bewegte sie sich tastend entlang der Buchstaben auf der Bordwand Richtung Kranausleger. Die Buchstaben nahmen ihr gesamtes Gesichtsfeld ein, und nur langsam kapierte sie, dass dort der Name der Raumstation zu lesen war. Das H hatte sie soeben hinter sich gelassen und das T tauchte gerade vor ihrem Kopf auf. Den Anblick und vor allem das Gefühl, das sie überkam, als sie über den Rand der Station auf das Teleskop am Kranausleger blickte und sich dann des endlos erscheinenden, dunklen Raums dahinter gewahr wurde, würde sie nie wieder vergessen können. Die schwarze Nacht der Unendlichkeit schien nach ihr zu greifen und sie vom sicheren Raumschiff wegziehen zu wollen. Weg von der kleinen Insel des Lichtes im Ozean der ewigen Dunkelheit. Jeder Astronaut musste da früher oder später durch, und jeder musste sich dieser Angst stellen. Das eigene Leben gerann vor dem unglaublich gewaltigen Hintergrund des Kosmos zu einer Singularität. Die Worte ihrer Ausbilderin waren mit Bedacht gewählt worden, um ihr die Angst vor dem Unbekannten zu nehmen, aber sie musste auch gewusst haben, dass sie keinen ihrer Schützlinge vor diesem Eindruck wirklich bewahren konnte.

Jetzt saß sie in der sicheren Druckkabine der Landefähre und wartete auf das Kommando zum Abkoppeln von der Earth Two. Zur eigenen Sicherheit hatten sie und ihre vier Begleiter einen Raumanzug an – die Sicherheit der redundanten Systeme. Der Astronaut an der Steuerung des Raumgleiters überprüfte noch mal alle Systeme, und Mia hatte Zeit, die Raumstation durch das Bullauge zu ihrer Rechten zu studieren. Die zehn Module reihten sich wie die Perlen an einer Kette aneinander, verbunden nur durch die Verbindungsröhren. Das von ihr aus gesehen linke Modul erweiterte sich zu einer großen Narbe im Zentrum eines gewaltigen Rades, das sich um die Station als Achse drehte. Das Rad beherbergte die Modulsphären mit künstlicher Gravitation. Am anderen, dem sich drehenden Teil, gegenüberliegenden Ende der Raumstation wuchs die Mars I inzwischen schon zu stattlicher Größe. Dahinter konnte sie die helle Aura einer Supernovaexplosion vor dem Band der Milchstraße erkennen. Die Reste der Supernova strahlten so hell, dass sie die Augen abwenden musste.

Die Mars I sollte in fünf Jahren fertiggestellt sein. Dann würde das vollautomatische Schiff auf die mehrmonatige Reise gehen und auf der Planetenoberfläche landen, um die Ankunft des zweiten Raumschiffes, der Mars II, vorzubereiten. Der Landeplatz, ein großflächiges Plateau in der Nähe des Olympus Mons, wurde bereits durch eine Sondenmission gecheckt und für die Landung der Mars I als tauglich erklärt. Die vollautomatische Sonde hatte Bodenproben entnommen und die Stabilität des Grundes als ausreichend für eine Landung des schweren Schiffes deklariert. Die Landung auf dem Roten Planeten galt als Nadelöhr der ganzen Mission. Nichts wäre schlimmer gewesen, als nach einer erfolgreichen Landung mit ansehen zu müssen, wie das tonnenschwere Schiff mit allem Equipment langsam auf einem unstabilen Untergrund wegsackte und in Schieflage geriet. Die Marsmission war für mehrere Hundert Menschen geplant. Ziel war es, eine autarke Kolonie zu gründen.

Während sie aus dem Fenster schaute, wurde sie von dem eintönigen Gemurmel des Piloten in ihrem Helmfunk derart eingelullt, dass sie fast eingeschlafen wäre. Es gab an Bord nur einen Piloten, da der Raumgleiter von einer künstlichen Intelligenz autonom gesteuert wurde. Der Pilot hatte lediglich kontrollierende Funktion und konnte nur an einer sehr begrenzten Anzahl neuralgischer Punkte in die Steuerungsautomatik eingreifen.

Plötzlich war ihr Bewusstsein wieder auf ihre Umgebung fokussiert. In den Helmlautsprechern hörte sie den Piloten den Countdown der von der A.I. generierten Stimme mitzählen. »Ten, nine, eight ...«

Mia zählte die Zahlenreihe bis zum Abkopplungsmanöver in Gedanken unwillkürlich mit. Die künstliche Stimme der A.I. imitierte einen Mann, aber die Stimme des Piloten in ihrem Interkom war eindeutig die einer Frau. Mia erkannte es jetzt erst. »Five, four, three ...«, klang es in ihr zerstreutes Bewusstsein. Irgendwie kam ihr diese Stimme bekannt vor. »Zero.« Dann hörte sie das Klacken der Verriegelung, und das Raumschiff war frei. Als Nächstes vernahm sie die Antriebsdüsen und konnte in der Schwerelosigkeit die Beschleunigung spüren, die sie in ihren Sitz presste. Der Raumgleiter wurde schneller, und in ihrem Fenster sah sie die riesigen Solarmodule der Raumstation vorbeigleiten. Sie waren so nahe, dass Mia meinte, sie berühren zu können, wenn sie ihre Hand aus dem Fenster strecken könnte. Mehrfaches Zischen der Steuerdüsen unterbrach ihre Gedanken. Die Dynamic veränderte ihre Lage im Raum, und Mia sah in dem kleinen Fenster einen Ausschnitt des hell leuchtenden Mondes. Deutlich hörte sie die Bremszündung und spürte sofort die extreme Verzögerung. Der Raumgleiter wurde jetzt von der A.I. abgebremst und aus dem Orbit in das Schwerefeld der Erde gebracht. In der stabilen Umlaufbahn flogen die Raumstation und der Gleiter mit fast 23.000 Kilometern pro Stunde. Für den Wiedereintritt musste die Geschwindigkeit des abgekoppelten Raumgleiters extrem verzögert werden. Das kleine Schiff senkte die Nase, um den richtigen Eintrittswinkel zu erreichen.

Mia wusste, wie kritisch diese Phase des Atmosphäreneintritts war. Mit einem zu kleinen Eintrittswinkel würde der Raumgleiter von der Atmosphäre abprallen wie ein flach geworfener Stein an der Wasseroberfläche, und das Schiff würde in den Raum geschleudert. Wenn der Winkel zu steil wäre, würde sie in wenigen Minuten in dem metallenen Gefängnis verglühen. Dann sah sie das Glühen des Hitzeschildes an der Vorderkante der kleinen Tragfläche. Das tausende Grad heiße Plasma leckte über die Hitzeschutzkacheln. Ein kleiner Fehler in der Struktur – und es wäre vorbei. Der Raumgleiter wurde in den nächsten Minuten ordentlich durchgeschüttelt, und das Schiff schien von einer Korona gleißenden Lichtes umgeben zu sein. Das durch die Reibungshitze des Wiedereintrittes erzeugte Plasma umhüllte die Landefähre an den Stellen, die dem Luftwiderstand ausgesetzt waren.

Mia überlegte, wie das wohl für einen Beobachter auf der Erdoberfläche aussehen musste. Dann wurde es ruhiger. Der Gleiter wurde jetzt in der dichter werdenden Atmosphäre stabiler, und der zunehmende Auftrieb an den Profilen der Tragflächen machte aus dem Raumschiff langsam ein Flugzeug. In der Kabine wurde es heller. Sie befanden sich jetzt auf der Tagseite des Planeten und flogen in direktem Kurs auf Kourou im ehemaligen Französisch-Guayana zu. Weit im Süden des südamerikanischen Kontinents konnte sie das Purpur des Neophyten über die braune, von den Elementen erodierte Landmasse kriechen sehen. Hier aus dem All war seine flächendeckende Ausbreitung ein nie zu vergessender Anblick, der seine wahre globale Hegemonie offenbarte.

Mia dachte, dass sie das Schlimmste hinter sich hatten und der Wiedereintritt *reibungslos* verlaufen war. *Wenn man das überhaupt so sagen kann,* besann sie sich. Die Reibungshitze hatte sie zumindest nicht gekillt, aber irgendetwas stimmte nicht. Zuerst fiel ihr nur auf, dass die Pilotin sehr gepresst redete. Das konnte sie im Helmfunk hören. Sie verstand aber nicht, was gesagt wurde. Die Kommunikation mit Kourou war von einer seltsamen Betriebsamkeit geprägt. Der Dialog schien fast schon gehetzt zu sein und versprühte eine gewisse Rastlosigkeit gepaart mit Ratlosigkeit. Sie drehte sich zur Seite und sah zu einem der Techniker. Auch er hatte mitbekommen, dass etwas aus dem Ruder zu laufen schien. Mia erkannte es an seinen Augen durch die Scheibe seines Raumhelmes. Ihr wurde bewusst, warum sie nichts verstehen konnte. Ihr Helmfunk war so leise gedreht worden, dass sie der Kommunikation nicht folgen konnten. Plötzlich wurde es laut. Die Pilotin sprach zu ihnen.

»Die A.I. meldet einen Triebwerksbrand. Wir werden die Kontrolle über die Maschine verlieren. Wir befinden uns momentan in 40.000 Fuß Höhe. Wir müssen hier raus, und zwar schnell. Ich sehe da nur einen Weg. Wir lassen uns wie geplant weiter absacken und hoffen dabei, dass das Ding nicht ins Trudeln gerät. Wenn wir eine Absprunghöhe von 20.000 Fuß erreicht haben, gehen wir mit den Fallschirmen raus. Macht schnell, uns bleiben noch maximal 5 Minuten.«

Die Pilotin war, während sie sprach, schon aus ihrem Sitz gesprungen und zu einem geschlossenen Schrank im Heck gerannt. Der Raumgleiter lag noch ruhig in der Luft, aber das konnte sich schnell ändern. Durch den Helmlautsprecher drangen jetzt auch die Alarmsirenen der Feuermelder an Mias Ohr. Nicht unbedingt geeignet, ihre Konzentration für das Bevorstehende zu schärfen. Die Pilotin gab ihnen ein Zeichen, sich abzuschnallen. Die fünf Astronauten in ihren Schutzanzügen bewegten sich auf sie zu, während sie den Spind öffnete und eine Reihe Fallschirme zum Vorschein kamen. Sie gab ihnen Zeichen, sich zu beeilen. Die Zeit raste, und der Flieger fing schon an, gefährlich von einer Seite auf die andere zu drehen. Das würde schnell heftiger werden, wie Mia bewusst wurde, während sie in dem schlingernden Fluggerät versuchte, das Gleichgewicht zu halten. Die Pilotin zeigte ihnen, wie sie die Fallschirme über den Druckanzügen anzubringen hatten, und half ihnen danach, die Montur über dem sperrigen Raumanzug zu fixieren. Insgesamt dauerte diese Prozedur viel zu lange. Der Gleiter drehte sich immer heftiger über seine Längsachse. Noch eins, zwei Minuten und die Maschine würde ins Rollen geraten. Ein Ausstieg war dann nahezu unmöglich.

In diesem Moment knallte es in Mias Helm. Sie drehte sich schnell, um den Ursprung des Geräusches zu finden. Endlich sah sie es. Die Pilotin stand an der geöffneten Luke. Die Kabinentür hatte sie weggesprengt, und der Fahrtwind tobte durch die Maschine. Mia sah direkt in die Wolken, die in Fetzen an der Öffnung vorbeiflogen. Im Hintergrund brauste die Lukentür davon. In der Kabine musste es jetzt sehr kalt geworden sein. Auf allen Oberflächen hatte sich Kondenswasser gebildet. Die Pilotin machte ihnen jetzt Dampf, das Fluggerät zu verlassen. Für weitere Übungen war keine Zeit mehr. Mia blickte von hinten über die Reihe der Astronauten, die einer nach dem anderen den Gleiter verließen und absprangen. Sofort wurden ihre Körper vom Fahrtwind weggerissen. Mia sah kurz durch die geöffnete Luke den Erdboden auf sie zurasen. Die Maschine war ins Trudeln geraten. Noch einer in dem klobigen Anzug, dann war sie an der Reihe. Für Angst war keine Zeit mehr. Sie spürte den Schlag der Pilotin auf ihrer Schulter und war draußen. Mia sah noch, wie sie sich rasend schnell von dem trudelnden Raumgleiter entfernte. Die Welt schien sich immer schneller zu drehen. Plötzlich blickte sie in das brennende Triebwerk des Gleiters. Sie sah wie ein Astronaut mit ausgestreckten Armen und Beinen am Fallschirm hängend direkt in das brennende Aggregat gesaugt wurde. In der blendenden Hitze der Düse ging er in Flammen auf. Seine schnell abflauenden Todesschreie im Interkom waren kaum zu ertragen. Dann wurde sie schlagartig abgebremst. Die Gurte des Geschirrs schnitten ruckartig in ihren Druckanzug. Ihr Fallschirm hatte sich geöffnet. Mia baumelte jetzt hilflos an den Leinen und blickte sich um. Einen Astronauten sah sie in einiger Entfernung am Fallschirm zu Boden sinken. Sie sah nach unten. Sie befand sich in schwindelerregender Höhe. Bis zum Aufprall war es noch ein gutes Stück. Sie konnte sich entspannen. Das war ihr elfter Sprung, und sie ging noch mal die Routinen durch, die für eine sichere Landung zu beachten waren. Erst ein heller Blitz in ihrem unteren Gesichtsfeld ließ sie innehalten und nach unten blicken. Sie sah noch den Feuerball einer heftigen Detonation, bevor das Dröhnen ihre Außenmikrofone erreichte. Der

Raumgleiter musste noch während des Absturzes unter ihr explodiert sein. Dann kam die Druckwelle, die Mia kalt erwischte. Auf so eine Gewalt war sie nicht vorbereitet. An dem Schirm hängend hatte sie auch nichts entgegenzusetzen. Sie wurde heftig nach oben geschleudert, worauf der Schirm über ihrem Kopf zusammenfiel, bevor er im Bruchteil einer Sekunde später ebenfalls von der Schockwelle erreicht wurde und sich aufblähte. Für einen Moment hatte sie den Eindruck, die Fallrichtung hätte sich umgekehrt. Sie würde am Fallschirm nach oben gezerrt. Der Eindruck währte aber nur kurz, dann befand sie sich plötzlich in dem Schirm, und das Nylongewebe wickelte sich um ihren Körper. Mia spürte, wie sie wieder fiel, und wurde sich ihrer Situation bewusst.

Hier komm ich nicht lebend raus, war ihr erster klarer Gedanke. Sie befand sich in der absolut schlimmsten Lage, in die ein Fallschirmspringer kommen konnte. Ihr Körper war umwickelt vom Gewebe des Schirms, und sie raste ohne jegliche Bewegungsfreiheit mit dem Kopf voran dem Erdboden entgegen. So ging das eine lähmende Unendlichkeit lang. *Das war's. So geht es also zu Ende. Nach all dem Scheiß.* Mia hatte aufgehört sich zu wehren und ergab sich ihrem Schicksal. Jeden Moment rechnete sie mit dem letzten Aufschlag. *Hoffentlich tut's nicht weh und geht schnell,* dachte sie, während sie versuchte, sich an die Gesichter ihrer Lieben zu erinnern.

Dann, plötzlich und völlig unerwartet, spürte sie etwas, das sie umfing, das sich an ihren eingewickelten Körper klammerte und an ihren Gurten zog. Sie spürte deutlich einen anderen Körper, der sie umschlang und in der Luft drehte. Sie fiel wieder mit den Füßen voran.

Dann sterbe ich eben mit den Füßen zuerst. Tut bestimmt mehr weh. Ihre Sinne spielten ihr einen Streich und sie blickte kurz in die Fratze des Wahnsinns. Dann wieder ein Ruck. Irgendetwas hatte ihren Fall gebremst und hing jetzt auf ihrem Rücken. Der Aufprall war hart. In ihr war etwas kaputt gegangen. Das spürte sie sofort, aber es wollte sich kein Schmerz einstellen. Etwas lief an ihren Beinen hinunter. Eine Flüssigkeit. Blut? Dunkel war es um sie herum. Der Stoff nahm ihr die Sicht, und sie konnte von Glück sagen, dass der Helm des Druckanzuges sie schützte, sonst hätte sie das Gewebe wahrscheinlich erstickt. Mia konnte sich nicht regen, so fest war sie umschlungen. Wieder zerrte etwas an ihr, an ihrem Helm. Jemand riss und zog, wickelte den Fallschirm ab. Plötzlich Licht, sie war geblendet, sah den Umriss ihres Retters. Langsam wurden die Konturen klarer, und sie sah einen Kopf ohne Helm. Sie erkannte die Konturen eines Gesichtes, eine Frau mit wasserstoffblonden, sehr kurz geschorenen Haaren. Dann hörte sie die Stimme, die sie auch im Interkom gehört hatte. Sie blickte in ein bekanntes Antlitz aus längst vergessenen Zeiten und musste lächeln. Naomi Mae Wood lächelte zurück.

»Was machst du denn hier? Ich dachte, du bist tot.« Mia fand nur schwer die richtigen Worte und redete sehr stockend.

»Ich habe dir gerade den Arsch gerettet, eigentlich warst *du* schon so gut wie tot.« Die platinblonde Asiatin zerrt an dem Fallschirmnylon herum, bekam ihn aber nicht ab. Mit einem Mal sah Mia eine Klinge aufblitzen. Naomi macht sich daran, ihr das Gewebe vom Leib zu schneiden. Mia sah ihr dabei zu und überlegte, wo sie sich schon mal begegnet waren.

Bevor es ihr einfallen wollte, kam ihr Naomi zuvor: »Wir beide kennen uns nicht, oder? Wir sind uns nur bei einigen Videokonferenzen quasi virtuell begegnet«, sagte sie schwer atmend, wobei der Atem in kleinen weißen Wolken aus ihr strömten.

»Du hast recht, wir haben uns nie persönlich getroffen. An eine Videokonferenz kann ich mich noch gut erinnern.« Mia stöhnte mit schmerzverzerrtem Gesicht auf.

»Du bist verletzt! Lass mich mal sehen.« Naomi schnitt gerade die letzte Lage des Nylongewebes durch und spreizte den Stoff, sodass sie Mia endlich befreien konnte. Unter dem Gewebe kam der Raumanzug zutage. In Höhe von Mias Hüfte wies der Druckanzug mehrere Löcher auf. Irgendetwas hatte den Anzug dort perforiert, und Blut quoll heraus. Naomi setzte einen Schnitt an und öffnete das luftundurchlässige, reißfeste Gewebe an dieser Stelle. Sie zerrte und schnitt, bis sie Mias Flüssigkühlsystem und darunter ihre Baumwollunterwäsche freigelegt hatte. Mia stöhnte und versuchte sich zu bewegen, um sich aus dem Fallschirm befreien zu können.

»Halt still! Du blutest. Ich glaube, ein paar Splitter der Explosion haben deinen Anzug durchschlagen.« Naomi sah jetzt, dass mehrere Splitter in den flexiblen Leitungen des Kühlsystems stecken geblieben waren. Nur einer war durchgekommen und steckte tief in ihrer Hüfte, hatte aber keine lebenswichtigen Organe verletzt. »Nur eine Fleischwunde. Dein Kühlsystem hat dir das Leben gerettet. Die meisten Splitter stecken in den Leitungen. Du musst die Zähne zusammenbeißen, ich zieh das Ding jetzt raus.«

Mia spürte einen kurzen, stechenden Schmerz. Dann blickte sie mit tränenden Augen erst in Naomis ausdrucksloses Gesicht, um dann den merkwürdigen Splitter in ihrer Hand zu sehen. »Was ist das?«

»Ich würde mal behaupten, dass es ein Knochensplitter ist. Wahrscheinlich ein Stück Knochen von einem deiner Kollegen, der bei der Explosion zu nah an dem Gleiter war.« Während sie das sagte, drückte Naomi ihren Handschuh fest auf Mias Wunde, um die Blutung zu stoppen.

»Und das hat in mir gesteckt?«

»Ja, aber nicht sehr tief. Ich leg dir gleich einen improvisierten Verband an, wenn es nicht mehr so stark blutet.«

Mia drehte ihren Kopf, um den Knochensplitter nicht mehr sehen zu müssen. »Es war die Videokonferenz, bei der mir klar wurde, mit was wir es zu tun hatten. Der Masterplan, du erinnerst dich.« Sie sprach mit schmerzerfülltem Gesichtsausdruck.

»Ja, schlaue Frau. Ich weiß noch genau, wie du allen die Augen geöffnet hast. Plötzlich war klar, dass die Organismen ein Signal ins All absetzen wollen. Eine Botschaft an ihre Schöpfer. Der Rest ist Geschichte.«

Mia schaute sie an. »Wie bist du wieder zur SU10[5] gestoßen? Wer hat dich nach deinem Telefonat mit den Außerirdischen wieder zurückgeholt?«

»Behringer hat nach mir suchen lassen. Ich hatte mich in einer kleinen Stadt versteckt. Kaspuhl und ich waren in unserer Freizeit oft mit dem Land Rover hingefahren und haben nach Lebensmitteln und Schnaps gesucht. Ich hab dort ein kleines Überlebenslager gefunden. Hab's ihm nie erzählt. Unmengen an Lebensmitteln und Alkoholika. Hat mir in den Monaten meiner Flucht das Leben gerettet. Behringer hat es geahnt, und eines Tages stand dieses Sondereinsatzkommando vor mir. Nach einigen Verhören haben sie mir eine neue Existenz verpasst und mich in Kourou zur Pilotin für den Raumgleiter ausgebildet. Ich hab viel nachgedacht in den letzten Jahren. Es war ein Fehler!«

Mia sah die Tränen in ihren Augen. Naomi blickte nach unten, zog eine Rolle Gewebeband aus einer ihrer Taschen und versuchte mit dem Handschuh und dem Klebeband einen Verband zu improvisieren. »Was war ein Fehler? Das Signal zu schicken?« Mia empfand jetzt Mitleid mit der zierlichen Frau, die hier im Dreck vor ihr kniete. Sie hatte sich gegen alle Vernunft und gegen den Willen der gesamten überlebenden Menschheit für das Versenden der Alienbotschaft entschieden. Offensichtlich hatte sie viel Zeit gehabt, über diesen Fehler nachzudenken, und war von Reue erfüllt. Vielleicht war das der Grund dafür, dass Behringer ihr eine zweite Chance gegeben hatte.

»Man macht viele Fehler im Leben, aber wenn man es bereut und etwas daraus lernt, kann man irgendwann wieder beruhigt in die Zukunft blicken.«

Mia versuchte sie zu trösten. »Du hast das Signal gesendet, aber trotzdem hast du heute wieder eine sinnvolle Aufgabe und arbeitest zum Nutzen der Menschen.«

Naomi blickte sie entgeistert an. Den Verband hatte sie fertiggestellt. »Du glaubst, ich würde es bereuen, das Signal verschickt zu haben? So ein sentimentaler Quatsch. Hab es nie bereut und freue mich jeden Tag mehr auf die Ankunft. Wenn ich könnte, würde ich noch mehr Botschaften verschicken. Das Einzige, was ich wirklich bereue, ist, dass ich Van Baazan nicht kalt gemacht habe.«

Mia setzte sich auf und befühlte den Verband. Dann sagte sie: »War das der Fehler, von dem du eben sprachst?«

Naomi stand jetzt auf und blickte sich um. »Nein! Diesen Fehler werde ich beizeiten korrigieren. Falsch war, dass ich dachte, die Schöpfer dieser Kreaturen, die, die unseren Planeten zerstört haben, wären Millionen von Lichtjahren entfernt und würden kommen, um uns zu retten. *Das* stimmt nicht! Ich weiß es von Behringer. Er heult sich manchmal bei mir aus, weiß ja, dass ich nichts weitererzähle. Wem auch? Mich gibt es gar nicht.«

Mia konnte es nicht ertragen. Sie mühte sich langsam auf, und beide standen sich Auge in Auge gegenüber. »Was weißt du? Jetzt rück schon raus damit.«

Naomi spuckte verächtlich aus und blickte ihr mit finsterem Gesichtsausdruck in die Augen. »Die SU10[5] hat Sonden zum Mars geschickt. Sie haben in Bodenproben das fremde Element gefunden. *Die* müssen schon mal in unserem Sonnensystem gewesen sein. *Die* haben nicht nur die Erde auf dem Gewissen, sondern auch den Mars. Aber das Beste kommt noch! Vor einigen Tagen haben sie es auch in einer Probe des Neophyten, wie ihr ihn nennt, gefunden. Die Lebensform überwuchert zur Zeit den gesamten Planeten, und in ihrem Inneren haben sie Unhexaquadium gefunden.« Nach dem letzten Satz drehte sich Naomi um und ging los. Während sie einen Kompass aus einer Tasche zog, sagte sie: »Lass uns hier verschwinden. Wir sind die einzigen Überlebenden und haben einen langen Marsch vor uns. Ich weiß, wo sie nach uns suchen werden.«

Biosphäre I; Baleareninsel Formentera
359 Tage nach der Ankunft des Signals auf Wolf-359

»Wir können froh sein, dass wir hier sind. Du solltest zufrieden sein.« Seit sechs Wochen lebten sie jetzt hier auf der Insel. Aada versuchte, ihren pubertierenden Bruder zu besänftigen.

»Ist mir doch egal. Ich hab keine Lust mehr auf diese Schule. Das ist total langweilig. Ihr macht doch auch alle eine Ausbildung. Das ist viel spannender. Außerdem will ich wieder zurück nach Marburg.«

Gemeinsam saßen sie an dem Esstisch des Appartements, das ihnen von der Biosphärenleitung zugewiesen wurde, und frühstückten.

»Du spinnst ja! Schau mal auf deinen Teller – du solltest froh sein, dass du Essen hast. Im Schloss hätten wir nicht überleben können. Du hast doch selbst gesehen, dass der Brunnen versiegt war.«

Elias warf seinen Löffel trotzig auf den Tisch und starrte bockig mit zusammengekniffenen Augen aus dem Fenster auf die Glasfläche der Biosphäre, die den gesamten Blick einnahm und das Sonnenlicht stark reflektierte.

Anna, die neben ihm saß, ergriff seine Hand. »Deine Schwester hat recht, Elias. Wir sollten froh sein. Das Schloss hätte uns nicht mehr ernähren können, und was die Schule anbetrifft …«

Elias zog seine Hand weg und legte den Kopf auf den Tisch.

»Lass ihn in Ruhe.« Alex drehte sich zu Anna und sprach leise weiter. »Er wird sich wieder beruhigen, aber das braucht Zeit. Wir sind noch neu hier, und für ihn bedeutet das eine große Umstellung. Er hat lange Zeit mit uns in Marburg verbracht. Wir haben ihn dort selbst unterrichtet. Das war ein Zufluchtsort für ihn. Eigentlich für uns alle. Wir müssen uns an die neuen Strukturen hier gewöhnen. Das fällt dem einen leichter, dem anderen schwerer. Nicht wahr, Aada?« Mit dem letzten Satz zwinkerte er Aada zu, die sich aufgrund der vielen männlichen Kontakte sehr schnell auf der Insel eingelebt hatte. Insbesondere ein männliches Wesen namens Tom hatte sie ihre alte Heimstätte schnell vergessen lassen.

Das Hupen vor ihrem Appartementblock rief alle wieder auf den Boden der allmorgendlichen Routinen zurück. »Wir müssen los. Das ist Ian. Er holt uns ab. Wir haben das Elektromobil des Institutes. Wir wollen heute zu den Pflanzungen in den simulierten Marshabitaten im Landesinneren fahren.« Alex stand auf und ging um den Tisch zu Elias. Mit einem Klaps auf die Schulter motivierte er ihn mitzukommen. Mürrisch erhob sich Elias von dem Tisch, und Alex rief: »Auf jetzt! Von mir aus könnt ihr alle mitfahren, der E-Bus ist groß genug, und Ian fährt gerne einen Umweg für euch. Wir haben heute genug Zeit.«

Fünf Minuten später saßen sie alle zusammengequetscht in dem kleinen Vehikel mit nur einer Rückbank. Anna fragte sich, warum dieses Ding Bus genannt wurde, wenn es so viel Platz bot wie ein normaler PKW in früheren Zeiten. Einzig die Schiebetür für den hinteren Fahrgastraum erinnerte an die eines Busses.

Anna dachte in den letzten Wochen oft an Toni, der mit Kaspuhl nach Chile gegangen war. Sie hoffte sehr, dass er die richtige Wahl getroffen hatte. Auch bei Mia und Simone waren ihre Gedanken fast täglich. Sie telefonierte mit einem der beiden mindestens einmal in der Woche. Meistens wenn sie Eyna besucht hatte und den beiden von den Fortschritten ihrer Tochter berichten konnte. Dabei hatte sie sich zuletzt dabei ertappt, dass sie sich immer ein wenig mehr freute, wenn sie zufällig mit Simone sprechen konnte. *Ob es ihm auch so geht?*, fragte sie sich, als der Bus vor dem Schulgebäude hielt.

Elias stieg mürrisch aus, und Anna folgte ihm schnell, bevor er ihr die Tür vor der Nase zuhauen konnte. Sie hatte heute einen Termin bei seinem Lehrer. Alexis Bell war mittlerweile zum Leiter der kleinen Schule aufgestiegen, und sie wollte die Gelegenheit nutzen, um mit ihm über Eyna zu reden. Anna versuchte, sich noch von ihrem Sohn zu verabschieden, bevor sie das Büro von Bell aufsuchte. Aber Elias verschwand einfach in einem Klassenraum und ließ sie alleine in dem Gang zurück.

Nachdem sie eine junge Lehrerin nach dem Weg gefragt hatte, stand sie plötzlich vor einer Tür und las auf dem Schild den Namen des Direktors. Anna wurde direkt nach dem ersten Klopfen hereingerufen, und schon beim Eintreten wusste sie, dass sie diesen Alexis Bell sympathisch fand. Der Mann war fast eins neunzig groß, und seine dunklen Locken kringelten sich in alle Richtungen. Bell beugte sich über seinen Schreibtisch und gab ihr die Hand. Sie spürte seinen festen Händedruck, der auf einen willensstarken Charakter schließen ließ, und nahm auf dem Stuhl vor seinem Tisch Platz.

»Anna, wie kann ich Ihnen helfen? Sie wollen sicherlich Informationen über Ihren Sohn Elias.«

Anna sah sich in dem kleinen Büro um. An den Wänden hingen farbige Weltraumfotos verschiedener Deep-Sky-Objekte. Sie zeigte auf eines der Bilder und sagte: »Ist das die Supernova in der Kassiopeia von Anfang des Jahres?«

Alexis Bell war offensichtlich beeindruckt. »Sie sind eine Mutter mit astronomischen Grundkenntnissen. Das hat man nicht oft.«

Anna fühlte sich geschmeichelt und winkte ab. »Nein, ist nur Zufall. Der Freund meiner Tochter hat uns das Bild gezeigt. Er hatte das große Pech, den Stern durch ein Teleskop zu betrachten, als er in einer Supernova explodierte.«

»Tom ist der Freund Ihrer Tochter? Unsere Welt ist klein. Viel kleiner als früher«, schob Bell noch nachdenklich hinterher.

Anna stimmte ihm zu. »Ja, das ist richtig. Der Junge spricht in den höchsten Tönen von Ihnen.«

Bell war erfreut. »Schön, er braucht auch viel Unterstützung, seit er sein rechtes Augenlicht verloren hat.«

Anna musste grinsen. »Wenn ich ihn sehe, macht er immer einen sehr aufgeräumten Eindruck. Er ist frisch verliebt, und meine Tochter Aada kümmert sich aufopferungsvoll um ihn, soweit ich das mitbekomme.«

»Das freut mich für ihn. Ist sie älter als er?«

Anna war über seine Frage erstaunt. »Aada? Ja, aber nur ein paar Jahre. Sie ist im September 25 geworden. Und sie hat einiges aufzuholen. Die letzten Jahre in Marburg waren für eine junge Frau wie sie sehr einsam.«

»Dann freut es mich für Ihre Tochter, dass sie Tom kennengelernt hat. Er ist ein netter Kerl. Was ist mit Ihrem Sohn Elias? Wegen ihm wollten Sie mich wahrscheinlich sprechen.«

»Ach der«, entfuhr es Anna.

Alexis schaute sie überrascht an.

»Nein, verstehen Sie mich nicht falsch. Natürlich mache ich mir auch um ihn Sorgen. Aber er ist vierzehn und macht momentan eine schwere Krise durch. Er wird sich hier einleben. Schule ist in seinem Alter zweitrangig.«

»Das wird auch noch ein bisschen so bleiben«, warf Bell ein. »Die Kinder haben alle schwere Zeiten erlebt. Die letzten Jahre waren für die meisten traumatisch. Das dürfen wir niemals vergessen. Ihre normalen Strukturen sind nach der Seuche allesamt weggebrochen, und sie haben ihre natürliche Umgebung verloren. Besser sind die dran, die erst nach dem Zusammenbruch der Zivilisation geboren wurden.«

Das war eine Steilvorlage für Anna. »Deshalb bin ich hier. Ich möchte mit Ihnen über Eyna reden.«

»Eyna ...« Bell wiederholte den Namen mit einem verklärten Blick. »Okay, das ist natürlich ein ganz anderes Thema. Was wollen Sie wissen?«

»Sie müssen verstehen, ich stehe regelmäßig mit Eynas Eltern in Verbindung. Sie machen sich große Sorgen und zweifeln daran, ob es richtig war, sie mit neun Jahren hier alleine zu lassen.«

Alexis Bell unterbrach sie. »Ich verstehe. Aber es war auf jeden Fall die richtige Entscheidung. Sie ist hier eine unter Gleichen.«

Anna hakte nach: »Sie meinen, sie ist hier unter Kindern mit gewissen psychischen Auffälligkeiten?«

»Liebe Anna, viel mehr als das. Bei Ihren Besuchen hatten Sie keinen Kontakt zu den anderen Kindern, nehme ich an?«

»Nein, natürlich nicht. Ich habe immer nur Eyna getroffen.«

»So sollte es auch sein. Alles um diese Gruppe an Kindern unterlag der Geheimhaltung. Wir mussten vorsichtig sein.«

Anna war überrascht. »Sie sagten *unterlag*?«

»Wir fahren jetzt eine andere Politik. Deshalb kann ich auch offen mit Ihnen sprechen. Wir unterrichten hier eine Gruppe von 28 Kindern. Alle im Alter zwischen sechs und neun Jahren. Daneben gibt es noch eine Gruppe Kleinkinder im Kindergartenalter. Alle diese Kinder haben eine Gemeinsamkeit.«

Anna ließ ihn nicht ausreden. »Ich weiß, dass das Schalterprotein nur auf Embryonen in einem ganz frühen Stadium wirkt. Toni, mein Sohn, hat es mir bereits erzählt.«

»Richtig. Das Protein ist nur infektiös, wenn es auf totipotente Zellen trifft. Bei uns Menschen sind das nur Embryonalzellen in den ersten Tagen der Schwangerschaft. Wissen Sie auch über die psychischen Auffälligkeiten Bescheid, von denen Sie eben gesprochen haben?«

»Nicht allzu viel. Nur das, was wir bei Eyna beobachten konnten. Das haben wir bei der Erstuntersuchung vor drei

Monaten angegeben. Ich habe aber auch von Gehirnanomalien im limbischen System gehört. Irgendein unaussprechlicher Teil soll sich durch die Infektion mit dem Protein vergrößert haben.«

Bell griff nach seinem Laptop und drehte ihn zu Anna. »Der sogenannte Mandelkern, auch Amygdala genannt.«. Er öffnete eine Software, die sie nicht kannte, und zeigte ihr ein Falschfarbenbild eines menschlichen Gehirns. »Sehen Sie hier. Das ist eine MRT-Aufnahme eines normalen Gehirns.« Er zeigte mit einem Bleistift auf einen grün gefärbten Gehirnabschnitt. »Das ist eine normale Amygdala.« Bell drückte eine Taste, und ein anderes Bild erschien auf dem kleinen Monitor. Deutlich erkannte Anna ein menschliches Gehirn. Die grün eingefärbte Amygdala konnte sie gut erkennen. »Das ist das Gehirn eines Kindes, dessen Mutter während der ersten Schwangerschaftswoche nachweislich mit dem Protein in Kontakt kam. Wie Sie sehen können, ist der entsprechende Gehirnabschnitt stark vergrößert. Das Schalterprotein sorgt für eine massive Vergrößerung der Amygdala, und Vergrößerung meint hier im Gehirn ...«, wieder ließ er seinen Bleistift über dem Bildschirm kreisen, »... eine größere Anzahl von Nervenzellen und damit eine exorbitant höhere Verschaltung von Neuronen. Die komplexere Verschaltung und die möglichen Aktivitätsstufen der Schaltstellen, nämlich der Synapsen, führen zu einem immer größeren Leistungsvermögen. Und ab einem bestimmten Komplexitätsgrad ist theoretisch alles möglich. Schon ein normales menschliches Gehirn könnte sich über Kombinatorik von Verschaltungen und Aktivitätszuständen jedes Molekül im Universum merken, wenn uns nicht gewisse Schutzmechanismen vor diesem Wahnsinn bewahren würden. Zu was diese vergrößerte Amygdala imstande ist, können wir nur vermuten.«

Anna schaute auf die Legende des Bildes und musste die Luft anhalten.

Bell registrierte ihren Schrecken. »Ja, Sie sehen richtig. Dieses Gehirn ist von Eyna. Sie hat die größte Amygdala, die wir bisher bei infizierten Kindern vermessen haben.« Bell klappte das Notebook zu und schaute sie eindringlich an. »Alles in Ordnung mit Ihnen?«

Anna nickte. Nach Sprechen war ihr gerade nicht zumute.

Alexis Bell stand auf und ging zu der Schrankwand im hinteren Bereich seines Büros. Er öffnete ein Fach und war mit irgendwelchen Gegenständen beschäftigt. Anna konnte nicht erkennen, was er tat. Als er sich wieder zu ihr umdrehte, sah sie zwei Gläser in seinen Händen. »Glauben Sie mir, das Zeug hole ich nur zu ganz besonderen Anlässen aus dem Schrank. Das ist wahrscheinlich der letzte Calvados auf unserem Planeten.« Bell gab ihr ein Glas, und sie trank einen kleinen Schluck.

Sie spürte sofort, wie sich seine Wirkung entfaltete, und fand ihre Sprache wieder. »Was haben Sie herausgefunden? Seien Sie ehrlich zu mir!«

Bell stellte seinen Calvados auf den Tisch. »Ich werde ehrlich zu Ihnen sein. Wir haben neben den eben angesprochenen Gehirnanomalien sehr viele Merkwürdigkeiten festgestellt, die Sie zum Teil auch schon bei der Erstuntersuchung von Eyna beschrieben haben. Aber auch noch einiges mehr. Und eine Absonderlichkeit sticht besonders hervor. Alle Kinder träumen immer wieder den gleichen Traum. Sie berichten von einem Gefühl des Fallens durch eine in allen Farben schillernde Spirale. In dem Traum fallen sie ins Bodenlose. Der Fall endet dann immer abrupt in einem dimensionslosen Raum ohne wahrnehmbare Bezugssysteme. Dort begegnen sie dann einer Person, die mit ihnen spricht. Nach allen Beschreibungen handelt es sich um einen Aborigine, der wie die primitiven Ureinwohner Australiens gekleidet ist und seltsame weiße Ornamente auf seiner Haut trägt. Er hält einen Stock, vielleicht einen Speer, in der Hand und spricht die Sprache der australischen Ureinwohner. Die Kinder können ihn in dem Traum verstehen und sprechen danach seine Sprache. Auch im Wachzustand, wie Sie es von Eyna berichtet haben.«

Anna bekam eine Gänsehaut und ihr fröstelte. »Was sagt er zu den Kindern?«

»Tja, das ist das Problem. Die Kinder berichten von einer sehr symbolischen, metaphorischen Ausdrucksweise. Nicht alles, was er sagt, können sie verstehen und wiedergeben. Aber bei einigen Details sehen wir klarer. Er spricht auf jeden Fall von den Senderorganismen, deren Rufe aus den Wassern bis in die Unendlichkeit zu hören sein wird. So drückt er sich in dem Traum aus. Er spricht außerdem davon, dass er und die Seinen diese unsrige Welt verlassen werden oder schon verlassen haben. Darüber sind wir uns noch nicht im Klaren. Er spricht in dem Zusammenhang immer davon, dass sie in die Traumzeit gehen und dass die Regenbogenschlange sie führen wird.«

Anna nahm das Glas und trank den Schnaps in einem Zug aus. Dann sagte sie: »Das kann nicht sein. Das ist genau der Traum, den mein Sohn Toni vor Jahren träumte. Eyna hat nie von einem solchen Traum berichtet. Wie kann das sein? Toni wurde lange vor dem Schalterprotein geboren. Wieso träumte er diesen Traum der infizierten Kinder und Eyna nicht?«

»Das haben wir auch immer wieder feststellen müssen. Menschen, die mit unseren infizierten Kindern in engen Kontakt kamen, berichten von ähnlichen oder gleichen Träumen, wie sie die Kinder träumen. Die Kinder selbst erzählen nicht gerne davon. Es scheint, als ob normale Menschen im Bannkreis der infizierten Kinder psychisch, wenn nicht sogar telepathisch beeinflusst werden. Toni hatte immer engen Kontakt zu Eyna. Wahrscheinlich musste er deshalb besagten Traum träumen. Haben Sie mit Eyna nicht ähnliche Erfahrungen gemacht?«

Anna fiel es sofort wieder ein. »Ja, natürlich. Eyna hatte diese schreckliche Vision von einem schwarzen Ding in den Wolken, das zu uns herabstieg, um uns alle zu töten. Ich hatte eine Nacht zuvor einen ähnlichen Traum von einem Wesen, das durch einen Riss in den Dimensionen zu uns herabstieg. Es war etwas Schwarzes, sehr Furchteinflößendes. Ihre Vision entsprach bis ins Detail meinem Albtraum. Ich habe später noch oft mit ihr darüber gesprochen.«

Bell nickte und wollte gerade etwas sagen, aber Anna fiel es wie Schuppen von den Augen. »Aber etwas stimmt nicht. Als Toni diesen Traum hatte, war Eyna noch gar nicht geboren. Sie kam erst drei Tage später zur Welt.«

Bell stutzte. »Das ist wirklich ein seltsames Detail. Es scheint, dass sie schon aus dem Mutterleib heraus psychische Aktivitäten zeigte. So was haben wir bisher nicht feststellen können.«

Anna griff über den Schreibtisch nach Bells Glas und leerte es ebenfalls in einem Zug. »Entschuldigen Sie, aber das habe ich jetzt gebraucht. Guter Stoff, wenn wir wieder Äpfel haben sollten ...«

Bell lachte herzhaft und sagte: »Wenn Sie noch einen wollen, sagen Sie es nur. Ich habe noch einen kleinen Vorrat. Ich denke, Sie werden gleich noch einen brauchen.«

»Wieso? Wegen dem Aborigine aus dem Traum? Ich weiß doch bereits, was er noch gesagt hat.«

»Nein, das meine ich nicht. Wie Sie wissen, spricht er dann noch davon, dass sie die Traumpfade, die sie nehmen, für immer verschließen und das das Ende der Zeit gekommen sei. Alles was er sagt, ist zeitlich nicht einzuordnen. Wir können nicht sagen, ob es bereits stattgefunden hat oder erst noch passieren wird. Nur zum Schluss gibt er den Träumenden immer noch einen Rat für die Zukunft.«

Annas Worte kamen mechanisch wie auf Abruf. »*Geh jetzt und werde, was du bist, was du sein wirst und was du warst! Und finde deine Traumpfade mithilfe der Schlange.* Das ist es, was er sagt. Toni hat es mir erzählt. Ich kann es nicht mehr vergessen.«

Bell stimmte ihr zu. »So haben wir es auch erzählt bekommen. Und Sie werden es nicht glauben. Ich habe es selber auch geträumt.«

Beide saßen nachdenklich in Bells Büro, und für einen Moment herrschte Stille. Das, was gesagt worden war, musste sich erst mal setzen.

Anna sagte schließlich aus der Stille heraus: »Wie meinten Sie das eben, ich würde noch einen Schnaps brauchen?«

»Nun, wir haben noch einiges mehr herausgefunden. Die Kinder sind Telepathen. Zumindest untereinander kommunizieren sie auf diesem Wege. Wenn sie alleine sind, haben wir noch nie beobachten können, dass sie sprechen. Ob sie in der Lage sind, auch unsere Gedanken zu lesen, können wir noch nicht abschließend beantworten. Vieles spricht dagegen. Manches dafür. Aber das ist noch nicht alles. Es kommt noch besser.«

Anna glaubte, ihren Ohren nicht mehr trauen zu können.

»Der Aborigine hat uns neugierig gemacht, und wir haben angefangen zu recherchieren. Dabei sind wir auf viele Ungereimtheiten gestoßen. Aber kommen Sie. Wir machen einen kleinen Spaziergang.«

Anna folgte ihm, und sie gingen eine Zeit lang durch die weißen, leeren Korridore der Biosphärenschule. Beide redeten kein Wort, und Anna dachte über das eben Gehörte und alle sich daraus ergebenden Konsequenzen nach. Insbesondere Eynas *»Sie kommen«* bereitete ihr mehr und mehr Kopfschmerzen.

Für Anna unerwartet blieb Alexis Bell vor einer Tür stehen und forderte sie wortlos auf, den dahinter liegenden Raum zu betreten. Der Raum war klein. Höchstens vier mal vier Meter, und während Bell die Tür hinter ihnen schloss, registrierte Anna eine Sitzreihe vor einer Wand, die sich von den anderen drei Seiten des Raumes augenscheinlich unterschied. Nachdem sie Platz genommen hatten, drückte Bell auf einer in den Boden eingelassenen Konsole mehrere Knöpfe. Anna sah diese daraufhin aus dem Boden fahren und blickte nach oben auf die Wand. Vier etwa gleichaltrige Kinder spielten dahinter auf dem Boden eines benachbarten Raumes. Eines war Eyna. Die Wand war transparent, und Anna hob gerade zu einer Frage an, aber Bell kam ihr mit einer Antwort zuvor. »Nein, sie sehen uns nicht. Nur wir können sie sehen.«

»Aber wenn Sie so einen Aufwand betreiben, warum dann keine Mikrofone?«, fragte Anna erstaunt.

Bell musste lachen. »Da sind Mikrofone installiert. Sie reden nicht, aber sie kommunizieren. Ich hatte es Ihnen gesagt.«

Während Anna ungläubig die Szenerie beobachtet, ließ Bell seine Finger über die Konsole gleiten. In dem Glas der einseitig verspiegelten Wand erschienen plötzlich Bilder, die die Köpfe der Kinder zu überlagern schienen.

»Was ist das?« Anna war aufgestanden und betrachtete die Anzeigen aus der Nähe. »Ich glaube es nicht! Ist es das, was ich denke?«

Bell lächelte sie an und zuckte mit den Schultern. »Was denken Sie denn?«

»Das sind Jetztzeit-MRT-Bilder ihrer Gehirne auf die Wand über ihre Köpfe projiziert.«

»So können wir ihre Gehirnaktivitäten andauernd kontrollieren. Der Raum ist ein riesiger Mehrpersonen-Kernspintomograf. Und sehen Sie mal. Die farbigen Areale zeigen ihre momentanen Aktivitätszentren. Rot heißt hohe Aktivität. Sehen Sie die Farbskala im unteren Bildrand?«

Anna konnte ihren Blick nicht mehr von den Bildern lösen und nickte.

»Dann lassen Sie das mal auf sich wirken. Sie werden staunen.«

In der nächsten halben Stunde beobachteten sie die Kinder und ihre sprachlosen Interaktionen, während ihre limbischen Systeme in Rot zu glühen schienen. Bell redete unterdessen ununterbrochen auf sie ein.

»Angefangen hat es mit den seltsamen Verhaltensweisen der australischen Aborigines zu Beginn der Seuche. Sie haben sich damals an verschiedenen heiligen Orten versammelt und sind dann einfach gestorben. Sie sprachen vom Ende der Welt und auch von den Geistwesen in den Meeren, die in den Himmel starrten und nach ihren Brüdern riefen. Man hielt das fälschlicherweise für eine Form der Massenhysterie. Heute wissen wir es natürlich besser. Aber woher wussten sie von den Senderorganismen? Diese Frage bleibt unbeantwortet. Wir haben uns dann ausgiebig mit ihrer Kultur beschäftigt und sind auf sehr sonderbare Dinge gestoßen, die schon fast dem Vergessen anheimgefallen sind.«

Anna's Blick war auf Eyna's Kopf fixiert. Ihre Amygdala strahlte in Rot, und wenn sie mit einem anderen Kind augenscheinlich interagierte, sie konnte es an ihrer Gestik und Mimik sehen, flackerten ihre Mandelkerne wie die Positionslichter eines Düsenjets.

»Alles hat mit 50.000 Jahren alten Felszeichnungen angefangen.«

Anna konnte ihren Blick nicht mehr von den MRT-Bildern abwenden. »Was für Felszeichnungen?«, entfuhr es ihr, ohne aufzusehen.

»Wir haben alte Felszeichnungen gefunden, die schon vor langer Zeit von Ethnologen entdeckt und beschrieben wurden, aber in den Jahren nach der Seuche wieder in Vergessenheit geraten sind. Immer waren darauf Jagdszenen und Geister aus der Mythologie der Aborigines zu sehen.«

»Ja und? Auf was wollen Sie hinaus? Solche Felszeichnungen gab es in allen frühen Epochen der

Menschheit.« Während Anna das sagte, schaute Eyna in ihre Richtung. Sie schien ihr direkt in die Augen zu sehen. Anna wusste, dass Eyna sie nicht durch die verspiegelte Wand sehen konnte, aber ein mulmiges Gefühl blieb. Eyna blickte sie fast eine Minute unverwandt an, und das MRT-Abbild zeigte unterdessen durch ein sattes Rot ihre immer stärker feuernden Mandelkernneuronen. Anna hatte das Gefühl, Tolkiens Sauron richtete sein rotes Auge aus dem Schattenreich Mordor auf sie und blickte ihr direkt in die Seele.

»Die Zeichnungen zeigen die Wandjina. Das sind Geister der Aborigines, die als Schöpfer des Lebens gelten und den Menschen erschaffen haben sollen. Sie sollen aus der Milchstraße gekommen sein und werden immer ohne Mund dargestellt.«

Das machte Anna hellhörig. Eyna hatte soeben ihren Blick abgewandt, und das satte Rot ihrer Amygdalae verblich. »Ohne Mund? Dann brauchen sie auch kein Mikrofon?«

»Nein«, sagte Bell. »Es heißt, sie benötigten keinen Mund. Sie konnten auch ohne Worte kommunizieren.«

»Woher wollen Sie das wissen, und was soll das mit den Kindern zu tun haben?«, fragte Anna argwöhnisch. »Das kann man wohl kaum irgendwelchen Felszeichnungen entnehmen.«

»Nein, wohl kaum. Das sind sehr alte mündliche Überlieferungen, die von Anthropologen vor langer Zeit aufgezeichnet wurden.«

Anna wollte mehr hören und fragte: »Und was haben diese Überlieferungen mit alledem hier zu tun? Sie zeigen mir die Kinder doch nicht zufällig.«

»Lassen Sie mich einfach weitererzählen, vielleicht wird es dann klarer. In den Überlieferungen heißt es von den Wandjina, dass sie aus ihren Mündern eine Flut strömen ließen, bis alles Leben und das Land vernichtet war.«

»Sie sagten eben, sie hätten keine Münder gehabt, und warum taten sie das?«, insistierte Anna.

»Warten Sie, es geht ja noch weiter. Sie sollen damit neue Menschen in einem neuen Land geschützt haben. Um zu verhindern, dass das noch mal passieren würde, verschlossen sie danach für immer ihre Münder und stiegen wieder in den Himmel auf.«

»Das ist ja alles schön und gut«, sagte Anna, »aber ich verstehe immer noch nicht, auf was Sie hinauswollen.«

Alexis Bell drückte auf einen Schalter der Konsole, und die Kinder hinter der verspiegelten Wand verschwanden. »Wir haben in dieser Höhle nicht nur pigmentierte Felszeichnungen gefunden, sondern eine Ritztechnik entdeckt, die für ganz Australien einmalig ist. Man nennt das auch Petroglyphen. Wir haben die Felszeichnungen einer genauen Analyse unterzogen. Nicht nur die bildhaften Darstellungen, sondern auch die geritzten Bilder. Die Ergebnisse sind sehr befremdlich, und wir haben sie mehrmals überprüft. So, jetzt halten Sie sich fest, gleich wollen Sie wieder einen Schnaps von mir. Die normalen Felszeichnungen geben einfache Jagdszenen wieder. Neu ist nur, dass die Künstler die Jagd unter zwei Monden darstellten.«

»Vielleicht hatten die Künstler einfach einen Calvados zu viel? Diese Info lässt mich noch nicht nach einem Schnaps lechzen«, erwiderte Anna lachend.

»Nein, aber Sie haben keine Geduld. Interessant wird es bei der Betrachtung der Petroglyphen. Diese Ritzbilder wurden in der Regel mit Steinen, Zähnen oder dergleichen in den Fels geritzt. Doch an unserem Standort haben sie etwas benutzt, was es vor 50.000 Jahren noch gar nicht gab. Die Bilder waren mit einer spitzen Metallnadel oder etwas Ähnlichem aus Metall in den Untergrund geritzt worden. Das konnten die Archäologen sofort erkennen. Nachdem wir dann in den Ritzen Metallreste fanden – nach 50.000 Jahren unter einer Sauerstoffatmosphäre eigentlich unmöglich – und diese analysiert hatten, konnten wir das Metall identifizieren. Diese Jungs haben vor 50.000 Jahren mit Nadeln aus UHQ Bilder in irdische Felsen geritzt.« Den Satz ließ Bell einige Sekunden wirken, bevor er fortfuhr. In Anna löste das Gesagte einen inneren Alarm aus. »Stellt sich die Frage, woher sie das Element hatten. Auf der Erde gab es kein UHQ. Dass sie sich das Zeug vor 50.000 Jahren nicht alleine beschafft oder hergestellt haben können, ist, glaube ich, klar. Also muss ihnen jemand geholfen haben. Und wenn wir ihren mündlichen Überlieferungen Glauben schenken, dann kämen tatsächlich die Wandjina in Frage. Sie erinnern sich?«

Anna lief es eiskalt den Rücken hinunter. Ihr Verstand wehrte sich noch gegen die logische Verknüpfung aller ihr bekannten Tatsachen zu einem großen Ganzen. »Alles klar! Und jetzt erzählen Sie mir bestimmt gleich, dass diese Wesen in Wirklichkeit Außerirdische gewesen sind, die die Aborigines besucht haben.« Anna wollte es nicht glauben, und Bell ergänzte nur lapidar: »Sie sollen aus der Milchstraße gekommen sein und neue Menschen in einem neuen Land geschützt haben. Danach stiegen sie wieder in den Himmel auf.« Er war nicht von seiner Idee abzubringen. »Wissen Sie, was der Künstler mit der UHQ-Nadel in den Felsen geritzt hat? Nein? Gleich wollen Sie Ihren nächsten Schnaps.«

»Los, raus damit!«, sagte Anna nur.

»Ich zeige es Ihnen.« Bell drückte einige Tasten auf der Konsole, und auf der interaktiven Wand erschien ein Bild einer Felswand. »Hier, sehen Sie selbst.«

Anna sah sich das Bild an, und der Ruf nach einem Schnaps wurde in ihrem Kopf tatsächlich unüberhörbar laut. Die geritzte Zeichnung gab eindeutig den von den Kindern beschriebenen Mann aus ihren Träumen wieder. Deutlich sah sie die angedeuteten weißen Ornamente auf seiner Haut. Sie erkannte die Hände auf seiner Brust und die Schlangen auf seinen Armen. Selbst die Schlangenköpfe auf seinen Handrücken und der Stab durch seine Nase waren gut zu erkennen. Aber was das Rufen nach dem Schnaps immer lauter werden ließ, war das Geisterwesen neben seinem liegenden Körper. Das, was der Künstler da vor 50.000 Jahren für die Ewigkeit hinterlassen hatte, erinnerte an eine Art Roboter, eine Maschine mit mehreren Armen, die über dem Boden zu schweben schien. Das Ding war sehr realistisch dargestellt, aber zugleich erkannte man an der naiven Linienführung, dass der Künstler etwas sehr Technisches zu zeichnen versucht hatte, was in seiner Lebenswelt eigentlich nicht vorkam. Er hatte auch versucht, dem Apparat eine Physiognomie zu verpassen. Aber das war ihm nicht gelungen. Die Vorrichtung schien etwas in den Mann zu bohren – eine Nadel vielleicht. Auf dem Körper trug es mehrere wellenförmige Symbole. Wahrscheinlich waren das stilisierte Schlangen. Eine zentrale Figur der Aborigines-Mythologie.

Lange, stille Sekunden vergingen. Daraus wurden Minuten. Anna war gefangen zwischen ihrem Unglauben und all den neuen Informationen, die sie besaß und die sich in ihrem Kopf gerade zu etwas Neuem, Großem zusammenfügten. Das, was Bell ihr erzählt und gezeigt hatte, war eine Sache, aber was sie aus Gesprächen mit Mia und Viktor Kaspuhl wusste, war etwas gänzlich anderes. Sie hatten gestern telefoniert. Mia erzählte ihr von dem Unglück mit dem Raumgleiter. Sie hatte nichts ausgelassen, auch nicht, wer ihr das Leben gerettet hatte. Wie es das Schicksal wollte, telefonierte Anna daraufhin mit Viktor Kaspuhl. Sie hatte ihn auf seinem Satellitentelefon erreicht. Er befand sich mit Toni auf einem Zwischenstopp in Baikonur und kam von einer Sondermission am Baikalsee zurück. Anna wollte ihm von dem Auftauchen einer bestimmten Person berichten, weil sie glaubte, dass er daran großes Interesse haben würde. Wie sich herausstellte, lag sie damit nicht ganz falsch.

Nebenbei berichtete er ihr auch von den sensationellen Untersuchungsergebnissen am Baikalsee. Wirklich unglaublich, welche Konsequenzen sich daraus ergaben. Plötzlich wurde ihr bewusst, dass sie der einzige lebende Mensch war, der zur Zeit über diese gesamten Informationen verfügte. Damit war sie die einzige Person, die daraus auch die richtigen Kausalitäten ableiten konnte.

Anna war sofort klar, dass sie alles mit Bell besprechen musste, bevor sich die einzelnen in ihrem Geist zusammengefügten Puzzleteile wieder voneinander lösten.

»Alexis, Sie müssen mir jetzt zuhören. Ich habe momentan so viele Infos in meinem Kopf. Ich hoffe, ich bekomme das alles in einen nachvollziehbaren Zusammenhang. Die Informationen kommen aus vielen Fachgebieten und aus verschiedenen Zeiträumen oder Raumzeiten. Zum Teil liegen Tausende Jahre zwischen den Ereignissen und auch Tausende Lichtjahre.«

Bell war überrascht. Er war sehr neugierig, was sie nach all dem noch an Neuigkeiten zu bieten hatte.

»Ich werde Ihnen helfen, legen Sie los!«

Anna nickte und sagte dann: »Eines ist aber jetzt schon klar. Wenn das alles so geschehen ist, wie es sich mir jetzt darstellt, dann müssen wir die Geschichte umschreiben.«

Was Anna und er in der nächsten dreiviertel Stunde zusammen kombinierten, war schier unglaublich. Bell hatte sein Diktiergerät eingeschaltet und schnitt alles mit. Ausgehend von dem UHQ in dem Metallfund der Felsritzungen spannte Anna einen weiten Bogen über das UHQ im Neophyten bis zu dem UHQ in den Marsproben. Unter der Annahme, dass es in unserem Kosmos kein natürlich vorkommendes UHQ geben dürfte, zog sie die momentan einzig logische Schlussfolgerung, dass es vom Neophyten hergestellt werden musste. Das bedeutete, dass der auch auf dem Mars gelebt haben musste oder das eine intelligente Spezies den Planeten kontaminiert hatte. So muss es dann auch zu den Ureinwohnern Australiens gelangt sein. Anna und Bell waren sich einig, dass die Felszeichnung den Mann aus dem Traum der Kinder zeigte und ein Detail eine Maschine, eine Art Roboter darstellte. Sie mutmaßten, dass das UHQ vielleicht von dieser Apparatur stammte. Tatsache aber war, dass die Sonne vor 50.000 Jahren ein UHQ-Spektrum besessen haben musste. Dafür sprachen ganz klar das WOW-Signal von 1977 mit dem Primer aus circa 25.000 Lichtjahren Entfernung und das Signal, das der Unbekannte vom Baikalsee aufgezeichnet und zusammengeschnitten hatte. Woher er das Signal hatte, war unbekannt. Kaspuhl hatte ihr davon berichtet. Die Signale zielten eindeutig auf das Sonnensystem. Warum es unsere Sonne oder warum es überhaupt Sterne mit dem Spektrum gegeben hatte oder gab, konnte sie nicht erklären. So kamen sie zu der Annahme, dass alle Infos den Mars in den Mittelpunkt der Untersuchungen rücken würden. Nur dort erwarteten sie, weitere Antworten zu finden.

»Wir wissen heute, dass der Mars einst ein Magnetfeld besaß, das ihn vor dem Sonnenwind schützte. Irgendwann muss das Feld kollabiert sein, und die Atmosphäre wurde einfach weggeblasen. Allerdings ging die Wissenschaft davon aus, dass das vor Milliarden Jahren passiert ist.«

Bell überlegte, und Anna nutzte die Pause für eine Frage: »Auf was wollen Sie hinaus?«

»Vielleicht haben wir uns getäuscht, vielleicht geschah das viel später. Hören Sie, was wäre, wenn der Mars einst eine Atmosphäre besessen hätte, wie die Erde. Und wenn es dort Leben gegeben hätte?«

Anna verstand, auf was er hinaus wollte. »Sie meinen, dass dort auf dem Mars das Gleiche passiert ist wie auf unserem Planeten?«

»Genau, und zwar vor ungefähr 50.000 Jahren.«

Anna fand diese Vorstellung bestechend. »Vor 50.000 Jahren gelangt eine UHQ-Spore mit dem Schalterprotein auf den Mars. Das Leben wird dort angegriffen. Die

Senderorganismen entwickeln sich und senden ungehindert ihre Botschaft. Da ist niemand, der sie aufhalten würde. Nach einiger Zeit, das Protein ist verschwunden und das Leben auf dem Mars vernichtet, entsteht der Neophyt und breitet sich auf dem Planeten aus. Er erzeugt das UHQ, das in den Bodenproben gefunden wurde.«

Bell war plötzlich sehr aufgeregt. »Anna, gerade wird mir klar, was diese Lebensform in den Kratern im Erdinnern treibt. Wir haben dort immens hohe Temperaturen und Magnetfelder gemessen. Dort findet ein nuklearer Prozess statt. Das Ding betreibt dort eine Kernfusion und sichert damit seinen Energiebedarf.«

»Und den der Senderorganismen«, ergänzte Anna intuitiv.

»Genau! Und als Endprodukt entsteht dieses exotische Element. Dazu fallen mir auch noch die Wasserdampf-Blow-outs ein. Die erfüllen gleich zwei Aufgaben. Einmal dienen sie der Kühlung, zum anderen sorgen sie für einen Treibhauseffekt – das ist Terraforming.«

Anna schaute ihn fasziniert an, dann sagte sie: »Zwei Dinge verstehe ich noch nicht. Einmal, wie entsteht dann die UHQ-Anomalie der Sternenspektren?«

»Und?«

»Wofür benötigt es bis hier eine intelligente Spezies? Oder anders gefragt: Wem gilt das Terraforming, wen soll das Signal erreichen?«

Auch Bell war jetzt fasziniert. »Nehmen wir an, alles entwickelte sich auf dem Mars, ohne das Eingreifen von uns Menschen. Der Treibhauseffekt entwickelte sich immer weiter, und die Signale wurden gehört. Irgendetwas besuchte daraufhin den Mars. Dann stellt sich die Frage, wo ist es geblieben und was ist mit dem Mars passiert? Auf jeden Fall ist die Sonne in keiner Supernovae explodiert, und der Mars wurde offensichtlich auch nicht vernichtet«, sagte Bell.

»Nein, vielleicht wurde in unserem Sonnensystem nur der befallene Planet desinfiziert, indem sein Magnetfeld zerstört wurde. Vielleicht vor 50.000 Jahren.«

»Sie meinen, die Sternenzerstörer verzichteten in unserem System auf die Sprengung der Sonne? Warum, was sollte sie daran gehindert haben, unser Sonnensystem zu vernichten?«

Anna schaute ihn mit einem merkwürdigen Blick an. Dann sagte sie: »Das Leben auf dem dritten Planeten. Sie haben es eben selbst gesagt. Die Wandjina kamen aus der Milchstraße und zerstörten das Leben mit einer Flut aus ihren Mündern. Das Leben in einem neuen Land schützten sie. Danach stiegen sie wieder in den Himmel auf. Zerstört haben sie das Leben auf dem Mars. Das Leben auf der Erde haben sie geschützt.«

Bell fing an zu verstehen, doch ein Zweifel blieb. »Aber warum haben sie das gemacht?«

Biosphäre VI; St. Lorenz Insel
364 Tage nach der Ankunft des Signals auf Wolf-359.

»Unhexaquadium. Dieses Wort können wir doch alle nicht mehr hören. Zum Schluss hat jeder nur noch die Abkürzung UHQ benutzt. Ich denke, das Element sollte wie jedes neu entdeckte Element einen neuen Namen erhalten.«

Professor Andrew Ferguson warb für sein Namensgebungsprojekt in der Führungsebene der $SU10^5$. Ferguson war Leiter der Abteilung Experimentalphysik, und er war damals an der Untersuchung des Meteoritensplitters beteiligt.

»Und was schwebt Ihnen da vor?«, wollte der Vorstand der Biosphäre VI wissen. »Ich meine, das ist doch im Moment das kleinste Problem. Wir finden das Zeug in der Lebensform, dem Neophyten und auf dem Mars. Sie sind heute hier, um uns einen detaillierten Bericht über die uns vorliegenden Forschungsergebnisse vorzulegen. Keiner braucht einen neuen Namen. UHQ ist so gut wie alle anderen. Wir sind hier doch nicht auf einem Kindergeburtstag.«

Dieser Ferguson war schon immer ein komischer Vogel, dachte Alex, der noch gut seinen Vortrag in Baikonur in Erinnerung hatte. Das war schon einige Jahre her. Ferguson hatte als Hauptbestandteil des finnischen Meteoriten das neue Element mit der lateinischen Bezeichnung für die Ordnungszahl 164 identifiziert. Ein Element, das es so in unserem Universum eigentlich gar nicht geben durfte. Er war es, der auch das Schalterprotein im Meteoriten nachgewiesen hatte. Aus seinen Befunden ergab sich damals der dringende Verdacht, dass hinter der Meteoritenspore mit ihrer tödlichen Fracht ein planender Geist stecken müsse. In der Gemeinschaft wurde aufgrund der Befunde diskutiert, ob es sich um eine Art Biowaffe aus dem All handeln könne. Insgeheim gab Alex dem Vorstand recht. Ferguson benahm sich manchmal äußerst merkwürdig. Ob er wohl ein Autist war?

Alex saß auf Formentera in dem Kontrollraum der Biosphäre I. Neben ihm saßen Anna und Alexis Bell. Sie hatten ihm ihre Theorien vorgetragen. Alex hielt das alles für sehr stichhaltig. Er hatte auch die führenden Gremien bereits unterrichtet. Die Informationen liefen alle hier auf der Baleareninsel zusammen. Unabhängig von Anna und Bell waren auch andere zu den gleichen Ergebnissen gelangt. Zur Zeit nahm das gesamte Forschungsteam der Baleareninsel über das Intranet der SU10[5] an der Videokonferenz teil. Heute waren alle Biosphären der Welt zusammengeschaltet. Selbst die Reichen der untergegangenen Welt nahmen heute von ihrer Überlebensinsel in Argentinien an dem Meeting teil. Alex glaubte, sogar Van Baazan kurz gesehen zu haben.

Ferguson ließ sich von dem Einwand des Vorstandsmitgliedes nicht weiter beirren, sondern verfolgte sein Ziel noch hartnäckiger. Es schien, als habe er den Einwand vollkommen falsch interpretiert. *Ein typisch autistischer Zug*, überlegte Alex. Die ablehnende Haltung des Mannes wurde emotional falsch gelesen und als Interesse oder sogar Anteilnahme interpretiert. Er hatte ja auch gefragt: »*Was schwebt Ihnen da vor?*« Jeder Mensch, der diesen Satz eben gehört hätte, hätte auch die beißende Ironie darin lesen können. Nur Ferguson schien das entgangen zu sein. Das war typisch für einen Asperger-Autisten. *Wahrscheinlich entspricht die ganze Wissenschaftsaura, die ihn umgibt, der typischen Inselbegabung eines Autisten, der ansonsten bei allen zwischenmenschlichen Dingen eher ungeschickt bis unfähig erscheint.*

Alex wurde in seinen Gedankengängen jäh gestört. Ferguson hatte nach dem *Kindergeburtstag* die ganze Zeit weiter doziert. Gerade hatte er seinen Vorschlag für den neuen Namen des UHQs vorgetragen. *Finnicium* sollte es seiner Ansicht nach genannt werden, weil es ja auch zuerst in Finnland entdeckt worden war. Nach einiger Aufregung in der SU10^5-Gemeinde wurde die Abstimmung über Fergusons Antrag zunächst auf einen späteren Termin vertagt. Das Thema hatte auf jeden Fall Sprengkraft, denn auch andere Ideen zur Namensgebung machten die Runde. Das meiste, was so herumschwirrte, war dazu geneigt, andere Eitelkeiten, als die der letzten Finnen zu bedienen. Finnen gab es nach dem letzten Makrozensus der SU10^5 sowieso nicht mehr viele.

Ferguson empfand das als Niederlage. Er war nach der Vertagung seiner Namensabstimmung bei dem ersten wirklich wichtigen Tagesordnungspunkt angelangt. Er referierte über die UHQ-Funde in dem Neophyten, auf dem Mars und in den Petroglyphen Australiens. Insgesamt kam auch er zu ähnlichen Ergebnissen wie Anna und Bell.

»Der Neophyt wächst mittlerweile auf allen Kontinenten. Seine Ausbreitung folgt dem Verbreitungsmuster der Pflanzenseuche vor acht Jahren auf den Fuß. Er dient auch als Nahrung für die Biosender. Das ist ein weiterer eindeutiger Beleg für die Coevolution dieser drei Phänomene. Das alles gibt Anlass, an einer irdischen Herkunft dieser Lebensform zu zweifeln. Der UHQ-Fund ist aber als eindeutiger Beweis für seine extraterrestrische Herkunft zu werten.« Ferguson holte tief Luft und blickte kurz zur Seite. Dann sah er wieder in das Auditorium der Biosphäre VI und in die Kamera, die sein Bild gestochen scharf zu den weltweit an den Bildschirmen verweilenden Teilnehmern der Videokonferenz übertrug. »In vier Tagen werden wir gezielt zwei Krater des Neophyten angreifen und zerstören. Die Erderwärmung über die Gasjets gilt es zu stoppen. Nach allem, was wir wissen, könnte es sich hierbei auch um eine Art Terraforming handeln, das den Besuch einer extraterrestrischen Spezies vorbereitet. Wir konnten die Seuche nicht stoppen, die Biosender erledigten wir meistens, aber den Neophyten müssen wir aufhalten. Auch wenn er auf den ersten Blick nicht so aussieht, es ist eine weit fortgeschrittene Lebensform. Einfach, aber genial. Gemacht um zu überleben und sich zu vermehren. Er bedient sich nuklearer Kräfte, um auf fremden Welten Energie bereitzustellen – er betreibt Kernfusion. Am Ende seiner Entwicklung wird er unseren Globus für etwas anderes, wahrscheinlich überaus gefährlicheres vorbereitet haben. In den Sternensystemen da draußen«, Ferguson zeigte in den nicht sichtbaren Himmel, »sieht man, zu was das führen kann. Auch auf dem Mars zeugt die Vergangenheit von einer Katastrophe. Irgendeine Spezies macht im Universum den Kammerjäger. Und sie fackeln nicht lange. Wir sehen doch die Reste ihrer Sternenleichen. Nur in unserem System haben sie Gnade vor Recht walten lassen und nur einen Planeten gesäubert. Ich werde Ihnen jetzt erzählen, weshalb sie hier anders verfahren sind.« Ferguson machte eine Sprechpause und lud eine andere Präsentation auf seinem Rechner. Das Titelbild zeigte eine riesige Fläche, die von dem Neophyten bedeckt war. »Genaue Analysen seines Aufbaus haben gezeigt, dass der Neophyt nicht zellulär wie irdisches Leben aufgebaut ist. Vielmehr besteht er aus einer einheitlichen Matrix, die eine leichte Körnigkeit im Elektronenmikroskop zeigt. Wir haben eine Art Kanalsystem entdeckt. Hier laufen Lebensvorgänge ab, ähnlich wie bei irdischen Organismen. Allerdings nur ähnlich, praktisch aber eine vollkommen andere Biologie. Aber den bemerkenswertesten Befund«, einen kurzen Augenblick hielt er inne, um dann fortzufahren, »werde ich Ihnen gleich servieren. Zunächst haben wir DNS-Fragmente gefunden. Das dürfte Ihnen bereits bekannt sein. Die Untersuchung der Feinstruktur dieser DNS lieferte aber eine wirkliche Sensation.« Wieder machte er eine dramaturgische Pause, um dann endlich die sprichwörtliche Katze aus dem Sack zu lassen. »Diese DNS lässt keine Unterscheidung in Exon und Intron DNS erkennen, wie es bei der irdischen DNS höherer Lebewesen der Fall ist. Kurz, die Erbsubstanz besteht eigentlich nur aus einer DNS-Sorte, die aber für nichts codiert und auch nicht gelesen wird. Diese DNS enthält die molekularen Andockstellen für das Alienprotein in großer Zahl. Das außerirdische Schlüsselprotein kann an diesen Stellen binden wie im Introngenom der irdischen Pflanzen. Aber im Neophyten scheint diese DNS keine Rolle zu spielen. Er scheint eine rein vegetative Lebensform zu sein, die über andere Formen der Informationsweitergabe verfügt. Eventuell werden über diese Andockstellen Rückkopplungsprozesse gesteuert, die verhindert haben, dass der Neophyt sich ausbreiten konnte, solange noch Pflanzen auf unserem Planeten das Schalterprotein hergestellt haben.«

Im Kontrollzentrum der Biosphäre VI und auch überall auf der Welt, wo die Menschen ihm zuhörten, wurde es jetzt unruhig, und es gab die ersten Zwischenrufe. Ferguson aber war zu sehr ein Profi der wissenschaftlichen Moderation, als dass er sich dadurch stören ließ. »Wir erleben momentan das Wachstum von Lebensformen auf unserem Planeten, deren Genom für unser Universum wahrscheinlich universell ist. Ich werde Ihnen gleich sagen, wie wir zu dieser Einschätzung kommen. Auf jeden Fall handelt es sich bei dieser Organismenlebensgemeinschaft um einen ...« Ferguson machte die nächste Pause und suchte nach einer Formulierung. Dann fuhr er mit monotoner Stimme leise fort. Unter den hunderten Zuhörern herrschte absolute Stille. »... um eine parasitäre Lebensgemeinschaft. Der Parasit hat sehr früh in der Entwicklungsgeschichte des kosmischen Lebens seine Software mit den entsprechenden ON-Schaltern viral im Erbgut des Lebendigen installiert. Wahrscheinlich haben sich das frühe Leben und der Schmarotzer gemeinsam auf einem

Planeten oder in einem Sonnensystem entwickelt und sich dann gemeinsam über den Raum verteilt. Das Leben kolonisiert Welten im Universum, und der Parasit schickt im Gefolge die Spore mit dem Schalterprotein. Der Senderorganismus ist eine Bildung des Proteins und der Neophyt ein weiteres Mitbringsel der Spore. Der Erste ruft nach Unbekannt in die Weiten des Alls und der Zweite wächst erst, wenn das Schalterprotein seinen Job auf einem fremden Planeten gemacht hat, erst wenn alle konkurrierenden Lebensformen mit dieser omnipräsenten DNS vernichtet sind. Dann schlägt die Stunde des Neophyten in einem leeren Ökosystem. Ihm stehen dann alle nur erdenklichen ökologischen Nischen zur Verfügung.« Ferguson war in seinem Element. »Aber ich hatte Ihnen versprochen, zu erklären, warum unsere Sonne vor 50.000 Jahren nicht gesprengt wurde, warum die Erde verschont blieb. Wir sind uns alle sicher, dass eine fremde Spezies das Leben auf der Erde als so einmalig im Kosmos einstufte, dass sie hier einen anderen Weg einschlugen. Das, was wir als unsere DNS bezeichnen, die Exon-DNS, ist eine exklusive Erfindung auf unserem Planeten. Wir haben keine Schnittstelle für das Schalterprotein in unserem Genom. Nur unsere Intronanteile haben das und sind anfällig. Ein Zufall? Nein! Wir glauben, dass diese universelle DNS mit Kometen auf unseren Planeten kam und sekundär in unser Genom eingebaut wurde.« Ferguson trank einen Schluck Wasser und blickte auf seine Notizen. »Wir sind sozusagen immun. Das Protein kann uns nur infizieren, wenn sich unsere Zellen in einer Phase der Totipotenz befinden. Nur dann sind die Schalter im Introngenom für das Protein erreichbar. Und das ist bei uns Menschen nur in den ersten vier Tagen der Schwangerschaft der Fall. Ein paar Ausnahmen gibt es bei einigen degenerierten Krebszellen, aber das sind Exoten. Die Pflanzen hatten Pech – ihre Zellen sind immer totipotent. Deshalb konnte das

Schalterprotein im Introngenom der Pflanzen fremde, vor Milliarden Jahren erworbene Parasitengene anschalten.«

Ferguson schloss seinen Notizblock und schaltete den Rechner aus. Dann schaute er mit einem merkwürdig provozierenden Blick in die Kamera und sagte nur diesen einen Satz. »Mal schauen, wer zuerst darauf kommt.«

Totenstille.

Alex dachte, dass Ferguson jetzt völlig durchdrehen würde.

»Der Typ hat wirklich einen an der Waffel!«, sagte Anna. Sie stand hinter ihm und legte ihre Hände auf seine Schultern. »Was soll das denn werden? Eine Quizsendung?«

Alex nahm eine ihrer Hände. »Nein, ich weiß, was er meint.«

»Dann geh zum Mikrofon und sag es ihm!« Anna schlug ihm mit beiden Händen energisch auf die Schulter.

Alex wollte gerade aufstehen, als er eine bekannte Stimme aus den Lautsprechern hörte.

»Deshalb haben sie uns vor so langer Zeit verschont. Sie haben sofort unser Potenzial erkannt.«

Das anfängliche Murmeln wurde immer lauter. Auch andere verstanden, worauf Ferguson hinaus wollte. Die Stimme meldete sich wieder, und jetzt erkannte Alex auch, wer da sprach. Es war Naomi Mae Wood.

»Wir sind vielleicht die einzige Spezies im Universum, die gegen das Protein resistent ist. Die Unbekannten müssen begriffen haben, dass wir die einzigen Lebewesen sind, die den Parasiten bekämpfen können. Alle anderen würden ausradiert werden. Da draußen tobt ein Krieg der Gene. Ein Parasit hat es geschafft, mit minimalem Aufwand, mit nur einem Protein und einer versteckten Gensoftware, alle anderen Lebewesen im All zu knechten und zu infizieren. Diese Lebensform muss schon unzählige Welten und Zivilisationen zerstört haben. Vielleicht ist es deswegen so ruhig da draußen. Auch wir haben nur knapp überlebt. Der Parasit folgte seit Äonen dem Leben bei seinem Eroberungsfeldzug durch unsere Galaxie und nutzt es sozusagen auf bewohnten Planeten als Brückenkopf für seine eigene Expansion. Dabei scheint er so erfolgreich zu sein, dass eine andere unbekannte Spezies ihm augenscheinlich folgte, um ihn auszumerzen. Dass sie dabei ganze Sternensysteme eliminierten, zeigt doch nur, wie verzweifelt sie waren.«

»Richtig!« Ferguson war offensichtlich von ihrer Logik begeistert. Dann beendete er seinen Vortrag mit den mahnenden Worten: »Die Lebensform macht mehrere Generationswechsel durch. Wir haben die Spore, den Biosender und den Neophyten. Alle drei gehören zusammen. Aber der Kreis hat sich noch nicht geschlossen. Wir wissen nicht, wer die Sporen bildet und auch nicht, wem das Signal gilt.«

Neophyten-Hotspot 47/384; England
368 Tage nach der Ankunft des Signals auf Wolf-359.

Laine führte die Jagdbomberstaffel mit seiner Suchoi Su-57 an. Die Staffel war von einem Flugzeugträger im Ärmelkanal südlich von Brighton gestartet und nahm Kurs auf Yorkshire in Mittelengland. Laine war der Pilot, der vor vielen Jahren zusammen mit seinem Fliegerkollegen Quickström die ersten Aufklärungsflüge über dem finnischen Wald unternommen hatte. Die Seuche war gerade entdeckt worden, und sie hatten den Auftrag, das Infektionsgebiet einzugrenzen. Das Bild, das sich ihnen bei ihrem Flug über die Wälder bei Salla bot, war völlig niederschmetternd. Bis zum Horizont hatten sie aus ihren Cockpits nur orange Waldgebiete ausmachen können. Im Zuge der rasenden Ausbreitung des Orangen Todes waren beide als erfahrene Kampfpiloten noch oft gemeinsam Einsätze für die neu entstandene $SU10^5$ geflogen. Die sozialen Unruhen und das Massensterben hatten sie miterlebt. Quickström war daran zerbrochen. Laine hatte den psychischen Niedergang seines Kollegen und Freundes zunächst noch bemerkt. Aber als dieser den Dienst quittierte und sich professionelle Hilfe holen wollte, verlor er ihn aus den Augen. Ein halbes Jahr später, die Seuche hatte sich auf dem Erdball ausgetobt, erreichte ihn die traurige Nachricht von Quickströms Suizid. Laine wurde damals von der $SU10^5$ ein Überlebensticket angeboten. Er hatte zugegriffen und flog seither als Staffelführer mit seiner russischen Maschine viele Einsätze. Meist galten ihre Bomben den Senderorganismen, die sie immer öfter in den Meeren mit ihrer geballten Feuerkraft auslöschten.

Heute war der Neophyt ihr Ziel. Genauer einer seiner Hotspots in der ehemaligen englischen Grafschaft. Der Krater der Lebensform war einer der aktivsten auf der nördlichen Halbkugel, mit 35 Kilometern auch einer der tiefsten. Die Wasserdampf-Blow-outs kamen regelmäßig.

Laut der Satellitenaufklärung schoss in Intervallen von 134 Minuten ein Gasjet aus den Tiefen empor. Man konnte die Uhr danach stellen. Seit mehreren Monaten wurde eine rasante Verbreitung des Neophyten gemeldet. Ausgehend von einer Population in Skandinavien, hatte die Lebensform jeden Kontinent erreicht. Die Zahl der Krater mit regelmäßigen Blow-outs stieg ständig. Der damit steigende Wasserdampfgehalt in der Atmosphäre war nicht das eigentliche Problem. Neuste Berechnungen hatten gezeigt, dass der Neophyt mit seiner Dampferzeugung momentan lediglich die fehlende Wasserverdunstung durch die globale Pflanzenwelt ausgleichen konnte. Das eigentliche Problem war die massenhafte Freisetzung von Kohlendioxid durch die Zersetzung der planetaren Biomasse in den letzten Jahren. Das hatte zu einer Erwärmung der Erde geführt. Da die nun wärmere Atmosphäre mehr Wasserdampf aufnehmen konnte, führte dies zu einem Rückkopplungsmechanismus, der verstärkend auf den Treibhauseffekt wirkte. Die Temperatur stieg noch schneller. Nach den Klimamodellen würde dies zum Auftauen der Permafrostböden in den arktischen und antarktischen Tundren und in großen Teilen der borealen Nadelwälder führen. Eine Katastrophe, da bei dem Abbau der aufgetauten Biomasse noch mehr Kohlendioxid frei werden würde. Außerdem Unmengen des noch stärkeren Treibhausgases Methan. Da biss sich die Schlange in den Schwanz, denn die dadurch forcierte Temperaturerhöhung ließ die Atmosphäre noch mehr Wasserdampf aufnehmen, mit den bekannten Folgen. Um den Klimawandel aufzuhalten, gab es nur eine Möglichkeit. Die Menschen mussten versuchen, die zunehmende Wasserdampffreisetzung durch den Neophyten zu stoppen.

Der Krater in Yorkshire war als erster von vielen für ein massives Bombardement ausgesucht worden. Ziel war seine absolute Zerstörung.

An zwei Außenlaststationen unter dem Rumpf der Suchoi hingen die 500 Kilogramm schweren Bomben mit einem Laserzielsuchkopf. Laine hatte die Absicht, die beiden Bomben so nah wie möglich über dem Krater abzusetzen. Eine SU10[5]-Drohne war bereits in großer Höhe über dem Einsatzort und sollte den Krater mit einem Laser kurz vor Ankunft der Staffel markieren. Die Lasersucher der Lenkbomben würden den reflektierten Strahl erfassen und die Bomben ihm, durch die Lenkimpulse gesteuert, in sein Ziel folgen. Die Sprengkraft sollte reichen, um den Neophytenkrater zu zerstören und zu verschließen. Ein Flächenbombardement der nachfolgenden Maschinen würde die Lebensform vom Antlitz des Planeten brennen und nur noch verbrannten Fels zurücklassen, wo sich vorher der Neophyt in den Untergrund absenkte.

In dem Zentrale auf dem Flugzeugträger herrschte gespenstische Stille. Die Drohne kreiste von hier im Ärmelkanal gesteuert über dem Ziel. Der letzte Blow-out lag acht Minuten zurück, und sie hatten jetzt genug Zeit, um die Aktion durchzuziehen. Laine hatte sich vor wenigen Minuten gemeldet. Er war mit der Staffel in direktem Zieleinflug. Der Kapitän des Trägers und seine Offiziere schauten abwechselnd von der Uhr über dem Steuerstand auf den Monitor, der das Bild der Drohnenkamera wiedergab, in das hoch konzentrierte Gesicht des Mannes, der die Drohne steuerte. Laines *Okay* war für alle gut aus den Lautsprechern zu vernehmen.

»Jetzt«, sagte der Mann am Steuerungshebel der Drohne und drückte auf den entsprechenden Kontakt. Der Drohnenlaser traf das Ziel aus mehreren Kilometern Höhe. »Markierung sitzt. Da kommen sie«, waren seine nächsten Worte. Alle sahen, wie sich die Staffel sehr schnell dem Krater näherte. Er zählte die Sekunden runter, bis Laine die Bomben auskoppeln musste. »Fünf, vier, drei ...«

Weiter kam er nicht, das Bild der Drohnenkamera wackelte nur kurz. Dann waren sie blind.

»Scheiße, was ist da los?« Der Kapitän konnte es nicht fassen.

»Sir, die Maschinen sind alle vom Radar verschwunden. Wir haben kein Echo mehr von der Staffel, es ist wie verhext«, sagte einer seiner Offiziere. Auch den Verlust der Drohne meldete soeben der Mann, der sie noch vor Sekunden gesteuert hatte. Per Funk konnten sie keinen Kontakt mehr zur Staffel herstellen.

Nach kurzer Schockstarre schickten sie sofort eine weitere Drohne zu Aufklärungszwecken in das Gebiet. Die Bilder, die sie zwei Stunden später erreichten, zeigten einen vollkommen intakten Krater und die im Umkreis von mehreren Kilometern verstreuten Wrackteile der Maschinen. Von der Mannschaft gab es keinerlei Lebenszeichen, und man musste davon ausgehen, dass keiner dem mysteriösen Inferno entkommen war. Dann schoss ein mehrere Tausend Grad heißer Gasjet aus der Tiefe. Die 134 Minuten waren vergangen, und die Uhr tickte von vorne. Der Einsatz samt dem Verlust der vielen Menschenleben hatte nicht mal einen Kratzer an dem Neophyten hinterlassen.

Auszug aus dem Protokoll der obersten Führungsebene SU10[5]:

(Mehrheitlich autorisiert durch die beteiligten Abteilungen: Oberste Kommandoebene aller drei Waffengattungen, Wissenschaftlicher Forschungsrat, Globale Einsatzzentrale, Führungsgremien der 25 Biosphären)

Nach zwei Angriffen durch Luftkampfeinheiten der SU10[5] auf Neophytenkrater in der nördlichen Hemisphäre, namentlich in der Grafschaft York/England und in der italienischen Region Abruzzo, sind sämtliche geplanten Angriffe auf vorgenannte Ziele bis auf Weiteres einzustellen. Beide Angriffe endeten mit der vollständigen Zerstörung der Kampfverbände und dem Verlust sämtlicher Menschenleben. Bis die genauen Verteidigungsmechanismen der Neophytenlebensform nicht geklärt sind, können auch keine taktischen Gegenmaßnahmen zum Schutz der $SU10^5$-Einheiten unternommen werden. Erste Hinweise verdichten sich zu der Annahme, dass die Lebensform die Kampfverbände mit etwas ausschaltete, das an einen gezielten, sehr starken elektromagnetischen Puls erinnerte. Da sämtliche Kampfflugzeuge über einen EMP-Schutzschirm verfügten, kann der tatsächliche Verteidigungsmechanismus nicht abschließend bewertet werden. Vor einer erneuten Kampfhandlung gilt es, weitere Untersuchungen abzuwarten.

Ein Jahr später; Greenland Warrior vor Nova Scotia

»Wir haben soeben die Daten der Satelliten aus Chile erhalten. Toni Susi hat uns die Magnetfeldmessungen geschickt. Der Hotspot des Neophyten muss circa drei Seemeilen voraus liegen. Auf den Bildern der Swarm-Satelliten kann man deutlich die Anomalien im Erdmagnetfeld erkennen. Es gibt nur ein Problem.«

Sean Stark stand auf der Brücke der Greenland Warrior und überwachte die Navigation.

Kapitän Smithson stand neben ihm und nuckelte an seiner kalten Pfeife. Eine Angewohnheit, die seine Nerven beruhigen sollte. Seit es keinen Tabak mehr gab, pflegte er diese Marotte, wenn die Zeiten stürmischer wurden und sein Nervenkostüm schwächelte. »Was für ein Problem?« Smithsons Nerven lagen blank. Die Frage war überflüssig. Er kannte die Antwort schon.

»Dort, wo die Anomalien auf einen Hotspot hinweisen, gibt es kein Land. Wir befinden uns über dem nordamerikanischen Kontinentalsockel, Sir. Hier wächst kein Neophyt. Vor uns befindet sich lediglich Sable Island, und das ist nichts weiter als ein riesengroßer Schiffsfriedhof. Die Insel ist 40 Kilometer lang und an der breitesten Stelle zwei Kilometer breit. Ich kann mir nicht vorstellen, dass der Neophyt hier einen mehrere Kilometer tiefen Hotspot in die Erdkruste graben konnte.«

Smithson saugte noch stärker an dem Mundstück seiner Pfeife. »Legen Sie mir mal die Bilder übereinander. Das schauen wir uns genau an.«

Mit ein paar Handgriffen hatte Stark das Bild der Erdmagnetfeldmessung über die Seekarte des Navigationssatelliten gelegt. Nach ein paar kleinen Modifikationen waren die Bilder deckungsgleich. Die beiden Männer starrten auf den Bildschirm und glaubten zunächst nicht, was sie dort zu sehen bekamen.

»Der Hotspot liegt nicht auf der Insel, sehen Sie hier.« Stark deutete auf die spiralig verlaufenden Magnetfeldanomalien südlich von Sabel Island. »Das Erdmagnetfeld zeigt genau hier die typischen Abweichungen, die auf einen Hotspotkrater hinweisen.«

Smithson nahm die Pfeife aus dem Mund und steckte sie in die Tasche seiner Uniformjacke. »Dort fällt der Kontinentalschelf steil ab in die Tiefsee. Wir haben noch nie einen Ableger des Neophyten unter Wasser gefunden.«

»Nein! Aber es wurden bereits Reste der Lebensform im Mageninhalt der Senderorganismen gefunden. Diese Dinger scheinen sich davon zu ernähren. Erinnern Sie sich noch an den Vortrag von Halla? Ist ungefähr zwei Jahre her, denke ich.«

Starks Gedächtnis verblüffte Smithson. Er selbst konnte sich an dieses kleine, aber wichtige Detail nicht mehr erinnern. *Vielleicht ist es langsam an der Zeit, dem Nachwuchs den Platz zu räumen*, dachte er und sagte dann: »Wie auch immer, wenn dieses Ding versucht hat, dort seinen Gang in die Erdkruste zu treiben, dann haben wir ein richtiges Problem.« Während Smithson auf den Monitor deutete, schaute ihn sein Wachoffizier völlig erstaunt an.

»Sir?«

»Mensch Stark, da am Kontinentalhang fällt das Schelfmeer mit einer Tiefe von 150 Meter unter Ihrem Arsch auf fast 4000 Meter ab. Wenn dieses Scheißkraut dort seine Löcher bohrt, destabilisiert es den gesamten Hang dieses Untersee-Canyons. Wenn da was ins Rutschen kommt, dann haben wir ein zweites Storegga. Ich will sofort ein Sonarbild auf den Monitor.«

Stark drückte eine Tastenkombination auf der Tastatur der Navigationseinheit, und sofort flimmerte die Sonaraufnahme über das Display. »Sehen Sie sich das an! Da unten wächst tatsächlich was. Sieht aus wie unser

Freund an Land. Wir sollten vorsichtig sein und den Abstand beibehalten.«

Das Ursprungsgebiet der Magnetfeldanomalie war im Sonar eindeutig auszumachen. Der kraterförmige Abgrund, den der Neophyt in den Kontinentalschelf gebohrt hatte, lag in circa 150 Metern Meerestiefe vor ihnen und war gut zu erkennen. Die massigen Gewebestränge des Neophyten senkten sich direkt am Kontinentalhang ab. Smithson und Stark konnten eindeutig sehen, wie die Gewebethalli in dem Krater verschwanden. Am Kontinentalhang traten sie aber immer wieder hervor. Die von der pflanzenähnlichen Lebensform gegrabenen Kanäle durchbrachen die senkrechten Steilhänge dort mehrfach. Plötzlich sahen sie kurz einen gewaltigen Schatten am Bildfeldrand vorbeihuschen. Seine Bewegungen waren viel zu schnell, um sie bewusst wahrnehmen zu können.

»Haben Sie das auch gesehen, Stark?«

»Ja, vielleicht einer der Biosender? Wir schauen uns die Aufzeichnung nachher noch mal in Zeitlupe an. Vielleicht kann man dann mehr erkennen.«

Beide hatten ihre Augen auf den Kontinentalhang gerichtet und verfolgten die Spuren, die der Neophyt dort hinterlassen hatte. In der Tiefe des Atlantischen Ozeans verlor sich das Bild der aus dem Kontinentalhang austretenden Gewebestränge dann letztendlich.

Der Neophyt dominierte mittlerweile den gesamten Globus. Bei der Eroberung der kontinentalen Landmassen hatte er keine Gegenwehr von irgendwelchen irdischen Konkurrenten zu erwarten. Der Orange Tod hatte seinen Eroberungsfeldzug perfekt vorbereitet. Hier und da keimten noch Samen aus, die die Seuche unbehelligt überstanden hatten. Das Schalterprotein war nicht mehr nachzuweisen, und die frischen Pflanzenkeimlinge hätten eine gute Chance gehabt, den Planeten wieder zu begrünen. Aber die vereinzelt aufflammenden

Pflanzenpopulationen wurden von der purpurnen Lebensform einfach überwuchert.

Andere Lebensformen gab es nur noch in den Biosphären und in den von der $SU10^5$ angelegten Freilandhabitaten. Auch in der Reichenbiosphäre in der argentinischen Pampa hatte man begonnen, Versuchsfelder im Freiland zu kultivieren. Aus gut informierten Kreisen wurde aber berichtet, dass sie in Argentinien viele dieser Felder an den Neophyten verloren hatten. Man hatte versucht, sich dem Wachstum des Neophyten mit althergebrachten Methoden entgegenzustemmen. Aber die Lebensform zeigte sich gegen sämtliche Herbizide und andere Gifte unempfindlich. Selbst härtere Geschütze wie die Bekämpfung mit Brandbomben konnten ihm keinen Einhalt bieten, und so bedeckte er schließlich zwei Drittel der Erdoberfläche. Weltweit zählte die $SU10^5$ mehr als dreitausend Hotspots mit regelmäßig austretenden Wasserdampfjets, die den globalen Treibhauseffekt weiter ankurbelten. Aber das war nicht alles.

Genetische Untersuchungen seiner DNS-Fragmente belegten immer wieder den Befund, dass der Neophyt kein funktionierendes Genom besaß. Er war eine Lebensform, die sich ungeschlechtlich vermehrte und über eine vollkommen fremdartige Biochemie verfügte. Aber eine Erkenntnis aus diesen Untersuchungen war neu. Der Neophyt war keine weltumspannende Population von Einzelindividuen. Der Neophyt war ein einziges gigantisches Lebewesen – die größte jemals auf der Erde gewachsene Lebensform.

Es war mittlerweile Nacht geworden, die Schicht auf der Brücke hatte gewechselt, aber Smithson und sein Offizier Stark hielten weiterhin die Stellung. Die See war ruhig; und die Greenland Warrior hielt mit laufenden Maschinen den Sicherheitsabstand zum Kontinentalhang. Beide waren müde und warteten auf eine Entscheidung der SU10^5-Kommandoebene und einen neuen Einsatzbefehl.

Sean Stark waren gerade die Augen im Stehen zugefallen, als er einen Rempler an die Schulter erhielt. »Hey Stark, schlafen Sie nicht ein, sehen Sie sich mal dieses Schauspiel dort oben an!«

Stark riss die Augen weit auf und folgte mit seinem Blick dem ausgestreckten Arm des Kapitäns. Das, was er durch die Scheiben der Brücke oben im Himmel sehen konnte, ließ seinen Atem stocken. Grünes Licht züngelte über den Himmel, es bildete riesige Areale dort oben, die sehr intensiv leuchteten, um dann wieder zu verebben und andersfarbigen Strahlen im Firmament Platz zu machen. Der ganze Himmel schien daraufhin in Rot- und Violetttönen einen Zauberreigen zu tanzen. Schließlich gewann wieder das grüne Leuchten die Oberhand und alles begann von vorne.

»Polarlicht, hier am 43. Breitengrad?«

Kapitän Smithson entgegnete: »Das Neophytenmagnetfeld öffnet dem Sonnenwind hier ein Fenster. Wie an den Polen. Unglaublich! Die Anomalie muss noch stärker geworden sein. Wir sollten Chile kontaktieren und die neusten Satellitendaten abrufen.«

Sean Stark sah sich das Sonarbild an: »Das können wir gleich machen, aber ich denke, das wird nicht nötig sein, Sir.«

Smithson war neben ihn getreten und schaute ebenfalls in das Sonar. »Was passiert dort?«

»Sir, ich weiß es nicht genau, aber es sieht aus, als würde da unten etwas Bewegung in die Sache kommen. Sehen Sie dort im Neophytenkrater ...«

Smithson war ebenso wie Stark gebannt von den Bildern des Sonars.

»Es scheint, als ob etwas aus dem Krater nach oben steigt. Vielleicht ein Gasjet, der aus der Tiefe hochschießt.« Stark drückte ein paar Schalter und tippte mit zwei

Fingern sehr schnell eine Tastenkombination auf der Tastatur. Auf zwei kleineren Monitoren erschienen Daten in Form von Diagrammen und Graphen. »Das kann nicht sein!«

Smithson schaute ihn überrascht an. »Sie meinen, das ist kein Wasserdampfjet?«

»Nein Sir, das weiß ich nicht, aber ich habe eben die Daten unserer Außensensoren abgerufen. Ich würde sagen, die Greenland Warrior liegt momentan in einer wohltemperierten Badewanne.«

»Wie soll ich das verstehen?« Smithson zeigte sich entgeistert.

Stark deutete auf die Anzeige der Temperatursensoren im Rumpf des Schiffes. »Hier laufen die Daten der Temperaturmessungen. Die obere Linie zeigt die Lufttemperatur. Zurzeit minus drei Grad Celsius. Etwas zu warm für die Jahreszeit. Und darunter sehen Sie die Messung der Wassertemperatur.«

Jetzt war Smithson perplex. »Aber die Sensoren zeigen plus zehn Grad an. Das ist im Dezember unmöglich.«

»Richtig, aber das ist nicht das Schlimmste. Sehen Sie, was dort gerade passiert?«

Smithson hatte seine Verwunderung überwunden. »Die Wassertemperatur steigt!«

»Ja, und sie steigt sehr schnell. Irgendetwas aus der Tiefe erwärmt das Meerwasser«, fügte Stark an.

Die Temperaturanzeige überschritt bereits die 15-Grad-Marke und stieg weiter. Beide blickten gebannt auf die Bilder des Sonars. Was dort zu sehen war, ergab für sie zunächst keinen Sinn. Außer einem indifferenten Kräuseln, das eher einer Bildstörung glich als etwas Realem, konnten sie nicht erkennen. Dann löste sich das Kräuseln zu ersten Schemen auf, und sie konnten Muster erkennen. Erst nur Silhouetten, die sich sehr schnell bewegten. Dann nach einiger Zeit, als sich ihren Augen daran gewöhnt hatten, schälten sich bekannte Strukturen heraus. Ein Gewimmel, organisches Gedränge und Getümmel, hektischer, gehetzter und wild um sich schlagender Tentakel. Dazwischen beißende Mäuler und Schnäbel. Manche groß wie Garagen, andere klein und entfesselt.

Plötzlich wussten Smithson und Stark, was sie dort sahen. Das war eine Fütterung und eine Brutpflege der besonderen Art. Dort unten im Wasser des Atlantischen Ozeans drängten sich Tausende der Senderorganismen. Große wie kleine. Manche erst ein paar Tage alt, und alle hingen sie an der Zitze des Neophyten, der ihnen die nötige Energie für ihren eigentlichen Auftrag lieferte. Der fusioautotrophe Eindringling wurde dort unten als energiereiches Substrat gefressen. Ganz in der Nähe des Hotspots musste seine Energiedichte noch am größten sein. Sein Fusionsreaktor arbeitete, und die Energie wurde verteilt und pulsierte auch in die Randbezirke seines Leibes. Aber dort unten schien er für die Brut seines eigen Fleisch und Blutes ein gehaltvoller Leckstein im ansonsten nährstoffarmen Ozean zu sein.

Dann plötzlich änderte sich das ungeordnete Bewegungsmuster der vielen sich an der ekstatischen Mahlzeit unter Wasser labenden Wesen, und die Männer sahen gebannt in dem Sonarbildschirm, wie sie flohen. Als sie erkannten, was für das abweichende Verhalten der Wesenheiten unter Wasser verantwortlich war, überschlugen sich die Ereignisse auf der Brücke. Während sich aus dem unterseeischen Krater des Neophyten ein gewaltiger Gasjet seinen Weg mit unfassbarer Geschwindigkeit nach oben bahnte, gellten die von Panik geriebenen Befehle der beiden Männer durch den Kommandostand. Als die ersten Gasblasen aus der Meeresoberfläche schossen, sackte das Schiff merklich ab, und die auf Volllast dröhnenden Schiffsschrauben schienen kurz im Wassergas des Gasjets ins Leere zu drehen. Das Geräusch, das die kurz überdrehenden Schiffsaggregate dabei machten, zusammen mit dem Absacken des

Schiffhecks im zusammenbrechenden Auftrieb des Gasjets, trieb Kapitän Smithsons Stimme in den Panikmodus. Er wusste, dass der Gasjet so viel Wasserdampf nach oben beförderte, das die Greenland Warrior drohte, mit Mann und Maus unterzugehen. Momentan wurde das Schiff noch vom Auftrieb des Wassers getragen, aber wenn der Dampfanteil unter dem Rumpf weiter zunehmen würde und das Schiff noch weiter absacken ließe, dann würde es gleich volllaufen.

Die Warrior machte jetzt volle Fahrt. Mehr war aus den Maschinen nicht rauszuholen. Solange sich die Schiffsschrauben noch in mehr Wasser als Dampf drehten und den Schub der Aggregate in Vorwärtsbewegung umwandeln konnten, bestand noch Hoffnung.

Smithson schaute seinen Offizier an und sah in dessen Augen nichts als Angst. Stark hatte eben in das Sonar geschaut und realisiert, dass die nächste aus der Tiefe aufsteigende Gasblase die Dimension von Manhattan hatte und die Greenland Warrior einfach verschlucken würde.

»Mein Gott, Stark! Was passiert da?« Mit seinen letzten Worten sackte das gesamte Schiff in einer gewaltigen, tausend Grad heißen Gasblase mehrere Meter im Wasser ab. Die Diesel heulten, und Metall ächzte. Smithson wusste, dass es nun fast vorbei sein musste. Dann fassten die Schrauben wieder, und das Schiff machte einen Satz nach vorne. Auf der Brücke stand niemand mehr auf seinen Beinen. Die Männer rappelten sich auf und schauten in Todesangst zu ihrem Kapitän. Breitbeinig stand Smithson über dem Sonar und starrte in die ausgelotete Tiefe der See.

Als er aufblickte, sahen die Männer sein teuflisches Grinsen. »Diesmal kriegt er uns noch nicht! Wir haben wieder Wasser unter dem Schiff.«

Während gewaltige Dampfblasen weiter in die Atmosphäre schossen und die See über dem Inferno zusammenbrechen ließen, entfernte sich die Greenland

Warrior mit voller Kraft von dem Hotspot. Weitere dieser Gasblasen stiegen noch stundenlang an die Oberfläche und wühlten das Meer stark auf. Das grün wirbelnde Licht des Sonnenwindes tanzte noch lange in der Magnetfeldanomalie des Neophytenkraters seinen Reigen zu dem Schrecken unter Wasser. Ein Anblick, der auf dem Globus in den nächsten Jahren zur Normalität werden sollte.

Outro

Die automatisierten Explorationsschiffe der Gemeinschaft waren vor Tausenden Jahren ständig auf der Suche nach den typischen elektromagnetischen Signalmustern des Parasiten. In kontaminierten Sonnensystemen wurden die befallenen Planeten in der Regel durch eine Zerstörung des gesamten Systems eliminiert.

Zivilisationen auf gesunden Planeten in befallenen Sternensystemen wurden ab einem gewissen Grad ihrer Entwicklung evakuiert. Dies geschah aber selten, weil eine Infektion nur auf belebten Welten zum Ziel führte und zwei Planeten mit höher entwickeltem Leben in der habitablen Zone eines Sonnensystems die Ausnahme darstellten. Eine Umsiedlung setzte natürlich einen Kontakt voraus. Erfahrungsgemäß war ein Kontakt zu einer hoch entwickelten Superzivilisation erst ab einem bestimmten Entwicklungsgrad einer planetaren Lebensgemeinschaft möglich. Ein zu früher Kontakt endete unter Nutzung fremder, nicht verstandener Technologien in der Selbstzerstörung und gefährdete auch andere Lebensformen. Kam aus diesen Gründen eine Evakuierung der Planetenpopulation nicht in Frage, wurde sie in der Regel für das Wohlergehen der Allgemeinheit geopfert.

Die Situation in dem Sonnensystem mit der endemisch auf Planet *Drei* entwickelten Lebensform und dem Befall auf Planet *Vier* war völlig neu und musste von der Zentralintelligenz neu bewertet werden. Der Parasit war bei seinem Eroberungsfeldzug auf das Standardgenom der Galaxie angewiesen. Erste Berechnungen hatte eine sehr hohe Wahrscheinlichkeit eines Sporentreffers auf Planet *Drei* in den nächsten 100.000 Jahren ergeben. Mit lediglich viralen Einstreuungen des Standardgenoms war das Leben auf Planet *Drei* weitgehend immun gegen den Parasitenbefall. Nur während der Keimentwicklung gab es ein kleines Ansteckungsfenster. Die fotosynthesebetreibenden Lichtwandler würden bei einer Infektion mit dem Schalterprotein allerdings wie das übrige Leben in der Galaxie ausgelöscht werden, was nach Simulationen der Netzwerke auf Planet *Drei* auch zu einem Massensterben führen würde.

Für den Fall, dass eine Infektion über einen Sporentreffer ausblieb und die humanoide Lebensform das zivilisatorische Entwicklungsstadium mit der größten Affinität zur Selbstzerstörung hinter sich lassen und ihren Heimatplaneten einst verlassen würden, hatten die autonomen Systeme auf Planet *Vier* einen Kommunikationskontakt hinterlassen, den nur eine technisch weit fortgeschrittene Lebensform zu finden in der Lage wäre.

Die Direktiven der Gemeinschaft verboten einen direkten Eingriff der Explorationseinheiten in Angelegenheiten von Zivilisationen, die sich in einem frühen Stadium der Entwicklung befanden. Da die Zentralintelligenz dem Erhalt des Lebens auf Planet *Drei* aufgrund seiner Immunität höchste Priorität einräumte, mussten nach der Desinfektion von Planet *Vier* alle Eingriffe auf Planet *Drei* rückgängig gemacht werden.

Die Entdeckung der automatischen Sondierungseinheit während der Biopsieentnahme war nicht vorgesehen. Die Primitiven waren jetzt im Besitz einer Kanüle aus einem Element, welches es auf ihrem Planeten gar nicht geben durfte, und es hatte einen Toten gegeben. Außerdem war die Sonde von einigen Primitiven im enttarnten Modus gesehen worden. Mittlerweile gab es bereits Felszeichnungen, die den Automaten mit dem Symbol der Explorationseinheiten zeigten. Das Wellensymbol als Sinnbild für ihre Suche nach den elektromagnetischen Signalen der ersten Parasitengeneration war mittlerweile von mehreren Primitivenclans in das rote Gestein des Kontinents gehauen worden und würde dort Generationen überstehen. Spähersonden hatten bereits Anzeichen für eine Mythologisierung der Sichtungen entdeckt. Die Primitiven fingen, an eine Schlange zu verehren, welche sie Ungud nannten und welches dem Wellensymbol ähnelte. Die Sonde hielten sie für eine Geistererscheinung. Zu viele direkte Eingriffe und zu viele Verstöße gegen die Direktiven.

Nach allem, was passiert war, gab es nur eine Option. Ein Trupp Automaten musste unbedingt das Metallartefakt sichern. Außerdem sollten Sprachmuster der Primitiven für den Kommunikationskontakt in der Operationsbasis auf *Vier* aufgezeichnet werden.

TEIL II

»Jede hinreichend fortschrittliche Technologie ist von Magie nicht zu unterscheiden.«
Arthur C. Clarke

»Jede hinreichend entwickelte Biologie ist von Magie auch nicht zu unterscheiden!«
M .J. Herberth

Der Tag der Ankunft; nordchilenische Anden – Chajnantor-Plateau

Der Minutenzeiger der Uhr stand auf 23:59. Sein großer Begleiter eilte ihm auf dem Ziffernblatt voraus, dem Unbekannten entgegen. Unaufhaltsam und ohne Pause.

Viktor Kaspuhl saß vor der analogen Uhr und starrte auf den Sekundenzeiger. Alle starrten irgendwo auf dem Planeten auf eine Uhr mit der aktuellen Chilezeit und irgendeinem Sekundenzeiger oder etwas Ähnlichem in digitaler Ausführung. Die meisten taten es in Gesellschaft anderer Menschen. Nur eine kleine Minderheit zog es vor, diesen Moment in Abgeschiedenheit zu erleben. Aber eines verband sie alle. Niemand wusste, was passieren würde, wenn beide Zeiger auf der Zwölf stehen würden. Wahrscheinlich nicht viel. Im Endeffekt war das nur eine symbolische Uhrzeit. Das Signal wurde damals aus Australien um circa 07:30 Uhr Chilezeit versandt. Also war mit einer Antwort im Laufe des Tages zu rechnen. Die genaue Stunde war natürlich nicht bekannt.

Viktor gehörte zu der kleinen Minderheit, und er sah zu, wie die lange Zeitspanne von 15 Jahren, ein paar Monaten und wenigen Tagen zu Ende ging. *Alles geht irgendwann zu Ende*, dachte er. *Aber jedes Ende bedeutet auch einen Neuanfang.* Das sollte sich optimistisch anhören, aber ob das bevorstehende Ende dieses Countdowns einen positiven Neuanfang mit sich bringen würde, war mehr als ungewiss. Viktor Kaspuhl und die meisten Menschen wussten, dass sich heute etwas ereignen würde, für das ihre Vorstellungskraft nicht ausreichen würde. Es würde einen Neuanfang geben, der alles, was diese Welt bisher erlebt hatte, in den Schatten stellen würde. Die wissenschaftlichen Fakten ließen keine andere Deutung zu.

Noch drei Sekunden. Die Welt hielt den Atem an. Es war nach alter Zeitrechnung der 8. Oktober, mehr als fünfzehneinhalb Jahre nachdem eine verwirrte menschliche Seele die Botschaft ohne komplexe semantische Bedeutung an Unbekannt verschickt hatte. Den einzigen Inhalt des elektromagnetischen Signals hätte man mit einer menschlichen Vokabel ausreichend beschreiben können. Darüber herrschte innerhalb der Wissenschaftsgemeinde der $SU10^5$ Übereinkunft. Die Senderorganismen versuchten, nur ein Wort in den Kosmos zu schreien:

KOMMT

Noch zwei Sekunden. Kaspuhl lief ein Tropfen Schweiß an der Stirn hinab und tropfte auf den Schreibtisch. Der Sekundenzeiger überstrich die 59 just in dem Moment, als sein Schweißtropfen auf der Tischplatte aufschlug. Die letzte Sekunde legte der Zeiger zurück, als wäre er durch zähflüssigen Honig in seiner Bewegung behindert.

Unvermittelt wurde Kaspuhl in dieser kurzen Zeitspanne noch klar, in wie viele physikalische Zeiteinheiten sich eine Sekunde noch zerlegen ließ. Eine Milliarden Nanosekunden blieben zum Beispiel jetzt noch. Aber das sollte ihm auch nicht helfen. Kurz, sehr kurz bevor der Zeiger das letzte Stück Weg zurückgelegt hatte, sah er vor seinem geistigen Auge mehrere massive Neutronensterne, Pulsare, die ihre Pirouetten im gleichen Takt vollführten. Dabei formten sie sehr lange Zahlen in seinem Bewusstsein, die er nicht lesen konnte, deren Bedeutung aber noch eine große Rolle spielen würde, wie er intuitiv wusste.

00:00

Nichts! Die Menschen vor ihren Uhren blickten sich um. Manche sahen verwirrt in die Augen ihrer Mitmenschen. Viele lachten befreit auf, einige staunten. Andere blickten ungläubig aus dem Fenster oder ehrfürchtig zum Himmel. Aber es geschah einfach nichts. Alles war wie zuvor. Die Erde drehte sich um eine Sonne, die immer noch im Osten aufging.

Die erste Abnormität stellten sie einige Stunden später in Chile fest. O'Brian war mit Viktor nach draußen in die rabenschwarze Nacht gegangen. Ein Spaziergang, um sich alles noch mal durch den Kopf gehen zu lassen. Ihr Gespräch drehte sich insbesondere um die Pulsarrotationen. Wie von den beiden Wissenschaftlern überprüft, zeigten immer jeweils zwei aus vernichteten UHQ-Sonnen entstandene Pulsare gleich schnelle Rotationen. Das waren vielleicht Informationen, die in der gesamten Milchstraße zu lesen waren. Beide waren sicher, dass darin eine versteckte Botschaft steckte, die nur noch decodiert werden musste.

Während sie in den warmen Kunstfaser-Pullovern der SU10[5] über das Gelände der Anlage schlenderten, schauten beide immer wieder verstohlen in den sternenklaren Himmel. Dabei befiehl sie ein mulmiges Gefühl, und sie erwischten sich dabei, dass sie den Himmel nach verräterischen Zeichen für eine bevorstehende Invasion absuchten. Beide hielten das natürlich offiziell für ausgemachten Unsinn, aber insgeheim blieb eine gewisse Unsicherheit.

Bei ihren Blicken nach oben sahen sie zunächst das normale Bild des Firmamentes. Mit bloßem Auge kann man am dunklen Nachthimmel theoretisch circa 6000 Sterne erkennen. Je nach Standort, Süd- oder Nordhalbkugel, halbiert sich diese Zahl. Alle 3000 mit bloßem Auge sichtbaren Sterne liegen in unserer eigenen Galaxie, der Milchstraße. Das wussten die beiden Astronomen natürlich.

Als Erster hatte es O'Brian bemerkt, der wieder mal nach oben schaute, während Kaspuhl über die Pulsare dozierte. Er blieb plötzlich stehen und klopfte seinem Freund auf die Schulter. »Viktor?«

Kaspuhl blieb ebenfalls stehen und schaute ihn empört an. »Sag mal, hast du mir überhaupt zugehört?«

»Sei mal ruhig und beantworte mit nur eine Frage. Fällt dir was auf, wenn du nach oben siehst?«

Kaspuhl blickte nun ebenfalls nach oben. So standen sie beide nebeneinander und starrten in den Himmel. »Sie leuchten so schwach.«

»Nein!«, erwiderte O'Brian. »Die Sterne haben sich nicht verändert. Der Vordergrund ist heller, die Atmosphäre scheint zu glühen.«

Zehn Minuten später saßen sie an den Rechnerterminals ihrer Anlage und überprüften den atmosphärischen Input elektromagnetischer Strahlung.

Biosphäre I; Baleareninsel Formentera

Es fing langsam an. Zuerst bemerkte es niemand. Vielleicht verblassten die Sterne ein wenig vor dem Nachthimmel. Eventuell war der Taghimmel heller als sonst, oder schien das Abendrot am darauffolgenden Abend etwas intensiver? Kleinigkeiten, die ein normales menschliches Auge nicht wahrnahm. Normale menschliche Augen nicht! Und die anderen?

Die Kinder auf der Baleareninsel zeigten seit dem Mittag des zweiten Tages seltsame Verhaltensweisen. Alexis Bell und seinen Mitarbeitern war schon nach dem Frühstück aufgefallen, dass etwas nicht stimmte. Die Kinder hörten auf zu kommunizieren. Nicht untereinander, das taten sie sowieso nur nonverbal. Sie sprachen nicht mehr mit ihren Betreuern. Auch auf direkte Ansprache reagierten sie nicht. Am Anfang machten sie noch Witze über die vornehme, arrogante Brut, die sich für was Besseres hielt. Aber nach dem Mittag hörte es auf, witzig zu sein. Die Kinder suchten Schutz vor dem Tageslicht. Sie krochen unter Tische und zogen in dem großen Gemeinschaftsraum die Vorhänge zu. Sie saßen dicht an dicht und schützten sich gegenseitig. Wenn ein Betreuer die Vorhänge öffnen wollte, fingen sie an, Laute von sich zu geben.

Jetzt lachte niemand mehr. Die Kinder waren nicht mehr zu erreichen. Sie hatten sich vollständig in ihre eigene Welt zurückgezogen. Und sie hatten Angst – panische Angst! Das war deutlich zu erkennen. Der Grund für ihre Furcht war nicht offensichtlich. Er musste aber draußen, außerhalb des Gebäudes zu finden sein. Die Fenster mieden sie wie der Teufel das Weihwasser. Auch wenn sie zugezogen waren.

Das Verhalten bereitete jetzt auch den Betreuern Bauchschmerzen, und Bell machte sich auf den Weg, um die Biosphärenleitung zu informieren. Er ging zu Fuß, und schon auf dem Weg durch die langen Gänge nahm er wahr, dass es angefangen hatte zu dämmern. Als er nach draußen trat, bemerkte er zunächst das intensive Abendrot im Westen über dem Meer. Bis zum Verwaltungstrakt der Biosphärenleitung musste er noch hundert Meter zu Fuß zurücklegen. Der Neophyt war mittlerweile bis fast an die Gebäude herangewuchert. Wenn man ihn nicht regelmäßig zurückgeschnitten hätte, wäre er an den Mauern wahrscheinlich schon emporgewachsen. Das Zeug wuchs mittlerweile überall auf dem Planeten.

Schade, dass es nicht genießbar ist, dachte Bell und stutzte. Das sonst purpurn gefärbte Gestrüpp leuchtete in einem satten Rot. Das hatte er noch nie gesehen. Zögerlich näherte er sich der Lebensform und blieb wenige Zentimeter vor ihr stehen. Von dem Ding war keine Gefahr für Menschen zu erwarten, es sei denn, man wollte sich einem seiner Hotspotkrater nähern. Aber das hatte schon lange keiner mehr versucht. Viele Menschen waren bei solchen Unternehmungen gestorben. Der Neophyt war eine äußerst wehrhafte Spezies, wenn es darum ging, seine empfindlichen Zonen zu schützen. Hier in der Nähe der Baleareninsel gab es keinen derartigen Krater mit den auffälligen Wasserdampf-Blow-outs.

Bell legte vorsichtig eine Hand auf den fleischigen Thallus. Er war wider Erwarten warm, und er fühlte noch etwas anderes. Deutlich spürte er unter der ledrigen Oberfläche ein Pulsieren. Nur wenige Zentimeter unter seiner Hand floss etwas strömend und pochend einem unbekannten Ziel entgegen. Das Ding hier hatte sich verändert – nicht nur seine Farbe. Das Leben in ihm konnte man fühlen. Nein, das war wirklich keine normale irdische Pflanze. Pflanzen waren zwar Lebewesen, aber das hatte man doch nicht fühlen können.

Er blickte in die Ferne und sah bis zum Horizont den neuen Bodendecker, der in diesem seltsamen Rot leuchtete. Jetzt, in der zunehmenden Dämmerung, erkannte er, dass der Neophyt tatsächlich von innen heraus leuchtete. Es war aber nicht nur ein einfaches Leuchten, eher ein pulsierendes, von einer hohen inneren Energie zeugendes Fluoreszieren, das den Thallus auch erwärmte. Die Wärmeabstrahlung konnte er jetzt in der Ferne als ein deutliches Flimmern der aufsteigenden Luft über der Lebensform ausmachen. Weit weg entdeckte er irgendwelche Strukturen, die sich aus dem Neophyten in die Höhe erhoben. Was genau das war, konnte er aber nicht erkennen.

»Bell, kommen Sie rein.«

Alexis drehte sich zu der Stimme aus dem Off. Im Eingangsbereich des Gebäudes stand Alex, und hinter ihm, hinter der verschlossenen Tür, erkannte er Anna.

»Haben Sie das gesehen? Ich meine, was geht hier vor sich?«

Alex hielt den Türgriff noch fest in der Hand, um die Tür jederzeit öffnen zu können. »Jetzt machen Sie schon, wir haben das gesehen. Das passiert zur Zeit auf dem gesamten Globus. Wir haben Meldungen aus allen Teilen der Welt. Und einiges, was uns erreicht hat, gibt großen Anlass zur Sorge. Sie sollten nicht da draußen stehen. Kommen Sie schnell.«

Als Alexis Bell die Tür erreichte, wurde er von den beiden hineingezerrt. Er wollte gerade protestieren, da zog Alex die Tür hinter sich krachend ins Schloss. Irgendetwas knallte von außen heftig gegen die Scheiben der Tür. Drei-, viermal wurde die Tür getroffen und erzitterte unter den Einschlägen. Bell wusste nicht, was es war, aber ihn beschlich der eigenartige Verdacht, dass er das Ziel der Geschosse gewesen sein könnte. Während Alex die Tür verriegelte, schaute er Anna in die Augen und sah nur Angst.

Biosphäre in der argentinischen Pampa

Irgendetwas hatte sie aus einem sehr tiefen Schlaf geholt. Mit offenen Augen lag sie im Bett, aber die Realität drang noch nicht an das benommene Bewusstsein. Langsam streckten vorerst zusammenhangslose Erinnerungsfetzen die steifen Glieder nach ihrem erwachenden Verstand. Dann entstand das Bild des gestrigen Tages.

Natalie Seybold erinnerte sich wieder. Gestern war der Tag, vor dem sich alle seit Jahren gefürchtet hatten. Und was war passiert? Nichts! Trotzdem war es gefühlt einer der längsten Tage ihres gesamten Lebens gewesen. Jedenfalls wurde ihr das von dem gestörten Zeitempfinden vorgegaukelt. Das Warten hatte sie gestern alle zermürbt. Am schlimmsten war die Ungewissheit. Keiner wusste genau zu sagen, auf was man wartete. Irgendwann spät in der Nacht waren sie dann ins Bett gegangen. Es hatte lange gedauert, bis sie mit ihren hypersensibilisierten Sinnen endlich Schlaf gefunden hatte. Umso übellauniger war sie jetzt.

Da war es wieder. Ein Geräusch, das einfach nicht hierher passen wollte. Es klang, als ob jemand sehr schnell einen Reißverschluss öffnen würde.

Natalie hob die Beine aus dem Bett und stand langsam auf.

Ritsch-Ratsch. Zweimal hintereinander, noch schneller und lauter. Es schien näher zu kommen, oder täuschte sie sich? Sie öffnete die Vorhänge und blickte nach draußen. Das Terrain lag in der Dunkelheit, nur ein leichter Lichtschein am Horizont zeugte von der nahenden Dämmerung. Natalie öffnete das Fenster und konnte das Geräusch wieder hören. Diesmal schien es aus weiter Ferne zu ihr zu dringen. Dann sah sie das Leuchten. Sie rieb sich die Augen und schaute noch mal genau hin. Das, was sie für die ersten Lichtstrahlen des heraufziehenden Tages gehalten hatte, war in Wirklichkeit ein rotes

Leuchten, das aus dem Neophyten drang, der überall in der Ebene vor der Wohnanlage wuchs. Das Glimmen veränderte seine Intensität und pulsierte dabei um einen Helligkeitsmittelwert. Am Horizont wurde es aber tatsächlich auch heller, der neue Tag kündigte sich an. Sie blickte angestrengt über die bewachsene Ebene und nahm die Luftschlieren über dem roten Neophyten war. Von irgendwas wurde die Umgebung erwärmt.

Natalie verstand die Zusammenhänge nicht. Eine Erwärmung durch die Sonne konnte sie ausschließen. Die Sonne war noch gar nicht richtig aufgegangen.

Wieder das Geräusch, aber diesmal näher. Natalie schaute weiter angestrengt nach der Ursache für diesen seltsamen Laut, aber die Sonne schwächelte noch. *Noch ein paar Minuten*, dachte sie mit zusammengekniffenen Augen, während sie in das knallrote Rund über dem Horizont sah. Langsam wanderte die Sonne höher, und die Konturen der Ebene mit dem seltsam leuchtenden Bewuchs schälten sich aus dem Dämmerlicht. In unregelmäßigen Abständen erklang die Tonfolge, die sie vor einigen Minuten geweckt hatte. Dann endlich sah sie die Veränderung. An einigen Stellen war der Neophytenkörper nicht mehr nur an den Untergrund angeschmiegtes Purpur, sondern etwas wuchs aus ihm empor, erhob sich in die Höhe. Dort wuchs etwas rotes aus dem Thallus und streckte sich mehrere Meter empor. An langen, armdicken roten Röhren hingen farblose, kugelige Kapseln mit einem Durchmesser von mindestens 50 bis 60 Zentimetern, die durch ihr Eigengewicht in der morgendlichen Brise hin und her wogten.

Natalie ließ ihren Blick über die Ebene schweifen und sah viele dieser Auswüchse. Plötzlich ertönte das Geräusch ganz in der Nähe, keine zwanzig Meter unterhalb ihres Fensters. Zufällig erhaschte sie einen Blick auf den Vorgang, der von dem merkwürdigen Geräusch begleitet wurde. Durch eine fast spürbare Spannung bildete sich in dem Neophyten sehr schnell ein Riss, der sich rasant erweiterte und dabei das Geräusch erzeugte. Dann sah sie, wie die rote Struktur aus dem Inneren herausklappte und sich mit dem transparenten Anhängsel aufrichtete. Der gesamte Vorgang lief in Sekundenschnelle ab und war vom menschlichen Auge kaum in seiner Bewegung aufzulösen.

Natalie hörte immer wieder aus allen Richtungen das reißende Geräusch. Überall in der Ebene vor ihrem Fenster reckten sich mittlerweile die neuen Organe in die Höhe. Vor ihren Augen rief der Anblick trübe Bilder aus einer lange verblassten Erinnerung hervor. Es dauerte einige Minuten, bis sie die Bilder aus ihrer Vergangenheit verstand. Das purpurne Gewächs mit seinen Auslegern nahm die gesamte Umgebung ein. Die neuen, in die Höhe gestreckten Organe sahen jetzt aus wie ein Meer im Wind schaukelnder farbloser Blüten an roten Stängeln.

Biosphäre I; Baleareninsel Formentera

»Die Kinder wussten schon immer mehr als wir Normalos. Nur weil gestern nichts passiert ist, haben sich einige schon in Sicherheit gewogen. Als würde die Antwort auf die Sekunde um null-Punkt-null Chile-Time kommen. War doch klar, dass bei der Entfernung mit einer zeitlichen Varianz zu rechnen ist.«

Alexis Bell saß mit Alex, Anna und dem Großteil der Personen aus der Biosphärenführungsebene zusammen im großen Konferenzsaal des Verwaltungstraktes. Im Raum nebenan war die neue improvisierte Kommunikationszentrale der Biosphäre VI untergebracht. Die Meldungen aus allen Teilen der SU10^5-Nation kamen momentan nur noch spärlich. Seit heute Morgen waren alle Kommunikationskanäle gestört. Nichts funktionierte mehr, kein Funk, keine Satellitentelefonie. Lediglich die biosphäreninterne Telefonie über das eigene Leitungsnetz funktionierte noch. Die weltumspannende Kommunikation war damit fast zum Erliegen gekommen. Nach dem Grund für diese massiven Störungen wurde fieberhaft gesucht. Es verdichtete sich aber immer mehr der Verdacht, dass die Erde einem massiven elektromagnetischen Störfeuer ausgesetzt war.

»Wir haben soeben Nachricht von der Biosphäre VIII auf Niihau erhalten.« Aada hatte gerade den Konferenzsaal betreten und erstattete Meldung. »Von der Insel des Hawaii-Archipels berichten sie auch von Auffälligkeiten des Neophyten. Es sollen sich neben farblichen Variationen auch geschlechtliche Fortpflanzungsorgane wie bei uns ausgebildet haben. Die Person von der VIII sprach in dem Zusammenhang immer wieder von Blüten.«

Alexis Bell wandte sich direkt zum Chef der Biosphärenleitung: »Das hören wir nicht zum ersten Mal. Auch in anderen Berichten war immer wieder die Rede von Blüten, blütenähnlichen Organen oder sexuellen

Fortpflanzungsorganen. Um was es sich bei diesen Phänomenen handelt, können wir nicht mit Gewissheit sagen, aber wir sehen es auch bei uns vor der Haustür. Nur so viel: Die Berichte scheinen mir gefärbt durch eine allzu menschliche Erwartungshaltung und unsere Erinnerungen an Pflanzen. Was der Neophyt da wirklich austreibt, ist unbekannt. Aber wir wissen, dass die Erde durch ein starkes elektromagnetisches Feld bestrahlt wird. Wann genau das anfing, können wir nicht sagen, vielleicht schon in der gestrigen Nacht. Die Kinder zeigen auf jeden Fall seit heute in den frühen Morgenstunden ein äußerst seltsames Verhalten.«

Alex mischte sich ein: »Was denken Sie? Besteht da ein Zusammenhang?«

Aada fing an zu lachen. »Das meinst du doch nicht ernst, Alex? Natürlich besteht da ein Zusammenhang!«

Bell gab ihr recht. »Ja, ich denke, das können wir mal voraussetzen. Die Erde wird momentan hauptsächlich mit Wellenlängen zwischen 18 und 21 Zentimetern regelrecht bombardiert. Zwischendurch haben wir aber auch sehr kurzwellige und energiereiche Gammastrahlung messen können. Jetzt raten Sie mal, wo wir die Signalquelle gefunden haben?«

Der Biosphärenchef winkte nur müde ab. »Ja, ist schon klar.«

»Genau«, sagte Bell. »Die Jungs in Chile haben den Absender schnell gefunden. Den Planeten um Wolf-359 hatten wir schon lange im Visier. Bisher war aber alles ruhig. Keine Anzeichen von interstellarer Kommunikation. Aber heute Nacht leuchtete der Planet plötzlich in dem Frequenzbereich wie ein interstellarer Scheinwerfer. Doch es kommt noch besser. Der Planet umkreist sein leuchtschwaches, dunkelrotes Zentralgestirn in sehr geringem Abstand. Die Strahlung gibt er dabei gezielt auf unser Sonnensystem ab. Bei einer Rotationsdauer von nur 5 Stunden ist das für uns technisch nicht nachvollziehbar.

Der abstrahlende Sender müsste mit einer irrwitzigen Geschwindigkeit ständig auf dem Planeten bewegt werden, damit er den Himmelsausschnitt, in dem sich unser Sonnensystem befindet, auch trifft. Bei der Leistung, die der Sender abgeben muss, sollte er riesig sein. Viel größer als unser größtes Radioteleskop. Aber selbst die Vorstellung, man müsste ein Teleskop auf der Erde von Kontinent zu Kontinent verfrachten, um einem Objekt im Himmel folgen zu können, ist skurril.«

»Vielleicht sind es mehrere Sender über dem Planeten verteilt«, warf Alex ein.

»Unwahrscheinlich, dann hätten wir nicht so ein kontinuierlich abgestrahltes Signal. Es gibt keine Pausen, wie sie bei einer Umschaltung von einem Sender auf den nächsten auftreten müssten. Die Übertragung ist lückenlos.«

Nordchilenische Anden – Chajnantor-Plateau

Kaspuhl und O'Brian saßen zusammen im Speisesaal und schlabberten sich irgendeinen geschmacklosen Brei rein. Was sie da aßen, war mittlerweile belanglos. Sie machten sich noch nicht mal die Mühe, auf der Packung nachzulesen, was das einfallslose Menü der SU10[5] darstellen sollte. Essen war zur reinen Energieaufnahme degradiert worden. Für Gourmets waren im Zeitalter der zentralisierten Noternährung von Zehntausenden magere Zeiten angebrochen.

»Ich kann es immer noch nicht glauben.« Mit vollem Mund waren Kaspuhls Worte kaum noch zu verstehen.

O'Brian wollte gerade etwas erwidern, als Toni sich an ihren Tisch setzte. Auf seinem Kopf hatte er eine dieser kleinen Adventure-Kameras installiert, mit denen unangenehme Zeitgenossen früher ungefragt alles aufgenommen hatten, was ihnen bei ihren hirnrissigen Unternehmungen vor die Linse gekommen war. Toni hatte das Ding unter den Leihausrüstungen der Sternwarte gefunden und probierte es ständig aus.

»Was kannst du nicht glauben?« Toni hatte seine letzten Worte noch verstehen können.

»Lass ihn erst mal aufessen«, sagte O'Brian, um umherfliegende Breibröckchen zu verhindern.

»Verstehe!« Während Toni ihm lachend recht gab, zog Kaspuhl Grimassen, wobei sein Augentremolo zunahm. Der nächste Löffel Brei landete dann tatsächlich auf seinem Shirt, genau auf dem i zwischen dem T und dem c. Während er ungeschickt versuchte, den Brei von seinem T-Shirt zu kratzen, hatte er seinen Mund geleert. »Ich kann so einiges nicht glauben. Zum Beispiel, dass die Erde von einem massiven Funkfeuer getroffen wird. Ein bisschen Gammastrahlung und ansonsten Wellenlängen, die wunderbar unsere Atmosphäre durchdringen und irgendwas mit dieser dreckigen, rosafarbenen Lebensform veranstalten, was wir nicht verstehen können.«

»Mann, beruhig dich, Kaspuhl. Wir wussten doch, dass so was passieren würde«, sagte O'Brian, während Toni verstört in ihrer Mitte saß und fragte: »Stimmen die Gerüchte von den Veränderungen des Neophyten wirklich?«

O'Brian deutete nach draußen. »Ja, schau doch selbst. Bei uns geht es auch gerade los.«

Toni sah durch die Fenster des Speisesaals die Umgebung. Selbst hier in der Wüste hatte es der Neophyt geschafft, sich flächendeckend auszubreiten. Aber jetzt sah er auch die neuen Organe mit den seltsamen transparenten Kapseln. Die Dinger mussten in den letzten beiden Stunden aus ihm herausgewachsen sein. Sie waren ziemlich groß. Toni waren sie vorher noch nicht aufgefallen. »Was ist das? Die anderen Biosphären berichten von ähnlichen Organen.«

»Mann, Junge, woher sollen wir das denn wissen? Aber du sprichst da ein großes Wort gelassen aus: *Organe!*« Kaspuhl riss, während er drauflosschimpfte, die Augen weit auf. Irgendwas machte ihn nervös.

Toni wunderte sich über seine Betonung des Wortes *Organe*.

»Da hat er recht.« O'Brian sah Kaspuhl an, der sich einen weiteren Löffel Brei reinstopfte. »Da besteht auf jeden Fall ein Zusammenhang. Der elektromagnetische Puls von Wolf-359 scheint die Antwort zu sein, auf die wir so lange gewartet haben. Und diese Radiowellen scheinen mit dem Neophyten zu wechselwirken. Das, was momentan weltweit mit dem Ding passiert, ist doch kein Zufall. Die Strahlung scheint tatsächlich diese Organbildung zu induzieren. Was es mit der Gammastrahlung auf sich hat, weiß keiner.«

Kaspuhl hatte gerade seinen Mund leer gegessen und fing sofort wieder an zu poltern. »Die wird auf jeden Fall in den oberen Atmosphärenschichten absorbiert. Was wir hier erleben, haben einige Wissenschaftler schon vor langer Zeit vorausgesagt. Meistens waren es Prognosen über die Ausbreitung von künstlichen Intelligenzen im Universum. Wenn man die Milchstraße kolonisieren möchte, braucht man nicht mit Lichtgeschwindigkeit zu reisen. Es reicht, wenn sich Maschinen langsam ausbreiten und in fernen Sternensystemen automatisierte Fabriken errichten. Das könnte auch relativ langsam passieren. In kosmischen Zeiträumen ließen sich so auch riesige Entfernungen überbrücken. Eine KI reist dann per Radiowellen von einem Stern zum nächsten. Die verschicken nur noch Baupläne per Lichtgeschwindigkeit, und am Ziel wird dann alles zusammengebaut. Warum sollen das denn nur Roboter machen? Nach Milliarden Jahren Evolution könnte das doch auch einem biologischen Organismus gelingen. Ich glaube, dass wir an so einem Phänomen gerade live teilhaben.«

O'Brian sah Toni an und sagte dann sehr eindringlich zu ihm: »Wir fragen uns jetzt seit einigen Stunden nur, was der Neophyt da gerade zusammenbaut.«

Tonis Kinnlade klappte runter und ihn fröstelte, während Kaspuhl etwas aus seiner Hosentasche zog und beschwörend weitersprach.

Biosphäre in der argentinischen Pampa

»Sie sehen doch, was da draußen passiert. Wir können gar nicht anders, als uns das aus der Nähe anzugucken.«

Natalie Seybold stand mit Simon Klok und Kasimir van Baazan nach der eben zu Ende gegangenen Besprechung der Biosphärenleitung zusammen. Vor allem Van Baazan war noch nicht richtig überzeugt. Sie und Klok hatten ihre Mühe, den für seine Störrigkeit bekannten ehemaligen Professor der Biochemie und Pflanzenpathologie von der Notwendigkeit der kleinen Expedition zu überzeugen.

Alle drei gehörten sie seit den ersten Tagen zur Führung der Überlebensinsel in Patagonien. In den letzten Jahren hatten sich die oberen Zehntausend der untergegangenen Welt in Argentinien gut eingelebt. Die Menschen, die hier Zuflucht vor der Pflanzseuche gesucht hatten, waren allesamt von der $SU10^5$ nicht mit einem Überlebensticket gesegnet worden. Das hatten die meisten natürlich als persönliche Niederlage empfunden. Die Menschen dieses Geldadels hielten sich aufgrund ihres Reichtums für gesellschaftlich unentbehrlich. Die durch die erfahrene Ablehnung gekränkte Eitelkeit führte letztendlich zu einem sehr schlechten Verhältnis zwischen den Bewohnern des Reichenhabitats in Südamerika und der $SU10^5$. Wie auch immer, ihr Geld hatte ihnen aber zu guter Letzt das Leben gerettet. Heute gab es kein Geld mehr – Zahlungsmittel waren nutzlos geworden. Die Nahrungsmittelproduktion gewährleistete eine Grundversorgung für jeden, sodass selbst Tauschhandel überflüssig wurde. Eine Anhäufung von materiellen Gütern machte auch keinen Sinn mehr, da es kaum noch welche gab und man Nahrungsmittel nicht horten konnte. Für manch einen der alten Turbokapitalisten waren das natürlich Zustände, die ihrem Weltbild nicht entsprechen wollten. Diese Geisteshaltung würde wahrscheinlich erst mit einem Generationenwechsel aussterben. Aber Natalie

Seybold hoffte auf einen Paradigmenwechsel. Insbesondere im Hinblick auf die Zukunft ihrer Kinder.

»Aber warum müssen wir das selbst tun? Meinetwegen schicken Sie diesen Burrows mit seinem Söldnertrupp. Zur Not können die uns auch ein paar Proben aus den Organen schneiden. Ich schau mir das lieber aus sicherer Entfernung von hinter einer Mauer mit dem Feldstecher an. Wer weiß schon, was da auf uns zukommt.«

»Ach Van Baazan, kommen Sie! Was soll das denn für Zeichen setzen? Das ist Feigheit vor dem Feind. Uns guckt die ganze Biosphäre zu. Wir haben hier einiges an Autorität zu verlieren.« Simon Klok unterstützte Seybold. »Und was soll schon passieren? Mensch, das sind doch nichts weiter als ein paar blütenähnliche Organe. Die sind gerade erst entstanden. Wir gehen hin, schneiden uns ein paar Proben ab und dann nichts wie zurück.«

Zehn Minuten später stapfte ein missmutiger Van Baazan hinter einem Trupp schwerbewaffneter Männer über die fleischigen Blätter des Neophyten. Hinter ihm befanden sich Seybold und Klok. Weit würden sie nicht gehen müssen. Der erste rote Stängel erhob sich etwa dreißig Meter vor ihnen aus dem Thallus, der mittlerweile rot leuchtenden Lebensform. Die kugelige Kapsel konnte er aus der Entfernung an der länglichen Struktur hängend und im Wind schaukeln sehen. Immer wieder drang das reißende Geräusch an ihre Ohren. Anscheinend war der Vorgang der seltsamen Blütenbildung noch nicht zum Erliegen gekommen.

Allen voran schritt Burrows, wie man ihn von anderen Einsätzen her kannte. Grimmig dreinschauend, die Glock entsichert und mit gespanntem Hahn in der Rechten, übernahm er die Führung. Etwa zehn Meter vor dem seltsamen Gebilde blieb er stehen. Seine Männer rückten auf, und Van Baazan stand plötzlich hinter den im Halbkreis stehenden Soldaten. In seinem Rücken hörte er Seybold und Simon Klok näherkommen. Besonders Klok zog die Aufmerksamkeit auf sich. Ungeduldig schob er die Männer vor sich zur Seite und bahnte sich protestierend einen Weg nach vorne zu Burrows. »Was ist denn los? Warum bleiben wir denn hier stehen? Lassen Sie mich durch.«

Van Baazan nutzte die Gelegenheit und folgte ihm in seinem Fahrwasser nach vorne zu Burrows. Unvermittelt blieb Klok stehen und verstummte. Van Baazan, der direkt hinter ihm war, sah den Grund für ihren Stopp. Dann stand er neben Klok, der Burrows irritiert anschaute, aber kein Wort mehr herausbekam. Mehrere Meter vor ihnen, auf halber Strecke zu dem armdicken, roten Stängel mit dem Anhängsel, ließ der Neophyt ein Stück Boden frei. Man konnte hier tatsächlich einen Blick auf den natürlichen Untergrund werfen, der ansonsten vollkommen von dem Thallus der Lebensform bedeckt war. Aber entgegen der allgemeinen Erwartung war nicht der Boden zu erkennen, der einst typisch für die Graslandschaft hier in der Gegend war, sondern nur feinkörniger Sand, der noch dazu eine Art Kessel mit einem Durchmesser von circa zwei bis drei Metern bildete.

Van Baazan stand mit den beiden anderen direkt am Rand dieser offenen Sandfläche. In seinem Rücken spürte er jetzt auch Natalie Seybold, die schwer atmend aufgeschlossen hatte.

»Schauen Sie nur, was ist das denn?«

Van Baazans Blick folgte dem über seiner Schulter ausgestreckten Arm Seybolds. Hinter der Sandkuhle erhob sich das merkwürdige Organ etwa drei Meter über ihre Köpfe. Daran schaukelte die farblose, glänzende Kapsel. Jetzt aus der Nähe sahen alle, dass das Ding fast durchscheinend transparent war. Und alle konnten jetzt auch den Grund dafür sehen, warum das ellipsoide Gebilde an dem roten Ausläufer schaukelte. Nicht der Wind war daran schuld – es war hier vollkommen windstill. Im Inneren der Hülle erkannten sie eine Bewegung.

Irgendetwas bewegte sich darin wie ein Embryo in der Fruchtblase und brachte die ganze Struktur zum Pendeln.

Wie gebannt blickten alle auf diese Erscheinung. Kein Laut war zu hören. Nur das von weit entfernt kommende *Ritsch-Ratsch* hallte wiederholt durch die bewegungslose Luft. Niemand nahm jedoch die Bewegung wahr, die sich sehr langsam in der Sandkuhle zu ihren Füßen ausbreitete, wie konzentrische Wellen auf einer Wasseroberfläche.

Unbemerkt kam das Unheil über den kleinen Trupp. Zuerst wurde die Sandfläche von innen heraus von einem dünnen Tentakel, einer Art Fühler durchbrochen, der sich suchend und tastend über der Sandfläche drehte und wand. Nach und nach kamen noch andere zum Vorschein. Plötzlich war über der Oberfläche ein Gedränge sich drehender und ineinander verschraubter Tastorgane, die immer weiter aus dem Sand herausfuhren. Dann ging alles ziemlich schnell. Fast zu schnell für das menschliche Auge. Zuerst hatte es Natalie Seybold bemerkt, die immer noch in zweiter Reihe stand. Ein schrecklicher Schrei entfuhr ihr, und sie stolperte beim Versuch, von der Sandkuhle wegzukommen, gegen die Männer in ihrem Rücken. Unterhalb der sich windenden Tastorgane kam ein Kranz gebogener Hörner zum Vorschein. Diese in Haken auslaufenden Gebilde umgaben kreisförmig eine merkwürdige fleischige Struktur, auf der jetzt alle Blicke ruhten. Natalie wurde von zwei Männern aufgefangen und sah in dem Moment, wie sich ein zahnbewehrter Schlund innerhalb des Hörnerkranzes in dem weißlichen Fleisch öffnete. Dann schob sich das Wesen, das später von allen Augenzeugen einmütig als gigantischer gelb-weißer Wurm beschrieben wurde, aus dem Untergrund und drehte seinen behaarten Körper in schwindelerregender Höhe über die Köpfe des kleinen Trupps. Die Kreatur oder besser das, was von ihr aus dem Boden ragte, war unglaubliche 15 bis 20 Meter lang und hatte einen Durchmesser von einem Meter.

Alle schauten, von dem Anblick des Wesens wie gelähmt, nach oben und sahen zu, wie das Ungeheuer sich in der Luft drehte und mit weit geöffnetem Maul auf sie niederfuhr, um sich dann über Van Baazan zu stülpen. Das alles ging derart schnell, dass ihm keine Zeit für irgendeine Reaktion blieb. Van Baazan wurde von dem Wurm in einem Stück mit Haut und Haaren verschlungen. Dann schloss sich der Schließmuskel um ihn, und der Wurm erhob sich wieder in die Höhe. Während er kurz aufrecht stand, sahen die umstehenden verzweifelte zuckende Bewegungen innerhalb des Hautmuskelschlauches. Kurz trat ein Fuß oben aus der Mundöffnung, die sich aber sofort wieder um ihn schloss. Als sie realisierten, dass das die einzigen und letzten Abwehrbewegungen des noch lebenden Van Baazans in dem Verdauungssystem der Kreatur waren, flohen die Menschen kopflos in alle Richtungen. Nachdem das Wesen samt Van Baazan in seiner Sandröhre verschwunden war, fuhr ein zweiter Röhrenwurm aus dem Untergrund und erhob sich ebenfalls mehrere Meter, während seine Tastorgane an der Spitze suchend umherfuhren. Offensichtlich wiesen Chemorezeptoren dem schrecklichen Geschöpf den Weg zu seinem Opfer. Als Burrows erkannte, dass er selbst das Ziel des nächsten Angriffs war, feuerte er noch mehrere Schüsse in den niedersausenden Rachen. Bevor er schreien konnte, wurde es um ihn herum dunkel. Burrows realisierte panisch, dass er sich jetzt wie Van Baazan ebenfalls im Inneren des Wurmes befinden musste. Während er sich schlagend und tretend zur Wehr setzte, versuchte er noch, die Waffe in der Hand seines ausgestreckten Armes in Richtung seines Kopfes zu führen. Nur eine Kugel konnte ihn noch erlösen. Schließlich spürte er, dass er sich mit dem Kopf nach unten in der Körperhöhle befand. Der Wurm hatte sich gedreht. Den Arm mit der Waffe konnte er in dem engen muskulösen Schlund nicht mehr bewegen. Sein letzter Gedanke formulierte noch die Gewissheit, dass er jetzt gleich mit dem Wurm in den Untergrund fahren würde, während schon die ätzenden Verdauungssäfte aus den Darmdrüsen begannen, seine obersten Hautschichten aufzulösen und in seine Körperöffnungen eindrangen. Seine schmerzerfüllten Schreie erstarben gurgelnd in seinem mit aggressiven Sekreten gefüllten Mund.

Die übrigen Männer liefen auf dem fleischigen Neophyten um ihr Leben. Natalie rannte, stolperte, fing sich und rannte weiter auf dem unebenen Untergrund. Immer wieder blickte sie sich schnell um, in der Hoffnung, nicht in das Dunkel eines Wurmschlundes blicken zu müssen. Als sie in der Nähe der Siedlung wieder festen Grund unter ihren Füßen spürte, blieb sie atemlos stehen und drehte sich um. Einige Männer waren instinktiv in die korrekte Richtung gerannt. Aber andere hatten sich von dem sicheren Hafen der Gebäude entfernt und irrten panisch auf dem Neophyten herum. Natalie Seybold sah einen der Männer gegen einen der roten Ausläufer mit den runden, großen Kapseln rennen und erschrocken stehen bleiben. Er schaute irritiert nach oben. Natalie sah, wie die Kapsel durch die Erschütterung aufriss und ihren Inhalt mit Hochdruck über den Mann ergoss, während etwas sehr schnell aus der geplatzten Schote schoss und mehrere Meter weit flog, bis es auf dem Neophyten liegen blieb. Natalie sah die spasmischen Bewegungen des zusammengerollten Geschosses. Es schien mit kurzen Extremitäten unkontrolliert um sich zu schlagen. Als ihr bewusst wurde, dass das Ding ein noch nicht voll entwickeltes Lebewesen mit zu kurzen Gliedmaßen und segmentiertem Körper war, blickte sie erschrocken zu dem Mann zurück und erlitt einen noch heftigeren Schock. Das über ihn entleerte Fruchtwasser aus der explodierten Kapsel hatte seinen Kopf zersetzt. Eins seiner Ohren und ein Teil seiner Nase mit dem Rest einer Augenpartie tropfte in Auflösung begriffen an seinem Brustbein herab.

Natalie, die noch nie zuvor einen derart zerstörten menschlichen Körper gesehen hatte, fiel in eine dunkle Ohnmacht.

Biosphäre I; Baleareninsel Formentera

Sie hatten kein Auge zugemacht. Die Meldungen, die sie aus Argentinien erreichten, kamen zwar nur spärlich. Aber die Neuigkeiten waren nicht geeignet, jemanden aus dem Team ruhig schlafen zu lassen. Die ersten Informationen, die sie noch am gestrigen Nachmittag aus der einzigen Biosphäre erreichten, die nicht zur $SU10^5$ gehörte, waren widersprüchlich und beängstigend. Es war die Rede von mehreren Toten und von merkwürdigen Wesen. Der Mann am Telefon sprach sehr hektisch. Das, was er von Augenzeugen über die fremdartigen Organismen gehört hatte und über die störanfällige Kabelverbindung nur bruchstückhaft weitergeben konnte, ließ die Menschen in Europa an seinem Verstand zweifeln. Sie nahmen ihn trotzdem Ernst. Aus all seinen Worten drang ein verzweifelter Hilferuf an die $SU10^5$. Im Laufe des Abends hatte er sich noch öfters gemeldet. Nicht nur auf Formentera, sondern auch bei einigen anderen Biosphären. In den späten Abendstunden hatte er zuletzt Kontakt aufgenommen. Seine Stimme war von Panik gepeitscht. Er sprach von einem Heer fremder Organismen, die in die Siedlung eingedrungen waren und alles töteten. Seine letzten beiden Worte hatte man nur schlecht durch die Störungen in der Übertragung verstehen können. Aber diese hallten noch lange nach. *Totale Auslöschung* hatte er gesagt.

Jetzt saßen sie hier rum und warteten auf die neusten Satellitenaufnahmen von der argentinischen Biosphäre. Auch andere über den Globus verteilte Kommandostrukturen berichteten von Kontaktaufnahmen der Argentinier und deren grauenerregenden Meldungen. In Chile arbeitete das Team mit Hochdruck daran, geeignetes Bildmaterial zur Verfügung zu stellen.

»Ich habe nur kurz mit ihm sprechen können. Du weißt doch, wie schlecht die Verbindungen sind. Außerdem hatte ich das ganze Team im Rücken. Ihr habt alles mitgehört.« Anna saß mit Alex auf dem Dach des Verwaltungsgebäudes im Sonnenschein eines der letzten schönen Herbsttage in diesem Jahr. Irgendwie schien der Himmel heute seine Sonntagskleidung aufzutragen. Das Blau über der mediterranen See schien noch strahlender und der Himmel noch heller zu sein als sonst. Von hier oben hatten sie einen überragenden Blick über die dem Meer abgewandte Seite der Biosphäre. Weit unterhalb ihres Freisitzes bedeckte der rot schimmernde Neophyt die gesamte Umgebung und ließ erwärmte Luftströmungen flimmernd in der sonst kalten Morgenluft aufsteigen. Überall waren seine neuen Organe zu sehen.

»Was hat er selbst gesagt?«, fragte Alex, während er auf die Kapseln schaute und dabei dachte: *Hat es so nicht auch in Argentinien angefangen?*

»Erst hat er nur von Theorien über Baupläne in den Modulationen der Signale gesprochen. O'Brian und Kaspuhl müssen ihm diesen Floh ins Ohr gesetzt haben. Die glauben tatsächlich, dass von Wolf-359 nur Bauanleitungen für Organismen mit Lichtgeschwindigkeit verschickt wurden. Ich glaube, mit Bauanleitungen meinten sie elektromagnetische Codes, die vom Neophyten gelesen werden können wie die Erbinformation in der DNS.«

»Du meinst, der Neophyt bastelt nach Anweisung aus dem Sonnensystem Wolf Lebewesen zusammen?«, fragte Alex, um sich zu vergewissern.

»Nein«, sagte Anna. »Das meine nicht ich, sondern die beiden Spinner in Chile.«

»Was hat er noch gesagt? Du sprachst davon, dass er von einer verschlüsselten Botschaft erzählt hat?«

»Er hat mir kurz von irgendwelchen Pulsaren und deren Rotationen erzählt.« Anna war mit dem Laptop auf ihrem Schoss beschäftigt und bemerkte nicht, dass sich auch Alexis Bell zu ihnen gesellt hatte. »Ich hab's gleich. Er hat mir die Daten per Satellit auf meinen Account gesendet.«

Während sie suchte, blickte Alex über die kranke Lebensform zu seinen Füßen. Eine stetige Brise blies vom Meer kommend über die Ebene und brachte die Kapseln am Ende der roten Stängel so heftig zum Schaukeln, dass einige platzten. Das Geräusch konnte man bis hier oben auf dem Dach hören. *Als ob sie reif sind*, dachte Alex. Die seltsamen Geschosse, die vom Innendruck der Kapseln herauskatapultiert wurden, flogen einige Meter weit und blieben dann liegen. Alex erkannte an einem dieser Projektile eine Veränderung, die er bis jetzt noch nicht entdeckt hatte. Das Ding schien sich zu bewegen. Die Bewegungen waren zwar wenig koordiniert und ungeschickt, aber es lag nicht still auf dem roten Untergrund.

»Hey, ich hab's!«

Alex erschrak über Annas Rufen. Er nahm sich fest vor, dem eben Gesehenen noch mal auf den Grund zu gehen.

»Da sind die Daten. Moment, er hat uns eine Videodatei geschickt.«

Alex und Bell traten hinter sie, während Anna die Datei mit einer entsprechenden Software öffnete. Die Videodatei zeigte den Speisesaal der chilenischen Sternwarte. Die Bilder waren zunächst sehr wackelig, beruhigten sich aber, als der Kameramann, von dem nichts zu sehen war, sich an einen Tisch setzte. Sie sahen Viktor Kaspuhl und Sam O'Brian. Beide waren am Essen. Das heißt, O'Brian hatte seine Mahlzeit gerade beendet. Nur Kaspuhl schaufelte sich einen undefinierbaren Brei rein und kleckerte sich gerade eine ordentliche Portion auf sein T-Shirt mit der Aufschrift *Ich bin euch einen Tic voraus.* Dann unterhielten sie sich eine Weile über die elektromagnetischen Signale und deren vermeintlichen Auswirkungen auf den Neophyten. Meistens redete Kaspuhl nervös und fahrig. Auf jeden Fall waren sie sich sicher, dass der Neophyt

Baupläne empfing und irgendetwas zusammenbaute. Aber dann nahm das Gespräch eine unvorhersehbare Wendung. Während O'Brian an den Kameramann gerichtet sagte: *»Wir fragen uns jetzt seit einigen Stunden nur, was der Neophyt da gerade zusammenbaut«*, zog Kaspuhl einen gefalteten Zettel aus seiner Hosentasche, faltete ihn auseinander und legte ihn auf den Tisch, wobei er den Zettel mit der Hand glatt strich. Die Kamera war kurz auf das Stück Papier gerichtet, auf dem lange Zahlenreihen zu erkennen waren. Dann schwenkte sie zu O'Brian, der sich in seinem Stuhl zurückgelehnt hatte. Seinen Kopf hielt er im Schatten außerhalb des Lichtkegels über dem Tisch, und er lächelte dämonisch in sich hinein, während Kaspuhl anfing zu sprechen.

»Pulsare sind rotierende Neutronensterne. Sie rotieren sehr schnell und geben dabei in zwei entgegengesetzte Richtungen elektromagnetische Strahlung ab. Liegt die Erde in ihrem Strahlungsfeld können wir diese Strahlung empfangen. Entsprechend ihrer Rotationsgeschwindigkeit empfangen wir diese Strahlung in einer bestimmten Taktung, so wie bei einem Leuchtturm, dessen Lichtkegel sich genauso dreht. Pulsare könnte man tatsächlich als Leuchttürme des Weltalls bezeichnen. Ihre Rotationsdauer liegt zwischen dem Bruchteil einer Sekunde und mehreren Sekunden. Wir kennen momentan um die 2000 Pulsare und empfangen deren Signale genau im Rhythmus ihrer Eigendrehung. Pulsare sind die genausten Zeitgeber im gesamten bekannten Universum. Auch wenn ihre Rotation sehr, sehr langsam abnimmt, haben sie eine Lebensdauer von mehreren Millionen Jahren.«

»Was soll das denn jetzt werden?« Aus dem Off hörten sie Tonis Stimme. Seine Überforderung war greifbar.

»Lass ihn ausreden! Das ist sehr wichtig!« O'Brian war hoch konzentriert. »Bitte Viktor, sprich weiter«, sagte er.

Viktor Kaspuhl räusperte sich und zeigte auf die Zahlenreihen auf seinem Zettel. »Diese 17 Zahlen beschreiben die Rotationsperioden von 34 Pulsaren, die aus den Supernovae der UHQ-Sonnen hervorgegangen sind. Sie geben jeweils die Perioden zwischen zwei Pulsen in Sekunden an. Und zwar immer für zwei Pulsare mit gleicher Rotationsdauer. Da die Wahrscheinlichkeitsrechnung hier einen Zufall ausschließt, gehen wir davon aus, dass eine Absicht oder ein unbekanntes Naturgesetz dahintersteckt. Diese identischen Rotationsperioden sollen in der Galaxie für Aufmerksamkeit sorgen, und sie enthalten sehr wahrscheinlich eine kosmologische Information, die sich uns nicht erschließen will. Wir haben es dir bisher verheimlicht. Ich hatte auf Formentera bei unserem Treffen vor sieben Jahren schon Andeutungen gemacht, dass wir gewisse Dinge herausgefunden haben, die mit unseren Vorstellungen des Universums nicht in Einklang zu bringen sind. Ist dir eigentlich klar, was das bedeutet?«

Toni schien zu nicken. Dann sagte er: »Ja, dann haben wir eine Botschaft, die jede intelligente Lebensform in unserer Galaxie lesen kann.«

»Nur wir nicht!«, sagte Kaspuhl kleinmütig und fügte hinzu: »Anscheinend gehören wir nicht zur Intelligenzija.«
»Nein, ihr nicht!«, sagte Toni scharfzüngig. »Aber ich muss bei so was sofort an Koordinaten in einem irgendwie gearteten mathematischen Raum denken. Vielleicht können wir das decodieren und finden heraus, auf was uns da jemand aufmerksam machen möchte.«

Biosphäre in der argentinischen Pampa

Als Natalie ihre Augen öffnete, war es so hell, dass sie sie sogleich wieder schließen musste. Sie hörte einige Stimmen, die sehr nah waren. Mehrere Personen schienen sich gedämpft zu unterhalten. Natalie hatte keinerlei Orientierung und wusste nicht, wo sie war, geschweige denn wann sie war.

Blinzelnd gewöhnten sich ihre Augen langsam an die helle Umgebung. Sie nahm erste Details wahr. Zum Beispiel das Sturmgewehr, das neben ihrem Lager an der Wand lehnte.

»Wir haben jetzt erst mal Ruhe, ich glaube, sie greifen nur im Dunkeln an.«

Natalie hörte die leise Stimme. Es war eine Frau. Die Sprecherin konnte sie aber nicht ausmachen. Sie war immer noch geblendet und schloss reflexartig ihre Augen.

Dann eine andere Stimme. »Wir müssen uns was überlegen. Wir müssen hier weg. Wenn es heute Nacht wieder losgeht, werden wir das keine fünf Minuten mehr überstehen.«

Die Angst in der zittrigen Stimmlage des Mannes übertrug sich sofort auf Natalie. Wieder sprach jemand. Es waren mindestens drei Menschen, die sich dort unterhielten.

»Aber wohin? Habt ihr mal da raus geguckt? Wir sind alleine. Von den anderen lebt keiner mehr. Wir haben keine Hilfe zu erwarten, und ob die da wieder zu sich kommt, wissen wir auch nicht.«

Natalie hielt ihre Augen geschlossen, sie wusste, von wem da die Rede war. Ein Teil des Gesagten bereitete ihr große Sorgen.

»Wir nehmen ein Boot. Da stehen mehrere vollgetankt im Hafen. Wenn sie sich nicht aus eigenen Kräften bewegen kann, dann bleibt sie zurück, basta!«

Wieder hörte sie die erste Stimme.

»Wir sind zu viert. Wer von euch kann ein Schiff steuern und auf See navigieren?«

Die Verzweiflung in der Tonlage war deutlich zu spüren. Natalie überlegte. Zwei Frauen und einen Mann hatte sie auseinanderhalten können. Es war jetzt an der Zeit. Sie nahm all ihren Mut zusammen.

»Ich werde mich aus eigenen Kräften bewegen können, und ich bin ausgebildete Seglerin. Außerdem habe ich Erfahrung mit Motorbooten.« Natalie setzte sich auf und öffnete zum ersten Mal ihre Augen, ohne zu blinzeln. Es waren drei Frauen und ein Mann, die sie aus vollkommen ausgezehrten Gesichtern anschauten.

»Mein Name ist Natalie. Wer seid ihr und wo sind die anderen 4000?«

Der Mann war es, der seine Überraschung zuerst überwand und ihr antwortete. »Du bist wach? Kannst du dich wirklich bewegen?«

Natalie stand auf. Noch etwas wackelig auf den Beinen schnappte sie sich das Sturmgewehr. Sofort richteten sich vier Waffen auf ihren Kopf.

»Schon gut, schon gut! Ich muss mich abstützen.« Sie stellte das Gewehr mit dem Lauf auf den Boden und ergriff mit fester Hand den Schaft, um ihren Stand zu stabilisieren. »Ich hatte euch eine Frage gestellt. Wo sind die anderen?«

Diesmal richtete eine der Frauen das Wort an sie. Sie war sehr groß und hatte lange brünette Haare, die sie in einem Zopf trug. Während sie sprach, ließ sie die Waffe sinken. Natalie sah das weiße Zungenpiercing und die Tätowierung auf ihrem Hals. »Die sind tot. Du hast von der letzten Nacht nichts mitbekommen – sei froh!« Das Tattoo bestand aus einer schwarzen nordischen Rune. Natalie hatte etwas Vergleichbares vor Jahren bei einem Freund ihrer ältesten Tochter gesehen.

»Wo sind meine Kinder?«

Die Frau mit der Rune auf dem Hals schaute sie nur an. Dann schüttelte sie langsam den Kopf. Natalie sah in die Gesichter der anderen und erblickte nur Verzweiflung. Eine Welt zerbrach in ihr. Alles, für was sie in den letzten Jahren gelebt hatte, sollte jetzt zerstört sein? In nur einer Nacht sollte ihr das Schicksal alles, was ihrem Leben noch einen Sinn gegeben hatte, genommen haben? Sie musste sich anlehnen. Ihre Beine drohten ihr unter dem Körper wegzubrechen. Ihr Puls raste, und Hitzewellen durchströmten ihren Körper.

»Heute Nacht sind Tausende gestorben. Du musst stark sein. Wir haben alle geliebte Menschen verloren.«

Natalie schaute den Mann an und flüsterte. »Wofür?« Dann sprach sie laut weiter, wobei sie den Kolben des Sturmgewehrs noch fester packte. *Wie viele Patronen da wohl noch drin sind?* »Was ist gestern passiert?«

Der Fremde konnte ihrem Blick nicht standhalten. Er schaute zu Seite.

Die Runenfrau sagte: »Gestern haben wir euch aus dem Schlamassel da draußen geholt. Es sind viele von eurem Erkundungstrupp gestorben. Du warst ohnmächtig. Wir haben euch mit einer Eliteeinheit reingeholt. Da waren diese riesigen Ungeheuer, die aus dem Untergrund kamen, aber das eigentliche Problem waren die Organismen aus den Kapseln. Sie wurden erst vereinzelt herausgeschleudert. Aber dann, wir hatten uns hier auf die Beobachtungsplattform der Biosphäre zurückgezogen, wurden es immer mehr. Die Dinger waren reif ...« Sie machte eine Pause. Die Erinnerung an das, was letzte Nacht passiert war, schien ein Trauma bei ihr hinterlassen zu haben. »Es waren Abertausende, und es wurden immer noch mehr. Die Dinger entrollten sich nach ihrer Geburt.«

Bei dem Wort stöhnte eine der anderen Frauen heftig auf.

»Dann saßen sie einige Minuten nur still im Sonnenlicht. Das Licht veränderte sie. Irgendetwas geschah mit ihrer Oberfläche. Die Farbe wurde anders. Wir hatten keine Chance. Sie haben uns überrannt und alles niedergemacht.«

»Wo sind sie jetzt?« Natalie erinnerte sich wieder an die Szene mit dem Mann. Das war kurz, bevor sie ohnmächtig geworden war. Der Typ hatte eine Flüssigkeit aus der Kapsel über den Kopf bekommen. Sein Kopf war daraufhin Geschichte. Natalie blendete die Bilder aus. Übelkeit stieg in ihrer Kehle nach oben.

»Sie sind verschwunden, als es anfing zu dämmern. Mit den ersten Lichtstrahlen zogen sie sich zurück. Das war unser Glück. Sie waren schon fast hier oben angelangt. Wir hätten keine Minute mehr gehabt. Wir waren die letzten Lebenden hier in der Biosphäre. Alle anderen hatten sie bereits niedergemetzelt.«

Natalie versuchte sich, an den seltsamen Organismus zu erinnern. Sie sah ihn noch mit spastischen Bewegungen rudernd am Boden liegen. Das Ding war noch nicht ausgereift. Sie erinnerte sich wieder an ihre letzten Gedanken, bevor es dunkel geworden war. »Wie sahen sie aus?«

Diesmal redete eine der anderen Frauen. Sie war Mitte zwanzig und hatte kurz geschorene rote Haare. Irgendjemand hatte ihr nur zwei Wörter seitlich über den Ohren in die Haare geschoren: *Tempus fugit*. Natalie überlegte, ob sie sich in so jungen Jahren auch schon der Vergänglichkeit bewusst gewesen war, und betrachtete dabei die Tunnel in den Ohren der Frau. »Solche Wesen haben wir noch nie zu Gesicht bekommen. So was ist in der irdischen Evolution auch nicht vorgesehen.«

Der Mann wollte sie gerade unterbrechen, aber die Runenfrau stoppte ihn rüde. »Lass sie ausreden, sie weiß, von was sie spricht. Los Tyra, sag ihr, was dein Hobby ist.«

Tyra ließ sich nicht aus dem Konzept bringen. »Zoologie ist mein Steckenpferd. Ich hab mich schon seit meiner Jugend mit all den ausgestorbenen Tieren beschäftigt. Diese Art ist mir unbekannt.«

Natalie wurde ungeduldig. »Wie sahen die Viecher denn nun aus?« »Ich bin mir noch nicht mal sicher, ob das Viecher waren. Sie sind in dem Neophyten gewachsen. Ich meine, welches Tier wuchs denn in einem festsitzenden, pflanzenähnlichen Organismus und wurde nach der Reifeperiode einfach hinausgeschleudert?« Sie machte eine Pause, um sofort weiterzusprechen. »Tja, wie sahen sie aus?« Einen kurzen Augenblick sah sie den Mann hilfesuchend an.

Das ist ihr Vater, fuhr es Natalie durch den Kopf.

»Vielleicht so groß wie ein großer Wolf, aber gedrungener und lang gestreckt. Viel länger als irgendein irdisches Wirbeltier. Mindestens drei Meter lang. Insgesamt hatten sie mehrere Beinpaare, vielleicht zehn Beine oder mehr? Ich kann mich nicht richtig erinnern. Sie ähnelten damit einem riesenhaften Tausendfüßler mit einem großen abgewinkelten Kopf am Vorderende. Der gesamte Körper war mit ledriger, glänzender Haut überzogen. Tiefschwarz waren sie, das heißt, nachdem sie die Kapsel verließen, waren sie eher rötlich und zusammengerollt, aber im Licht entrollten sie sich schnell und dunkelten nach. Ich glaube, dass ihre Haut nach dem Schlüpfen an der Luft aushärtete. Die Beinglieder waren irgendwie scharnierartig miteinander verbunden. Sie sahen deformiert aus, und man hätte meinen können, dass sie sich damit nicht richtig bewegen können. Aber sie waren richtig schnell. Das Vorderteil ihres Körpers war wie ein Kopf vom Rumpf abgesetzt, und mit einem gelbgrünen Fell überzogen, die Haare waren aber sehr borstig, eher drahtig und an den Spitzen gelb glänzend. Dieser Vorderkörper war einen halben bis einen Meter lang. An diesem Körperteil hatten sie Mundwerkzeuge, fast wie Insekten oder Spinnen. Sie haben ihre Opfer damit festgehalten ...« Als sie das sagte, fing sie an zu schluchzen.

Die Erzählungen mussten die grauenvollen Bilder der letzten Nacht nach oben gespült haben.

Der Mann – ihr Vater? – trat zu ihr und fasste sie an der Schulter, um sie zu trösten. Sie ließ sich in seine Arme fallen und weinte.

»Sie haben ihren kleinen Bruder vor ihren Augen zerrissen.« Die Runenfrau schaute sehr betroffen und nahm ihre Erzählung wieder auf. »Das war noch ein schneller Tod. Die meisten starben durch die unzähligen Zähne ihres runden Mauls in dem bepelzten Vorderteil. Wenn sie diesen Schlund öffneten, sah es aus, als würde ihr verdammter Kopf nur noch aus einem Maul bestehen. Diese Körperöffnung hatte einen seltsamen Verschlussmechanismus. Wenn sie sich schloss, erinnerte es mich immer an den Verschluss eines Fotoapparates – eine Blende. Sie haben den Menschen damit in Sekundenschnelle das Fleisch von den Knochen gerissen. Aber wenn sie Zeit hatten, in einer Kampfpause«, sie dachte kurz nach, »Nein, es gab keine Kampfpause, es gab noch nicht mal einen Kampf. Zeit hatten sie, wenn sie in dem Getümmel nicht an frische Opfer rankamen, weil sie zu dicht standen. Dann haben sie die Menschen festgehalten und ihnen die Stacheln ihrer Mundwerkzeuge in den Leib gejagt. Die haben ihnen dann eine Flüssigkeit injiziert, wir haben es mehrmals beobachtet. Das war ein Verdauungssekret. Die Leute wurden innerlich verdaut. Es war fürchterlich – sie haben solange geschrien, bis der Tod sie erlöste. Manchmal haben sie noch gelebt, wenn diese Monster ihnen die verflüssigten Organe ausgesaugt haben. Das war extraintestinale Verdauung bei lebendigem Leib. Wahrscheinlich ihre Art der Ernährung. Das runde Maul diente nur der Feindabwehr, oder sollte ich besser sagen seiner Eliminierung? Ich habe sie nie damit fressen sehen.«

Während Natalie diesem Horror lauschte, versuchte sie, die Gedanken an ihre Kinder zu unterdrücken. Sie hatte das Gefühl, dem Wahnsinn direkt in die Augen zu schauen.

Lange würde sie seinem Werben nicht mehr widerstehen können.

Die Rothaarige hatte sich beruhigt und sprach weiter. »Sie haben sie bei lebendigem Leib aufgelöst und ausgesaugt. Das Schlimmste aber waren ihre Augen, wenn es denn Augen waren. Sie standen kreisförmig und handtellergroß um das Maul herum, wie schwarze Knöpfe. Hunderte Augen, manche auch über den ganzen Körper verteilt. Lidlos und ohne Mitleid. Nur auf der Suche, hektisch hin und her zuckend, ein jedes in eine andere Richtung ohne sichtbare Koordination. Aber sie verfügten auch über andere Sinnesorgane. Ich habe mehrmals gesehen, dass sie auch Menschen in scheinbar sicheren Verstecken fanden. Sie müssen auch über chemische Sinne verfügen. Wir müssen auch in Betracht ziehen, dass sie andere uns vollkommen fremde Sinnesorgane besitzen. Jedenfalls sollte man die Flucht einem Versteck vorziehen.«

»Womit wir beim Thema wären.«, mischte sich der Mann wieder ein. »Mein Name ist Steve«, stellte er sich Natalie vor. »Ich bin Tyras Vater. Das ist übrigens Amanda.« Er zeigte auf die Frau mit der Rune auf dem Hals, die Natalie anerkennend zunickte.

Dann sagte Amanda zu ihr: »Wir kennen dich alle, Natalie Seybold aus good old Germany. Deinen Kumpel Van Baazan hat es gestern leider erwischt. Wurmfutter, oder?«

Natalie war nicht erstaunt, dass sie bekannt war wie der bunte Hund. Sie war in der Führungsebene der Sphäre. Eigentlich kannte jeder jeden. 4000 Menschen, das war wie in einer Kleinstadt, aber die vier waren ihr bisher noch nicht aufgefallen. Die Bilder von Van Baazans und Burrows Tod kamen wieder hoch. »Nicht nur der. Und wer bist du?«, sprach sie die letzte Frau an, die ungefähr so alt wie der Mann war und sich bisher im Hintergrund gehalten hatte.

»Das ist meine Mutter.« Tyra legte, während sie sprach, den Arm um sie. »Sie spricht seit gestern nicht mehr. Ihr Name ist Christin.«

»Mutter, Vater und Tochter. Und du, Amanda?«

»Eliteeinheit, hier in der Sphäre zu eurem Schutz engagiert. Ich hab unter Burrows gedient.«

»Genug Kennenlernrunde, Leute! Wir müssen hier weg.« Steve blickte in den Himmel. »Ich schätze wir haben jetzt noch zehn Stunden, bis die Dämmerung einsetzt. Wir müssen uns überlegen, wie wir am schnellsten an ein Boot kommen. Warum ist heute eigentlich der Himmel so hell? Man kann kaum hochgucken.«

Nordchilenische Anden; Chajnantor-Plateau

Der Funkverkehr war immer noch gestört, Satellitentelefonie unmöglich und die Verbindung über die Unterseekabel von Kontinent zu Kontinent die einzige Möglichkeit für Gespräche zwischen den verschiedenen Einrichtungen der SU10[5].

Die Videokonferenz mit der Biosphäre I wollte ihm nicht mehr aus dem Kopf gehen. Formentera hatte sich noch mal gemeldet. Toni hatte ihnen eine Videodatei ihres Gespräches geschickt, und sie waren angefixt. Kaspuhl hatte lange gebraucht, um sie von seiner Theorie zu überzeugen. Letztendlich waren die Argumente aber auf seiner Seite. Das, was sie auf der Baleareninsel sahen, wenn sie nach draußen auf den Neophyten blickten, spielte sich so oder ähnlich auf der gesamten Welt ab. Jetzt hatten sie endlich nach fast sechszehn Jahren ihre Antwort von Unbekannt. Das elektromagnetische Sperrfeuer von Wolf-359 hatte die Prozesse im Neophyten ausgelöst.

Kaspuhl lehnte sich mit seinen Vermutungen noch weiter aus dem Fenster, als sie ihm die Geschichte von den per Radiowellen versandten Bauplänen aus der Hand fraßen. Da schickte eine biologische Lebensform ihr Erbgut mit Lichtgeschwindigkeit durch das All. Der Parasit hatte es gelernt, fremde Welten in den unendlichen Weiten des Kosmos überfallartig zu besiedeln und das native Leben dort auszulöschen, nachdem es ihm erst als Mittel zum Zweck gedient hatte. Es verlangte viel Mut, die Wahrheit anzunehmen, aber die logische Schlussfolgerung ergab sich von selbst. Die Saat des Neophyten war gemeinsam mit dem Schalterprotein in der Spore auf der Erde abgeliefert worden. Damit hatte der Parasit den ersten Schritt auf unbekanntes Terrain gesetzt. Die aufgegangene Saat, die Senderorganismen und der Neophyt, waren aus einem Holz geschnitzt. Zwei Generationen ein und derselben Lebensform. Die erste Generation war der

Sender des Signals an die daheimgebliebene dritte und bis dato unbekannte Generation und die andere sein Pendant – eine weltumspannende, sich selbst mit Energie versorgende zweite Generation, die den Planeten auf die Ankunft der dritten vorbereitet. Zugleich eine lebende Antenne, ein Empfänger für die Baupläne der dritten Generation, die erst auf die lange Reise geschickt worden waren, als Naomis Signal von einer erfolgreichen feindlichen Übernahme des neuen Planeten zeugte. Eigentlich eine Mogelpackung, but it works. Das Erbgut für die Reproduktion wurde nicht bei einem engen körperlichen Kontakt an einen Partner weitergegeben. Es gab nur kontaktlosen Cybersex. Der Genaustausch fand über Radiowellen statt. Im übertragenden Sinne könnte man sagen, einen Teil der Erbinformation enthielt der Neophyt, aber der zweite Teil, das Ejakulat mit den Spermien, wurde mit Lichtgeschwindigkeit durch den Kosmos geschossen. Die parasitäre dritte Generation schickte von Wolf-359 ihre Blitzkriegsendung zur endgültigen Übernahme des Planeten und Auslöschung jedweden noch vorhandenen Lebens zur Mutter Erde.

Das war die Wahrheit, und jetzt konnte man nur noch warten und versuchen solange zu überleben, bis sich der Lebenszyklus des Parasiten schloss und der Reigen mit dem Entstehen der dritten Generation von vorn beginnen würde. Der Planet war vorbereitet, der Neophyt befruchtet und die dritte Generation würde aufblühen und für die weitere Verbreitung sorgen.

So hatte Kaspuhl es sich zusammengereimt. O'Brian war sich sicher, dass er nah dran war. So oder so ähnlich musste es ablaufen. Eigentlich eine faszinierende biologische Lebensform. Der erste Kontakt der Menschheit mit einer anderen Spezies aus dem All. *Leider vollkommen in die Hose gegangen*, dachte er. Für jeden Astrobiologen ein gefundenes Fressen. Ein Studienobjekt für mehrere Forschergenerationen. O'Brian zweifelte daran, ob es überhaupt noch weitere Generationen geben würde. Die Satellitenbilder aus Argentinien hatten ihnen sehr plastisch vor Augen geführt, was die 25 Biosphären der SU10[5] in einer sehr nahen Zukunft erwarten würde. Die Auflösung der Satellitenkameras reichte aus, um sie als Zuschauer an albtraumhaften, furchteinflößenden Ereignissen rund um die argentinische Biosphäre teilnehmen zu lassen. Im Laufe des zweiten Tages zeichnete der ehemalige Spionagesatellit grauenhafte Bilder auf. In den ersten Aufzeichnungen sahen sie nur den Neophyten mit den merkwürdigen Kapselständern, die sich überall auf der Welt gebildet hatten. Aber im Laufe des Tages schienen diese Organe Wesen freizusetzen. Am Anfang nur wenige, aber gegen Nachmittag immer mehr. Tausende bis Hunderttausende, die sich nach einer kurzen Ruhephase formierten. Diese Kreaturen bildeten mehrere Schwärme, die sich koordiniert bewegten, aber kein Ziel zu haben schienen. Wie genau diese Organismen aussahen, konnte man auf den Bildern nicht erkennen, aber man konnte ihre Größe abschätzen. Hier in Chile waren sich alle einig, dass sie mindestens zwei bis drei Meter lang sein mussten. Toni glaubte auch, Menschen zwischen ihnen gesehen zu haben, und war der Meinung, dass diese jedenfalls von den Wesen in ihrer Größe übertroffen wurden. Dann nahmen die Vorgänge eine überraschende Wendung, mit der keiner gerechnet hatte. Die Horden formierten sich wie auf ein Kommando neu und strömten auf die Befestigungsanlagen zu, die die Biosphäre umgaben. Von der zwanzig Meter hohen Mauer und deren Geschütztürmen wurde mit geballter Feuerkraft aus allen Rohren auf den Angreifer gefeuert. Das Mündungsfeuer, die Explosionen und die Rauchschwaden konnten sie auf den Aufzeichnungen gut erkennen. Die Menschen in Argentinien mussten sich mit allem, was sie hatten, den anstürmenden Wellen der Organismen entgegengestellt haben. Die Bilder zeugten von ihren verzweifelten

Versuchen, den ungeheuerlichen Massen zu trotzen. Als die gigantische Überlebensinsel aus dem Footprint des Satelliten lief und sich die Aufzeichnung ihrem Ende näherte, hatten sich die meisten Menschen von den Bildschirmen abgewandt. Die Bilder ließen nur eine Interpretation zu. Die Menschen, die dort die Katastrophen der letzten Jahre überlebt hatten, waren ausgelöscht worden.

Kaspuhl hatte sich erinnert, was eine Kontaktperson aus Argentinien in einem Gespräch mit Formentera über das Heer fremder Organismen gesagt hatte. Sie hatten es ihm erzählt. Er hatte nur zwei Wörter gebraucht: *Totale Auslöschung*. Jedem musste nun klar sein, was draußen jenseits ihrer Biosphären gerade passierte und zu was das letztendlich führen würde. Die Menschheit wurde in einem letzten Gefecht angegriffen. Die letzte Schlacht wurde geschlagen. Keine intelligente Spezies hatte die Erde überfallen. Das irdische Leben wurde von einer primitiven Lebensform vernichtet, die jetzt zum finalen Schlag gegen die letzten Überlebenden ausgeholt hatte. Die Evolution hatte irgendwo auf einem fremden Planeten oder in einem Sonnensystem ein Monster hervorgebracht, dass auf seinem Eroberungsfeldzug im Universum nicht aufzuhalten war. Einfache Biologie mit einem Generationswechsel, der Raum und Zeit überbrückte. Einfach, aber genial und präzise in der Ausführung. Und perfekt in der Erschließung neuer Lebensräume in einem unendlichen Biotop – dem Weltall.

Die Menschen fingen an, sich einzugraben. Die Biosphären, die strategisch günstig lagen, wurden zu waffenstarrenden Festungen ausgebaut. Einige Sphären und die meisten Außenstellen der $SU10^5$ sollten evakuiert werden, solange noch Zeit blieb.

O'Brian war gerade dabei, seine Siebensachen zu packen. Die Evakuierung der Anlage stand kurz bevor. Treffpunkt war in einer Stunde. Sie sollten sich am Rollfeld einfinden und sich zunächst in den kleinen Hangar zurückziehen, bis ihre Maschine gelandet war und sie aufgenommen hatte. Noch war vom Neophyten keine große Gefahr zu erwarten. Die Kapseln waren noch nicht so weit. Der Reifungsprozess war noch nicht abgeschlossen. Vielleicht hatten sie Glück. In knapp fünf Stunden könnten sie im circa 3700 Kilometer entfernten Kourou sein.

Während er ein paar T-Shirts in die Tasche packte, musste er an Kaspuhls exzentrische Auswahl denken. O'Brian fragte sich, welche seiner zwei Motive er wohl mitnehmen würde – den Tic oder die Killertomaten? Oder nahm er beide mit? Plötzlich musste er innehalten. Die Bilder der Videokonferenz huschten blitzartig durch sein Bewusstsein. Ganz klar konnte er die Leute in Formentera sehen. O'Brian wusste sofort, dass er irgendwas übersehen hatte. Dass sein Geist ihm noch mal diese Bilder vor seinen inneren Horizont zauberte, konnte kein Zufall sein. Er versuchte, sich zu erinnern, was ihm bei der Konferenz seltsam vorkam oder ob sich jemand anders verhalten hatte, als zu erwarten gewesen wäre. Immer wieder spülte es ein Bild an die Oberfläche. O'Brian versuchte, Details zu erkennen, aber er sah nur die Gesichter von Alex, Anna und Alexis Bell. Immer und immer wieder. Anna saß versetzt im Hintergrund und rieb sich eine weiße Substanz ins Gesicht. Alex diskutierte heftig mit Kaspuhl über dessen Bauplantheorie und Bell rieb sich ständig den Kopf, so als ob er Kopfschmerzen haben würde. Das war die Bildsequenz, die sich in sein Bewusstsein gefressen hatte. Anna, die sich einrieb? Was sollte daran merkwürdig sein? Frauen rieben sich doch ständig mit irgendetwas ein. Aber warum hatte Bell Kopfschmerzen? Die Bilder kamen in Schwarzweiß. Als die erste Farbkopie durch seinen Kopf jagte, lief ihm ein Schauer den Rücken hinab.

Das kann nicht sein, durchzuckte es ihn. O'Brian schmiss einige Socken in die Tasche, zerrte an dem

Reißverschluss, bis sie geschlossen war, und rannte los. Das nächste Telefon stand auf dem Schreibtisch der Zentralverwaltung. *Viel zu weit – und warum erst anrufen?* Er änderte seinen Plan und rannte direkt in den Gebäudekomplex mit der Teleskopsteuerung und allem anderen wissenschaftlichen Inventar. Als er in die große Halle polterte, hätte er fast Toni umgerannt.

»Was machst du denn hier?«, rief er verdattert.

»Das könnte ich dich aber jetzt auch fragen.« Toni schaute ihn seltsam an.

»Sie haben alle Sonnenbrand.«

Tonis Blick verriet, dass er O'Brian für völlig durchgeknallt hielt. »Aha, und was machen wir dann?«

O'Brian war noch sehr außer Atem und der Satz kam gepresst: »Lass uns die Frequenzen überprüfen.«

»Welche?« Toni verstand die Welt nicht mehr.

»Das, was uns von Wolf-359 erreicht und das, was hier bei uns am Erdboden ankommt.«

Biosphäre in der argentinischen Pampa

Sie waren sofort aufgebrochen. Für den Weg in den Biosphärenhafen brauchten sie zwei Stunden, viel länger als erwartet. Auf ihrem Marsch mussten sie die gesamte Zeit über Leichen oder deren Überreste schreiten. Die Toten lagen in allen nur vorstellbaren und auch allen nicht vorstellbaren Zuständen herum. Teilweise vollständig skelettiert, manche nur mit herausstehenden Knochen, da wo die Kreaturen ihnen das Fleisch bei lebendigem Leib vom Körper gerissen hatten, oder mit ganz oder teilweise abgerissenen Gliedmaßen und mit aufgebrochenen Bäuchen. Am schlimmsten war der Anblick, wenn man die Toten noch als Menschen erkennen konnte. Bei vielen war das aufgrund der tödlichen Verletzungen nicht mehr möglich. Manche wirkten nur noch wie blutige Fleischklumpen, wie Schlachtabfälle. Immer wieder erblickten sie auch Menschen, die im Angesicht des sicheren Todes, den schnellen Abgang mit der Waffe gewählt hatten, bevor sie das Opfer der Kreaturen wurden. Meistens lagen mehrere zusammen. Anscheinend hatten einzelne Menschen in der Verantwortung für eine Gruppe und unter dem Eindruck der schrecklichen Bilder die letzte Entscheidung getroffen.

Alle unter ihnen vermieden es peinlichst, in das Antlitz der Toten zu schauen, sofern noch vorhanden und als solches erkennbar. Wenn möglich, klammerten sie jegliches noch vorhandene menschliche Detail aus – niemand war darauf erpicht, Bekannte oder gar Verwandte unter den Opfern zu entdecken. Der Fußmarsch durch die apokalyptische Szenerie war kaum auszuhalten. Natalie versank ob der Bilder und ihrer Verluste in einen Zustand der Gleichgültigkeit. Jeder Schritt war nur noch teilnahmslose Gewohnheit. Sie hatte kein Ziel und keinen Lebenswillen mehr. Ihr bewusstes Denken und Fühlen war nicht mehr Teil dieser Realität. Als sie das Ziel endlich erreicht hatten, war das passende Boot für ihre Flucht schnell gefunden. Das für sie in Frage kommende Kajütboot lag am Pier und war das einzige mit vollem Tank.

»Wir haben jetzt noch acht Stunden bis Sonnenuntergang.« Steve hatte mit Amanda die Führung ihrer kleinen Gruppe übernommen.

Natalie war froh, endlich die Leichenberge hinter sich zu haben. Sie hatte nur noch den einen Wunsch, diesen unseligen Ort endlich verlassen zu können. Deshalb fragte sie mit wackliger Stimme: »Acht Stunden? Was hält uns davon ab, jetzt gleich zu verschwinden?«

Bevor er ihr antwortete, musterte Steve ihre Physiognomie und ihre Mimik. Natalie stand kurz vor einem Nervenzusammenbruch, das normale Zusammenspiel ihrer Gesichtsmuskulatur war gestört. Er sah es an einem unpassenden Zucken in ihrem Gesicht und ihren Augen, die unstet hin- und her rollten. Das passte einfach nicht zusammen. Steve sah, dass es auch den anderen aufgefallen war.

»Wir können nicht einfach los. Wir brauchen noch Proviant. Außerdem müssen wir uns noch einigen, welches Ziel wir ansteuern sollen.«

Tyra nahm Natalie bei der Hand und sagte: »Ich dachte, das sei längst klar. Wir haben uns doch schon auf die Falklands geeinigt.«

»Ja«, erwiderte Amanda, »aber wir haben Natalie noch nicht gefragt.«

»Das ist mir eh wurscht. Hauptsache so schnell wie möglich weg von hier.«

Steve sah ihre Zeit davonrennen. »Gut, also sputen wir uns. 360 Seemeilen liegen zwischen uns und den Falklands. Ich schätze, dass wir mit dem Kahn mit zehn bis fünfzehn Knoten vorankommen. Dann haben wir mit der Tankfüllung noch ein wenig Spiel am Ziel. Wir sollten mindestens Proviant für vier Tage dabeihaben. Wir wissen nicht, wie die Lage vor Ort ist. Es gab dort eine britische Militärbasis, aber die müssen wir suchen und können nur hoffen, dass wir Nahrung, Wasser und Treibstoff finden.« Steve teilte Tyra und Amanda für die Suche nach Nahrungsmitteln ein. Sie wussten am besten, wo man zu suchen hatte. Er selbst zog es vor, mit den beiden angeschlagenen Frauen auf dem Boot Stellung zu beziehen. Er hatte vor, die Wartezeit zu nutzen und die Technik des Bootes noch mal zu überprüfen.

Als Tyra und Amanda ihre Rucksäcke schulterten, waren die beiden Frauen in der Bordküche und überprüften auf Steves Vorschlag hin die Vorräte an Bord. Amanda ging mit Tyra zielstrebig in Richtung der Großküche und dem riesigen Vorratslager der Biosphäre. Ihre Langwaffen hatten sie zurückgelassen. Die Rücksäcke würden sie bei ihrem Marsch schon genug behindern, wenn sie wieder über menschlichen Überreste steigen mussten. Insbesondere auf dem Rückweg, schwer beladen mit Proviant, wären Schnellfeuergewehre hinderlich gewesen. So hatten die beiden nur Pistolen zum Selbstschutz in ihren Holstern.

»Lass uns erst Grundnahrungsmittel in die Säcke packen. Dann nehmen wir gut konservierte Lebensmittel. Und wenn dann noch Platz ist, können wir obendrauf auch frische Sachen legen, die wir in den nächsten Tagen verzehren müssen.«

Die beiden standen im Übergang zwischen Großküche und dem Vorratslager. Tyra gab Amanda recht und sagte: »Die können wir dann auch im Kühlschrank auf dem Boot aufbewahren. Vorhin hat er jedenfalls noch funktioniert.«

Die benötigten Vorräte hatten sie schnell gefunden, und ihre Rucksäcke waren bereits nach zehn Minuten voll bepackt.

»Lass es gut sein, Tyra!« Amanda schnürte ihren Sack provisorisch, in den sie gerade noch mehrere Konserven mit selbsthergestellten Bohnen in Tomatensoße geworfen hatte, und schulterte ihn daraufhin. »Wir gehen in die Küche. Lass uns mal schauen, was wir noch in den Kühlschränken finden können.«

Amanda schaute sich um, während sie durch die Küche schritt. »Ist dir hier was aufgefallen?«

Tyra ging einige Meter hinter ihr, der schwere Rucksack hing ihr über die rechte Schulter. Sie hatte ihren Arm darumgelegt und blieb kurz stehen. Während sie den Rucksack auf die andere Schulter schwang, um das Gewicht zu verlagern und die rechte Hand freizubekommen, fiel ihr auf, was Amanda meinte. »Warum gibt es hier keine Toten? Das meintest du doch, oder?«

»Ja! Als wir kamen, war die Tür verschlossen. Irgendwer hat sie von außen verriegelt. Vielleicht wollte er nicht, dass diese Biester auch noch die Vorräte plünderten.«

»Dann muss er noch an einen Sieg über die Wesen geglaubt haben«, sagte Tyra.

»Oder er hat hier irgendwas eingesperrt«, gab Amanda zu bedenken.

Tyra zog ihre Waffe, während sie unsicher die Umgebung inspizierte. »Aber wen sollte man hier einsperren, wenn da draußen alles krepiert?«

»Vielleicht hat es hier irgendwo seinen Anfang genommen. Wer weiß? Wir sind hier in der untersten Ebene der Biosphäre, und vielleicht haben die Nahrungsmittelvorräte auch die Monster angelockt.«

Amanda hatte gefunden, nach was sie die gesamte Zeit Ausschau gehalten hatte. Der zweitürige Kühlschrank wirkte schon allein aufgrund seiner Größe dekadent. Sie setzte ihren Rucksack ab und griff nach der Tür, hinter der sie den eigentlichen Kühlschrank erwartete. Hinter der anderen befand sich wahrscheinlich ein Eisschrank. Amanda hatte erwartet, die Tür einfach öffnen zu können. Aber sie klemmte. Sie zerrte und riss an dem Ding.

Tyra rechnete jeden Moment damit, dass der Griff nachgab und sie nach hinten fiel. Nichts tat sich. »Versuch's doch mal mit der anderen!«

Amanda wunderte sich, dass sie nicht selbst darauf gekommen war, und legte ihre Hand um den anderen Türgriff. Sofort ging die Tür auf und gab den Blick frei auf den hell erleuchteten Inhalt.

Gelbgrünes Fell mit hinein gesprenkelten schwarzen Augen umgab das aufgerissene runde Maul mit den hunderten konzentrisch angeordneten messerscharfen Zähnen. Die schwarzen lidlosen Augen waren auf Amandas Kopf fixiert. Davor bewegten sich mit unbekannten chemischen Sinnen ausgerüstet die behaarten Mundwerkzeuge rastlos und nervös suchend.

Der Tod kam schnell. Das zahnbewehrte Maul umschloss ihren Kopf. Amanda fand keine Zeit zur Gegenwehr, ihr Oberkörper drehte sich leicht vom Kühlschrank weg. Ein zaghafter instinktiver Versuch, die Flucht zu ergreifen. Das Rund schloss sich wie die Blende eines Fotoapparates, wobei die Zähne mit einer kreisrunden Scherbewegung alles im Inneren des Mauls vom Äußeren abtrennten. Scheinbar mühelos und mit einem schmatzenden Geräusch. Tyra dachte noch, sie würde das Geräusch des sich schließenden Mauls nie wieder vergessen können. Das Blut sprudelte aus Amandas kopflosem Hals, als ihre Leiche zuckend und mit rudernden Extremitäten nach hinten fiel, wobei eine Hand den Türgriff noch in so fester Umklammerung hielt, dass ihre Leiche in Schräglage an der offenen Tür des Kühlschranks hängen blieb. Das Wesen in dem zweigeteilten Kühlschrank öffnete mit einem fremdartigen Fauchen das von spitzen Zähnen umringte Maul. Tyra blickte in den leeren Schlund, Amandas Kopf war nicht mehr zu sehen. Sie konnte sich gerade noch schnell genug das Blut ihrer Gefährtin aus den Augen wischen und ihre Waffe hochreißen, um dann zu sehen, wie die vielen schwarzen Augen sich erbarmungslos auf sie richteten. Sie registrierte den Sprung und sah das gelbgrüne Wesen blitzschnell auf sie zuschießen. Tyra gab mehrere Schüsse ab, bevor sie wieder das Geräusch des sich schließenden Mauls hörte. Diesmal aber aus einer anderen Perspektive – diesmal von innen. *Nie vergessen*, war der letzte Gedankenfetzen, der durch ihre Neuronen pulsierte, als ihr Schädel zwischen den Kiefern splitterte.

Steve war mit der Inspektion des Bootmotors gerade fertig geworden. Dumpf pochte der Schmerz durch seinen Kopf. *War zu viel Sonne heute Morgen auf der Plattform*, dachte er, als er aus der Luke des Motorraums kletterte und die beiden Frauen an Deck erblickte. Die beiden hatten sich auch einen ordentlichen Sonnenbrand eingefangen. Christin und Natalie saßen unter der Persenning im Schatten und rieben sich ihr Gesicht mit irgendeiner After-Sun ein, die sie gefunden haben mussten. Steve wunderte sich darüber, dass es so was auf dem Boot noch gab.

»Meint ihr, das hilft? Hätte nie gedacht, dass die Sonne noch so viel Energie hat. Ich hab mir auch einen ordentlichen Sonnenbrand eingefangen.«

Natalie forderte ihn auf, sich zu setzen, und fing an, ihm vorsichtig das Gesicht einzureiben. »Wo bleiben Tyra und Amanda? Sie sollten längst hier sein.«

Steve spürte sofort die kühlende Wirkung. »Keine Ahnung«, ein Blick auf seine Uhr, »aber du hast recht. Sie sind über die Zeit. Wir sollten hier bald verschwinden.«

Während die beiden sich weiter im Schatten auf Deck aufhielten, machte Natalie sich im Inneren mit der Navigationstechnik vertraut. Die Geräte kannte sie als Seglerin, und sie wusste auch, wie sie zu bedienen waren. Das Boot war mit allen technischen Raffinessen ausgerüstet. Steve hatte ihr mitgeteilt, dass der Motor einen sehr guten Eindruck machte. Natalie hatte beschlossen, ihn für einen Probelauf zu starten. Sie bemerkte den Zündschlüssel im Schloss und rief den beiden zu, dass sie sich nicht erschrecken sollten. Dann drückte sie den Startknopf, und der leistungsstarke Motor erwachte grollend zum Leben. So wie er sich anhörte, war er sehr gut in Schuss und schien einige Pferdestärken zu entwickeln. Natalie gab genüsslich Gas und erfreute sich an dem Dröhnen der Maschine. Das Motorengeräusch musste sehr weit zu hören sein.

Das Wesen aus dem Kühlschrank mied die Sonne vorerst wie alle seine Artgenossen nach dem ersten längeren Kontakt mit der Sonnenstrahlung. Die chemische Aushärtung seiner Epidermis wurde vom UV-Anteil der Sonnenstrahlung induziert und war nach ungefähr 36 Stunden beendet. Erst wenn dieser Prozess abgeschlossen war, konnten sich die Wesen wieder frei im Sonnenlicht bewegen. Jeder Sonnenstrahl vor der abgeschlossenen Sklerotisierung hätte die Chemie ihrer Hautbildung empfindlich gestört. Der Küchenhilfe, die es gestern im Kühlschrank eingesperrt hatte, waren diese Zusammenhänge natürlich nicht klar gewesen.

Sie hatte die Küchentür während des ohrenbetäubenden Alarms hinter sich verriegelt, ohne eine Ahnung davon zu haben, in welcher Gefahr sie eben geschwebt hatte, als sie das Tier beim Fressen im Kühlschrank erwischt hatte. Den kurzen Moment gieriger Unachtsamkeit hatte sie genutzt, um die Kühlschranktür schnell zu schließen. Das unbekannte Ding war damit gefangen und sie fürs Erste gerettet. Auf dem Weg zur Biosphärenleitung kamen ihr immer mehr Menschen entgegen. Der Alarm ebbte auf und ab, dann hörte sie erst vereinzelte Schüsse und schließlich schweres Maschinengewehrfeuer. Sie lief immer noch gegen den Strom der panischen Masse, um Meldung von ihrem Gefangenen in dem Kühlschrank zu machen. Auf den letzten hundert Metern vor ihrem Ziel wurde das Gedränge zu groß. Sie bog gerade in einen Hauptverbindungskorridor zu den einzelnen Biosphärenabteilungen ein, als sie den Ansturm der Kreaturen sehen konnte. Tausende der Wesen waren allein in ihrem kleinen Blickfeld zu sehen. Das einzelne Exemplar im Kühlschrank musste ein Späher sein. Es waren so viele, dass sie ihr in dem relativ schmalen Korridor nicht mehr nur nebeneinander entgegenbrandeten, sondern sich ihr übereinandergestapelt wie ein Tsunami entgegenwarfen. Der Tod kam vielfach und schnell über sie und ihre Mitmenschen.

Das Motorengeräusch führte die Kreatur aus dem Kühlschrank direkt zu ihren nächsten Opfern. Die Augen blickten schwarz und kalt auf Steve und Christin. Die beiden standen an der Reling und schauten mit weißen Gesichtern voller Creme nach unten in das Wasser des Hafenbeckens.

Natalie wollte gerade nach dem Zündschlüssel greifen, der Motor lief gleichmäßig im Leerlauf, als sie ein merkwürdiges Geräusch vernahm. Kurz zweifelte sie, hörte es dann aber direkt noch mal. Dann schlug etwas im vorderen Bereich des Bootes sehr heftig auf den Schiffsboden und trommelte weiter. Natalies Sinne waren sofort hellwach, und instinktiv ahnte sie die Gefahr, in der sie schwebte. Vorsichtig, sehr vorsichtig schob sie den Vorhang der Windschutzscheibe etwas zur Seite. Mit einem Auge blickte sie über das Vorderdeck auf die Reling und die Hafenmole dahinter. Nichts war zu sehen, das Trommeln auf dem Deck wurde langsamer. Natalie ließ ihren Blick über das Vorderdeck schweifen. Plötzlich sah sie die Ursache für das Trommeln. Die beiden Leichen lagen direkt vor dem Zugang zum Boot in der Öffnung der Bugreling. Steve musste sofort tot gewesen sein, sein Kopf fehlte. Über Christin hing ein Wesen, das Natalie an Tyras Beschreibung von den Monstern aus dem Neophyten erinnerte. Das Vieh war gerade dabei, ihr die Haut vom

Bauch zu ziehen. In ihrer Brust klaffte eine große Wunde. Sie schien noch zu leben. Ihr Mund öffnete sich im gleichen Takt, wie ihr rechtes Bein auf die Bootsplanken schlug. Aber das Schlimmste waren ihre weit geöffneten Augen, die Natalie direkt anzusehen schienen und um Erbarmen flehten. Natalie erkannte sofort, dass es nur eine Möglichkeit gab, um zu überleben.

Alles geschah jetzt instinktgesteuert und sehr schnell. Der Motor lief immer noch mit gleichmäßiger Drehzahl. Natalie nahm die einzige Leine am Bug wahr, mit der das Boot festgemacht war, und sie sah das Repetiergewehr mit Zielfernrohr über der Scheibe hängen. Der Entschluss war gefasst. Die Bestie labte sich an Christins Bein. Das Trommeln war noch langsamer geworden. Natalie legte vorsichtig den Rückwärtsgang ein. Das Wesen hatte nichts bemerkt und stand sehr günstig. Sie drückte den Gashebel mit aller Gewalt nach vorne, der Motor heulte auf, und das Boot machte einen Satz nach hinten, wobei die Leine abriss. Während sie sofort kurz Gegenschub gab, damit sie nicht weiter nach hinten beschleunigten, riss sie die Waffe aus der Halterung und sah durch den Schlitz im Vorhang, dass ihr Plan aufgegangen war. Die Kreatur war durch die plötzliche Beschleunigung ins Hafenbecken geschleudert worden und hatte Christin dabei ins Wasser gezerrt. Natalie rannte los, ohne sich weiter um das Boot zu kümmern. Sie lud die Waffe mit dem Repetierhebel durch, stürmte direkt zur Bugreling und blickte in das weiß schäumende Wasser. Das widerliche Monster konnte nicht schwimmen und verbiss sich immer mehr in Christins zerfleischten Körper. Natalie riss die Waffe hoch und schoss. Der erste Treffer tötete das, was von Christin noch übrig war, mit einem Kopfschuss. Den Rest der Munition feuerte sie in die Kreatur, die langsam im Wasser sank. Als der Hebel des Gewehrs keine Patrone mehr in die Kammer beförderte, ging Natalie Seybold scheinbar seelenruhig in den Steuerstand und lenkte das Boot langsam in die Mitte des Hafenbeckens. Dann ließ sie sich in den Schalensitz vor dem Steuerrad fallen und fing an lautlos zu weinen.

Nach einer Weile wurde sie von einem Geräusch geweckt. Natalie bemerkte zuerst den Motor des Bootes, der immer noch ruhig im Leerlauf vor sich hin tuckerte. Das Geräusch hallte noch in ihrem schlaftrunkenen Geist nach, als sie registrierte, dass sie samt dem Boot fast an die Kaimauer getrieben war, wo sich auch die Anlegestelle befand. Kurz hoffte ihr flink erwachender Verstand, dass das Geräusch die Rückkehr der zwei Frauen ankündigte. Natalies Sinne waren sofort geschärft, ihr Verstand hellwach. Sie stand auf und wollte nach dem Gewehr greifen, ließ es aber auf dem Sitz liegen. *Keine Munition, muss ich erst wieder laden,* dachte sie und hörte dann wieder das Geräusch. Irgendetwas schlug im Heckbereich gegen das Boot. Natalie grauste es bei dem Gedanken an die Kreatur, die sie in Gedanken bereits an der Bootswand emporklettern sah. Hin und hergerissen überlegte sie verbissen, was sie zuerst tun sollte. Natalie entschied sich, die Schubladen im Steuerstand schnell und systematisch zu durchsuchen. Gleich in der zweiten fand sie das Gesuchte. Sie griff nach den Patronen und lud die Waffe nach. Während sie die erste Patrone in die Kammer beförderte, ging sie wachsam zum Heck des Bootes und wagte einen Blick nach unten. Dort trieb Christins Leiche. Der leichte Wellengang schlug sie immer wieder gegen das Boot. Sie sah furchterregend aus, das Wesen hatte ganze Arbeit geleistet und sie fast in zwei Stücke gerissen. Natalie wand ihren Blick ab und war erleichtert darüber, dass von dem unbekannten Tier nichts zu sehen war. Sie schaute sich um und bemerkte erst jetzt, dass die Zeit schon weit fortgeschritten war. Von Amanda und Tyra kein Lebenszeichen – und es fing an zu dämmern. Die Hafenmole lag schon im Dunkel des scheidenden Tages, nur vereinzelt wurde der Schatten auf dem Beton von einzelnen Lichtbündeln zerschnitten. Dann sah sie eine

Bewegung. Natalie ahnte, was das zu bedeuten hatte, und sie begriff sofort, in welche Gefahr sie durch ihre Unachtsamkeit geraten war.

Sofort rannte sie los. Zuerst riss sie im Steuerstand den Vorhang von der Windschutzscheibe. Ihr Blick fiel auf Hunderte dieser Killerwesen, es wurden sekündlich mehr, und der letzte Sonnenstrahl, der sie davon abhielt, zu ihrem Boot zu hetzen, wurde gefährlich dünn. Natalie warf die Waffe in den Sitz. Das Gewehr würde ihr nicht mehr helfen. Ein Blick nach vorne ließ sie sehen, wie der dünne Strahl verschwand und die Schatten sich vereinigten. Als die Masse losbrandete, um sie zu töten, spürte sie, wie das Boot gegen die Kaimauer schlug. Natalie riss den Gang rein und gab Vollgas. Das Boot machte einen Satz nach hinten. Keine Sekunde zu spät, wie sie durch die Scheibe sah. Die erste Kreatur war schon gesprungen, verfehlte das Boot aber um Haaresbreite. Dann waren es immer mehr, die das rückwärtsfahrende Boot verfehlten. Hunderte lagen plötzlich im Wasser und die ersten fingen an, über die im Wasser Treibenden zu laufen, um das Boot doch noch zu erreichen. Natalie holte alles aus dem Motor, schoss mittlerweile gefährlich schnell nach hinten auf eine andere Kaimauer zu. Auch dort konnte sie aus den Augenwinkeln die Bewegungen der Masse erkennen. Im letzten und einzig richtigen Moment riss sie das Steuer herum, legte den Vorwärtsgang ein und gab, auch auf die Gefahr hin zu kentern, Vollgas.

Während das letzte Licht der Abendsonne langsam verschwand, dreht sie sich noch mal um. Es mussten Tausende dieser Kreaturen sein, die hinter ihr auf den Hafenmauern eine wabernde Masse bildeten. Ein grauenhaftes Geschrei aus unzähligen Kehlen ließ Natalie das Blut in den Adern gefrieren. Viele von ihnen fielen ins Wasser und immer weitere wurden von hinten an die Kante gedrückt. Natalie schaute nach vorne und steuerte das Boot zielsicher aus dem Hafen nach Osten in das offene

Meer. *Da hinten lebt kein Mensch mehr,* war ihr letzter Gedanke, bevor sie in sicherer Entfernung das Gas drosselte, um Treibstoff zu sparen.

Kourou – Französisch-Guayana; Biosphäre III

Der Tisch wackelte. Auf der nach oben offenen Richterskala für Erdbeben wäre das jetzt eine Zweikommafünf, schätzte Mia. Das heiße Getränk schwappte über ihre Finger, und sie fluchte laut. Die Raketen starteten fünf Mal am Tag von der nur wenige Kilometer entfernten Startrampe. Würde sie jetzt nach draußen vor die Tür ihres Wohnblockes gehen, könnte sie den Feuerball der Rakete am Himmel aufsteigen sehen. Das von dem Raketenstart ausgelöste Beben hätte sie eigentlich vorausahnen können. Das Ding hob jeden Nachmittag um die gleiche Zeit ab und brachte die Erde zum Wackeln. In der Umlaufbahn wurden gerade die letzten Arbeiten an der Mars II beendet. Die Rakete musste eine der letzten Materialtransporte in den Orbit gewesen sein. Das zweite Raumschiff stand kurz vor seiner Vollendung, und dem ersten bemannten Flug zum Mars stand nichts mehr im Wege. Vor einem Jahr war die Mars I sicher auf dem vierten Planeten des Sonnensystems gelandet. Die automatischen Systeme waren danach gut angefahren, und es waren bereits Tonnen des lebensnotwendigen Sauerstoffs hergestellt und für die Ankunft der Crew gespeichert worden. Bei früheren Marsmissionen war man davon ausgegangen, dass man den Sauerstoff für die monatelange Rückreise brauchte, um die Raketentriebwerke während der Beschleunigungs- und Verzögerungsphase anzutreiben und um Kurskorrekturen vornehmen zu können. Heute war der Sauerstoff lediglich für eine künstliche Atmosphäre in den Marshabitaten vorgesehen. Eine Rückreise war nicht vorgesehen.

Für die ganze Unternehmung wurde nur ein One-Way-Ticket ausgestellt. 35 Astronauten sollten auf den ersten Trip gehen und sich auf dem Mars häuslich einrichten. Andere sollten folgen, wenn die Überlebenssysteme für eine größere Mannschaft ausreichen würden. Auf die ersten 35 kam eine Menge Arbeit zu. Die Wohneinheiten mussten auf dem Mars mehrere Meter in den Boden eingegraben werden. Strahlenschutz! Der Sonnenwind würde sie sonst alle grillen. Kein Magnetfeld, keine Atmosphäre und damit auch keine Ozonschicht, die Schutz boten vor all den lebensfeindlichen Einflüssen aus dem All. Die ersten automatisierten Pflanzenexperimente mit dem Saatgut aus Spitzbergen verliefen erfolgreich und vielversprechend. Auch die Pflanzen wuchsen unter einer künstlichen Atmosphäre mit Kunstlichtlampen. Die Solarsegel erzeugten genug Energie, um mit den Lampen fotosynthesewirksames Licht zu erzeugen. Die ersten von der Erde mitgebrachten Pflanzen produzierten mit Marskohlendioxid und künstlich hergestelltem Sonnenlicht Sauerstoff und Biomasse. Das ließ darauf hoffen, dass dieses Modell die zukünftige Methode der Sauerstoffherstellung auf dem Mars darstellen würde.

Mia hielt den verbrühten Finger unter den kalten Wasserstrahl und fluchte immer noch vor sich hin. Am meisten ärgerte sie die eigene Schusseligkeit.

Dass Simone hinter ihr in der geöffneten Tür stand und vor sich hin grinste, hatte sie in ihrem Verdruss noch gar nicht bemerkt und erschrak, als er wie aus dem Nichts anfing zu sprechen. »Lass mich raten. Du hast dir die heiße Brühe über die Finger gegossen, als eben die tägliche Vier-Uhr-Rakete startete.«

Simone wollte seiner Vermutung noch ein paar aufmunternde Sätze anhängen, aber Mia unterbrach ihn rüde. »Hör schon auf zu klugscheißern. Nachher ist man immer schlauer, und ich weiß, dass man nach dem Ding die Uhr stellen kann. Passiert ist passiert.«

»Ist ja schon gut, kann ich dir irgendwie behilflich sein?« Simone war nicht nach einem Streit zumute.

»Nein, ist schon gut, der Herr. Hast du was Neues gehört?« Mia drehte den Wasserhahn ab und begutachtete den leicht geröteten Finger. Es war doch nicht so schlimm, wie sie zuerst vermutet hatte.

»Ja, hab ich! Kaspuhl hat sich gemeldet. Sie werden in einigen Stunden hier landen.« Auch Simone sah die leichte Verbrennung und fuhr fort. »Wenn er recht hat, werden einige Menschen sich einen Sonnenbrand holen, gegen den sich deine leichte Verbrennung am Finger ausnimmt, wie eine Sternschnuppe im Vergleich zu dem Global Killer, der vor 65 Millionen Jahren die Dinosaurier auslöschte.«

»Was redest du da? Was hat er gesagt?«

»Die Frequenzen haben sich verändert. Da kommen keine 21-cm-Wellen mehr, die Baupläne transportieren. Von Wolf-359 schicken sie uns jetzt härteren Stoff. Harte Gammastrahlung. Von dem Sender auf dem Planeten trifft momentan nur ein heftiger Gammablitz auf die Atmosphäre. So als ob uns der Strahlenausbruch einer Supernova treffen würde, nur viel länger. Kaspuhl sprach von Stunden. Ihm sind zuerst nur die vielen Sonnenbrände bei einer Videokonferenz mit Formentera aufgefallen. Die hatten alle rote Birnen und sahen aus wie frisch gekochter Hummer, obwohl sie nur für kurze Zeit auf dem Dach des Verwaltungsgebäudes gesessen hatten.

Mia war skeptisch. »Gammastrahlung von Wolf-359. Aber unser Planet hat eine Atmosphäre. Die würde nie hier unten ankommen. Außerdem wäre bei einer Gammastrahlendusche ein Sonnenbrand unser geringstes Problem.«

Drei Stunden später standen Mia und Simone an der Rollbahn und sahen, wie die Maschine aus Chile mit quietschenden Reifen aufsetzte und ausrollte. Nachdem das Bodenpersonal die Gangway an das Flugzeug geschoben hatte, öffnete sich die Tür, und dann passierte erst mal nichts. Die Tür stand offen, und niemand war zu sehen und zu hören.

Mia blinzelte in der Sonne, die es heute für die Jahreszeit wirklich gut mit ihnen meinte und heftig auf der Haut brannte.

Simone trat von einem Bein auf das andere und wirkte überhaupt sehr ungeduldig. »Was machen die da drin? Wir stehen jetzt seit fünf Minuten hier, die Tür ist offen und keiner lässt sich blicken.«

Plötzlich ertönte eine Stimme aus dem Flugzeug, als ob der unbekannte Sprecher Simone gehört hätte. »Wenn ich an eurer Stelle wäre, würde ich da keine Minute mehr stehen bleiben.«

Simone und Mia sahen sich an. Mia hob ihren Zeigefinger an die Schläfe und deutete mit mehreren Drehungen des Fingers an, was sie von dem ganzen Theater hielt. »Was sagt der?«

Simone wollte ihr antworten, aber die Stimme kam ihm zuvor. »Geht in den Schatten der Wartehalle! Zu viel UV-Strahlung. Gleich ist die Sonne bedeckt. Dann kommen wir raus.«

Die beiden taten, was die Stimme ihnen gesagt hatte. Unter dem Vordach im Schatten sagte Simone mit einem Anflug Ironie: »Man könnte meinen, da kommen gleich ein paar blutrünstige Zombies oder Vampire aus dem Flieger. Kommt mir vor wie in einem trashigen Horrorstreifen.«

»Ich weiß nicht. Vielleicht ist die Strahlung tatsächlich so hoch, dass man sich nicht unter freiem Himmel bewegen sollte. Wenn er recht hatte mit der Gammastrahlung, dann könnte die Ozonschicht in Mitleidenschaft ...« Weiter kam sie nicht. Das gleißende Sonnenlicht war verschwunden. Eine Wolkendecke hatte die Sonne verdeckt. Das Rollfeld lag im Schatten. Nur diffuses Sonnenlicht streute noch auf die Erdoberfläche. Aus dem Flugzeug strömten vermummte Gestalten mit Sonnenbrillen die Gangway hinunter und liefen dann im Laufschritt auf Mia und Simone zu. Bevor der Erste sie erreichte, konnten sie schon Kaspuhls Befehlston vernehmen: »Weg da, aus dem Weg, oder rein mit euch in die Halle. Die Wolkendecke reißt gleich wieder auf.« Seine Stimme ließ keine Widerrede zu, und so rannten sie mit dem verhüllten Pulk in die Wartehalle. Dass keiner aus dem Flugzeug ein freies Stück Haut zeigte, machte Mia nun wirklich Angst.

Kaum waren sie in der Halle, und die Tür war hinter dem Letzten verschlossen, ertönte wieder Kaspuhls Stimme: »Weg von den Fenstern. Kann man die nicht verdunkeln?«

Zwei Männer des Flughafenpersonals fingen sofort an, die elektrischen Jalousien hinunterzulassen. Kaspuhl sah ihnen zufrieden zu und näherte sich Mia und Simone. »Was macht ihr beiden Koryphäen so lange in der Sonne? Seid ihr von allen guten Geistern verlassen? Wir hatten doch miteinander telefoniert.«

»Wir haben nicht erwartet, dass es so schlimm sein würde«, sagte Simone und schaute Kaspuhl hilfesuchend an. »Du sprachst von Gammastrahlung, und wir waren der Meinung, dass uns die Atmosphäre schützen würde.«

Kaspuhl schaute Mia streng an. »Ich habe von Sonnenbränden in Europa gesprochen und von harter Gammastrahlung aus dem All. Mia, du hast deine Hausaufgaben nicht gemacht. Ich bin eigentlich davon ausgegangen, dass zumindest du den Zusammenhang herstellen kannst.«

Mia sagte zögerlich: »Du hast ja recht! Ich hab das nicht richtig zusammengebracht. Sonnenbrände und Gammastrahlung. Die sollte uns hier auf der Erdoberfläche gar nicht erreichen.«

»Ja, genau«, wetterte Kaspuhl los. »So einen Gammastrahlensonnenbrand will auch niemand haben. Den hat man auch nur einmal, und da hilft auch höchstens ein Sunblocker 1 Milliarde. Aber das, was sie uns von Wolf schicken, ist energiereich genug, um unsere Ozonschicht vollständig zu zerstören. Und das passiert auch gerade.

Heute Morgen war die Ozonschicht noch nicht vollständig zusammengebrochen. Deswegen hatten sie in Formentera auch nur einen leichten Sonnenbrand.«

Zwei vollständig vermummte Gestalten hatten sich zu ihnen gesellt. Während sie sich ihre improvisierten Turbane abgewickelten, kamen die bekannten Gesichter von Sam O'Brian und Toni Susi zum Vorschein.

Kaspuhl schenkte ihnen einen kurzen Seitenblick und fuhr dann fort. »Bei meinem letzten Check der Ozonschicht war sie nur noch marginal vorhanden. Zumindest auf der Wolf-359 zugewandten Seite der Erde. Und das war«, Kaspuhl schaute auf die Uhr an seinem Handgelenk, die er umständlich unter mehreren Schichten Stoff freilegen musste, »vor gut sechs Stunden. Der Beschuss mit harter Gammastrahlung begann circa vor zwölf Stunden. Das bedeutet für den Rest der Welt den vollständigen Kollaps der Ozonschicht in den nächsten zwölf Stunden. Auf unseren Breitengraden bedeutet das jetzt schon den vollständigen Verlust des UV-Schutzes.« Kaspuhl deutete nach draußen. »Dort erwartet uns ungeschützt der sichere Tod. Der Krieg mit der unbekannten Lebensform von Wolf-359 geht momentan in die letzte Phase.«

Greenland Warrior – Straße von Gibraltar

Ein Tag und fünf Stunden saßen die 234 Überlebenden bereits untätig in den Gängen und den Kühlräumen des ehemaligen Trawlers Greenland Warrior. Das Schiff war vollgepackt bis unter die Spanten. Neben den Überlebenden der Katastrophe und der 80-köpfigen Besatzung waren auch noch jede Menge Proviant für die zehntägige Überfahrt und alles Mögliche an technischem Equipment, das man hatte retten können, an Bord. Nach dem, was die Menschen auf Formentera erlebt hatten, waren alle froh, auf dem Schiff zu sein und sich ausruhen zu können. Allerdings war die Mehrheit der Überlebenden von den grausamen Erlebnissen auch bis ins Mark traumatisiert. 3658 Seelen waren den monströsen Wesen aus dem Neophyten zum Opfer gefallen. Begonnen hatte es am Morgen des vierten Tages. Immer wieder waren einzelne Kapseln im Wind geplatzt und hatten ihren Inhalt durch die Gegend geschossen. Alex hatte es am Tag zuvor zum ersten Mal beobachten können.

Die Saat schien zu reifen, dachte er, als er die merkwürdigen Bewegungen sah, die diese aus den Kapseln geschossenen Dinger vollführten. Von den Bildern aus Argentinien hätten sie gewarnt sein müssen, aber was die Realität ihnen wenig später beim Angriff von Tausenden in der Sonne ausgehärteter Wesen bot, übertraf selbst ihre kühnsten Albträume. Die Wesen waren auf den Bildern des Satelliten kaum zu erkennen gewesen. Nur ihre ungefähre Größe und ihre schier unglaubliche Zahl hatten sie abschätzen können. Welche perfekten Killer sich in verschwenderischer Überzahl über sie selbst hermachen würden, hatten sie den Bildern aus Argentinien nicht entnehmen können.

Von dieser Armee waren die Bewohner der Biosphäre I regelrecht niedergemacht worden. Dass überhaupt einige Menschen überlebt hatten, war nur vier Umständen zu verdanken. Einmal war es Sean Stark, der das Kommando auf der Greenland Warrior nach dem Tod von Kapitän Smithson übernahm und das Schiff in Absprache mit Alexis Bell und Alex während des Ansturms der Kreaturen schnell mit den Geretteten in sicheres Fahrwasser brachte, sodass die fremdartigen Wesen nicht auch noch das Schiff überfluten konnten. Sie standen die gesamte Zeit über Funk in Verbindung, und Bell hatte Stark gemeldet, dass sie eine Möglichkeit entdeckt hatten, sie aufzuhalten. Das war der zweite Umstand, der den 234 Menschen unter der Führung von Alexis Bell und Alex das Leben rettete. In ihrer Gruppe befanden sich fast alle Schüler der kleinen Biosphärenschule, deren Lehrer und auch die 28 Kinder sowie 17 Kleinkinder aus dem Kindergarten mit der seltsamen Gabe, die sie während ihres totipotenten Zellstadiums im Bauch ihrer Mütter durch das Schalterprotein erhalten hatten. Diesen Kindern und Yuri Jerschow sollte eine ganz besondere Rolle bei der Rettung der Überlebenden zuteilwerden. Das war der dritte und wichtigste Umstand. Der vierte war völlig unspektakulär einfach nur die Nähe der Schule zum Hafen der Sphäre.

Es war dieser Morgen des vierten Tages, an dem die Situation um den Neophyten auf der Baleareninsel ihre eigene Dynamik entwickelte.

Die Frequenzen aus dem All spielten auf der Mikrobiologie des Neophyten Klavier. Empfing der weltumspannende Antennenkomplex anfangs nur eine kleine Sonate, die die vergleichsweise einfachen Baupläne der ersten Killer transportierte, steigerten sich die Schwingungen von Wolf-359 später in eine komplexere Fuge und endeten in einem Crescendo aus Wellenlängen, die dem Deathmetal zu entspringen schienen. Mit jedem Wechsel der Frequenzen, Wellenlängen und Amplituden wurden neue Muster der außerirdischen Lebensform im Neophyten realisiert. Das, was die Menschen in Argentinien und zum größten Teil auch in Formentera getötet hatte, war nur die Vorhut einer hochkomplexen, auf vielen fremden Welten entwickelten höchst verzahnten Sozialstruktur. Hier auf der Baleareninsel entwickelten sich neben den Killern mit dem gelbgrünen Fell um das runde zahnbewehrte Maul noch andere. Der Neophyt entwickelte sich unter dem elektromagnetischen Sperrfeuer von Wolf-359 zu einer wahren Brutstätte für eine ganze Reihe Wesen eines unbekannten Kastensystems.

Die Wesen, die man in Argentinien zuerst gesichtet hatte, konnte man am treffendsten als einfache Soldaten einer Staaten bildenden Spezies bezeichnen. Sie waren als einfaches Fußvolk für das Grobe der ersten Invasionswelle zuständig. Ihr Auftrag war es, den okkupierten Planeten von dem rudimentären Rest an Konkurrenz für die Invasoren zu befreien. Das waren die Menschen in den Biosphären. Bis Formentera kannte man nur diese Neophytengeneration und die wurmähnlichen Lebewesen, von denen aus Argentinien berichtet wurde und denen nach Augenzeugenberichten Van Baazan und der Elitesoldat Burrows zum Opfer gefallen waren. Diese Kreaturen hatte niemand mehr gesehen. Aber der Neophyt war unter den Sendungen von dem fernen Planeten zu einer wahren Gebärmaschine geworden. Plötzlich schien sich die Vielfalt seiner Missgeburten explosionsartig zu vermehren. Während sich der Trupp um Alexis Bell zum Hafen durchschlug, wurden verschiedene andere Wesen gesichtet, deren seltsame Formen in keine irdische Kategorie zu passen schienen. Keiner der Augenzeugen war später zu einer genauen Beschreibung ihres Erscheinungsbildes in der Lage. Zu fremd waren diese Lebensformen für die Sehgewohnheiten irdischen Lebens. Die meisten hatten sie nur kurz durch die infernalischen Bilder huschen sehen. Welche Aufgabe diese ominösen Kreaturen hatten oder welchen Sinn sie verfolgten, war nicht erkenntlich. Nur die Aussage eines Kindes war irritierend. Der Junge hatte bei der Flucht auf der Schulter seines Vaters gesessen und beobachten können, wie aus allen erdenklichen Waffen auf die sie verfolgende Meute gefeuert wurde. Während Alex den Trupp an der Spitze führte, stachelte hinten Alexis seine Nachhut an, auf die vorderen Extremitäten und die Mundwerkzeuge zu feuern. So wie es aussah, waren dort Sinnesorgane zu ihrer Orientierung und zur Beuteerkennung zu finden. Wurden diese Rezeptoren durch gezieltes Feuer ausgeschaltet, gaben die Killer ihre Verfolgung auf und fielen in der Masse der Angreifer zurück, wodurch die koordinierte Verfolgung oftmals gestört wurde, was ihnen Zeit verschaffte, um ihre Flucht voranzutreiben.

Der fünfjährige Bengel hatte später seinem Vater erzählt, dass diese verletzten Wesen von etwas Größerem sehr schnell gepackt wurden. Er hatte ihm unter Tränen beschrieben, wie diese Kreaturen förmlich zerrissen und blitzschnell von etwas schwarzem Unbeschreiblichen verspeist wurden. Der Junge war durch die Bilder stark traumatisiert, da er viele Menschen auf die schrecklichsten Arten hatte sterben sehen. Die Verluste waren sehr hoch. Jeder Sterbende wurde sofort von einem anderen oder einer anderen todesmutig ersetzt. In diesem Kampf auf Leben und Tod war der Unterschied zwischen Männern und Frauen belanglos. Beide Geschlechter kämpften Seite an Seite um ihr nacktes Überleben.

Auch Anna befand sich im hinteren Teil des flüchtenden Menschenkorsos. Ihre Kinder Aada und Elias waren mit all den andere Kindern der Schule in ihrer Nähe aber in Fluchtrichtung vor ihr. Sie war samt den Kindern mit der Gabe und Eyna sehr weit zurückgefallen. Die Kleinen konnten bei dem Tempo nicht mithalten. Zum Teil wurden die Kleinkinder schon von anderen getragen, aber der Abstand zwischen ihnen und den Letzten in den Verteidigungslinien wurden immer kleiner. Anna musste erkennen, dass sie irgendwann in den nächsten Minuten in eine direkte Konfrontation mit den Killerwesen geraten würden, wenn das Sterben dort in diesem Tempo weiterging. Sie hatte kurzen Augenkontakt zu Alexis Bell, der wie ein Berserker an der direkten Front kämpfte. Sofort sah sie, dass auch er Bescheid wusste. Auf Hilfe konnten sie hier hinten nicht hoffen. Anna schätzte, dass der Hafen noch circa zwei Minuten entfernt sein musste. Über ihnen spannte sich ein dunkelgrauer, wolkenverhangener Himmel passend zu dem, was hier unten auf der Erde mit ihnen geschah. Dann verengte sich ihr Fluchtweg. Anna wusste, dass sie sich jetzt in einer kurzen Gasse zwischen den Gebäudekomplexen befanden, die direkt zum rettenden Kai führte, wo hoffentlich die Greenland Warrior auf sie wartete. Sie musste eine Entscheidung treffen. Jetzt!

Eine blonde, junge Frau wurde direkt hinter ihr von einem der Killer angegriffen. Eigentlich war sie noch ein Mädchen, vielleicht sechzehn, siebzehn Jahre alt und ohne jegliche Kampferfahrung. Das arme Ding hielt eine Pistole in ihren linken Hand und eine Machete in der rechten. Sie war gerade für einen Gefallenen in die vorderste Verteidigungslinie nachgerückt. Offensichtlich wusste sie nicht mit ihren Waffen umzugehen, sodass sie dem angreifenden Monster nur halbherzig einen Streich mit der Machete verpasste. Das Wesen verlor dabei ein Glied eines seiner vielen Mundwerkzeuge, war aber dadurch natürlich nicht aufzuhalten. Das Ding nutzte sofort gnadenlos und mit der Kälte des erbarmungslosen Killers ihre offene Deckung und trieb ihr zwei Stachel seiner Mundwerkzeuge in den ungeschützten Bauch. Tief bis in ihr Gedärm drangen die Spitzen ein und pumpten ihr sogleich etwas in ihren Leib. Anna blickte der Sterbenden in die Augen und erkannte sie plötzlich. Sie war eine junge Mitarbeiterin in Alex' Team, und das Mädchen wusste, dass sie nicht mehr zu retten war. Das Verdauungssekret schien sie bereits innerlich aufzulösen. Sie schrie jämmerlich, der Schmerz musste unerträglich sein. Bevor sie sich in die erlösende Umarmung des Todes fallen ließ, warf sie Anna ihre Waffe zu und hieb mit einem letzten Schlag die Stacheln durch, die der Killer ihr in den Körper gerammte hatte, ehe er sie aussaugen konnte. Dann brachen ihre Augen und sie klappte zusammen.

Alexis stand plötzlich neben ihr und stieß seine Waffe tief in das Maul des Angreifers. Er feuerte Salve um Salve, bis das Ding zuckend liegen blieb. Anna lud die Waffe durch und feuerte bereits auf einen neuen Angreifer. Sie zielte, wie sie es zuvor gesehen hatte, auf die Körperteile mit den Rezeptoren. Das Wesen hielt kurz inne, und während sie nachlud, überkam sie ein kurzer Hoffnungsschimmer. Noch ein Schuss mit der großkalibrigen Pistole, und das Ding wäre erledigt. Dann sah sie die beiden anderen, die sich mit weit aufgerissenem Maul an Annas direkten Widersacher vorbeizwängten und sie direkt angreifen wollten. Anna blickte in ihr Maul und sah zum ersten Mal ihre tödlichen Zähne aus der Nähe. Das, was sie mit ihren menschlichen Begriffen als Maul mit Zähnen beschrieben, war in Wirklichkeit ein schwarzer Schlund, der sich blendenförmig sehr schnell schließen konnte. Im Inneren war er konzentrisch umgeben von runden, dünnen, fingerlangen Nadeln, die schwarzblau schimmerten und zwischen denen sich Lücken auftaten. Mal kleiner, mal größer. Ein furchtbarer Gestank schlug ihr entgegen. Ein Odem des Todes. Zwischen diesen tödlichen Spitzen hingen noch die Reste ihrer letzten Mahlzeit.

Speiübel wurde ihr, als sie erkannte, was da zwischen den *Zähnen* dieser Monster hing. Blutige Fetzen menschlichen Fleisches und auch kleinere Knochen konnte sie dort sehen. Aus dem Maul des einen blickte sie das halbe Gesicht einer Frau an. Ein Auge war von einer Zahnnadel aufgespießt worden. Die Mundwerkzeuge der Teufelsfratzen griffen bereits nach ihr, und sie konnte die stechenden Extremitäten sehen, die dem Mädchen eben zum Verhängnis geworden waren. Anna begriff sofort, dass das ihr Ende bedeuten würde. Während sie sich kurz der Hoffnung hingab, dass wenigstens ihre Kinder überleben würden, geschah das Unglaubliche. Plötzlich stand Eyna neben ihr. Anna wagte einen kurzen Seitenblick und entdeckte auch andere Kinder aus der Gruppe der psychoaktiven Schalterproteinmutanten. Als sie wieder zu ihren Angreifern blickte, erwartete sie den sicheren Tod. Aber was sie zu sehen bekam, waren Bilder, die sie bis zu ihrem Lebensende begleiten sollten. Die Wesen standen in der engen Gasse in dichten Reihe nebeneinander und auch übereinander, bereit, sie alle bestialisch zu überrollen. Gierig schnappten sie bereits nach ihr, wobei man den Schließmechanismus ihrer Mäuler gut sehen konnte. Alles, was von ihnen gepackt wurde, wurde mit einer Scherenbewegung der kreisrund angeordneten, nadelförmigen Zähne zerrissen. Aber sie bewegten sich nicht mehr. Ihre langen Leiber standen plötzlich und verharrten auf den vielen schwarzen Beinen, wobei das bepelzte Körperende mit dem Maul hin und her wog, so als ob es etwas wittern würden. Irgendetwas schien sie aufzuhalten. Sie griffen die Kinder nicht an.

Anna spürte eine Hand, die sie von den Wesen wegzog. Es war Eynas. *Flieh*, war das einzige Wort, welches sie ihr zuflüsterte, bevor sie sich in einer dichten Phalanx mit den anderen Kindern wieder den Kreaturen zuwandte und den Rückzug sicherte. Anna blickte noch mal zurück, während sie Aada und Elias erreichte. Die Kinder um Eyna bildeten eine Art Mauer, einen Schutzwall, der die Masse ihrer Verfolger aus unerkennbaren Gründen daran hinderte, sie zu überrennen und zu töten. Ein kurzer Gedanke blitzte in ihr auf. So merkwürdig, dass sie ihn schnell wieder verwarf und sich erst sehr viel später wieder an ihn erinnern sollte. *Die Kinder haben das Schalterprotein im Genom. Vielleicht ist das Verwandtenbesuch.*

Dann standen sie plötzlich vor dem offenen Meer. Gerade legte das Schiff an, und Anna sah, wie sie einen Laufsteg ausklappten. Sie erkannte Kapitän Smithson und seinen ersten Offizier, dessen Name ihr nicht einfallen wollte. Beide unterhielten sich mit Alex. Ein vierter, ihr unbekannter Mann stand teilnahmslos bei ihnen, während sie sich aufgeregt miteinander unterhielten. Die Menschen drängten sich vor dem Laufsteg und wollten so schnell wie möglich auf das Schiff. Nur weg von diesem unseligen Ort und den Kreaturen. Anna wurde jäh bewusst, in welcher Gefahr sie noch alle schwebten, auch wenn das rettende Schiff schon so nah war. Sie hatten die Gasse verlassen, und die Wesen fluteten jetzt aus der engen Straße heraus und kreisten die Menschen ein. Mit seltsam verrenkten Gliedern stoben sie schwarz glänzend über den breiten Kai in Richtung der Kaimauer, wo das Schiff gerade festgemacht wurde. Ihre langen segmentierten Körper wurden von den vielen Beinpaaren in schlängelnder Bewegung getragen, wobei sie die haarigen Köpfe tief über dem Boden trugen. So sahen sie fast aus, als würden sie einer Fährte folgen. Seltsamerweise machten sie dabei keine Geräusche. Hinter Anna versuchten die Kinder um Eyna, sie weiter zurückzuhalten. Das konnte ihnen aber nicht gelingen, ihre Reihen wurden von den Monstern einfach umlaufen. Die ersten sah sie bereits direkt auf den Laufsteg zu stürmen. Die Bestien schienen zu ahnen, wohin es die Menschen trieb, und sie versuchten ihnen den Weg abzuschneiden.

Wenn ihnen das gelingt, sind wir alle tot und das Schiff ist verloren, dachte Anna in absoluter Verzweiflung, während sie wie alle anderen in der Menschenmasse hin und her gerissen wurde. Plötzlich erreichte sie infernalisches Gebrüll vom Rand der Mauer. Sie schaffte es in der kreisenden Menge, einen Blick nach vorne zu erhaschen, und sah den blanken Horror. Das erste Untier hatte den Laufsteg erreicht und stürzte sich auf die dort versammelten Mannschaftsmitglieder der Greenland Warrior. Sofort eröffneten diese das Feuer. Andere Monster kamen um den Menschenpulk herum auf sie zu, und dann sah Anna das Grauen. Eines der Killerwesen verbiss sich in Kapitäns Smithsons Hals. Das Blut schoss heraus, und sein Kopf hing in einem seltsamen Winkel von seinen Schultern herab. Er musste sofort tot gewesen sein. Sein erster Offizier Sean Stark – der Name war ihr wieder eingefallen – schmiss sich mit mehreren Matrosen gegen die Angreifer, und sie konnten die Killer tatsächlich zurückdrängen. Anna sah jetzt mit Erleichterung, dass es den ersten Menschen da vorne gelang, über den Laufsteg auf das Schiff zu eilen. Das machte ihr Hoffnung, und sie feuerte die Menschen und ihre Kinder an, durchzuhalten. Die Bestien hatten die Menschenmenge mittlerweile vollständig eingekreist, und es kamen immer mehr hinzu. An den Rändern ihrer Menschentraube wurde gekämpft und auch wieder in hoher Zahl gestorben. Immer mehr Menschen fielen, und die Zahl der Angreifer wurde immer größer. Viele hatten das Schiff erreicht und beobachteten das Geschehen von Deck aus. Anna war nicht mehr weit von dem rettenden Steg entfernt. Fünf Meter noch. Alexis kämpfte neben ihr, auch Aada und Elias verteidigten ihr Leben. An den Flanken starben die meisten, die Nachhut der Kinder wurde immer noch nicht angegriffen. Da, wo eben Kapitän Smithson gestorben war, verteidigte ein einzelner Mann den Laufsteg. Er selbst wurde nicht angegriffen, auch ihn schien irgendetwas vor diesen Wesen zu schützen. Dann war es soweit. Aada und Elias hasteten den Laufsteg hinauf in die vermeintliche Sicherheit des Schiffes. Bell schaute Anna an, und sie gab ihm zu verstehen, es ihnen gleich zu tun. Dann trat auch sie auf das metallene Gerippe der Gangway und erkannte, dass hinter ihr nur noch die psychoaktiven Kinder und der ihr unbekannte Mann lebend auf das Schiff kommen würden. Die Wesen verharrten vor dem Steg, auf dem der Mann sich ihnen entgegenstellte, während die Kinder zum Schiff hinaufrannten. Alle anderen, die es nicht geschafft hatten, wurden von der Masse der Angreifer einfach überrollt. Diese Menschen waren nicht mehr zu retten.

Als alle an Bord waren, stand nur noch der Mann auf der Rampe und hatte das Seil eines Kranauslegers, das man ihm zugeworfen hatte, um den Arm geschlungen. Ein Zittern ging durch das Schiff, und die Greenland Warrior entfernte sich von der Hafenmauer. In der größer werdenden Lücke gab Alex der Rampe einen Tritt, und das Ding fiel klatschend ins Wasser.

»Holt Yuri an Bord!«, schrie er den Männern an dem Kran zu und blickte zu dem Mann, der sechs Meter über der Wasseroberfläche an dem Seil hing, während immer wieder Killerwesen über den Rand der Mauer sprangen. Die meisten fielen in ihr nasses Grab. Nur ein besonders kräftiges Exemplar sprang höher und weiter. Sein muskulöser Hinterleib peitschte im Flug hin und her, als ob er damit seinen Flug verlängern wollte. Beinahe hätte es das Schiff erreicht. Was dann geschehen wäre, ließ ein Blick auf sein geöffnetes Maul mit den spitzen Zähnen erahnen.

Langsam füllte sich die gesamte Anlegestelle mit der Höllenbrut. Einige wurden von nachrückenden ins Wasser des Hafens gedrängt, wo sie sofort untergingen. Vereinzelt hörten sie noch die Schreie Sterbender vom Ufer herüberwehen. Auf dem Schiff herrschte Grabesstille, als die Warrior Kurs auf die offene See nahm. Gestartet waren sie vor einer halben Stunde mit 566 Menschen. Das Schiff hatten 234 lebendig erreicht.

»Die Meerenge ist hier gerade mal 15 Kilometer breit. In einer Stunde sind wir durch, und dann ist da nichts mehr als die offene See.« Sean Stark sprach mit vollem Mund. Das war heute die erste Mahlzeit für ihn. Bei ihm auf der Brücke waren Alex, Anna, Alexis Bell und Yuri Jerschow sowie einige Männer der Schiffsbesatzung.

Draußen riss die Wolkendecke immer wieder kurz auf und die Sonne kam durch. Alle waren froh über den kleinen Snack aus der Bordküche. Die Mannschaft hatte genug damit zu tun, die schwer traumatisierten Männer und Frauen und insbesondere die Kinder zu versorgen. Nicht nur Nahrungsmittel mussten sie an die Menschen verteilen. Viele körperliche Wunden waren zu versorgen. Aber wirklich Sorgen machten ihnen eher die psychischen Wunden, die die Erwachsenen und vor allem die Kinder bei dem Gemetzel davongetragen hatten. Diese Verletzungen würden lange brauchen, um zu heilen, wenn sie überhaupt irgendwann heilen würden.

Stark fuhr fort: »Ich habe übrigens einige Männer damit beauftragt, das Schiff noch mal auf blinde Passagiere zu überprüfen.« Den Mund hatte er leer gegessen. Die anderen konnten ihn jetzt besser verstehen. »Ich kann mir nicht vorstellen, dass es einer dieser Killer unbemerkt an Bord geschafft haben soll. Da war nur ein Laufsteg, und den hatten wir immer im Auge.«

Yuri schaute skeptisch drein.

»Er hat recht«, sagte Anna. »Es ist nicht nötig, die Männer so einer Gefahr auszusetzen. Wenn so ein Ding an Bord wäre, wüssten wir das schon.«

»Ihr tut ja gerade so, als würden sie da draußen verbrennen. Meine Güte, die sind höchstens vier, fünf Minuten im Freien.« Sean war verärgert. »Aber wenn so ein Vieh hier sein Unwesen treibt, dann gibt es auf jeden Fall ein paar Tote.«

Alex musste sich jetzt einfach einmischen. »Nein Sean, Anna hat recht. Pfeif die Jungs zurück. Schau doch mal raus. Kaspuhl ist in Kourou angekommen. Er hat uns noch mal eindringlich gewarnt. Die Gammastrahlung hat unsere Ozonschicht vernichtet. Die Strahlung der Sonne kann ungehindert durch. Zwei, drei Minuten ungeschützt in der Sonne können schon genug sein. Dann hast du deinen Hautkrebs. Er hat gesagt, wir werden nicht nur hier angegriffen, sondern auch aus dem All. Diese Spezies sterilisiert gerade unseren Planeten. Sicher ist sicher. So bleibt keiner übrig, der ihnen den Planeten streitig machen könnte.«

»Okay, okay!« Stark gab einem seiner Männer ein Zeichen, die Jungs sofort zurückzuholen. »Sie sollten das auch hinkriegen, wenn sie sich nicht über Deck bewegen. Ich werde sie gleich noch mal briefen.«

So ist's recht!, dachte Alex und schaute nach Norden, wo er den Verlauf der Küste sehen konnte.

»Das war früher Spanien«, sagte Yuri, der sich zu ihm gesellt hatte.

Alle standen sie jetzt vor der großen Scheibe der Brücke. Weit im Westen sahen sie dunkle Wolkentürme, die den Horizont verdeckten.

»Das ist lange her«, erwiderte Anna und schmiegte sich an Alex.

Sean war nicht nach Gefühlsduselei, er war ein knallharter Realist und er war mit allem überfordert. »Zehn Tage brauchen wir über den Teich nach französisch Guayana. Wer weiß, was uns da noch alles erwartet. Wir sollten die Wachen für heute Nacht einteilen. Wir brauchen alle Schlaf.«

Yuri stimmte ihm zu, wollte aber noch etwas loswerden. »Was ich mich die ganze Zeit aber noch frage, ist, wieso haben sie mich und die Kinder nicht angegriffen?«

Alex verpasste ihm einen Klaps auf die Schulter und sagte: »Hast du wirklich keine Ahnung, Yuri?«

»Eine Vermutung schon, aber keine Gewissheit.«

»Wer hat die schon?«

»Sie haben in den letzten Monaten viele Tests mit mir gemacht. Es scheint, dass ich so was wie ein Mutant bin. Sie haben mir gesagt, dass ich Glück im Unglück hatte. Mein Unglück war der Knochenkrebs, der mich früher oder später gekillt hätte. Aber die Krebszellen müssen mit dem

Schalterprotein wechselgewirkt haben. Deshalb konnte mir auch der Fuß nachwachsen. Diese komplexe Regenerationsfähigkeit wurde durch das Protein in den Krebszellen induziert. Sie haben noch drei andere Menschen wie mich gefunden. Auch sie hatten Krebs und nachgewachsene Körperteile. Ein Mann hatte Hodenkrebs und ...«

Anna unterbrach ihn. »Komm schon, Yuri. Erspar uns Einzelheiten. Du bist genau wie die Kinder ein Schalterproteinmutant. Das Protein wirkt nur auf totipotente Zellen und unerklärlicherweise auch auf Krebszellen. Viele von euch gibt es nicht. Das Fenster für eine Infektion ist bei uns Menschen glücklicherweise sehr klein.«

»Aber warum lassen sie uns am Leben?«

Anna schaute ihn sehr nachdenklich an, dann fiel ihr wieder ein, was sie in der engen Gasse auf Formentera gedacht hatte. »Ihr seid Verwandte.«

Die Männer fingen an zu lachen, und Sean Stark rief mit gespielter Dramatik: »Wenn das stimmen sollte, werfe ich euch alle über Bord«, worauf das Gelächter noch zunahm.

»Nein! Hört mir doch zu! Diese Wesen haben irgendwie wahrgenommen, dass ihr Mutanten seid. Aus dem Schalterprotein hervorgegangen, wie die Senderorganismen und der Neophyt. Da ihr alle zu einer Gattung gehört, besteht ein Nichtangriffspakt.«

Yuri war fassungslos. »Das heißt, ich könnte mir so ein Ding als Schoßhündchen halten?«

Anna wollte ihm antworten, wurde aber von dem Schiffsalarm unterbrochen. Ein Matrose kam um Luft ringend auf die Brücke und machte Sean Stark Meldung. »Sir, wir haben Sichtkontakt zu etwas Großem hergestellt. Etwa eine halbe Seemeile Steuerbord voraus treibt etwas auf dem Wasser.«

»Was haben Sie gesehen, Mann?« Stark war ungehalten über seine schwammige Berichterstattung.

»Sir, meiner Meinung nach könnten es mehrere Senderorganismen sein. Wir haben es leider nicht genau erkennen können.«

Stark schob ihn beiseite und griff nach seinem Fernglas. »In welcher Richtung, sagten Sie?«

Boeing 777 Freighter - Süd Dakota

Bei einer Flughöhe von 10.000 Metern über dem Meeresspiegel herrschte im ungeheizten Frachtraum der Boeing eine Temperatur von minus 55 Grad Celsius. Das Flugzeug war ein reines Frachtflugzeug.

Jackson, Jake Osterhaus und Mårten Halla hatten bei ihrer Flucht keine große Wahl gehabt. Sie hatten überhaupt keine. Als auch in der Biosphäre VI auf St. Lorenz das Chaos ausbrach, saßen sie gemeinsam im Kasino und sprachen über die zunehmende weltweite Gefährdungslage. Aus aller Welt hatten sie in den letzten Stunden nur noch widersprüchliche Nachrichten von massiven Angriffen erreicht. Die Menschen wurden von Wesen angegriffen, die sich im weltumspannenden Neophyten entwickelt hatten. Von einigen Biosphären hatten sie seit Stunden keine Nachrichten mehr erhalten. Die Kommunikation war vollkommen tot, und sie waren sich einig darüber, dass es dort massive menschliche Verluste gegeben haben musste. Von anderen Biosphären hatten sie grauenvolle Meldungen und noch abscheulichere Bilder erreicht, sodass sie davon ausgehen mussten, dass diese besorgniserregenden Vorgänge überall auf dem Planeten stattfanden.

Mårten Halla war am Spätnachmittag von einer Exkursion zurückgekommen und berichtete den beiden gerade von den dramatischen Veränderungen der Neophytenpopulation auf der Insel, als der Angriff begann. Wie auf den anderen $SU10^5$-Standorten wurde der Stützpunkt der Biosphäre VI von massenhaft auftretenden Organismen überflutet. Diese Wesen zeichneten sich, wie in den Berichten von den anderen Biosphären beschrieben, durch eine hohe Effizienz beim Töten aus. Auch auf St. Lorenz kämpften die Menschen einen ausweglosen Kampf gegen die Killer. Die drei Männer gelangten bei ihrer Flucht durch eine Reihe von Zufällen in den Tower des Biosphärenflughafens. Die apokalyptischen Bilder, die sie von dort oben unter der künstlichen Beleuchtung auf dem gesamten Gelände beobachten konnten, waren geeignet, ihnen schnell klarzumachen, dass sie in einem direkten Kampf keine Überlebenschance haben würden. Überall sahen sie dem grauenvollen Sterben der Menschen zu. Erst als es dämmerte, wurde es ruhiger.

Jackson zeigte den anderen die Frachtmaschine auf dem Flughafengelände und weihte sie in seine Fluchtpläne ein. Im Schutz der aufgegangenen Sonne stiegen sie über Berge von verunstalteten Leichen und erreichten nach einer nervenzermürbenden Stunde schließlich das Flugzeug. Die Frachtraumklappe im hinteren Teil war geöffnet, und so gelangten sie in das Innere der Maschine. Im Cockpit entdeckte Jackson erleichtert, dass der Langstreckenflieger noch vor dem Angriff betankt worden sein musste. Nachdem sie unter seiner Regie einen Systemcheck der Technik durchgeführt hatten, versuchte Osterhaus, mit Überlebenden in Funkkontakt zu treten. Nach einer langen Zeit der Ungewissheit - er wollte schon mehrfach aufgeben, aber Jackson drängte ihn, weiterzusuchen - hörten sie schließlich eine Stimme. Der Funk schien wieder zu funktionieren. Jake Osterhaus sprach mit einem diensthabenden Offizier aus Kourou, der ihnen von der Zerstörung der meisten Biosphären berichtete und ihnen die Lage in Französisch-Guayana beschrieb. Dort waren in den letzten Stunden und Tagen mehrere Maschinen mit Überlebenden aus allen betroffenen Regionen gelandet. In Kourou hatten die Planer beim Bau der Biosphärensiedlung ein anderes Sicherheitskonzept realisiert. Die gesamte Anlage war mit einer hohen Mauer gegen Angriffe von außen gesichert, lag zusätzlich auf einem Ausläufer des guayanischen Berglandes und war damit hermetisch gegen Eindringlinge abgeschottet. Was die Erbauer dazu veranlasst hatte, war nicht mehr nachvollziehbar, aber ein Überlebensgarant für die Einwohner. Zumindest für unbestimmte Zeit.

Nach dem Funkgespräch war klar, welches Ziel sie ansteuern würden. Jackson hatte Erfahrungen mit kleineren Maschinen, traute sich aber zu, den großen Vogel sicher zu fliegen. Die Technik war im vertraut, und mit den vollen Tanks konnten sie die 11.000 Kilometer nach Französisch-Guayana schaffen, vor allem mit einem Flugzeug ohne Ladung in den Frachträumen und nur drei Passagieren an Bord. Alles war besser, als hier auf der Insel zu bleiben, wo sie nur der sichere Tod erwartet. Da sie nicht mehr daran glaubten, in der Anlage noch Menschen anzutreffen, starteten sie gegen Mittag, ohne nach weiteren Überlebenden zu suchen. Bevor sie Kurs auf das nordamerikanische Festland nahmen, flog Jackson noch eine Schleife über die Biosphäre, um wenigstens aus der Luft nach Überlebenden Ausschau zu halten. Ein idiotisches Unterfangen, wie die beiden anderen ihm bescheinigten. Jackson ging es nur darum, sein Gewissen zu erleichtern. Und tatsächlich fanden sie keinerlei Anzeichen von Leben. Nur der Neophyt und seine Brut harrten aus. Wenn die Nacht hereinbrach, würden die Killer wiederkommen, und niemand wünschte sich, das noch lebend mitzuerleben. Am nächsten Tag würde es keine Pause mehr geben. Die Kreaturen lernten schnell, sich auch im Sonnenlicht zu bewegen. Aus anderen Biosphären hatte man davon berichtet.

Bei minus 55 Grad Celsius verharrte der vierte Passagier des Fluges in dem hinteren Frachtraum und wartete ab. Sein Organismus war zwar auf extreme Umweltbedingungen vorbereitet, aber seine Physiologie brauchte eine kurze Akklimatisationsphase, um wieder auf 100 Prozent Leistung zu kommen. Der fremdartige Stoffwechsel der Kreatur war auf Überleben in fast jeder nur vorstellbaren Umwelt geeicht. Auch hier würde er überleben, um seiner Aufgabe nachzukommen. Nur fünfzig

Meter von ihm entfernt saßen drei Männer in einer sicheren, beheizten Kabine und wechselten sich bei den Wachen ab. Der Autopilot hatte übernommen. So bekamen alle eine längst fällige Mütze Schlaf.

Passagier Nummer Vier entstammte der Brut des Neophyten, die aus dem dritten Thema der Frequenzen von Wolf-359 entstand. Sein Bauplan war kurz vor der Sendung des Gammastrahlenpakets an den Neophyten übermittelt worden. Die Biologie des Wesens war das Ergebnis einer Jahrmilliarden währenden Evolution, die aus ihm einen perfekten Killer gemacht hatte. Noch effektiver als Organismus *Eins* aus den Kapseln des Neophyten. Der war nur die Vorhut der invasiven Lebensform und für das Grobe zuständig. Die dritte Generation konnte man als Dauerform einer Kriegerkaste bezeichnen, die universell und höchst erfolgreich auf Myriaden Welten gegen alle vorstellbaren Lebensformen eingesetzt worden war. Seine Aufgabe war es, die Brutstätten der Königinnen zu schützen und nebenbei noch vorhandenes planetares Leben zu detektieren und zu vernichten. Die Ausbreitung der Sporen hatte vermehrungsbiologische Priorität.

Noch war das Wesen im Frachtraum nur ein erster Prototyp, der sich bis zum Ende der ersten Säuberungswelle ein Versteck gesucht hatte. Nach der Säuberung und der UV-Sterilisation würden weitere Frequenzvariationen den Bau anderer Generationen im Neophyten anstoßen. Auch die Königinnen würden dann übertragen und sogleich die Sporenbildung im Neophyten anregen. Dann würde die Stunde seiner Brut kommen, und er würde sein Versteck verlassen. Das war der Plan, aber jetzt waren seine Ziele durchkreuzt, und seine neue Aufgabe hatte er vorne im Flugzeug längst gewittert. Langsam, sehr langsam wechselte sein Stoffwechsel wieder in den Betriebsmodus. Die kleinen, lidlosen, aus tausenden unterschiedlichen Sinneszellen zusammengesetzten schwarzen Komplexaugen fingen an, die Umgebung zu filtern. Sein gesamter Körper war mit diesen Organen übersät, die ihm ein *Sehen* aller erdenklichen Wellenlängen ermöglichte. Der Organismus deckte damit fast das gesamte Frequenzspektrum der elektromagnetischen Strahlung ab.

Die drei Männer hatte er selbst auf diese Entfernung an ihrem Infrarotabdruck längst als Konkurrenzspezies identifiziert. Der Körper des Wesens war nicht gemacht, um sich schnell bewegen zu können, sondern um vielen Formen brachialer Gewalt zu trotzen und in lebensfeindlichen Umgebungen zu überdauern. Die UV-Dusche unter einer ozonlosen Atmosphäre hatte die Aushärtung seines Exoskeletts nicht nur beschleunigt, sondern auch optimiert. Das Geschöpf stand mittlerweile auf tausenden kurzen Stummelfüßen, die über eine Art Hydraulik den Körper trugen und sehr effektiv bewegten. Wie gesagt, nicht Schnelligkeit, sondern Stabilität wurde hier umgesetzt. Schnelligkeit erreichte das Wesen auf andere Art. Eine besondere ausdifferenzierte Form der Stummelfüße konnte es mehrere Meter weit katapultieren. Die Enden dieser speziellen Organe waren mit Saugnäpfen besetzt, die, einmal hydraulisch festgesaugt, kaum von dem Untergrund zu trennen waren. Das Geniale dieser Vorrichtung bestand aber darin, dass er diese Wurfgeschosse auch wieder blitzschnell einholen konnte. Sein Körper ließ sich sozusagen mit dieser sonderbaren Seilwinde nach vorne oder auch in jede andere Richtung katapultieren.

Noch glitt der Biont langsam auf seinen Hydraulikbeinen durch den Frachtraum. Seine Sinne auf die drei fremdartigen Wesen vorne im Cockpit gerichtet, wandelte er sein äußeres Erscheinungsbild. Seine warzige, drüsige Schwarte glänzte feucht über den sklerotisierten Schildplatten des Exoskeletts. Plötzlich veränderte sich sein zylindrischer Körper. Überall zeigten sich farbliche

Veränderungen, rötliche Flecken, aus denen heraus sich sehr schnell Stacheln des Exoskelettes nach außen schoben. Diese armlangen Nadeln überzogen bald seinen gesamten Körper. Im Kampfmodus boten diese Auswüchse einen perfekten Schutz bei Feindkontakt. Zwischen diesem dichten Stachelpanzer bewegten sich andere Neubildungen seiner Oberfläche. Kleine Tentakel, die er pfeilschnell aus dem Schutz seines Nadelkleides auswerfen konnte. Ein Feind, der von tausenden dieser spitzen Geschosse durchbohrt wurde, erhielt sogleich Injektionen von mehreren Substanzen. Für jede Lebensform und jede Biochemie im Kosmos war etwas dabei. Tödlich auf die ein oder andere Art, und wenn das nicht reichte, dann halfen die herkömmlichen Mittel, die überall Anwendung fanden und weit verbreitet waren. Zerreißen, zerfetzen und sonst noch alles, was man mit scharfen Zähnen in einem riesengroßen Maul mit seiner Beute und den mehreren Tausend Newton Bisskraft pro Quadratzentimeter anstellen konnte. Die meisten Lebewesen fanden aber einen schnellen Tod in dem Stachelpanzer, dessen Nadeln fast alles aufspießten, und bei der Berührung mit den Injektionsnadeln.

Das Stachelwesen glitt dahin, und ein über die Spitzen seines Nadelkleides verlaufender Farbwechsel von tiefen Rot- und Orangetönen ließ seine steigende Erregung erkennen.

Im Cockpit waren sie wach. Bei strahlendem Sonnenschein flog die Boeing mit einer gleichbleibenden Fluggeschwindigkeit von 800 Stundenkilometern über das Gebiet von Süd-Dakota in den Great Plains. Jackson überprüfte gerade noch mal die Systeme. Mårten schaute ihm dabei zu, und Jake Osterhaus bewunderte die Aussicht aus dieser Höhe. Immerhin war das seine alte Heimat. Hier hatte vor vielen Jahren alles seinen Anfang genommen. In der nächsten Stunde musste sie ihre Flugroute direkt über seinen Heimatort Corning in Kansas bringen. Er konnte sich noch gut daran erinnern, wie er die Pflanzeninfektion zum ersten Mal in seinem Chilifeld entdeckt hatte. Damals wäre er fast gestorben. Erst hatte ihn beinahe der tonnenschwere Truck zermalmt, und dann wäre er fast im explodierenden Bioalkohol des umgekippten Tankaufliegers verbrannt. Ein zwei Meter tiefer Graben hatte ihm damals das Leben gerettet. Lange her, und immer noch unglaublich, dass er jetzt trotz aller Widrigkeiten hier in diesem Flieger saß.

Plötzlich sah er mehrere Untiefen in der großen Ebene. Der alles bedeckende Neophyt, der auch hier nicht mehr in seiner herkömmlichen purpurnen Farbe erschien, leuchtete unter dem elektromagnetischen Sturm aus dem All rot und zeigte tiefe, kesselartige Vertiefungen. Genauere Strukturen konnte er aus dieser Höhe natürlich nicht erkennen, aber die Krater waren deutlich zu sehen. Jake zeigte auf einen. »Hey Leute, schaut doch mal. Da unten! Was geht da ab?«

Mårten und Jackson schauten auf und folgten seiner ausgestreckten Hand. Weit unten sahen sie die riesige Neophytenmasse in der Ebene. Die Krater lagen einige Kilometer auseinander. Die Entfernung konnten sie von hier oben nur schätzen. Vielleicht in einem Abstand von vierzig bis fünfzig Kilometern, vielleicht auch mehr. Aber sie sahen auch noch etwas anderes, etwas, auf das Jake sie aufmerksam machen wollte. Zwei der Krater waren ausgebrochen, fast simultan schossen die Gasjets aus den Vertiefungen. Dann, fast wie auf ein Zeichen, brachen die restlichen alle gleichzeitig aus, und die Blow-outs beförderten den tausende Grad heißen Wasserdampf kilometerweit in die Atmosphäre, wo er zu gigantischen Wolken kondensierte.

»Wow, ich hab schon viel davon gehört, aber ich hab's noch nie selbst gesehen. Einfach unglaublich.« In Mårtens Worten schwang fast so etwas wie Bewunderung mit.

Jackson schaute ihn an, als ob er von allen guten Geistern verlassen wäre. »Welche Drogen hast du denn genommen, Mister Dreadlocks? Was glaubst du eigentlich, was passiert, wenn uns so ein Ding trifft?«

»Hat es aber nicht. Außerdem fliegen wir viel zu hoch.«

»Da könntest du recht haben«, stimmte ihm Jackson zu. »Wieso gehen die alle gleichzeitig hoch?«

Diesmal sprach Jake: »Das weiß ich nicht. Vielleicht wird das von dem Neophyten koordiniert. Er betreibt dort unten Kernfusion. Unglaublich, oder?«

Mårten nickte zustimmend. »Ich habe es dir damals aber schon gesagt. Alles reine Biologie und das Ergebnis Jahrmilliarden dauernder Evolution. Denk an den kleinen Leberegel und die Ameise.«

Jackson glaubte, seinen Ohren nicht trauen zu können. »Was?«

Osterhaus und Halla begannen zu lachen. »Das ist ein Running Gag zwischen uns«, sagte Mårten Halla. »Ich habe Jake vor vielen Jahren schon darauf hingewiesen, dass nicht unbedingt eine technologisch hochgerüstete Superintelligenz mit überlichtschnellen Hochglanzraumschiffen dem Signal zur Erde folgen muss.«

Jackson verstand immer noch kein Wort. »Und was hat das bitte sehr mit Ameisen und diesem Leberegel zu tun?«

»Das war ein Vergleich, um ihm zu verdeutlichen, zu was Biologie unter den richtigen Voraussetzungen fähig sein kann.« Mårten Halla schaute Jackson lange an, der Autopilot tat, was er tun sollte, und sie hatten Zeit. »Ich will es dir erklären, Aboriginemischling, denn wie es ausschaut, hatte ich damals recht. Nicht wahr, Osterhaus?«

Jake Osterhaus nickte zögerlich, aber er musste seinem Freund zustimmen. Halla war mit seiner Theorie der Zeit damals weit voraus gewesen.

»Also, der Leberegel ist ein sonderbares Tier mit verschiedenen Generationen, die in verschiedenen Zwischenwirten heranreifen. Eine Generation gelangt aus dem Zwischenwirt Schnecke in den nächsten Zwischenwirt Ameise. Diese Generation wächst in der Ameise heran und wandert schließlich in deren Gehirn, wo sie das Verhalten der Ameise regelrecht fernsteuert. Man kann es sich tatsächlich so vorstellen, als würde die Ameise wie ein Vehikel von der Saugwurmgeneration zu einem sehr absonderlichen Verhalten gebracht. Irgendwie schafft es das Ding im Hirn der Ameise nämlich, das Insekt an einem Grashalm hochklettern zu lassen und sich an dessen Spitze zu verbeißen, um hier von dem Endwirt Schaf oder Rind gefressen zu werden. Da schließt sich der Kreis der Generationen, und der Reigen kann von vorne beginnen. Hier wird also ein komplexes Verhalten durch einen direkten Eingriff einer Spezies in das Gehirn einer anderen hervorgerufen. Das alleine ist schon unglaublich. Kein Mensch, ausgerüstet mit noch so viel Technologie, wüsste, was er mit einem frei präparierten Ameisenhirn tun müsste, um die Ameise fernzusteuern. Unmöglich!«

Jackson hatte noch nie davon gehört und war fasziniert. »Ich kann es nicht glauben. Wie ist das möglich, das ist doch nur ein primitiver Organismus?«

»Das ist es ja, was ich mit diesem Beispiel verdeutlichen wollte. Wenn man der Biologie genug Zeit gibt, ist fast nichts unmöglich. Wir sehen doch seit Jahren, was auf unserem Planeten passiert. Das ist alles das Ergebnis einer Jahrmilliarden dauernden Evolution. Da bin ich mir heute absolut sicher. Uns überfällt keine intelligente Hochzivilisation. Alles, angefangen bei der Spore und dem Protein, über die Senderorganismen und den Neophyten, bis zu der elektromagnetischen Übertragung der gesamten Brut, die uns momentan killt und die noch kommen wird, ist das nichts als primitive Biologie.«

Sein letzter Satz ließ auch Osterhaus aufhorchen. »Wie hast du das gerade gemeint?«

»Was denn?« »Na das mit der Brut, die noch kommen wird.«

»Ach so. Ich denke, dass wir es zwar mit primitiven Organismen zu tun haben, die aber über ein äußerst komplexes System miteinander verknüpft sind. Wahrscheinlich ähnlich, wie man es von irdischen Organismen kennt. Vielleicht eine Staaten bildende Organisationsform wie bei der Ameise, über die wir eben schon gesprochen haben. Wir haben schon einige Generationen und ihre Arbeitsteilung kennenlernen dürfen. Sender, Neophyt als Brutkasten und Empfänger, Soldaten für den Kampf. Aber es fehlt noch etwas, um den Kreis der Generationen zu schließen. Es muss noch zu einer Form der Befruchtung kommen. Es fehlen noch die Sporen, die Verbreitungseinheit der gesamten Spezies. Das, womit alles bei uns angefangen hat.«

»Du meinst, es kommt über die Funksignale von Wolf-359 noch zu einer Befruchtung und zur Sporenbildung?«

»Genau, das wird passieren. Vielleicht gibt es auch so etwas wie eine Königin, aber eigentlich glaube ich, dass bei allem der Neophyt eine Hauptrolle spielen wird.«

Jacksons Ingenieurverstand meldete sich: »Das tut er doch bereits. Er ist nicht nur Empfänger und Brutkasten, sondern auch der Energielieferant für die gesamte Truppe. Unglaublich, aber die Evolution hat ihn über Biofusionsreaktoren autark gemacht.«

»Wir Biologen würden sagen, er ist fusioautotroph«, mischte sich Mårten ein.

»Genau, und ich wette, dass der Neophyt auch mit hoher Leistung senden kann. Für die Übertragung von Wolf-359 muss man extreme Energien bereitstellen. Denkt doch nur mal an die Gammastrahlendusche, die unseren Planeten momentan sterilisiert. Ich wette, dass der Neophyt auch auf diesem kleinen Drecksplanet sitzt und uns mit seiner elektromagnetischen Kanone beschießt.«

»So ist es«, sagte Mårten und schaute Osterhaus an. »Hab ich dir damals auch schon gesagt. Der Empfänger von Naomis Botschaft müsste bei der Entfernung Antennen mit

Erddurchmesser haben. Der Neophyt bedeckt unseren gesamten Planeten, er ist Empfänger und Sender zugleich.«

Osterhaus wollte etwas sagen, wurde aber von Jackson mit einer eindeutigen Geste aufgefordert, zu schweigen. Jackson horchte angespannt in die Stille des Cockpits und drehte dabei seinen Kopf in verschiedene Richtungen. »Habt ihr das nicht gehört?«, flüsterte er.

Mårten blickte Osterhaus verwundert an, der seinen Kopf schüttelte und ebenfalls angestrengt horchte.

»Nein, ich hab nichts gehört.«

»Ich auch nicht«, sagte Mårten leise und lauschte ebenfalls mit gespitzten Ohren nach phonetischen Auffälligkeiten im monotonen Rauschen der typischen Fluggeräusche. Plötzlich war es eindeutig zu hören. Aus dem hinteren Teil des Flugzeugs drang kurz dumpfes Rumpeln und ein Zischen durch die dicke Isolierung ihrer Kabine.

Erschrocken schauten die drei Männer sich an. Jake Osterhaus fand zuerst seine Sprache wieder. »Hat uns vielleicht einer dieser Blow-outs getroffen?«

Jackson schüttelte den Kopf. »Nein, ich denke, wir sind tatsächlich zu hoch. Außerdem hätte sich das Flugzeug dann ähnlich verhalten wie in einer Turbulenz. Das hätte uns heftig durchgerüttelt.«

»Aber was war das?«, wollte Mårten wissen. »Das kam aus dem Frachtraum der Maschine. Sind da vielleicht noch andere Überlebende?«

»Unmöglich!«, sagte Jackson. »Wir sind seit mehreren Stunden in der Luft. In unserer Flughöhe wäre jeder blinde Passagier ohne besondere Ausrüstung da hinten längst erfroren.«

Wieder ertönten die Geräusche. Diesmal noch deutlicher. Sie schienen näher zu kommen. Jackson wollte etwas sagen, wurde aber von einem dumpfen Klopfen davon abgehalten. Etwas schlug gleich mehrere Male gegen die verriegelte Cockpittür, die in den hinteren Teil des Flugzeugs führte. Im Cockpit herrschte Totenstille.

»Irgendwas ist aber da hinten. Und ihm scheinen die Temperaturen nichts auszumachen. Auf jeden Fall bewegt sich da hinter der Tür etwas, und ich glaube, es will hier rein.«

Jake Osterhaus schaute die anderen beklommen an.

Mårten fragte unsicher. »Was glaubst du, was das sein könnte?«

Wieder schlug etwas gegen die Tür. Diesmal noch heftiger, sodass sie merklich in ihrer Verankerung erzitterte.

»Egal, was da ist, ich werde diese Tür nicht öffnen.« Jackson war der Kapitän, er flog die Maschine, und der letzte Satz kam im Befehlston. Dann krachte es furchtbar gegen die Tür. Einmal, zweimal, dreimal, alle sahen die Dellen, die sich von den Schlägen bildeten.

»Das war auf jeden Fall kein Anklopfen mehr. Ich glaube, wir werden die Tür nicht öffnen müssen. Das wird gleich von der anderen Seite erledigt.« Osterhaus sah grimmig aus, so als ob er bereits wusste, dass er sich der kommenden Gefahr stellen musste. Der Mann, der einen Senderorganismus mit nichts als einer Axt in die Flucht geschlagen hatte, suchte nach Lösungen für ihr Problem. »Egal, was dahinter ist, ich werde ihm nicht ohne Waffe entgegentreten. Nachdem, was ich auf Sankt Lorenz gesehen habe, kann ich mir ungefähr vorstellen, was hinter der Tür lauert.«

»Du meinst, wir haben eine dieser Kreaturen mit an Bord?«, fragte Jackson ungläubig. »Aber das hätten wir doch merken müssen.«

Osterhaus fragte nur skeptisch: »Ja, wieso? Wer hat denn den Frachtraum durchsucht?« Die Antwort gab er sich gleich selbst.

Jackson und Halla schauten ihn nur mit einem sonderbaren Gesichtsausdruck an.

»Richtig, keiner. Was haben wir an Waffen hier?«

Jackson griff in ein Seitenfach und zog eine Neun Millimeter SIG Sauer und zwei Handgranaten hervor. »Die hab ich an der Kontrolle vorbeigeschmuggelt. Aber wir sollten sie nicht wirklich benutzten. Vor allem nicht die beiden Dinger.« Während er das sagte, streckte er die beiden Handgranaten in der Rechten nach vorne. »Wenn die hier hochgehen, dann steigen wir alle hier oben aus. Was das bedeutet, muss ich euch nicht erklären. Mit der hier kann man schießen, wenn man sicher ist, sein Ziel zu treffen. Wer von uns ist denn sicher, dass er sein Ziel trifft?«

»Gib mir das Ding! Ich war vor Jahren im Schützenverein einer Stadt, die wir wahrscheinlich gerade im Moment überfliegen.« Osterhaus griff sich die SIG Sauer und erhob sich aus seinem Sitz.

»Was hast du vor?« Jackson war beunruhigt. Die beiden Handgranaten hielt er immer noch in der rechten Hand.

Mårten griff blitzartig zu und stand ebenfalls auf. »Wir wissen nicht, was hinter dieser Tür ist, aber ich weiß, dass wir nicht warten dürfen, bis das, was da draußen ist, hier reinkommt.«

»Er hat recht, Jackson! Wir sollten den einzigen Vorteil, den wir haben, nutzen. Das Überraschungsmoment ist auf unserer Seite, wenn *wir* diese Tür öffnen.«

Wie, um seine Aussage zu unterstreichen, wurde die Tür von zwei schnell aufeinanderfolgenden Schlägen so hart getroffen, dass sich die Metallkonstruktion verzog.

»Ihr habt recht.« Jackson begriff den Ernst der Situation. »Wir müssen schnell handeln. Noch so ein Schlag und sie ist offen oder so verzogen, dass wir sie nicht mehr von hier drinnen öffnen können.«

»Wie auch immer. Jackson, du kümmerst dich um den Flieger. Mårten, du öffnest die Tür auf mein Kommando und ich nehme, was auch immer dahinter auf uns wartet, unter Feuer.«

Nach den letzten beiden Schlägen war keine Zeit mehr für Verhandlungen. Sie waren sich sofort einig. Osterhaus positionierte sich mit der Waffe vor der Tür, um ein optimales Schussfeld zu haben. Ein kurzer Blick zu Halla, ein kurzes Zeichen der Verständigung, dann zählte er leise von drei runter. Jeder seiner Muskeln war bis zum Zerreißen gespannt. Seine Kiefermuskulatur trat an den Wangen deutlich sichtbar hervor. »Null!«

Der heftige Schlag traf die Tür von der Frachtraumseite in dem Moment, als Mårten Halla sie von innen mit all seiner Kraft aufriss. Osterhaus nahm es zuerst wahr. »Scheiße, ich glaub es nicht.« Er drückte den Abzug und feuerte. Jeder seiner Schüsse traf sein Ziel, das den gesamten Türrahmen einzunehmen schien.

Während Jackson mit weit aufgerissenen Augen in seinem Pilotensitz aufgrund des Anblickes nur noch schreien konnte, rappelte sich Halla hinter der Tür auf und blickte jetzt auch auf die surreale Erscheinung, die er eher auf einer elektronenmikroskopischen Falschfarbenaufnahme eines medizinischen Fachblattes über Krankheitserreger erwartet hätte, als in der Cockpittür einer Frachtmaschine in zehn Kilometern Höhe. Das Ding war allerdings real, und es war auf seine spezielle Art nicht nur ein bizarrer Anblick, nein, es sah ästhetisch aus. Beinah schön. Was Mårten sah, erinnerte ihn tatsächlich an ein etwa zwei Meter langes und ein Meter zwanzig hohes Bakterium. Der zylindrische Körper war von armlangen, an der Basis schwarzen, nadelförmigen Auswüchsen überzogen, die an den Spitzen ein intensives orangerotes Farbspiel zeigten. Dieses Stachelkleid stand sehr dicht, und das Ding schien sich darauf zu bewegen wie auf langen Stelzen, wobei es sich aber auch um seine Längsachse zu drehen schien, während es sich langsam gegen Jake Osterhaus' Pistolenschüsse in die Kabine schob. Wenn Mårten genau hinsah, und dafür hatte er nicht viel Zeit, dann sah er zwischen diesen nadelförmigen

Auswüchsen schnelle schemenhafte Bewegungen, die im krassen Gegensatz zu dem scheinbar starren Nadelkleid standen. Osterhaus hatte das Magazin der Waffe leer geschossen und stand nun einfach da und schaute mit einem seltsam entrückten Blick die näherkommende Erscheinung an. Plötzlich schossen mehrere bleistiftdicke, hellblaue Fäden aus der bewegten Masse innerhalb des Stachelkleides hervor und trafen Osterhaus klatschend an mehreren Stellen. Er sah an sich hinunter und sah die seltsamen Fäden festgesaugt an seinem Körper. Einige hatten sich an der freien Haut seiner Arme festgesaugt, zwei der Geschosse klebten in seinem Gesicht. Unter den festgesaugten Fangarmen wurde seine Haut an den Armen und in seinem Gesicht wie kleine Zirkuszelte in Richtung der Erscheinung gezogen. Osterhaus schaffte es, seinen Kopf zu drehen und Mårten direkt anzusehen. In seinen Augen stand eine Leere, die nur ein Mensch erreichen konnte, der bereits mit seinem Leben abgeschlossen hatte. Mechanisch streckte er Mårten seine geöffnete Hand entgegen. Im Zusammenspiel mit seinen völlig ausdruckslosen Augen ließ diese Geste nur eine Interpretation zu, und das erkannte auch Mårten Halla, während weiter Geschosse in Jakes Gesicht klatschten und seine Haut seltsam deformierten. Mårten legte die Handgranate, die er die gesamte Zeit umklammert hatte, in Jakes Hand. Leise formte er die Worte. »Ich weiß, was du vorhast!«

»Endlich darf ich das zurückgeben, was ich in all den Jahren von der SU10[5] geschenkt bekommen habe. Sag es ihm«, waren Jake Osterhaus' letzte Worte, dann wurde er mit unbändiger Gewalt zu dem Wesen gezogen, in dem sich etwas geöffnet hatte, was das Äquivalent einer Körperöffnung zu sein schien und von schwarzen Flecken, den Komplexaugen, umgeben war. Überall schossen jetzt hellblaue und auch dunkelbraune Fäden aus dem Stachelgewand hervor und saugten sich an allem fest, was

Halt zu geben versprach. Die Kreatur hob in der Tür ab und hing mit den armlangen Stacheln in der Luft, aufgehängt und nach allen Richtungen abgestützt von dem ausgestoßenen Fadenwerk, welches offensichtlich seiner Fortbewegung diente. Dabei explodierte die gesamte Wesenheit in einem Feuerwerk an Farben. Im Inneren mit orange und rot pulsierenden Stacheln über der eigentlich nicht sichtbaren, nur angedeuteten Körperform, und drum herum das in allen nur vorstellbaren Blautönen konvulsivisch pulsierende Fadengewerk, welches die Kreatur gespinstartig in der Mitte der Tür hielt.

Mårten sprach Jackson an, der zitternd auf seinem Sitz kauerte und seit einigen Sekunden keinen Laut mehr von sich gab. »Was jetzt auch immer passiert, Jackson, du öffnest die hintere Frachtraumklappe und ziehst die Maschine hoch. Und zwar so steil wie möglich und mit so viel Schub wie möglich.«

Jake Osterhaus knallte gegen die Kreatur und wurde in die Öffnung gezogen, wobei er seltsam verknickte. Bauch voran, Beine und Arme nach hinten – er schien förmlich in der Mitte auseinanderzubrechen. Das Letzte, was Mårten sah, bevor Jake Osterhaus vollkommen geräuschlos in dem Ding verschwand, war der Sicherungsring der Handgranate, der über den Boden rollte. »Tu es jetzt, Jackson, oder wir sehen uns gleich alle in der Hölle wieder!«

Jackson, von Mårtens letztem Satz aus seiner Lethargie des abartigen Schocks gerissen, reagierte verblüffender Weise instinktgesteuert und blitzschnell mit den richtigen Handgriffen. Mit vollem Schub auf den Triebwerken riss er die Maschine in einen extremen Steigflug und schlug mit einer kaum wahrnehmbaren Bewegung auf den Öffnungsmechanismus für die hintere Laderaumluke. Während er das tat, klickte er noch seinen Gurt ein und drückte sich in Erwartung des Kommenden fest in seinen Pilotensitz. Sofort nachdem sich die Luke einen Spalt breit geöffnet hatte, kam es zu einem heftigen Druckverlust im Frachtraum und im Cockpit. Alles was nicht niet- und nagelfest war, wurde von der entweichenden Luft sofort mitgerissen und durch den sich verbreiternden Spalt der seitlichen Ladeluke aus dem Flugzeug geschleudert. Während die Luke aufgrund der extremen Belastungen bei einer Fluggeschwindigkeit von 800 Stundenkilometern mit einem lauten Knall aus der Verankerung riss und beinahe noch das Höhenruder der Boeing getroffen hätte, explodierte die Handgranate im Inneren der Zweimeterbazille.

Mårten Halla, der sich mit beiden Händen an einer Verstrebung im Cockpit festklammerte und frei in der Luft über der unter ihm befindlichen Tür hing, hörte den gedämpften Knall über dem Getöse. Sogleich verändert sich der Organismus. Seine Farbvariationen endeten plötzlich in einem einheitlichen Graubraun. Zwei Gegenstände schossen knapp an Mårtens Kopf vorbei, die Fäden des Wesens verloren ihre Spannkraft, und dann geschah das Unglaubliche. Nicht mehr gehalten von seinen Saugarmen, trudelte das Ding stark beschleunigt in der fast senkrecht stehenden Maschine durch den Frachtraum nach unten und wurde aus der seitlichen Öffnung hinauskatapultiert. Kurz verfingen sich zwei seiner Fadententakel in der Trägerkonstruktion des Frachtraumes und versuchten dort noch rettenden Halt zu bekommen. Dann war es weg und der Spuk vorbei.

Jackson drehte sich zu Halla. Er hatte eine Sauerstoffmaske über das Gesicht gezogen und deutete ihm an, sich schleunigst auch eine zu schnappen. Dann brachte er den Flieger langsam die Waagrechte. Mårten fiel in der sich stabilisierenden Maschine auf den Boden und tat, was ihm Jackson gezeigt hatte. Er zog die Sauerstoffmaske des Co-Piloten an und nahm zwei kräftige Atemzüge. Nachdem sich das Flugzeug wieder in einer normalen Flugposition befand, fielen die ersten gedämpften Worte durch die Masken. Noch immer sauste die Luft aus dem Überdruck des Flugzeugs in die dünne Atmosphäre in zehn Kilometern Höhe. Die Temperatur war im Cockpit bereits weit unter den Gefrierpunkt gesunken. »Pass auf Halla, ich muss den Vogel jetzt runterbringen, sonst werden wir hier schneller erfrieren, als dir lieb ist. Halt dich fest, es geht bergab!«

Greenland Warrior – Straße von Gibraltar

Die Organismen dümpelten in der See und waren augenscheinlich tot. Es waren fünf. Zwei ausgewachsene Exemplare, ein juveniler mit einem Schüsseldurchmesser von fünfzehn Metern und zwei sehr kleine, die noch nicht lange gelebt haben konnten. Als das Schiff längsseits ging, drehte sich die Warrior in den Wind. Der Gestank war kaum auszuhalten und schien nicht von dieser Welt zu sein. Wer konnte, zog sich trotz UV-dichter Wolkendecke ins Schiff zurück und schloss die Türen.

Draußen an der Reling standen nur Yuri, Alex und Eyna, die ungeachtet der olfaktorischen Katastrophe unbedingt dabei sein wollten, wenn sie die Organismen näher untersuchten. Der Himmel hatte sich zugezogen. Die Sturmfront war von den Azoren kommend über sie hergefallen. Das Wetter schlug seit der Zerstörung der Ozonschicht Kapriolen, keine verlässliche Größe mehr – noch weniger als früher.

Woran die Senderorganismen gestorben waren, konnten sie nur vermuten. Besonders die beiden großen Exemplare, mit Schüsseldurchmessern von 60 bis 70 Metern, zeigten auf der perlmuttfarbenen Oberfläche rötliche Blasen, die sich mit ihrer glänzenden Hülle prall über die Oberseite der Schüssel erhoben. Das Gros dieser Pusteln hatte eine stattliche Größe erreicht. Wasserballgroße rote Pickel, die an die Eier der Gallwespe erinnerten, waren neben medizinballgroßen Ausstülpungen die größten Exemplare. Unter der glänzenden Hülle waren schemenhafte Bewegungen zu erkennen. Fertig entwickeltes Leben drehte und wand sich in der Enge mit Sehnsucht nach dem befreienden Schlüpfen und beulte dabei den Kokon von innen nach außen. Noch im Tod boten die monströsen Kreaturen ihren Abkömmlingen eine nährstoffreiche Heimstatt.

»Was ist das?«, fragte Yuri offensichtlich fasziniert von dem Anblick des prallen, ungeborenen Lebens auf den in Zersetzung begriffenen Leichen, die Faulgase ausströmend in der See lagen.

»Das, mein Lieber, ist die Logik der Natur. Für das Einzelindividuum nicht nachvollziehbar, aber im Sinne der Arterhaltung eine Notwendigkeit.«

»Kannst du mal weniger kryptisch in deinen Ausführungen sein?« Yuri war von Alex' inhaltsleeren, poetisch daherkommenden Antworten schon lange genervt. Mittlerweile war er, was das anging, einigermaßen dünnhäutig.

»Na, schau es dir doch an. Dann solltest du auch selber draufkommen.«

»Ich glaube, er meint, dass die Senderorganismen für irgendetwas anderes zur Eiablage hergehalten haben. Ihr Leben wurde der Fortpflanzung einer anderen Generation geopfert. Sie selbst werden auf unserem Planeten nicht mehr gebraucht, das Signal hat seinen Adressaten erreicht und die Maschinerie der feindlichen Übernahme läuft bereits wie ein Uhrwerk. Was liegt da näher, als ihre Körper in den Dienst der Sache zu stellen und nicht einfach der Verwesung hinzugeben? Gutes, energiereiches Substrat, bestens geeignet für die Versorgung von Larvenstadien in ihren Eiern.« Eyna hatte vor wenigen Tagen ihr siebzehntes Lebensjahr begonnen. Redegewand war sie unter der pädagogischen Begleitung von Alexis Bell und seinen Kollegen geworden. Wie alle Kinder mit der Schalterproteinmutation, war auch sie wissbegierig und ehrgeizig. In den letzten Jahren hatten diese Kinder sich einen riesigen vernetzten Wissensschatz angeeignet. Ihre Hirne waren mit Informationen vollgestopft und erreichten damit einen Datenbestand wie die größte Internet-Enzyklopädie. Dabei legten ihre Lehrer großen Wert darauf, dass dieses Wissen auch miteinander verzahnt wurde, um einen hohen Grad an Bildung zu erreichen. Die Kinder sollten nicht nur intelligent, sondern auch klug sein. Das setzte allerdings nicht nur reines Faktenwissen voraus, sondern auch dessen richtige Anwendung unter den entsprechenden richtigen philosophischen und ethischen Ratschlüssen.

»Lasst uns die Leiter nehmen und uns das Ganze aus der Nähe betrachten, bevor es dunkel wird. Vielleicht können wir auch ein paar Proben nehmen.« Alex ging voraus und gab den anderen ein Zeichen, ihm zu folgen.

Am Ende der Leiter mussten sie den letzten Meter auf den Organismus mit einem kleinen Sprung überwinden. Nachdem sie alle auf dem juvenilen mittelgroßen Exemplar standen, konnten sie aus der Nähe auch auf diesem die etwas kleineren roten Blasen entdecken, die sie von dem Deck des Schiffes schon auf den größeren Organismen gesehen hatten. Hier aus der Nähe erkannten sie auch die Einstichstellen unter den kleinsten Blasen, die eigentlich nicht mehr als eine rötliche Erhebung in der Schüsseloberfläche darstellten.

»Seht euch das an! Hier kann man deutlich sehen, dass unter den Einstichstellen die Gelege einer unbekannten Spezies liegen.« Alex kniete vor einem Legekanal und befühlte sanft die Oberfläche. »Man kann die leichte Wölbung spüren, fühlt doch mal! Darunter bewegt sich etwas.«

Zu dritt knieten sie vor der Schwellung in der Organismenschüssel und fühlten die Bewegungen des unbekannten Ungeborenen.

»Lasst uns nicht so lange hierbleiben. Ich spüre eine Gefahr von diesen Dingern ausgehen.« Eyna war beunruhigt und ging zum Rand der Schüssel, um einen Blick ins Wasser zu werfen. Unversehens stolperte sie einige Schritte rückwärts und strauchelte dabei über ihre eigenen Beine, sodass sie rücklings hinfiel. Mit weit aufgerissenen Augen und offenstehendem Mund, kein Laut kam dabei über ihre Lippen, zeigte sie schockiert zum

Rand der Schüssel. Irgendetwas im Wasser musste sie extrem erschreckt haben.

Während Yuri zu ihr eilte, um ihr aufzuhelfen, ging Alex vorsichtig zum Rand. Dabei sank er mit jedem Schritt immer mehr in die Oberfläche der Kreatur ein und schaukelte auf und ab. *Deswegen ist sie gestolpert*, dachte er. Das gewaltige, schüsselförmige Sendeorgan schien zum Rand hin immer dünner zu werden und nicht mehr stabil auf dem Wasser zu liegen. Von ihrem Standpunkt aus gesehen sah die Schüssel bis auf die rötlichen Erhebungen und Blasen aber noch völlig intakt aus. Erst als Alex einen Blick über den Rand wagte, sah er die Ursache für sein Versinken in dem Gewebe und begriff auch, was Eyna so erschreckt hatte. Unterhalb der Wasseroberfläche war die See von einem dichten Gewimmel durchdrungen. Das Wasser war von einem lebendigen Gedränge erfüllt, welches seinen Ursprung unterhalb des Organismus haben musste.

Alex verstand sofort. »Wir müssen hier auf der Stelle runter. Die Blasen entleeren ihren Inhalt nicht nach oben. Das sind nur Teile ihrer Dottersäcke, die nach oben in die Luft reichen. Das, was sich darin entwickelt hat, wird unter unseren Füßen geboren. Diese Missgeburten ernähren sich nicht nur in ihren Eiern von den Senderorganismen. Wenn sie geschlüpft sind, fressen sie sich durch dessen Fleisch ins Wasser, und momentan fressen sie das Vieh von unten auf. Am Rand ist er schon so dünn, dass man fast durchbricht.« Er hatte den letzten Satz gerade beendet, als er zusah, wie Yuri, der Eyna soeben aufgeholfen hatte, einige Schritte in Richtung Schüsselrand machte, um sich selbst ein Bild zu machen. Kurz darauf brach er mit seinem rechten Bein durch die noch intakte Oberfläche in den Rest des ranzigen, fauligen Fleisches ein, das die unbekannten Larven unter Wasser von dem Kadaver übrig gelassen hatten. Seine Schreie hallten über die See und zeugten von seinem glühenden Schmerz, während sein Bein unterhalb der Oberfläche, die für alle auf dem Kadaver eine Art Ereignishorizont darstellte, von hunderten oder vielleicht sogar tausenden spitzen, zahnähnlichen Gebilden bis auf die Knochen abgenagt wurde und in den Mäulern einer unbekannten Lebensform verschwand. Über seine schrillen Schreie verständigten Eyna und Alex sich wortlos. Beide wussten sofort, was zu tun war. Auf den Bäuchen krochen sie zu dem vor Schmerz fast ohnmächtigen Yuri und ergriffen sofort seine Hände, um ihn davor zu bewahren, noch tiefer zu versinken und gänzlich ein Opfer der unbekannten, schlingenden Schlunde zu werden. Mit großer Kraftanstrengung zogen sie an dem Unglücklichen, der immer noch gellend schrie, und spürten dabei den zerrenden, reißenden Widerstand von unzähligen Kreaturen unterhalb und in dem Fleisch des Biosenders.

Endlich mit einem letzten Ruck zogen sie ihn heraus. Sein Bein, nur noch ein blutiger Stumpf unterhalb der Kniescheibe, lag in Fetzen, und lebensbedrohlich schoss das Blut aus großen geöffneten Gefäßen. Mehrere der seltsamen Geschöpfe konnten sie jetzt zum ersten Mal aus der Nähe sehen. Schwarze, sich schlängelnde Würmer hingen noch an den restlichen Fleischfetzen seines Unterschenkels. Erst nach genauem Hinsehen wurde ihnen klar, dass es sich hierbei nicht um Einzelindividuen handelte, sondern nur um die Fangarme einer Kreatur, die schwammig, gallertartig und an eine Meduse erinnernd, sich mit einem anderen, rötlichen Greiforgan an seinem linken Bein festklammerte. Die das rechte Bein umklammernden Organe dieser Kreatur schienen Yuri aufzulösen und sein energiereiches, verflüssigtes Fleisch zur weiteren Verarbeitung an das Mutterschiff an seinem linken Bein weiterzuleiten.

Während Yuris Schreie nicht enden wollten, mussten Eyna und Alex schnell eine Entscheidung treffen. Wenn sie sein Leben retten wollten, mussten sie sofort seine Blutung stoppen und ihn von diesem Kadaver auf das Schiff zurückbringen, bevor sie selbst in den in Auflösung begriffenen Körper einbrachen und auch Opfer dieser Kreaturen wurden. Aber zuerst mussten sie dieses unbekannte Lebewesen von Yuris Bein entfernen, und das stellte momentan das größte Problem dar. Das Alien war ihnen gänzlich unbekannt, und sie wussten nicht, was die Biologie dieser Ausgeburt aus den Tiefen des Alls noch für Überraschungen für sie bereit hielt.

Die Zeit und das Blut von Yuri rannen davon, und Alex fällte eine Entscheidung. Schnell zog er sein Shirt aus, wickelte sich den Stoff um die Hand und ergriff die schleimige, glibberige Lebensform. Mit Gewalt riss er den kleinen Körper von dem Bein hoch, aber er wollte sich nicht gänzlich lösen. Es half nichts, Alex musste zuerst den rotglänzenden Greifarm von Yuris Bein wickeln, um die Kreatur endlich abzubekommen. Er überlegte. Sollte er den Greifarm mit der anderen ungeschützten Hand anfassen? Die Sekunden verstrichen, während Yuris Blut eine immer größere Lache bildete. Eyna packte zu. Sie riss den Arm von dem Bein und zerrte dabei den Körper des Wesens aus Alex' Hand. Zweimal schwang sie das elende Geschöpf über ihrem Kopf. Dann flog es in hohem Bogen davon und klatschte irgendwo jenseits der Organismenschüsseln ins Wasser. Sofort faltete Alex sein Hemd zu einem improvisierten Druckverband und presste es auf Yuris Arterie, um die Blutung zu stoppen. Während Yuri unter heftigen Atemzügen die Zähne zusammenbiss und mit dem Schreien aufhörte, sah Alex zu Eyna und erblickte ihre Hand, die eben noch das Wesen gehalten hatte. Ihm stockte der Atem. Ihre Hand zeigte Anzeichen einer schweren Verbrennung oder Verätzung. Sie war stark gerötet, und Teile ihrer Haut hingen in Lappen herunter. Währens Yuri anfing irrsinniges Zeug vor sich hinzubrabbeln, begann nun Eyna unter schrecklichen Schmerzen zu schreien. Dann hörte Alex Stimmen von dem Schiffsdeck über ihren Köpfen. Schließlich drangen metallische Schritte an seine Ohren. Mehrere Personen schienen zu ihnen hinabzusteigen. Während er die Leute in seinem Rücken vor der Gefahr auf dem Organismus warnte, erstarb Eynas Schreien in einem schmerzerfüllten Stöhnen.

Dann verstand er die Worte, die Yuri unentwegt wiederholte: »Ist nicht schlimm, wächst doch wieder nach. Der Neue wird viel schöner.«

Plötzlich wurde ihm klar, was der Russe damit meinte. Yuri war sich sicher, dass sein Fuß auch diesmal nachwachsen würde. Alex konnte es nicht fassen. So viel Gutgläubigkeit in seiner jetzigen Situation. Wahrscheinlich stand er unter Schock. Von hinten hörte er jetzt deutlich Stimmen und glaubte auch einige zu erkennen. Aadas und die Stimme ihres Bruders Elias konnte er eindeutig in dem Stimmengewirr ausmachen. Dann wurde er an den Armen hochgezogen. Auch Eyna und Yuri wurden gepackt und es ging Richtung Leiter. Von oben wurden Seile hinabgelassen und eine Bahre für Yuri. Während Alex zusah, wie diese mit dem Verletzten nach oben balanciert wurde, drehte er den Kopf zu der Stelle, wo sie eben noch gekniet hatten. Gerade durchbrach dort das unheilvolle lebendige Getümmel die Oberfläche des Organismus. Auch an mehreren anderen Stellen sah er die seltsamen gallertartigen Wesen durchbrechen. Anscheinend hatten sie sich durch ihr Nährgewebe gefressen. Mit dem Wasser, welches die absinkenden Organismenschüsseln flutete, wurden immer mehr von ihnen nach oben gespült und machten sich sogleich über das unangetastete Gewebe her. Schwarzes, organisches Gedränge strömte aus der Tiefe und ließ die stinkenden Leichen langsam in der See versinken.

Auch andere außer Alex sahen jetzt das schäumende, sprudelnde Gefresse der scheußlichen, ineinander verschlungenen Wesen. Und sie erkannten, dass die toten Organismen immer schneller sanken. Eile war geboten.

Vom Schiffsdeck wurden zwei weitere Leitern runtergelassen und in der Reling eingehängt. Als Letzte verließen Elias und Alex die sinkenden Sender. Noch auf der Leiter drehte sich Alex erneut zu dem Fressfest in der See und sah, wie die Organismenleichen über und über mit schwarzem Gewimmel überzogen sanken. Plötzlich schrie Elias neben ihm. Alex drehte sich erschrocken zu ihm und sah ihn gerade über die Reling klettern und das rettende Schiffsdeck erreichen. Irgendwas dort oben musste ihn erschrocken haben. Hastig nahm Alex die letzten Stufen und zog sich über die Reling. Eine Frau, ihre Uniform wies sie als Mitglied der Schiffsmannschaft aus, war in einen Kampf mit etwas verwickelt, was er noch nie gesehen hatte. Das Ding konnte fliegen, war so groß wie ein kleines Wirbeltier, vielleicht wie eine Katze, und war von der Gestalt einem aufgeblasenen Kugelfisch nicht unähnlich. Es hatte mehrere schwirrende Flügel, die man aber nicht genau erkennen konnte, da sie mit sehr hoher Frequenz schlugen und dabei ein tiefes, monotones Brummen erzeugten, das allen das Blut in den Adern gefrieren ließ. Aber nicht nur das tiefe Brummen der schwingenden Flügel und sein unförmiger Körperbau waren dazu geneigt, den Anwesenden die Haare zu Berge stehen zu lassen. Am schlimmsten war der Umstand, dass diese Kreatur versuchte, ihren mehr als zwanzig Zentimeter langen Stachel in der Frau zu versenken, indem es ein schwanzähnliches, beflügeltes Organ nach vorne bog. Während es die Frau in der Luft äußerst aggressiv attackierte, legte das Wesen ein unglaublich elegantes Flugvermögen an den Tag.

Drei kräftige Schläge mit einem Besenstiel beendeten das Grauen. Sean Stark stand über der Kreatur, die sich am Boden noch zuckend bewegte und dabei immer noch mit den zwei Paar transparenten Flügeln an der Oberseite sowie einem Paar an dem schwanzähnlichen Hinterleib das bedrohliche Geräusch erzeugte. Der Stachel zuckte dabei rhythmisch aus einer Hautfalte im Hinterleib. Irgendeine undefinierbare gelbliche Flüssigkeit floss aus seiner Spitze heraus. Sean schaute kurz zu der Frau auf und schlug dann mehrmals auf die am Boden liegenden Kreatur ein, bis endlich Ruhe war. Dann hob er erneut seinen Kopf. »Nichts wie weg hier. Lasst uns verschwinden. Das Biest legen wir in Formalin, und ein paar von denen da unten auch.« Dabei zeigte er in die von tausenden, fressenden Wesen aufgewühlte See. »Die überschwemmen unsere gute alte Erde mit ihrer gesamten ekeligen Lebensgemeinschaft, und ich möchte momentan wirklich nicht noch mehr von denen kennenlernen.«

Während sie das Deck räumten und sich in die Sicherheit des Schiffsinneren zurückzogen, überwachte Alex zwei Wissenschaftler, die den kuriosen Organismus bargen und ihn in eine Kunststoffwanne verfrachteten. Als sie eines der Viecher in ein Probengefäß bugsieren wollten, trieb er sie zur Eile an. Über ihren Köpfen braute sich was zusammen. Der Sturm hatte einen Gang hochgeschaltet, und es wurde Zeit, vom Schiffsdeck zu verschwinden. Endlich schafften es die beiden Männer, einen der Organismen in das improvisierte Fanggerät zu befördern und es mit einem Seilzug zu verschließen. Die beiden waren derart gefangen in ihren Bemühungen, das quirlige, sich windende Lebewesen in die Box zu bekommen, dass sie nichts mehr um sich herum wahrnahmen. So entging ihnen, was Alex auf einer noch nicht vollständig zersetzten und mit Wasser bedeckten Senderschüssel beobachtete. Später sollte er von einer Metamorphose sprechen, die er in dieser Geschwindigkeit noch nicht zu sehen bekommen hatte. Hunderte, wenn nicht sogar Tausende der Organismen, von denen noch vor einigen Minuten einer sich um Yuris linkes Bein gewickelt hatte, bogen sich krampfartig unter spasmischen Bewegungen, wobei die Erregungsmuster immer schneller wurden, um dann unter einem Farbwechsel von Schwarz zu sattem Rot alle Fangarme von sich zu werfen. Dann riss der gallertartige Körper auf, und die Transformation entließ ihre neue Generation, die sich feucht und in der Luft pulsierend in das verwandelte, was eben von Sean Stark mit einem Besenstiel erschlagen worden war. Als ihre Körper sich ausreichend stabilisiert hatten und ihre häutigen, paarigen Flügel ausgehärtet waren und anfingen, mit hoher Frequenz das tiefe, brummende Geräusch zu erzeugen, hoben auch die beiden Biologen ihre Köpfe, die soeben ihre Arbeit erledigt hatten. Als sie die Masse der Organismen mit grässlichem Gedröhne abheben sahen, schauten sie zu Alex, der ihnen unmissverständliche Zeichen gab, sich sofort in das Schiffsinnere zu retten. Bedrohlich verdunkelte der Schwarm der Wesen den Himmel, während Alex die schwere, metallene Tür zuzog und von innen verriegelte.

Neophyt – Nordwest Cuba

Das wichtigste Paket der invasiven Lebensform wurde in den Frequenzen eines späten Gammablitzes versteckt zur Erde transportiert und beim Empfänger fristgerecht abgeliefert. Da der Adressat immer in seinem neuen Zuhause anzutreffen war, war die Übergabe wie schon zuvor erfolgreich. Ähnlich, wie jede Sinneszelle einen Reiz in elektrische Potenziale umwandelt, um den Informationsgehalt aus der Umwelt an eine übergeordnete Schaltzentrale weiterzumelden, wurde die elektromagnetische Strahlung im Neophyten direkt in biochemische Vorgänge übersetzt, die in neuen Bindungen, neuen Molekülen, neuen Geweben, Organen und schließlich Organismen gipfelte. Das war entstofflichte, in Frequenzen, Wellenlängen und Amplituden verschlüsselte Erbinformation, die im planetenumspannenden Empfänger direkt in Materie übersetzt wurde. So versandt der Parasit seine Nachkommenschaft mit Lichtgeschwindigkeit durch den unermesslichen Raum.

Das Wesen, welches hierbei übertragen wurde, sollte den Kreis schließen und den Generationenvertrag des Parasiten erfüllen. Im Neophyten wurden unter diesem Strahlenpaket milliardenfach Vorgänge induziert, an deren Ende zur Sporenbildung fähige Königinnen standen. Gewebe formte Kompartimente und schnürte sich von der Matrix des Mutterleibes ab. In diesen neuen, abgesprossten Organen entstand die Keimanlage für die Sporen. So klein und doch beweglich hätte man sie für eigenständige Organismen halten können, die wie kleine bewimperte Würmer in dem Nährmedium ihrer Kammern umher schwammen. Aber um ihre Bestimmung zu erfüllen, bedurfte es erst einer Ergänzung ihrer mitgebrachten Erbinformation. Die Königinnen mussten in ihren Kammern erst befruchtet werden. Das Geräusch des aus Myriaden Einzelwesen zusammengesetzten

Drohnenschwarms brachte die Luft zum Dröhnen und das Gewebe des Neophyten zum Vibrieren. Ausgelöst durch die Frequenz ihres Flügelschlages wurden die Kammern der Königinnen transparent und offenbarten ihre grüngelb gestreiften Bewohnerinnen, die in ihrer Paarungsbereitschaft die Membran der Kammer an einer Stelle mit ihrem Hinterleib berührten und die Fügelschlagfrequenz ihrer Sexualpartner mit gleicher gegenläufiger Frequenz beantworteten. Dann begann wie auf ein Zeichen das unglaubliche Paarungsspiel der fliegenden Geschöpfe mit ihren sehr viel kleineren Geschlechtspartnern im Neophyten. Die kugelfischähnlichen Schwärmer verließen die Sicherheit des Schwarms und standen nach einer kurzen Zeitspanne des Suchens und Findens mit gleichmäßigem Flügelschlag über der Kammer ihrer Partnerin. Dann durchstießen sie mit ihrem Stachel am Hinterleib die Kammermembran und versenkten ihn im Takt schlagenden, grün-gelb pulsierenden Hinterleib ihrer Königin. Der eigentliche Akt der Befruchtung war schnell abgeschlossen. Die Drohnen versuchten, nach der Kopulation zu entkommen, und mussten verzweifelt feststellen, dass sie mit ihrem Hinterleib fest mit der Kammer ihrer Partnerin verwachsen waren. In den nächsten Stunden würden ihre Körper von den befruchteten Königinnen assimiliert werden. Ihre energiereiche Körpersubstanz wurde zur Synthese eines Proteins benötigt, welches nach der Sporulation hoch konzentriert, in den sicheren Überdauerungsformen aus Unhexaquadium, auf eine lange Reise zu neuen, belebten Welten geschickt werden sollte.

Boeing 777 Freighter – Französisch-Guayana, Airport Kourou

Seit Stunden flogen sie in einer Höhe von 2000 Metern. Jackson hatte den Autopiloten beurlaubt und sich selbst an die Steuerung des Vogels gemacht. Die Geschwindigkeit hatte er gedrosselt, um Kerosin zu sparen. Zeitlich waren sie damit natürlich ins Hintertreffen geraten, aber er hatte es ausgerechnet: So sollte es gerade gehen.

Im Cockpit war es eiskalt. Die beiden Männer hatten sich mit allen möglichen Lappen und Decken, die Mårten im Flugzeug finden konnte, eingewickelt. Momentan befand sich die Maschine im Steigflug. Die kürzeste Strecke nach Kourou führte über das guayanische Bergland. Bis zu ihrem Zielflughafen waren es noch etwa 2 Flugstunden. Über dem Hochland mussten sie mindestens auf eine Flughöhe von 4000 Metern steigen. Das hieß noch mal die Zähne zusammenbeißen.

Mårten blickte aus dem Seitenfenster, und da sah er ihn. Den legendären Kukenán. Einen fast 2700 Meter hohen Tafelberg, dessen Plateau einst von seltenen Tier- und Pflanzenarten bevölkert war. Irgendwo dort unten hatte sich auch der Salto Kukenan mit seinen Wassermassen vom Hochplateau gestürzt und einen über 600 Meter tiefen Wasserfall gebildet. Momentan sah er nur den Neophyten, der sich überall auf dem Gebiet des ehemaligen Regenwaldes breitgemacht hatte und im Licht der untergehenden Sonne rötlich leuchtete. Auch auf dem Hochplateau des Kukenán konnte er ihn deutlich sehen. In dem überflogenen Gebiet mussten sich auch mehrere Krater befinden. Die bis in die obere Troposphäre reichenden und zu Wolken kondensierenden Wasserdampfjets konnte er eindeutig ausmachen. Aber irgendwas an dem Anblick des Neophyten auf dem Hochplateau des Kukenán ließ Mårten Halla stutzen. Die monotone, einförmige Struktur des den Planeten bedeckenden Komplexes wies einen Makel auf. Aus dieser Höhe wären Krater und Blow-outs gut zu erkennen, aber die konnte Mårten auf der Hochebene nicht entdecken. Bildungen von anderen Neophytenorganen, die man sonst überall auf der Welt fand, waren unmöglich aus ihrer Flughöhe zu sehen. Aber irgendetwas störte das gewohnte Bild der fremden Lebensform auf der Hochfläche.

Mårten machte Jackson auf das Phänomen aufmerksam. »Siehst du es auch?«

»Was?«

»Dort auf dem Tafelberg, schau mal genau hin!«

Jackson erhob sich aus seinem Pilotensessel und starrte angestrengt aus dem Fenster von Mårten. Nach einer Weile sagte er: »Ja, das sieht seltsam aus. So was hab ich noch nicht gesehen.«

Der Berg wanderte aus ihrem Sichtbereich und sie schauten sich in die Augen.

»Du musst jetzt nichts sagen. Ich weiß genau, was du denkst.«

Mårten musste lachen und schaute ihn fragend an. »Was denn?«

»Der Sprit wird reichen. Wir fliegen eine Wende, und dann donnere ich noch mal etwas tiefer über den Berg. Aber dann mach wenigstens ein paar Bilder.« Jackson reichte ihm ein Smartphone. »Ist aufgeladen, lag in dem Fach, wo ich die Waffen versteckt hatte.«

Ewas später flog die Maschine im Tiefflug über den Tafelberg, und Mårten machte eine Serie von Aufnahmen mit maximalem Zoom. Das, was sie dort unten sahen, sollten sie sich in den nächsten Stunden noch oft auf dem kleinen Display des Mobils anschauen.

Kourou – Französisch-Guayana; Biosphäre III

Der Versammlungsraum platzte aus allen Nähten. Alles, was im Raumhafen und der Biosphärensiedlung III Rang und Namen hatte, drängelte sich in den Saal, der für 500 Menschen vorgesehen war. Für alle anderen wurde eine Liveschaltung in das Intranet eingespeist. Der Konferenzraum war ein Überbleibsel aus der Zeit vor der großen Seuche. Der Raumhafen wurde heute von der $SU10^5$ vor allem für das Marsprojekt genutzt, aber die riesige Halle war fast in Vergessenheit geraten. Bis heute.

Der Raumhafen lag einige Kilometer von der Siedlung mit der zentralen Biosphäre entfernt. Die Siedlung selbst lag auf einem 500 Meter hohen Ausläufer des guayanischen Berglandes. Von dort oben konnte man, wenn man wollte, die Raketenstarts vom Raumhafen gut beobachten. Die Siedlung und die gigantische Biosphäre waren durch ihre Lage auf der natürlichen Erhebung und einem zusätzlichen zwanzig Meter hohen Verteidigungswall ausreichend gegen äußere Angriffe geschützt. Auch der Raumhafen und der ebenfalls ausgelagerte Flughafen waren mit stabilen, zehn Meter hohen Zäunen gegen Eindringlinge von außen gesichert. Allerdings wurde es immer schwieriger, die beiden Stützpunkte von der Biosphärensiedlung aus sicher zu erreichen. Mit gepanzerten Fahrzeugen hatten sie sich bisher beholfen, aber das konnte keine Lösung auf Dauer sein. Es hatte schon brenzlige Situationen gegeben, wenn sie die Tore der verschiedenen Einrichtungen für Fahrzeuge geöffnet hatten. Einige Male hatten sie die Flut der Neophytenkreaturen gerade noch mit Waffengewalt und unter bedauernswerten menschlichen Verlusten abwehren können. Stündlich kamen Flugzeuge aus allen Teilen der Erde und brachten Flüchtlinge aus den untergegangenen Biosphären und anderen Einrichtungen der $SU10^5$. Wenn sich die Situation erst mal stabilisiert hatte, sollte mit Hochdruck an einer Lösung für das Transportproblem zwischen den einzelnen Standorten gearbeitet werden. Auch das Sicherheitskonzept von Flug- und Raumhafen musste überdacht werden. Die Metalleinzäunung würde einem massiven Ansturm der Kreaturen nicht standhalten. Bisher hatten sich die Angriffe aus unerfindlichen Gründen allerdings auf die Siedlung konzentriert. Aber es war nur eine Frage der Zeit, bis sich das ändern sollte. Die Mannschaft aus der Atacamawüste war schon sicher vom Flugplatz zum Raumhafen gebracht worden.

Kaspuhl, O'Brian und Toni saßen bereits in der zweiten Reihe des riesigen Konferenzsaales und warteten gespannt auf den Beginn der Tagung.

Plötzlich wurde das Licht im Saal gedimmt, und hinter dem etwas erhöht stehenden Rednerpult flammte ein gewaltiger Bildschirm auf. Zunächst sahen alle nur das Logo der $SU10^5$. Die Spannung im Saal war förmlich zu spüren, die Luft schien in Erwartung des Kommenden wie unter elektrostatischen Entladungen zu knistern. Einiges war wie so oft vor solchen Veranstaltungen schon aus undichten Quellen durchgesickert. Irgendetwas musste auf dem Mars vorgefallen sein. Genaues war nicht herauszukriegen. Aber unter der Hand wurde von einem möglichen Kontakt gemunkelt. Das hatte die Gerüchteküche natürlich fast zum Überkochen gebracht. Kontakt konnte schließlich auch eine Begegnung mit etwas meinen, das nicht aus dem Sonnensystem kam. Das wäre natürlich eine Sensation, und in Anbetracht der Kontakte, die man bisher mit Außerirdischem gehabt hatte, schwang da auch ein bisschen Hoffnung mit. Vielleicht war das ja mal eine Begegnung, die für die Zukunft auf eine harmonischere Beziehung hoffen ließ als der erste Kontakt der Menschheit mit außerirdischem Leben.

Dann betrat Mia das erhöhte Podium und ging mit sicherem Schritt in schweren Stiefeln zu dem Rednerpult.

Bekleidet war sie mit einer Uniform, die sie als Mitglied der Raumfahrtabteilung auswies. Mia stand zunächst nur hinter dem Pult und schaute in das Auditorium und auch in die auf sie gerichteten Kameras. Dabei strahlte sie eine Selbstsicherheit aus, die sie zukünftig als eine der wichtigsten Entscheidungsträgerinnen der SU10^5 empfahl. Kurz rückte sie das Headset zurecht. Dann begann sie zu reden.

»Zunächst begrüße ich alle Menschen hier im Saal und an den Bildschirmen unseres Intranets. Aber gleichzeitig möchte ich auch alle anderen, die da draußen irgendwo überlebt haben und auf unsere Hilfe hoffen in den dunklen Zeiten, die da angebrochen sind, begrüßen und ihnen sagen, dass wir sie nicht vergessen haben. Zu Ihrer Information: Dieser Vortrag wird über einen Kurzwellensender ausgestrahlt und ist momentan wieder überall auf dem Globus zu empfangen.«

Mia wechselte ihre Position und kam hinter dem Pult hervor, um sich direkt vor den annähernd 500 Menschen hier im Saal und den Tausenden anderen vor den Bildschirmen zu positionieren und mit ihrer Körpersprache den Ernst der Lage zu unterstreichen.

»Zunächst möchte ich all denen da draußen«, sie machte dabei mit weit geöffneten Armen klar, dass sie keinen vergessen würde, »sagen, dass wir euch hierherholen werden, wann immer das auch möglich ist. Noch mal, die SU10^5 vergisst ihre Leute nicht.«

Ein brandender Beifall brach los, und man hörte laute Pfiffe der Begeisterung und vereinzelte Rufe. Mia sprach weiter, als der Applaus abebbte.

»Es sind schwere Zeiten angebrochen. Ihr alle wisst, was da draußen los ist, und jeder von uns hat geliebte Menschen verloren. Ich möchte es mit den Worten von Viktor Kaspuhl sagen, der dort unten in der zweiten Reihe sitzt.« Mia schenkte ihm ein Lachen und winkte ihm kurz zu. »Der Krieg mit der unbekannten Lebensform von Wolf-

359 geht momentan in seine letzte Phase. Und damit hat er recht! Wir erleben momentan wirklich einen ungleichen Krieg. Wie wir heute wissen, ist der Neophyt nur eine Generation einer Lebensform, die man mit dem Begriff *Parasit* am treffendsten bezeichnen kann. Nun wissen wir auch, dass diese primitive Lebensform gelernt hat, den unermesslichen Raum mit einem Trick zu überwinden. Nicht die von den meisten erwarteten Raumschiffe oder durch Hightech-Maschinen hierher transportierten ultraintelligenten Aliens kamen uns besuchen. Nein, es gibt sie nicht, die Teleporter und die durch Wurmlöcher reisenden Superzivilisationen, die den gesamten Kosmos im Handstreich kolonialisieren.«

Mia machte eine kurze, dramaturgische Pause.

»Nur eine einfache, schlichte Lebensform mit einigen Generationenwechseln, vielleicht auch Staaten bildend mit differenzierten Formen, wie wir sie gesehen haben, hat gereicht, um uns Menschen, die sogenannte Krone der Schöpfung, fast vollständig auszulöschen. Ich muss hier nicht alles wiederholen. Ihr alle kennt mittlerweile die Biologie dieser außerirdischen Lebensform. Ihr wisst, welche Ausgeburten der Hölle von Wolf-359 zum Neophyten übertragen wurden. Ihr wisst auch, dass unser Planet keine Ozonschicht mehr besitzt und das Leben, wie wir es kennen, hier für hunderte, wenn nicht gar tausende Jahre keine Chance mehr haben wird.«

Wieder machte sie eine Pause. Auf dem Bildschirm hinter ihr erschienen die Aufnahmen, die Mårten einige Stunden zuvor gemacht hatte. Die Bilder liefen einfach durch. Zum Teil waren Aufnahmen extrem vergrößert.

»Das alles wissen wir heute. Und wir wissen auch, was die Bilder hinter mir zeigen. Hier sehen wir, wie sich die Schlange in den Schwanz beißt. Die Bilder zeigen die Sporenträger des Neophyten auf dem Kukenán in Venezuela. Und diese enthalten Sporen in großer Stückzahl.« Mia drehte sich um. Gerade war das Bild einer dieser Sporen auf einer extremen Vergrößerung in einem durchscheinenden Sporenträger zu sehen. Mia machte einen Schritt zum Pult mit dem Rechner und stoppte die Diashow. »Das ist eine jener Sporen. Ich weiß, dass ihr auch alle wisst, aus was sie besteht und welche Fracht sie enthält. Kurz, der Kreis hat sich geschlossen. Wir werden morgen eine Expedition dorthin schicken, um Proben zu nehmen und uns Gewissheit zu verschaffen. Einiges bleibt noch unbeantwortet. Zum Beispiel würden wir gerne erfahren, wie diese Dinger die Erde verlassen können. Vor annähernd sechzehn Jahren erreichte uns eine dieser Sporen und ließ den Himmel über Salla aufglühen. Kaspuhl hat ihre Bahn später berechnet. Sie kam aus dem Weltall. Das ist ihre Verbreitungseinheit, und da sehen wir jetzt, wie sie im Neophyten auf unserem Planeten gebildet wird.« Dabei zeigte sie wieder auf das Bild.

Im Saal wurde es unruhig. Vereinzelt wurde heftig diskutiert. Dann sagte Mia einen Satz, der alle verstummen ließ und der lange in der Halle nachhallte. »Aber was ihr alle nicht wisst, ist, dass wir diesen Krieg wahrscheinlich nicht alleine führen.«

In die Stille sprach sie dann fast ehrfürchtig flüsternd weiter.

»Schon lange beobachten wir die explodierenden Sterne, und heute wissen wir, welcher Krieg da vor langer Zeit tobte. Wir wissen auch um die Signale, die wahrscheinlich dem Mars galten, zu Zeiten, da auch unsere Sonne ein Unhexaquadium-Spektrum hatte. All das, was hier auf der Erde vorgefallen ist, hat sich schon mal in unserem Sonnensystem ereignet. Und wir glauben heute, dass diejenigen, die vor 50.000 Jahren den Krieg in unserer Galaxie gegen den Parasiten führten, auch in unserem Sonnensystem eingegriffen haben. Warum und wie das passierte, darüber sind wir uns noch nicht ganz einig. Aber wir wissen heute, dass jemand Kontakt zu uns aufnehmen möchte.«

Jetzt wurde es wieder lauter im Saal. Mia hob die Hände, um die Meute zu beschwichtigen. Dann drückte sie wieder eine Tastenkombination auf dem Rechner, und aus dem Soundsystem des Saals war ein Audio zu hören, welches von schlechter Qualität war und immer wieder von sphärischem Rauschen unterbrochen war. Man hörte eine Person, wahrscheinlich ein Mann, manchmal schien es eine Frau zu sein. Die Stimme klang heiser und künstlich und wechselte oft ihre Stimmlage. Die Wörter und Sätze, die sie formte, waren für niemanden im Saal zu verstehen. Derjenige, der dort sprach, tat dies in einer merkwürdig gutturalen, fremden Sprache. Nur dass die Sprachbotschaft nach einer Weile wiederholt wurde, fiel auf.

»Vor wenigen Monaten ist unser voll automatisiertes Schiff Mars I auf dem vierten Planeten gelandet, um die Ankunft unserer Expedition vorzubereiten. Die Mars II liegt fertiggestellt im Orbit. Angekoppelt an die *Earth Two* ist sie reisefertig, um demnächst Siedler zum Mars zu bringen. Das, was wir soeben gehört haben, ist eine Aufzeichnung. Die Mars I liegt in der Amazonis Planitia, einer Ebene westlich des Olympus Mons. Ein Kundschafterroboter hat das Signal dieser Botschaft nur zufällig in der Nähe des Mons aufgezeichnet. Das Signal ist so schwach, dass es nicht mal das Mutterschiff des Kundschafters erreichen konnte. Hätte nicht zufällig ein Techniker hier auf der Erde bei der Auswertung der Bewegungsmuster des kleinen Roboters auch die empfangenen und aufgezeichneten Frequenzen überprüft, wäre es uns wahrscheinlich durch die Lappen gegangen. Unter dem zu erwartenden Hintergrundrauschen hat er es isolieren können. Das war purer Zufall. Seine Aufgabe bestand eigentlich darin, die Bodenproben der Einheit anhand der Bewegungsdaten einzumessen und zu kartieren. Wie Sie alle eben selbst gehört haben, handelt es sich um ein Signal mit sehr geringer Leistung und Reichweite. Die Qualität ist sehr schlecht, und wir konnten seine Herkunft bisher nicht lokalisieren. Wir wissen nur, wo es empfangen wurde und dass es aus der Region um den gewaltigsten Berg in unserem Sonnensystem kommen muss. Aber den Sender dort zu finden dürfte der sprichwörtlichen Suche nach der berühmten Nadel im Heuhaufen gleichkommen. Stimmanalysen ergaben, dass der Sprecher nicht *ein* Mensch zu sein scheint. Alle Untersuchungen sprechen dafür, dass es sich um die Stimmen mehrerer Menschen handelt, die zusammengeschnitten wurden. Zum Teil auch unterschiedlichen Geschlechts. Gleiche Wörter werden immer von der gleichen Stimme wiedergegeben. Das ist so, als ob jemand aus Aufzeichnungen einzelner gesprochener Wörter unterschiedlicher Personen einen oder mehrere Sätze gebildet hat. So wie sich der Erpresserbrief eines Entführers aus einzelnen ausgeschnittenen Buchstaben unterschiedlicher Zeitungen zusammensetzt. Die Sprache ist uns bisher unbekannt, deshalb gibt es keinen Versuch einer Übersetzung. Wir tappen da vollkommen im Dunkeln. Aber es scheint sich um eine von Menschen gesprochene Sprache zu handeln. Zumindest wenn wir davon ausgehen, dass die Botschaft eben von Menschen gesprochen wurde – und davon gehen wir momentan noch aus.«

Mia gab Viktor Kaspuhl ein Zeichen, der daraufhin aufstand und zu ihr ging. Sie lief zum Rand der Plattform, streckte ihm die Hand entgegen, die er dankbar ergriff, und half ihm auf das erhöhte Podium. Heute trug er nur ein einfaches T-Shirt der $SU10^5$ und schien seinen Augentick unter Kontrolle zu haben. Sie stellte ihn nochmals kurz vor; eine Geste der Hochachtung, die in Anbetracht seiner Bekanntheit nicht nötig gewesen wäre.

»Nun Viktor, ich weiß, dass du uns auch noch etwas mitteilen musst, was leider in den Wirren der letzten Tage und Monate fast in Vergessenheit geraten ist.«

Kaspuhl nickte und griff sich ein Mikrofon vom Rednerpult. »Ja Mia, wir haben schon vor etlichen Jahren bei der Beobachtung der Sternenexplosionen merkwürdige Dinge entdeckt. Einige der Explosionen endeten wie zu erwarten in sich schnell drehenden Neutronensternen, wenn die Sternenreste in sich zusammenfielen und die Materie extrem verdichtet wurde. Das ist, wie gesagt, erst mal nichts Außergewöhnliches, aber wir haben Auffälligkeiten bei den Rotationsdauern dieser Pulsare festgestellt. Ich will nicht zu sehr ins Detail gehen, aber bei den vielen Pulsaren, die wir in den letzten Jahren entdeckt haben und die in direkter Folge der wahrscheinlich künstlich herbeigeführten Supernovaereignisse entstanden sind, haben wir nur eine eng begrenzte Anzahl Rotationsperioden feststellen können. Das widerspricht jeder Wahrscheinlichkeit. Wir haben mehrere dieser neuen Pulsare in Entfernungen zwischen 10.000 und 25.000 Lichtjahren entdeckt. Zu erwarten wären ebenso viele unterschiedliche Rotationsdauern. Gerade in den letzten Tagen haben unsere vollautomatischen Suchläufe noch drei dieser Pulsare entdeckt. Zwei von ihnen weisen eine identische Rotationsperiode auf. Nur damit wirklich klar ist, was das bedeutet. Wir haben jetzt insgesamt 38 Pulsare, von denen sich immer zwei mit gleicher Geschwindigkeit drehen. Und wir haben momentan 19 Rotationsperioden, nicht 38, wie es nach den Gesetzen unserer Physik zu erwarten gewesen wäre, die bis auf die neunte Nachkommastelle identisch sind. Die Anzahl der Nachkommastellen ist durch unser Messverfahren limitiert. Das ist unglaublich und kann nach unserer Wahrscheinlichkeitsrechnung niemals ein Zufall sein. Pulsare sind durch ihren Drehimpuls die genausten Taktgeber im Universum. Aber die Drehimpulse von zwei Pulsaren waren noch nie gleich. Ich habe schon immer vermutet, dass sie von hoch entwickelten Raumfahrern als Positionslichter im All genutzt wurden. Wir glauben, dass diejenigen, die die Sterne zur Explosion brachten, in den Rotationsperioden eine Botschaft versteckt haben, die sich uns nicht erschließt. Die aber auf jeden Fall mit der Zerstörung der Sonnensysteme einhergeht, die vom Parasiten befallen sind. Irgendwer will hiermit etwas mitteilen, aber wir tappen völlig im Dunkeln. Mein Kollege Toni Susi hat die Theorie aufgestellt, dass es sich hierbei um Koordinaten handeln könnte. Ein vielversprechender Ansatz, aber leider haben wir bisher keinen Fortschritt bei einer Lösung dieses Problems erreicht. Ich dachte, es sei heute der richtige Zeitpunkt, das alles noch mal in unseren Fokus zu rücken. Vielleicht finden wir so gemeinsam eine Lösung für dieses Problem.«

Kaspuhl war offensichtlich mit seinen Ausführungen am Ende. Mia stand direkt an seiner Seite. »Also haben wir zwei Botschaften, die wir nicht lesen, beziehungsweise verstehen können. Daran müssen wir mit Hochdruck arbeiten. Vielleicht versteckt sich gerade hinter diesen rätselhaften Kontakten der rettende Strohhalm – vielleicht auch der einzige.«

Nachdem sich der Saal langsam geleert hatte, standen Mia und Kaspuhl noch eine Weile zusammen und unterhielten sich. Dabei ging es auch um Alex, Anna und die Kinder, auch um Mias Eyna. Toni trat zu ihnen und bemerkte, dass sich Mia große Sorgen um ihre Tochter machte, die verletzt auf der Greenland Warrior den Atlantik überquerte.

»Hey, wisst ihr, wer eben neben mir saß?«

Kaspuhl schaute ihn an. Seine Augen fingen wieder an, seltsame Signale zu blinken. »Siehst du nicht, dass sie sich Sorgen macht?«

»Doch, seh ich. Ich wollte euch nur erzählen, dass Naomi den Platz direkt neben meinem hatte.« Damit hatte Toni Kaspuhls ungeteilte Aufmerksamkeit. »Wir haben uns unterhalten. Sie hat mit Anna auf der Warrior sehr kurz über Funk sprechen können. Alles in Ordnung. Eynas Hand wird wieder. Die Verätzungen sind nicht besonders schlimm.«

Mia war sichtlich beruhigt. »Aber wieso spricht Naomi mit der Greenland Warrior?«

»Sie kennt anscheinend Alexis Bell aus der Zeit vor der Seuche«, sagte Toni. »Vielleicht ein Techtelmechtel in Paris«, fügte er genüsslich hinzu und blickte dabei Kaspuhl süffisant an.

»Und wie geht es Yuri?«, fragte Mia, um schnell das Thema zu wechseln.

Toni musste lachen. »Unglaublich! Der Mann ist in ein tiefes Koma gefallen. Von selbst. Hat jetzt nur noch zwei, drei Herzschläge pro Minute und alle Stoffwechselvorgänge runtergefahren. Anna hat berichtet, dass seine Wunden schon heilen und es so aussieht, als ob er den Axolotl macht.«

»Axolotl?« Kaspuhl war verwirrt.

»Er meint damit, dass das verlorene Bein wieder nachwächst. Axolotl haben eine ähnliche hohe Regenerationsfähigkeit.«

»Wirklich unglaublich.« Kaspuhl hatte davon schon mal gehört, aber das diesem Mann tatsächlich ganze Gliedmaßen nachwuchsen, erstaunte ihn sehr. »Was hat sie noch gesagt?«

»Nicht so wichtig. Nach dir hat sie jedenfalls nicht gefragt.« Toni grinste Viktor Kaspuhl vielsagend an. »Aber eigentlich muss ich dir etwas anderes sagen, Mia.«

Die blickte auf. Etwas in Tonis Stimme hatte sich um wenige Nuancen verschoben, und das ließ sie neugierig werden. *Wusste er etwas? Etwas, was ihr entgangen war?*

Bevor er weiterreden konnte, trat ein dunkelhäutiger Mann in ihren Kreis. Weder Mia noch Kaspuhl hatten ihn schon einmal gesehen.

Jackson stellte sich vor und sagte dann: »Bin erst heute hier gelandet. Wir kamen von der Biosphäre VI auf St. Lorenz. Wahrscheinlich keine Überlebenden mehr. Wir haben es gerade so geschafft. Die Bilder von den Sporen auf dem Kukenán in Venezuela, die Sie eben gezeigt haben, wurden aus meinem Flieger heraus gemacht.«

»*Sie* sind das! Mårten hat mir von Ihnen und Ihrem Horrortrip berichtet. Das mit Jake Osterhaus tut mir sehr leid. Er hat Großes geleistet für die SU10^5.«

Jackson trat etwas näher. »Ja, mir auch. Aber ich wollte Ihnen auch noch etwas Wichtiges mitteilen.« Toni stand direkt zwischen Mia und Jackson. Er kippelte von einem Bein auf das andere und blies gereizt die Luft durch seine Lippen. »Ich habe eben zum Teil mitgehört. Ich denke, der junge Mann hier muss zuerst loswerden, was ihn so beschäftigt.«

Mia musste lächeln und schaute Toni an. »Was gibt's Wichtiges.«

Sofort sprudelten die Worte nur so aus ihm heraus. »Ich habe Eyna damals in Marburg in der Aborigines-Sprache sprechen gehört. Sie hat mehrmals von der Regenbogenschlange Ungud gesprochen.«

Mia schaute ihn irritiert an. Hatte er den Verstand verloren?

»Sie hat diese merkwürdige gutturale Sprache von dem Mann aus meinem Traum gesprochen. Ich konnte mich nur an das eine Wort erinnern: Ungud. Deshalb wusste ich überhaupt, dass es diese Sprache ist. Ist dir eben beim Abspielen der Botschaft nichts aufgefallen?«

Mia war verwirrt. »Was meinst du?«

Toni wollte gerade zu einer längeren Erklärung ansetzen, als eine imaginäre gläserne Wand in Mias Erinnerungen zerbrach. Plötzlich wurde ihr heiß und kalt, Schwindel überkam sie, und sie musste sich an Toni und Kaspuhl festklammern.

»Was ist mit dir?« Kaspuhl gab Toni ein Zeichen, sie auf einen Stuhl zu bugsieren.

»Was hast du gesagt? Ungud? Das heißt Regenbogenschlange in der Sprache der australischen

Ureinwohner. Ich hatte es schon vergessen. Anna hat vor sehr langer Zeit davon gesprochen.« Mia stand auf und ließ sich nicht aufhalten. »Ich muss sofort noch mal die Aufzeichnung vom Mars hören.« Sie ging zum Rednerpult und startete die Aufnahme. Nach wenigen Sekunden hörten sie das Wort, gesprochen von einer weiblichen Stimme. Dann noch zweimal. Dreimal der gleiche Text – Wiederholungen. Immer wieder die Frauenstimme. Schlechte Qualität und deshalb schwer zu verstehen, aber es war eindeutig *Ungud* in der Sprache der Aborigines.

»Die Botschaft ist eine Aufzeichnung verschiedener Aborigines, die einzelne Wörter sprechen.« Mias Stimme überschlug sich. »Warum ist mir das nicht gleich aufgefallen? Ich kannte das Wort doch schon. Wir brauchen unbedingt einen Übersetzer.«

Jackson hatte sich die ganze Zeit im Hintergrund gehalten. Auf seinen Lippen ein wissendes Lächeln. »Das ist, was ich Ihnen auch sagen wollte.«

Die anderen schauten ihn an. »Aber woher können Sie das wissen?«, fragte Mia.

»Mein Vater«, sagte Jackson, »ist Nativ Speaker.«

»Sie haben Aborigines-Blut in ihren Adern?« Kaspuhl wollte es nicht glauben. »Es dürfte nicht mehr viele von Ihrem Volk geben.«

Mia schaute ihn seltsam an. Sie hatte einen hochroten Kopf, die Spannung brachte sie förmlich zum Platzen.

»Und, verstehen Sie, was sie uns sagen wollen?«

»Vieles habe ich vergessen, aber für die Übersetzung dieser Sätze reicht es noch. Eigentlich sagen sie nur zwei Sätze.«

Mia, Toni und Kaspuhl hingen an seinen Lippen, und Jackson schaute sie mit einem sonderbaren Ausdruck in seinen Augen an. »Ich weiß nicht, es ergibt eigentlich keinen Sinn.«

»Was sagen sie?«, polterte es aus Mia heraus.

»Sie sagen immer wieder diese zwei Sätze.«

»Mann, Jackson, raus damit endlich!«

»Sie sagen mehrmals: *Wir haben sehr lange auf Euch gewartet. Folgt der Schlange.*«

»Was?« Kaspuhl und Toni sagten es fast zeitgleich, während Mia erst nur sprachlos staunte. Dann sagte sie: »Wie – auf uns gewartet? Auf dem Mars? Sehr lange?« Mit zu Schlitzen verengten Augen und geschürzten Lippen, die Stirn in Falten gezogen, sprang ihr die Skepsis geradezu aus dem Gesicht.«

Jackson war verärgert. »Das ist, was die Stimmen sagen. Mehr gibt es nicht.«

»Immer wieder die Schlange.« Toni fiel etwas ein. »Die Regenbogenschlange. Eine der wichtigsten Figuren in ihrer Mythologie. Oft dargestellt. Wenn ich mich richtig erinnere, auch durch die Petroglyphen, die diesen seltsamen Maschinengeist und den Mann aus den Träumen von mir und den anderen darstellen.«

»Ja«, sagte Kaspuhl, »sowohl auf dem Geistwesen als auch auf dem Mann aus den Träumen waren Wellenlinien als Zeichen für die Schlange dargestellt.«

»Eyna hat eine Schlange damals in das Bachbett geritzt. Mit dem Kopf von Naomi. Ich kann mich noch gut erinnern.«

Toni zeichnete mit dem Finger eine imaginäre Wellenlinie in die Luft. Mia schaute ihm entgeistert zu, und zum zweiten Mal wurde ihr schwindelig. Plötzlich hatte sie die richtige Assoziation. Klar und deutlich sah sie die von Toni gezeichnete Welle in der Luft stehen, und ihr wurde schlagartig der Zusammenhang klar. »Die Schlangenlinien. Sie stehen für etwas anderes. Sie stehen für etwas aus der Welt des Maschinengeistes. Er muss ihnen die Nadel aus UHQ gebracht haben. Das ist ein Roboter, ein Automat, und die Wellenlinien auf seinem Körper sind ein Symbol. Der kam tatsächlich aus dem Himmel zu ihnen hinabgestiegen. Kapiert ihr es nicht?«

In Kaspuhls Gesicht regte sich ein Muskel verräterisch. Ihm schien etwas zu dämmern. »Ich glaube, ich weiß, was du meinst.«

Mia musste lauthals lachen. »Es liegt so was von auf der Hand. Sag es ihnen, Kaspuhl!«

Viktor räusperte sich. »Die Wellen sehen in den Augen von Primitiven aus wie Schlangen. Eine höher entwickelte Spezies könnte sie als sinusförmige Wellen interpretieren. Ein Symbol für elektromagnetische Schwingungen.«

»Ganz genau!«, sagte Mia. »Und wenn wir die Symbolik auf den Gipfel treiben, dann könnten die Linien ein Piktogramm sein.«

»Für was?«, stammelte Toni mit einer intuitiven Vorahnung.

Mia schaute ihm direkt in die Augen. »Das ist das Symbol für die Signale der Senderorganismen, und die, die es benutzten, folgten den Organismenbotschaften durch den gesamten Kosmos, um sie zu vernichten. Das Wellensymbol ist keine Regenbogenschlange. Es ist das Erkennungszeichen des Parasitenjägers.«

»Du meinst den galaktischen Kammerjäger, von dem immer wieder die Rede war?« Kaspuhl konnte es nicht glauben.

»Ja, genau den meine ich. Und jetzt weiß ich auch, was *folgt der Schlange* meint.«

Die anderen hatten es auch begriffen. Mia sah es an dem Glanz in ihren Augen.

Jackson sprach es aus. »Folgt der Schlange. Folgt dem elektromagnetischen Signal der Botschaft. Es ist unser Wegweiser, um den Sender zu finden. Und wir sollen den Sender finden.«

»Aber das würden wir doch sowieso tun, wenn wir das Signal suchen würden.«

Toni war nicht überzeugt. »Ich glaube, wir müssen es noch wörtlicher interpretieren. Mit Schlange meinen sie tatsächlich das Organismensignal.«

»Und was machen wir jetzt? Wir empfangen kein solches Signal!«, sagte Jackson.

Mia schaute einen nach dem anderen an. »Wir müssen zum Mars. Die Lösung finden wir nur dort. Vielleicht meinen sie ein ganz bestimmtes Signal. Eines, das uns irgendwohin führt, uns den Weg weist.«

Venezuela – Kukenán

Wenn man davorstand, hatte man den Eindruck, vor einer gewaltigen bionischen Maschine zu stehen, deren Sinnhaftigkeit sich aber den menschlichen Betrachtern nicht sogleich erschloss. Immerhin, es waren Bildungen des Neophyten – und sie waren groß. Die kapselförmigen Behälter hatten die Größe eines Einfamilienhauses und saßen mit ihrer Basis auf einem baumdicken Stiel, der sie mit dem Neophyten verband. Die Sporen konnte man unter der durchscheinenden Oberfläche der Sporenträger gut erkennen.

Das Erkundungsteam war erst vor einer Stunde gelandet. Sie waren hinter der Zeitvorgabe, weil sie lange nach einem Landeplatz für ihre V-22 Osprey suchen mussten. Mit dem Kipprotor-Wandelflugzeug aus US-Beständen waren sie nicht auf eine lange Landebahn angewiesen, aber auch für eine senkrechte Landung bedurfte es Platz. Und den gab es auf dem Tafelberg in Venezuela kaum noch. Der Berg war genau wie die Ebenen etwa 600 Meter unterhalb des Plateaus vom Neophyten okkupiert. Das alleine wäre für sie kein Landehindernis gewesen. Mit dem zuverlässigen Fluggerät wäre auch dort eine Landung möglich gewesen. Aber die riesenhaften Sporenbehälter waren auf der Hochebene des Kukenán förmlich wie die Pilze aus dem Neophyten hervorgeschossen. Schließlich hatten sie doch einen freien Platz gefunden, um mit der Osprey sicher landen zu können. Das Landefeld hatte die Größe eines halben Fußballfeldes und lag direkt am Rand des gewaltigen Tafelberges, der hier fast sechshundert Meter abfiel. An dieser Stelle hatte einstmals wahrscheinlich der Wasserfall den Boden vom Sandstein abgetragen und war die sechshundert Meter steile Felswand hinabgestürzt. Seit der Regenwald vollständig von der großen Seuche vernichtet und sein Platz vom Neophyten eingenommen worden war, hatte auch der Wasserfall weichen müssen. Das Klima auf dem südamerikanischen Kontinent war in den letzten Jahren um einiges niederschlagsärmer geworden.

Zu dem Team gehörten neben einfachen Soldaten des Raumhafens einige Wissenschaftler, die sich für das Kommando freiwillig gemeldet hatten. Auch Mårten Halla war dabei. Die Erlebnisse auf St. Lorenz und auf ihrer Flucht in der Frachtmaschine saßen ihm noch tief in den Knochen. Das furchtbare Wesen, das Jake Osterhaus auf so entsetzliche Weise umgebracht hatte, wollte ihm nicht mehr aus dem Sinn gehen. Er hatte die Erstbeschreibung der Kreatur bereits an ein erfahrenes Team Astrobiologen weitergegeben, die alle Sichtungen von extraterrestrischen Lebensformen sammelten und dokumentierten. Da waren schon einige abstruse Kreaturen zusammengekommen, und es verdichtete sich der Verdacht, dass es sich um eine Staaten bildende Lebensform mit verschiedenen Kasten handelte. Das Ding aus dem Flugzeug war jedenfalls bisher noch nicht gesichtet worden, und Mårten legte auch keinen gesteigerten Wert darauf, ihm noch mal zu begegnen.

Er stand direkt am Abgrund und blickte in die Ebene hunderte Meter zu seinen Füßen. Als er sich dem Abgrund eben genähert hatte, war ihm schwindelig geworden, und seine Beine hätten beinah nachgegeben. Sein Blick erfasste zuerst nur den Boden unter seinen Füßen und glitt dann übergangslos zu dem sechshundert Meter unter ihm liegenden Gelände. Die unfassbare Höhe erzeugte einen Schwindel und einen unheimlichen Sog, der ihn hinabzuziehen drohte. Das gesamte von ihm überblickte Areal war von dem Neophyten bedeckt, der immer noch unter den Radiosignalen von Wolf-359 rötlich schimmernd pulsierte. Da unten wurden immer noch Organismen erschaffen, die alles überfluteten und seinen Planeten in Besitz nahmen. *Nur ein Schritt, und alles wäre vorbei.* Mårten blinzelte mit den Augen, und den Bruchteil einer

Sekunde nahm dieser Gedanke seinen gesamten geistigen Horizont ein.

»Hey, Mårten, kommst du? Wir liegen in der Zeit zurück, lass uns Proben holen und dann nichts wie weg hier.«

Naomis Stimme holte ihn zurück aus seiner Welt mit der One-Way-Perspektive im freien Fall. Während er sich langsam umdrehte, nahm er noch die Gasjets aus den Kratern des Neophyten wahr. Die Wolkenmaschinen ließen den kondensierenden Dampf weit in den Himmel steigen, und es sah aus, als ruhte der weite Himmel auf gewaltigen weißen Säulen, die sich weit oben in der Troposphäre zu einem weißgrauen Meer aus Watte vereinten. Der Himmel war bedeckt, aber das konnte sich schnell ändern. Die Blow-outs kamen jetzt zeitgleich. Der Neophyt hatte die Kraterausbrüche synchronisiert. Sie hatten ihr Fluggerät trotz UV-Schutzkleidung erst verlassen, nachdem sich die Wolkendecke durch eine neue Dampflieferung der Gasjets geschlossen hatte. Es war Eile geboten, denn trotz der Schutzkleidung wollte man es vermeiden, unter der massiven UV-Dusche zu arbeiten. Nicht unbedingt das ungefilterte UV der Sonne mussten sie mit ihren Schutzanzügen fürchten, sondern etwas anderes. Immer mehr Augenzeugenberichte lieferten ein immer genaueres Bild der aus dem Neophyten geborenen Kreaturen. Alle diese Geschöpfe mussten ihre Exoskelette oder ihre äußere Hülle nach ihrer Geburt, wenn man es denn so nennen wollte, dem UV-Licht aussetzen, um die Aushärtung anzustoßen. Die Zerstörung der Ozonschicht diente also nicht nur der Desinfektion der Planetenoberfläche, sondern diese Monster wurden mit der intensiven Bestrahlung durch ultraviolettes Licht auch schneller mit einer widerstandsfähigen Rüstung ausgestattet. So ließen sie ihr Larvenstadium mit weichem Panzer hinter sich und waren rascher einsatzfähig. Nur während der nicht abgeschlossenen Sklerotisierung mussten sie das Sonnenlicht meiden, das verschaffte den Menschen am ersten Tage nach ihrer UV-Dusche eine Atempause. Danach waren die Killer auch am Tage im Sonnenlicht einsatzbereit. Das war es, was sie fürchten mussten. Ein Heer einsatzfähiger Monster.

Mårten wollte Naomis Ruf gerade folgen, als ein durch Mark und Bein gehendes Dröhnen mit tiefer Frequenz die Luft um ihn herum dickflüssig zu gelieren schien. Da, wo eben noch die Wasserdampfsäulen standen und den Unterbau für den Himmel bildeten, war jetzt nur noch millionenfach flatterndes und die Luft zum Vibrieren bringendes Dunkel, das selbst den gewaltigen Kukenán, auf dem er stand, zum Beben brachte.

Naomi stand neben ihm, und auch andere kamen herbeigelaufen, um über den Rand in die Tiefe zu schauen und das Schauspiel zu verfolgen.

»Was ist das?« Mårten ließ sich das Fernglas eines Soldaten geben und blickte hinab in das den Horizont verdunkelnde Massenschwärmen.

»Das ist ein riesiger Schwarm aus seltsam aussehenden beflügelten Wesen. Müssen Millionen sein.«

Naomi hatte eine Ahnung. »Gib mir mal das Ding. Ich will das auch mal sehen.« Sie blickte mit dem Fernglas in den Schwarm, dann inspizierte sie seine Ränder, da wo sich die bewegte Masse in einzelne Wesen auflöste. Während sie sprach, verfolgte sie Individuen in dem Schwarm und versuchte Einzelheiten zu erkennen. »Auf der Greenland Warrior haben sie so einen Organismus gefangen und seziert. Anna hat es mir erzählt. Sehen irgendwie putzig aus. Anna sagte, dass ihre Biologen davon ausgehen, dass es sich um Drohnen handelt, die nur eine Aufgabe zu erfüllen haben. Sie haben auch beobachtet, wie sie bei einer Metamorphose aus einer im Wasser lebenden Generation hervorgegangen sind. Und zwar massenhaft.«

Mårten entriss ihr den Feldstecher und versuchte zu erkennen, was auf dem Neophyten unter dem Schwarm geschah. »Lass mich raten. Sie gehen davon aus, dass diese Drohnen die Königinnen befruchten sollen.«

»So hat sie sich ausgedrückt. Die Dinger haben eine Art Stachel an der Hinterseite. Irgendein Sekret sondern sie damit ab. Dient wahrscheinlich der Befruchtung.« Naomi schaute ihn an und wartete auf seine Reaktion. Schließlich war Mårten der Biologe.

»Ich kann es sehen«, sagte er und schaute dabei immer noch sehr angestrengt durch das Fernglas, wobei er seinen Oberkörper hin und her schwenkte, um sich ein genaues Bild zu machen. »Ich kann die Befruchtung sehen. Ich sehe keine Einzelheiten, aber diese fliegenden Schwärmer lassen sich auf dem Neophyten nieder und verharren dort.«

»Und was kommt deiner Meinung nach bei der Befruchtung heraus?«, wollte Naomi wissen.

»Na was wohl.« Mårten drehte sich um und zeigte auf die gewaltigen Sporenträger. »Das da. Die dienen ihrer Ausbreitung. Darin sind sozusagen ihre Samen, um eine Analogie aus dem Pflanzenreich zu bemühen. Aber das gibt es ja nicht mehr!«

»Los, lass uns einen öffnen und die Proben aus einer Spore schneiden und dann weg hier.« Naomi hatte es eilig. Ohne seine Antwort abzuwarten, befahl sie zwei Männern von niedrigeren Mannschaftsgraden, einen der Sporenträger zu erklimmen und geeignetes Material einer Spore zu sichern. Im Labor wollten sie die Spore auf UHQ überprüfen und dann ihren Gehalt an Schalterprotein bestimmen. Auch Gewebe des Neophyten sollte dort an Bord zu finden sein. So musste er gemeinsam mit dem Protein in Finnland gestrandet sein. Wenn sie mit ihren Annahmen richtig lagen, dann war diese Verbreitungseinheit so, wie sie sie in dem Sporenträger vermuteten, vor 16 Jahren ins Schwerefeld der Erde gelangt.

Mårten traute seinen Augen nicht. Er konnte es einfach nicht fassen, zu was gehirnlose Befehlsempfänger in der Lage waren, wenn sie ihr Gehirn wirklich abschalteten. Damit meinte er nicht nur die beiden Soldaten, sondern auch Naomi. Sie sollte es eigentlich besser wissen.

»Du weißt schon, dass diese Jungs niemals etwas aus einer UHQ-Spore schneiden werden. Verdammt, das Zeug ist viel zu hart. Sag ihnen, dass wir eine kleine Spore aus einem kleinen Sporenträger fürs Labor einpacken und dort untersuchen werden. Von den Kleinen gibt es doch genug hier. Und Naomi! Pfeif sie ganz schnell von den Sporenträgern.«

»Wieso? Sie sind doch schon fast oben«, zickte Wood.

Mårten wollte ihr gerade eine Antwort geben, als er von einem beispiellos lauten Donnerschlag von den Beinen geholt wurde. Zuerst begriff er nicht, was geschehen war. Sein Blick fiel auf den Sporenträger, auf dem eben noch die beiden Männer herumgeklettert waren. Das Pfeifen in seinen Ohren schien immer schlimmer zu werden und kündigte ein Knalltrauma an, das ihm schon jetzt jegliche akustische Wahrnehmung raubte. Mårten war taub.

Der Sporenträger hatte sich massiv verändert. Er war an den medial verlaufenden Außennähten aufgeplatzt, und er konnte in das Innere der haushohen Kapsel blicken. Das Ding war leer. Keine einzige Spore war mehr zu sehen. Er blickte Naomi an und sah, dass sie aus Augen, Mund und Nase blutete. Die Wucht der Schallwellen hatte etwas in ihrem Körper zerstört. Mårten schmeckte den Geschmack von Blut und wischte sich über sein linkes Ohr. Die Finger voller Blut, erwischte ihn der Schock noch heftiger, als er die beiden Männer, oder das, was von ihnen übrig war, erblickte. Ihre völlig zerstörten Körper lagen unter dem Sporenträger, der jetzt keine geschlossene Kapsel mehr bildete, sondern flach und offen stehend dalag. Selbst ihre Schädel waren völlig deformiert und nur noch eine blutige Masse mit verklebten Haaren. Einzelne offenliegende

Muskeln zuckten noch in vergeblichen Bemühungen, ihre einstigen Pflichten zu erfüllen. Sie mussten bei der Entladung des Sporenträgers mit unvorstellbarer Gewalt nach unten auf den Boden geschleudert worden sein. Sie waren förmlich aufgeplatzt.

Plötzlich sah er den zweiten Sporenträger explodieren. Hören konnte er es nicht mehr, und er sah auch nicht, wie die Sporen mit annähernd 80.000 Kilometern pro Stunde in den Himmel geschossen wurden, aber er spürte schmerzhaft die dichten Schallwellen. Dann wurde Mårten Halla besinnungslos. Eine derart schnelle Bewegung war von keinem menschlichen Auge aufzulösen.

Erst später lieferten Satellitenaufnahmen erste Hinweise darauf, was hier passiert war. Der Sporenträger erzeugte über Druckunterschiede in seinem Inneren eine derart hohe Spannung, dass schon die leichteste Erschütterung reichte, um den Katapult des Neophyten auszulösen. Mårten Halla hatte es geahnt. Er hatte eins und eins zusammengezählt und wollte sie noch warnen, aber die beiden Männer hatten den überspannten Trigger der Auswurfkapsel bereits überreizt. Die ersten beiden Auswurfereignisse hatte er vor seiner Ohnmacht noch mitbekommen. In den Sekunden danach wurden alle Sporangien auf dem Tafelberg durch die Initialzündung ausgelöst, und der Dominoeffekt der Explosionen schickte seine Knallwellen in den nächsten Stunden einmal um den Globus, sodass sie auch auf anderen Kontinenten für die letzten menschlichen Ohren zu hören waren.

Kourou erreichten die Schallwellen 43 Minuten später, und viele blickten sich selbst hier noch erschrocken um. Durch den Mechanismus erreichte der Neophyt Auswurfgeschwindigkeiten, um mit den Sporen die Schwerefelder der meisten Planeten in habitablen Zonen und der meisten Sternensysteme überwinden zu können. Die Geschosse wurden so dem interstellaren Raum übergeben und irgendwann, wenn sie an den Gestaden einer belebten Welt landen würden, biss sich die Schlange in den Schwanz!

Kourou – Französisch-Guayana; Biosphäre III

Der Angriff kam nicht überraschend, aber wie er kam, war von niemanden vorauszusehen. Bisher hatten sich einzelne Angriffswellen der Organismen gegen die Mauern der Biosphäre III geworfen. Allerdings immer vergeblich. Auch als die Flut der Kreaturen anfing, neuralgische Punkte zu stürmen, hatten sie keinen Erfolg. Die Tore der Biosphärensiedlung hielten stand. Die Architekten hatten damals gute Arbeit geleistet, obwohl sie ihren wahren Gegner noch gar nicht kannten. Trotzdem gab diese Verhaltensänderung Anlass zu großer Sorge. Dieser gezielte Angriff auf die Tore zeugte von einer kalten Intelligenz. Die Massen der Kreaturen handelten koordiniert und nicht mehr individuell. Die Posten auf den Mauern konnten ein gesteuertes Verhalten, eine Strategie hinter den Angriffswellen erkennen. In den heranflutenden Massen der Organismen wurden auch neuartige Wesen gesichtet. Immer wieder wurden Organismen mit Begriffen wie große Bakterie oder gigantische Bazille belegt. Den Astrobiologen der Siedlung fielen sofort die Berichte von Mårten Halla ein, der so ein Wesen in ihrem Flugzeug beschrieben hatte. Und tatsächlich traten diese *Körperwandler*, wie sie wegen ihren Metamorphosen in den kampfbereiten Modus genannt wurden, zuletzt gehäuft auf. Vor allem zeigten sie sich mit ihrem Stachelkleid, aus dem immer wieder klebrige Byssusfäden hervorschossen und entweder Männer und Frauen auf den Mauern trafen, um sie in den sicheren Tod zu ziehen, oder sich selbst an den herausgeschossenen klebrigen Fäden mit unheimlicher Wucht in fast jede Richtung katapultieren zu können. Einigen dieser Wesen gelang es auf diese Art und Weise auch, die Mauern zu überwinden. Auch hierbei legten sie ein Verhalten an den Tag, welches eine klare von Intelligenz gesteuerte Planung erkennen ließ. Diese Angriffe fanden immer in der Nähe von Toren statt, und die Menschen, die dabei zusahen, berichteten später immer von den gleichen unfassbaren Beobachtungen. Die Körperwandler versuchten nach Überschreitung der Mauer, die Tore von innen zu öffnen. Die wenigen, die bei der Überwindung der Mauer Erfolg hatten, wurden glücklicherweise immer schnell unschädlich gemacht und konnten ihre Tat nicht vollenden. Nach ihrem Tod schien es, als würde die vor der Mauer rasende Brut ihr zielgerichtetes Handeln verlieren. Den Verteidigern wurde schnell klar, dass diesen äußerst befremdlich anmutenden Wesen eine besondere Rolle innerhalb der Kreaturengemeinschaft zukam. Sie waren so etwas wie Steuerzentren für eine große Anzahl der anderen Angreifer, die im Soldatenjargon auch ihren Namen bekommen hatten. Man nannte sie nach ihrem Körperbau einfach nur den *Centipede,* weil sie diesen Tieren mit ihrem langen Hinterleib, mit den vielen Beinen und in ihrer Bewegungsweise ähnelten. Bei den Körperwandlern schienen die Fäden zusammenzulaufen. In ihrer Anzahl waren sie dem Centipeden eindeutig unterlegen. Auf Hunderte der Killer mit dem blendenförmigen Maul kam ein Körperwandler, der die anderen aber zu steuern schien. Die Biologen gingen davon aus, dass die Steuerung instinktiv über chemische Botenstoffe erfolgte, und suchten fieberhaft nach entsprechenden Verbindungen. Über die Kenntnis dieses Pheromonsystems erhoffte man sich, auch an ein Mittel zur Abwehr der Organismen zu kommen. Aber momentan war man noch meilenweit davon entfernt.

Einige Kämpfer auf den Mauern berichteten von seltsamen Geruchserlebnissen, wenn Körperwandler in der Nähe waren. Bei anderen hatte man eindeutige psychische Auffälligkeiten beobachten können, wenn sie den Wandlern zu nahekamen. Vielleicht lag hier eine Chance und man konnte psychoaktive Substanzen isolieren und sie gegen den Feind verwenden. Neben diesen beiden Kasten gab es noch mindestens eine, die bereits von einem kleinen Jungen auf Formentera beschrieben worden war und die auch mehrfach in Kourou gesichtet werden konnte. Das Wesen erinnerte mit seinen langen, gelenkigen Beinen, zwischen denen der Körper aufgehängt war, an einen Weberknecht und bekam aus diesem Grund schnell die englische Bezeichnung *Daddy Longleg*. Der Unterschied zu diesem Vertreter der Spinnentiere war die Größe der gesichteten Individuen, die vor allem die beiden anderen Organismen weit übertrafen. An den mehrere Meter langen Beinen hing in der Mitte ein kugelförmiger Kopf. Alle Beobachtungen berichteten unabhängig voneinander, dass diese Wesen so etwas wie eine Gesundheitspolizei darstellten. Sie wurden während der Angriffswellen immer wieder sporadisch in den Massen der Kreaturen gesichtet, wo sie verletzte Exemplare des Centipede von oben aus der Menge packten und sie förmlich mit ihrem Maul und den darum angeordneten Greifarmen zerrissen. Die von ihnen in mundgerechte Stücke zerlegten Organismen wurden einfach wieder in die rasende Menge geworfen und sofort von den anderen gefressen.

Ein Wissenschaftler hatte sie mit den Fresszellen der menschlichen Immunabwehr verglichen. Anscheinend war es ihre Aufgabe, verletzte und tote Exemplare aus der Herde zu entfernen und wieder der Nahrungskette zuzuführen.

Der Angriff auf den Zaun des Raumhafens kam mit unfassbarer Gewalt, und die Zahl der angreifenden Organismen war Legion. Bisher richtete sich der Hauptsturm der Angreifer immer gegen die Siedlung. Nur kleinere versprengte Horden hatten bisher den Zaun angegriffen.

Mia trat hinter Naomi aus dem Kommandomodul der zweistufigen Trägerrakete auf die Plattform der Startrampe. Beinahe wäre sie mit Naomi zusammengestoßen, die plötzlich in ihrer Bewegung erstarrte. Bevor sie einen Blick auf das erhaschen konnte, was die Asiatin bereits sah und was sie so heftig nach Luft schnappen ließ, nahm sie nur das gleißende Sonnenlicht durch den UV-Schutz ihres Helmes wahr. Plötzlich trat Naomi zur Seite und machte den Blick frei auf ein gigantisches, in ständiger Bewegung verharrendes, hin und her strömendes und dabei noch ungerichtet gegen den Zaun brandendes Heer. Beide standen sie eine Weile dort oben auf ihrem Podium und blickten auf die unzählbare Masse der Organismen, die bis zum Horizont den Boden schwarz färbten.

Mia drehte sich zu Naomi, die wie gebannt auf die gewaltige Streitmacht der Myriaden Wesen dort unten zu ihren Füßen starrte.

»Das ist das Ende von allem, was uns bisher lieb war. Schon bald werden wir tot sein. Das ist meine Schuld.« Während sie das heiser heraus krächzte, drehte sie Mia ihr Gesicht zu, welches zu einer Fratze verzerrt war.

Einen Augenblick wusste Mia nicht, was sie mehr erschreckte. Naomis Gesicht oder die unfassbare Masse dieser Killer vor ihren Toren. Sie hatten eben die letzten Systemchecks der Rakete durchgeführt. Das 142 Meter lange Projektil war startklar und sollte in einer Stunde den letzten Teil der Mars II-Mannschaft zur *Earth Two* befördern, wo auch schon der Countdown für den Start des angekoppelten Raumschiffes zum Mars lief. Unten im Bunker des Leitstandes warteten die 5 Männer und Frauen schon nervös auf ihren Einsatz. Mia hörte über ihren Helmfunk Simones Stimme, der sich mit einem Techniker über ein Problem der Kühlung unterhielt. Wieder fiel ihr Blick auf das apokalyptische Bild, und sie musste unweigerlich an Eyna, Toni und Kaspuhl denken, die sich unten im Bunker noch sicher fühlten. Sie waren alle hergekommen, um den Start der Rakete live mitzuerleben. Neben Jackson und O'Brian waren auch Anna, Alex und

Aada, die erst gestern mit der Greenland Warrior angekommen waren, im Bunker, und auch Alexis Bell war mit den psychoaktiven Mutantenkindern, die unbedingt beim Start dabei sein wollten, mitgekommen. Mia musste sie unbedingt warnen, überlegte aber noch, ob es nicht besser wäre, Naomi und sie würden zuerst schnellstmöglich in den Bunker fliehen, um die Nachricht selbst zu überbringen. Dort sollten sie die größte Überlebenswahrscheinlichkeit haben.

Noch während sie das dachte, hörte sie ein durchdringendes Rauschen, ähnlich der Brandung großer heranrollender Wellen. Aber nicht brechende Wellen aus Wasser erzeugten diesen ohrenbetäubenden Krach, sondern die Klauen von Wesen aus anderen Welten, die millionenfach auf den Untergrund trommelten. Das Heer hatte sich in Bewegung gesetzt, und Mia sah die massiven, metallenen Zaunpfeiler und Streben unter dem Ansturm der fürchterlichen Kreaturen wegknicken wie Streichhölzer. Die Streitmacht der Neophytenbrut bewegte sich direkt auf die menschlichen Ansiedlungen des Raumhafens zu.

Mia erkannte, dass die Menschen aus den Siedlungen in Scharen flüchteten. Und sie erkannte auch das Ziel ihrer Flucht – den Eingang zum Leitstellenbunker. Sie drehte sich zu Naomi und sah sofort, dass sie ihr momentan keine Hilfe sein würde. Mit ihrem zu einer Fratze aus Angst und Schuldgefühlen verzerrten Gesicht stammelte sie immer wieder die gleichen zwei Worte. Mia verstand es erst nach mehreren Wiederholungen. *Mea Culpa, mea Culpa*, immer und immer wieder. Mia schätze ihre Chancen ab. Von der Siedlung bis zum Eingang des Bunkers waren es drei bis vier Kilometer, und die Brut holte schnell auf. Die flüchtenden Menschen würden ihr Ziel nie erreichen. Nur die wenigen, die ein Fahrzeug ergattert hatten, konnten es schaffen. Für Naomi und sie selbst waren es fünf Sekunden mit dem Fahrstuhl der Startrampe nach unten und dann noch zwei Minuten mit dem Elektrorover bis zum Eingang.

Ein Blick zu dem heranrückenden Horror ließ ihr keine andere Wahl. Mit der paralysierten Naomi an der Hand stürmte sie in den Lift und schlug mit der flachen Hand auf den roten Starter. Schwindel erfasste sie, das Gefühl, der Boden würde unter ihr wegsacken. Dann schon wieder Verzögerung und Stillstand. Die Tür glitt auf. Ein kurzer Blick über das Gelände, alles save. Sie saßen im Rover, und Mia gab Gas.

»Mea Culpa, mea Culpa.« Mia schlug Naomi mit der flachen Hand ins Gesicht. Blut rann aus deren Nase, aber sie war endlich ruhig. *Wenn wir schnell genug sind, bringen wir sie noch rechtzeitig zum Start und schaffen es auch wieder zurück, bevor das Geschmeiß hier ist. Die finden noch was zu fressen. Die Flüchtenden aus den Siedlungen werden sie eine Weile aufhalten.* Die Mission durfte nicht scheitern. Sie mussten morgen zum Mars starten. Das war ihre einzige Chance. Das nächste Startfenster war erst wieder in 26 Monaten. Bis dahin wären sie alle zu Monsterfutter geworden.

Folgt der Schlange.

Als Mia und Naomi den Eingang erreichten, hatten sie bereits das massive Eingangstor geöffnet. Alex stand an der Handsteuerung. Mia grüßte knapp und steuerte den Wagen direkt hinein. Sofort schloss sich das Tor langsam, und Mia hörte, wie hinter ihr die schweren Metallbolzen das Tor in der Wand arretierten.

Im Steuerstand der Leitstelle herrschte hektische Betriebsamkeit. Die Mannschaft war mit den Startvorbereitungen derart ausgelastet, dass sie die Vorgänge am Zaun und in der Nähe der Siedlung noch nicht bemerkt hatten. O'Brian sprach mit dem Leiter des Raumhafens, Simone stand auch bei ihnen. Im Hintergrund sah sie die anderen auf der kleinen Besuchertribüne. Eyna und Toni hatten sie bemerkt und winkten ihnen zu. Auch Jackson konnte sie neben Anna sitzen sehen.

Mia hatte Naomi an der Hand, seit sie den Rover verlassen hatten. Ihre Nase blutete noch, aber sie schien sich gefangen zu haben.

»Du musst es ihnen sofort sagen. Die kriegen hier nichts mit von draußen.«

Mia sah Naomi an und nickte nur. Dann stand sie bereits bei den Männern und unterbrach sie bei ihrem Gespräch. »Sie sind durchgebrochen. Wann habt ihr das letzte Mal einen Blick auf die Überwachungskameras geworfen oder mit der Siedlung Kontakt gehabt?«

Simone zuckte mit den Schultern. »Wir hatten Probleme mit der Kühlung der Booster. Der Start, du weißt es doch selber. Was machen wir jetzt?«

»Wie viele sind es?« Atkinson war der Leiter des Raumhafens, und er hatte Frau und Kind in der Siedlung.

Mia konnte ihn nicht direkt ansehen. »Sir, ich weiß es nicht, aber ich habe noch niemals so viele von ihnen auf einmal gesehen. Sie bedeckten das Land bis zum Horizont.«

»Was ist mit der Siedlung?«

Mia blickte ihm jetzt direkt in die Augen. »Sie werden es nicht schaffen. Einige mit Fahrzeugen haben vielleicht eine Chance. Sir, wir müssen sofort die Rakete wie vorgesehen bemannen. Wir haben keine Zeit zu verlieren. Sie werden gleich hier sein. Die Mission ...«

Atkinson zeigte für den Bruchteil einer Sekunde eine Gemütsbewegung. Dann straffte sich seine Gesichtsmuskulatur, und er schaltete in den Profimodus zurück. »Sie haben recht! Schafft sie in den Transporter. Wir starten wie geplant in T minus 30 Minuten.«

Die Astronauten saßen im Fonds des gepanzerten Shuttle-Busses. Sie hatten alle die typische Uniform der Raumfahrer an. Die Anspannung hatte sich tief in ihre Gesichter gegraben. Die drei Männer und zwei Frauen waren die letzten der 35-köpfigen Mannschaft, die in den Orbit befördert werden mussten. Alle anderen befanden sich schon auf der Mars II und bereiteten alles für den Start vor. Aber es fehlten noch die beiden Piloten des Raumschiffes, die jetzt hinter Mia im Shuttle saßen. Ohne die beiden wäre die Mission gefährdet. Die beiden und ihr dreiköpfiges Navigationsteam hatten eine lange Ausbildung durchlaufen, sie waren quasi das Gehirn der Mission und mussten heute in den Orbit befördert werden. Das Startfenster zum Mars war noch für zwei Tage geöffnet. Die Vorbereitungen hatten sich derart in die Länge gezogen, dass die Mission fast noch gescheitert wäre.

Als sie den Bunker verlassen hatten, war noch alles ruhig, und Mia steuerte den Shuttle konzentriert in Richtung der Startrampe. Die gewaltige Rakete mit den beiden Boostern stand natürlich immer noch an ihrem Platz, so als ob noch alles beim Alten wäre. Aber alle wussten, was sich auf dem Weg zu ihnen befand. Neben den fünf Weltraumfahrern befand sich nur noch Naomi an Bord, die nicht mehr von Mias Seite weichen wollte, nachdem sich die schrecklichen Bilder in ihr Gedächtnis gebrannt hatten.

Mia blickte angestrengt durch die kleinen Sehschlitze in der Panzerung, die ihr das Manövrieren des schweren Fahrzeugs nicht gerade erleichterten. Auf den fünf Monitoren vor ihr im Cockpit konnte sie die Umgebung des Shuttles im Auge behalten. Das war lebenswichtig, wenn sie gleich aussteigen würden. Mia hoffte sehr, dass sie die Fünf noch sicher zum Lift der Startrampe eskortieren konnte, bevor der Angriff der außerirdischen Killer über sie hereinbrach. Plötzlich nahm sie aus den Augenwinkeln im hinteren Teil des Busses eine Bewegung wahr, die nicht hierher zu gehören schien. Mias Sinne waren aufs Äußerste geschärft. Das Adrenalin schoss in Reinform durch ihren Körper. Da war es wieder. Irgendwer hatte sich hinter der letzten Sitzbank versteckt und äugte immer wieder dahinter hervor.

Sie stieß Naomi mit der Rechten an und sprach im Flüsterton: »Wir haben einen blinden Passagier an Bord. Gleich hinter der letzten Sitzreihe.«

Naomi begriff sofort. Sie schoss förmlich aus ihrem Sitz und war in Sekundenschnelle bei der Sitzbank.

Mia konnte es nicht fassen. Aber das Mädchen, das Naomi hinter den Sitzen hervorzerrte, war ihr nur zu gut bekannt. Mit trotzigem Gesicht blickte Eyna sie an. Auf Bildschirm 3 nahm sie eine weitere Bewegung wahr. In einem Meer aus aufgewirbeltem Staub verfolgte sie ein Fahrzeug. Mia musste dreimal hinsehen, bevor sie glauben konnte, was sie dort sah. Es war der Rover – und er holte auf. Während sie an dem kleinen Funkgerät herumschaltete, um die Frequenz des Rover einzustellen, schubste Naomi Eyna wie ein unartiges Kind in den Beifahrersitz und nahm selbst auf der Bank dahinter Platz, wobei sie Mias Tochter die Hände auf die Schulter legte.

»Was soll das?«, platzte es aus Mia heraus. »Warum bist du nicht im Bunker bei den anderen, wo du hingehörst?« Mia war nicht nur entrüstet, sondern sie machte sich auch große Sorgen um ihre Tochter. Immerhin kam das, was sie hier unternahmen, einem Himmelfahrtskommando am nächsten, und es war mehr als ungewiss, ob sie es zurück zum Bunker schaffen würden.

Eyna schaute sie aus hellwachen Augen aufsässig an. »Egal was du sagst, egal was du tust, sie werden heute nicht mit der Rakete fliegen.« Während sie das rebellisch sagte, machte sie eine Bewegung mit dem Kopf, die unmissverständlich zum Ausdruck brachte, wen sie damit meinte: die fünf Astronauten. Einer der Männer, es war der Kommandant der Mission, bemerkte jetzt, dass etwas nicht stimmte.

Mia schaute ihre Tochter misstrauisch an. »Wie meinst du das, sie werden heute nicht fliegen?«

Eyna zog verächtlich einen Mundwinkel nach oben. »Sie werden gleich sterben. In wenigen Minuten werden *wir* die Rakete betreten und die Reise antreten.«

Mia war nun endgültig genervt und versuchte sich wieder auf das Fahren zu konzentrieren.

Naomi hatte die ganze Zeit nur ungläubig zugehört und mischte sich jetzt ein. »Wen meinst du mit *wir,* Eyna?«

»In dem Rover, der uns folgt, sitzen Toni und Jackson.«

Der Kommandant hatte genug gehört, er stand auf und machte einige Schritte im Mittelgang des Busses. »Was redet diese Göre da? Uns folgt ein Rover?«

Mia drehte sich halb zu ihm, ohne die Monitore aus dem Blick zu lassen, dann stoppte sie den Shuttle abrupt. Der Mann konnte sich gerade noch an einem Sitz festhalten, sonst wäre er gefallen.

»Wir sind da. Keine Anzeichen von Feindkontakt. Warum sie uns folgen, werden wir jetzt gemeinsam herausfinden. Wir steigen aus!«

Naomi schaute Eyna immer noch an, und ihre Frage stand noch unbeantwortet im Raum. »Eyna«, flüsterte sie ehrfürchtig. »Was meinst du?«

Eyna blickte sie wortlos an. Dann hörte Naomi die Stimme in ihrem Kopf und erschrak fürchterlich. *Wenn die Tür aufgeht, werden sie sterben. Toni, Mia, Jackson, du und ich.*

Naomi musste schwer schlucken. Eyna war in ihrem Kopf. So was hatte sie noch nie erlebt. »Wie machst du das?«

Wieder das Echo in ihrem Kopf. Die Astronauten standen bereits an der Tür und warteten darauf, dass Mia den Türöffner betätigte. Eine der Frauen hatte Naomis komisches Verhalten bemerkt und dachte momentan, sie würde sich mit sich selbst unterhalten.

Es ist egal, wie ich das mache. Ihr vier werdet mit mir an Bord der Rakete gehen. Das ist unsere Vorsehung, wir folgen ab jetzt der Regenbogenschlange.

Naomi schaute aus weit aufgerissenen Augen und wollte gerade etwas sagen, als die Tür des Shuttles aufsprang und die Astronauten hinauseilten. Mia folgte ihnen, und Naomi schnappte die Hand des Mädchens und zog sie mit nach draußen.

Schlitternd kam der Rover zum Stehen und wirbelte dabei eine Menge Staub auf. Mia stand in Front der kleinen Astronautengruppe. Bis zum Lift der Startrampe waren es höchstens zwanzig Meter. Überall zischten Ventile, und Gase verflüchtigten sich in der warmen Luft. Naomi zog Eyna zu der kleinen Truppe und blickte dabei nach oben zum Kommandomodul der Rakete, die weiß glänzend wie ein drohender Finger Richtung Himmel zeigte. Noch war es bedeckt, aber die UV-Strahlung musste trotz Wolkendecke immens hoch sein.

Eyna zog sich ihre Schildkappe tief ins Gesicht und sah, dass auch die anderen ihre bloße Haut bedeckten. Aus dem Rover sprangen Toni und Jackson. Beide hatten schwere Sturmgewehre in ihren Händen und eröffneten sofort das Feuer. Knatternd und zischend flogen ihnen die Kugeln um die Ohren, und trafen unbekannte Ziele hinter ihnen.

Mia drehte sich um. *Hoffentlich treffen sie nicht aus Versehen einen der Booster*, war ihr einziger Gedanke, als sie die Ziele von Tonis und Jackson Waffen hinter einer Wand aus Staub auf sie zurasen sah.

»Ihr müsst sofort weg hier!« Jackson rief es ihnen zu, während er mit angelegter Waffe auf das Knie ging und den herannahenden Feind mit Dauerfeuer bestrich. Mia erkannte die Sinnlosigkeit seiner Bemerkung.

Die Astronauten rannten zum Lift.

Aber wo sollen wir denn hin? Für sie gab es nur eine Option. »Los, wir müssen zurück in den Shuttle!«, schrie sie Naomi und Eyna an.

Toni stand neben ihr und schoss. »Geht in den Shuttlebus, unsere einzige Chance.« Mia rannte los und versetzte Naomi und Eyna einen Schubser in Richtung des

Busses. Als die beiden im Inneren waren, hielt sie kurz inne und schaute sich noch mal um. Während Toni und Jackson auf die Brut schossen, die gerade noch vierzig Meter entfernt war, öffnete der Kommandant die Tür des Startrampenliftes. Das, was Mia dort zu sehen bekam, würde ihr für den Rest ihres Lebens als Slow-Motion wackliger Bilder in Erinnerung bleiben.

Das erste Bild zeigte immer den Kommandanten in seiner Uniform. Sie sah, wie er seine Hand hob und den Griff der Liftschiebetür nahm, um sie mit einer behänden Bewegung beiseitezuschieben. Die folgenden Bilder waren Bilder des absoluten Grauens, und sie würde sie nie wieder vergessen. Die drei aus dem Lift schießenden Körperwandler mähten den Trupp innerhalb weniger Sekunden nieder. Die Astronauten wurden dabei mit einer unfassbaren Gewalt in Stücke gerissen und zerfetzt. Aber das schlimmste Bild war das eines durch die Luft wirbelnden Kopfes, der in einer letzten Einstellung seine wahre Natur offenbarte. Es war der Kopf einer der Frauen aus dem Shuttle, einer Schiffsnavigatorin. In dieser letzten Bildfolge sah sie ihr direkt in die Augen, und es war just der Moment, als sie sich ihres eigenen Todes gewahr wurde, weil sie in der letzten Pirouette ihres Kopfes einen Blick auf den eigenen Körper erhalten hatte, aus dessen Hals das Blut mehrere Meter in die Höhe schoss.

Starke Männerarme zerrten sie in den Bus. Andere Arme umfingen sie und zogen sie nach hinten. Mia sah noch, wie sich die Tür im rechten Moment schloss, bevor der Körperwandler von seinen ausgeworfenen Fäden dagegen katapultiert wurde. Dann hörte sie den Motor starten und jemand sagte: »Wir müssen sofort in den Lift. Es gibt keinen anderen Weg hier raus. Es sind zu viele. Die Panzerung wird sie nicht mehr lange zurückhalten.«

Mia erhaschte einen Blick auf einen der Monitore und sah kurz das Gedrängel der Kreaturen, bevor der Shuttle plötzlich nach vorne beschleunigt wurde und eine enge

Wende fuhr. Beinah wären Naomi und Eyna über sie gefallen.

Was sollen wir in dem Lift? Da kriegen sie uns doch auch, schoss es ihr durch den Kopf. Vorne am Steuer saß Jackson und kurbelte wie wild an dem Lenkrad. Der Shuttle stand kurz davor, von der Masse der Organismenleiber in seiner Bewegung gestoppt zu werden. Das wäre ihr Ende.

»Hey, Jackson was sollen wir in dem Lift? Da waren sie doch auch schon drin.« Mia rappelte sich auf und rannte nach vorne.

Toni saß direkt hinter Jackson. »Unser einziger Ausweg. Sie sind da nicht mehr drin. Die Wandler hängen an unserem Bus und versuchen uns umzuwerfen, und so wie es aussieht, haben sie es auch gleich geschafft.« Wieder riss er das Lenkrad herum, um genau das zu verhindern.

»Der Lift ist eine tödliche Falle. Der Countdown läuft. Gleich wird hier das Inferno ausbrechen.«

Toni schaute sie an. Seine Worte kamen zögerlich. »Wir werden nicht im Lift sein, wenn sie startet. Eyna hatte recht!«

Mia drehte sich zu Naomi und Eyna und schaute dann wieder Toni an. Funken sprühten. Der Shuttle stoppte, und Jackson sprang auf. Die Zeit war stehen geblieben. Mia hatte gehört, was Toni zu ihr gesagt hatte, aber die Worte wollten keinen Sinn ergeben. *Wir werden nicht im Lift sein.* Ja, verdammt, wo denn sonst, wenn nicht dort, in der Gluthitze der startenden Rakete verbrennen? *Eyna hatte recht?* Was hatte sie noch gesagt? Ihr Verstand weigerte sich, das Undenkbare anzunehmen, obwohl Mia es längst wusste. Jackson hatte den Shuttle so nahe an die noch offenstehende Lifttür gebracht, dass Metall auf Metall knirschte. Gefährlich nahe an den mit Wasserstoff und Sauerstoff gefüllten Boostern. Er öffnete vorsichtig die Schiebetür des Shuttles. Maßarbeit. Der Bus stand so nah an dem Fahrstuhlgehäuse, dass nur wenige Zentimeter Platz zwischen dem Fahrzeug und dem Gehäuse blieben.

Jackson schrie sie an. Er trieb sie zur Eile. Nacheinander sprangen sie aus dem Shuttle in die Kabine des Liftes. Jackson hatte die blauen Fäden bereits entdeckt, die sich durch die Ritzen zwischen Kabine und Shuttle schoben. Auch Toni bemerkte sie jetzt, und mit großem Entsetzen sahen sie, wie sie tastend immer weiter vordrangen. Mia schlug auf den Starter des Liftes. Nichts. Toni und Jackson schrien aus Leibeskräften. Immer wieder drosch Mia auf den großen roten Startknopf ein, aber der Lift wollte nicht abheben. Die Strategie der sich windenden Fäden war für alle in dem noch offenen Lift klar zu erkennen. Immer mehr von ihnen klebten an dem Shuttle, und plötzlich drehte sich ihre Bewegungsrichtung um. Sie drangen nicht mehr vor, sondern zogen. Sie zogen an dem Fahrzeug.

»Wenn sie den Shuttle wegziehen, kommen sie hier rein.« Es war Eyna, die mit ruhiger Stimme sprach. »Ihr müsst doch nur die Tür schließen, dann fährt er los.«

Alle hatten es kapiert. Wie konnte man das vergessen. Toni und Jackson rissen die Fahrstuhltür zu, und sofort schoss der Lift in die Höhe. Mia blickte auf die geschlossene Tür und sah noch einige der klebrigen Fasern, die tastend nach einer Oberfläche suchten, auf der sie haften konnten. Nach einer gefühlten Ewigkeit blieb der Lift ruckartig hängen. Sie mussten oben sein. Naomi stand auf der anderen Seite des Liftes und zog schwungvoll die Tür auf. Da war sie, die leere Plattform. Nur noch wenige Schritte, und sie wären alle im sicheren Kommandomodul der Rakete. Hier hatten Naomi und Mia vor nicht mal einer Stunde den Ansturm des gewaltigen Organismenheeres beobachtet.

»Wie viel Zeit bleibt uns noch?« Toni war an den anderen vorbeigerannt und öffnete eben die Schleuse des Moduls.

»T minus 18 Minuten«, schrie ihn Jackson an, der auf seine Uhr schaute. »Los, los, los. In acht Minuten sitzt ihr in euren Raumanzügen angeschnallt auf euren Sitzen.«

Der hellblaue Faden klatschte in sein Gesicht, und zwei weitere klebten plötzlich an seinem Oberkörper. Jackson wusste, was mit ihm geschah, und sofort sah er wieder die Bilder aus dem Flugzeug. Er wollte jetzt nicht sterben wie Jake Osterhaus. Nicht jetzt, so kurz vor dem Ziel. Der Körperwandler saß oben auf einem der beiden Antriebsaggregate für den Lift. Armdicke Stacheln standen in alle Richtungen und grelle Farbmuster liefen über ihre Spitzen. Immer mehr Fäden wurden ausgeworfen und blieben an allen Oberflächen in Reichweite der Kreatur kleben.

»Sofort geht ihr in die Rakete!« Eyna hatte sich zwischen die kleine Gruppe und das Monster gestellt. Mehrere der Klebefäden klatschten auch ihr ins Gesicht und gegen ihren Körper. Angewidert zog sie die Dinger ab und wickelte sie zu einem dickeren Strang. Während der Rest nach und nach im Kommandomodul verschwand, zog Eyna die drei Fangarme von Jacksons Körper und gab ihm ein Zeichen, den anderen zu folgen. Noch 15 Minuten blieben ihr jetzt. Eyna nahm so viele Fäden, wie sie erreichen konnte, und wickelte weitere in den Strang. Der Körperwandler schien mittlerweile in seinem Fadenwerk in der Luft zu schweben und stand kurz davor, sich gegen die Schleuse zu katapultieren. Eyna wartete genau den Moment seines Angriffes gegen die Schleuse des Kommandomoduls ab. Dann rannte sie blitzschnell zum Lift. Der Körperwandler schoss durch die Luft. Eyna wickelte den Strang hastig um eine Strebe in der Liftkabine und verklebte mit seiner Spitze die Lichtschranke der Lifttür. Dann schlug sie mit aller Gewalt auf den Startknopf. Just in dem Moment, kurz vor seinem Aufprall auf der Rakete, schoss der Fahrstuhl nach unten, spannte den Fadenstrang und riss den Wandler mit in die Tiefe.

Eine Minute bis zum Start. Eyna, Mia, Naomi, Jackson und Toni saßen in ihren Raumanzügen im Halbkreis. Irisierende Lichter flackerten über die Schalttafeln des

Kommandomoduls. Irgendwoher drang der von einer automatisierten Stimme gesprochene Countdown an ihre Ohren. Per Funk standen sie mit dem Leitstellenbunker in Verbindung. Sie hatten es gerade noch rechtzeitig geschafft. Der Startcountdown wäre so kurz vor T-Null nicht mehr zu stoppen gewesen.

Von O'Brian hatten sie eben erfahren, dass das gesamte Gelände überrannt worden war. Für den Augenblick war der Bunker noch sicher, wie O'Brian ihnen versicherte. Mit Überlebenden aus der Siedlung rechnete keiner mehr. Wie er ihnen weiter berichtete, war die Startrampe um die Trägerrakete mit Kreaturen übersät, die hoffentlich gleich verglühen würden. Die Außenkameras zeigten noch mehrere Körperwandler an der Außenhülle der Rakete, die gezielt nach oben stiegen und versuchten, das Kommandomodul zu erreichen. Als ob sie das Menschenfleisch durch die Hülle riechen könnten. O'Brian beruhigte sie. Sie würden die Spitze der Rakete nicht mehr erreichen, dafür war es bereits zu spät.

Naomi zählte den Countdown leise mit. *Zero*, kam über ihre Lippen. Erst schien gar nichts zu passieren. Dann ging eine kaum spürbare leichte Erschütterung durch die Rakete.

»Die Booster müssen gezündet haben. Jetzt geht's los.«

Langsam spürten sie zunächst nur einen kleinen Andruck in ihren Sitzen, die Beschleunigung nahm aber gewaltig zu, während ein starkes Dröhnen immer lauter zu werden schien und ein heftiges Vibrieren von unfassbaren Kräften zeugte, die nur hundert Meter unter dem Kommandomodul ein Inferno entfesselten, dass alles Übel unter dem startenden Hundertvierzigmeter-Projektil atomisierte.

Dann stieg sie immer schneller und die Beschleunigung drückte die fünf Personen in ihre Sitze. Sie hatten dabei das Gefühl, die Raketenspitze würde mit ihnen in der Kommandokapsel umhereiern wie ein Kreisel. Jede

Ausbruchsbewegung aus der vorgegebenen Bahn wurde von Steuerdüsen sofort korrigiert und der metallene Koloss so in seiner Bahn gehalten. Dann plötzlich ging ein Ruck durch die Rakete. Für alle völlig unerwartet und erschreckend. Die Booster waren ausgebrannt und wurden abgesprengt. Als die erste Stufe zündete, wurde ihnen von der ungeheuren Beschleunigung das Blut aus dem Kopf in die unteren Extremitäten gedrückt. Jackson verlor für einen Augenblick sein Bewusstsein. Wenige Minuten später wieder ein Ruck mit darauffolgender extremer Beschleunigung. Die zweite Stufe hatte gezündet. Wieder kurze Besinnungslosigkeit. Als er wieder zu sich kam, war es ruhig in der Schwerelosigkeit. Er spürte eine Hand durch den Handschuh seines Raumanzuges. Es war die von Mia. Er musste sie irgendwann während der Beschleunigungsphasen ergriffen haben.

»Ich glaube, du kannst jetzt loslassen.« Mia klang genervt und fing an die Gurte zu lösen, die sie noch an ihren Platz fesselten. Nachdem sie den letzten Gurt geöffnet hatte, katapultierte sie sich aus dem schalenförmigen Liegesitz und schwebte vor den Augen der anderen durch das Kommandomodul. Aus dem Interkom hörten sie die Stimme aus dem Leitstellenbunker. Es war O'Brian, der dort zu ihnen sprach. Er mokierte sich gerade darüber, dass ein Astronaut seinen Platz ohne ausdrückliche Genehmigung verlassen hatte. Dass es sich bei der Abtrünnigen um Mia handelte, konnte er nicht wissen. Die Platznummerierung galt den fünf toten Astronauten, deren Plätze sie in der Eile des Starts nur zufällig eingenommen hatten.

Während Mia in der Schwerelosigkeit durch das Kommandomodul glitt, wurde O'Brians Gezeter von der festen Stimme Tonis vehement unterbrochen.

„Sam, lass es gut sein. Sie wird sich wieder anschnallen, wenn wir wieder die Triebwerke zünden. Jetzt haben wir erst mal ein bisschen Zeit. Wir müssen reden.«

Mia hörte das Gespräch wie durch dicke Watte gedämpft. Ihre Sinne fokussierte sie auf das, was sie durch das kleine runde Fenster des Kommandomoduls sehen konnte. Über ihnen, in einer höheren Umlaufbahn, sah sie die gigantischen Solarmodule der Raumstation und das fertige Raumschiff, die Mars II. Der Aufstieg zur *Earth Two* würde sechs Stunden dauern, und Toni hatte recht. Sie mussten reden.

Das Andockmanöver mit dem Raumgleiter war nach dem Aufstieg in den Orbit der *Earth Two* nur noch Routine, die Mia und Naomi fast spielerisch nebenbei mit schnellen Handgriffen erledigte. Auf der Raumstation herrschte reges Treiben. Das Startfenster zum Mars war nur noch wenige Stunden offen, und sie mussten es schaffen, das Raumschiff in dieser Zeitspanne zu starten.

Auf der Erde überschlugen sich die Ereignisse. Baikonur, der zweite Raumhafen der SU10[5], war gefallen, und die Menschen im Leitstellenbunker auf dem Gelände des Raumhafens waren für unbestimmte Zeit von der Biosphäre III getrennt. Die Situation dort wurde immer aussichtsloser. Auf so eine Belagerung war man dort nicht vorbereitet. Es gab zwar Wasser, aber die Nahrungsmittelvorräte im Bunker würden höchstens für zwei Tage ausreichen. Die Flucht zur Biosphäre würde unausweichlich sein, wenn sie nicht in dem Bunker verhungern wollten. Bei der Zahl der Organismen auf dem Gelände rechnete man mit sehr hohen Verlusten. Manch einer glaubte sogar, dass es keiner von ihnen in die rettende Biosphäre schaffen würde.

Die Stimmung unter der Besatzung der Raumstation war auf dem Nullpunkt angelangt. Alle wussten, dass die Reise zum Mars ein Himmelfahrtskommando ohne Rückfahrticket war. Auf unbestimmte Zeit war an eine Rückkehr zur Erde nicht zu denken, und eine Versorgung mit weiteren Trägerraketen war auch ausgeschlossen. Der letzte Raumhafen der Gemeinschaft war von den Killerwesen überrannt worden, und das Team im Bunker würde sich vorerst ums eigene Überleben kümmern müssen. Die Männer und Frauen auf der Raumstation mussten alle mit der Mars II fliegen. Die Raumstation würden sie aufgeben. An ein Überleben im Orbit war nicht zu denken. Die Ressourcen hier oben waren nur noch auf wenige Tage begrenzt. Die einzige Chance lag im Flug zum vierten Planeten, wo ein Überlebenshabitat auf sie wartete.

Aber am heftigsten war die Situation für Mia und die vier anderen, die unfreiwillig aus der Not heraus mit der letzten Rakete nach oben befördert worden waren. An Bord saßen sie zusammen in der Mannschaftsmesse unter der künstlichen Gravitation der Raumstation. Der Schock saß tief. Der Countdown zum Start lief gnadenlos ab, und ihre Zeit hier im Orbit verrann im Eiltempo. Über Funk standen sie mit dem Leitstellenbunker in Verbindung und sahen die Menschen auf den Bildschirmen, die überall im Raum verteilt waren.

Gerade sprach Mia mit Simone. Im Hintergrund drängelten sich Anna, Alex und Aada. Auch Kaspuhl und O'Brian konnte man hin und wieder auf dem Bildschirm sehen. Alle wussten, dass der Abschied diesmal einer für sehr lange Zeit, wenn nicht sogar für immer sein konnte.

»Die Pilotencrew und die Navigatoren wurden ausgelöscht. Man hätte fast den Eindruck gewinnen können, dass sie damit unseren Start verhindern wollten.«

Mia blickte nachdenklich in die Kamera. »Du meinst, sie haben bewusst ihre Angriffsziele ausgesucht und *die Fünf* eliminiert, die das Schiff steuern mussten?«

Simone stand jetzt im Leitstellenbunker neben O'Brian und konnte sich ein derart gezieltes Verhalten bei den Neophytenorganismen beim besten Willen nicht vorstellen. »Ich sagte nur, dass man den Eindruck hätte haben können, aber ich denke, es war einfach Zufall.

Genauso gut hätte auch einer von uns den Fahrstuhl öffnen können.«

Toni mischte sich ein. »Es hilft alles nichts. Wir sind jetzt hier oben gelandet und müssen das Beste daraus machen. Mia und Naomi haben Flugerfahrung mit dem Raumgleiter sammeln können, und wir werden das Schiff schon gemeinsam mit eurer Hilfe zum Mars bringen.«

Mia sah ihn von der Seite an, und sie sah auch die Tränen in seinen Augenwinkeln. Er machte nach außen einen sehr gefassten Eindruck, aber Mia sah ihm an, dass er wie die anderen sehr verzweifelt war. Ein Blick auf den Bildschirm zeigte ihr auch die Verzweiflung des Bodenteams. Vor allem Anna war vollkommen aufgelöst. Ob sie ihren Sohn jemals wieder in den Arm nehmen konnte, war mehr als fraglich. Aber auch das Überleben der auf der Erde zurückgebliebenen Menschen stand auf Messers Schneide.

Sehr lange saßen sie noch in der Messe und nahmen Abschied. Sehr schwer waren diese Stunden für Simone, der nicht nur seine Frau, sondern auch sein einziges Kind auf eine ungewisse Reise in den Weltraum schickte. Eyna schien das alles nichts auszumachen, sie saß mit Jackson im Steuerstand der Mars II und schaute ihm bei den Systemchecks zu, die er anhand des Handbuches und auf Anweisung von Naomi durchführte. Jackson hatte keine lebenden Verwandten und konnte auf die Abschiedszeremonie der anderen dankend verzichten.

Der Countdown zählte gerade die letzten beiden Stunden an. Eyna saß still auf dem Sitz des ersten Navigators und hatte den Intercom-Kopfhörer mit der Mikrofonkapsel auf. Sie hörte den Funkverkehr zwischen Leitstellenbunker und der Crew in der Mannschaftsmesse. Die völlig neuen Ionentriebwerke der Mars II liefen momentan in der Warmlaufphase, und man spürte die Vibrationen der gewaltigen Pumpen für die Kühlflüssigkeit.

In der Messe hatte man den Abschiedsmarathon beendet, und die Restcrew machte sich gerade auf den Weg in die Luftschleuse des Raumschiffes. Der Start stand kurz bevor, und eine allgemeine Welle der Nervosität flutete durch die Korridore der Mars II. Die 35 Astronauten versammelten sich alle im Steuerstand und nahmen ihre Positionen für den Start ein. Eng war es auf der Brücke des Raumschiffes. Direkt angegliedert waren die Schlaf- und Essbereiche und das Labor des Schiffes. Nur hier wurden sie durch die Außenhülle von der harten kosmischen Strahlung ausreichend abgeschirmt und hatten keine Strahlenschäden zu erwarten. Jede Wartungs- oder Reparaturmission in andere Bereiche des Schiffes musste teuer mit hohen Strahlendosen bezahlt werden. Was das letztlich für das Schiffspersonal bedeuten würde, war heute noch nicht abzusehen. Ein großes Restrisiko mussten sie für die erste interplanetare Mission der Menschheit in Kauf nehmen. Man hatte keine anderen Alternativen, die man in der Kürze der Zeit hätte realisieren können, ohne die Masse des Raumschiffes ins Exorbitante zu steigern und damit einen Flug unmöglich zu machen.

Nachdem die chemischen Triebwerke das Schiff nach der Absprengung von der Raumstation mit ihrem ungeheuren Schub aus dem Erdorbit in den freien Weltraum in Richtung Mond geschossen hatten, erzeugten die anfahrenden Ionentriebwerke einen Partikelstrom, der das Schiff in Richtung der Mondgravitation langsam aber stetig auf Reisegeschwindigkeit beschleunigte. Der Swing-by des Mondes sollte der Mars II noch mal einen zusätzlichen Schub verpassen, der ihre Reise extrem verkürzen würde.

Mia saß mit Naomi im Labor der Mars II, und sie lasen gerade die neusten Meldungen, die soeben über Funk reingekommen waren. Die Sporen vom Kukenán waren in der Biosphäre III untersucht worden. Mia las Naomi die

Ergebnisse vor, während der Ionenantrieb das Schiff beschleunigte und der chemische Antrieb ausbrannte. Die Wissenschaftler hatten das UHQ der Sporen identifizieren können. Das Schalterprotein und Substanzen, die eindeutig dem Neophyten zuzuordnen waren, hatten sie in den Blasen unter der Oberfläche an Proteine assoziiert gefunden. Die Proteinkomplexe sollten das Schalterprotein und die Neophytenmoleküle während der langen Reise durch das All vor der Denaturierung durch äußere Einflüsse schützen. Das war ihre Vermutung und das waren auch Ergebnisse, die man aufgrund der Untersuchungen der Spore von Salla zu erwarten hatte. Neu war, dass die Sporen von einer Proteinschicht umgeben waren. Nach den neusten Erkenntnissen bot dieser Surfactant Schutz vor der entstehenden Reibungshitze beim Auswurf. Ohne diesen Schutzmechanismus wäre der Öffnungsmechanismus der Spore schon beim Verlassen einer Atmosphäre durch die hohe Geschwindigkeit und die damit verbundene Reibungshitze aktiviert worden. Anscheinend wurde dieser Surfactant durch die Kälte der interstellaren Reise oder durch die interstellare Strahlung deaktiviert. Die Spore wurde durch diesen Mechanismus für den Wiedereintritt in die Atmosphäre eines Planeten in der habitablen Zone scharfgemacht.

»Kaum zu glauben«, sagte Mia und schwebte durch die Schwerelosigkeit zum Fenster des Labors. Weit draußen im All konnte sie die zerbrechliche Kugel ihres blauen Heimatplaneten sehen. In vier Stunden würde die Mars II den Mond umrunden und durch sein Schwerefeld zusätzlich in Richtung Mars beschleunigt werden. »Der gesamte Organismus ist von der Evolution derart durchgestylt worden. Selbst das kleinste Detail wurde nicht vergessen. Rocket-Science auf der Ebene von primitiven Organismen ohne Verstand. Nur Biologie, die sich mal ein paar Milliarden Jahre austoben durfte. Mir fällt da nichts mehr ein.«

Naomi schaute kopfschüttelnd auf den Bericht der Sporenuntersuchung und las weiter. Sie nahm von Mia, während sie sich wieder vertiefte, keine Notiz und bemerkte so auch nicht die Veränderung ihrer Körperhaltung vor dem Fenster mit Blick ins All.

Mias gesamte Muskulatur spannte sich, dabei hielt sie sich krampfartig an den beiden Haltegriffen zu beiden Seiten des Fensters fest. Die Knöchel ihrer Hände traten weiß hervor, und ihre Augen waren weit geöffnet. Die schwarzen Pupillen waren im Weiß ihrer Augen von roten Äderchen umgeben, und die Bilder aus dem All fanden als Lichtimpulse getriggert ihren Weg auf die Netzhaut, wo sie in elektrische Impulse umgewandelt und zur Interpretation der Außenreize über den Sehnerv mit hoher Geschwindigkeit weitergeleitet wurden. Die höheren Instanzen ihres zentralen Nervensystems konnten das Gesehene aber nicht richtig einordnen, und so waren physikalische Wahrnehmung und bewusstes Verstehen zunächst noch nicht zur Deckung zu bringen.

»Weißt du, was auch unglaublich ist?« Naomi war derart in den Bericht vertieft, dass sie von ihrer Umgebung und von Mia immer noch keinerlei Notiz nahm. »Sie gehen davon aus, dass diese Sporen in sehr hohen Stückzahlen im Neophyten gebildet werden. Sie sprechen von Millionen Sporen pro Quadratkilometer. Sie haben es auf einem Kontrollabschnitt gemessen und sind auf diese extrem hohen Zahlen gestoßen.«

Mia hing in der Schwerelosigkeit. Naomis Worte drangen nur sehr schwach in ihr Bewusstsein, welches momentan von den Bildern aus dem All vollkommen in Beschlag genommen wurde. Erst hatte sie sie nur vereinzelt aus der Erdatmosphäre herausschießen sehen, aber schnell wurden es immer mehr. Bis die Sporen schließlich milliardenfach aus dem Schwerefeld der Erde hinausflogen und den Planeten zusehend verdunkelten, um ihn schließlich gänzlich zu verdecken. Das Bild war unbeschreiblich, und mit einem Mal wurde ihr bewusst, welche Strategie der fremdartige Organismus dort unten auf ihrem Planeten verfolgte. All sein Streben, seine gesamte Existenz, seine äonenalte Biologie verfolgte nur ein Ziel. Vermehrung, Vermehrung und Ausbreitung im Kosmos. Der gesamte Planet war mit dem Neophyten überwuchert, und die Sporen mussten, in unendlicher Zahl gebildet, wie auf ein Kommando hin aus dem Schwerefeld geschleudert und dem unendlichen Raum übergeben worden sein. Myriadenfach schossen sie von der ehemals blauen Kugel, die man unter der Sporenwolke nur noch erahnen konnte, in die Unendlichkeit auf der Suche nach neuen bewohnbaren Welten. Einmal in deren Gravitationsfeld gelangt, würden sie ihrer Aufgabe entsprechend die todbringende Saat auf deren Oberfläche sicher abliefern.

Mia war von diesem Schauspiel hypnotisch gebannt und konnte sich weder abwenden, noch Naomi von den unbeschreiblichen Eindrücken berichten. Der Planet war hinter der Sporenflut nicht mehr zu erkennen. Das Bild erinnerte sie an eine Hochgeschwindigkeitsaufnahme von sporulierenden Pilzen, die sie einmal vor langer Zeit gesehen hatte.

»Wir sollten sehen, dass wir schnell hinter dem Mond in Deckung kommen.«

Naomis Satz riss Mia endlich aus ihrer Starre. »Was meinst du, wie schnell sind die Dinger?« Naomi schwebte neben ihr und hielt sich an Mias Arm fest.

»Dem Bericht zu Folge, haben sie eine Geschwindigkeit von 80.000 Kilometern pro Stunde, wenn sie die Sporangien verlassen. Wenn sie das Gravitationsfeld und die Atmosphäre verlassen haben, müssen sie um einiges langsamer sein.« Mia schaute Naomi direkt ins Gesicht.

Was sie dort zu sehen bekam, war neben Staunen und Ehrfurcht auch Angst.

»Bis zum Swing-by im Mondschatten sind es jetzt noch mindestens vier Stunden. Wir haben unsere Endgeschwindigkeit noch nicht erreicht. Lass uns die anderen benachrichtigen. Wir müssen die Geschwindigkeit der Sporen bestimmen.«

Auf der Brücke herrschte eisiges Schweigen. Jackson und Toni hatten die Geschwindigkeit der Sporenwolke, die sich konzentrisch um ihren Heimatplaneten ausbreitete, berechnet. Sie hatten unfassbares Glück. Die gigantische Wolke würde den Mond erreichen, wenn sich die Mars II auf seiner der Erde abgewandten Seite befand. Die Sporen würden zwar auf der Mondoberfläche einschlagen, aber im Mondschatten waren sie sicher. Wenn das Schiff aus der Deckung hinter dem Mond heraustreten würde, um seine Reise zum Mars fortzusetzen, würde die Wolke der UHQ-Sporen schon weiter ins Sonnensystem vorgedrungen sein.

»Kaum zu glauben. Die etwas schneller oder wir etwas langsamer und es wäre aus gewesen. Die Dinger hätten uns hier draußen atomisiert.« Jackson konnte ihr Glück kaum fassen.

»Hat eigentlich irgendjemand schon mal Gestein von Merkur oder Venus auf UHQ untersucht?«

Naomi war erstaunt. Ihr war sofort klar, was Toni damit meinte. »Die Tests müssten nach allem, was wir wissen, positiv ausfallen. So eine Wolke muss sich schon mal durch unser Sonnensystem bewegt haben. Vor circa 50.000 Jahren wurde die Sonne von den Sporen vom Mars mit dem UHQ kontaminiert. Deshalb das Spektrum. Und deshalb die Organismensignale direkt in unser Sonnensystem.«

Toni lächelte sie an. Sie hatte verstanden. »Damals müssen eigentlich alle Planeten und Himmelskörper im Sonnensystem von der Wolke kontaminiert worden sein.

Ich wette, wir finden das UHQ auch irgendwann auf dem Jupiter und dem Uranus.«

Jackson hatte es auch kapiert. »Und auf allen anderen Planeten auch. Deshalb haben die Zielsterne ein UHQ-Spektrum. Der Neophyt schleudert seine Sporen in verschwenderischem Überfluss ins All, und neben den Myriaden, die das Sternensystem verlassen, treffen einige Milliarden auf andere Himmelskörper und auch auf die Zentralgestirne. Deshalb die UHQ-Spektren der Sonnen in befallenen Systemen. So markiert der Organismus seine Sterne als Ziel für den Biosender.«

Einen Augenblick herrschte Schweigen. Dann sagte Eyna, während sie sich die roten Narben der Verätzungen auf ihrer Hand rieb: »Nur die Erde wurde damals verschont. Bei uns gab es kein UHQ, bis auf das aus der Nadel und der Spore.«

»Sie hat recht!« Naomi wollte es gerade selbst sagen. »Die Erde hat die Wolke damals nicht erreicht. Wahrscheinlich stand sie direkt hinter der Sonne und wurde verfehlt – sie befand sich quasi im Sporenschatten. Das ist die einzige logische Erklärung.«

Toni hatte einen Kopfhörer halb über den Kopf gezogen. Er schien irgendwelche Nachrichten zu hören, während er ihnen zustimmte. »So muss es gelaufen sein. Und heute liefert der Neophyt das UHQ aus der Kernfusion in Massen zur Sporenherstellung. Seht nur da raus.« Toni zeigte auf den Monitor, der das Bild der Außenkamera wiedergab. Die Sporenwolke vor der Erde hatte wirklich gigantische Ausmaße und verdeckte nun vollständig den Planeten. »Ich hab's ausgerechnet. In 96 Tagen werden die Sporen die Sonne erreichen und dann wird auch unser Zentralgestirn wieder ein UHQ-Spektrum haben.« Dann erstarrte er plötzlich und bat gestenreich um Ruhe. Er hörte konzentriert eine Meldung aus dem Kopfhörer und blickte dabei zu Boden. Dann sah er auf und sagte: »Die Raumstation ist zerstört. Sie wurde von der Sporenwolke eben getroffen. Lasst uns die Systeme checken. Wir sollten jetzt keine Panne haben.«

Natalie

Der Tank war jetzt endgültig leer, und der Motor erstarb mit einem letzten Röcheln, als sie das Boot auf den flachen Sandstrand lenkte und von der Wucht des Aufpralls beinahe von den Beinen geholt wurde. Als sie über die Reling sprang und mit beiden Füßen auf dem weichen Sand landete und sofort bis zu den Knöcheln einsank, schickte die Sonne gerade die ersten Strahlen des Morgens über die Insel. Die Nacht war vorbei, und sie hatte immer noch nicht den Armeestützpunkt auf den Falklands entdecken können. Ab jetzt musste sie laufen und ihren Proviant rationieren. Die Vorräte hatte sie bei ihrem ersten Landgang vor einigen Tagen in Port Stephens entdeckt. Bis dahin wäre sie auf dem kleinen Boot beinahe verhungert.

Tyra und Amanda waren von ihrer Suche nach Nahrung nie zurückgekehrt. Welches Schicksal sie ereilt hatte, konnte Natalie nur erahnen. Wahrscheinlich waren beide auch Opfer der fürchterlichen Kreaturen geworden. Nur der Umstand, dass sie auf dem Schiff noch ein paar Packungen Schiffszwieback gefunden hatte, hatte ihr Überleben bei der Überfahrt zur Insel überhaupt gesichert. Die Vorräte aus Port Stephens waren in den letzten Tagen schnell geschrumpft, und auch ihr kleiner Wasservorrat neigte sich dem Ende entgegen. Sie musste unbedingt zu der englischen Militärbasis auf der Insel vordringen, sonst würde sie die nächsten Tage nicht überleben. Auf der Karte aus dem Haus des Schafzüchters in Port Stephens war der Militärstützpunkt in diesem Gebiet hier handschriftlich verzeichnet, und sie hoffte sehr, dass sie dort Nahrung finden würde. Bisher war das der einzige konkrete Hinweis auf den Stützpunkt, der aus Gründen der Geheimhaltung auf keiner offiziellen Karte vermerkt war.

Natalie schulterte den Rucksack und sprang über die Leine des Ankers, den sie im Sand versenkt hatte. *Eigentlich*, dachte sie, *hätte ich das Boot auch davontreiben lassen können*. Ohne Treibstoff war es vollkommen nutzlos für sie.

Die Schallwellen des ersten Knalls trafen sie von hinten und raubten ihr fast den Atem. Ein Geräusch mit solch einer unerträglichen Lautstärke hatte sie noch nie vernommen. Sie drehte sich gerade um ihre Achse, um nach der Schallquelle Ausschau zu halten, als sie von einem zweiten, dritten und vierten höllischen Donnerschlag in sehr kurzen Abständen von den Beinen geholt wurde. Auf dem Rücken halb auf ihrem Rucksack im nassen Sand liegend, hörte sie noch weitere dieser ungeheuerlichen Schläge, die die Luft um sie herum zum Vibrieren brachten. Dann stellte sich Taubheit ein. Natalie konnte nichts mehr hören und lag bewegungslos auf dem Sand. Ein unvorstellbares Schallwelleninferno prasselte aus allen Richtungen auf ihren ungeschützten Körper ein. Ein Tropfen Blut floss zunächst nur aus ihrer Nase. Sie wischte ihn angewidert weg und fasste sich dann an ihre tauben Ohren. Auch dort fühlte sie Körperflüssigkeit und wurde von Panik ergriffen. Dann bemerkte sie, dass es dunkler wurde. Natalie befürchtete, dass auch ihr Augenlicht schwand oder Ohnmacht nach ihr griff, bis sie den Blick in den Himmel richtete. Der Schallwellensturm war mittlerweile zum Erliegen gekommen.

Unzählige schwarze bis bläulich schimmernde Geschosse verdunkelten zusehend den Himmel über ihr. Es wurden immer mehr. Ihre Zahl ging in die Milliarden, und sie bewegten sich mit unfassbarer Geschwindigkeit aus ihrem Gesichtsfeld. Dann war es dunkel, die ballistischen Geschosse mussten die Atmosphäre des Planeten verlassen haben. Der Spuk, so schnell er gekommen war, war auch schon wieder vorbei. Aber es wurde so dunkel wie bei einer Sonnenfinsternis.

Natalie hatte sich mit zitternden Händen den Rucksack abgestreift und lag nun ganz auf dem Rücken im Sand. Stockdunkel war es geworden. Vereinzelt drangen noch

Knallereignisse durch ihre tauben Ohren an ihr Bewusstsein, in dem sich gerade die ersten klaren Gedanken zu einem unglaublichen Ganzen vereinten. Natalie wusste instinktiv, was eben passiert war. Die Sporenträger hatte sie zum ersten Mal gesehen, als sie auf der Insel landete. Und sie wusste sofort, was sie da vor sich hatte. Der Neophyt hatte in einer konzertierten globalen Aktion seine Sporen ausgeworfen. Die Verbreitungseinheiten des Parasiten waren auf den Weg gebracht worden und würden in einer unbestimmten Zukunft an den Gestaden einer belebten Welt stranden, um ihren unseligen Job zu machen. Eine dieser Sporen war vor vielen Jahren auf der Erde, ihrem Heimatplaneten gelandet und hatte das Unheil über die Menschheit gebracht. Auch diese Spore war von einer fremden Welt auf die gleiche Weise auf den Weg gebracht worden, wie sie es eben beobachtet hatte.

Natalie ließ ihren Kopf sinken. Sie griff mit beiden Händen in den Sand und spürte die Feuchtigkeit. Sie lag hier noch in der Gezeitenzone. Der Strand war noch feucht von der letzten Flut.

Burrows

Zuerst war nur Schmerz. Und Dunkelheit. Dann hatte er das Gefühl, etwas verschob sich aus seiner sinnlich nicht wahrnehmbaren Umgebung in sein bewusstes Erleben, bis er zur Kenntnis nehmen musste, dass sich lediglich der Schmerz verändert hatte. Die Wellen der Pein kamen jetzt langsamer, und ihre Qualität hatte sich verändert. Leider zu seinen Ungunsten. Seine Qualen wurden noch grausamer. Er konnte sich nicht bewegen, und Burrows wusste auch nicht, wo er war. Seine Sinne waren entweder teilweise ausgefallen oder er saß in völliger Dunkelheit, und kein Geräusch drang an seine Ohren. Das Letzte, was er erinnerte, ließ ihn immer wieder leise vor sich hin wimmern. Er war in dem fürchterlichen Ding gewesen. Darin.

Diese Worte musste er in Gedanken immer wiederholen. Immer wieder. Darin. Sonst war es für ihn nicht zu glauben. Lediglich seine unfassbaren Schmerzen erinnerten ihn an seinen Aufenthalt in dem Organismus. Der Schmerz kam wieder. Es war seine Haut und Teile seines Körpers, die fehlten. Aufgelöst in den Säften des Monsters. Burrows versuchte, sich zu bewegen, aber sein Körper hörte ihn nicht mehr. Das, was ihn ausmachte – seine Persönlichkeit –, war in einem Gehirn in einem kaputten Körper gefangen. Unfassbarer Schmerz überrollte ihn. Burrows fragte sich, warum sein gesamter Körper nicht mehr funktionierte, aber ausgerechnet die Schmerzweiterleitung an sein Gehirn noch prächtig arbeitete und ihn am laufenden Band mit den neusten Meldungen aus der Peripherie seines Leibes versorgte. Und dort draußen in den Außenbezirken seiner physischen Hülle war nichts mehr so, wie es sein sollte. Die Verdauungssekrete des Organismus hatten ihm das Innere nach außen gekehrt. Nur bisweilen spürte er noch etwas anderes außer entsetzlichen Schmerz. Nur ein Körperglied schien er noch bewegen zu können. Von dort bekam er auch widersprüchliche Meldungen. Einmal natürlich den üblichen Schmerz. Aber da war auch noch eine andere Empfindung. Etwas haptisches. Ein Tasten, dass ihm noch irgendwie bekannt vorkam. Ja, es musste ein Finger sein, der mit noch intakter Fingerkuppe über den Untergrund fuhr und ihm sensorische Daten lieferte. Dann konnte er es auch hören. Ein Kratzen über rauen Grund, und er war sich sicher, dass das Geräusch von ihm ausgelöst wurde. Mit einem Mal war ihm bewusst, dass er nicht nur einen Finger bewegen konnte. Er konnte ihn auch hören. Kurz beschlich ihn ein Glücksgefühl. Nur sehr kurz war die Freude über eine kleine akustische Wahrnehmung, die ihm aber durchaus sehr wichtig vorkam. Er krümmte zweimal schnell den Finger und machte das Geräusch –*kratz-kratz* –, dann überrannte ihn wieder quälender Schmerz in der vollkommenen Dunkelheit.

Plötzlich wieder Geräusche, lauter werdend. Aber diesmal war es nicht sein Finger. Er war sich absolut sicher. Etwas war um ihn, und es schien sich schnell zu bewegen und war groß. Er spürte eine Lageveränderung seines Körpers im Raum. Er wurde gedreht und hochgehoben. Schmerzen überblendeten seine Wahrnehmung. Aber dann spürte er wieder Bewegung. Er wurde getragen. Wohin? Burrows fühlte nur Schmerz und Bewegung. Die Bewegung kam ihm rhythmisch vor. Irgendetwas lief mit irgendwelchen Extremitäten über einen unbekannten Untergrund einem unbekannten Ziel entgegen.

Burrows musste vor Schmerzen stöhnen. Er dachte gerade, dass am Ziel seines Transportes sicher nichts Angenehmes auf ihn warten würde, als er etwas mit seinen Augen wahrnahm. Lichtreflexe schimmerten über seine Netzhaut und gaukelten ihm Sehen vor. Er sah keine Bilder. Nur dieses Flackern, das die Dunkelheit von der Helligkeit trennte. So ging es eine unermessliche

Zeitspanne weiter. Burrows hatte kein Gefühl für Raum und Zeit mehr. Er fühlte nur Schmerz, Fingerkuppe und Lichtflimmern, das langsam sein Geheimnis preiszugeben schien. Plötzlich sah er verschwommene Bilder durch die verätzte Hornhaut seiner Augen. Er war in einem Gang unter der Erde und er sah nur schwarze unbekannte Gliedmaßen, die ihn hielten, und andere, die sich vorwärtsbewegten. Dann stank es bestialisch. Das war ein Geruch, der ihn an nichts erinnerte, was er jemals in seinem Leben gerochen hatte. Der Gang schien sich zu weiten, und plötzlich war er in einer Art Saal. Die Wände selbst schienen hier zu leuchten.

Burrows konnte jetzt besser sehen, was ihn umgab. Das hellere Licht machte es möglich. Seine Augen waren zwar stark verätzt, aber schemenhaft erkannte er das absolute Grauen in den Kammern an den Wänden des Saals. Diese Kammern erinnerten ihn an seinen früheren Biologieunterricht. Irgendwann einmal hatten sie die Honigbienen besprochen, und sein Lehrer hatte ihnen die Waben eines Bienennestes gezeigt und ihnen erklärt, wie die Larven der Bienen dort drinsaßen und von den Arbeiterinnen gefüttert wurden. Burrows hatte das nie vergessen können und wusste, was er dort in den Kammern durch den Nebel seiner verätzten Augen sah. Die Biologie schien im Universum ähnliche Muster zu verfolgen. Die dicken, grüngelben Maden krümmten und wanden sich in den Kammern. Groß waren sie, größer als ein Mensch, und er wusste auch, dass diese Organismen noch kein menschliches Auge jemals zuvor gesehen hatte. Mit grauenvoller Gewissheit wurde ihm klar, dass dort das Endziel seines unbekannten Überbringers lag. Burrows war nichts weiter als Futter für die junge Brut, und er wurde gerade aus der Vorratskammer des Organismennestes zur Fütterung gebracht. Er war Gefangener in einem Bau der außerirdischen Brut und wurde jetzt zu Futter verarbeitet. *Dann hört wenigstens der unbändige Schmerz auf,* dachte er, als er in die Kammer voller Larven geworfen wurde. Die letzte Sinneswahrnehmung vor seinem Tod in den Mäulern der dicht behaarten Larven von der Größe eines Walrosses war ein Donnern wie von tausenden Explosionen, das von allen Seiten zu kommen schien. Dann wurde sein Körper von den Mäulern der Brut zerrissen.

Ishi und Takeshi

Das Blut rann aus ihren Ohren, und aus ihrer Nase quoll es nur so hervor. Takeshi hatte sich schützend über sie geworfen, als das Schalldrucktrommelfeuer über sie kam. Die Sporen wurden global innerhalb nur weniger Minuten ausgeworfen.

Der Auswurfmechanismus lief wie eine Kettenreaktion nach dem Alles-oder-Nichts-Prinzip ab. Einmal ausgelöst, lief eine Schockwelle um den Globus, und die Sporenträger wurden in Bruchteilen von Sekunden aktiviert. Die Intervalle der Explosionen waren von menschlichen Ohren nicht mehr aufzulösen. Ishi schrie nur noch. Er sah es an ihrem geöffneten Mund und an ihrem verzerrten Gesicht. Hören konnte er es längst nicht mehr, auch wenn er seinen Kopf direkt über dem ihren hatte. Ihre akustische Wahrnehmung hatte sich bereits zu Anfang des globalen Sporenauswurfs verabschiedet, aber er konnte die gewaltigen Druckwellen mit dem gesamten Körper fühlen. Die Schallwellen erzeugten Druckunterschiede in der Luft, die alle Schmerzrezeptoren in der Haut dazu veranlassten, Meldung an das übergeordnete Nervensystem zu machen.

Takeshi stöhnte auf. Gerade mussten mehrere hundert oder tausend Sporenträger in ihrer direkten Nähe ausgelöst haben. Auch er fühlte, dass etwas in ihm kaputt gegangen war. Irgendetwas rann nass an seinem Hals hinab. Takeshi musste nicht nachschauen, was das war. Er wusste es bereits, wenn er Ishi ansah, die blutüberströmt unter ihm lag. Dann plötzlich war es vorbei, und Takeshi schaute nach oben in den Himmel. Eben vor dem ersten Knall hatten sie hier am Feuer unter einem klaren Sternenhimmel gesessen. Das Feuer war von den starken Schallwellen regelrecht ausgeblasen worden. Der Sternenhimmel war verschwunden. Die Myriaden Sporen verdunkelten den Nachthimmel. Die Erde war von einer dichten Sporensphäre umgeben, die sich rasend schnell ausbreitete. Ein helles Aufleuchten zeugte von einer Explosion oder Ähnlichem weit oben in einem erdnahen Orbit. Die Raumstation *Earth Two* war soeben von den Sporen zerschmettert worden und in einem grellen Blitz detoniert.

Takeshi ahnte, dass es die Station sein musste, und dachte kurz an die Männer und Frauen dort oben. Inständig hoffte er, dass sie mit dem neuen Marsraumschiff schon unterwegs waren und dem Sporensturm entkamen. Er und Ishi hatten alles bei der Liveschaltung aus Kourou mitbekommen und Mias Auftritt verfolgt. Takeshi hatte ihrer beider Leben nur retten können, weil sie beide im Institut für Meeresbiologie auf der Biosphäre VI auf St. Lorenz gearbeitet hatten, seit sie auf Yakushima aufgegriffen wurden. Die beiden Tauchausrüstungen hatte er sich gegriffen, als er von den Angriffen der Organismen gehört hatte. Dann, nachdem er nach einiger Überredung Ishi endlich in dem Trockentauchanzug hatte, waren sie gemeinsam mit den vier großen Pressluftflaschen zu dem Abwasserkanal des Instituts geeilt und hatten sich für einen äußerst merkwürdigen Tauchgang fertiggemacht. Der Kanal ergoss sich unter dem Einstieg in ein gigantisches Abwasserbassin, in dem sich die Fäkaliensuppe der gesamten Biosphäre sammelte und von dort hin und wieder in den Pazifik abgelassen wurde. Hier ließen sie sich in die übel stinkende Brühe hinab und überlebten den stundenlangen Ansturm der außerirdischen Killer unter dem olfaktorischen Schutz der gesammelten menschlichen Exkremente.

Als sie nach langen Stunden endlich wieder das Tageslicht sahen, flog ein unbekanntes Frachtflugzeug im Tiefflug über das Gelände, um dann im Steigflug mit dröhnenden Triebwerken aus ihrem Blick zu verschwinden. Das war das letzte menschliche Lebenszeichen, das sie bisher gesehen hatten. Dass noch

Menschen lebten, wussten sie aus Mias Auftritt, den sie auf Kurzwelle mitgehört hatten. Mia hatte versprochen, sie alle nach Hause holen zu wollen. Jeder noch lebende Mensch sollte gerettet werden. Das hatte sie versprochen. Wie sie das anstellen wollte, hatte sie allerdings nicht gesagt. Takeshi war der Meinung, dass es noch lange dauern würde, bis sie hier rausgeholt wurden. Was für ein Aufwand. Er glaubte nicht, dass auf der Insel noch weitere Menschen lebten. Sie beide hatten auch nur mit viel Glück überleben können.

Ishi hatte aufgehört zu schreien und lag jetzt ganz ruhig unter ihm. Immer wieder formte sie Worte mit ihren Lippen, die er nicht verstehen konnte. Er versuchte sich zu konzentrieren, um ihr die Worte von den Lippen ablesen zu können. Immer wieder formte sie damit den einen Satz. Sie wusste, dass er ebenso wie sie keinen Ton mehr hören konnte. Mehrere Minuten ging das so. Dann verstand er, was sie ihm sagen wollte.

Wir müssen fliehen. Mit einem Boot!

Und sofort wusste er, dass sie recht hatte. Sie mussten es alleine nach Kourou schaffen. Ishi hatte den gleichen Gedankengang gehabt wie er. Hierher würde niemals jemand kommen und sie abholen. Hier würden sie nur als Lebendfutter für neue Organismen am Ende der Nahrungskette herhalten.

Takeshi half ihr aufzustehen und stützte sie beim Gehen. Gemeinsam liefen sie auf wackligen Beinen mit blutverschmierten Klamotten einem unbestimmten Ziel entgegen, und erst nach einer Weile, als sie vor einem verrosteten Wegweiser an einer verstaubten Straßenkreuzung standen, wurde ihnen klar, dass sie unbewusst den richtigen Weg eingeschlagen hatten. *Biosphärenhafen, 10 Kilometer*, stand dort zu lesen.

Leitstellenbunker

Das schwere Tor war geschlossen. Die hohlen Schläge gegen das massive Metall kamen unregelmäßig, aber sie kamen und ließen nicht nach. Im Gegenteil. Jeder im Leitstellenbunker wusste, was sich da gegen das Tor warf. Und jeder wusste auch, was passieren würde, wenn die da draußen hereinkommen würden.

Im Bunker waren jetzt noch 63 Menschen. Die Mannschaft und die Zaungäste des Raketenstarts. Alle hatten Angst. Die Bilder der Überwachungskameras hatten ihnen das fremdartige Organismen-Heer ungefiltert gezeigt. Ein jeder war sich bewusst, dass draußen jenseits des Tores kein Mensch mehr leben konnte. Einige hatten es mit Fahrzeugen tatsächlich bis vor das Tor des Bunkers geschafft. Sie hatten verzweifelt um Einlass gefleht. Auch die kleine Familie von Atkinson war unter ihnen. Seine Frau hatte immer wieder seine kleine Tochter vor die Kamera gehalten, sodass Atkinson sie auf den Aufnahmen sehr gut erkennen konnte. Aber er blieb standhaft und ließ das Tor nicht öffnen. Jederzeit mussten sie mit der Ankunft der Killer rechnen. Das Risiko bei geöffnetem Tor war zu hoch. Dann kamen die Schallwellen, und die Explosionen der Myriaden Sporenträger knallten gegen das Tor. Im Bunker waren sie einigermaßen vor dem enormen Schalldruck des Auswurfs geschützt, aber die Menschen draußen wurden schwer in Mitleidenschaft gezogen. Doch bevor sie sich mit ihren Verletzungen beschäftigen konnten, kam der Tod in anderer Gestalt. Als die Killer in Massen herbei fluteten, wand Atkinson sich von den Bildern ab, während seine kleine Tochter und seine Frau dort draußen mit den anderen zerfetzt wurden. Atkinson hatte in der Verantwortung für die 62 Menschen im Bunker die richtige Entscheidung getroffen, aber er würde daran früher oder später zerbrechen.

Er stand mit der Biosphäre in Kourou in Verbindung und lieferte gerade über Funk seinen Bericht ab. Die Lage für die Mannschaft und die Zivilisten im Bunker war hoffnungslos. Hier konnten sie nicht bleiben. Ihre Aufgabe war erfüllt. Die Rakete war erfolgreich gestartet, wenn auch ohne die eigentliche Crew. Aber die Mars II war auf der Reise, und sie hatten zudem noch Glück im Unglück gehabt. Die Sporenwolke hatte das Schiff nicht zerstören können. Nachdem das Raumschiff aus dem Mondschatten getreten war, hatten sie bisher noch keinen Funkkontakt herstellen können. Atkinson hatte Kontakt zur Biosphäre III. Aber es war nur eine Frage der Zeit, bis der abreißen würde. Das Problem war nicht die Sendeanlage, sondern die Parabolantennen, die durch das extreme Schallereignis des Sporenauswurfs wahrscheinlich deformiert worden waren.

»Wir schaffen das nicht. Wir brauchen Unterstützung aus der Luft. Ihr müsst uns eine Schneise zur Flucht freibomben. Dann können wir vielleicht durchbrechen, aber es wird hohe Verluste geben.«

Alex und Simone standen hinter ihm und verfolgten die Konversation. Auch Kaspuhl und O'Brian hatten sich hinzugesellt.

Der Mann am anderen Ende der Funkverbindung ließ sich viel Zeit mit seiner Antwort. Alle lauschten in die Stille der rauschenden Verbindung, aber nichts passierte. Der Mann schien sich mit seinen Vorgesetzten auszutauschen.

»Hallo Kourou, Hallo, Hallo. Könnt ihr uns noch hören? Bitte kommen.« Atkinson versuchte, die Verbindung zu halten.

Alex schlug ihm schließlich auf die Schulter. »Lass gut sein, wir werden es später noch mal versuchen.« Während er das sagte, blinkte ein Reihe LEDs. Das war ein eingehender Anruf von der Mars II. Anscheinend hatten sie wenigstens zu dem Raumschiff Kontakt.

Atkinson wechselte die Frequenz, und sofort hörten sie ihre Stimme. Es war Alex, der sie zuerst erkannte und Simone den Ellbogen in die Rippen rammte, weil er mit Kaspuhl redete.

»Wir haben den Swing-by gut ...« Die Verbindung wurde wieder unterbrochen. Aus den Lautsprechern drang nur Knistern.

Kaspuhl deutete auf einen Bildschirm, der Bilder der Antennenanlage zeigte. Deutlich sah man einige der fremdartigen Wesen über die Parabolantennen kriechen. »Das Problem ist weniger die Verformung durch die Schallwellen. Seht selbst.«

Auch die anderen sahen jetzt, warum die Verbindung ständig zusammenbrach.

»Drecksbiester«, zischte Simone. Plötzlich waren wieder Mias Wortfetzen zu hören.

»Eyna hat das Signal vom Mars sorgfältig untersucht. Ich schick euch jetzt ... *RAUSCHEN* ... Ergebnis. In dem ... *RAUSCHEN* ... Bild versteckt.«

Die Männer schauten sich an. Dann blickten sie auf den Monitor. Die uralten Stimmen der menschlichen Vorfahren aus Australien drangen aus den Lautsprechern. Das Signal, das der Kundschafterroboter in der Nähe des Olympus Mons aufgezeichnet hatte, war deutlich zu hören. Immer wieder hörten sie ein Wort heraus, weil sie dessen Bedeutung kannten. *UNGUD*. Und immer wieder drangen die in der gutturalen Sprache der Ureinwohner gesprochenen Worte *Wir haben sehr lange auf Euch gewartet. Folgt der Schlange* aus den Lautsprechern, während sich auf dem Monitor langsam ein Bild Zeile um Zeile aufbaute. In der Leitung knackte und rauschte es. Die gesprochenen Worte konnten sie manchmal nur noch erahnen. Anscheinend wurde mit dem Bild eine gewaltige Datenmenge übertragen, was die Übertragung zusätzlich erschwerte. Nach einer gefühlten Ewigkeit blickten die Männer auf das übertragene Bild, das flackernd auf dem

Bildschirm stand und ihnen allen die Farbe aus dem Gesicht weichen ließ.

Das Bild, das in der Botschaft vom Mars versteckt war und von Eyna herausgefiltert wurde, zeigte eine menschliche Physiognomie. Die fünf Männer starrten ohne jegliche Regung in das Gesicht eines australischen Ureinwohners. Sein Blick war nach unten gerichtet. Das Gesicht war vollkommen weiß bemalt. Selbst der Bart war weiß. Seine schwarzen Haare standen struppig und verfilzt, nur von einem roten Tuch gebändigt, in alle Richtungen und schienen ein Eigenleben zu haben. Durch die breite Nase hatte er sich ein dünnes Holz getrieben. Plötzlich blickte er auf. Die Männer erschraken fürchterlich. Das Bild wurde zu einer Filmsequenz und der Mann schaute sie aus dunklen Pupillen direkt an, das Weiß seiner Augen blutunterlaufen. Dann begann er zu ihnen zu sprechen. Diesmal konnten sie jedes Wort verstehen.

»Wir haben lange gewartet. Geht und folgt eurer Bestimmung. Geht jetzt und werdet, was ihr seid, was ihr sein werdet und was ihr wart! Und findet eure Traumpfade mithilfe der Schlange! Ungud muss vernichtet werden.«

Mars II – Im Anflug auf den Mars

Die Ionentriebwerke hatten das Schiff auf eine Reisegeschwindigkeit von 50.000 Kilometer pro Stunde in Richtung Mars beschleunigt.

»Ungud ist kein realer Ort. Da bin ich mir ganz sicher. Es steht für die Schlange. Das Wort wurde von den ersten Aborigines in Australien geprägt. Sie haben das Schlangensymbol von den außerirdischen Besuchern assimiliert und es als Regenbogenschlange in ihre Mythologie eingebaut. Dann wurde es von den Besuchern aus dem All wiederum für ihre Sprachbotschaft vom Mars verwendet.« Eyna klang sehr reif, als sie das sagte.

Naomi legte noch einen nach. »Nicht eingebaut. Sie haben eine ganze Mythologie um diesen Erstkontakt vor 50.000 Jahren errichtet.«

»Ja, du hast recht!« Eyna sprach ruhig weiter. »Die außerirdischen Kammerjäger haben den Kontaktpunkt auf dem Mars eingerichtet, um sicher gehen zu können, dass wir die Raumfahrt beherrschen und technologisch sehr weit entwickelt sind, wenn wir einen Kontakt herstellen. Der Kontaktpunkt ist für eine besondere Mission vorgesehen. Für das, was sie dort gesucht haben, gibt es in unseren Sprachen kein Wort. Deshalb haben sie sich der Sprache der Aborigines bemächtigt und es Ungud genannt.«

Mia stand in der künstlichen Schwerkraft der Mars II an einem Fenster und schaute in den Kosmos voller Sterne. Sie drehte ihnen den Rücken zu und sprach leise: »Das Symbol für elektromagnetische Schwingungen, ihr Zeichen für das Organismensignal, dem sie in unserer Galaxie hinterherjagten, um den Parasiten zu zerstören, wurde zur Schlange der ersten Menschen auf dem roten Kontinent. Die Unbekannten haben diese Symbolik wahrscheinlich belächelt, aber sie haben das Wort Ungud für etwas übernommen, das wir noch nicht kennen. Was soll das sein, wenn es kein Ort im Universum bezeichnet?«

»*Und findet eure Traumpfade mithilfe der Schlange! Dann zerstört ihr Ungud.*« Eyna sprach die Worte des merkwürdigen Mannes nach. »Das werden wir erfahren, wenn wir den Sender auf dem Mars gefunden haben. Aber ich glaube, wir werden den Organismensignalen durch die Galaxie folgen und Ungud finden und zerstören.«

Alle schauten Eyna an, und es herrschte angespannte Ruhe. Mia, Naomi, Toni und Jackson klebten an ihrem Mund. Sie hatte noch nicht fertig gesprochen.

»Ungud ist ein sehr altes Lebewesen. Der Ursprung von allem. Es ist der böse alte Mann, und wir werden ihn zerstören. Erst dann wird dieser Spuk beendet.«

Leitstellenbunker

Die Hubschrauber kamen. Keiner hatte mehr daran zu glauben gewagt. Nach dem nicht enden wollenden Bombardement der letzten Stunden war es endlich soweit. Sie konnten jetzt ihr Grab verlassen.

Als Atkinson von Kaspuhl und O'Brian das Okay zur Öffnung des Tores bekam, schlug er auf den großen roten Knopf der Handsteuerung, und sofort hörte man die schweren Arretierungsbolzen ächzend aus der Verankerung gleiten. Die schwerbewaffnete Sondierungseinheit bestand aus sechs Männern und Frauen, die für den Kampfeinsatz speziell trainiert waren. Nachdem sich das Tor weit genug geöffnet hatte, sodass sie hintereinander den Bunker verlassen konnten, stoppte Atkinson den Öffnungsmechanismus und gab ihnen den Befehl zum Ausstieg. Einer nach dem anderen verließen sie den Bunker durch den engen Spalt zwischen Tor und Stahlrahmen.

Der Rest der Menschen verharrte in der Halle des Torbereichs. Wer alt und kräftig genug war, trug eine Waffe. Die meisten hatten Sturmgewehre und Pistolen für den Nahkampf. Die Kinder und diejenigen, die keine Waffen tragen konnten, blieben hinter der Phalanx in Deckung. Nach langen, kaum verstreichen wollenden Minuten war von jenseits des Tores noch immer nichts zu hören.

Anna stand Seite an Seite mit Alex und Simone in der ersten Reihe. Hinter ihnen standen ihre Kinder Aada und Elias mit Alexis Bell und den Kindern aus der Biosphäre der Baleareninsel. Direkt am Tor hatten sich mittlerweile Kaspuhl und O'Brian zu Atkinson gesellt. Alle anderen standen im Halbkreis zerstreut. Langsam machte sich Nervosität breit. O'Brian gab den Menschen mit Handzeichen zu verstehen, dass sie sich ruhig zu verhalten hatten.

Leise verständigte er sich mit Atkinson und Kaspuhl. »Allmählich sollten sie sich melden. Wir hören keine Kampfgeräusche. Wenn da draußen nach dem Bombardement noch irgendwas leben sollte, hätten wir was mitbekommen. Warum kriegen wir kein Funksignal?«

Atkinson wollte ihm gerade antworten, als Kaspuhl auf den Spalt im Tor zeigte. Alle Blicke richteten sich auf den Menschen in Kampfmontur. Es war eine der Frauen, die mit der Waffe in der Hand durch die Lücke im Tor trat. Mit dem ostentativ vor die Lippen gehaltenen Zeigefinger begann sie zu flüstern, wobei sie alle eindringlich anschaute: »Wir haben den Bereich hinter dem Tor inspiziert und gesichert. Momentan lebt dort nichts mehr. Die Bomber haben ganze Arbeit geleistet. Wir werden jetzt gemeinsam einer nach dem anderen nach draußen gehen und dabei mucksmäuschenstill sein. Keiner darf einen Laut von sich geben. Auch nicht die Kinder, sorgt dafür! Das, was ihr da hinter dem Tor zu sehen bekommt, wird euch in Erinnerung bleiben. Nicht nur die Viecher hat es zerrissen. Aber wir sind sicher, dass noch eine Vielzahl von ihnen am Leben sind und beim kleinsten Geräusch über uns herfallen werden.« Die Frau sprach kurz mit Atkinson. Daraufhin gab er allen das Signal für den Aufbruch. Langsam setzte sich die Gruppe in Bewegung. Atkinson und die Soldatin auf einer Seite des Durchlasses, O'Brian und Kaspuhl auf der äußeren Seite, so sorgten sie für einen geordneten Abzug.

Als Anna das Tor mit Aada und Elias im Schlepptau erreichte, hielt sie kurz inne und schaute der Frau in Kampfmontur durchdringend in die Augen. »Beim kleinsten Geräusch über uns herfallen, was?«, sagte sie verächtlich. »Was glaubt ihr eigentlich, was passiert, wenn hier gleich vier Hubschrauber landen?«

Die Frau schaute sie nur an und spukte missfällig aus, dann lud sie ihre Waffe durch. »Entweder wir oder die Kreaturen. Es gibt keinen anderen Weg.«

Mars II – Eynas Traum

Das Raumschiff war auf dem berechneten Korridor. Die Ionentriebwerke waren auf Standby, und das 400 Meter lange Schiff hielt seinen Kurs innerhalb der solaren Planetenbahnen. Ziel vierter Planet Mars. Entfernung 70 Millionen Kilometer. Mit der momentanen Geschwindigkeit von annähernd 16 Kilometern pro Sekunde und dem zeitaufwendigen Bremsmanöver mittels der chemischen Triebwerke sollte die Mars II innerhalb von drei Monaten ihr Ziel erreichen.

Reibungslos glitt eine der größten je von Menschen gemachten Maschinen durch das fast perfekte Vakuum des solaren Raumes. Der auf die Außenseite des Schiffes einprasselnde Partikelstrom des Sonnenwindes hatte durch starke Sonnenaktivitäten der letzten Wochen zugenommen. An Bord herrschte die lange Standardruhephase der Bordzeit zur Regeneration der Mannschaft. Es war ruhig im Schiff. Die Crew lag bis auf eine Notbesetzung im Steuerstand angegurtet in ihren Kojen. Kein technisches Geräusch störte die Stille. Selbst die aufwendige Maschinerie des Raumfahrzeugs schien zur Ruhe gekommen zu sein. Nur der Geist des unvorstellbar großen, leeren Raumes hinter der wenige Millimeter dünnen Außenhülle des Schiffes tränkte die menschenleeren, nur spärlich beleuchteten Korridore mit seinem Odem. Ab und zu klangen die Schlafgeräusche der Menschen in ihren Ruhelagern verhalten durch die Gänge der Mannschaftsräume.

Eyna lag völlig bewegungslos in einer tiefen Schlafphase auf ihrem Lager. Atmung und Puls waren normal, Schweiß benetzte ihre Stirn. Ihre Augen standen weit offen und blickten erstarrt ohne waches Bewusstsein ins Leere. Hätte jemand sie so daliegen sehen, wäre er geneigt gewesen, ihr die Augen zu schließen und ihr anschließend Münzen für den Fährmann über den Styx auf die Lider zu legen, aber der Schein täuschte. Eyna war alles andere als tot. Ihre Gehirnaktivität lag weit über dem, was als normal galt. Die Nadel eines EEG-Gerätes hätte heftige Ausschläge ins Papier gekratzt. Die leblos starrenden Augen entwickelten plötzlich ein Eigenleben und rollten in ihren Augenhöhlen hin und her. Eynas Bewusstsein war tief in einer den Normalsterblichen nicht zugänglichen Welt versunken, einer Dimension, die nur für den Augenblick von einer übernatürlichen Kraft durchdrungen war, denn dort in dieser gleißend weiß illuminierten Umgebung ohne klar erkennbare Grenzen war sie nicht alleine. Für den sphärischen Augenblick dieser Zusammenkunft kreuzten sich die Traumpfade ihrer Existenzen, und in der Traumzeit waren sie eins.

Er, der *Eine*, das letzte die Jahrtausende überdauernde Relikt der Fremden vom Mars, erschien ihr schattenhaft und vage im Licht. Der Fremde, der ihr in seiner Fremdartigkeit aber schon vertraut war, begann ohne Umschweife zu reden.

»Dies ist das Licht. Komm zu mir und geh mit mir durch das Licht zu Ungud.«

Aus dem gleißenden Licht blickte er sie mit dunklen Pupillen an, das Weiß seiner Augen blutunterlaufen. Der asketische Körper nackt bis auf ein ockerfarbenes Tuch um seine Lenden.

»Komm! Der Zeitpunkt unserer Zusammenkunft rückt näher. Du wirst dabei sein. Du wirst sie führen. Ungud muss vernichtet werden. Das ist deine Bestimmung. Geh jetzt und werde, was du bist, was du sein wirst und was du warst! Und finde deine Traumpfade mithilfe der Schlange!«

Irgendetwas störte ihr tief versunkenes Bewusstsein von weit jenseits ihrer körperlichen Hülle. Da war eine starke störende Strömung, die sie von dem Fremden wegzureißen drohte.

Auch er spürte die Schwankungen in der Traumzeit und sprach schneller, eindringlicher. »Ungud hat dich durch Zufall bis hierhergebracht, dich und die vier. Unter ihnen ist einer, dessen Fleisch wir kennen. Er wird euch den Weg zu dem Durchgang weisen.«

Das störende Element aus der äußeren Welt wurde stärker. An dieser Stelle hörten seine Reden auf, und Eyna sah nur noch albtraumhafte Visionen. Bilder, die sie von ihm gezeigt bekam und die ein Universum ohne Vielfalt offenbarten, ein Kosmos mit nur einer Lebensform: Ungud, die Schlange, durchdrang alles. Dann hörte sie das echohafte Raunen einer fernen Stimme, die immer wieder ein und dasselbe Wort zu rufen schien. Die Stimme kam aus weiter Entfernung, wurde aber immer lauter und schien näher zu kommen. Sie spürte, dass irgendwas ihren Körper durchschüttelte. Langsam nahm Eyna den beschwerlichen Weg aus ihrer versunkenen Dimension zurück in das Wachbewusstsein und folgte der Stimme, deren Tonfolgen immer mehr die Konturen eines gesprochenen Wortes annahmen. Da schrie jemand ihren Namen, und sie spürte das Schütteln besorgter Hände an ihren Schultern. Es waren die Hände von Mia.

»Eyna, Eyna!« Mia rief unentwegt ihren Namen und versuchte sie wachzurütteln. »Eyna, du musst aufstehen. Wir müssen den Sektor des Schiffes verlassen, Wir haben einen Treffer abbekommen. Bitte wach jetzt auf!«

Während sie langsam erwachte und Mia sie gemeinsam mit Toni aus dem Bett zerrte, um sie in die Schleuse zu verfrachten, inspizierte ein Technikerteam mit seltsam aussehenden Messgeräten die schadhafte Außenhülle auf ein Leck, um dieses schnellstmöglich abzudichten und den Druckverlust zu beenden. Als sie endlich in der Schleuse waren, schloss sich das Schott, und Eyna beobachtete einen Techniker durch das Glas der Tür. Ein Leck hinter der Verkleidung eines Wandpaneels hatte er soeben mit einer Art Sprühkleber abgedichtet, und gerade war er dabei, mit einem roten Laserstrahl die Austrittsstelle des kleinen Partikels zu vermessen, um auch dieses Leck abzudichten. Es war Glück, dass sie nur von einem relativ kleinen Gesteinsbrocken getroffen worden waren. Ein größerer Asteroid hätte einen irreparablen Schaden hervorgerufen, und das hätte ihr Ende bedeuten können. Die Wahrscheinlichkeit für einen Treffer lag bei eins zu mehreren Milliarden. Sehr unwahrscheinlich also, aber es war passiert. Die Realität scherte sich einen Dreck um Wahrscheinlichkeiten.

»Ich habe ihn in meinem Traum gesehen!«

Mia und Toni schauten sich verwirrt an. Eynas Worte klangen furchteinflößend für sie.

»Wen hast du gesehen?« Mia sprach beruhigend auf sie ein und ahnte bereits, was sie als Antwort auf ihre Frage bekommen würde.

»Aber das weißt du doch!« Eyna schaute immer noch dem Techniker zu, der gerade mit einem weiteren Mann das zweite Leck hinter der Vertäfelung der Ganges freilegte. Beide trugen jetzt Raumanzüge. Der Druck in dem hermetisch abgeschirmten Schiffsbereich schien einen kritischen Wert unterschritten zu haben. Dann zeigte sie ihnen die Bilder aus ihrem Traum. Tonis und auch Mias Bewusstsein wurde von den fremdartigen Visionen Eynas überflutet. Beide sahen sie den bekannten Unbekannten, der Mann aus den Träumen der Kinder und aus der australischen Felszeichnung. Toni war ihm vor langer Zeit schon selbst in einem Traum begegnet, und beide hörten die eindringlichen Worte des Fremden.

Nachdem die telepathische Vision geendet hatte, fielen sie in eine kurze Bewusstlosigkeit, aus der sie kurze Zeit später mit einem metallischen Geschmack im Mund erwachten. Während sie sich aufrappelten und benommen ihre Köpfe schüttelten, drehte sich Eyna um. In ihrem Rücken öffnete sich zischend die Schleusentür, und das Technikerteam schritt an ihnen vorbei. Für Mia und Toni sah es aus, als würden sie in Zeitlupe durch den Gang spazieren, ohne von ihnen Notiz zu nehmen.

»Ihr habt es gehört! Lasst uns gehen. Ich habe ein Rendezvous und möchte nicht zu spät erscheinen. Das wäre unhöflich.«

Leitstellenbunker

Der Lärm war ohrenbetäubend. Unter das infernalische Dröhnen der Hubschrauberturbinen mischten sich das Maschinengewehrfeuer und die Schreie der Menschen. Einige schrien, um sich bei diesem letzten Gefecht selbst Mut zu machen. Die meisten schrien, weil sie starben oder zusehen mussten, wie gestorben wurde.

Anna hatte es vorausgesehen, als sie mit der Soldatin am Tordurchgang gesprochen hatte. Der Angriff kam mit den Hubschraubern und ihren donnernden Rotoren. An eine Landung der Maschinen war gar nicht zu denken. Das Gebiet vor dem Tor war mit den Leichenteilen der im Bombardement zerstückelten Organismen übersät. Anna und ihre beiden Kinder mussten immer wieder beschwerlich über die Kadaver steigen.

Alle aus dem Leitstellenbunker mussten die letzten Meter bis zu den Hubschraubern auf diese mühevolle Weise zurücklegen. Dabei gab sich ein jeder redlich Mühe, nicht zu genau auf die hinunterzublicken, die hier den Boden über und über bedeckten. Es waren auch menschliche Überreste unter jenen, die hier lagen. Zu allem Überdruss kam der brachiale Angriff der fremdartigen Organismen in dem Moment, als ihre Rettung knatternd über ihren Köpfen einschwebte. Sofort gingen die Transporthubschrauber runter, und aus ihren Ladeluken sahen sie das Blitzen der schweren Maschinenkanonen. Die Geschosse klatschten in die heranbrausende Menge der außerirdischen Leiber und schlugen zunächst Schneisen in ihre Flut. Die ersten Menschen aus dem Bunker erreichten die rettenden Fluggeräte und sprangen alleine hinein oder wurden dabei von den Besatzungen hineingezogen.

Mit eingezogenen Köpfen waren Anna, Elias und Aada in den zweiten Hubschrauber gestiegen, der mit laufenden Motoren einen halben Meter über dem Boden schwebte.

Als Anna sich zu dem Geschehen in ihrem Rücken umdrehte, wusste sie, dass es keinen Aufschub mehr für sie geben würde. Sie sah, wie verzweifelte Menschen zu den Hubschraubern flohen, während andere das Feuer auf die ungeheuerliche Masse der Organismen eröffnet hatten. Überall sah sie das Aufblitzen des Mündungsfeuers und Menschen reihenweise sterben. Neben ihr feuerte Aada aus einem Sturmgewehr aus der Luke auf die Organismen, die versuchten, den Hubschrauber zu kapern. Hinter ihr, den Kopf durch Aadas Beine steckend, lag Elias mit einem schweren Revolver, den er einem der widerlichen Viecher in den Rachen schob, während das Blendenmaul mit schnellen Bissen nach ihm schnappte. Sie sah noch, wie er das Magazin rauchend in dem aufgerissenen Maul entleerte und die Klauen der sterbenden Kreatur auf dem Kabinenboden des Hubschraubers keinen Halt mehr fanden und abrutschten, als ihre Aufmerksamkeit von anderen unbeschreiblichen Geschehnissen abgelenkt wurde. Sie reichte gerade noch Alexis Bell eine Hand, um ihm hineinzuhelfen – er hatte einige Kinder eben noch unter Einsatz seines Lebens in die Kabine geworfen –, als sie die beiden anderen Hubschrauber erblickte. Einer hob gerade ab, und just in diesem Moment wurde ihr bewusst, dass auch ihre Maschine an Höhe gewann. Sie sah aus dem startenden Hubschrauber mehrere Menschen verzweifelt auf die Angreifer feuern. Einen erkannte sie. Es war Ian. Dann erkannte sie noch den Mann neben ihm, der wie wahnsinnig mit einer schweren Pumpgun um sich schoss. Atkinson versuchte wie Ian und die anderen in der offenen Laderaumluke, die Brut daran zu hindern, sich an der startenden Maschine festzuklammern. Es gelang ihnen nicht. Immer mehr der Organismen hingen mittlerweile an der Maschine, die von dem zunehmenden Startgewicht jetzt deutlich in ihrer Aufwärtsbewegung gebremst wurde. Dann sah sie das fürchterliche Unheil in Form mehrerer blauer Fäden an den Rumpf klatschen.

Der gewaltige Körperwandler hatte Halt gefunden und katapultierte sich an seinen Byssusfäden direkt in die Kabine mit den vielen Menschen. Sofort färbten sich die Scheiben der Cockpitkanzeln rot vom Blut der Piloten. Der Wandler hatte fast alles Leben in der Maschine in Sekundenbruchteilen ausgelöscht.

Aada neben Anna schrie. Auch Elias brüllte irgendwo neben oder unter ihr. Dann sah auch Anna, was die beiden so entsetzte. Vor dem zweiten startenden Hubschrauber kämpften Alex und Simone um ihr nacktes Leben. Der Kampf schien infolge der Massen der Angreifer aussichtslos. Die beiden und auch andere in ihrem Gefolge hatten das offensichtlich auch begriffen. Sie sahen, wie Simone sich zwischen Alex und einen der angreifenden Centipeden warf und von mindestens einem seiner Mundwerkzeug durchbohrt wurde. Wimmernd ging Anna auf die Knie nieder und wurde von Aada und Elias davor bewahrt, aus der offenen Luke in die zwanzig Meter unter ihnen wabernde Masse der Killerwesen zu fallen. Sie sahen, wie Simone sich mit schmerzverzerrter Miene kurz zu Alex umblickte und irgendetwas zu ihm sagte. Dann sahen die drei einen mit versteinerter Miene im letzten Moment auf den Hubschrauber aufspringenden Alex. Und sie sahen, wie er sich zu seinem sterbenden Freund in den Fängen der Kreaturen umdrehte, ihm kurz in seine flehenden Augen blickte und ihm dann mehrmals ins Gesicht schoss.

Anna brach völlig zusammen und lag wimmernd auf dem Kabinenboden. Aada und Elias hielten sie und sahen noch, wie der Hubschrauber mit Atkinson und Ian ins Trudeln geriet und in schwerer Schräglage seine Rotorblätter in den dritten, mit Menschen voll besetzten Hubschrauber schlug, der auch soeben vom Boden abgehoben hatte. Eine gewaltige Explosion zerriss die Luft, und die beiden Maschinen umkreisten sich kurz in einem grellen Feuerball, um Sekunden später auf dem Grund in der Masse der Organismen zu zerbersten. Während ihre Maschine normale Flughöhe erreicht hatte und außerhalb der Reichweite der Organismen war, sahen sie in der offenen Ladeluke des zweiten Hubschraubers Alex knien. Er blickte zu ihnen herüber. Seine Augen waren leer, und in seiner rechten Hand sahen beide die Pistole, mit der er eben seinen Freund erschossen hatte.

Ein Mann hinter ihnen schrie mit panischer Erleichterung: »Wir haben es geschafft. Wir sind in Sicherheit.«

Die Pistole rutschte Alex aus der Hand und flog in weitem Bogen aus dem nach vorne beschleunigendem Hubschrauber und verlor sich trudelnd irgendwo unter ihnen. Anna streckte ihre Arme aus dem Hubschrauber und schrie.

Mars – Olympus Mons; Tunnelsystem einer fremden Intelligenz

Vier Monate später

In dem speziell für die Marsmission entwickelten Skaphander konnten sie sich sehr gut bewegen. Der Raumanzug bot durch neu entwickelte Materialien auf Basis des neuen Elementes UHQ optimalen Schutz vor kosmischer Strahlung bei bestmöglicher Beweglichkeit.

Mia schritt voran. Hinter ihr folgten Eyna, Naomi, Toni und Jackson. Die letzten beiden Kilometer mussten sie zu Fuß zurücklegen. Das Gelände war für den Rover nicht mehr befahrbar. Das Gefährt hatte sie sicher von dem Basislager in direkter Nähe zum Landeplatz der Mars I in der Amazonis Planitia hierhergebracht. Insgesamt fast 200 Kilometer hatten sie zurückgelegt und das Signal verfolgt, das immer mehr an Intensität zunahm. Der Sender musste jetzt zum Greifen nahe sein.

Mia blickte nach oben und sah die Mars II im Orbit über ihnen kurz aufblitzen. Die Solarpaneele reflektierten grell das Sonnenlicht. Das Raumschiff bewegte sich auf seiner Bahn schnell in östliche Richtung und war nach wenigen Minuten schon wieder aus ihrem Sichtfeld verschwunden. Mia sah zu Jackson zurück, der wiederholt den Sender anpeilte und mit der Hand ihre Marschrichtung anzeigte. Es ging weiter den Höhenzug nach oben. Die Stiefel ihrer Raumanzüge hinterließen bei jedem Schritt deutliche Profilspuren im Marssand. Plötzlich schritt Eyna links an ihr vorbei. Irgendetwas trieb sie zur Eile an. Mia konnte sie im Intercom keuchen hören, und sie schien mit jemandem zu sprechen. Sie forderte den Unbekannten immer wieder auf, doch auf sie zu warten. Mia konnte niemanden vor Eyna erkennen.

Hat sie etwas entdeckt? Mia erhöhte nun ebenfalls ihr Schritttempo. Sie musste ihr auf den Fersen bleiben. Immer wieder versuchte sie, an dem Mädchen vorbei einen

Blick nach vorne zu erhaschen. Doch sie sah niemanden und es war auch unmöglich, dass da jemand sein sollte. Halluzinierte sie vielleicht? Sie sah, wie Eyna über einen schroffen Felsen sprang und dann vor einer roten Felswand stehen blieb. Sekunden später standen sie alle neben ihr. Schnaufend rangen sie um Atem. Die letzten Meter waren trotz der geringeren Schwerkraft sehr anstrengend für das Team gewesen.

Jackson sprach zuerst, während er eine Peilung vornahm. »Wir müssen am Ziel sein. Der Sender muss irgendwo hier sein.«

Suchend blickten sie sich um. Nur Eyna stand vor der zehn Meter aufragenden Felswand und schien ein Loch hineinschauen zu wollen. »Er ist da hinein.« Sie zeigte direkt auf die Wand aus vulkanischem Gestein. Alle blickten jetzt auf den nackten Felsen und versuchten verzweifelt eine Unregelmäßigkeit zu erkennen, die auf eine Öffnung hindeutete.

»Wer ist da hinein, wen hast du gesehen?« Mia war angespannt. Auch die anderen hatten im Intercom gehört, wie sie mit jemanden sprach, und schauten Eyna eigenartig an.

»Der Mann aus meinem Traum. Ihr kennt ihn.« Schließlich nahm sich Eyna ein Herz und legte ihre flache Hand auf den Felsen, um seine Oberfläche auf Unebenheiten oder dergleichen abzutasten. Nach einer Weile gab sie frustriert auf und wandte sich von dem Felsen ab. »Nichts, ich bin mir aber sicher, dass er dahinter ist.«

Jackson legte ihr eine Hand auf die Schulter und hielt das Gerät zur Peilung so, dass alle einen Blick darauf werfen konnten. »Der Sender muss hier sein. Seht selbst, gerade im Augenblick empfange ich wieder ein Signal.« Er stellte das Messgerät in den roten Sand zu seinen Füßen und legte seine rechte Hand auf den Felsen, um ihn nun ebenfalls genauer zu untersuchen. Plötzlich, seine Hand lag in einer Mulde, die bisher noch niemand wahrgenommen hatte, veränderte sich die Textur des Gesteins. Jackson zog die Hand sofort erschrocken zurück. Der Fels sah wieder aus wie zuvor. Totenstille, keiner sprach. Jackson schaute abwechselnd von einem zum anderen.

Mia gab ihm mit nach vorne wippendem Kinn zu verstehen, dass er das, was er eben getan hatte, wiederholen sollte. Jackson rann der Schweiß in die Augen. Zu gerne hätte er sich jetzt über die Stirn gewischt. Er legte seine Hand wieder an die gleiche Stelle auf den Felsen und spürte die flache Wölbung im Basalt. Das Gestein veränderte sogleich seine Struktur. So, wie sie es eben bereits gesehen hatten. Nur diesmal ließ er seine Hand dort liegen. Der Fels wurde plötzlich transparent und gab den Blick auf einen Raum dahinter frei. Dann versank Jacksons Hand in dem Felsen. In Wirklichkeit hatte sich eine kreisrunde Öffnung aufgetan, und er wäre beinah in den Raum dahinter gefallen.

»Das ist eine Tür!« Eyna stand jetzt neben ihm. »Das ist nicht nur eine Tür. Das ist eine Art Schleuse.« Sie schaute Jackson herausfordernd an. »Sie hat sich erst geöffnet, als du sie berührt hast. Irgendwer mag wohl Aborigines.« Während sie das sagte, dachte sie an das, was das Phantom ihres Albtraumes gesagt hatte: *Unter den Vieren ist einer, dessen Fleisch wir kennen. Er wird euch den Weg zu dem Durchgang weisen.* »Lasst uns hineingehen.«

Mia und Naomi wollten gerade protestieren, Toni versuchte sie festzuhalten, aber Eyna war schneller und glitt geschmeidig durch die merkwürdige Öffnung in die kleine Kammer dahinter. Während Naomi noch mit dem Basislager kommunizierte, um ihren genauen Aufenthaltsort durchzugeben und den anderen im Team von der Entdeckung zu berichten, folgte der kleine Trupp Eyna in die enge Felsenkammer.

»Was tun wir nur?« Mia musste ihre Skepsis einfach zum Ausdruck bringen. In der Kammer war gerade genug

Platz für die fünf. Nachdem Naomi als Letzte den Raum betreten hatte, schloss sich das Rund auf unbekannte Weise, und der Fels nahm wieder seine ursprüngliche Farbe an. Sogleich wurde es kurz dunkel, bevor der Fels anfing, von innen heraus zu glimmen. Ein lautes, lang anhaltendes Zischen erschreckte sie alle. Sie hatten Angst.

Mia sah Eyna an, dann blickte sie zu Jackson und Naomi. Toni stand direkt an ihrer Seite. Ihre Angst und Nervosität konnte man jetzt im Interkom hören. Ihr aller Atem ging schwer. Auch im Basislager war ihre Anspannung an den ständig übertragenen biometrischen Daten abzulesen.

Kurz bevor die Einsatzleitung mit ihnen Kontakt aufnahm, hörte man Naomis aufgeregte Stimme im Helmfunk. »Ich habe gerade mal unsere Umgebung gecheckt. Das laute Zischen eben – wir sind in einer Druckkammer und haben normalen Außendruck. Ich hab die Gaszusammensetzung auf meinem Helmdisplay. Sieht so aus, als könne man das atmen. Könnt ihr das bitte mal überprüfen!«

Der diensthabende Offizier an den Geräten im Basislager meldete sich wenige Augenblicke später knacksend in der Leitung. Alle konnten ihn trotz der Funkstörungen verstehen. »Team Uniform, habe euch verstanden, die Analysen der Gaszusammensetzung zeigen einen hohen Anteil an Stickstoff und mit 24 Prozent einen atembaren Anteil an Sauerstoff, Rest ist Edelgas und Kohlendioxid, ihr habt Normaldruck.«

»Also können wir den Helm abnehmen?« Naomi war ungeduldig.

»Ich kann das nicht befürworten. Wir messen auch eine hohe Belastung mit unbekannten Partikeln – Aeroplankton und Nanopartikel –, das könnten auch Krankheitserreger und Toxine sein.«

Sie hörten erst ein klickendes Geräusch, gefolgt von einem kurzen Zischeln. Naomi hatte die Verriegelung ihres

Helmes geöffnet und einen Druckausgleich hergestellt. Alle sahen sie an, während sie den Helm abnahm und breit grinsend die vier Gesichter hinter dem Helmglas anblickte. »Ist nicht giftig, riecht nur etwas muffig. Man sollte hier vielleicht mal lüften.« Dann lachte sie laut auf.

Der Offizier im Basislager stöhnte nur genervt auf, als er die Bilder der Helmkameras auf seinem Display sah.

Nach dem Druckausgleich verließen sie gemeinsam die Druckschleuse. Sie fanden sich in einem weitläufigen Tunnelsystem wieder, das sich im Vulkanmassiv zu verästeln schien. Die Gänge waren in einheitlichem Grau gehalten und die Wände aus einem ihnen völlig unbekannten Material. Nachdem sie Naomi eine Weile ohne ihren Helm und ihre Lebenserhaltungssysteme beobachtet hatten und sicher waren, dass man die Luft in dem Alienbau tatsächlich gefahrlos atmen konnte, nahmen auch die anderen vier nach und nach sehr zum Missfallen der Besatzung im Basislager ihre Helme ab.

Zuerst war es Jackson, der mit dem Helm in der Hand ein, zwei tiefe Atemzüge nahm. »Schmeckt wirklich ein bisschen muffig. Lüften wäre eine Option.«

Dann Toni und Mia. Zum Schluss riss sich Eyna den Helm vom Kopf. Gemeinsam standen sie in dem mit bläulichem Licht illuminierten Gang und schauten sich einfach nur mit wachen, neugierigen Augen an. Völlig unmotiviert fing Toni an zu lachen, und die anderen taten es ihm gleich. Einen Augenblick später standen fünf Menschen in ihren Raumanzügen in einem engen Gang mit grauen Wänden unter einer blauen indirekten Beleuchtung, deren Ursprung man nicht sehen konnte, und bogen sich vor Lachen. Die Besatzung im Basislager konnten über die Kommunikationseinheiten natürlich hören, was hier los war. Die Helmkameras lieferten die entsprechenden merkwürdigen Bilder dazu.

Während man im Basislager schon anfing, darüber nachzudenken, ob der Atemluft irgendwelche undetektierbaren psychoaktiven Substanzen beigemischt waren, kamen die Fünf wieder zur Besinnung.

»Hey Leute, ich weiß genau, was ihr da unten denkt. Aber bei uns ist alles klar. Wir sind nur ein bisschen ausgelassen und freuen uns über das, was wir hier entdeckt haben.« Toni wischte sich Tränen aus den Augen. »Wir werden jetzt einem dieser Gänge folgen und das Areal inspizieren.« Er wollte sich gerade mit den anderen darüber abstimmen, welchen Weg sie nun einschlagen sollten, als Naomi nassforsch auf den mittleren der drei Korridore zeigte, der von dem kleinen Saal hinter der Druckkammer abzweigte. Dann stellte sie die anderen mit ihrer Auswahl vor vollendete Tatsachen, indem sie einfach in den Gang hineinspazierte. Nachdem sie eine Weile dem Verlauf gefolgt waren, weitete sich der Korridor und führte sie in einen großflächigen Saal mit niedrigen Decken, in dem sie gerade noch stehen konnten. Zuerst fiel ihnen das Licht auf. Nicht mehr diffuses blaues Licht aus den Wänden beleuchtete das Ambiente vor ihnen. Sie standen in einer Art Treibhaus. In hunderten Glaskugeln mit einem Durchmesser von circa einem Meter schwamm ein unbekanntes, blaugrün schimmerndes organisches Material in einem ebenfalls unbekannten Fluid. Die Inkubationseinheiten standen alle im gleichen Abstand voneinander und gaben dem Saal ein bizarres Muster. Über die gesamte Szenerie ergoss sich pinkfarbenes Licht aus exotischen Deckenflutern.

Die Fünf standen direkt vor einem dieser Bebrütungsbecken und sahen Gasblasen in der von blaugrünem Leben durchzogenen Flüssigkeit aufsteigen. Außerdem war es unheimlich warm in der niedrigen Halle.

»Was ist das?« Toni fand zuerst seine Sprache wieder.

»Das ist eine Anzuchtsstation. Hier wird Leben gezüchtet.« Naomi trat an eine der nach oben geöffneten Glaskugeln heran, Mia folgte ihr.

»Da dürftest du recht haben. Aber um genauer zu sein. Hier wird ein fotosynthetisch aktiver Organismus gezüchtet. Das Licht, seht doch nur.« Mia zeigte auf einen von den Hunderten an der Decke installierten Strahler.

Wieder war es Naomi, die alle überraschte. »Mann, ist das warm!« Während sie das sagte, rührte sie mit ihrem rechten Arm in dem Glasbottich und fingerte schließlich ein ganzes Bündel triefender, gallertartiger Pflanzenstränge aus dem Becken. »Ich glaube, wer auch immer das hier gebaut hat, züchtet hier seinen Salat.« Naomi stand vor ihnen in einer größer werdenden Pfütze und hielt das schleimige Grünzeug in der Hand, Flüssigkeit lief an ihrem Anzug herab.

Toni und Eyna schauten sich kurz an und fingen an zu lachen. Mia unterbrach sie rabiat.

»Ich kann mich natürlich täuschen, aber für mich sieht es so aus, als wären das Blaualgen, die du da in den Fingern hältst. Und noch was! Wir sollten vorsichtiger sein. Vielleicht ist der Züchter des Salats auch noch hier.«

Wie auf ein geheimes Kommando hin, öffnete sich im hinteren Bereich der Halle eine Art Tür und offenbarte den Blick in einen Raum, der mit exotischer Technik gefüllt zu sein schien. Mia schaute die anderen vorwurfsvoll an und gab ihnen ein unmissverständliches Zeichen, sich ruhig zu verhalten. Plötzlich donnerte eine männliche Stimme durch den Saal. Das Timbre heiser, fast krächzend, so als ob da ein sehr alter Mann sprechen würde.

»Wir haben lange gewartet. Geht und folgt eurer Bestimmung. Geht jetzt und werdet, was ihr seid, was ihr sein werdet und was ihr wart! Und findet eure Traumpfade mithilfe der Schlange! Ungud muss vernichtet werden.«

»Das kennen wir doch«, flüsterte Mia und schaute Eyna dabei besorgt an. Langsam ging sie voran in Richtung der Tür. Die Stimme schien aus dem Raum dahinter zu kommen. Die anderen folgten ihr zögerlich. Den Brutstationen mussten sie dabei immer wieder ausweichen. Während sie den Raum durchschritten, ertönte wieder die kratzige Stimme.

»Wir haben lange gewartet. Geht und folgt eurer Bestimmung. Geht jetzt und werdet, was ihr seid, was ihr sein werdet und was ihr wart! Und findet eure Traumpfade mithilfe der Schlange! Ungud muss vernichtet werden.«

»Du wiederholst dich!« Mia durchschritt gerade die Pforte in den Raum, aus dem die Worte des Unbekannten hallten. Dort angekommen, erstarrte sie und schaute auf das flimmernde und flackernde Ding in der Mitte.

Die Hand, die sich ihr auf die Schulter legte, war von Naomi. Sie stand jetzt hinter ihr und blickte auch gebannt auf das optische und akustische Spektakel vor ihnen. Eyna stand neben Mia, Toni und Jackson direkt dahinter. Vor ihnen erhob sich eine perfekte Kopie des Eingeborenen aus den Träumen der Kinder. Er war es, der vor tausenden Jahren mit einer Nadel aus einem chemischen Element, welches es auf der Erde gar nicht geben dürfte, in den nackten Fels geritzt worden war, und er war es, dessen Filmsequenz in der Marsbotschaft versteckt war. Eyna hatte ihn auch in ihrem Traum getroffen, und seine Bilder hatte sie Toni und Mia gezeigt. Sein vollkommen ausgemergelter, asketischer Körper stand vor ihnen. Er schien jetzt, da sie ihn alle in seiner Gänze sahen, etwas kleiner zu sein, als man sich einen Menschen im Allgemeinen vorstellte. Seine blutunterlaufenen Augen bildeten einen krassen Kontrast zu dem weißen Gesicht und stachen aus ihm hervor. Die struppig verfilzten Haare waren von einem roten Tuch zusammengehalten, das neben dem ockerfarbenen Lendentuch sein einziges Kleidungsstück zu sein schien. Alles entsprach genau den Schilderungen von dem Mann aus den Träumen und seinen Abbildern im Felsen und der zufällig aufgefangenen Funkbotschaft vom Mars. Alle weißen Ornamente auf seiner Haut, wie die Schlangen auf seinen Armen, die in Schlangenköpfen auf seinen Handrücken endeten, und die

Handabdrücke auf seiner Brust und selbst der Holzschmuck in seiner Nase entsprachen dem Original. Vor ihnen stand ein nahezu perfekt gemachtes, dreidimensionales Hologramm, das bis ins kleinste Detail liebevoll von seinem Erzeuger ausgearbeitet war.

Als sie sahen, wie es sich bewegte und sie das Zusammenspiel seiner Muskeln bewundern konnten, wussten sie intuitiv, dass es den Menschen, der hier einst Vorbild gestanden hatte, tatsächlich gegeben haben musste. Der Erschaffer dieses technischen Meisterwerkes musste ein Kenner der menschlichen Anatomie und Physiognomie gewesen sein.

Plötzlich erklang wieder die rauchige Stimme des Hologramms, und sie hörten zum dritten Mal die Wörter aus einem Munde, der sich absolut lippensynchron zu der Tonfolge aus dem Off bewegte. Noch während er sprach, machte Eyna einige Schritte auf ihn zu. Mia wollte sie noch am Arm greifen und sie zurückhalten, aber sie erreichte sie nicht mehr. Als Eyna sich dem dreidimensionalen Panoptikum genähert hatte, streckte sie eine Hand aus und berührte die Hand, die der Aborigines aus Licht ihr entgegenhielt. Dann geschah das Unfassbare.

Das realistische Abbild des Mannes verlor im Moment ihrer Berührung seine Farbe und erstrahlte kurz in gleißendem Licht, das alles überstrahlte und jeden im Raum zwang, seine Augen zu schließen. Dann löste sich das Hologramm in Myriaden Lichtpunkte auf, die strahlend umeinander wirbelten und sich kokonartig um Eyna legten. Die anderen blinzelten und sahen da, wo eben noch ihre Gefährtin gestanden hatte, eine sich rasend um die eigene Achse drehende Kugel aus Licht. Aufgrund der enormen Eigendrehung bildete der Lichtkokon eine Spirale und schillerte dabei in den Farben des Regenbogens. Millionenfach stoben kalte Funken in sämtliche Spektralfarben daraus hervor.

Es dauerte mehrere Minuten, bis der Lichtkokon Eyna ausspuckte. Sie war ohne Bewusstsein, als das Licht verschwand und das Hologramm wieder kurz seine ursprüngliche menschliche Form annahm. Eyna lag am Boden, und Mia kniete neben ihr. Toni, Naomi und Jackson standen einfach nur bewegungslos da und starrten auf den Fremden, der immer mehr verblasste, um schließlich ganz zu verschwinden.

Eyna war erst Tage später wieder ansprechbar. Die Rückkehr zur Basisstation wäre beinahe in einem Fiasko geendet. Die zwei Kilometer von dem gewaltigen Alienbau bis zu ihrem Fahrzeug, mussten sie Eyna tragen. Die in den vulkanischen Felsen des Olympus Mons getriebene Alienarchitektur musste riesig sein. Die Größe der gesamten Anlage ließ sich erst nach Durchsicht von orbitalen Aufnahmen, die von der Mars II gemacht wurden, erkennen. Die topografischen Auffälligkeiten in den vulkanischen Ablagerungen deuteten auf eine gigantische Anlage hin. Der Bau der fremden Spezies war mehrere Kilometer tief in das vulkanische Gestein geschnitten und erstreckte sich über mehrere Hundert Kilometer. Tatsache war, dass sie das Signal, die Schlange, zielsicher zu dem Tor und der merkwürdigen Schleusenanlage gelotst hatte. Warum nur Jackson das Tor öffnen konnte, blieb rätselhaft, sollte aber noch untersucht werden.

Bei der Rückfahrt wäre es beinahe zu einem für alle tödlichen Unglück gekommen. Der Rover wurde von Naomi gesteuert. Irgendwann spielte das Navigationsmodul verrückt. Vielleicht Auswirkungen der starken Sonneneruptionen in den letzten Wochen. Tatsache war, dass sie fehlgeleitet wurden und nicht den ursprünglichen Weg zurücknahmen. Naomi musste plötzlich heftig bremsen, und der Rover kam gerade noch rechtzeitig zum Stehen. Als die anderen einer sichtlich geschockten Naomi über die Schultern blickten, sahen sie in einen unbegreiflichen Abgrund. Bei dem Anblick wurde ihnen schwindlig. Vor ihnen fielen die Hänge des gewaltigsten aller Vulkane im Sonnensystem fast 10 Kilometer steil ab, wie erste Messungen ergaben. In der dünnen, ungetrübten Atmosphäre konnten sie bis auf den Grund des schwindelerregenden Bergabsturzes blicken.

»Den Mount Everest könnte man einfach in den Schatten dieses Canyons stellen!« Naomi hatte ihre Kaltschnäuzigkeit wiedererlangt und wendete den Rover bereits, um den Weg zurückzufinden. Kurz stand das Fahrzeug dabei direkt an der Kante des klaffenden Abgrundes, und ein paar Steine wurden von den breiten Reifen des Gefährtes in den gähnenden Schlund befördert. Als die Gesteinsbrocken nach etwa 10.000 Metern freiem Fall unter abgeschwächter Marsgravitation am Grund ankamen, waren sie bereits wieder auf ihrem ursprünglichen Weg, und Naomi trat das Gaspedal durch. Der Rover schoss über die Amazonis Planitia, und eine rote Staubfahne blähte sich hinter ihm in der dünnen Marsatmosphäre.

Mia saß an ihrem Bett, als sie die Augen öffnete. Die Ärzte hatten sie gerufen, weil Eynas EEG Anzeichen eines erwachenden Bewusstseins zeigte. Sie saß einfach da und hielt ihre Hände. Mia wollte nur bei ihr sein, wenn sie erwachte. Eyna war ihre Tochter, und Simones Tod lastete noch schwer auf ihren Schultern. Sie hatte Eyna noch nichts vom Tod ihres Vaters erzählt, aber sie wurde den Verdacht nicht los, dass sie es längst wusste. So wie Eyna vieles einfach wusste. Mia glaubte mittlerweile, dass ihre Tochter nicht nur Menschen ihre Gedankenbilder zeigen konnte, sondern dass sie auch die Gedanken anderer normaler Menschen lesen konnte. Untereinander standen die Kinder mit den Schalterproteinmutationen in telepathischer Verbindung. Das wusste sie seit Formentera. Eyna hatte Toni und ihr den Traum einfach ins Bewusstsein projiziert, beide hatten die Traumbilder des Aborigines wie einen Kinofilm gesehen, nein, sie hatten den Traum erlebt, so als ob sie selbst geträumt hätten. Eyna spukte jedenfalls in den Köpfen ihrer Mitmenschen herum, und Mia hatte den starken Verdacht, dass sie nicht nur wiedergeben, sondern auch wie ein Gedankenrekorder aufnehmen konnte.

Sie saß neben ihr und wunderte sich zum wiederholten Mal über den Alterungsprozess, den ihre Tochter in dem Licht durchgemacht hatte. Sie war mindestens zehn Jahre gealtert, während für sie lediglich mehrere Minuten verstrichen waren. Sie strich ihr gerade über die Stirn, als sie anfing zu sprechen.

»Ich hab alles gesehen, er hat es mir gezeigt, Mama.«

Mia konnte sich nicht mehr daran erinnern, wann ihre Tochter sie zuletzt so genannt hatte. »Alles gut, meine Kleine. Bleib ganz ruhig, du warst lange weg.«

»Sie haben lange vor unserer Zeit einen bitteren Krieg gegen den Parasiten geführt.«

Mia strich ihr über die Stirn. »Du warst nur wenige Minuten in dem Licht, aber lange ohne Bewusstsein.«

»Das kann nicht sein! Er hat mir so viel gezeigt, das muss Jahre gedauert haben.«

»Überanstrenge dich nicht mit deinen Erzählungen. Lass dir einfach Zeit.« Aber aus Eyna sprudelte es nur so heraus. Mia drückte das kleine Aufnahmegerät an ihrem Bett, um ihre Erzählungen für die Crew zu dokumentieren.

In den folgenden Tagen erzählte sie ihrer Mutter alles, was ihr der Avatar gezeigt hatte. Manches waren Bilder, die der Aborigine in ihren Kopf projiziert hatte, manches schien sie selbst erlebt zu haben, manches sogar in Echtzeit. Manchmal konnte sie das selbst nicht auseinanderhalten. So blieben einige ihrer Berichte auch verworren und schlecht verständlich.

Basislager in der Amazonis Planitia

Ein durchschnittlicher Sol war um etwa 37 Minuten länger als ein Tag auf der Erde. Der Marstag ging gerade mit einem fulminanten Sonnenuntergang zu Ende. Eine blaue Sonne ging hinter dem Horizont unter, während Jackson die Küche des Basislagers betrat.

Mia und Naomi saßen an der zentralen Theke der Küche auf Stühlen, die wie Barhocker aussahen, und tranken eine dampfende Flüssigkeit. Jackson setzte sich mit einem Glas Wasser zu ihnen. »Viel rotes Eisenoxid in der Luft. Selten so 'ne blaue Sonne gesehen.« Er nippte an dem Getränk und musste unwillkürlich daran denken, dass der Urin der Besatzung wieder zu Trinkwasser recycelt wurde. Der Gedanke ließ ihn erschauern.

Mia sah ausgelaugt aus, sie hatte mehrere Nachtschichten am Bett ihrer Tochter verbracht und ihren teilweise recht wirren Erzählungen gelauscht. Eyna hatte fast ununterbrochen erzählt. Jetzt war sie in einen tiefen Schlaf gefallen. Mia war froh, endlich die kleine Kabine der Krankenstation für ein paar Stunden verlassen zu können. Sie saß einfach dort und dachte über Naomis Frage von eben nach.

Jackson war neugierig und konnte nicht mehr warten. Die Frage sprudelte nur so aus ihm heraus. »Was hat sie erzählt? Du warst so lange bei ihr. Sie muss doch was gesagt haben.«

Mia schaute ihn an und dann Naomi. »Sie hat eben, bevor du gekommen bist, genau das Gleiche gefragt.« Mia überlegte kurz und sagte dann: »Also gut. Eigentlich ist das, was ich von ihrem Gefasel verstanden habe, schnell zusammengefasst.«

Jackson war verwirrt. »Wieso sprichst du von Gefasel?«

Mia schaute ihn entschlossen an. »Weil ich vieles nicht verstanden habe. Manchmal hab ich nicht kapiert, was sie sagte. Manchmal hab ich's einfach nicht verstehen können. Sie sprach teilweise in einer mir unbekannten Sprache.«

Naomi legte ihre Hand auf Mias Unterarm. »Erzähl uns einfach, was du verstanden hast.«

Mia trank einen Schluck, dann stellte sie ihren Becher auf die weiße Kunststofffläche der Theke. »Sie hat so viel berichtet. Aber fangen wir mit den Erbauern der Katakomben an. Diese Jungs haben vor etwa 50.000 Jahren die Basis hier auf dem Mars errichtet. Sie müssen ein gewaltiges Problem mit dem Organismus gehabt haben, der auch uns den Garaus gemacht hat. Sie waren eine technologisch hoch entwickelte Spezies, die den interstellaren Raum bereiste. Sie haben unser System besucht, weil damals hier auf dem Mars das Gleiche passierte, was tausende Jahre später auch auf unserer Erde geschehen sollte. Auch hier gab es hoch entwickeltes Leben, und dann wurde der Mars von einer dieser Sporen getroffen. Den Rest haben wir auf der Erde selbst erlebt. Sie folgten dem UHQ-Solarspektrum hierher. Und sie kamen nicht, um Pröbchen zu nehmen. Es muss ein Trupp gewesen sein, der das All bereiste, um befallene Planeten zu zerstören. Sie waren der Kammerjäger, dessen Zerstörungswerk wir am Himmel beobachten konnten. Aber hier in unserem Sonnensystem haben sie keine Supernova ausgelöst. Sie haben die Erde schützen wollen und haben nur den Mars zerstört. Wahrscheinlich haben sie seine Atmosphäre zerstört. Den Parasiten haben sie jedenfalls auf dem Roten Planeten erfolgreich eliminiert, wie ihr seht.«

»Haben sie die Erde wegen der Menschen geschützt?«, fragte Jackson.

»Nein, wegen des irdischen Lebens. Das unterscheidet sich von dem Rest da draußen. Der Parasit infizierte mit seinem Sporenprotein das Leben auf nahezu jedem Planeten in unserer Galaxie. Der Organismus hat sich gemeinsam mit einer primitiven Lebensform entwickelt, welche sehr erfolgreich die junge Milchstraße besiedelte. Es war ein Einzeller, wahrscheinlich Bakterien, und er konnte längere Reisen im All überstehen. Seine Panspermiewellen erreichten in Jahrmilliarden nahezu jeden Planeten, und da, wo günstige Bedingungen herrschten, keimte die Saat aus.«

»Du meinst, das Leben konnte sich auf diesen Planeten entwickeln?« Naomi folgte Mias Ausführungen gespannt.

»Genau, dieses sich aus den Bakterien entwickelnde Leben ist der Standard da draußen, aber leider hatte dieser Drecksparasit schon sehr früh seine Schadsoftware im Genom der Bakterien versteckt.«

»Und jetzt musste er nur seine Sporen hinterherschicken und ...« Jackson konnte es kaum glauben und Naomi beendete seinen Satz: »... dann hat das Protein seinen Job gemacht.«

»Genau, den Rest kennen wir: Senderorganismus, Neophyt und so weiter. Der, den sie Ungud nennen, muss ungezählte Welten zerstört haben. Er folgte mit seinen Sporen dem Leben und merzte es aus bei der Eroberung neuen Lebensraums.«

»Und die Erbauer der Marsbasis?«, fragte Naomi.

Mia fuhr unbeirrt fort. »Die haben den Kampf zuletzt auch verloren, aber vorher haben sie einen eklatanten Fehler gemacht. Sie haben den Parasiten benutzt, anstatt ihn zu isolieren.«

»Wie benutzt?«, kam es fast zeitgleich aus Jackson und Naomi gesprudelt.

»Sie bereisten eine Art Hyperraum. Ich muss ehrlich sagen, das waren Teile ihrer Berichte, denen ich nicht mehr ganz folgen konnte. Eyna sprach hier immer von Traumpfaden und von einer Traumzeit.«

Jackson schnellte nach vorne und stöhnte auf. »Hat sie wirklich diese beiden Wörter benutzt?«

»Immer wieder und deutlich!«

»Das sind Begriffe aus der Mythologie der Aborigines!«

»Ich weiß. Das ist ein Fakt, über den wir noch viel nachdenken werden. Ach, und was mir gerade noch einfällt. Sie hat mir auch gesagt, warum du, Jackson, die Schleuse öffnen konntest.«

Naomi konnte es nicht mehr fassen. »Warum denn?«

»Sie hatte doch diesen Traum von dem Avatar. Er sprach in ihrem Traum davon, dass einer mit ihr reisen würde, dessen Fleisch sie kennen würden. Und dass jener ihnen den Weg weisen würde. Eyna sagte, dass sie diesen Kontaktpunkt auf dem Mars für die Menschheit eingerichtet hatten und dass sie vor 50.000 Jahren genetisches Material von lebenden Menschen entnommen haben müssen.«

»Du meinst, sie hatten eine Biopsie?« Langsam verstand Jackson, was ihn auszeichnete. »Sie müssen bei der Berührung des Felsen mein Genom durch den Handschuh des Raumanzuges gescannt haben, und das Tor im Fels öffnete sich nur, wenn der Gentest ein Match anzeigte!«

»Genau, und das konnte nur bei dir der Fall sein. Dein Genom ist dem der australischen Ureinwohner von damals am ähnlichsten.« Mia schaute ihn an und lächelte. »Kaum zu glauben, dass wir nur zufällig hier auf dem Mars gelandet sind. Du bist der letzte Mensch mit Aboriginesblut in den Adern. Wahrscheinlich hätte niemand außer dir das Felsentor öffnen können.«

Naomi stöhnte auf. »Ich glaub es nicht!«

Jackson war ebenso verblüfft und schaute mit einem merkwürdigen Blick seine Hände an, aber er dachte weiter. »Du sprachst eben über einen eklatanten Fehler, den sie gemacht haben sollen, weil sie Ungud benutzten. Was hat sie dir darüber erzählt?«

Mia stand auf und ging ziellos durch die Bordküche. »Das, was ich euch jetzt erzählen werde, klingt wirklich unglaublich, aber sie hat es so wiedergegeben. Die Fremden – Eyna nannte sie mehrfach die *Rhim,* und ich werde sie deshalb auch so nennen – entdeckten, dass die Galaxie mit einem Netz unbekannter Dimensionen durchsetzt war, die sie Traumpfade nannten. Ich hatte es eben erwähnt. Diese Pfade verbanden viele Raumpunkte unseres räumlichen Bezugssystems mit einer anderen, entrückten räumlichen und zeitlichen Dimension. Um die Tore zu diesen Pfaden zu öffnen und auf den verborgenen Wegen zu reisen, benötigen sie riesige Energien. Die ungeahnten Möglichkeiten dieser versteckten Pfade und Tore im Universum waren ihnen natürlich sogleich bewusst. Es war ihre Lösung zur endgültigen Kolonisierung der Galaxie. Aber die Energien zur Aufrechterhaltung der Dimensionstore waren selbst für eine so fortgeschrittene Zivilisation wie die ihre unerreichbar. Dann entdecken sie den Neophyten und seine exotische Energieerzeugung und begannen ihn für sich zu nutzen.«

Naomi wurde ungeduldig. »Und das ist dann natürlich völlig in die Hose gegangen.«

»Richtig! Sie waren selbst aus einer jener Panspermiewellen hervorgegangen und trugen seine Schadsoftware in ihrem Genom. Am Ende muss Ungud gewonnen haben.«

Jackson fiel noch etwas ein. »Das klingt alles sehr theatralisch. Aber warum haben sie die Erde und unsere Vorfahren geschützt?«

»Bei ihrem ersten Besuch in unserem Sonnensystem vor 50.000 Jahren ist ihnen klar geworden, dass das irdische Urgenom keine schadhafte Software des Parasiten in sich trug und somit nicht aus den Panspermiewellen der Purpurbakterien entstanden ist. Das Leben auf der Erde ist einen eigenen Weg gegangen. Nur spätere virale Einstreuungen machen auch das irdische Genom bedingt anfällig. Viren aus dem All enterten mit ihrem Standardgenom irgendwann das irdische Leben, sie brachten uns das Intron. Das wissen wir ja. Die Software

Unguds liegt bei uns im Introngenom und ist für das Protein nur in einem sehr kurzen Zeitfenster erreichbar. Bei den irdischen Pflanzen war es leider anders, wie wir auch wissen. Diese Introns müssen die Lebewesen vor 50.000 Jahren auf der Erde auch schon gehabt haben. Aber es muss in der Vergangenheit ein reinerbiges irdisches Genom ohne Parasitengene gegeben haben.« Mia holte tief Luft. »Das Protein war dabei, ihre eigene Rasse zu infizieren und auszurotten. Der letzte verzweifelte Versuch, den Parasiten vor ihrem Untergang aufzuhalten, stellte die Zeitreise zu der frühen Erde dar. Die Rhim entwickeln einen letzten Plan. Sie mussten über einen Pfad der Traumzeit zur frühen Erde und einen Organismus mit diesem sauberen Genom finden, um mit ihm das Standardgenom auf Planeten vor der Ankunft seiner Sporen zu verdrängen.«

Naomi schüttelte ihren Kopf. »Du willst mir erzählen, dass diese Rhim durch Raum und Zeit reisten, um irgendeinen Organismus hierherzubringen? Gleich erzählst du mir noch, dass es diese Blaualgen in den Glaskugeln waren.«

»Ja!«, sagte Mia, »Genau so hat Eyna es erzählt. Sie nutzten die Erde vor Milliarden Jahren als Anzuchtstation für organisches Leben ohne Unguds Schadsoftware. Die Blaualgen sind so was wie eine biologische Waffe. Sie versuchten, wenigstens einige Planeten, auf denen das Standardgenom mit den Bakterien gelandet war, mit den Algen zu impfen. Sie hatten die Hoffnung, dass die gesunden Algen das Ungudleben auf einer Vielzahl an Planeten verdrängen. Auf der Erde ist das jedenfalls schon einmal erfolgreich geschehen. Allerdings ohne ihr Zutun. Dann, so ihre Hoffnung, differenziert sich das Leben und ist weitgehend immun gegen das Ungudprotein. Ein Treffer mit einer Spore sollte auf einem geimpften Planeten nicht zu einem Massensterben führen.«

Jackson ließ den Zyniker raus. »Na, das wissen wir heute aber auch besser, oder?«

»Sie hatten keine andere Wahl mehr, die Algen waren ihre letzte Hoffnung. Ich glaube, sie hatten die Hoffnung, wenigstens ein paar Planeten vor Ungud zu retten. Auf der Erde hätte es auch klappen können, aber leider haben die Pflanzenzellen in den Jahrmillionen der Evolution eine Anfälligkeit für das Protein erworben. Vielleicht waren die Versuche mit den Blaualgen auf anderen Planeten erfolgreicher.«

»Wissen wir, wie viele Planeten sie impfen konnten?«, fragte eine sichtlich überforderte Naomi.

»Wenn ich Eyna richtig verstanden habe, waren die Anzuchtsbecken in der Station ihre Anfänge. Ich glaube, sie konnten ihre Waffe nicht mehr oft einsetzen, bevor sie ausgerottet wurden.«

»Und die Station wird seit 50.000 Jahren von Maschinen instandgehalten, die sich auch um die Blaualgen kümmerten?« Jackson war mehr als verblüfft.

»Nicht nur das. Der Avatar hat noch einige Kollegen. Der Traumpfad zur Erde ist seit mehr als 50.000 Jahren offen. Die ganze Station wird vollautomatisch betrieben. Eyna sprach davon, dass in den tieferen Stockwerken Neophytenplantagen zur Energiegewinnung liegen, um die Tore offen zu halten.«

»Wieso sprichst du von Toren?«

»Weil es noch mehr geben muss als das eine zur Erde.«

»Du meinst das, durch das die Algen hergebracht wurden?«, fragte Naomi.

Jackson sagte: »Wofür sind dann die anderen Pfade?«

Mia meinte nur knapp: »Wohin die anderen Pfade gehen, wissen wir nicht.«

Naomi dachte angestrengt nach. Plötzlich schaute sie die beiden abwechselnd an. »Ich weiß jetzt, wie wir diesen Parasiten von unserer Erde fegen können.«

Kourou – Französisch-Guayana; Biosphäre III

»Sie gehen morgen durch den Übergang. Er ist seit mindestens 50.000 Jahren offen. Sie haben Eyna verhört und untersucht. Aus vielem, was sie erzählt, werden wir nicht schlau.«

Alex Krämer stand auf und ging zum offenen Fenster. Er achtete aber sehr darauf, nicht in direkten Kontakt mit dem Sonnenlicht zu kommen.

Kaspuhl saß auf dem einzigen Stuhl in der kleinen Kammer und sprach weiter. »Aber sie muss die Wahrheit erzählt haben. Niemand kann die Detektoren so täuschen.«

»Das ist richtig! Stimmt es wirklich, dass sie behauptet, mehrere Jahre, wenn nicht Dekaden in dem Licht verbracht zu haben, während für die Außenstehenden nur Minuten vergingen?« Alex schaute gedankenversunken aus dem Fenster.

Kaspuhls Augen-Tic schien wieder schlimmer zu werden. Seine Lider hoben und senkten sich in einem ungesunden Rhythmus. »Niemand hätte sie in dieser kurzen Zeit mit dieser schier unglaublichen Informationsflut füttern können. Wir müssen ihr momentan glauben, dass sie ein Leben oder zumindest ein Teil eines Alienlebens in dem Licht gesehen, wenn nicht gar erlebt hat, wie sie es selbst berichtet. Sie war um viele Jahre gealtert, als sie aus dem Licht kam. Die Ärzte auf dem Mars haben sie untersucht. Sic ist kein siebzehn Jahre alter Teenager mehr. Sie haben ihr biologisches Alter auf mindestens fünfunddreißig geschätzt.«

Alex schaute immer noch aus dem Fenster, welches sich nach Westen öffnete und einen Blick auf die Mauer der Biosphärensiedlung freigab. Überall auf der Mauer sah er patrouillierende, schwerbewaffnete Truppen in Kampfmonturen und UV-Schutz. Dazwischen sah er die neuste Entwicklung der SU10[5]. Der mattschwarze Kampfroboter stakste auf zwei mächtigen

Hydraulikbeinen über den Wehrgang der Mauer. Der fast vier Meter große Koloss bestand aus einer extrem harten und zugfesten, neu entwickelten Kohlenstofffaser. Der nach dieser Verbindung benannte Carbyne 1000 war ein Wunder der Technik und mit seiner extremen Panzerung und Bewaffnung die große Hoffnung der SU10[5] im Kampf gegen die Organismen.

Alex war seit Monaten in Behandlung der psychologischen Abteilung der Biosphäre. Er litt an einer posttraumatischen Belastungsstörung. Die Vorfälle bei der Flucht vom Leitstellenbunker hierher würde er nie wieder vergessen, und es war fraglich, ob er jemals darüber hinwegkommen würde.

Kaspuhl fing schon wieder an zu zwinkern. »Ich weiß, das ist nur schwer zu glauben. Aber es wird noch unglaublicher. Ich habe hier den Bericht der Untersuchungskommission mit den Empfehlungen für das weitere Vorgehen.« Kaspuhl stand hinter ihm und hielt Alex das Paper entgegen.

»Ich hab keine Lust, das alles zu lesen. Kannst du mir nicht einfach erzählen, was darin steht?«

Kaspuhl ließ den Arm sinken und legte den dicken Bericht auf einen kleinen Tisch am Fenster. »Ja, klar. Das Wichtigste ist schnell zusammengefasst. Ich leg ihn dir auf den Tisch, falls du doch mal reinschauen möchtest.«

Alex hatte immer noch den Carbyne 1000 im Fokus, als dieser plötzlich seinen linken Arm mit der schweren Maschinenkanone hob und eine heftige Salve auf ein unsichtbares Ziel jenseits der Mauer abgab. Seine Explosivgeschosse hört er kurz darauf detonieren. »Die Angriffe kommen momentan nur spärlich. Ich hoffe, das ist nicht nur die Ruhe vor dem Sturm. Leg los, Viktor!«

Kaspuhl schaute kurz auf den Roboter. Dann fing er an zu sprechen. »Ein Teil meines Berichts beruht auf Eynas Erzählungen, ein anderer auf Fakten, die wir überprüfen können. Ich versuche, das zur Deckung zu bringen.« Er machte eine kurze Pause und nahm einen tiefen Atemzug. »Eyna hatte in dem Licht auf jeden Fall einen Kontakt zu einer nichtirdischen Intelligenz, oder zumindest zu einer von ihr installierten Software. Der uns allen bekannte australische Ureinwohner ist die elektronische Manifestation dieser Intelligenz. Sie hatte anfangs nur Kontakt zu diesem Avatar. Er hat sie geführt und ihr Visionen verschafft, die sie kaum in Worte fassen konnte. Wer sie wirklich waren, wie sie aussahen oder wo sie herkamen, wurde ihr nicht offenbart. Sie sprach lediglich davon, mehrmals einer dieser Außerirdischen gewesen zu sein. Sie sprach davon, einen fremdartigen Körper gespürt und die Welt mit dessen Sinnen wahrgenommen zu haben. Aber sie hat nicht wiedergeben können, wie sie aussahen. Auch die Wahrnehmungen mit dem fremden Körper konnte sie kaum mit Worten beschreiben. Die Technik hinter diesem Phänomen ist uns gänzlich unbekannt. Die Besatzung der Marskolonie hat nicht das nötige Equipment, um die Basis dieser Aliens auf dem Mars einer genaueren Untersuchung zu unterziehen. Das ist aber momentan ohne Belang, weil nicht zu ändern.« Kaspuhl riss die Augen weit auf und fuhr fort. »Tatsache ist, dass diese Aliens in der Lage waren, die Milchstraße zu kolonisieren. Sie nutzten eine uns unbekannte Dimension, um die riesigen Entfernungen im All zurücklegen zu können. Alles, was wir darüber wissen, entstammt den Erzählungen von Eyna, und hier wird es problematisch, weil wir vieles nicht verstehen. Wahrscheinlich waren sie auch nicht in der Lage, es so darzustellen, dass Eyna es verstehen konnte. Sie hatten vor circa 50.000 Jahren Kontakt zu Menschen der Frühzeit. Sie hatten nur die sprachlichen Möglichkeiten dieser Menschen, die noch mit dem Faustkeil gejagt haben müssen. Und versuch du mal, jemandem mit deren Sprache und Wortschatz die Quantenmechanik oder ein Raketentriebwerk zu erklären.«

Alex musste lächeln. »Wenn mir jemand versucht hat, die Quantenmechanik zu erklären, hatte ich eigentlich immer das Gefühl, mit einem Menschen mit Sprachstörungen und einem verqueren Wortschatz zu reden.«

Kaspuhl war froh, dass Alex manchmal noch seinen alten Humor zeigte. Nach seinen Erlebnissen bei der Flucht vom Leitstellenbunker geschah das momentan nur selten. Er gab ihm recht. »Genau! Manches muss sich angehört haben, wie das Hörbuch einer koreanischen Bedienungsanleitung für einen Teilchenbeschleuniger. Wahrscheinlich waren sie nicht nur sprachlich nicht in der Lage, mit uns adäquat zu kommunizieren, sondern sie besaßen gänzlich andere Denkstrukturen, die eine Kommunikation nahezu unmöglich machten. Aber ich sollte mich kurzfassen. Also, auf dem Mars gibt es diese noch offenen Übergänge. Mia sagte, Eyna sprach in diesem Zusammenhang von Traumpfaden in der Traumzeit. Mehrere dieser Tore werden seit tausenden Jahren unter riesigem Energieverbrauch offengehalten. Einer dieser Pfade scheint sehr wichtig für die Unbekannten gewesen zu sein. Dazu gleich noch mehr. Interessant ist aber auch, wie sie die Energie für das Öffnen der Dimensionstore erzeugen. Sie nutzen den Organismus, der auch auf unserem Planeten wächst, und seine Fähigkeit, kontrolliert Kernfusion zu betreiben. Sie sollen ihn in riesigen Stollen in der Marsbasis regelrecht gezüchtet haben. Die Energien des Neophyten müssen praktisch unbegrenzt sein. Wir nennen den Neophyten mittlerweile Ungud. Du wirst davon gehört haben.«

Alex starrte immer noch aus dem Fenster und winkte ab. »Ja klar! Mach weiter!«

»Ungud ist eine Bedrohung allen Lebens in unserer Galaxie. Wir wissen ja, was er auf unserem Planeten angerichtet hat. Sie haben ihn bekämpft, versucht, seinen tödlichen Siegeszug durch die Milchstraße zu beenden. Er hat sich in den vergangenen Milliarden Jahren wie eine Seuche in der Galaxie ausgebreitet. Sie haben ihn in der gesamten Galaxie verfolgt und ganze Sternensysteme vernichtet. Hier überschneiden sich Eynas Berichte mit beobachtbaren Phänomenen.«

»Du denkst an die Supernovae?«

»Genau. Aber es wird jetzt wirklich noch besser. Ungud nutzte das sogenannte Standardgenom in unserer Milchstraße als Brückenkopf auf fremden Welten. Fast alles Leben in unsere Galaxie ging auf einen gemeinsamen Ursprung zurück und hat sich über Jahrmilliarden kosmischer Evolution in der Milchstraße ausgebreitet. Ungud musste diesen Panspermiewellen nur noch folgen. Er und dieses Standardgenom haben sich in der Frühzeit unseres Universums gemeinsam entwickelt. Der Schalter der Parasitensoftware war von Anfang an in der DNS des ersten Lebens installiert. Er ist ein Invasor, ein Parasit, der das gesamte Leben in unserem Teil des Universums vernichtet hat. Auch die Fremden haben letztendlich den Kampf gegen ihn verloren und sind untergegangen. Sie haben ihren Preis bezahlt. Deshalb ist es so ruhig da draußen.« Kaspuhl hatte sich sehr in Rage geredet und zeigte mit beiden Armen nach oben, in den symbolischen Himmel über seinem Kopf. »Wir könnten noch tausende Jahre mit Radioteleskopen den Himmel absuchen. Wir würden nichts hören. Da draußen ist es totenstill. Das ist ein Ödland, oder besser gesagt, eine Monokultur. Dort gibt es nur noch Ungud. Das einzige Signal, das wir zu hören kriegen, ist das Rufen seiner Sporen-Brut.« Er machte eine Pause, um Luft zu holen. Dann klimperte er mit den Augen. »Das ist es, was Eyna berichtete!«

Alex drehte sich weg von dem Fenster und fixierte Kaspuhl scharf. »Mann Viktor, das ist unlogisch! Sie stellen fest, dass er sich in der Galaxie ausbreitet wie ein Krebsgeschwür?«

»Ja, und was ist daran unlogisch?«

»Lass mich doch mal ausreden! Bis dahin kann ich noch folgen. Aber warum fangen sie dann erst vor mehreren tausend Jahren an, Sternensysteme zu zerstören? Ich meine, warum haben wir keine Supernovae vor dieser Zeit?«

Kaspuhl musste lachen. »Du denkst mit. Guter Einwand. Aber dafür gibt es einen einfachen Grund. Sie waren vorher nicht in der Lage, so einen Krieg zu führen. Und als sie es konnten, war es zu spät.«

»Wohin führt das Tor, der Übergang, von dem du erzählt hast?«

»Das ist ein Problem. Wir wissen es nicht mit Sicherheit. Eyna hat von ihnen Informationen bekommen, oder sollte man sagen Instruktionen, die hören sich an wie *finde deine Traumpfade mithilfe der Schlange.* Du kennst das!«

»Mehr haben wir nicht?« Alex war entrüstet. »Das ist alles, und deswegen wollt ihr sie dort hineinschicken?«

Kaspuhl schaute kurz seine Füße an, hob dann wieder seinen Kopf und sagte emotionslos: »Alles, was wir noch haben, sind Indizien und das esoterische Kauderwelsch eines 50.000 Jahre alten elektronischen Handbuches für Reisen durch Raum und Zeit, welches versucht, einen Urmenschen zu imitieren.«

»Was für Indizien?« Alex' Tonfall wurde hörbar schärfer.

Kaspuhl wusste, dass er sich in einem Minenfeld bewegte. Einige der Menschen, die dort oben auf dem Mars im Begriff waren, zu einem Himmelfahrtskommando aufzubrechen, standen Alex sehr nahe, und er würde keine weiteren Verluste dulden. Kaspuhl sprach leise weiter. »Das Pflanzenmaterial, das sie in der Basis gefunden haben, ist eine Art biologische Waffe. Wahrscheinlich eine ihrer letzten Hoffnungen im Kampf gegen das Monster.«

Alex' Stimme überschlug sich. »Mann Kaspuhl, das waren Blaualgen. Was erzählst du mir da?«

»Richtig! Aber diese Algen stammen von der Erde. Und zwar von einer sehr frühen Erde. Die Algen sind eine sehr ursprüngliche Art. So, wie sie auf dem Mars in den Inkubationskammern gefunden wurden, gab es sie zuletzt vor drei Milliarden Jahren. Sie entsprechen nicht dem Standardgenom.«

Alex Verstand arbeitete fieberhaft. »Ich verstehe. Ihr glaubt, das Tor führt zu eben jener Erde vor drei Milliarden Jahren und dass sie diese Algen von dort durch Raum und Zeit hierhergeholt haben. Warum sollten sie das tun?«

»Das ist der springende Punkt!« Kaspuhl entspannte sich ein wenig. »Noch mal, das sind biologische Waffen. Sie konnten das dem Parasiten vorausgehende Leben mit dem Standardgenom vernichten, indem sie Planeten in einem frühen Stadium mit den Blaualgen impften.«

»Wie vernichten. Mit einer Alge?«

»Ja, wir wissen, dass die Alge keinen Schalter für das Protein besitzt, sich aber evolutionär gegen das Standardgenom durchsetzte. Eine Spore von Ungud würde zwar das Schalterprotein auf dem geimpften Planeten absetzen, aber das Protein würde auf kein passendes Genom mehr treffen. Das Leben ist auf der Erde einen anderen Weg gegangen als im restlichen Universum. Wir haben kein Standardgenom. Unsere Exon-DNS hatte keine Ansatzstelle, die saß im Intronanteil unseres Genoms, und der ist wahrscheinlich später in der Stammesentwicklung über ein Virus aus dem All dort eingebaut worden. Hat uns erst mal das Leben gerettet, bis es den Pflanzen an den Kragen ging. Du kennst die Geschichte. Es scheint, dass dieses ursprüngliche Leben auf der Erde das Standardgenom, also den Brückenkopf für Ungud, evolutionär verdrängte.«

»Du meinst, die Lebewesen, die ihm bei seiner Ausbreitung im All vorausgehen.«

»Genau. Ich glaube, es sind Purpurbakterien, die sich über Panspermiewellen im gesamten Kosmos ausbreiten konnten.«

»Das ist auf der Erde tatsächlich passiert. Es ist belegt, dass unser Planet vor drei Milliarden Jahren einem Betrachter aus dem All in Purpur erschien. Die Purpurbakterien wurden damals tatsächlich von einem jungen, aufstrebenden Start-up namens Blaualgen verdrängt!« Alex war Biologe und erinnerte sich jetzt wieder an seine Vorlesungen während seiner Studienzeiten.

»Bingo!« Kaspuhl wusste, dass er ihn jetzt überzeugen konnte.

Alex überlegte. »Eine Sache verstehe ich aber noch nicht.«

»Ich weiß, was du meinst! Dich quält die Frage, warum die Fünf durch das Tor gehen sollen.«

»Das und die Empfehlungen der Kommission für das weitere Vorgehen, von denen du eben gesprochen hast.«

Kaspuhl nahm wieder auf dem Stuhl Platz und schlug die Beine übereinander. »Jetzt halt dich fest. Es war Naomis Idee.«

»Naomi hatte eine Idee? Ihrer letzten Idee haben wir das alles zu verdanken! Wir sollten auf keinen Fall tun, was ihr so einfällt. Was schlägt sie denn vor und was ist die Empfehlung?«

Kaspuhl sah aus dem Fenster und antwortete mit geistesabwesendem Blick: »Sie gehen zurück und werden auf der Früherde eine Botschaft installieren, so wie Naomi es vorgeschlagen hat. Eine Nachricht an die Menschen in drei Milliarden Jahren, die sie mit Sicherheit finden können und auch finden werden.«

Alex glaubte, seinen Ohren nicht zu trauen. »Eine Botschaft? Was für eine Botschaft? Naomi sollte nie wieder irgendwelche Nachrichten verschicken. Das hat sie schon mal getan. Du kannst dich vielleicht erinnern?« Alex hatte ein sicheres Gefühl, dass der Wahnsinn ihr Gespräch regierte.

»Wir werden den Menschen eine Botschaft übermitteln, wann und wo die Spore in Finnland runterkam oder runterkommen wird.«

»Das ist irre!«

»Nein, genial! Wenn die Botschaft gelesen wird, werden sie die Spore und das Protein vernichten. Dann wird das alles hier ein Ende haben, weil es nie passiert ist. Kein Massensterben, kein Senderorganismus und auch kein Neophyt.«

»Du meinst, wir wachen wie aus einem schlechten Traum in unserem Bett auf … und alles ist wie früher?« Alex sah in diesem Moment wieder den letzten flehenden Blick seines Freundes Simone.

»Das kann man nicht vorhersehen, aber so könnte es sein. Dieses Leben hier kann dann nicht mehr existieren.« Kaspuhl machte eine weit ausholende Geste.

»Und was passiert dann mit Ungud?«

»Die Menschen werden die Supernovae entdecken, sie werden seine Signale auffangen und sie werden den Kontaktpunkt auf dem Mars zwangsläufig finden, so wie wir auch. Vielleicht entdecken sie auch das UHQ in Australien oder auf dem Mars.«

»Und dann?« »Das weiß ich nicht, aber eines ist gewiss.«

»Was meinst du?«

»Dass den Astronomen mit Sicherheit auch die seltsamen Pulsarrotationen auffallen werden.«

»Du meinst, dass immer zwei im Gleichklang schlagen?«

»Eher sich drehen, wie der Astronom sagen würde. Vielleicht wird man dann hinter dieses Rätsel kommen.«

Einen Augenblick herrschte Stille. Kaspuhl schaute Alex mit einem sonderbaren Blick an, der nichts Gutes verheißen wollte.

»Was ist mit dir los? Du weißt doch noch was. Rück schon raus damit.«

Kaspuhl blinzelte stark und er musste schlucken, bevor er fortfuhr. »Wir haben noch etwas anderes herausgefunden. Außer mir weiß es nur O'Brian. Du bist der erste Mensch, dem ich es erzähle. Seit mehreren Tagen stellen wir bei einigen Pulsaren eine Verlangsamung ihrer Rotation fest.«

»Ich dachte, die werden sowieso langsamer.«

»Nicht in dem Maße, wie wir festgestellt haben. Aber die Verlangsamung selbst ist es nicht, was uns verunsichert. Wir haben die Abbremsung extrapoliert und festgestellt, dass sie stehen bleiben.«

»Ja und?«

»O'Brian hatte die Idee zuerst. Er sprach zuerst von einem kosmischen Countdown und extrapolierte die Verlangsamung ihres Drehimpulses bis zu ihrem Stillstand.«

»Und, was hat er herausgefunden?«

Kaspuhl räusperte sich nervös, bevor er seine Antwort gab. »Dass sie stehen bleiben, hat er herausgefunden.«

»Ja meine Güte, das sagtest du bereits.« Alex war jetzt sichtlich aufgebracht.

»Er hat herausgefunden, dass sie bereits vor tausenden Jahren stehen geblieben sein müssen und wir heute nur ihre Impulse aus der Vergangenheit empfangen.«

»Und was soll nach Beendigung dieses Countdowns passiert sein?«

»Keine Ahnung, wir arbeiten dran. Auf jeden Fall war das eine Warnung. Irgendwas muss nach dem Ablauf des Countdowns passiert sein, sonst würde diese in der ganzen Milchstraße lesbare Warnung keinen Sinn ergeben.«

Alex schaute wieder nachdenklich aus dem Fenster. »Ich bin mir nicht sicher, ob ich das jemals erfahren möchte.«

Kaspuhl stand hinter ihm und legte die Hände auf seine Schultern. »Es ist bereits passiert und wir leben! Vielleicht erfahren wir es erst in einer anderen Realität, wenn sie morgen die Botschaft erfolgreich übermitteln können.«

Der Auftrag

Die Fünf hatten das Go für eine der wichtigsten Operationen der Menschheit. Nachdem ihnen der Avatar den besten Zeitpunkt für ihren Sprung genannt hatte, mussten sie lange warten, bis sie den Befehl von der Erde endlich empfangen konnten. Bei der jetzigen Konstellation dauerte die Übertragungsrate einer codierten Nachricht zwischen Mars und Erde 14 Minuten, und das machte eine Unterhaltung schwierig. Aber dann, nach einer ihnen unendlich erscheinenden Zeitspanne, sahen sie, wie die Nachricht in einer Endlosschleife über den Decoderbildschirm lief: *SU10^5 an Team Uniform/Go for mission message/SU10^5 an Team Uniform/Go for mission message.*

Der Raum war klein, eigentlich mehr eine Kammer mit Wänden, die mit einer sonderbaren Verkleidung bedeckt waren. Das Material schien organischen Ursprungs zu sein, so als ob sie sich in etwas lebendigem und nicht in einem Raum innerhalb der Alienbasis auf dem Mars befinden würden. So wie Toni es beschrieb, als er es zum ersten Mal sah, kam er seiner tatsächlichen Struktur am nächsten. Es sah wirklich aus wie eine dicke, wulstige Haut. Eine Schwarte, durchzogen von unzähligen dünnen Gefäßen, ähnlich den Adern in etwas Lebendigem. Wie etwas Atmendes dehnte sich der Balg auch in den Raum aus und zog sich wieder zurück. Dabei veränderte die sonderbare Hülle ihre Farbe und pulsierte zwischen mehreren Grautönen.

Das Geräusch der atmenden Wand war nervenaufreibend und erinnerte an einen knarrenden, alten Blasebalg. Hier standen sie jetzt im Kreis und schauten auf den Avatar, der in ihrer Mitte anfing, sich zu drehen. Es war ein komisches Bild, wie er sich mit den schwarzen, filzigen Haaren drehte und dabei nur von einem ockerfarbenen Lendenschurz bedeckt war. Erst langsam, dann immer schneller. Das hatten sie schon mal gesehen, kurz bevor Eyna von dem Lichtkokon in sämtlichen Spektralfarben geschluckt wurde. Dann geschah zum zweiten Mal das Unglaubliche. Das realistische Abbild des Mannes verlor seine farbigen Konturen, und wieder leuchtete kurz gleißendes Licht auf, das alles überstrahlte. Danach löste sich der drehende, schimmernde Avatar in Myriaden Lichtpunkte auf, und diesmal wurden sie alle von dem Licht umfangen und fielen in einer regenbogenfarbig leuchtenden Spirale, um die eigene Achse rotierend, dem Licht entgegen ins scheinbar Bodenlose.

Toni sah sich wieder in dem Traum, den er vor Jahren schon mal geträumt hatte. Auch jetzt berührten seine Hände und Füße die imaginären Ränder des schraubenförmigen Tunnels immer wieder und schlugen kalte Funken in sämtlichen Spektralfarben heraus. Toni sah auch seine Gefährten in der surrealen, utopischen Umgebung einem unbekannten Ziel entgegenfallen. Immer wieder das Licht. Wie in seinem Traum endete der Sturz schlagartig. Aber diesmal fand er sich nicht in einer in gleißendem Weiß illuminierten Umgebung ohne klar erkennbare Grenzen oder Dimensionen wieder. Im Hier, wo ihre Reise abrupt endete, galten die Gesetze einer ihnen bekannten Physik, und es gab ein Bezugssystem, an dem man sich im Raum orientieren konnte.

Zuerst spürten sie, dass es wieder ein Unten und ein Oben gab. Dann, als das Licht langsam verblasste und sie blinzelnd auf dem Unten standen, das sie wieder schwer machte – ein Gefühl, das sie in der Spirale im freien Fall vermisst hatten –, öffneten sie ihre Augen und erblickten Dinge und Formen, die Erinnerungen weckten. Landschaftliche Strukturen und Geräusche, die ihnen vertraut waren und nicht mehr zu ihrem Startpunk auf dem Mars passen wollten. Sie lagen an einem breiten, flachen Strand. Kilometer um Kilometer nur feiner, weißer

Sand, wohin sie auch blickten. Das an- und abklingende rauschende Geräusch konnten sie nach einer Weile auch einordnen. Die Brandung eines bis zum Horizont reichenden Ozeans spülte in sattem Purpur gegen das Gestade, an dem sie durch Zeit und Raum gestrandet waren, und schickte seine Wogen den im Sand Liegenden entgegen, ohne sie jedoch zu erreichen. Ein tiefblauer Himmel wölbte sich über ihren Köpfen, und die Strahlen einer wohlmeinenden Sonne spürten sie auf der Haut. Sie rappelten sich auf und klopften sich den Sand von ihren Anzügen. Die nassschäumenden Fluten leckten nach ihren Füßen, und die ersten Tropfen benässten ihre Gesichter. Alle waren glücklich, dass sie den Übergang so einfach überstanden und augenscheinlich ihr Ziel – die Erde – erreicht hatten. An ihren Gürteln baumelten die Küvetten mit der Botschaft, bereit für die Übergabe an den Ozean der Früherde, um an eine Menschheit in drei Milliarden Jahren übermittelt zu werden.

Gemeinsam schritten sie die letzten Meter in die irdischen Fluten, um die Botschaft den Meeren für immer zu übergeben. Der Avatar hatte sich soeben aus dem Licht manifestiert und hielt sich im Hintergrund.

Mia, Eyna, Naomi, Toni und Jackson standen am Ufer, und salziges Wasser umspielte jetzt ihre Füße. Sie blickten über den purpurnen Ozean, der sich vor ihnen erstreckte. Die Sonne stand in ihrem Rücken, und Naomi war es, die zuerst sprach.

»Wir blicken nach Osten, die Sonne geht in unserem Rücken unter. Ich wüsste zu gerne, wie die Landmasse aus dem All aussieht, auf der wir stehen.«

Mia musste lachen. »Du hast ein herrliches Gemüt. Gleich wirst du zum zweiten Mal die Geschicke der Menschheit ändern. Einmal hast du bereits alleine und ohne Mandat der Menschheit unserer aller Zukunft beeinflusst. Diesmal werden wir gemeinsam die Zukunft der Erde verändern. Gleich werden wir die Botschaft dem

Ozean übergeben und die Biologie der Erde für immer verändern.«

Toni, Eyna, Jackson, alle standen sie mit feierlichem Gesicht an dem Ufer des irdischen Meeres und blickten auf den aufgehenden Trabanten.

»Seht nur! Da geht der Mond auf.«

Eyna schaute skeptisch auf den hellen Rand einer Scheibe, die sich langsam aus den purpurnen Wassern am Horizont in den blauen Himmel schob. Irgendetwas stimmte nicht mit dem Mond. Sie wollte gerade etwas sagen, als Toni vorschlug: »Lasst uns die Botschaft übergeben, wenn er ganz aufgegangen ist.«

Von seiner Idee amüsiert, schauten sie dem hell strahlenden Himmelskörper zu, wie er langsam über den Horizont stieg und immer mehr seine wahre Gestalt zeigte. Nur Eyna konnte sich nicht für die größer werdende Scheibe erwärmen. Als er etwa die Hälfte seiner Kugelgestalt enthüllt hatte, blickten sie voller Unverständnis auf den vermeintlichen Erdmond, der eindeutig größer war, als sie ihn in Erinnerung hatten. Aber wirklich grotesk war, dass der Himmelskörper von einem Ringsystem umgeben war. Dann, als er vollkommen aufgegangen war, erkannten sie die wahre Größe des unbekannten Planeten über dem Meer, der jetzt in den Strahlen einer in ihrem Rücken untergehenden Sonne blutrot erstrahlte.

Es war Toni, der das eisige Schweigen brach: »Das ist nicht unser Mond.«

Wie auf ein Zeichen hin sahen die Fünf, wie sich die zuvor scharf abgegrenzte Oberfläche des nahen Himmelskörpers aufzulösen begann und an den Rändern diffus wurde.

»Das sieht genauso aus wie der Sporenauswurf, den wir vom Raumschiff aus gesehen haben.« Diesmal sprach Mia, und Eyna fügte hinzu: »Das sieht nicht nur so aus – das ist tatsächlich eine Sporenwolke von Ungud.«

»Wir sind nicht auf der Erde! Sondern auf einem Mond von dem Ding da.« Toni zeigte auf den Ringplaneten und schrie die Worte heraus. Plötzlich veränderte sich das Himmelsgewölbe eklatant. Der Himmel verlor schlagartig seine Farbe. Das tiefe Blau schlug in ein bedrohliches Violett um. Alle wandten ihren Blick von dem beringten Planeten und der gewaltigen Sporenwolke ab und drehten sich zu der untergehenden Sonne in ihrem Rücken. Diese hatte sich gigantisch aufgebläht und nahm rot glühend fast den gesamten sichtbaren Himmel ein.

»Und das ist auch nicht unsere Sonne.« Wieder war es Toni, der sprach. Diesmal eindringlich und kontrolliert. »Das ist eine beginnende Supernova. Wir haben den falschen Traumpfad genommen. Das System ist befallen, und Ungud schickt bereits seine Sporen. Wir sitzen gerade in der ersten Reihe und schauen den Rhim bei einer Sternensprengung zu.«

Mia schrie ihn an. »Dabei sehen wir auf keinen Fall zu! Wir haben jetzt nur noch wenige Sekunden. Nichts wie weg hier!« Während die Sporenwolke auf sie zuraste und der sich aufblähende Stern von der anderen Seite sein Inferno gegen den Parasiten warf, drehte sich der Avatar bereits und löste sich in einzelne Lichtpunkte auf.

Ende

Nachwort

Liebe Leser,
nach der Veröffentlichung meines Romans Chlorophyll mehrten sich mit zunehmendem Erfolg des Buches schnell die Wünsche nach einer Fortsetzung. Beim Schreiben hatte ich nie an eine Fortsetzung meines Buches gedacht. Das offene Ende war für mich die logische Schlussfolgerung der Story.

Aufgrund der vielen Leserwünsche nach einer Fortführung der Geschichte habe ich mich dann doch entschlossen mit *Die Ankunft der Schlange* ein Sequel zu schreiben. Mittlerweile hat sich die Geschichte um die seltsamen Begebenheiten in unserem Universum zu einem eigenen kleinen Kosmos gewandelt.

Da sich die Schlange auch in dem vorliegenden zweiten Band noch nicht in den Schwanz beißen will, wird es auch noch einen dritten Band der Chlorophyllreihe geben.

Ich würde gerne Ihre Meinung zu dem neuen Buch erfahren und mich über jede Form eines Feedbacks freuen. Hat Ihnen das Buch gefallen? Nehmen Sie einfach Kontakt mit mir auf oder schreiben Sie eine Rezension. Die E-Mail-Adresse finden Sie im Impressum. Ich lege großen Wert auf Ihr Urteil, denn nur über die Kritiken meiner Leser entwickele ich mich weiter.

Ihr M. J. Herberth

Printed in Poland
by Amazon Fulfillment
Poland Sp. z o.o., Wrocław

32174305R00276